W0405033

LE DONJON DE NAHEULBEUK

Le Conseil de Suak

Du même auteur
aux Éditions J'ai lu

Le Donjon de Naheulbeuk :
1. La Couette de l'Oubli, *J'ai lu* 9045
2. L'Orbe de Xaraz, *J'ai lu* 9503

JOHN LANG

LE DONJON DE NAHEULBEUK

Le Conseil de Suak

J'AI LU

Texte et cartes
© John Lang, 2011

Illustrations intérieures :
© Marion Poinsot, 2011
Les graphismes de la bande dessinée Le Donjon de Naheulbeuk *ont été utilisés avec l'aimable autorisation des éditions Clair de lune*
© Éditions Octobre, 2011

I

Du grabuge dans les boulornes

Forêt de Schlipak, quatrième jour de la décade des bonnes résolutions.

Le soleil tentait une percée pénible à travers les brumes matinales. Les oiseaux des cimes, roustillons et pioupidules, cherchaient leur nourriture en pépiant dans les branches. Sur la fourche titanesque d'un arbre plusieurs fois centenaire, une cabane aux formes harmonieuses s'intégrait à merveille dans son environnement. Elle était faite de planches taillées à la main à l'aide d'outils spéciaux, des lames de bois délicatement teintées de nuances de vert, d'ocre et de brun. L'escalier circulaire qui enlaçait le tronc et montait jusqu'à l'entrée de la bicoque était finement sculpté, laissant voir çà et là des arabesques et des formes animalières. Des représentations d'écureuils facétieux et de lapins goguenards semblaient se donner la patte au milieu des feuillages, clignant de l'œil aux passereaux. Sur la porte, une plaque ciselée indiquait sobrement :

CDD Bureau 28
Archives spéciales
études prophétiques et objets maudits

Il se dégageait de l'ensemble un message de paix et d'harmonie, l'impression que tout avait été mis en place par des gens bien peignés. L'apparente sérénité des lieux n'était démentie que par une voix nerveuse qui s'échappait de la fenêtre ouverte et répétait inlassablement :

— Mais où sont donc ces maudits dossiers ?

À la cinquième occurrence, quelqu'un finit par répondre :

— Mais voilà ! Voilà, je cherche !

— Cela aurait dû être rangé, tu le sais ? Le responsable du service va passer d'une minute à l'autre ! Par les flèches d'Ithinuel, on va nous demander des comptes !

Un entassement de rouleaux de parchemins s'effondra dans le bureau, provoquant une nouvelle bordée de jurons presque malpolis. Beluel Rudefrange soupira et quitta son fauteuil molletonné, enchaîna deux pas nerveux qui le séparaient de son assistant et toisa ce dernier, les mains sur les hanches. Le jeune elfe s'était agenouillé pour rassembler en hâte les précieux documents, mais les rouleaux ne semblaient avoir qu'une envie, celle de rouler. Ils refusaient l'ordre et la discipline.

Beluel fronça les sourcils :

— J'ai monté le dossier hier soir en heures supplémentaires, et il a déjà disparu ? On croit rêver !

— Je suis vraiment désolé, chef… Mais vous savez, il n'a pas pu aller bien loin !

Le responsable des archives repoussa d'un mouvement de tête sa mèche rebelle. Il convient de signaler, car c'est une caractéristique assez rare pour un elfe sylvain, que Beluel Rudefrange était affublé d'un incroyable épi et de cheveux presque sombres. Ce problème capillaire lui causait des soucis depuis toujours, et l'épi menait sa propre vie, refusait de rester en place et lui donnait un air chiffonné. Beluel embrassa du regard le mobilier du local et ses nombreux espaces de rangement, mais sans y détecter la présence du dossier manquant. Il eut un claquement de langue agacé et harcela de nouveau son secrétaire :

— As-tu vérifié l'armoire à textes urgents ?

— Oui, bien sûr ! Je l'ai déjà fait deux fois.

— Les tiroirs à dossiers jaunes ?

— Oui, mais vous savez bien qu'on cherche une chemise rouge !
— Le courrier au départ ?
— Le courrier est déjà parti depuis une heure, et la corbeille est vide…
— Millefeuilles ! C'est à croire qu'un nain est passé par là ! s'énerva le responsable.

Le jeune Zifuniel parvint à remettre les parchemins à leur place et lâcha un long soupir de soulagement. Il travaillait depuis deux ans déjà à la Caisse des Donjons, et c'était la première fois qu'il perdait un document. Pour corser la situation, le drame de la matinée concernait un rapport fraîchement écrit par son supérieur et qui contenait des informations très importantes. Une affaire qui était plus grave que la fermeture du magasin de peignes à Zoyek, ou que la récente épidémie de mildiou des framboises au sud du nord-est des Chênes d'Ulgargh. Il faut dire que chez les elfes, on n'a pas forcément les mêmes priorités que chez les humains.
— Avez-vous regardé dans le tiroir de votre bureau ? risqua l'assistant.
— Mais… Bien sûr ! s'indigna Beluel. Je ne suis pas aussi…
Le fonctionnaire fit néanmoins deux pas et ouvrit sèchement le tiroir en question. Une chemise rouge et narquoise s'y trouvait, qui semblait lui ricaner au visage. Beluel se racla la gorge et s'empara nerveusement de la liasse. Il fixa son attention sur une plante en pot, pour éviter de croiser le regard de Zifuniel.
— Bien… marmonna-t-il en repoussant son fauteuil à roulettes. Allez, allez. Nous avons du travail !

Un troisième personnage fit son entrée dans le bureau, tout comme eux vêtu de l'uniforme vert pâle des fonctionnaires de la circonscription Ouest de la CDD. Il avait le cheveu fin et long, le visage harmonieux et le corps élancé, ainsi qu'il était de mise pour pratiquement tous les sylvains. Celui-ci semblait un peu plus âgé que la moyenne, mais à quelques centaines d'années près, on s'y perdait.

— Harmonie, clama-t-il en faisant le geste traditionnel de la main gauche. Vous avez mon dossier, Rudefrange ?

L'intéressé répliqua en brandissant la chemise rouge :

— Harmonie, Piliron. Votre dossier est prêt !

Il ajouta en levant le menton, comme pour bien marquer l'importance de son sacrifice :

— J'ai travaillé tard hier soir... Vous y trouverez l'essentiel de l'affaire.

Beluel glissa un regard méfiant vers son assistant, mais celui-ci gardait profil bas et contemplait ses bottines.

Le dénommé Piliron s'approcha du bureau, s'empara du dossier et le feuilleta pendant quelques instants, dans un silence déplaisant.

Il renifla, remisa le dossier sous son bras et résuma :

— L'attaque d'un démon géant et invulnérable au beau milieu du stade de Glargh ? Des centaines de gens dévorés et carbonisés ? Un rituel à l'échelle d'un match ? Une diversion créée par un spectacle de magie ? L'implication possible du culte de Slanoush ? Et pour finir, la possibilité d'une nouvelle tentative d'invasion par une entité maléfique ? Mais... Qu'est-ce que c'est que cette histoire ? Vous y croyez, vous ?

Beluel se sentit bête, un peu comme ces gens qu'on surprend dans leur salon tout nus et en chaussettes, à califourchon sur une peluche de dauphin. Mais il rétorqua néanmoins :

— Hum. C'est pourtant ce que j'ai réussi à comprendre du message que nous avons reçu hier soir...

— Un parchemin urgent téléporté ! indiqua Zifuniel. Cela n'est pas très courant tout de même.

Beluel et Piliron lui lancèrent simultanément *l'œillade du chef de service qui tient à rappeler que ce n'est pas le moment de faire son malin*. L'assistant décida qu'il valait mieux s'en retourner dans l'armoire et ranger des parchemins jusqu'à nouvel ordre.

Beluel saisit un bocal, en fit tomber un petit rectangle de vélin qu'il posa sur son bureau. Il semblait avoir été griffonné à la va-vite.

— C'est le *Conseil de Vigilance Magique* de Glargh qui nous a envoyé le parchemin, précisa-t-il. Voyez ici, le sceau est authentique.

Au moment où son éminent collègue allait se pencher sur la missive, un cri rauque se fit entendre dans la clairière. Les fonctionnaires haussèrent les sourcils, échangèrent un regard étonné.

Personne n'avait crié dans cette clairière depuis bien longtemps. Il y régnait en général le plus grand calme. La dernière fois que c'était arrivé, il s'agissait d'un barbare nerveux qui s'était trompé de service et qui glapissait pour qu'on lui octroie des points d'expérience supplémentaires, compte tenu du fait qu'il avait tué tous ses ennemis à mains nues. Il avait rapidement été conduit hors du site par le personnel de sécurité, avec les mains attachées dans le dos, pieds nus et les cheveux rasés. Mais l'incident datait d'au moins deux années fanghiennes.

La plupart des gens avisés ne venaient pas hurler des insultes au beau milieu du siège social de la Caisse des Donjons, l'administration la plus puissante du pays après le Concile de Waldorg. Mais tous les gens n'étaient pas avisés, et certains n'avaient même jamais entendu parler du concept de *l'instinct de survie*.

Alors que les bureaucrates se tenaient immobiles et dans l'expectative, deux autres cris rauques montèrent de la clairière. Ils furent suivis d'un bruit confus et d'un autre cri plus aigu, presque douloureux. Beluel s'en alla regarder par la fenêtre en maugréant, parce qu'on ne pouvait pas travailler dans ces conditions. La cabane était assez haut perchée, presque quinze mètres, et le feuillage encore abondant en cette période de l'année. Une bonne partie du centre de la CDD n'était donc pas visible, mais il aperçut cependant un homme chevelu au torse nu, brandissant une arme contondante, qui s'acharnait à rouer de coups une victime couchée sur le sol moussu. Il s'exclama :

— Mais… Fichtre ! Voilà que des imbéciles se battent dans la clairière !

Beluel fit de la place à son supérieur qui s'était approché à son tour et qui désirait en savoir plus. Il s'indigna :

— Les aventuriers n'ont vraiment pas d'autre endroit où aller ?

Puis ils restèrent bouche bée en constatant que la situation était sans doute plus grave que ce qu'ils avaient imaginé. Il y eut un fracas d'explosion. Ils entendirent des hurlements et virent passer deux collègues qui semblaient sortir du bureau d'accueil au public, lequel était au niveau du sol. L'un d'eux s'effondra, stoppé par une flèche dans le dos. Une autre silhouette chevelue, non elfique, surgit d'un taillis et lui asséna un coup d'épée d'une violence inouïe. Malgré la distance, Beluel se protégea le visage, comme si le coup lui était destiné, et s'éloigna de la fenêtre, terrorisé. D'autres cris fusèrent, qui donnaient l'impression de venir de partout.

— Mais que se passe-t-il ? gémit l'archiviste en cherchant refuge près de son bureau.

Le presque vieux Piliron, les yeux écarquillés, se tourna vers lui :

— Mais... Mais... C'est impensable ! On nous attaque !

Il fallait se trouver au niveau du sol pour comprendre à quel point c'était vrai. Des barbares aux corps peints de motifs tribaux, aux cheveux crasseux et aux yeux fous massacraient à tour de bras le personnel administratif du centre. L'assaut n'avait commencé que depuis quelques secondes et déjà des flammes s'élevaient de plusieurs cabanes. On cria des ordres, mais c'était inutile : la milice qui stationnait habituellement au centre était de sortie ce jour-là, suite à un problème d'infestation de monstres mal embouchés dans un donjon du sud-ouest du pays. Il ne restait sur place que quelques soldats en congés, probablement surpris en pyjama au beau milieu de leur petit déjeuner.

La panique était à son comble.

Le cabanon d'accueil montrait un trou béant et fumant, par lequel s'échappa une victime de sexe féminin, aux vêtements roussis et partiellement déchirés. L'elfette fut immédiatement plaquée par le costaud tatoué qui la poursuivait, et tous deux roulèrent sur le sol moussu dans une affreuse parodie d'étreinte amoureuse. Les rires gras qui accompagnaient la manœuvre en disaient long sur la suite du programme. Un elfe armé d'un frêle bâton tenta de s'interposer et fut fauché par le coup de hache d'un autre barbare qui s'était glissé derrière lui. Le malheureux s'écroula dans un gargouillis.

Du côté des bâtiments administratifs, quelqu'un avait visiblement réussi à trouver un arc, et quelques flèches fusèrent en direction des assaillants. Un gaillard à la barbiche tressée écopa d'un projectile qui traversa son flanc, mais il continua sa course comme si de rien n'était. Il avait le torse puissant d'un bœuf, et probablement autant de points de vie que le brave animal. D'un coup de pied puissant, il démonta la porte d'une cabane-bureau et s'élança vers de nouvelles victimes en éructant de joie.

Au milieu de la clairière, une brute coiffée d'un casque noir et vêtue d'un pantalon de peau tendit ses deux épées poisseuses vers le ciel et hurla :

— Du sang pour le clan Raggak ! Ha ha haaaaaa !

Son rire caverneux monta vers les cimes des arbres, et même les roustillons transpirèrent de frayeur. Le cri sonna comme un hymne à la violence, et les barbares redoublèrent d'ardeur, acclamèrent leur chef dans une ovation virile. Une autre explosion se fit entendre, résultat probable de l'utilisation d'un procédé alchimique, et des planches enflammées volèrent en tous sens, accompagnées de morceaux de corps ensanglantés. Pris dans la tourmente, l'homme au casque noir ne cilla même pas.

Au pied d'un boulorne qui avait jusqu'alors échappé au carnage, deux silhouettes noires accompagnées d'un barbare silencieux hochèrent la tête et empruntèrent l'escalier sylvestre en toute hâte. Ils ignorèrent les deux premiers étages, comme s'ils savaient exactement où ils allaient, puis le commando déboucha sur le dernier palier, dans une pièce à la porte ouverte et qui semblait vide.

En réalité, elle ne l'était pas. Deux fonctionnaires, dont un qui semblait âgé, se cachaient derrière le bureau, à genoux et la lèvre tremblante. Voyant qu'ils étaient découverts, ils se mirent lentement debout, présentant leurs paumes ouvertes de chaque côté de leur visage pâle, aux oreilles pointues. Une chemise rouge contenant plusieurs documents était ouverte sur le bureau.

— Pouvons-nous parlementer ? articula difficilement Piliron.

— Nous n'avons rien de précieux ! ajouta son collègue.

Les silhouettes noires, sans mot dire, brandirent chacune leur sarbacane effilée. Celles-ci furent placées face à l'embouchure de leurs masques d'ébène, aux yeux fixes et froids. Elles soufflèrent deux fléchettes et les elfes sursautèrent de surprise. Ils constatèrent qu'ils étaient encore en vie, puis glissèrent en quelques secondes dans un profond sommeil, s'affalant l'un contre l'autre en émettant d'étranges bruits alors que leurs poumons se vidaient.

Dans un autre coin du bureau, Zifuniel se tenait recroquevillé contre une commode, au milieu d'un tas de rouleaux de parchemins qu'il tenait contre lui, espérant peut-être s'en servir de bouclier. Il fixait les trois intrus de ses yeux exorbités et déglutissait avec peine. Le barbare qui accompagnait les assassins fit quelques pas dans la pièce et renifla. Derrière lui, de la porte ouverte, provenaient le fracas de la bataille et une lourde odeur de brûlé. Il s'approcha de Zifuniel et le toisa :

— Toi, debout !

Le jeune elfe s'exécuta en une fraction de seconde, lâchant sur ses pieds plusieurs parchemins. Il bredouilla des mots sans suite, s'excusant pour des fautes qu'il n'avait pas commises. La brute le fixa, de ses yeux d'acier qui avaient contemplé mille tourments.

— Trésor ? questionna-t-il sobrement, dans le plus pur style barbare.

— Heu... répondit faiblement Zifuniel.

D'un puissant revers de la main, le sauvage lui octroya les bienfaits d'une gifle de compétition, de celles qui font éclater les lèvres et qui peuvent déchausser trois dents. L'elfe fut propulsé en glapissant par-dessus un guéridon, fracassa une étagère et retomba sur le plancher en même temps qu'une grande quantité d'objets et de débris divers. Inconscient.

Le barbare inspira et fronça les sourcils, car il venait de voir une porte dans le fond du local. Il s'avança et se trouva face à une plaque qui indiquait « Réserve ». Il ne savait pas lire, mais il tourna la poignée et découvrit une petite pièce, dans laquelle se tenaient tapis de nombreux coffres et des étagères. Un sourire carnassier déforma sa bouche. Une silhouette noire entra dans la pièce, un sac de toile à la main.

Deux minutes plus tard, les malfaiteurs s'en allèrent comme ils étaient venus, en courant à travers les broussailles. Ils laissaient derrière eux des cris, du feu, des membres brisés, de la souffrance et une lourde odeur de pieds sales.

La cité millénaire de Glargh, quant à elle, s'éveillait avec peine. Le cauchemar vécu par certains de ses habitants le jour précédent laissait encore planer son manteau noir. Dans toutes les couches de la société on ne parlait que du Sombre Katakak, la bête légendaire aux cinq cents yeux qui avait semé la mort et la désolation dans le stade de Glargh, et accessoirement annulé le match de brute-balle.

La ville n'en était pas à sa première catastrophe. Depuis sa fondation pendant l'ère du Chaos, elle avait été le théâtre de nombreuses guerres et de multiples invasions, d'actes de violences gratuits, de complots, d'incendies, de vandalisme, de restructurations et de plans d'occupation des sols hasardeux. Elle avait essuyé divers incidents magiques et même une attaque pathétique de clans pirates en 1265. La population ne s'étonnait plus de grand-chose, même si la plupart des habitants cultivaient une certaine animosité vis-à-vis de toutes les sciences dangereuses, magie et alchimie en tête. Il se passait souvent des choses, mais rien d'aussi cataclysmique que l'attaque du monstre arachnéen n'était arrivé depuis des lustres. Et puis en général, on ne s'en prenait pas au stade.

Ainsi donc, les administratifs rédigeaient des rapports, les érudits se lissaient la barbe en hochant la tête, les sportifs se grattaient le menton, les responsables signaient des rapports, les dirigeants agitaient les bras et s'épuisaient en monologues rassurants, les prêtres psalmodiaient, les espions manigançaient, les soldats pleuraient leurs camarades tombés au combat, les spectateurs tentaient de retrouver leurs amis dans les décombres, les supporters de Waldorg rejoignaient leur convoi pour le voyage du retour, les filles-pompon se recoiffaient et les assureurs cherchaient une poutre et une corde bien solide pour en finir avec leurs dettes.

On pouvait cependant distinguer deux exceptions.

D'une part, le clipitaine Janbur, qui pensait à tort avoir sauvé le monde à l'aide du sabre de son grand-père, dormait paisiblement du sommeil du juste et du bon. Il ne faudrait pas bien longtemps hélas pour que quelqu'un découvre dans un livre d'histoire que le Katakak était mort d'une indigestion de supporters. Mais cela ne nous regarde pas, et son aventure sera sans doute narrée dans la gazette de Glargh.

D'autre part, les membres d'un groupe d'aventuriers qui avaient survécu à une journée riche en surprises, une journée aussi trépidante que dangereuse, et qui ne savaient pas encore s'ils devaient rire ou pleurer.

Le rôdeur par exemple, qui se proclamait chef du groupe, touillait d'un geste circulaire et mal assuré le contenu de son bol de soupe, en essayant de faire le tri dans sa tête. C'était un jeune homme brun doté d'un certain charisme, dont les yeux se teintaient de la couleur de l'acier. Il ne brillait ni par sa grande force, ni par son intelligence hors norme, mais il aimait à se décrire comme quelqu'un de polyvalent et de responsable. Suite aux événements de la veille, il avait un peu mal au crâne à cause du vin, souffrait d'une brûlure à l'épaule gauche et se sentait nauséeux alors que son estomac se plaignait d'un abus de potions de soin. De plus, sa belle veste de cuir renforcée avait été détruite par un sortilège et sommairement rafistolée à l'aide de bouts de ficelle et d'un vieux chiffon, ce qui lui donnait l'air piteux d'un chapardeur de banlieue.

BULLETIN CÉRÉBRAL DU RANGER

La vie d'aventurier, c'est vraiment stressant. Il faut toujours que je me trouve confronté à des choix difficiles, et je n'ai pas le temps de me reposer ! J'ai eu mon niveau quatre, mais à quoi ça va me servir ? Nous voilà terrés dans cette auberge de troisième zone, et forcés de nous cacher parce que des gens pensent qu'on a déclenché une catastrophe dans le stade hier. Bon, c'est vrai qu'on a participé, mais c'était pas notre faute ! On a juste sauvé la Terre de Fangh. Et qui est au courant ? Nous, et mon oncle Tulgar. Et peut-être ce fumier de sorcier. Et la bourgeoise aux yeux verts ? La belle affaire ! N'empêche que j'ai quand même eu mon niveau quatre... Je suis plus adroit, et meilleur au combat. Je peux prédire le temps qu'il va faire, et je sais fabriquer des flèches de base. Et j'ai les gantelets de Yori-Barbe-Sale, nom d'une courgeole moisie ! C'est quand même pas rien. D'ailleurs, il faut que je me trouve un arc afin de faire valoir ma polyvalence. Comme ça je peux tirer mes propres flèches, c'est génial. Mais je n'en reviens pas de cette histoire avec l'Elfe. Après son décès par noyade, la voilà reine de folobidule. Qu'est-ce qu'on va devenir ? Tiens, voilà le nabot. Hé ben, il n'a pas bonne mine.

Le Nain, avec son air fâché du matin, se frayait donc un passage entre les chaises et les tables de la *Fourchette Vaillante,* dans la salle commune qui était tout aussi vide qu'à l'accoutumée. Il faut préciser que l'auberge en question n'avait aucun intérêt, qu'on y mangeait n'importe quoi, qu'on y dormait dans des draps rugueux parfumés à la vanille et que la tenancière du bouge était aussi laide que folle. Le seul intérêt qu'on pouvait trouver à la *Fourchette Vaillante*, c'était son absence de clientèle. L'établissement pouvait ainsi offrir un refuge sûr à tous les gens qui avaient besoin de se faire oublier, sans oreilles et sans yeux indiscrets. Nos voyageurs, formant une compagnie au nom incertain, avaient déjà séjourné chez la vieille folle dans une étape précédente de leur périple. Ils étaient à ce moment poursuivis par des cultistes avides de vengeance.

— Tiens, t'es déjà là toi ? lança le Nain en guise de bonjour.

Il s'installa difficilement à table, sur une de ces chaises pour humain qu'il qualifiait de *bien trop haute*. Il se plaça de biais et assez loin du Ranger, afin de bien montrer à celui-ci qu'il n'avait pas d'amis et qu'il n'était pas là pour engager une conversation. Comme la plupart des gens de son peuple le Nain n'était pas très grand, mais large et épais, hirsute et engoncé dans plusieurs couches de vêtements renforcés de parties métalliques qui ne laissaient souvent voir que son nez. Il posa son casque et chercha quelque chose de comestible sur la table poussiéreuse.

— J'ai mal partout, j'arrivais pas à dormir, souffla le Ranger.

Le courtaud se décida pour un morceau de pain qui n'était pas trop dur, et un rectangle jaune de quelque chose qui était certainement du fromage à l'huile. Il renifla la denrée et grogna :

— Toi aussi tu trouves ça pas normal que l'Elfe soit devenue reine ?

— Bah…

— Moi ça me scie carrément la nouille !

— C'est clair qu'on s'y attendait pas… Elle est tellement…

— Gourde ?

Le Ranger chercha quelque chose de plus gracieux, mais se contenta de hausser les épaules :

— Disons qu'elle avait pas vraiment l'air… *reinesque*. Ou *majestique*. Enfin, je ne sais pas trop comment on dit…

— Et puis on s'en fout, trancha le Nain. Moi tout ce que je sais, c'est que la vie est injuste. Et puis ce fromage, il devrait pas exister.

— C'est pas du fromage. Je crois que c'est un vieux morceau de beurre.

— Ha ! Ben je ne savais pas que le beurre pouvait puer, en fait…

— Ici, y a pas grand-chose qui m'étonne. Comme le fait de bouffer de la soupe au petit déjeuner…

Le Nain soupira, repoussa prudemment le beurre et tendit la main vers un bol. À ce moment, la patronne traversa la salle en trombe, en leur balançant au passage une corbeille de tranches carbonisées qui dégringolèrent en partie sous la table. Elle disparut en direction de la cuisine en criant :

— Je vous laisse commencer avec le pain grillé, je dois m'occuper des flibuks de la cave, ils vont finir par casser la porte !

Les aventuriers échangèrent un regard éloquent. La dame d'un certain âge portait son habituelle écumoire sanglée sur la tête ainsi que des vêtements dépareillés, enfilés de guingois, dont un gobelin n'aurait pas voulu. Pour le peu qu'ils en savaient, elle passait son temps à lutter contre des monstres imaginaires et se trouvait bien embarrassée d'avoir à s'occuper également des clients.

Sans toucher au pain brûlé, les compagnons déjeunèrent un moment sans parler, en essayant de savoir combien d'ingrédients incongrus se trouvaient dans la soupe. Ils ne voulaient surtout pas diriger la conversation vers le terrain glissant qui concernait la suite de leur périple, qui comportait nombre de points obscurs et la potentialité d'un certain nombre d'épreuves pénibles. Et puis, ils pouvaient profiter du silence pour réfléchir aux bienfaits du quatrième niveau.

BULLETIN CÉRÉBRAL DU NAIN

Avec mon niveau, j'ai augmenté mon adresse. Parce que bon, j'avais déjà eu de la force au niveau trois, et si je suis plus adroit je vais pouvoir utiliser mes compétences pour améliorer les armes, ou fabriquer des objets. C'est quand même dingue quand on y pense, les niveaux ça passe super vite ! J'ai même pas eu le temps d'utiliser mes compétences du niveau trois, et voilà, je suis déjà au niveau quatre. Maintenant je sais m'orienter encore mieux dans les souterrains, tailler des pierres précieuses et marchander pour obtenir des réductions supplémentaires sur les objets magiques. C'est super pratique pour quelqu'un qui voudrait devenir riche, par exemple. Ce qui serait bien, ce serait que je trouve le moyen d'accéder à une forge et que je fabrique quelques armes, comme ça je pourrais les vendre à un marchand et j'aurais des belles pièces d'or ! Et c'est pas du butin d'aventure, hé hé. On ne va pas m'obliger à le partager avec les autres ! Ce sera mon or, que je vais gagner avec mon travail à moi. Ou alors je vais chercher des pierres précieuses dans une grotte ? Ha, mince ! Voilà l'autre timbrée avec ses bouquins pourris, elle va encore nous raconter ses machins. Mais pourquoi elle fait la fière comme ça ?

Deux membres de la compagnie firent irruption dans la salle commune dans un certain fracas, après avoir trébuché sur une marche branlante de l'escalier qui menait aux chambres. L'un était la Magicienne, une rouquine au regard sévère vêtue d'une robe un peu trop grande pour ses bras maigres, et l'autre était l'Ogre. Ce dernier jouait pour la jeune fille le double rôle de garde du corps et de brouette vivante. Il transportait traditionnellement ses livres ainsi qu'une grande quantité de matériel appartenant à d'autres membres du groupe. En contrepartie, il fallait comprendre son langage et s'assurer qu'il accédait quotidiennement à de grosses rations de nourriture.

La Magicienne portait deux livres sous son bras pour se rendre au petit déjeuner. C'était un détail qui augurait qu'elle passerait encore une heure à réviser ses sorts en mangeant distraitement et sans écouter la conversation. C'était ainsi quand on pratiquait la magie, car le savoir interdit ne laissait aucun répit à ceux qui en avaient percé le sens. Il fallait apprendre, apprendre et encore apprendre. L'érudite arborait en prime un sourire presque inquiétant, le genre de rictus propre aux sorciers, qui incitait les gens à se cacher derrière un mur bien épais.

Voyant que le Nain et le Ranger ne discutaient pas d'un sujet crucial, elle commença sans préambule à les assommer de paroles :

— Hé ! Vous savez quoi ? J'ai plein de nouveaux sortilèges super cool ! Je peux faire de la lévitation, et je peux paralyser des gens ! Je peux augmenter vos capacités au combat, et j'ai la possibilité d'invoquer du brouillard. Et je suis capable de fabriquer moi-même mes propres potions ! Et puis… Oh tiens, je vais vous montrer un truc !

Elle coinça tant bien que mal ses livres contre sa poitrine en agitant son bâton, et lança un étrange mot de pouvoir en fermant les yeux. Le rôdeur rentra sa tête dans ses épaules, et le Nain s'abrita derrière la table, s'attendant à recevoir une pluie de projectiles. Mais il n'y eut qu'un faible éclair de lumière.

— Ta-daaaa ! chantonna la Magicienne en écartant les bras.

Elle fit la moue, constatant que ses compagnons ne semblaient pas très impressionnés.

— C'était quoi ce fourbi ? grogna le Nain en tirant sur sa barbe fournie. Un truc pour avoir l'air con ?

— Mais non, imbécile ! dit-elle sans se départir de son enthousiasme. Je viens de nettoyer tout le plancher de la taverne avec le sortilège de *Solcarlus* !

Les aventuriers baissèrent la tête pour regarder entre leurs pieds. Ils constatèrent que oui, bon, c'était effectivement plus propre. Le Nain ricana :

— Mais ça sert à quoi ? Gagner de la thune avec des heures de ménage ?

— Ou laver les ennemis à mort ? ronchonna le Ranger.

La Magicienne s'approcha et posa ses livres sur la table, soudain morose.

— Bah ! Ça peut toujours servir, vous savez. La sorcellerie c'est pas seulement un truc pour tuer des gens ! On pourra tirer des réductions sur le prix des chambres par exemple.

L'Ogre n'avait rien compris, il louchait sur le récipient qui contenait la soupe et se demandait si elle était faite avec des morceaux de viande ou avec de vieilles éponges filandreuses.

BULLETIN CÉRÉBRAL DE LA MAGICIENNE

Voilà, ça commence enfin à devenir sérieux ! Je suis au niveau quatre. En plus d'un accroissement de mon capital d'énergie astrale, j'ai accès à plein de nouveaux sorts. Maintenant, il faut que je trouve ce que je vais en faire... Hier soir, on parlait de rentrer chez nous, mais pour ma part je n'ai pas tellement envie. Ce serait comme quitter la soirée au moment où on amène la sangria ! Et puis même si les équipiers ne sont pas à la hauteur, j'aurais du mal à m'en sortir toute seule dans un donjon. Quoique... l'Ogre va rester avec moi, c'est sûr. Je suis la seule à pouvoir communiquer avec lui. Je peux aussi convaincre Gluby, mais il manque un peu de force de frappe. Quel est donc le destin de l'Elfe à présent ? Est-ce qu'on a le droit de partir à l'aventure si on est reine ? Bon, j'espère qu'on va pouvoir tirer tout ça au clair, mais je dois réviser mes sorts avant toute chose. Des nouveaux trucs de fou !

La Magicienne s'empara d'une chaise et plongea le nez dans un livre, grignotant distraitement un morceau de pain à la consistance honnête. Son pesant compagnon s'attaqua quant à lui à l'analyse olfactive du récipient terreux qui contenait l'étrange bouillon *façon la patronne*. Nul ne savait pour le moment en quoi consistaient les améliorations liées à l'obtention du quatrième niveau de l'Ogre, mais cela concernait sans aucun doute les disciplines suivantes : utiliser des armes rudimentaires, chasser, trouver de la nourriture, taper des gens. C'est pourquoi dans la compagnie on ne se posait plus trop de questions à ce sujet.

Le Barbare descendit à son tour pour se joindre au gueuleton matinal. Il traînait les pieds dans ses bottes et mâchait déjà quelque chose, probablement l'un des morceaux de jambon sec qu'il aimait garder dans le fond de son sac. C'était un guerrier farouche, aux cheveux plus longs que la moyenne, tignasse qui n'avait jamais été peignée depuis sa naissance. Il était fort, brave et n'aimait pas trop tout ce qui était compliqué. Pour les nomades des plaines, les choses compliquées incluaient la magie, les livres, les explications, la stratégie, la camaraderie, la discrétion, la *ruse* et tous ces fourbis réservés aux mauviettes. Depuis sa blessure de la veille, au cours de la poursuite contre Zangdar, son avant-bras gauche était enveloppé d'un chiffon sale. Une croûte de sang séché s'était également formée sur son front.

— 'lut, bougonna-t-il en tirant une chaise.

— 'lut, lui répondit-on.

Puis, constatant qu'il n'y avait que du bouillon à table :

— De la soupe ? 'chier !

— Alors ce niveau quatre ? enquêta le rôdeur.

— De la force ! répondit l'intéressé. Et puis meilleur à l'attaque. Tanner le cuir et trouver son chemin.

Le barbare n'était d'ordinaire pas très loquace, et souvent moins le matin que le reste du temps. Mais bon, c'était déjà bien comme réponse, il ne fallait pas en espérer plus.

— Trouver son chemin ? railla le Nain. Hé ! C'est pratique ! T'entends ça, la rouquine ?

— Ho... Va donc te noyer, toi et tes ancêtres ! riposta la Magicienne sans quitter des yeux son grimoire.

— Glouko palaf ! Huh huh !

L'érudite soupira, mais elle exerça néanmoins son rôle de traductrice ogre-humain. Cela n'était pas toujours facile mais cela faisait partie de ses attributions.

— Il vous informe qu'il y a du gras dans la soupe !

— Eto fruluk !

— Et des châtaignes.

Le Ranger, inquiet, scruta son bol à moitié vide :

— Mince alors… Y a d'autres trucs que j'aime pas dans la soupe ?

Ils discutèrent mollement du programme de la journée. Le Barbare voulait s'acheter des bracelets de cuir renforcés, car il n'aimait pas sa blessure à l'avant-bras. Elle tirait sur son muscle et il pensait que ça pouvait nuire à son habilité au combat. D'un point de vue plus personnel, et sans en faire part aux autres, il pensait que les bracelets donnaient un air plus puissant et pouvaient éventuellement impressionner les ennemis ou les femmes. Le chef de son clan en portait, d'ailleurs.

Le Nain ne semblait pas vraiment fixé, il ne cessait de parler de forge et de pierres précieuses, de gagner des pièces d'or et de tuer des monstres avec sa hache de jet. Or on était à Glargh, et les occasions de tuer des monstres se faisaient rares. Enfin, tout cela restait bien sûr théorique, car les compagnons avaient passé la journée précédente à s'y employer, en visitant par mégarde le nouveau *donjon urbain* du défunt Silgadiz de Sombrelune. Et ils avaient affronté Zangdar, une fois de plus.

Quant au Ranger, bien qu'il se définisse comme le chef, il avait émis à l'égal de ses camarades l'hypothèse de quitter le groupe pour s'en aller vivre seul ses aventures. L'idée ne lui plaisait pas trop, mais il n'était pas non plus satisfait de l'ambiance qui régnait au sein de la cellule de groupe. Le Nain et l'Elfe ne cessaient de se chamailler pour des raisons futiles, le Barbare ne voulait jamais l'écouter et il était persuadé que la Magicienne fomentait des plans pour prendre sa place de dirigeant. De plus il ne comprenait pas l'Ogre, et pensait que leur nouvelle recrue, le gnome Gluby, s'acharnait à le tourner en ridicule en ayant toujours des idées meilleures que les siennes. Tout cela était mauvais pour son moral et pour sa réputation.

Parfois, ils entendaient les glapissements de la propriétaire de l'auberge, accompagnés de chocs sourds alors qu'elle se battait contre la porte de la cave. Ils sursautaient à chaque fois, pensant qu'un bataillon de gardes venait les déloger. On ne survivait pas en tant qu'aventurier sans entretenir une certaine paranoïa.

Au bout de trente minutes de palabres, les compagnons n'avaient trouvé aucune solution à leur problème et le sujet s'enlisait dans des considérations vaseuses. La Magicienne referma son grimoire et constata que la soupe, en plus d'être mauvaise, avait disparu. Elle ronchonna :

— Vous auriez pu m'attendre, bande de morfals !

— Huk huk, s'amusa l'Ogre, le vrai coupable.

Un cri perçant les fit sursauter une fois de plus, mais il ne s'agissait que de l'Elfe qui s'était approchée sans bruit et qui leur prodiguait ses salutations matinales en sautillant :

— Wou-hou ! Coucou les copains ! Hi hi hi !

Elle était de bonne humeur pour quelqu'un qui avait survécu à un face-à-face avec un démon arachnoïde de douze mètres de long à l'haleine infernale, qui avait gagné un niveau sans vraiment savoir comment et qui accédait au trône parce que des tas de gens d'une lointaine famille étaient défunts. Des sentiments, des émotions contradictoires s'entrechoquaient dans le petit univers mouvementé qui lui tenait lieu de cervelle. Elle semblait tout de même avoir déjà fait deux parts avec toutes ces choses, et jeté la mauvaise.

L'Elfe était élancée, blonde et jolie, aussi souple qu'une feuille de boulorne. Elle était vêtue au quotidien d'un ensemble vert, court et moulant qui permettait de deviner l'essentiel de son anatomie. Cette tenue provoquait habituellement l'enthousiasme de la gent masculine dès qu'elle apparaissait.

En revanche son intelligence, son habileté à l'arc et ses facultés d'intégration au groupe n'avaient pas encore été démontrées. Elle prétendait pouvoir soigner ses amis, mais c'était encore à prouver. Avec son expérience de l'aventure elle avait également gagné certaines compétences, comme la *compréhension du langage des toucans*, la *reconnaissance des plantes médicinales en forêt de conifères* ou la *défense à la dague*. Cette dernière était la plus inquiétante.

Les sylvains de la Terre de Fangh, êtres innocents par nature, étaient réputés pour s'attirer des problèmes et n'avoir qu'une vision déformée de la dureté de la vie. Ils ne voulaient toujours pas croire, après des millénaires d'histoire mouvementée, à la vilenie des autres. Alors quand il fallait combattre, c'était tout un problème.

L'Elfe prit place à table, le plus loin possible du Nain. Pinçant les lèvres, elle jeta un rapide coup d'œil à la soupière douteuse et aux tranches de pain carbonisées. Elle décida qu'il était sans doute indiqué d'attendre le repas du midi.

— J'espère rentrer bientôt dans ma forêt ! bouda-t-elle. Au moins chez moi on peut choisir son déjeuner !

— Surtout quand on est reine… soupira le rôdeur. Ça me semble quand même un minimum.

L'Elfe sourit :

— Mais la royauté c'est pas pareil chez les elfes que chez les humains, tu sais. C'est quand même plus simple chez nous. On n'a pas de palais géant, pas de salle du trône et pas des centaines de domestiques.

— Ah bon ?

— Et les gens normaux peuvent nous parler.

— Mais alors ça sert à quoi ? s'inquiéta le Nain.

L'Elfe sembla réfléchir un moment, tenta de saisir ce qui clochait du point de vue de son compagnon à barbe. Elle n'y arriva pas.

— Je ne sais pas, il faut d'abord que j'essaie ! dit-elle finalement.

— Eh ben ça m'a l'air bien pourri, maugréa le Nain en retournant à sa tartine.

À ce moment, le petit Gluby sauta d'une agile pirouette sur la table, comme sorti de nulle part. Il fit ainsi sursauter la Magicienne et couina :

— Flibidi !

Ses camarades lui répondirent un « flibidi » à l'accent incertain.

Dernière recrue de la compagnie, le gnome des forêts du Nord avait réussi à gagner l'estime de la plupart de ses compagnons, et ce malgré son apparente fragilité et ses problèmes de communication.

Après des années de servitude auprès du maléfique Gontran Théogal, ce contorsionniste avait rejoint l'équipe qui l'avait sauvé de l'amputation, et se sentait utile au sein de cette compagnie, même s'il devait parfois s'énerver pour imposer son point de vue. Il convient de préciser qu'il avait déjà sauvé plusieurs fois la situation, mais que le Ranger arrivait tant bien que mal à s'approprier la plupart de ses exploits. Il avait néanmoins sa place parmi tous ces géants.

Ajoutons qu'il ne coûtait rien en nourriture ni en chambre d'auberge, ce qui lui avait finalement valu d'être apprécié même par le Nain. Un compagnon qui permettait d'économiser de l'argent ? C'était tout à fait dans la philosophie des Nains.

— Mes amis vont venir nous chercher ! annonça soudain l'Elfe. Ils ont dit qu'on avait rendez-vous avec les hauts-elfes quelque part dans le quartier sud.

Le rôdeur se gratta l'oreille et dit :

— Les hauts-elfes ? Mais qu'est-ce qu'on va leur raconter ?

Il s'était penché sur la table, comme si brusquement des espions risquaient de les démasquer. Le Nain secoua négativement sa tignasse, comme pour indiquer qu'ils n'avaient rien à faire là-bas.

— Une entrevue diplomatique, expliqua la Magicienne. Enfin c'est ce que j'ai compris de la discussion d'hier.

— *Plomatique ?* grogna le Barbare. Encore un nouveau mot ?

— *Diplomatique* ! Insista le rôdeur. C'est… un truc pour parler avec les gens.

— Alors pourquoi on dit pas juste *parler* ?

La Magicienne se pinça l'arête du nez, réfléchit à un moyen d'éclairer le Barbare. Elle s'engagea donc sur un terrain glissant :

— La diplomatie, c'est… c'est une technique de communication qu'on utilise en politique, pour trouver des arrangements avec d'autres peuples.

— Hein ?

— C'est quand on discute avec les gens pour régler un problème de façon pacifique, ajouta le Ranger.

Le Barbare se concentra pendant plus d'une minute. Puis il rit :

— Ha ! Alors j'ai déjà fait plomatie ! L'année dernière on avait des problèmes au village avec le clan Brazok, pour partager les troupeaux de buffles. On a couru chez eux et on a mis le feu au village, mais on n'a tué personne. Alors on était d'accord et on a gardé les buffles ! Pacifique !

La Magicienne souffla par le nez. Le Nain ricana par principe, mais il n'était pas certain d'avoir bien assimilé le concept lui non plus. Le Ranger, après avoir gardé la bouche ouverte un certain temps, capitula :

— Bon. Si tu veux... C'est pacifique. Mais si on va voir les hauts-elfes, on va juste parler, et on ne mettra pas le feu au village.

— Parler, c'est chiant ! protesta l'inculte.

— Et c'est quoi d'abord les hauts-elfes ? s'inquiéta subitement le Nain. Ils construisent leurs cabanes plus haut que les autres, ou alors ils sont plus grands ? Je vous préviens tout de suite qu'il est hors de question que je colle mes miches dans un arbre !

Il n'avait pas non plus très envie de rencontrer des elfes à la taille démesurée, car il estimait déjà injuste que les elfes normaux soient plus grands que lui.

L'archère étant de bonne humeur, elle lui concéda une explication :

— Mais non ! Ils vivent dans des maisons comme tout le monde. Ce sont des elfes plus beaux et plus sages, les parents des vieilles familles qui ont découvert la Terre de Fangh il y a des millénaires. Ils n'habitent pas dans la forêt.

Ils interrompirent leur discussion car deux individus venaient de pénétrer dans la salle commune. Il s'agissait de Naziel et Nuliel, deux archers vêtus de fins atours aux nuances de vert et de brun, dont les visages souriants disparaissaient en partie dans l'ombre de leurs capuches.

S'étant déjà présentés la veille, ils saluèrent simplement les compagnons et s'approchèrent de l'Elfe, puis s'inclinèrent et formulèrent en chœur :

— Mes hommages, Votre Altesse !

Récemment promue reine de Folonariel, l'intéressée rougit et leur rendit un signe de tête, en gloussant :

— Coucou !

Il lui faudrait sans doute un certain temps pour s'habituer au protocole.

— Ha ha ! persifla le Nain. C'est vraiment trop débile ! Votre Altesse !

Puis, voyant que les autres ne riaient pas, il fit avec ses lèvres le bruit d'un lavabo qui se débouche et se détourna. Les archers lui firent les gros yeux.

BULLETIN CÉRÉBRAL DE L'ELFE

C'est une nouvelle vie qui commence ! Bien sûr ça serait mieux si je n'étais pas obligée de parler au Nain, mais je suppose qu'on ne peut pas tout avoir. Maintenant je suis la reine du clan, et je vais devoir prendre des décisions. Un peu comme notre ami le Ranger, quand il fait semblant d'être un chef. Aujourd'hui par exemple on doit parler à nos cousins de la ville qui doivent nous aider, pour savoir comment on va se débrouiller avec cette histoire de guerre. Naziel a expliqué que ma cousine a été tuée par des elfes noirs, pendant qu'ils étaient en voyage aux chênes d'Ulgargh. Ma famille n'avait rien fait de mal ! C'est vraiment bizarre, normalement les elfes noirs ne sont pas nos copains mais ce n'est pas pour ça qu'on s'attaque. Puisque c'est un *accident de diplodocus* – ou quelque chose comme ça je ne sais plus – on doit organiser des discussions et contacter les chefs des elfes noirs. Mais c'est déjà tellement compliqué ! Je me demande si je vais pouvoir utiliser les nouvelles compétences de mon niveau quatre. La Magicienne m'a expliqué que maintenant je peux attaquer avec ma dague mais que je dois faire attention à ne pas me couper. Et puis j'ai gagné de l'adresse, comme ça je peux tirer des flèches avec plus de précision. Elle a dit aussi que c'était pas une raison pour changer les habitudes, et que je n'avais pas le droit d'utiliser mon arc si quelqu'un du groupe était devant moi ou même sur les côtés. Il paraît que je suis meilleure pour grimper aux arbres, et que je peux donner des informations pour combattre les monstres rencontrés dans la forêt. Enfin, pour essayer tout ça il faudra qu'on quitte la ville. En route pour le quartier des hauts-elfes ! On pourra peut-être acheter des choses sur la route.

Ils durent quitter l'auberge un peu vite. Le petit déjeuner n'avait que trop duré et on s'approchait déjà, selon l'horloge interne de l'Ogre, de l'heure du déjeuner. Ils laissèrent donc à la tenancière quelques pièces et s'arrangèrent pour éviter d'écouter le récit décousu de ses exploits contre les monstres imaginaires. Elle avait semble-t-il réussi à repousser le *Tirlipon* de la cave et à l'enfermer dans le grenier, où ce dernier avait fini, d'après son estimation, par mourir de soif. La cave était donc maintenant le territoire des flibuks, un autre type de monstre caractérisé par des yeux énormes.

— Je vous assure ! clamait la foldingue en rajustant son écumoire. Ils ont les yeux tellement gros qu'ils peuvent voir à travers les vêtements ! Alors c'est pour ça qu'ils espionnent les humains, et ça les rend fous ! Ils deviennent lubriques et s'attaquent aux dames en essayant de leur faire des cochoncetés !

Le Ranger l'écoutait d'un air blasé, la main sur la poignée de la porte :

— Mais oui, madame… On vous comprend ! Halala.

— Il faut taper ! expliqua fièrement le Barbare. Mais pas utiliser le balai ! Il faut prendre une bonne épée !

La Magicienne poussa ses camarades dans la rue afin d'échapper au verbiage de la pauvre femme. Elle s'excusa :

— Je reconnais que c'est pas facile ! Mais là, on doit vraiment y aller vous comprenez.

La patronne lui attrapa la manche, lui respirant au visage une haleine chargée. Elle lui lança un regard fou :

— Attendez ! Je ne vous ai pas raconté ! Y a aussi un nouveau démon dans l'auberge !

— On n'a vraiment pas le temps...

— C'est un farfoudol ! Une sale bestiole qui lave par terre... Je vous jure, il a nettoyé toute la salle commune ce matin ! Je suis sûre qu'il fait ça pour reluquer sous les jupons !

C'est à ce moment qu'elle vit Gluby. La petite créature lui faisait des signes, juchée sur l'épaule de l'Ogre. La pauvre femme interpréta cela comme une menace, et ses yeux s'agrandirent :

— C'est lui ! Le farfoudol ! Il est monté sur votre ami !

La Magicienne se dégagea d'un geste brusque et lui tourna le dos en grognant :

— Vous allez nous lâcher maintenant ?

Les aventuriers s'éloignèrent en laissant la rombière en proie à ses doutes, le balai à la main. Le Nain profita de la mauvaise humeur de l'érudite pour l'asticoter un peu et lui reparler de sa super idée, celle de gaspiller des sorts qui nettoyaient le sol. Il prétendait que le nom de farfoudol lui allait bien depuis qu'elle avait perdu son chapeau, étant donné que ses cheveux partaient dans tous les sens. Il insista sur l'odeur de fumier, typique selon lui des farfoudols, dont elle n'avait pas encore réussi à se débarrasser. La Magicienne réagit, les dents serrées :

— Continue comme ça et je te balance une boule de feu dans la barbe !

— M'en fous, je cours plus vite que toi ! s'écria le nabot en détalant.

Il n'était pas peu fier de ses bottes, les fameuses bottes enchantées de Thlieu qui lui donnaient une grande vélocité. Un peu trop grandes pour lui, elles étaient également difficiles à piloter. Il avait eu pendant quelque temps de gros problèmes de trajectoire, mais c'était en train de s'arranger. Il ne se cognait plus trop souvent dans les murs, ne glissait plus dans les virages et ne rentrait plus dans les badauds. Quoi qu'il en soit, il ne voulait pas les quitter depuis qu'il avait réussi à les chaparder dans le coffre à cadeaux.

Puis la Magicienne appela l'Ogre qui partait dans une autre direction, suivant à l'instinct quelque badaud transportant de la nourriture chaude. Les membres de la compagnie devaient s'assurer qu'il ne s'éloignait jamais trop loin du groupe, car seul dans la ville il était capable de s'attirer des ennuis. Un garde zélé pouvait fort bien le prendre pour un monstre, et déjà lorsqu'il progressait avec ses camarades il attirait souvent des regards craintifs ou haineux. L'Ogre était plus menaçant que jamais depuis qu'il avait été équipé par le Nain et le Barbare, avec son casque à pointe, son énorme gantelet, sa protection d'épaule et sa hache aussi rouillée que démesurée.

Ils suivirent Naziel et Nuliel vers le sud-ouest de la ville. Depuis l'allée Tzoing où se trouvait leur pitoyable auberge, ils se faufilèrent entre les maisons pour rejoindre la rue des Moines Brasseurs. Ils passèrent ainsi près du temple de Braav', le dieu loyal-bon, où deux guerriers habillés de blanc montaient la garde, un sourire béat sur le visage. Un troisième adepte essayait péniblement de fixer au mur une pancarte qui indiquait :

Grand goûter des Bonnes Résolutions,
venez nombreux !
5e jour de la Décade
Braav' est avec nous
Alcool interdit

— Un goûter ? s'écria l'Elfe. Mais le cinquième jour, c'est demain !

Elle battit des mains et se trémoussa, ce qui fit remonter sa jupe un peu plus haut sur ses cuisses. Les sourires des guerriers s'élargirent encore. Le plus jeune des deux lui adressa un signe de la main en rougissant.

Naziel s'approcha de sa reine, le visage en peine :

— Mais Votre Blondeur, nous ne pouvons participer. Vous savez que nous devons rejoindre la forêt au plus vite…

— Ho, c'est vrai ça, bouda l'Elfe. Encore ces histoires de guerre !

Nuliel ajouta :

— De plus, la bienveillante Selenia III ne peut prendre part à un goûter officiel sans une invitation, et celle-ci doit être fidèle aux règles protocolaires.

— Selenia ? Mais pourquoi vous parlez de ma cousine, vous avez dit qu'elle était morte ?

— Bon alors ? Vous avancez ? brailla le Nain qui était déjà dix mètres plus loin.

Sans prêter attention à lui, les deux archers échangèrent un sourire gêné. Nuliel s'inclina et toussota avant de rappeler à l'Elfe que Selenia était son nom désormais.

— Ah bon ? J'ai le nom de ma cousine ?

— C'est le nom usuel de la reine de Folonariel, en fait. Votre cousine l'avait reçu en accédant au trône, tout comme vous.

— C'est vraiment bizarre cette coutume ! commenta le Ranger qui se trouvait juste derrière. Pourquoi choisir le même nom pour toutes vos reines ?

— Mon brave ami, c'est assez simple en fait, dit Nuliel. Nos reines ont une espérance de vie très longue…

— Théoriquement, intervint Naziel qui semblait crispé.

— Oui, théoriquement. Quand on n'assassine pas la famille régnante de manière honteuse et lâche !

Le Ranger toussota. Il pensait que Nuliel allait pleurer et qu'il valait mieux ne faire aucun commentaire, mais celui-ci réussit à se contrôler et enchaîna :

— Enfin, c'est pour cela qu'on n'a pas d'accession au trône tous les dix ou vingt ans comme c'est le cas chez les humains. À cause de la longévité de nos reines.

— Pour les humains c'est aussi théorique ! ricana la Magicienne. En fin de compte, il arrive parfois chez les humains que le règne ne dure pas plus d'une journée.

— Il est vrai, concéda Nuliel. Enfin, pour ce qui nous concerne, le fait de garder le même nom pour notre dirigeante permet à notre peuple de bien l'assimiler.

Naziel hocha la tête et compléta :

— Nous avons tant de choses en tête à chaque instant !

La Magicienne haussa un sourcil et vit que le rôdeur se retenait de pouffer. Elle se demandait bien, elle aussi, de quoi pouvait être farcie la tête des sylvains, en dehors des courants d'air et des images niaises d'animaux à fourrure sautillant dans les fougères.

— On marche pas vite ! bougonna le Barbare en la percutant.

L'érudite garda pour elle sa remarque, car elle savait bien qu'elle n'obtiendrait aucune excuse pour l'écrasement de son pied gauche. La politesse n'était pas enseignée chez les nomades des plaines.

Après avoir fait signe à l'Ogre qui fouinait dans une poubelle, ils progressèrent encore jusqu'au quartier général de la Confrérie des Moines de Labin'Houz, un monument qui avait donné son nom à la rue. Cette construction large et haute écrasait le reste des habitations de sa splendeur. Ses multiples piliers représentaient à leur base de gigantesques barils, et on pouvait contempler sur sa façade de nombreux bas-reliefs illustrant les événements qui avaient marqué l'histoire de la bière. Ce détail n'avait pas échappé au Nain, bien qu'il fût très véloce. Il s'était figé dans sa course et se tenait là, leur faisait des signes et montrait du doigt le personnage central d'une procession :

— Hé ! Regardez, là ! On dirait mon ancêtre Gurdil !

Le reste de la compagnie fut bientôt proche. Le Ranger y jeta un bref coup d'œil et pouffa :

— Pfff. C'est juste un Nain.

— Mais non ! Regarde, il a son caleçon en Mithril !

— Il a une barbe et une hache, c'est juste un Nain.

L'érudite s'approcha du bas-relief à son tour. On y avait représenté plusieurs chariots contenant des montagnes de tonneaux, qui visiblement traversaient une forêt de sapins.

Plusieurs hommes armés encadraient un Nain qui tenait un âne par la longe. La scène n'avait absolument rien d'épique.

— Je ne vois pas en quoi c'est extraordinaire, dit-elle, mais par contre il y a une inscription ici. C'est du Moriaque de l'Est.

— Hé, tu peux me la lire ? implora le courtaud. Moi j'y arrive pas !

La Magicienne hésita, car elle n'aimait pas rendre service au Nain. Il n'avait pour sa part jamais accordé de faveur à personne, ou alors sans le faire exprès. De plus, il se moquait souvent de son érudition. Elle le toisa, regrettant alors de n'avoir plus son chapeau qui lui donnait auparavant l'air plus menaçant :

— Hum. Je ne sais pas si tu le mérites !

Le Nain fronça les sourcils, marmonna quelque chose et finit par lui adresser un étrange sourire :

— Mais si ! Tiens… Je te donne même… une pièce d'or !

Il s'empara fébrilement de sa bourse, ne doutant alors aucunement du caractère alléchant de l'offre.

— Holàlà ! pouffa le rôdeur. C'est que ça doit être vachement important !

Comprenant qu'on risquait d'y passer la journée, la Magicienne abdiqua.

— Bon d'accord. C'est écrit : « Année 1315 du deuxième âge : la première cargaison de Guiliness arrive à Glargh en provenance de Mliuej, grâce à une expédition menée par un certain Gurdil-Cul-Brillant, qui… »

Le Nain la coupa sans ménagement :

— Ha ha ! Je le savais ! C'est lui ! C'est mon arrière-grand-père ! C'est Gurdil ! Vous voyez là, c'est pas très bien sculpté mais c'est son caleçon en Mithril qu'on voit. Il l'avait fait lui-même avec…

Il fut à son tour dérangé par l'archer Nuliel, qui lui désigna la rue :

— Désolé, messire Nain, mais nous devons avancer.

— On n'a pas de temps à perdre avec des histoires de nabots crasseux ! ajouta l'Elfe d'un air pincé.

— Je te ferai dire que c'est de l'Histoire ! rétorqua le Nain. Et c'est pas une pétasse à gros cul qui…

Le Ranger et la Magicienne se précipitèrent sur leur vitupérant compagnon et parvinrent à le bâillonner.

— Mais tu vas la fermer, crétin ?

Ils avaient désormais trois sylvains dans leur groupe. Il fallait s'assurer qu'aucun conflit n'éclate entre les elfes et le barbu, car celui-ci risquait d'en faire les frais. Avec un peu de malchance, ils pourraient bien, à trois, réussir à lui tirer une flèche. Et puis l'escorte de Selenia III semblait très à cheval sur le protocole, ce qui ne cessait d'inquiéter le Ranger.

Profitant du fait que Son Altesse était maintenant loin devant avec ses acolytes, ils lâchèrent le Nain qui s'acquitta de sa pièce d'or à contrecœur. Ils purent ainsi continuer leur périple en direction de la place Maraud, endurant les remontrances du courtaud et les détails sordides de la vie de son ancêtre. Ils ne prêtèrent aucune attention à l'austère bâtiment d'en face, le siège de la Caisse des Donjons de la circonscription de l'Est.

La Magicienne leur montra fièrement le quartier de l'université de magie, ainsi que la tour du doyen qui dominait la place avec suffisance. D'étranges gargouilles pointaient vers le ciel autour de son sommet, son pinacle qui semblait auréolé d'une vapeur verdâtre. La rouquine expliqua que plusieurs balcons permettaient au vieil homme de surveiller les élèves du campus depuis ses quartiers. Elle ne précisa pas, cependant, qu'elle avait été convoquée dans son bureau pour divers incidents impliquant généralement des flammes, des dégâts matériels et des élèves brûlés. Elle pria pour qu'aucun étudiant ne la reconnaisse, et surtout pas les élèves en question.

Ils firent une halte pour permettre à l'Ogre d'acheter quelques sandwichs à la saucisse. La créature cessa donc de geindre et fut à même de les suivre en grignotant. Ils longèrent ensuite le square des Chouettes Clouées, dominé par l'exubérance du temple de Slanoush. Le culte du dieu des Secrets Enfouis était très populaire à Glargh, mais les adhérents se faisaient discrets. Pour l'heure, le fronton du bâtiment abritait curieusement de nombreux adeptes qui semblaient désorientés.

— Tiens, c'est marrant ça, commenta la Magicienne. Il n'y a jamais personne ici le matin.

Nuliel pensait qu'il devait y avoir un genre de cérémonie, comme le goûter du temple de Braav'. La décade des bonnes résolutions était faite pour ça.

Le Barbare eut un regard blasé pour les cultistes, et reconnut ainsi les couleurs de leurs livrées, formant un mélange agressif de jaune et de violet. Il se tourna vers le rôdeur et interrompit sa flânerie :

— Hé. C'est pas des types comme ça qu'on a maravés hier ?

— Pétard de chiotte ! jura le Ranger avec un temps de retard. Merde merde merde !

Il baissa la tête et pressa le pas.

— T'as raison ! approuva la Magicienne. Faut pas qu'on reste là !

— Doulou ? s'inquiéta Gluby.

— Qu'est-ce qui se passe ? geignit l'Elfe qui suivait malgré tout le mouvement.

Ils se précipitèrent donc, avec un manque total de discrétion, hors de vue des redoutables prêtres.

Les aventuriers ignoraient bien sûr que la grande prêtresse du culte en question était en détention provisoire au poste de garde. Elle avait été capturée, quasiment nue et couverte de boue, dans le stade de Glargh après son affrontement avec l'inquiétante secrétaire en chef du concile de Waldorg. Elle subissait actuellement un interrogatoire et c'était essentiellement par leur faute.

Fort heureusement, les cultistes ne connaissaient pas tous les détails de l'affaire, car tous ceux qui avaient pris part à la bataille dans les rues de la cité n'étaient plus de ce monde. Ils ne se réunissaient à présent que pour protester contre l'enlèvement de leur dirigeante et lui trouver une remplaçante.

Cette dernière question était la plus épineuse, car il était probable qu'à son retour, la prêtresse prendrait en grippe la personne désignée et qu'elle s'arrangerait pour mettre un terme à son existence de la plus pénible façon. Le passage d'une troupe d'aventuriers à la conduite suspecte se trouvait de ce fait relégué au rang des problèmes mineurs.

La compagnie détala ainsi dans la rue du Ramponneau, se trouva sur le lieu d'un exploit de la Magicienne. C'était sur une petite place jouxtant ladite rue qu'elle avait accidentellement foudroyé plusieurs habitants quelques jours plus tôt, au cours d'une altercation avec des guerriers de Khornettoh. Le Ranger gémit, se plaignit qu'il n'était plus possible d'aller quelque part sans rencontrer de mauvais souvenirs, et ils accélérèrent encore. Il était préférable que personne ne les identifie, là non plus.

Quelques minutes plus tard, ils furent à l'abri au sud de la rue de la Chute de Gzor, dans le quartier des hauts-elfes. Ils s'arrêtèrent pour souffler un peu et s'orienter. La Magicienne murmura :

— La vache… Faudra réfléchir à notre itinéraire la prochaine fois qu'on aura besoin de traverser Glargh !

— Mais par Crôm, j'ai pas vu le danger !

— Le danger c'est qu'on nous reconnaisse ! cracha le Ranger au Barbare. Mais ça fait jamais que trois fois que je te le dis ! Ces gens nous en veulent certainement à mort !

Le guerrier des steppes hocha la tête mollement, car il n'était pas vraiment convaincu. Pour lui, le passé n'existait pas. La menace se trouvait toujours devant, et non derrière.

BULLETIN CÉRÉBRAL DU BARBARE

On a encore fait la ruse. La fuite. Normalement on court quand les gens trop forts nous attaquent, et déjà c'est la honte. Maintenant je sais pas pourquoi, on doit fuir même quand y a pas d'ennemis. Moi je croyais qu'on fuyait plus quand on avait pris des niveaux, mais faut croire que c'est le contraire. Et c'est quoi ce quartier ? Y a des maisons bizarres, comme j'ai jamais vu. Ça sent les fleurs. Des gens tout pâles et habillés comme des ménestrels, on dirait des elfes riches. Peut-être qu'on va les attaquer pour voler leurs bourses ? Ça serait bien. J'espère qu'on pourra manger du jambon et pas de la salade, sinon c'est trop nul.

La population avait changé dans les rues. Les promeneurs et les commerçants ne regardaient plus les aventuriers comme un danger potentiel, mais comme des détritus mobiles.

Ici les habitations classiques de pierre taillée, à colombages et toits d'ardoise ou de chaume, avaient fait place à de magnifiques villas aux formes épurées, constituées d'étranges matériaux. L'observateur y reconnaissait du bois, des galets agencés avec une grande précision, des enduits fins rehaussés de pigments naturels, des métaux irisés, des feuilles gigantesques qui servaient parfois d'élément de toiture. Les lignes de ces pavillons s'inspiraient du vent, des formes de la lune et des courbes animalières. Ainsi la végétation semblait y gagner sa place naturellement, et, de ce fait, chaque maisonnée se trouvait décorée de lierre et de fleurs grimpantes au parfum puissant. Ici, nulle odeur de frites, nulle déjection canine, aucune poubelle et pas le moindre mendiant pour déprécier le paysage.

C'est que chez les hauts-elfes, on cultive un certain standing.

Ils se considèrent encore de nos jours comme les êtres les plus intelligents et les plus nobles. Il est vrai qu'ils sont les ancêtres des grandes familles d'elfes, les sylvains comme les autres, mais il n'y a pas là de quoi cultiver grande fierté.

Nul n'a jamais vraiment compris d'où ils étaient originaires, mais ils investirent la Terre de Fangh il y a déjà fort longtemps. Ils venaient d'un pays au-delà de la mer, un pays où de graves problèmes les avaient fait fuir. Les érudits – du moins ceux qui se font passer pour tels – prétendent que leur arrivée date de l'année 127 de l'ère du Chaos, quelque cent années avant que ne se déclenchent les grandes guerres. On raconte que les elfes, fraîchement débarqués de la mer, furent enchantés par la découverte de ce nouveau territoire, et qu'ils firent don de la magie aux humains. Ils reçurent en échange le secret de la fabrication de l'arc. Cette arme peu salissante et légère avait tout pour les séduire.

Les elfes voyageurs s'installèrent à Glargh en 468 de l'ère du Chaos, initièrent par la même occasion les humains à de nombreuses techniques de construction et d'artisanat. Menés par le grand mage Téclystère, ils furent un temps considérés comme les maîtres de la ville, mais cela ne dura pas. Les guerres incessantes, les invasions multiples et les conflits ne leur permirent jamais d'asseoir vraiment leur suprématie, car il est vrai qu'ils passaient plus de temps à contempler leur reflet dans le miroir qu'à échafauder des plans. Du reste, ils n'étaient pas assez bons en politique pour lutter contre les humains retors, et n'avaient pas non plus la détermination des barbares impulsifs.

Les hauts-elfes ont ainsi traversé les époques et les guerres sans vraiment se voir menacés. Certains d'entre eux sont devenus des sylvains, d'autres des elfes des plaines, d'autre encore furent enlevés par les dieux et devinrent elfes noirs. Ils détiennent de nombreux secrets magiques, peuvent travailler de fantastiques matériaux et sont reconnus comme experts en fabrication de bijoux, en enchantement d'objets, en confection vestimentaire et en culture de plantes en pots. Des disciplines qui permettent de devenir riche sans tuer des gens.

Le Nain s'impatientait :

— Bon alors, on fait quoi ? Je me sens pas très bien moi ici !

— Je crois que tu as enfin pris conscience de ton odeur ! ricana l'Elfe.

— Pfff…

Naziel leur indiqua la route, s'inclinant fréquemment lorsqu'il croisait des citoyens interloqués. Ils parvinrent ainsi sur une petite place et s'arrêtèrent au pied d'un arbre gigantesque, un colosse végétal qui semblait recouvrir tout le voisinage de son feuillage.

— Nous y sommes ! C'est l'ambassade.

Le Ranger et la Magicienne examinèrent les demeures qui constituaient le pourtour de la place, mais ne trouvèrent aucun signe distinctif notifiant une quelconque ambassade. Ils échangèrent donc un haussement d'épaules interrogatif.

— Dans l'arbre ! ajouta Nuliel.

— Ah !

Ils levèrent les yeux et remarquèrent alors l'immense cabane installée dans les branches, à plus de six mètres du sol. Le rôdeur vit alors l'archer s'engager prestement sur un petit escalier circulaire, un autre détail qui avait échappé à ses observations. Il se sentit un peu lourdaud.

— Nuliel va revenir avec un ambassadeur, expliqua son compère. Il nous accompagnera chez un responsable des relations protocolaires, qui lui-même nous conduira au siège du quartier décisionnel de la communauté haut-elfe.

— C'est compliqué tout ça ! souffla le Barbare.

— Si ça peut nous éviter de finir en prison… commenta le Ranger.

Il n'aimait pas trop les regards qu'on lui lançait depuis qu'il avait mis les pieds dans cet arrondissement. Il avait sans cesse l'impression d'être un gamin pris en faute en train de piquer des groseilles sur le terrain du voisin.

Nuliel revint quelques minutes plus tard accompagné d'un sylvain au visage austère, un employé de l'ambassade qui semblait plutôt stressé.

— Voici le correspondant Jagdaniël, présenta rapidement l'archer. Il va venir avec nous mais il est porteur d'un message urgent pour Selenia.

Voyant qu'on la fixait, l'Elfe se retourna pour vérifier qu'on ne parlait pas de quelqu'un qui serait caché derrière elle. Naziel lui pressa respectueusement le bras :

— C'est bien de vous qu'il s'agit, Votre Blondeur…

Jagdaniël brandit un petit rouleau et rendit compte au groupe de l'affreuse nouvelle :

— Nos frères de la forêt de Schlipak nous ont envoyé ce message par faucon voyageur. Ils ont été attaqués et massacrés ce matin par des sauvages !

— Crôm ! ponctua le Barbare.

Les deux archers pâlirent. Selenia porta sa main à sa bouche et ses yeux se brouillèrent. Nuliel bafouilla :

— Mais… mais s'agit-il de nos frères de la cité de Talairfin ou de nos cousins Lunelbar ?

— Aucun des deux ! soupira le correspondant. Les brutes ont attaqué le siège de la Caisse des Donjons de l'Ouest !

— Bien fait ! se réjouit le Nain dans sa barbe. Les sales voleurs de…

Il ne put continuer sa phrase car le Ranger lui avait instinctivement balancé son coude dans le nez. Le courtaud recula et crachota, à demi sonné. Cela lui sauva probablement la vie, car personne n'avait relevé sa remarque.

— La Caisse des Donjons ? s'indigna Naziel. Mais c'est inconcevable !

Jagdaniël hocha tristement la tête :

— Effectivement ! Cela n'était jamais arrivé encore…

— Y a des gens qui sont vraiment méchants ! commenta l'Elfe, les poings sur les hanches.

— Mais putain, qu'est-ce que j'ai dit ? protesta le Nain en frottant son appendice nasal.

Le correspondant leur fit état de la situation détaillée, grâce aux informations contenues dans le rouleau. L'affaire concernait visiblement des Barbares issus d'un mystérieux « clan Raggak », des hommes d'une inconcevable brutalité qui avaient brûlé et pillé le centre administratif de la Caisse des Donjons. On ignorait pour le moment la raison de leur offensive. Le centre était à moitié détruit, des centaines de documents avaient été perdus, des objets volés, et le personnel comptait de nombreuses victimes, mortes ou blessées.

L'Elfe pleura un moment, réconfortée par l'archer Nuliel et par le petit Gluby. Alors que les autres compagnons dansaient d'un pied sur l'autre, l'Ogre s'était assis au pied de l'arbre afin de boulotter tranquillement son dernier sandwich.

Finalement, le Ranger supposa qu'il y avait moyen de s'illustrer par une bonne idée. Il désigna le Barbare qui se tenait à sa gauche et s'adressa au vénérable Jagdaniël :

— Notre compagnon ici présent est issu d'une tribu barbare. Il saura peut-être nous éclairer sur les origines et les motivations de ces sauvages ?

Ils se tournèrent vers le bretteur qui les considéra un moment, les pouces bien calés dans son ceinturon. Plusieurs secondes passèrent. Il finit par froncer les sourcils mais ne répondit aucunement à la question. La Magicienne comprit alors que la phrase était trop longue et qu'il avait sans doute décroché. Elle le réveilla d'un coup de coude :

— Bon. Tu les connais toi, les mecs du clan Raggak ? Tu peux nous donner des informations ?

Le Barbare hocha la tête :

— Raggak ! Ha ! Ouais. Ils ont plusieurs campements dans la steppe. Sont grands et forts, avec des grands cheveux, des bottes et des épées. Ils chassent les grands animaux à la lance, et pillent aussi les villages et les caravanes.

Personne dans l'auditoire ne fut impressionné par la révélation, mais les elfes hochèrent poliment la tête. Le Ranger, constatant qu'il passait encore pour un glandu, s'intéressa de près à ses nouveaux gantelets.

— Mouais… conclut l'érudite. Des barbares, quoi.

— Ouais ! C'est des barbares ! insista le chevelu en écartant ses doigts pour compter dessus. Y a aussi clan des

Brutes, clan des Hyènes, clan Ruchka, clan Grosgourdin, clan…

— Ça ira ! trancha le rôdeur. On ne s'intéresse pas aux autres clans.

— Malheur… soupira Naziel. Cela fait deux fois qu'on attaque le peuple sylvain en moins de dix jours ! Il y a de quoi s'inquiéter !

— Et nous avons désormais deux adversaires ! gémit son acolyte. Serait-il possible que les elfes noirs et les barbares montent une alliance contre nous ?

Jagdaniël hocha la tête avec fatalisme :

— C'est incompréhensible, je vous l'accorde. Nous devons rendre compte au plus vite de toute cette affaire au conseil des hauts-elfes.

— Partons sans attendre ! proposa Nuliel en ajustant sa capuche.

BULLETIN CÉRÉBRAL DU NAIN

Après la réunion pourrie au pied de l'arbre, on a marché un moment dans le quartier des elfes, et j'avais l'impression de faire une escapade au musée de la tafiole. On est allé chez un autre coiffeur de poneys, un type saoulant qui se baignait sans doute dans du parfum depuis sa naissance. Il a crié des trucs et il a pleuré aussi quand ils ont raconté le coup de la Caisse des Donjons avec les barbares. Et puis on a encore marché. Moi j'étais un peu en avant pour pas trop traîner avec eux, grâce à mes bottes de vitesse. Quand je regardais derrière moi, ça faisait comme une grande troupe d'aventuriers avec cinq elfes ! Vraiment n'importe quoi. J'imagine même pas si quelqu'un de ma famille m'avait vu avec eux. Enfin bref, moi je trouve ça bien que les barbares attaquent la Caisse des Donjons, surtout si c'est géré par des elfes. Ces enfoirés nous doivent deux mille pièces d'or ! Un véritable scandale.

À part ça, je sens que le reste de la journée va être tout aussi palpitant. Fait chier.

BULLETIN CÉRÉBRAL DE LA MAGICIENNE

La réunion de crise chez les hauts-elfes a duré plus de trois heures. Ça s'est passé dans un magnifique palais, mais nous n'avons pas eu le droit d'entrer au conseil car c'est traditionnellement interdit aux humains, aux nains, aux ogres et d'une manière générale à tous ceux qui ne sont pas des elfes. Alors nous avons patienté dans le square à côté. C'est sans doute normal, surtout quand on pense au Nain : c'est un peu comme si on invitait des barbares à un congrès de sorcellerie. Enfin, moi j'en ai profité pour réviser un peu mes nouveaux sorts. L'enjeu était d'importance pour cette assemblée, car l'ambassadeur sylvain Jagdaniël devait convaincre les hauts-elfes de la nécessité d'une mobilisation pour se préparer à l'éventualité d'autres attaques. Des traités de ce genre ont déjà été signés dans l'histoire de la Terre de Fangh, surtout à l'époque des grandes guerres contre le chaos, quand Gzor foutait le bazar. En ces temps troublés, la plupart des peuples avaient rallié la SBAF, la *Salutaire et Brave Alliance de Fangh*. Mais bon, à ce moment les elfes n'étaient pas encore divisés comme c'est le cas maintenant. Enfin, je me pose tout de même une question : qu'est-ce qu'on fout là ? On devrait plutôt parcourir les donjons, au niveau quatre.

Finalement, les sylvains sortirent du palais, accompagnés d'un dignitaire haut-elfe intégralement vêtu d'un habit blanc crème, aux cheveux fins ornés d'un somptueux diadème. Celui-ci les congédia d'un geste amical de la main et s'en retourna. Les elfes se dirigèrent alors vers le square pour retrouver le reste du groupe.

La Magicienne et le Ranger avaient eu beaucoup de peine à garder sur place certains membres du groupe. Il était hors de question de les lâcher dans ce quartier sans surveillance car la probabilité d'une catastrophe était grande. Pour parvenir à leurs fins, ils avaient déboursé six pièces d'or exigées par le Nain à titre de dédommagement. Celui-ci prétendait qu'une loi naine interdisait à des gens de son peuple de glander sur les bancs d'un square en plein quartier elfique sans compensation pécuniaire. Ils choisirent d'occuper le Barbare en lui proposant d'entraîner le Ranger au maniement de l'épée, et l'Ogre fut sommé de mettre de l'ordre dans son immense besace. Cette activité trompa son ennui pendant deux heures car il put y retrouver diverses denrées périmées et les trier par ordre de décrépitude.

Lorsque tout l'équipage fut rassemblé, ils décidèrent de la suite du programme. Le conseil des hauts-elfes avait statué que « la situation était plus ou moins catastrophique et que des complications pouvaient survenir ». Autrement dit, ils étudieraient la question avec soin et ne jetteraient pas le dossier dans une quelconque poubelle dès le lendemain. Ils veilleraient à bien se tenir informés – car ils ne se préoccupaient habituellement que de leurs propres histoires – et viendraient en aide à leurs cousins sylvains dans une certaine mesure. C'était déjà très encourageant, d'après Jagdaniël. Il vivait auprès des hauts-elfes depuis bien longtemps et les avait rarement vus aussi concernés – il pensait d'ailleurs, en son for intérieur, que le charisme de la reine Selenia y était pour quelque chose.

L'ambassadeur adressa finalement aux compagnons un signe étrange de la main et s'en retourna vers sa cabane perchée, en leur souhaitant bon retour.

On s'approchait de la fin de l'après-midi et il était grand temps de préparer le voyage de Son Altesse Selenia. Il fallait également retrouver le chemin de l'auberge et ne pas se faire attaquer en route par des cultistes vengeurs ou des citoyens hystériques. Le groupe, déjà plutôt difficile à gérer, commençait à perdre de sa cohérence au fur et à mesure que les elfes devenaient majoritaires.

C'est à ce moment que le Nain aborda la question cruciale :

— Bon alors ? Ça devient quoi notre histoire de compagnie ?

Le Ranger grimaça. Il savait bien qu'on allait en arriver là, et souffrait lui-même de gros doutes depuis qu'ils avaient rencontré les archers de Folonariel.

Nuliel sourit et s'inclina :

— Maître Nain, voici votre réponse : nous devons gérer l'urgence pour le moment. Il faut donc enquêter diplomatiquement pour savoir si les elfes noirs sont alliés avec les barbares, et surtout comprendre pour quelle raison. Savoir avant tout pourquoi ils ont attaqué. Ensuite, nous devons nous préparer à une guerre potentielle.

— Voilà ! compléta l'Elfe. C'est ça qu'on a dit au conseil machin.

Le Nain s'approcha de l'archer :

— Hé ! Je crois que tu m'as pas bien compris ! Moi je suis pas un bouffeur de salade. J'ai pas d'intérêt à vous aider à régler vos problèmes et j'en ai rien à secouer de vos histoires de cabanes brûlées, des mecs qui bousillent la Caisse des Donjons, et puis j'ai eu mon quatrième niveau. Mon destin c'est de parcourir le monde ! Il faut que je parte à l'aventure et que je devienne le plus célèbre nain-guerrier de... de l'époque de maintenant !

Il ponctua sa déclaration par un claquement de langue et un geste autoritaire de la tête. Il croisa les bras dans un tintement de cotte de mailles et tourna le front vers le large. C'était sa façon de préciser que la décision était irrévocable.

Nuliel le considéra d'un air étonné, comme s'il venait de découvrir à qui il avait affaire. Il ne sut que répondre. Son compatriote secouait négativement la tête sans être capable de lui porter assistance.

Le Ranger souhaita dire quelque chose, leva son doigt pour signifier l'importance de son intervention, mais il fut coupé par la Magicienne.

— Il faut reconnaître qu'il n'a pas tout à fait tort. C'est vrai que c'est triste vos affaires, mais bon... Le truc c'est que nous sommes des aventuriers, pas des généraux ni des diplomates.

— Notez qu'on n'a rien contre la diplomatie ! ajouta hâtivement le rôdeur.

Il ne voulait pas passer pour un gros bourrin.

— Moi j'ai déjà fait plomatie ! lança fièrement le Barbare.

— Mais bon... continua l'érudite. C'est pas tellement nos affaires tout ça. Je ne pense pas qu'on va gagner de l'expérience en restant collés à un détachement royal.

— Du coup, vaudrait mieux qu'on se casse ! brailla le Nain en se détournant.

— Gloubouk ? interrogea l'Ogre qui n'était pas très rassuré.

Il venait de voir la tête de l'Elfe.

Celle-ci se mit à pleurer. Elle s'avança pour attraper le Ranger par le bras et se plaqua contre lui. Le jeune homme rougit en percevant à nouveau la chaleur de son corps à travers le tissu trop fin, et tenta de comprendre les jérémiades qui s'échappaient entre deux sanglots :

— Alors... Ça y est... Vous m'abandonnez ! Alors que... qu'on avait une super équipe !

— Haw l'autre hé ! s'esclaffa le Nain qui avait déjà fait plusieurs mètres pour s'éloigner du square.

Le Ranger bredouilla quelques excuses en essayant de récupérer sa manche.

— Ben... Oui mais bon, l'aventure c'est pas tellement compatible avec le trône de bidule-nariel...

— Folonariel, souffla la Magicienne.

Les archers s'approchèrent pour tenter de raisonner la souveraine :

— Vos amis ont raison, noble Selenia.

Nuliel parla avec une grande douceur, mais l'Elfe l'ignora. Elle redoubla de véhémence et fixa le Ranger avec animosité :

— Et puis si vous partez on ne sera plus des copains comme avant et on ne fera plus jamais des bisous ! C'était pas la peine... de me sauver la vie pour me laisser tomber quand c'est la guerre ! Je vais me retrouver toute seule !

Elle pleura derechef et Naziel s'en trouva déstabilisé. Il en vint bientôt à l'énervement, haussa la voix :

— Votre Blondeur ! Vous savez que tout le peuple est avec vous ! Vous n'êtes pas seule !

— M'en fiche !

L'Elfe se tourna vers un buisson du square et sanglota de plus belle, laissant ses compagnons les pieds dans leur désarroi.

La Magicienne, le Ranger et le Barbare se réunirent à quelques mètres, alors que les deux archers tentaient de faire entendre raison à leur nouvelle reine. Cela ne semblait pas gagné.

— Bon alors on va où ? s'impatienta le chevelu. J'aimerais bien taper des monstres.

Le Ranger se grattait l'arrière de la tête et dansait d'un pied sur l'autre, en proie au stress. Il apaisa son camarade :

— Une minute... C'est pas si simple...

— Moi aussi ça m'embête de la laisser comme ça... souffla l'érudite. C'est pas très cool.

— Le truc pas cool, c'est qu'on s'emmerde dans un square !

Les aventuriers tentèrent d'ignorer les propos du Barbare, lequel avait maintenant le sourcil frémissant du *type qui va bientôt charger quelqu'un au hasard*. Il fallait trouver un truc intéressant à dire ou quelque chose à faire, vite.

Ils furent sauvés du désœuvrement par Nuliel. Celui-ci venait de les rejoindre de quelques enjambées souples. Il sourit et leur proposa, non sans une certaine gêne et sur le ton de la confidence, de rejoindre leur convoi pour Folonariel à titre exceptionnel *d'escorte royale*.

— Considérez cela comme une aventure, les amis. Nous vous paierons cinquante pièces d'or par jour et par personne, ainsi qu'un bonus une fois rendus dans nos contrées.

— Eh ben… Escorte royale ? se rengorgea le rôdeur. C'est la classe en fait.

La Magicienne hocha vigoureusement sa chevelure en bataille :

— Par l'œil de Jurasque, ouais ! C'est une proposition qui tient la route !

— Et nous vous proposons cent pièces d'or d'avance.

— Super !

Puis, notant l'expression mitigée du Barbare, Nuliel ajouta :

— Et c'est certainement dangereux.

— Crôm ! approuva la brute.

Considérant le caractère exceptionnel de l'annonce qu'il avait à faire, le Ranger se retourna et agita les bras en direction du plus barbu de leurs compagnons, qui était déjà loin :

— Hé ! Le Nain ! Ça t'intéresse de gagner cent pièces d'or ?

— Quoi ?

À plus d'un kilomètre au nord, un petit homme à la peau verdâtre se tenait assis près d'une étroite fenêtre, dans une chambre minuscule au cinquième étage d'une tour sombre et désordonnée. Il se contorsionnait en tirant la langue, criant et geignant parfois quand la douleur se faisait trop forte.

Il injuriait encore et toujours la maudite engeance des archers, leurs amis les aventuriers ainsi que tous leurs ancêtres et leurs descendants, les fabricants d'arcs et de flèches et même les gens qui coupaient les branches qui serviraient à faire des flèches, ainsi que leurs amis qui fabriquaient des scies qui permettaient de couper lesdites branches. Il tira une fois de plus sur le fil qui lui cisaillait les chairs.

Recoudre une plaie profonde et peu accessible, à l'arrière de la cuisse, n'est pas chose facile. Il se piqua derechef le gras de la jambe, tressaillit et s'exclama :

— Ah non, misère de misère ! Cette fois c'est trop ! Je vais lui demander, nom d'une tête de troll infectée !

Reposant son matériel et pestant, Reivax ajusta ses braies et se précipita dans le couloir en boitant. Il s'engagea dans un long corridor aux murs endommagés, tourna une fois à gauche, une fois à droite, monta puis redescendit quelques marches qui semblaient avoir été disposées là dans le simple but de prolonger sa souffrance. Il se trouva face à une porte noire ornée de motifs nauséeux. Le nouveau cabinet de travail du maître.

— Bon bon bon… marmonna le petit homme. Cette fois j'y vais.

C'était la quatrième fois qu'il venait devant cette porte et il n'avait toujours pas osé.

Il frappa. N'obtenant pas de réponse immédiate, il recommença à douter.

— Oui ! lança négativement la voix caverneuse du sorcier.

Son employeur faisait partie de ces gens qui pouvaient dire « oui » en faisant comprendre « non ». Il convenait de s'y habituer, ou bien on risquait de mourir prématurément d'un arrêt cardiaque. Il fallait passer outre quand on voulait obtenir quelque chose.

— Voilà voilà… C'est moi ! geignit Reivax en poussant le vantail.

Il fit quelques pas dans le bureau tout en essayant d'avoir l'air le plus pitoyable possible. Il sautillait sur sa jambe blessée, se tenait la cuisse et plissait le visage.

— Eh bien ! Qu'y a-t-il ? C'est déjà l'heure du dîner ?

— Non, Maîiiiiitre… Je voulais vous demander si… Enfin… Dans l'éventualité où ça n'aurait pas posé de problème… Il était possible que… Vous consentiez à m'accorder quelques minutes de votre temps précieux pour résoudre un problème… Avec vos grands pouvoirs de sorcier.

Le petit homme avait prononcé les derniers mots le plus bas et le plus rapidement possible, sans doute poussé par son instinct de conservation.

Zangdar haussa un sourcil et repoussa vers l'arrière son épaisse capuche noire. Ce n'est pas qu'il avait l'habitude de rester constamment dans l'ombre, mais il trouvait ce donjon plus froid que l'ancien, et il préférait se couvrir la tête afin d'éviter le mauvais rhume des pierres. Il répondit dans un rictus déplaisant :

— Utiliser mes pouvoirs ? Encore ? Mais je n'ai fait que ça toute la journée d'hier !

— Je sais, je sais, Maître… piailla Reivax en se tortillant les mains. Mais c'est que la situation est devenue vraiment pénible !

— Que se passe-t-il ? Un monstre s'est échappé dans le donjon ? Tu as trouvé une faille dans un mur ? Je croyais qu'on avait tout vérifié !

Reivax finit enfin par se lâcher :

— C'est ma jambe, Maîiiiitre. Elle me fait mal ! La plaie ne veut pas se refermer et je n'arrête pas de saigner. Maudite flèche !

Zangdar repoussa son fauteuil et fit le tour de son bureau, s'approcha du conseiller qu'il dominait de sa haute stature. Il eut un regard dédaigneux pour la blessure et hocha la tête :

— Tu veux boire une potion de réduction des plaies, c'est ça ? Je te préviens tout de suite que le prix de la potion sera retiré de ta paie ! Elles ne sont pas données. Et puis c'est un truc d'aventurier !

Reivax se fit encore plus petit, sentant qu'une goutte de sueur âcre coulait le long de sa tempe :

— C'est que… je pensais plutôt à un sort de soin des blessures graves.

L'impétueux sorcier plissa les yeux, mais son acolyte enchaîna néanmoins :

— Les… Les potions m'ont toujours donné mal au ventre. On aurait pu économiser de l'argent comme ça… Enfin voilà… C'était une proposition.

Zangdar resta ainsi les mains sur les hanches, sans répondre et sans même ricaner. Le temps parut s'allonger, et le conseiller se souvint qu'il devait respirer un peu, sous peine de décéder.

— C'est un sort de niveau trois, déclara finalement le maître, avec un calme étonnant. Dis-moi, misérable… Tu veux que *moi*, je lance un sort de niveau trois ?

Reivax s'empêtra dans son bégaiement, un petit problème d'élocution qui lui venait en général d'une accumulation de stress :

— Ah bababah… C'est c'est un sosort de niveau trois ? Houlala… Oui c'est que… que que je ne m'en souvenais pas, hé hé Maîiiiiiitre voilà voilà.

Le sorcier soupira et chercha quelque chose dans sa poche. Il trouva sa bourse, l'ouvrit et en tira une bonne poignée de pièces qu'il laissa tomber sur le tapis. Puis il tourna le dos à Reivax et se dirigea vers ses appartements. Il dit alors, sans se retourner :

— Va donc chez le guérisseur au bout de la rue ! Et souviens-toi que *je ne lance pas des sorts de niveau trois* !

— D'accord Maîiitre ! Merci Maîiiitre !

— Et tu as de la chance, nous n'avons pas encore de bourreau. Tu t'en iras tout de même te faire fouetter quand tu seras guéri !

Reivax ramassa les pièces, puis se releva en grimaçant. C'était un métier bien pénible que le sien, mais, enfin… il y avait des compensations. La journée précédente avait été riche en péripéties, et il devait avouer qu'il était relativement content d'être en vie. Ils étaient propriétaires illégitimes d'une nouvelle tour, ils étaient à Glargh, la cité où tout est possible. Le bref épisode de leur vie de mendiant était derrière eux et ils feraient en sorte de l'oublier rapidement. Reivax ne pourrait plus regretter que sa belle collection de robinets, demeurée aux mains des agents de la CDD.

Il irait donc se faire soigner et ne pourrait bénéficier de la magie du sorcier. Bien. C'était déjà ça. Au moins il avait évité le fouet pour le moment. Et puis viendrait un jour où ce nouveau donjon serait fonctionnel et où il pourrait enfin exercer son métier d'âme damnée. Avec un peu de chance, ils pourraient en outre prendre leur revanche sur les aventuriers. Ou bien Zangdar serait défait et il deviendrait lui-même le maître ? C'était une possibilité…

Ce n'était pas pour rien qu'il avait passé son BEAST, le *Brevet Élémentaire d'Acolyte de Sorcier Teigneux*.

Dans un autre bâtiment de Glargh, rue des Moines Brasseurs, une réunion de crise battait son plein. Les dossiers volaient, les poings martelaient les tables et l'on s'arrachait les cheveux tant l'ambiance était tendue. La discussion soulevait nombre de problèmes sans apporter aucune solution. C'était une réunion d'administration après tout, elle se devait donc de respecter sa propre logique : être longue, ennuyeuse, et surtout n'aboutir à rien.

Némédic Floutard, directeur, parvint à imposer le silence pour la septième fois consécutive et considéra gravement l'ordre du jour. Celui-ci se trouvait bien à plat sur la table :

ORDRE DU JOUR DE LA RÉUNION DE CRISE

Cinquième jour de la décade des bonnes résolutions

1. ATTAQUE DE LA CAISSE DES DONJONS, CIRCONSCRIPTION DE L'OUEST

a) Résumé
b) Lecture de la missive
c) Analyse des faits
d) Bilan
e) Conséquences à l'échelle du territoire
f) Conséquences à l'échelle de la circonscription Est

2. Déclaration d'un état d'urgence

a) Mesures d'urgence au niveau administratif

b) Mesures d'urgence au niveau matériel et logistique

c) Liste de destinataires à prévenir du sinistre

d) Préparation des défenses du siège en vue d'une attaque concertée

e) Déblocage de fonds pour l'aide à la circonscription Ouest

3. Causes possibles et analyses socio-politiques de la menace

a) Peut-on vraiment dialoguer avec des barbares ?

Némédic inspira un bon coup et déclara :

— Messieurs, cela fait cinq heures que nous sommes assis autour de cette table. Nous en sommes toujours au point 1.C. du plan de réunion.

Un silence pesant sembla l'encourager à développer ses propos. Il enchaîna :

— Alors je pose la question une dernière fois : est-il bien nécessaire de savoir si les locaux de nos confrères ont été incendiés avant d'être pillés, ou l'inverse ? Qu'est-ce que ça peut bien changer à la situation ?

Personne ne répondit. Les hommes et femmes représentant les divers services commençaient à fatiguer, ne trouvaient plus en eux assez d'énergie pour avancer des arguments vaseux. Ne disant mot, ils consentirent ainsi à passer à la question suivante.

L'assistant Leguélec en profita pour caser sa botte secrète :

— Je propose qu'on attaque le point suivant ? Rubrique 1.d...

— Ha ! Le bilan ! souffla le comptable Ménard en se frottant les mains.

Berthier, le jeune délégué au comité d'entreprise, ne put retenir un frémissement de sa moustache :

— Hé ! Je ne vois pas ce que ça a de réjouissant !

— Hum… Désolé, c'est l'habitude…

— Pouvons-nous continuer ? s'impatienta Leguélec.

— Par les dieux ! s'exclama soudain mademoiselle Ranu, responsable des ressources humaines au physique ingrat.

Elle avait porté la main à sa bouche, soudain blême. Son voisin de table lui posa une main sur l'épaule et chuchota quelques paroles de soutien.

— Je vous accorde que le bilan est assez sordide, concéda Floutard. Mais nous devons surmonter notre peine, car les faits sont les faits ! Nos collègues ont été attaqués et massacrés.

La femme rougit et s'excusa :

— Pardonnez-moi… Je vois ce que vous voulez dire, mais mon problème est ailleurs… Je viens de me souvenir que j'avais rendez-vous cet après-midi.

Les yeux de Némédic s'étrécirent, et il siffla entre ses dents :

— Eh bien, vous décalerez votre rendez-vous n'est-ce pas ? Des vies sont en jeu ! Ce n'est pas une réunion sur l'allocation des primes à la construction des abris de jardin, nom d'une girolle !

Jusiane Ranu baissa la tête, rouge de honte. Une collègue du service des archives, au bout de la table, ricana :

— Et peut-on savoir quel *rendez-vous d'importance capitale* aurait pu vous soustraire à cette réunion ?

La femme resta quelques secondes perdue dans ses doutes, horriblement gênée. Voyant que les visages étaient tournés vers elle, elle conclut que sa réponse était attendue, et articula sans conviction :

— Ben… Le goûter annuel au temple de Braav'. C'était à moi d'apporter les gâteaux. Des gâteaux marbrés, offerts par notre administration…

Le silence se fit alors que tous les participants digéraient la révélation. Némédic Floutard laissa ses deux mains retomber sur son bureau et souffla bruyamment par le nez. Il sentait tout le poids de l'administration peser sur ses épaules, à la manière d'un manteau de cuir épais aux poches bourrées de boules de pétanque. Il lui sembla un court instant qu'il nageait dans un lac de métal liquide et qu'il n'atteindrait jamais la berge.

La voix du *chef de cabinet aux questions de sécurité* brisa le silence :

— Sapridiouche… Un goûter sans marbré, c'est dur ça…

BULLETIN CÉRÉBRAL DU RANGER

La journée se termine, et je pense que je m'en suis plutôt bien tiré. Grâce à mes talents de négociateur, j'ai obtenu des archers que la compagnie devienne l'escorte officielle de l'Elfe pour toute la durée du voyage jusqu'à Folonariel. C'est classe, parce que ça fait comme une aventure mais on sera payés tous les jours ! Il paraît qu'on a des chances de rencontrer des brigands ou des monstres sur la route, alors ça pourra nous faire de l'expérience en plus. Après la réunion du conseil à la noix nous avons donc pris le chemin de l'auberge de la *Fourchette Vaillante* en passant par des ruelles à l'ouest de la ville, pour éviter de croiser des ennemis. Nuliel nous a fait remarquer qu'en s'éloignant du centre on pouvait tomber sur des voleurs, mais le Nain a dit que c'était pas grave, puisqu'on était nombreux et bien armés et qu'on allait pouvoir les buter facilement. Je me suis méfié quand même, parce que les brigands c'est fourbe. Enfin bref, on n'a vu personne, et nous sommes de retour à l'auberge. Bon sang, y a une odeur bizarre là-dedans !

BULLETIN CÉRÉBRAL DE LA MAGICIENNE

Nous avons passé la soirée à préparer le voyage et à récupérer notre énergie vitale, et j'ai déjà gagné cinquante pièces d'or avec mes nouveaux pouvoirs ! C'est que j'ai proposé au Ranger de réparer son plastron avec mon sort de « tannerie magique », le très fameux *Couture d'Ilgard niveau quatre* ! C'est efficace pour réparer les pièces d'armure de cuir, et j'ai réussi mon sortilège. Il était tellement content d'économiser le prix normal de la réparation qu'il m'a filé son salaire de mercenaire de la journée. Du coup, quand le Nain a vu ça il m'a proposé de monter une entreprise de réparation d'armures en échange de soixante-cinq pour cent des bénéfices. Mais je lui ai dit que c'était pas mon genre : j'ai autre chose à faire que croupir dans un atelier d'artisanat.

BULLETIN CÉRÉBRAL DU NAIN

Ce soir, la vieille timbrée nous a fait un autre genre de soupe que je ne connaissais pas, avec du poisson et de la viande mélangés. Je préférais finalement quand il n'y avait que des légumes et du poivre, au moins ça ne ressemblait pas trop à du vomi. On part demain, et je peux dire que ça sera pas dommage de quitter l'auberge, mais j'aurais préféré rester en ville, où on peut acheter des trucs et marchander, et vendre aussi les affaires qu'on trouve sur les ennemis morts. Enfin, visiblement c'est pas possible à cause des crevards qui veulent nous tuer, alors on va encore marcher dans les bois et se friter avec les écureuils et les castors mutants. Heureusement qu'on a les pièces d'or, quand même.

Les aventuriers passèrent une autre nuit dans les draps parfumés à la vanille et se levèrent tôt pour préparer leur périple jusqu'à Folonariel. L'aube était grise et fraîche en ce cinquième jour de la décade des bonnes résolutions car on s'approchait du cœur de la saison d'automne. Le moral des habitants de Glargh, déjà fort bas après la catastrophe du stade, descendit dans leurs bottes. Il flottait donc dans les ruelles de la cité comme un air de défaite, une atmosphère digne d'une surprise-partie chez des cultistes de Tzinntch, ou le climat qu'on trouverait dans les loges du cirque à l'ouverture de la chasse aux clowns.

Nos baroudeurs s'empressèrent donc de faire les boutiques en rasant les murs car il convenait de reconstituer le stock de couvertures, de refaire provision de potions, de racheter des flèches pour l'Elfe, de vérifier l'état des sacs, d'aiguiser les armes – opération dont le Nain s'acquitta avec une étonnante dévotion – et d'acheter des provisions pour la route. Par chance il se mit à pleuvoir, ce qui força la plupart des gens, dont les gardes et les autres personnes qui assuraient la sécurité de la ville, à se réfugier à l'intérieur. Les aventuriers avaient donc le champ libre.

La Magicienne chercha en vain à remplacer son chapeau, mais elle ne trouva rien à la mesure de ses exigences. Agacé par la visite de boutiques, le Nain ne cessait de comparer ses trouvailles à différentes espèces de cucurbitacées, aussi elle préféra renoncer et se contenta d'une *toque de persévérance* achetée à bas prix sur l'étal d'une boutique de fournitures magiques. L'érudite ne disposait pas d'une somme assez importante pour acquérir un couvre-chef digne de son niveau quatre, mais le marchand prétendait que l'objet octroyait un bonus au courage. De plus, la toque lui donnait l'expression féroce, avec ses ornements pointus ferrés qui dépassaient de la fourrure sur le dessus et sur les côtés.

Au terme de nombreux marchandages ils firent donc l'acquisition de chaussettes chaudes, de pulls, de provisions de viande séchée, de terrines, de pain de route, de shampooing, de flèches de qualité, de flèches des sylvains « La Meurtrière™ » et « L'Agile™ », d'une flèche plus élaborée de *Blazing Fire*, d'une fiole de poison Faidhodho, d'une potion de guérison des plaies, de quelques ingrédients magiques soigneusement sélectionnés par la Magicienne, d'un petit chaudron de voyage, d'une cuiller en bois, de fioles vides, d'un livre intitulé *Manuel des potions des Novices*, d'un bouquin concernant les armes de jet et leur usage et d'un arc long presque neuf pour le rôdeur. Ce dernier achat relança la polémique des attaques à distance au sein de la compagnie, question qui pour le moment n'avait pas lieu d'être vu que le groupe comptait déjà trois sylvains dotés d'arcs et de flèches. Ces derniers ne prirent aucunement part à la discussion et se contentèrent d'un sourire en coin.

Mais la pluie cessa en début d'après-midi, et la brève percée d'un rayon de soleil amena les habitants à déambuler dans les rues de plus belle. Ce qui devait arriver ne tarda pas : les aventuriers furent pointés du doigt, malgré les capes de voyage qu'ils utilisaient pour cacher leur aspect et l'essentiel de leur équipement, par deux passants observateurs et aigris qui les accusèrent d'avoir mis le feu au stade :

— Hé ! Mais c'est eux ! Je les reconnais ! Vermines !

— Saloperies de sorciers ! Z'ont tué ma tante !

— Bandits ! Mauvaise graine ! Chantouflards !

Les deux délateurs hurlèrent à la garde en gesticulant pendant quelques secondes, jusqu'à ce qu'ils prennent conscience de leur infériorité numérique. Les elfes et certains aventuriers couraient déjà dans une venelle pour s'y cacher, mais il restait trois candidats au pugilat pour faire face aux croquants, et pas des moindres.

— C'est pas de notre faute ! cria la Magicienne à l'adresse des délateurs. On était pris dans un traquenard !

— Il est interdit d'accuser un Nain ! beugla le courtaud.

Le Barbare, moins sujet à la discussion, commençait à progresser en direction des deux passants hagards, sa *lame d'excellence de Glonzg* se balançant au gré des mouvements souples de son poignet. Alertés par l'air mauvais du susmentionné combattant, les deux marauds tournèrent les talons sans prendre le temps de se concerter. Ils sentirent le déplacement d'air produit par un vigoureux coup d'épée manqué, l'un d'eux vit passer une hache de jet à un mètre sur sa gauche, arme qui termina sa course dans le tonneau décoratif d'un marchand de liqueurs. Le deuxième hurla lorsqu'il écopa d'une *boule de feu mineure* dans l'arrière-train, puis il accéléra et tenta de battre le record de *mille mètres sur pavés humides, en agglomération*.

— Voilà ! fulmina la Magicienne. Ça va leur faire les pieds à ces bons à rien !

— Ah merde, j'ai foiré mon coup, commenta le Nain.

Puis, constatant l'arrivée inopinée de quelques agents de la force publique au bout de la rue, ils sentirent qu'il était temps de rejoindre leurs camarades et s'engagèrent à leur tour dans l'étroit passage qui reliait la rue des Mages Bannis à la rue des Talifurnes. Le barbu profita de ses bottes de vitesse pour récupérer en hâte son coûteux projectile et se plaignit pendant les dix minutes qui suivirent d'une mauvaise influence des courants d'air urbains sur la trajectoire des haches.

Il n'était pas question de rester là plus longtemps, aussi l'équipage se dirigea sans tarder vers la rue des Grandes Questions Tordues où se tenaient les Écuries de Glargh. Ils parvinrent, à la faveur d'un grand nombre de recoins et de rues peu fréquentées, à échapper à de nouvelles rencontres, et furent bientôt dans le hall d'un immense bâtiment de bois qui sentait fort le crottin, la sueur chevaline et la graisse d'essieu.

Naziel s'était éloigné pour discuter avec un homme maigre au nez crochu, un échalas qui ne cessait de cracher par terre en essuyant nerveusement ses mains sur ses braies crasseuses. De son côté, la reine Selenia III flattait l'encolure d'un cheval en lui murmurant des paroles en elfique. Le reste de la compagnie encombrait l'entrée et se posait diverses questions.

— Mais... Qu'est-ce qu'on va faire dans ce machin ? s'inquiéta le Barbare.

Nuliel éclaircit la situation :

— Nous ne pouvons pas rester plus longtemps dans cette ville, ami des steppes. Nous allons de ce pas récupérer nos moyens de transport, et partir sans plus tarder pour Zoyek où nous passerons la nuit.

Le Ranger plissa les yeux, inspectant les environs :

— Heu... C'est quoi au juste nos *moyens de transport* ?

— Des chevaux bien sûr ! s'amusa Nuliel. Nobles équidés à la peau luisante, aux sabots de marbre et au crin soyeux, dont la musculature nous portera sans peine jusqu'à Folonariel, notre pays feuillu !

La perspective du voyage semblait rendre l'archer plus loquace qu'à son habitude, et pour tout dire un peu pénible. Son discours chantant aurait tout aussi bien pu s'accompagner de harpe.

Le Nain s'approcha du Barbare médusé et lui chuchota :

— Il parle un peu comme le ménestrel, non ?

— Bah...

Le Ranger, qui n'était pas très sûr d'avoir compris, s'adressa à Nuliel :

— Heu... Vous voulez qu'on voyage *tous* à cheval ?

Nuliel opina, les invitant d'un grand sourire à prendre part à son allégresse. Il provoqua ainsi des réactions diverses :

— Quoi ? Mais... Argh...

— Pas question ! Par ma barbe !

— Crôm !

— Misère ! C'était pas dans mon cursus !

— Globouzof ?

— Youpie !

Il fut alors temps de se rendre à l'évidence : tout le monde ne bénéficiait pas de la compétence *chevaucher*.

BULLETIN CÉRÉBRAL DE L'ELFE

Holàlà ! Ça fait encore des tas de problèmes avec les histoires de voyage ! Le Ranger prétend qu'il est habile à monter les chevaux, mais qu'il n'aime pas trop ça. Moi j'ai l'impression qu'il ne sait pas vraiment ! Le Nain dit que c'est un truc d'Elfe et qu'il préfère se couper les bras que de monter là-dessus, et la Magicienne a peur de tomber. L'Ogre est trop lourd et le Barbare préfère courir parce que c'est comme ça qu'on devient plus fort. Heureusement qu'il y a Gluby ! Lui au moins il est toujours content, sauf quand on lui marche dessus parce qu'on l'a pas vu. Alors on a discuté pendant pas mal de temps et on a fini par acheter une charrette pour transporter les gens, avec de la place pour les sacs et le matériel. Moi j'ai un poney blanc, il s'appelle Siltang ! Il est super joli et gentil, et j'ai déjà commencé à coiffer sa crinière mais j'ai l'impression qu'il n'aime pas trop ça. Ah zut, c'est l'heure de partir.

II

En route et en rimes

Un équipage composé à soixante pour cent de gens grincheux et moroses s'ébranla donc en milieu d'après-midi. Quelques habitants de Glargh eurent ainsi le loisir d'admirer la reine Selenia III qui chevauchait en tête son poney blanc, flanquée de ses deux archers sur leurs montures grises. Venaient ensuite le Barbare, avançant d'un pas vif vers un destin plutôt incertain, puis deux chevaux quelque peu désabusés à la robe terne, qui traînaient un chariot au style défini comme « pratique, mais tout de même rustique ». Le rôdeur tenait les rênes sans conviction, comprenant alors quel avait été le rôle peu amène de leur cocher pendant toute la semaine précédente. Il est vrai qu'en cette position, il voyait surtout le derrière des chevaux et il n'avait pas trop l'occasion de parler avec les gens qui se tenaient derrière. Gluby s'était installé sur une planche près de lui, roulé dans un morceau de couverture, s'apprêtant visiblement à faire la sieste.

Sur le banc râpé du véhicule cahotant se tenaient, silencieux et bougons, l'Ogre, le Nain et la Magicienne. Comme pour leur donner raison il s'était remis à pleuvoir, en gouttes fines et déprimantes. L'option, plus onéreuse, pour l'achat d'un chariot bâché n'avait pas été retenue sur les conseils du Nain, mais celui-ci commençait à regretter son choix.

Les compagnons remontèrent ainsi l'avenue de la Merguez Maudite jusqu'à une extension du port de commerce où ils durent payer le passage du fleuve Elibed à bord d'un gigantesque bac. Ils s'entassèrent avec les bêtes et leur véhicule sur le plancher glissant noirci par les années, au milieu d'autres voyageurs mouillés. Il y avait là un marchand de poulets, un convoyeur de grain, trois gardes en permission, deux paysans transportant des choux, un homme taciturne et moustachu vêtu d'une armure de cuir noir, une poignée de gamins turbulents avec leur grand-père, un représentant en balais et une prêtresse de Youclidh en larmes. Les gallinacés dans le chariot du marchand de poulets disputaient un concours de cacophonie avec les mioches, qui pour leur part célébraient leur premier voyage en bateau et semblaient découvrir la vie. Le Nain leur jetait fréquemment des regards furieux, mais rien ne semblait pouvoir entamer leur enthousiasme.

Tandis qu'ils traversaient l'eau trouble du fleuve, à la force tranquille d'un couple de placides Lamantulhus, le Ranger ferma les yeux et tenta d'oublier les agressions extérieures pour se concentrer sur ses souvenirs.

BULLETIN CÉRÉBRAL DU RANGER

Ha, le fleuve Elibed… Codie… Elle était quand même bien sympa, hé hé ! Je me souviens quand on a pêché ensemble… Et puis quand elle faisait du riz au lait, c'était terrible, avec ses petites fesses qui bougeaient. C'est bien dommage que le Nain soit resté pour nous casser les pieds. Et son père qui se trouvait toujours là, derrière mon dos. Je me demande si j'ai bien fait de rester aventurier, au final. J'aurais pu m'engager pour faire du transport moi aussi ? Et puis surtout… Est-ce qu'elle fait des bisous comme l'Elfe ? Ou alors est-ce que c'est mieux ? Et peut-être qu'elle comprend un peu mieux les histoires de... Enfin, ces histoires-là. Y a sans doute moyen de... Bref ! Nous voilà ici, en tant qu'escorte royale, c'est quand même pas rien. On ne peut pas tout avoir dans la vie, je suppose... Une petite amie, et le niveau quatre. Ça fait sans doute beaucoup en une seule fois. Et puis qu'est-ce que ça va devenir, cette histoire de câlins elfiques ? J'ai l'impression que c'est un peu fichu maintenant qu'elle est devenue reine. Elle ne s'intéresse plus trop à moi.

Nuliel tira le rôdeur de son état végétatif en l'attrapant par la manche :

— Cher compagnon, je vois que vous semblez vous ennuyer ! Aussi je me fais une joie de partager avec vous cette comptine que je viens d'écrire, en hommage au début de notre voyage !

— Hein ? Comment ?

Les deux passagers du chariot qui comprenaient la langue tendirent l'oreille, et sans y avoir été invité, le poète en herbe déclama :

— Alors, voilà :

Sans peur et sans humeur nous partîmes en groupe
Sous la pluie fine et blanche mouillant nos habits
Nos puissants destriers ondulant de la croupe
Et nos cheveux au vent, oui nous étions partis

S'y trouvaient Selenia, dessus son blanc poney
Les fidèles archers surveillant son chemin
Un rôdeur émérite, un Barbare à l'épée
L'Ogre et la Magicienne, et notre ami le Nain

— Eh ben... souffla le Ranger. C'est... comment dire, inattendu.

— Hé ! Je ne suis l'ami de personne ! rouspéta le courtaud depuis l'arrière du véhicule.

— En plus, vous avez oublié Gluby ! précisa l'érudite dont l'humeur n'allait pas en s'arrangeant. C'est pas parce qu'il est petit qu'il n'a pas le doit de figurer dans les poésies !

— Mon cher Nuliel, sachez que nous ne sommes pas spécialistes en machins qui riment.

— N'ayez crainte ami rôdeur ! Vous le deviendrez bientôt à nos côtés !

Sans se départir de son bonheur, l'archer se pencha vers la petite créature et lui tira gentiment l'oreille :

— Mais bien sûr ! Je n'ai pas pensé à Gluby ! Pour me faire pardonner, je m'en vais de ce pas composer tout un couplet pour notre lutin !

— Le pauvre ! ricana le Nain.

La Magicienne marmonna :

— C'est un gnome des forêts du Nord, rien à voir avec les lutins…

Pendant ce temps, deux des quatre gamins s'étaient approchés du Barbare. Celui-ci n'écoutait pas les propos de ses camarades, car il était plutôt fermé à tous les arts des lettres, et s'était posté près du bastingage afin de pouvoir surveiller les environs. Il vit s'approcher les morveux, un petit rouquin et un brun tout maigre, avec une certaine méfiance.

— Hé dis ! T'es un aventurier toi ?

— T'es comme les gens qui vont tuer les dragons ?

Le Barbare regarda fièrement l'horizon, partant du principe qu'en ignorant les gosses ils finiraient par l'ignorer aussi. Mais cela ne fonctionna pas.

— Hé ! T'as déjà tué des monstres ?

— Est-ce que t'as une épée magique ?

— Comment on fait pour tuer des zombies ?

— Tu sais pas parler ?

À cette dernière question, la brute renifla et répondit sans les regarder :

— Je peux parler. Mais j'ai pas envie !

— Ouah c'est trop cool, t'as une vraie voix de méchant !

— Je peux jouer avec ton épée ?

— Alors qui c'est que t'as tué pour avoir des cicatrices comme ça ?

— J'ai pas d'épée magique mais j'aime bien donner des baffes !

Les mioches reculèrent prudemment, chassés par un regard mauvais. Ils s'en allèrent aussitôt raconter cette fantastique rencontre à leurs cousins.

Les passagers du bac furent bientôt de l'autre côté du fleuve et débarquèrent dans la bousculade, les jurons et les caquètements.

— Cet itinéraire est plus rapide que de remonter jusqu'au pont ! leur expliqua Naziel. Nous éviterons ainsi un détour de plusieurs kilomètres pour arriver jusqu'à Zoyek.

— Tant mieux, parce que c'est chiant.

Il était notoire que le Nain n'aimait pas voyager. Ni rester sur place d'ailleurs. Enfin, tout le monde s'accordait à dire qu'il n'aimait rien, mais c'était peut-être un peu exagéré.

À partir du débarcadère, il restait aux aventuriers une quinzaine de kilomètres à parcourir jusqu'à Zoyek, et il était clair maintenant qu'ils n'y parviendraient qu'à la nuit tombée. Le convoi s'ébranla donc sans tarder.

Profitons du voyage pour étudier un peu la géographie locale en lisant l'*Atlas de la Terre de Fangh* par-dessus l'épaule de la Magicienne, puisque nous ne l'avons pas encore fait jusqu'à présent. Car en fait, la compagnie se trouvait à ce moment même au centre du territoire, à égale distance – on n'est plus à quelques foulées près – de Valtordu au sud-ouest, de Waldorg au sud-est, de la mine de Jambfer au nord-ouest et d'un petit village étrange nommé Gloukoplatch au nord-est, habité principalement par des hommes-tritons.

La contrée fanghienne est bordée de territoires étranges, peuplés au choix de créatures indicibles et bavantes ou d'humanoïdes à peine sortis de l'âge de pierre, mais qu'on n'a jamais pris soin de noter sur une carte pour des raisons évidentes d'économie d'encre. Nous oublierons consécutivement ces pays pour nous concentrer sur les zones les plus importantes.

Au nord-ouest se tiennent donc les montagnes du Nord, fières et glaciales et dont les limites ne sont pas actuellement connues. Aucun cartographe n'a réussi à cheminer assez longtemps dans cet environnement hostile pour en indiquer les limites. En l'an 1127, un contingent de gardes du village de Birtek intercepta deux gobelins frigorifiés prétendant qu'ils avaient dépassé les derniers cols à bord de leur dirigeable à la suite d'un problème de chaudière, mais l'interprète nain refusa de croire les pilotes verts et ils furent occis comme il se doit, car on ne peut prêter foi au discours d'un gobelin. La partie accessible des montagnes est habitée principalement par des nains qui ont colonisé les souterrains, des familles de mineurs qui creusent, piochent, abrasent, évident, excavent, forent, sondent, terrassent, trouent, fouissent, labourent la roche dans une recherche perpétuelle de richesses et, il faut bien le dire, dans le souci de faire un peu de place pour les générations à venir. Car chez les nains, on n'aime pas trop habiter à la surface.

Les contreforts de ces monts sont parsemés de petits villages de bûcherons peuplés d'humains chevelus et barbus, et d'anciennes tours de défense, certaines en ruines et d'autres encore en usage actuellement. Ces tours font partie de l'histoire épique car il fut une époque, pendant l'ère du Chaos, où les forces du mal avaient érigé leurs forteresses diaboliques dans ces montagnes, profitant des innombrables grottes pour abriter leurs créatures et construire d'abominables machines. On trouve encore, au sud des crêtes du Plonzbul, le tristement célèbre château de Gzor qui étend son influence maléfique sur des dizaines de kilomètres carrés, transformant la faune et la flore innocentes en cohortes de monstres guidés par la soif de sang. On raconte même qu'en ses couloirs antiques se terre un mal ancien qui ne dort jamais.

Au sud de ces montagnes, régnant sur la verdoyante vallée de Moo-duj-Noo et formant l'étape incontournable de tout voyageur nordique, se tient la ville de Mliuej. Cette petite cité de taille respectable est constituée pour moitié de brasseries et pour moitié de tavernes, laissant la troisième moitié aux habitants qui travaillent rituellement dans les deux commerces susnommés, y faisant également office de clients réguliers. C'est là qu'on peut aller chercher l'aventure si par hasard on ne sait pas quoi faire pour gagner sa vie ou si on est pris d'une envie furieuse d'user son nouveau bouclier et d'émousser l'épée léguée par grand-père.

Une curiosité climatique a fait naître au sud-ouest de cette ville le fameux Bois de Glandorn, connu pour sa douceur et l'extrême fainéantise de ses habitants. Il est le territoire des descendants des elfes du clan Uen-Hduie O'hrazaniel, regroupés autour du village de Ranafoutiel où l'on se la coule douce depuis des générations. Il est déconseillé à toute personne sensée d'entrer dans ce bois, c'est pourquoi on n'a pas encore beaucoup d'informations à son sujet. Les voyageurs inconscients peuvent y attraper la *flemitase dorée* et se transformer en quelques heures en authentiques bons à rien.

Descendant plus au sud à travers une morne plaine, le voyageur peut tomber sur une concrétion de grès percée de centaines de cavernes, les grottes d'Ahokd. C'est le territoire des gobelins aveugles, le clan des Youakheiks. On pourra dire de ces peaux-vertes qu'ils vivent de rapines et d'élevage de champignons dans des kilomètres de galeries impossibles à cartographier, que de nombreuses légendes non vérifiées circulent à leur sujet et que leurs ancêtres ont inventé la chaussure coquée.

Toujours plus au sud, l'explorateur à présent blasé trouvera le village de Valtordu, en bordure de la forêt d'Ouien, célèbre pour son boudin au sang de mouton et ses abominables pulls à motifs colorés. S'il se sent le courage de poursuivre, le bourlingueur arrivera jusqu'à Loubet, bourgade inconnue car elle manque à la fois d'intérêt et de cachet. La rivière Glandebruine qui serpente à partir d'ici se trouve arrosée par de nombreux ruisseaux qui prennent leurs sources dans une zone de collines encadrée par les Chênes d'Ulgargh et la forêt de Groinsale. Et plus bas encore, on trouve le merveilleux lac Aspousser et le village de Noghall.

Afin de respecter au mieux les standards en vigueur dans ce genre de contrée, on croisera dans les forêts des elfes, dans les collines des humains ou des Nains et généralement des populations pacifiques de pêcheurs en bordure des lacs et des rivières, le reste était constitué de villages de paysans en majorité humains. L'aventurier qui s'éloigne des zones habitées pourra croiser diverses créatures plus ou moins dangereuses telles que les ogres, les trolls des collines, les coyotes ou d'improbables résultats d'accidents magiques – mais dans ce dernier cas, il sera plutôt malchanceux.

Parfois même, une tour maléfique, fuligineuse ou ancienne, ou disposant des trois caractéristiques, s'élèvera dans une nappe de brouillard comme un vibrant appel à l'aventure. C'est d'ailleurs souvent là que s'arrêtera le périple des plus inconscients, dans le fond d'une oubliette, dans l'estomac d'un kraken d'eau douce ou encore sur l'autel d'un quelconque sacrifice impie à la gloire d'un dieu oublié.

S'il ne termine pas son périple au bord de la mer ou sur le barbecue d'un ogre d'Alaykjdu, notre voyageur pourra remonter jusqu'au lac de Zblouf et sa cité côtière, l'orgueilleuse Chnafon. Il apprendra qu'il ne se trouve plus très loin du plus grand champ de bataille de tous les temps, théâtre de la bataille de Zoug-Amag-Zlong. Cette large zone fut jadis occupée par de vertes prairies. Au cours des siècles de pourrissement des cadavres, elle fut changée en forêt d'arbres gigantesques et noueux dissimulant moult intrigues et maints dangers. Le baroudeur pourra trouver là quelques donjons et d'antiques ruines hantées par les maléfices de peuples immémorés aux noms imprononçables, des clans d'elfes noirs, des mangeurs de chair humaine, des sylvains, le centre administratif de la Caisse des Donjons, des ondines, des pièges à bascule, des fosses garnies de pieux, des monstres en maraude et des marchands itinérants sans scrupule.

C'est à l'ombre de cette forêt, quelque part au bout de la plaine du Ninejaddai, que fut construit le village de Zoyek, ce qui nous ramène au début de notre chapitre.

Comme nous l'avons vu, il n'y a jamais d'absence totale de risque à voyager en Terre de Fangh. Certaines zones sont plus réputées que d'autres pour provoquer le décès prématuré du croquant, mais ce n'est pas le cas de la périphérie nord de Glargh, fréquemment traversée par des patrouilles et les escortes des riches marchands. Néanmoins, comme tout passage de touristes attire les convoitises, on y trouve parfois des forbans habiles à se faire discrets, patientant dans l'ombre d'un bosquet, à l'affût d'une belle occasion.

C'est ainsi que plusieurs malfaiteurs jaillirent des fourrés, à la tombée de la nuit, à l'avant et à l'arrière du convoi de nos aventuriers. Il s'agissait visiblement de novices dont le jugement n'était pas des meilleurs, ainsi que l'avenir nous le prouvera. Ils se répandirent en quelques secondes en deux groupes de trois hommes, bloquant le passage sur l'étroit sentier.

— Halte ! cria un moustachu en brandissant un sabre émoussé.

N'ayant pas trop le choix, la caravane stoppa son lent cheminement. Le Ranger découvrit à ce moment, d'une façon empirique, comment il convenait d'ordonner aux chevaux de s'arrêter. Il plissa les yeux car la lumière se faisait faible.

— Vous êtes sur notre territoire ! brailla le bandit. Vous devez payer un tribut !

— Et nous sommes supérieurs en nombre ! ajouta l'un de ses sbires en riant.

— Ho ! Des vilains ! souffla l'Elfe à ses compagnons.

— Tiens, commenta la Magicienne. Ça me rappelle un peu l'équipe du bandit Tarken.

Le Nain considéra les trois hommes qui avaient sorti leurs armes à l'arrière du véhicule, et ajouta :

— Sauf que lui était tout seul. Mais qu'est-ce qu'on a rigolé !

Nuliel et Naziel firent avancer leurs montures de quelques mètres, de manière à offrir un rempart à Son Altesse. Ils se trouvaient ainsi à cinq mètres du premier bandit, que Naziel interpella :

— Pardonnez mon incrédulité, fieffé gaillard, mais il me semble que vous n'êtes pas ici à votre avantage.

— Et vous n'êtes pas supérieurs en nombre, compléta Nuliel.

Le vaurien moustachu compta un moment sur ses doigts et se contorsionna pour essayer d'examiner plus avant le convoi, puis finit par déclarer :

— C'est qu'en fait vous ignorez que nos complices sont dissimulés par dizaines dans les fourrés à la faveur de l'obscurité !

— Et voilà, ça recommence, chuchota le Ranger à ses compagnons.

— Si fait, s'amusa Nuliel. Je les vois parfaitement tous les deux. Un petit gros qui a bien du mal à se tenir droit sur la fourche de ce hêtre, et le type qui louche avec son arbalète non chargée, derrière ce vigoureux buisson épineux.

— Gasp…

— Alors on attaque ? grogna le Barbare qui avait déjà sorti son épée.

Le moustachu se décomposa, regarda autour de lui et balbutia :

— Le… Mais comment… Il fait nuit, vous ne pouvez pas nous voir !

La Magicienne lança le mot de pouvoir qui provoqua l'apparition d'une magnifique lueur bleue au bout de son bâton, ce qui permit d'éclairer le convoi. Elle se tint alors debout sur le plateau du chariot, tandis que les bandits de l'arrière-garde commençaient à reculer, et les invectiva :

— Ho ! Mais vous sortez d'où ? Vous êtes un peu nuls en fait ? Vous ne savez pas que les Elfes sont nyctalopes ? Et vous n'avez pas peur des sorciers ?

— Ha ha ! Les sales bouffons ! s'esclaffa le Nain.

— Bah, s'excusa un malfrat de l'arrière-garde. Le chef a dit qu'il fallait surtout éviter les gardes, en fait.

Le Ranger, qui s'était pris au jeu, renchérit :

— Je vous préviens, on a tous le niveau quatre !

Les archers de la reine avaient pris le temps, profitant d'un moment de flottement chez l'ennemi, d'engager les flèches sur la courbure de leurs arcs et ils visaient maintenant les malandrins.

Le Nain sauta hors du véhicule et tendit sa main gantée :

— Allez ! Envoyez vos pièces d'or, bande de cons !

Ainsi fut donc démantelée la première et pitoyable embuscade du voyage, ce qui donna lieu quelques minutes plus tard à la composition des vers suivants par Nuliel :

Ils n'étaient pas futés, ceux qui nous attaquèrent
Voulant ainsi prétendre à jouer les malins
Et notre compagnie s'en tira sans misère
Et nous gagnâmes en sus un imprévu butin

— C'est un peu alambiqué, mais ça résume plutôt bien, commenta le Ranger d'un air blasé.

Le Nain achevait juste de trier les objets à la lueur du bâton, après avoir tout étalé sur une couverture.

— Et moi je ne fais pas des phrases à la noix mais je vous annonce qu'on a récupéré vingt-huit pièces d'or, sept pièces d'argent, deux pièces de cuivre, un demi-saucisson, une gourde, une ceinture, une chaussure gauche presque neuve, une gourmette en cuivre un peu terne, une arbalète qui marche pas et un sabre d'une qualité douteuse.

Il y eut alors un rapide mouvement d'une grosse main verdâtre au-dessus de la couverture, et il ajouta :

— Bon. Vous oubliez le sauciflard.

— Huk huk.

La Magicienne suggéra qu'ils utilisent la somme pour payer l'hébergement à Zoyek, alors que les premières maisons du village se profilaient au bout du sentier.

BULLETIN CÉRÉBRAL DU NAIN

C'est quand même bien de se balader en groupe, faut reconnaître. On se fait attaquer par des mecs, et finalement c'est eux qui nous donnent de l'argent. J'ai fait un petit calcul vite fait, et j'ai estimé qu'à raison d'une attaque toutes les deux heures, en pondérant les recettes sur une base de cinquante à cent cinquante pour cent, on aura chacun gagné quatre-vingt-quinze pièces d'or et sept pièces d'argent quand on arrivera au bout du voyage, sans compter le tout-venant et la vente des objets récupérés. C'est clair que c'est moins facile quand on est tout seul.

La compagnie se dirigea vers une auberge qui semblait de qualité, un gigantesque chalet fraîchement lasuré qui occupait une grande partie de la place centrale du village. Là ils furent à même de donner les bêtes à l'entretien, de parquer le chariot sous un spacieux hangar et d'investir quelques chambres coquettes aux lits douillets avant d'aller se restaurer.

Une fois dans la salle commune, ils eurent la surprise de voir, au milieu d'autres voyageurs plus anodins, deux elfes noirs occupés à déguster un pichet de vin épais. La rencontre n'était en fait pas si hasardeuse que cela, car le village de Zoyek était connu pour héberger plusieurs familles de ces drows « intégrés », qui voulaient profiter du monde moderne et ne pas passer leur temps dans des cavernes. Enfin, nos aventuriers n'avaient pas connaissance de ce point de détail, c'est pourquoi ils furent surpris.

Après un rapide conciliabule impliquant l'Elfe, le Ranger, la Magicienne et les deux archers, Naziel fut dépêché pour enquêter auprès des drows et connaître leur avis sur les récents événements. La discussion fut brève, puisque les deux citadins n'étaient au courant de rien, et se demandaient bien ce qui avait pu pousser leurs frères à massacrer une famille royale de sylvains, et si même ce récit n'était pas une totale invention. Une fois Naziel de retour, la reine Selenia se leva pour les remercier de leur sollicitude, laissant ainsi sur place deux mâles troublés, se frottant les yeux et gardant l'impression d'avoir pris deux seins dans la figure.

Car les drows, contrairement aux sylvains, s'intéressaient de près aux choses de la couche.

Dans le même temps, le reste de la compagnie bâfrait un ragoût de sanglier particulièrement réussi, savourant un vin presque pas aigre et trinquant à la santé de tous les brigands novices de la Terre de Fangh. C'est ainsi que Nuliel termina légèrement éméché et qu'il se proposa de composer un nouveau quatrain pour garder mémoire de la soirée, mais personne ne voulut l'écouter et les compagnons disparurent dans les chambres jusqu'au matin.

Le périple de l'escorte royale se continua sans réel souci deux jours durant, tant il est vrai qu'un parti de neuf aventuriers se fait plutôt rare et ne trouve que peu de menaces en travers de son chemin, du moins quand les adversaires ont un minimum d'instinct de survie. Les bêtes sauvages se tenaient à distance, et même un troll décida de rester tapi dans les fourrés plutôt que de surgir en hurlant sur le sentier comme il avait l'habitude de faire. Ils évitèrent ainsi deux attaques d'orques en maraude, une charge de sangliers noirs, un raid de brigands gobelins, un piège tendu par des sauvages des plaines et l'agression d'une famille d'ogres qui ne voulaient pas s'en prendre à l'un des leurs.

À la grande déception du Nain, ils ne croisèrent qu'une troupe de bandits, mais ceux-là étaient déjà occupés à fuir quand ils arrivèrent sur les lieux de l'embuscade. Les guerriers du groupe décidèrent tout de même de les poursuivre, car le voyage était morne, et le Nain parvint à en capturer un grâce à ses bottes de vitesse, ne récoltant sous la menace que sept pièces d'argent et une chemise puante. Le Barbare réussit à planter l'un de ses javelots neufs dans le dos d'un poltron, mais la blessure ne l'empêcha pas de disparaître et l'incident fut clos. Ils n'étaient même pas certains d'avoir reçu le moindre point d'expérience.

Ils bivouaquèrent au sud de la forêt de Schlipak au soir du premier jour, et dormirent au chaud le deuxième soir dans un relais routier de l'imposant village de Tulamor. Comme le voyage était déjà pour moitié accompli, le

Ranger décida qu'il était bon de faire le point en levant sa chope de bière :

— Comme vous le voyez, tout se passe bien pour le moment ! C'est pas de l'escorte de débutants ça !

— Mouais... bougonna le Nain. On est tellement nombreux que les ennemis refusent de nous attaquer. Bientôt faudra même qu'on paie nos boissons avec notre argent.

— C'est chiant, approuva le Barbare.

Nuliel leva son doigt d'un air docte :

— Mais réjouissez-vous, les amis ! Vous aurez bien assez d'ennemis si jamais nous croisons un danger véritable.

— Je suis pas ton ami, je suis un mercenaire.

— Vous êtes tous nos copains, même le Nain ! insista l'Elfe, principalement pour agacer ce dernier.

— Pfff...

La Magicienne soupira en touillant son potage.

— En tout cas, moi j'ai tellement révisé mes bouquins que je me suis donné mal au crâne. Il faudrait que je lance un sort ou que je fasse quelque chose de magique, parce que je vais finir par déborder d'énergie astrale.

— Les livres c'est comme parler, ça donne mal à la tête.

Ignorant les propos du Barbare, l'érudite s'écria :

— Ha ! Mais oui ! Demain je vais fabriquer des potions !

Elle semblait si excitée d'un coup qu'elle fit peur au Ranger, et celui-ci la questionna sur l'utilité d'une telle démarche, et sur l'usage réservé aux potions. Il préférait ne pas avoir à en boire, si c'était possible.

— T'inquiète pas pour ça, expliqua-t-elle. Je vais me faire des potions de mana pour mon usage personnel, pour commencer. Et puis si ça marche bien, je pourrai en faire d'autres et les vendre à des sorciers débutants.

Le Nain était soudain passionné par le sujet :

— Et ça se vend cher ?

— Hum... Si tout se passe bien, je dois pouvoir tirer quarante pièces d'or de chaque fiole...

— QUOI ?

Le Nain s'étouffa avec un morceau d'os et manqua de tomber de sa chaise.

— Eh bien oui, c'est à peu près ça les prix des potions.

— Tu peux fabriquer des trucs que tu vends quarante pièces d'or ?

— Mais oui ! Et encore, là c'est seulement des potions de novices.

— Je suis trop dégoûté de la vie de ma mère en pantoufles !

Le courtaud était abasourdi. Il ne comprenait pas qu'on puisse vendre si cher un truc qui n'était pas une hache, un casque ou une pierre précieuse, mais juste un petit récipient de verre contenant du liquide nauséabond.

De son côté, le Ranger était rassuré :

— Bah, moi ça me va du moment que je peux éviter d'en boire...

Il avait souffert deux jours de troubles intestinaux dus à la consommation de potions de soin, et encore celles-là provenaient d'un honnête commerçant. Il préférait ne pas imaginer ce que donnerait la préparation issue du laboratoire de la Magicienne.

BULLETIN CÉRÉBRAL DE LA MAGICIENNE

Nous n'avons pas été dérangés au cours de la nuit passée à Tulamor, et ça m'a permis de commencer à travailler sur cette histoire de potions. Je vais profiter du voyage en charrette pour préparer les ingrédients, et puis je m'occuperai de la cuisson au prochain bivouac, car Naziel a prévu qu'on dorme au pied des collines sous les chênes d'Ulgargh. J'ai tout le nécessaire pour fabriquer la *potion de mana des bitos*, c'est génial ! De l'huile, du poivre noir, du soufre en poudre et des molaires de dantragor récupérées dans la plaine avant d'arriver à Waldorg. Heureusement j'avais prévu mon coup, j'ai acheté le doigt de liche et les cendres de mage à Glargh, parce que c'est pas le genre d'ingrédient qu'on trouve chez n'importe quel bouseux. J'en ai bien pour deux heures à râper les molaires, et il faut quand même compter trois heures de cuisson pour préparer la potion dans le chaudron, c'est pas rien ! Si jamais on se trouve embarqués dans une histoire de guerre, il vaut mieux avoir des potions sous la main.

Le lendemain, alors que nos aventuriers savouraient encore leurs lits douillets dans l'auberge de Tulamor, il se produisit quelque chose de rare à Glargh. Un événement qui, pour sembler anodin, n'en serait pas moins le déclencheur d'une série de drames.

Il faut dire qu'il était vraiment très tôt, juste avant l'aube, et les plus hardis citoyens en étaient encore au stade du décrochage de mâchoire et de l'enfilage malhabile de pantoufles. Quelques commerçants matinaux ouvraient leurs portes et préparaient leurs étals, et une douzaine de chiens errants profitaient de la désertification des rues pour se nourrir des restes dans les ordures. Parfois, un ivrogne se réveillait couché dans un caniveau, se relevait en grelottant et s'en retournait chez lui en criant des insultes d'une voix éraillée. Enfin, il l'avait bien cherché après tout. C'est pourtant indiqué en gros sur les bouteilles, que l'alcool est mauvais pour la santé.

Trois gardes aux yeux bouffis assuraient le poste de nuit à la surveillance du siège de la Guilde des Marchands, non loin de la rue Thlieu. Il leur restait une heure à tenir avant la relève. Une heure dans ces conditions c'était long, c'était bien trop long. De leur poste, ils pouvaient également couvrir le magasin d'un tailleur sans intérêt, une échoppe d'aventure dotée d'une enseigne qui clignotait magiquement, ainsi que le bâtiment principal du Sanctuaire Magnifique de Tzinntch. La disposition des édifices était le fait du hasard, mais la présence du temple dédié aux sorciers noirs avait de quoi dissuader la plupart des brigands. On n'attaquait pas ce voisinage à moins d'avoir de solides raisons.

Il y avait là le capirol Juval, natif de Chnafon, un homme de haute stature à la fine moustache. C'était un bon chef d'escouade, pas trop dur avec ses hommes mais parfois pénible car il était assez fier de sa carrière. Il était secondé dans sa tâche nocturne par les soldats Borduz et Glavion, tous deux issus de la périphérie du quartier noble et qui avaient réussi à accéder à ce poste envié grâce à leurs relations familiales. Aucun des trois n'avait cependant de solides dispositions pour l'exercice des arts du combat.

Les gardes étaient affectés depuis bientôt cinq ans à ce poste – grassement payés par la Guilde des Marchands – et ils n'avaient eu affaire qu'à des tentatives nocturnes d'aventuriers inconscients tentant de pénétrer par effraction dans le magasin attenant. Les aventuriers, qu'ils soient bons ou mauvais, ne rechignaient que rarement à taper des gardes, mais choisissaient en général de prendre la fuite plutôt que d'affronter les vigiles de ce périmètre, car ils craignaient l'apparition inopinée de renforts. C'est qu'un séjour dans une geôle de Glargh, ça ne faisait pas bien du tout sur un CV d'aventurier, et on risquait de se voir interdire le séjour en ville. Quant aux voleurs et aux membres des guildes concurrentes, ils préféraient agir de façon moins directe. C'est pourquoi le siège de cette congrégation de commerçants ne faisait habituellement l'objet d'aucune attention mauvaise.

Les factionnaires de la Guilde avaient épuisé tous leurs sujets de conversation depuis bien longtemps, et se contentaient généralement d'une attente aussi morne que passive. Une fois qu'on avait fait le tour de la météo de la veille et de celle du lendemain, des probabilités nulles d'avancement, du dîner du soir et des ragots circulant à la caserne, il n'y avait jamais assez de matière pour discuter toute la nuit dans les courants d'air. La récente catastrophe du stade de Glargh avait heureusement animé leurs causeries durant les deux nuits précédentes, mais tout cela était en train de se tasser et les sentinelles étaient de retour à leur silence usuel. Un silence que décida de rompre le soldat Borduz :

— Glavion, tu t'endors.

— Mais non.

— Si si. Tu t'appuies sur ta pique, mais je vois bien que tu t'endors.

— Mais non, 'hu fais 'hier, rétorqua Glavion dans un bâillement féroce.

Borduz se tourna vers son supérieur :

— Il m'avait l'air de s'endormir, qu'en pensez-vous mon capirol ?

— J'en pense que c'est pas bien de balancer les collègues.

— Ha ha.

— Ta gueule, Glavion. Je sais que tu dormais.

— Tiens, je crois que j'ai vu bouger là-bas, dans l'ombre.

— Bouarf, encore un chien ?

— Je crois qu'il tenait un arc.

— Alors c'est pas un chien.

Juval se pencha vers le soldat Borduz, qui était plus petit que lui :

— Borduz ! On aurait pu se passer de cette fine analyse !

— Oui, mon capirol.

— Quand on voit quelqu'un passer avec un arc en pleine nuit, on doit rester vigilant.

— Oui, mon capirol.

— Et vous, Glavion, redressez-vous un peu, cripidiouche ! On dirait que vous dormez.

— Mais mon capirol, vous avez dit qu'ouarhg urgl sbonk.

Ouargh urgl sbonk n'est pas le nom d'une discipline de relaxation venue des lointaines contrées du sud, mais ce fut la suite de bruits produits par le factionnaire en recevant une flèche dans la poitrine, en lâchant un râle de souffrance et en reculant vivement pour heurter de l'arrière de son casque le mur qui se trouvait en retrait. Il chuta ensuite sur les pavés en griffant l'air devant lui. Le chef d'escouade fit volte-face et dégaina son sabre dans le même geste parfaitement maîtrisé.

— Par toutes les chopines ! s'écria le capirol. Des bandits !

— Mais je ne vois rien ! Mon capirgulllargh !

Borduz recula de deux pas, son bras droit transpercé par une nouvelle flèche sortie de l'obscurité. Il lâcha sa pique qui tinta et rebondit sur les pavés humides.

En proie à une vive panique, et afin de se soustraire aux impitoyables projectiles, le capirol bondit à l'abri du porche qui marquait l'entrée du bâtiment. Il fit signe au soldat Borduz de le rejoindre, mais celui-ci fut hélas fauché par une nouvelle flèche qui lui transperça la cuisse, l'obligeant à mettre genou à terre. Un autre trait d'une grande puissance était passé au même instant par-dessus sa tête, ce qui montait à au moins deux le nombre d'archers.

— Borduz, non ne…

— Arglah ! cracha le planton en écopant d'un projectile dans le ventre.

Le pauvre se retrouva ainsi sur le dos, gémissant de plus belle.

Juval fit mentalement le point : Il avait trois archers sur le dos. Personne ne pouvait décocher des flèches aussi vite. Borduz se tordait de douleur sur le sol froid, et le capirol pensa qu'il n'y aurait aucun intérêt à appeler à la garde, car ce n'était pas l'heure de la patrouille. Et puis, la garde, c'était lui. Il espéra qu'un voisin matinal entendrait le boucan, et raffermit la prise sur son sabre.

C'est alors que quelqu'un parla d'une voix douce et déplaisante, aux intonations pédantes :

— Ne faites rien de fâcheux, brave soldat ! Et lâchez donc ce sabre inutile. Nous voyons parfaitement dans l'obscurité, et cela n'est pas votre cas.

— Zut, touché, souffla le sous-officier désormais seul.

Levant sa main gauche dans un geste apaisant, Juval se baissa le plus lentement possible et posa son sabre au sol. Il n'était pas payé pour mourir, après tout. Il pensa qu'il était bien plus indiqué de gagner du temps.

— Bien ! reprit l'agaçante voix. Levez-vous et placez vos mains derrière votre tête. Je vous déconseille de faire le moindre geste.

Le capirol s'exécuta, non sans une certaine appréhension. Il n'avait jamais été aussi rapidement mis hors de combat, et il n'avait pas encore vu ses adversaires. C'était la pile de sa vie. Sur le côté, Borduz perdit connaissance et ne bougea plus.

Là, dans la lumière chiche d'un rayon de la lune Hazmats, il vit sortir de l'ombre quatre silhouettes élancées, aux cheveux fins et aux oreilles pointues, armées d'arcs et qui tenaient déjà leurs flèches encochées. Deux d'entre elles se penchèrent vers les soldats tombés, pour vérifier qu'ils ne pouvaient plus nuire. Puis un cinquième individu se glissa sur son côté droit, souriant de la plus sournoise façon. Les malandrins portaient des vêtements de tissu prévus pour de telles escapades, qui ne reflétaient aucunement la lumière et ne produisaient pas de bruits parasites lors de leur déplacement, ainsi que des protections rudimentaires de cuir.

« Des sylvains ! s'étonna le capirol. Je me suis fait fumer par des sylvains ! »

— Mon ami, vous avez les clés de la Guilde ? demanda la voix dans un chuchotement.

— Hum. Non. Pas besoin pour monter la garde.

— Classique. Alors, on va s'occuper de la serrure…

Quelqu'un passa derrière Juval et il sentit qu'on l'équipait d'un énorme bâillon, qui fut serré si fortement qu'il eut l'impression qu'on lui comprimait la tête. Un coup violent dans son genou le fit chuter et il se blessa l'épaule en percutant les pavés. Puis des mains habiles ligotèrent ses bras derrière son dos, à l'aide d'un morceau de corde rêche comme un dos de sanglier.

Autour de lui, les elfes silencieux le considéraient d'un air goguenard, pendant qu'un des leurs produisait une série de cliquetis des plus éloquents du côté de la porte d'entrée. Juval attendit quelques secondes, se raccrochant à la douleur qui pulsait de son épaule meurtrie.

— Crocheté ! souffla une voix. C'est de la vraie camelote.

Juval ne comprenait pas pourquoi il était encore en vie, mais ça lui allait bien. Il adopta une attitude passive, tout en observant du coin de l'œil les visages de ses agresseurs. Ce qu'il assimilait encore moins, c'était le caractère étrange de la situation. Des sylvains attaquaient un bastion en plein centre de Glargh ! Et de plus, ils étaient habiles à l'arc. Il avait entendu dire si souvent que leur adresse aux armes n'était que légendaire et qu'ils ignoraient complètement le concept de crime. Et maintenant, il découvrait qu'ils étaient également bons au crochetage.

— Nos frères de Schlipak vont être satisfaits ! cracha une voix. Allons-y !

Juval fut tiré à l'intérieur en même temps que les corps de ses camarades, et quelque chose de très dur le heurta derrière la tête. Il sombra dans l'inconscience, et la dernière chose qu'il entendit fut un ricanement.

Quinze minutes plus tard, le commando était sorti du bâtiment, et plusieurs silhouettes sombres transportaient des sacs épais au contenu mystérieux. Le jour se levait, ils se glissèrent alors en hâte dans une ruelle où se tenaient tranquilles plusieurs chevaux à la robe anthracite. Une fois en selle, le bruit de leur cavalcade résonna jusqu'à la porte de l'Est, où ils passèrent à fond de train devant deux gardes blasés.

— Sont plutôt du matin, les elfes, philosopha un petit moustachu.

— Mouais. En tout cas ceux-là, ils avaient pas l'air trop niais.

— Ouaip. Peut-être qu'on aurait dû les contrôler alors ?

— Bouarf.

Un peu plus tard, lorsque la cité fut éveillée et les croissants disposés sur les étalages, la relève de surveillance de la Guilde découvrit un porche souillé de sang, des flèches brisées ainsi qu'une serrure en piteux état. Ils retrouvèrent les gardes ligotés dans l'entrée, et constatèrent que seul un d'entre eux était encore vivant. Un capirol digne de foi qui s'empressa de raconter ce qu'il avait vu.

La rumeur enfla rapidement : les sylvains, qu'on pensait bêtes et naïfs, devenaient dangereux.

Bien loin de tous ces tracas, la compagnie prenait son petit déjeuner dans une ambiance paisible seulement troublée par les grognements de mécontentement du Nain. Le thé était trop chaud, le beurre était trop mou, le pain était trop sec, la chaise était trop haute et il n'avait aucune envie de reprendre la route en compagnie des elfes. Le barbu fut calmé dès qu'il reçut sa solde quotidienne de *mercenaire de l'escorte royale,* les cinquante pièces d'or que Naziel distribuait rituellement tous les matins à chaque aventurier. C'était un moyen très pratique de s'assurer la tranquillité pendant une bonne moitié de la journée.

Une fois les paquetages préparés, ils eurent tôt fait de retrouver leurs montures et leur véhicule et reprirent la route vers la forêt de Groinsale. Ils traversèrent la rivière Koulbel vers l'ouest et longèrent les Chênes d'Ulgargh, dédaignant la route du sud vers Noghall, qui était notoirement très mal fréquentée. Hélas, le terrain n'était pas des plus praticables et ils avançaient lentement. La Magicienne avait bien du mal, à cause des cahots répétés du chariot, à rassembler et à préparer ses ingrédients pour la potion.

Après avoir déjeuné près d'un ruisseau, ils firent encore un bout de chemin et s'installèrent pour prendre une pause. Ils s'amusèrent un moment au spectacle du Barbare qui décida de chasser le marcassin à la lance afin de contribuer au repas du soir, et de la lutte qu'il dut mener contre la femelle lorsqu'elle le surprit dans son approche de prédateur. Il faut dire qu'en omettant de se mettre sous le vent, il avait trahi sa présence à cinquante mètres par l'odeur mâle qu'il dégageait. Bref, après quelques morsures il parvint à occire la bête et s'en revint très fier auprès du convoi, tirant par une patte soixante-dix kilos de substances carnées. Ses camarades l'acclamèrent et il brandit son épée vers le ciel, persuadé d'avoir fait son devoir. L'Elfe lui fit remarquer qu'il laissait derrière lui une famille de marcassins désemparés, mais ce n'est pas le genre de détail qui fait pleurer un guerrier.

C'est alors qu'ils firent la rencontre de gens beaucoup plus imprévisibles que les monstres, les animaux sauvages ou les brigands.

Ils virent tout d'abord s'approcher l'elfe noir, un éclaireur taciturne qui marchait vingt pas devant le reste de son équipe, et qui aurait pu passer pour un brigand riche. Celui-ci était vêtu comme un voleur, et il y avait fort à parier qu'il avait embrassé cette profession. Veste de cuir noir renforcée, bottes souples, cape sombre, épée courte, dague et un minimum de matériel. Il tenait son arc comme s'il redoutait quelque embuscade, et ses yeux très mobiles étudiaient chaque détail du terrain, chaque mouvement. Il fut le premier à voir la compagnie, dont les membres s'étaient regroupés autour du sanglier et qui applaudissaient le Barbare. Il leva son poing droit et fit un geste compliqué avec les doigts, le genre de manœuvre qui sert à prévenir ceux de l'arrière-garde.

Le voleur resta sans rien dire à distance respectable de l'escorte royale, attendant visiblement d'être rejoint par ses acolytes.

— Coucou ! fit l'Elfe en agitant sa main.

Plusieurs membres de la compagnie le saluèrent, mais il ne répondit pas, et ses yeux s'étrécirent.

— Il n'est pas très poli, cet oiseau-là, murmura Nuliel.

— Bandit ?

La Magicienne fit signe au Barbare de laisser son épée où elle était. Le comportement de cet homme n'était pour le moment pas à redouter, et de plus elle disposait de très bons sortilèges capables de le mettre hors d'état de nuire à cette distance, comme la *paralysie temporaire de Thorp*, la *glaciation des pieds*, la *peau de bananane de Morzak* ou même l'*ensablement oculaire de Munff*.

L'elfe noir fut rejoint par trois individus, et c'est à ce moment qu'ils furent persuadés d'avoir affaire à des aventuriers. Il y avait là un homme au teint cireux, vêtu de vêtements amples, sombres et ornés de motifs dorés, qui s'appuyait sur un grand bâton terminé par un crâne de bouc en bronze, et dont les yeux étaient visiblement maquillés pour lui donner l'air très maladif.

— Ça sent le nécro ! chuchota la Magicienne au Ranger.

Derrière lui suivait un guerrier humain qui semblait robuste, portant sur l'épaule une longue épée brillant d'un étrange reflet. Il était couvert de pièces d'armures dépareillées, assez bien agencées pour le protéger de manière efficace d'une lame ou d'une quelconque arme contondante.

Sur leurs talons marchait une femme brune d'une grande beauté, vêtue d'une robe écrue tachée de sang. Un marteau pendait à sa ceinture, et elle tenait un livre sous son bras. Une parure étrange soutenait un gros médaillon sur son pectoral. Le Ranger trouvait qu'il y avait quelque chose de familier dans ses traits et il se pencha vers la Magicienne pour lui faire part de ses observations :

— Hé ! C'est pas la femme du bac ? Elle était là quand on a traversé le fleuve Elibed.

— Ouaip. Prêtresse, confirma l'érudite.

Quand deux compagnies d'aventuriers se rencontraient de manière inopinée, il y avait plusieurs solutions. La première était que l'une décide de s'emparer des effets personnels de l'autre, sachant que la principale activité des aventuriers consistait à récupérer de l'équipement pour gagner en puissance. C'était une pratique un peu vile, qui était reconnue comme *source de revenus annexes*. En général, les plus forts attaquaient les plus faibles à l'issue d'un concours d'insultes, ce qui n'était pas un bon calcul considérant le fait que l'équipement des faibles était moins bon. D'un autre côté, les guerriers de bas niveau désireux d'attaquer des aventuriers plus forts qu'eux n'étaient pas les plus nombreux, et ils ne survivaient pas longtemps.

Les deux groupes pouvaient également s'ignorer, mais il était toujours préférable de discuter afin de s'assurer qu'on ne suivait pas la même quête. C'était aussi le moment rêvé pour exhiber ses richesses, laisser libre cours à la vantardise et à l'exagération. Parfois même, certains en profitaient pour user de leur charme et tenter leur chance auprès du sexe opposé, car il n'était pas recommandé de mélanger le travail et les coucheries.

Considérant les forces en présence et l'ambiance champêtre, il fut tacitement décidé par les deux compagnies de ne pas choisir la première solution.

L'elfe noir et le mage restèrent en retrait, et la femme s'approcha de nos compagnons après avoir vérifié d'un bref coup d'œil que personne n'avait dégainé son arme. Le guerrier lui emboîta le pas, probablement dans le but de la protéger d'une éventuelle menace. Elle déclama devant Nuliel, comme pour démarrer un spectacle :

— Holà, voyageurs ! Nous nous sommes déjà croisés !

— Il est vrai, je m'en souviens. Vous n'aviez pas l'air en aussi bonne forme.

— C'est que j'avais perdu mes compagnons, et que j'en étais fort triste, car je me voyais difficilement parcourir seule le vaste monde, aux prises avec ses maléfices. Mais par bonheur j'ai pu les retrouver dans la soirée.

— Vous voilà de nouveau bien entourée, conclut Nuliel avec une petite révérence ridicule.

— Flibidi ! répondit Gluby depuis le sac à dos de l'Ogre.

Le Nain et le Barbare échangèrent une moue d'incompréhension. Pourquoi fallait-il donc être poli avec des gens qu'on ne connaissait pas et qu'on ne reverrait jamais ?

Le Ranger, voyant qu'il n'y avait pas matière à s'inquiéter dans l'immédiat, fit deux pas en avant. Il pensait qu'il était temps de jouer son rôle de chef :

— Ha, mais je vois que vous êtes vous-mêmes une compagnie ? Quel est votre nom ?

— Point de compagnie, noble rôdeur, nous sommes une guilde ! La guilde des Cerbères du Néant.

— Des quoi ?

Tandis que ses camarades cherchaient quelque chose à répondre, le Nain s'approcha et ricana :

— Une guilde ? Ha ha ha ha ! Mais vous êtes quatre !

— Nous sommes déjà très efficaces ! rétorqua la prêtresse en toisant le nabot. Et je gage que dans quelque temps, de nombreux autres aventuriers se joindront à nous.

Le Ranger croisa les bras. Il ne voulait pas trop les contrarier, car le guerrier avait l'air féroce. Cependant, il n'aimait pas leur ton condescendant. Il se tourna vers la Magicienne et celle-ci lui adressa un signe de tête imperceptible qui voulait dire « Je me marre, leur nom est encore plus bidon que le nôtre ».

La prêtresse enchaîna :

— Je suis Sonjaska, la Guérisseuse. Grâce aux prodiges du dieu Youclidh, je peux soigner mes compagnons, que ce soit au repos ou en combat. Lui, c'est Bratux, le Pourfendeur de l'Ouest. Nous poursuivons actuellement la quête des Trois Joyaux de Valatonir.

— C'est sympa ça, les joyaux, commenta le Nain. La dernière fois qu'on en a eu, c'était des pierres précieuses elfiques et c'était tout nase, en plus on a dû les dépenser pour acheter une couronne à tête de lapin qui donne des jambes en plus et qui déchire les pantalons.

— C'était une couronne de téléportation d'une grande valeur, précisa la Magicienne avec humeur.

— Tu devrais en parler à mon pantalon !

Il y eut ensuite quelques secondes de flottement, puis Sonjaska se tourna vers les hommes restés en retrait.

— Là-bas, notre mage, le nécromancien Darkaos…

— Ha ! Je le savais ! murmura la Magicienne.

— Il est grand connaisseur de la mort et des voies impies qui mènent à la puissance et aux connaissances interdites par-delà les royaumes ténébreux… Et je vous présente aussi notre voleur-assassin l'elfe noir, Ratir U'kla. Aussi habile à l'arc qu'à la dague, il peut vous tuer d'un simple geste et vous n'aurez de lui que le souvenir d'un léger bruit dans votre dos !

L'elfe noir consentit à gratifier les compagnons d'un geste de faible amplitude, montrant ainsi qu'ils ne méritaient pas mieux. Le mage quant à lui s'approcha en plissant les yeux, faisant visiblement tout son possible pour paraître plus ténébreux qu'un imitateur de Bela Lugosi invité à une soirée à la morgue.

— Mes plus noirs hommages, grogna-t-il sobrement quand il fut à portée de voix.

Comme les aventuriers se tenaient toujours silencieux, la prêtresse tendit la main vers le ciel et déclama :

— Tels que vous nous voyez, nous avons déjoué les pièges de la Tour Jaune de Balben, où nous avons glané quelque fortune, et déjoué l'embuscade de deux trolls. Nous faisons route vers le donjon d'Urlubo où nous attend une funeste mission.

Bratux gronda, comme si le souvenir du combat venait de le réveiller.

Le nécromancien avait rejoint le groupe, il jaugea d'un coup d'œil le matériel de la Magicienne, apprécia le tout d'un étrange sourire en coin, et lui fit un signe de tête :

— Je vois que t'es de la maison. Le Romorfal c'est pas mal, mais je trouve qu'il tire un peu à gauche pour les projectiles magiques.

Ayant perdu totalement le fil de la discussion, l'érudite examina en retour son bâton à tête de bouc, et trouva qu'il sentait le fromage. Elle ne trouva rien d'intelligent à dire et s'en retourna vers le reste du groupe.

— Je m'en vais composer quelques vers pour célébrer notre rencontre ! s'enthousiasma Nuliel. Le monde est vaste et c'est une pure chance de rencontrer des héros tels que vous !

Sonjaska s'inclina :

— Nous en sommes honorés, mais nous ne savons toujours pas qui vous êtes, voyageurs au long cours.

Le Nain bouscula le Ranger qui cherchait ses mots, et proclama :

— Nous, on est les Fiers de Hache ! On a pourri le donjon de Naheulbeuk et on a sauvé le monde deux fois, et la première fois c'était grâce à ma hache de jet Durandil qu'était pas chère mais que le gars vendait presque neuve alors que c'était une occasion mais faut dire que je suis vachement bon au marchandage. Après ça on a tué la grosse bestiole noire qui mangeait les gens dans le stade à Glargh, mais les gardes ont fait semblant que c'était eux et puis c'est tant mieux parce que c'était la faute des gars des sectes. Du coup, personne sait rien en dehors de tonton Tutul, mais c'est pas grave, on va se venger et on aura des pièces d'or.

— Mais heu, bredouilla le Ranger.

— Il manque des informations, nota l'Elfe. T'as oublié de parler du jour où je suis morte dans la rivière !

Sonjaska ouvrit des yeux ronds et tordit sa bouche, ce qui la rendit un peu plus mignonne et moins revêche. Pensant qu'ils passaient une fois de plus pour des tanches, la Magicienne choisit de donner aux étrangers sa propre version des faits :

— Nous sommes de niveau quatre…

— Presque cinq ! s'incrusta le Ranger.

— … et nous escortons l'Elfe heu… la Souveraine de Folonariel jusqu'à son village, où se prépare un genre de guerre.

— Les deux tafioles avec les arcs ne font pas partie de la compagnie, précisa le Nain.

— Et on va manger du sanglier, par Crôm !

Le nécromant et ses compagnons ne masquèrent pas leur surprise :

— Niveau quatre ? Hum, j'aurais pensé moins.

— Humf, fit le Bretteur de l'Ouest.

— Par tous les prodiges de Youclidh, c'est inattendu ! Ne voudriez-vous pas faire partie de notre guilde ?

Darkaos hocha la tête et dit à la prêtresse :

— Ils ont pas de soigneur, mais vu leur nombre je suppose que ça n'est pas trop grave.

L'elfe noir, décidément peu sociable, s'était assis sur une souche et contemplait l'horizon, comme s'il voulait poser pour une enluminure.

Naziel et le Ranger se concertèrent un moment, tandis que les membres des deux groupes échangeaient des banalités et diverses anecdotes de voyage, ainsi que des gorgées de leurs boissons respectives et quelques tranches de gâteau. Bratux semblait très impressionné par les yeux doux et les rondeurs de la reine Selenia, à tel point qu'il avait échangé son air féroce contre un sourire niais, ce qui semblait rendre la prêtresse un peu jalouse. Le guerrier se laissa ensuite convaincre par le Nain de lui confier son épée pour qu'il en aiguise le fil et qu'il en graisse la lame, pour la modeste somme de deux pièces d'or.

Pendant ce temps, la Magicienne et le nécromant échangeaient des ingrédients et des blagues de mages, à base de noms compliqués que personne d'autre ne pouvait comprendre.

Et l'elfe noir resta dans son coin.

Puis il fut décidé que les Fiers de Hache ne rejoindraient pas la guilde des Cerbères du Néant, en grande partie parce qu'ils ne savaient pas à quoi ça pouvait leur servir. Le métier d'aventurier était bien assez compliqué comme ça.

— Nous respectons votre choix, dit finalement Sonjaska au rôdeur. Mais si vous changez d'avis, vous n'aurez qu'à venir à notre rencontre. Vous n'aurez aucune peine en cela, car d'ici peu, les bardes chanteront nos aventures dans bien des tavernes et il en sera d'autant plus facile de nous trouver !

La Magicienne s'approcha de la prêtresse et lui parla sur le ton de la confidence :

— Heu... Si je peux vous donner un conseil... C'est pas tellement bon pour la santé qu'on puisse vous retrouver facilement.

— Ha ?

— Ouais, ça c'est bien vrai, attesta le Ranger. Si vous continuez à piquer des trucs dans les donjons, vous aurez bientôt des tas de sorciers accrochés à vos basques. Ils sont plutôt rancuniers !

— Sans oublier les cultistes, ou les gardes municipaux...

— Et je vous parle même pas des connards de la Caisse des Donjons ! brailla le Nain. Ils viendront vous piquer vos thunes jusque dans la taverne !

— Mais alors, comment diable allons-nous faire pour devenir célèbres ?

Dans un rire malsain, la Magicienne l'éclaira :

— Quand vous aurez cramé cent péquenauds dans un stade, je peux vous assurer que vous n'aurez plus envie qu'on vous reconnaisse ! La célébrité, c'est surtout bon pour les ménestrels.

Sonjaska resta pétrifiée, la main devant sa bouche, horrifiée. À l'inverse, le nécromant se précipita pour prendre le bras de l'érudite, soudain très intéressé :

— Par le crâne de Zantara ! Vous avez cramé cent personnes d'un coup ? Vous pouvez me donner la combine ?

— Oui bon ça va, on n'a pas fait exprès !

— Ce que vous êtes modeste !

BULLETIN CÉRÉBRAL DE LA MAGICIENNE

Ha, les jeunes. Ça veut se la jouer, mais ça ne connaît rien à la vie ! En plus, ils font vachement bon genre avec leur guilde et leurs histoires de néant, mais ils n'ont même pas voulu donner leurs niveaux. C'est clair que ce sont des débutants, et quand on voit leur équipement, il y a fort à parier que ce sont des gosses de riches ! Enfin bon, ils ont eu de la chance de nous rencontrer, on leur a donné des bons tuyaux, ça leur évitera de crever dans une embuscade à la noix. Ils sont repartis vers leur donjon avec une épée bien affûtée, et je crois bien que j'ai impressionné le nécro. Et je n'avais jamais vu ce modèle de bâton qui sent le fromage.

BULLETIN CÉRÉBRAL DU NAIN

J'ai rien compris à leurs histoires de guilde aux autres. Normalement, les guildes c'est pour les voleurs, les marchands et les artisans. Après, dans la population y a les habitants qui servent à rien, les gardes qui sont là pour surveiller, et les aventuriers qui font ce qu'ils veulent. Et puis les monstres à tuer. C'est à peu près tout. Alors pourquoi mettre les aventuriers dans des guildes ? C'est le genre d'idée à la con qui va foutre le merdier dans toute l'organisation sociale de la Terre de Fangh. Une guilde. Par le bouclier triangulaire de Goltor, c'est n'importe quoi !

Ainsi reprirent-ils la route en milieu d'après-midi, fiers de leur expérience. Ils savouraient à l'avance la perspective d'un dîner de bonnes grillades de porcidé forestier, sur lit de champignons grillés. Sur leur droite se découpaient maintenant les contours des collines de l'Ouest, vaste étendue semi-montagneuse enlaçant la forêt de Groinsale qu'ils devaient rallier pour le lendemain.

— C'est marrant, dit la Magicienne qui avait le nez dans son atlas. En continuant sur cette route à droite, on pourrait se faire le temple de Wismal ! C'est à deux jours de marche.

— Mais nous ne sommes pas là pour ça ! protesta le Ranger. On est en mission d'escorte pour le moment.

Les propos avaient cependant attiré l'attention du Nain :

— Hé, c'est quoi ça, comme temple ? Encore un truc abandonné habité par les chouettes ? Ou bien y a des trésors ?

— Mais non ! Le temple de Wismal est un vrai donjon ! On l'appelle aussi parfois le Temple du Mal Alimentaire. Il paraît que l'air là-bas contient un poison qui corrompt toute la nourriture, et qu'on peut y attraper des tas de maladies !

— Hé ben… C'est pas super engageant…

— C'était le repère d'une secte très étrange, à une certaine époque, et on raconte que le lieu était possédé par l'avatar d'un dieu. C'est un dieu peu connu, d'ailleurs on a oublié son nom. Et par la suite, le temple est passé aux mains du terrible Wismal, un sorcier qui était devenu fou. C'était un type bien à la base, il a même inventé des sorts qu'on utilise encore maintenant. Il paraît qu'il a laissé traîner dans son château des récompenses qui valent le déplacement.

— Ha, ça c'est bien ! apprécia le courtaud. Des belles pièces d'or !

Le Ranger se tourna pour désigner leur pesant camarade d'un signe de tête :

— Mais t'as pensé au gros morfal ? Il va crever dans un truc comme ça !

— Huk ?

La Magicienne resta pensive un moment et fit signe à l'Ogre de retourner à ses mâchouillages. Elle secoua la tête :

— Hum, non, c'est pas lui le pire. Je pense qu'il est immunisé à la plupart des maladies. C'est plutôt pour nous, le danger.

— Moi je m'en fous, si on peut taper.

Sur ce dernier commentaire du Barbare, toujours piéton et maussade, ils continuèrent leur périple en direction des collines.

Pendant ce temps, très loin vers l'est, un messager s'approchait d'un village de huttes grossières, sur un cheval racé à la robe luisante de sueur. De près, le village ressemblait plus à un campement, car les habitations de pierres brutes au toit de peaux se mélangeaient à plusieurs tentes mal ficelées, et qu'on n'arrivait pas tellement à comprendre quelles étaient les limites du terrain. Parfois quelques morceaux de bois dressés semblaient délimiter une zone un peu floue, mais il était clair que les habitants pouvaient construire et s'installer comme ils le voulaient, du moins si l'on en croyait ces constructions précaires visibles sur le pourtour, parfois distantes de cent mètres. Le bivouac se tenait au nord de l'immense plaine de Kwzprtt, et ses habitants pouvaient s'abreuver à la rivière Kraouk qui serpentait sur un de ses côtés. Mais on pouvait parier qu'ils ne buvaient pas trop souvent de l'eau.

Tar Malvon, dit la Fouine, n'en était pas à sa première mission. Il avait chevauché aussi vite que possible pour tenir les délais, mais il venait de ralentir, car il ne se sentait pas très rassuré. Il pensa qu'il avait été bien stupide d'accepter ce contrat, même si le salaire était bon. Il savait d'ailleurs *pourquoi* cette course était si bien payée. Comment espérer faire comprendre quoi que ce soit à ces barbares ?

On ne pouvait pas expédier un oiseau messager à ces brutes, ils ne lisaient pas et tuaient les oiseaux à vue, pour les manger. Il était également hors de question de leur téléporter un parchemin, car celui-ci se retrouverait invariablement dans les latrines. Quant à leur lire un texte à distance avec un sortilège, c'était hors de question : ils n'aimaient pas la magie et penseraient à quelque malédiction. Et d'ailleurs, avaient-ils la moindre idée de ce que signifiait le mot « diplomatie » ? Enfin, on n'avait d'autre choix, pour dialoguer avec eux, que de leur envoyer un messager qui devrait leur faire passer le texte de vive voix. Franchissant un fossé grossièrement creusé, le messager grimaça : il était sûr d'avoir vu un bras humain squelettique au fond du trou. Il était toujours temps de faire demi-tour.

Mais une femme de la tribu venait maintenant vers lui, traînant quelque objet lourd, et désirant visiblement lui parler. Tar se dit qu'il avait bien de la chance de faire son premier contact avec une personne du sexe opposé. Son charme naturel aurait une chance de lui épargner l'accueil bourru qu'il s'était imaginé. Il fit stopper sa monture et attendit que la femme s'approche.

Elle n'était pas très avenante à vrai dire. Des cheveux filasse descendaient jusqu'à sa taille, et sa tenue débraillée constituée de peaux cousues n'importe comment masquait un corps robuste, aux épaules trop larges. Ses mains étaient noires et son visage, tuméfié sur un côté, ne dégageait aucune grâce. Elle était chaussée de grosses bottes de cuir ornées de dents, et finalement l'objet lourd à sa main droite n'était rien d'autre qu'une massue.

Lorsqu'elle ne fut plus qu'à trois mètres, elle le toisa pendant plusieurs secondes, semblant s'attarder plus que de raison sur ses vêtements. Puis elle l'interpella :

— Vient pour quoi, la pédale ?

— Bien le bonjour, madame, rétorqua le messager avec aplomb.

La femme regarda derrière elle, comme si elle s'attendait à y trouver quelqu'un. Mais non, le type sur le cheval s'adressait bien à elle. Elle fronça les sourcils et grogna :

— Ah ouais ! Moi traitée de madame ?

— Heu… Mademoiselle ?

— Quoi ?

« Holà ! Ça part pas bien tout ça, il faut que j'annonce la couleur », pensa le coursier.

— Je suis Tar Malvon, aussi connu sous le sobriquet de la Fouine, messager au service de l'administration centrale de la Caisse des Donjons ! J'ai pour mission d'instruire le chef du clan Raggak d'un problème survenu au quatrième jour de la décade des bonnes résolutions, impliquant des hommes du clan, accusés de meurtres et pillages et amenés à fournir des explications dans les plus brefs délais. Je suis bien au village du clan Raggak ?

La femme plissait le visage, comme si elle essayait de faire sortir son cerveau par ses oreilles. Visiblement, le message n'avait pas été entièrement à son goût. Elle finit par cracher :

— Moi Olga Paindacier, clan Raggak ! Pas madame ! Et tu parler moins vite !

— Dans ce cas, puis-je voir votre chef ?

— Chef clan Raggak ?

Tar se retint de faire un trait d'humour, du genre « Non, le chef de mon cul, bougre d'imbécile ». Il savait que ça n'était pas le bon endroit pour ça.

— Oui, chef clan Raggak. Moi message à donner.

— Pas vendre des brosses ?

— Non, pas vendre des brosses, rien vendre.

« Bon sang, se lamenta intérieurement le coursier. Trente secondes et j'ai déjà régressé. Je parle comme elle ! »

— Nous tuer ceux qui vendre !

— Moi rien vendre ! Rien dans les mains !

Tar montra ses paumes et désigna ensuite la doublure de sa veste, également vierge de tout produit de colportage.

Après quelques secondes d'un dialogue abrutissant, la matrone hirsute consentit à mener La Fouine jusqu'à la tente du responsable. Elle le guida entre les masures tout en lui fournissant diverses informations :

— Si tu voir chef, pas cracher par terre, pas sortir une arme, pas courir, pas frapper poitrine, pas parler vite, pas parler doucement, pas rire, pas pleurer, pas chanter, pas insulter…

Tar écoutait la liste des choses à ne pas faire avec une certaine appréhension. Cela n'allait pas s'avérer facile !

Ils arrivèrent auprès d'une énorme tente, dont le pourtour était consolidé par des rochers, et dont l'entrée avait été décorée de plusieurs crânes à moitié fracassés. Au centre de la place, constituée de plusieurs autres tentes, se tenait un énorme feu de camp, sur lequel plusieurs pièces de viande cuisaient. Une brute épaisse gardait l'entrée de la yourte guerrière, s'appuyant sur une hache à deux mains qui avait connu de nombreuses batailles. Il était à la fois gras et musclé, plus grand que la moyenne, et ses cheveux n'avaient pas été peignés depuis sa naissance. Son regard farouche se posa sur le coursier, et il ne le quitta plus des yeux.

— Toi pas parler à lui ! chuchota la rombière lorsque Tar fut descendu de cheval.

Elle désigna le factionnaire d'un signe de tête discret.

— Hein ?

— Lui mal parler, rien comprendre !

— Ha, bon.

Puis la femme entra dans la tente, laissant Tar face au guerrier de marbre.

— Fait pas chaud, hein, badina le messager.

— …

— Bien, bien. C'est sympa chez vous.

— …

— Ça sent bon, la viande.

— Viande !

— D'accord…

Le chef du clan sortit alors de sa hutte d'une foulée vigoureuse, et Tar en conclut que le factionnaire était finalement bien chétif, et que les responsables de clans barbares n'étaient sans doute pas choisis pour leur intellect. La Fouine fit bientôt face au géant au crâne chauve, qui le couvait de son œil valide, d'un bleu translucide. L'autre œil était recouvert d'un bandeau de cuir sale. Il dit :

— Olga dit que tu veux parler à Gruh Cyclope, chef de Raggak !

— Bonjour monsieur. Oui c'est bien vrai.

Suivant le bête réflexe de l'habitude, Tar avait tendu la main au chef barbare, et celui-ci s'en empara pour la serrer, non pas d'une façon qu'on pourrait qualifier de virile ou d'énergique, mais comme un véritable étau à broyer. Quelques os craquèrent et le colosse ricana :

— C'est moi, Gruh ! Alors parle vite, parce que j'ai travail !

— Bonjour monsieur Gruh.

Suivi d'un grognement de douleur.

Tar s'efforça donc d'expliquer au géant, avec des mots choisis et sans faire de phrases trop longues, que des hommes de son clan avaient attaqué la Caisse des Donjons en forêt de Schlipak, quelques jours auparavant, et qu'il devait rendre compte de leurs agissements parce que... eh bien, parce que ça n'était pas très sympa, et que ça n'était pas un village comme les autres villages de paysans, mais le centre d'une organisation puissante qui... voyons... qui pourrait éventuellement se fâcher.

Le chef se lissa la barbiche pendant quelques secondes et s'adressa au coursier :

— Alors ils envoient toi... Pour tuer moi ?

— Holà, nonononon ! Je viens juste pour informer le puissant chef Gruh du problème. Je ne suis pas guerrier, mais messager ! Messager !

Le cœur de Tar avait fait un bond d'un kilomètre dans sa poitrine, et son pouls s'était soudain accéléré. Il chercha des yeux une voie possible pour prendre la fuite, mais le rustre l'avait attrapé par le poignet, affirmant ainsi une prise qui ne pourrait être défaite que par une pelleteuse. Le barbare gronda :

— Où c'est qu'on a attaqué des elfes ? Fais voir sur la carte !

Tar chercha en hâte un plan dans ses poches de sa main libre, sans prendre garde à la douleur qui montait de son auriculaire brisé, et le déplia pour indiquer au chef le lieu du méfait.

— Voilà… Alors on est là… Et l'attaque, c'était ici. Dans la forêt.

Gruh relâcha sa prise et se pencha sur la carte. Il finit par grogner :

— Ben c'est pas nous. On va jamais dans la forêt. Pas vrai Nounouk ?

Il se retourna pour apostropher le garde. Ce dernier hocha gravement la tête et répondit :

— Viande.

Gruh cligna de l'œil au messager :

— Fais pas gaffe à Nounouk, il est vraiment con.

— Heu… D'accord.

Puis le chef barbare se campa sur ses jambes et dit :

— Allez, salut maintenant.

Tar dansa quelques secondes d'un pied sur l'autre, et finit par lâcher :

— Heu… Mais pour le problème alors ?

— Pas de problème, c'est pas nous.

— Les… heu… les barbares qui ont attaqué ont hurlé « Clan Raggak », tout de même.

Le regard de Gruh se durcit et il se pencha vers le coursier :

— J'ai dit c'est pas nous ! On n'attaque pas les elfes, c'est des tapettes. Et on va pas dans la forêt, pigé ?

— Bien, je le note.

— Alors maintenant, salut ! Serrer la main !

— Heu… J'y vais !

Tar s'en fut ainsi dans la plaine, heureux d'avoir survécu. Il avait désormais trois doigts brisés, mais c'était un moindre mal. Il fallait maintenant qu'il affronte ses employeurs.

Fichu métier, parfois.

5
10
20
30
40
50
60
Mlaûke
Hameau de Pitikal
Juienal
Fleuve Elibed
Riu Piloche
Labyrinthe forestier
Chnafon
Donjon de Partog
Ruines
Elfes Noirs de Zurnk
Cité sylvestre Lunelbar
Clairière des Mangeurs de Chair Humaine
Lac des Ondines
Fourche D'Antimel
Fleuve Elibed
Foret de Schlipak
Ruines de Brelok
Cité sylvestre Talairfin
Grottes
Grask
H. Carottes
H. Poireaux
H. Navets
H. Patates
Lac de Zblouf
Ruines
Ranuf
Zoyek
Tussu
Plorodou-sur-Zblouf
Plaine du Ninejaddai

Le voyage de la compagnie se déroulait de façon plutôt morne, mais alors que l'escorte de Selenia III passait près d'une ruine, une silhouette surgit de derrière un taillis en hurlant :

— Qu'ils soient bénis cent fois, les porteurs de la Rayonnante Flamberge !

— Coucou ! dit l'Elfe en lui souriant.

Le Barbare avait déjà dégainé son épée, et les deux archers à cheval avaient encoché des flèches dans un réflexe élémentaire de protection. Un rapide coup d'œil au périmètre leur permit de voir que l'inconnu était seul.

— C'est qui, lui ? s'inquiéta le Ranger depuis son banc de conduite.

Le Nain, qui s'était posté derrière lui dans le véhicule, ricana derrière son oreille :

— On croit rêver ! Voilà un mec qui nous attaque tout seul maintenant ?

— Hum… Un sorcier ?

La Magicienne avait peut-être raison. Au premier coup d'œil et de loin, on avait du mal à savoir s'il s'agissait d'un homme ou d'une femme. Mais l'inconnu était bien de sexe masculin, car on pouvait maintenant voir sa barbe blanche s'échapper des plis de sa large capuche. Son vêtement, ample et de tissu épais, était de couleur crème, à moins qu'il ne fût blanc et sali par les années de voyage. Il portait deux besaces en bandoulière ainsi qu'une vieille sacoche, et sa ceinture soutenait moult fioles et maints sachets qui s'entrechoquaient au gré de ses mouvements désordonnés. Plus inquiétant, il s'appuyait sur un grand bâton décoré de divers colifichets, à l'extrémité tarabiscotée. Plusieurs colliers tressautaient dans les replis de son vêtement.

Comme les aventuriers ne répondaient pas, et tandis qu'ils finissaient d'analyser la situation, l'ancien parla de nouveau :

— Les mille vents du destin vous ont enfin portés vers moi, Jardik des Piliers ! Pour que vous receviez mes mots, car ils sont les messagers de votre futur rayonnant !

— On attaque ? proposa le Barbare, qui avait le sens pratique.

— Mais non, rétorqua le rôdeur, il a seulement parlé !
— J'aime pas ça, les gens qui parlent.
— Tu ne vas pas nous refaire le coup du vieux Gildas !
Naziel s'était approché sur sa monture et apostropha l'ancêtre :
— Harmonie, vieil homme ! Quelle curieuse mission vous pousse donc à nous barrer le chemin ? Nous sommes en route vers Folonariel et n'avons pas le temps de prêter l'oreille aux problèmes d'autrui.
— Il a l'air siphonné, non ? grinça le Nain.
Le voyageur usé secoua la tête comme si une guêpe avait trouvé refuge dans sa capuche. Il agita les bras et frappa le sol de son bâton avant de réciter sur un ton dramatique :

Jardik des Piliers

— Lorsque les Fils du Maudit trouveront en eux la force promise aux protecteurs de la Flamme Doudoune, et quand le bouc blanc dressé sur trois fois deux pattes aura suivi le chemin qui mène à la montagne aux champignons flous, la femme-dieu aux cheveux fins sera investie du pouvoir du Grand Achèvement et les Six Voyageurs devront descendre le Grand Escalier Du Sanglier pour trouver le dernier des Joyaux Oubliés du Tangorodrigue, celui dont fut séparé l'Homme-Démon Immortel à l'Odeur de Purin, et ceux-là qui parcourent le monde accéderont au Trône des Nouvelles Races pour trois décennies, et leur règne sera inscrit dans les Grands Ouvrages si la couleur du ciel est toujours sur le mauve à l'heure où les moutons vont boire.

Tandis que l'ancien reprenait son souffle en les dévisageant de ses yeux hagards, quelques aventuriers faisaient le tri dans leur tête. D'autres, comme le Barbare ou le Nain, se posaient diverses questions qui concernaient principalement la santé mentale des vieux et l'intérêt de les délester de leurs effets personnels. Après plusieurs secondes et quelques échanges de regards interloqués entre les membres de la compagnie, ce fut finalement la Magicienne, descendue en catastrophe du chariot, qui prit la parole :

— Vous pouvez tout répéter ?

Jardik écarta les bras de nouveau, et recommença :

— Lorsque les Fils du Maudit trouveront en eux *blah blah blah*...

Ils écoutèrent une fois de plus la grande révélation, certains penchant la tête sur le côté comme si les mots glissaient plus aisément. Puis il termina sa citation et l'érudite fit la moue :

— Non, mais là j'ai beau chercher... Ça veut rien dire votre machin.

— Ha, je me disais aussi ! admit le Ranger, qui se sentait moins seul.

— Ne serait-ce pas là quelque énigme comportant un message important ? s'inquiéta Nuliel.

Le Nain leva la main :

— Moi j'ai entendu un truc sur un joyau, qui était le dernier du Tangozoblique !

— C'est Tangorodrigue, corrigea la Magicienne. C'est la vieille forteresse construite par les forces du mal pendant la guerre du Chaos.

— Ouais, enfin c'est quand même une histoire avec un joyau !

Le Ranger se manifesta après avoir fini ses calculs :

— Hum. Ça parle de six voyageurs, alors qu'en fait on est neuf.

— Et c'est qui la femme aux cheveux fins ? C'est moi ? Hi hi !

Ils précisèrent à l'Elfe que ce n'était pas le moment de raconter n'importe quoi.

Le vieil homme s'était approché car il sentait que quelque chose ne tournait pas rond. Il les sermonna de nouveau :

— Il n'est pas chose facile que de recevoir l'Oracle, même pour vous, les porteurs de la Rayonnante Flamberge ! Il ne sera pas dit que les Onze Récipiendaires Invisibles de...

— Mais laissez-nous deux minutes ! coupa le Ranger. On n'a pas fini d'analyser le truc d'avant.

— Bon, moi ce que j'en disais...

De son côté, la Magicienne était en pleine tempête de cerveau :

— Alors... la flamme Doudoune... ça c'est un anneau Fhutur... C'est surtout bien si on a les trois... La forteresse, je connais... mais cette histoire de bouc blanc à six pattes...

— C'est pas une manticore ? s'incrusta le Nain.

— Non, rien à voir.

— Ou ça pourrait symboliser trois mecs dans un costume de bouc blanc ? Ils auraient donc six jambes et...

— Mais j'en sais rien ! Laisse-moi réfléchir !

— Et combien il vaut, le joyau ?

— Gniiiih !

— Bon alors, on attaque ? insista le Barbare.

— Heu... Monsieur l'Oracle, vous pouvez répéter, des fois qu'on ait loupé un truc ?

Le vieil homme fustigea la Magicienne :

— Normalement, deux fois ça va bien ! Je pensais que Varkor l'Aquatique serait plus vif d'esprit !

— C'est qui ça, Varkor ?

— Ce n'est pas vous ?

— Mais non ! protesta la Magicienne. C'est un nom d'homme, et moi... eh bien, je suis une femme !

— Ah.

— En plus, je ne connais pas la magie de l'Eau...

Le vieil homme se pencha et plissa les yeux, puis il marmonna :

— Hum... Mouiii... Maintenant que vous le dites...

Puis l'ancien se tourna vers le Ranger :

— Et vous, brave homme, vous êtes bien Horgar, le Sans-Pitié ?

— Hein ? Mais pas du tout ! Moi je viens de Loubet...

— Et c'est lui qui fait pitié ! s'esclaffa le Nain derrière.

Pendant que le Nain riait, Jardik fouinait dans sa sacoche en maugréant. Il extirpa un parchemin d'un tas de documents et posa sur son nez d'étranges bésicles.

— Hum… Attendez… J'ai tout noté quelque part…

L'Elfe s'approcha sur son blanc poney et demanda s'il fallait donner de l'argent au vieux monsieur, et si on pouvait avancer parce que cette histoire n'avait que trop duré. L'ancêtre leva son nez pointu et rougeaud vers elle :

— Vous n'êtes pas Brindila Numeline, l'archère aux traits de feu ?

— Vous êtes en présence de Selenia III, reine de Folonariel, déclama Nuliel qui se tenait juste derrière.

— Et elle sait pas viser, ajouta le Ranger en douce.

— Ah. Alors vous n'êtes pas la Compagnie de la Rayonnante Flamberge ?

— Non ! répondirent plusieurs aventuriers agacés.

Le vieil homme parut très déçu. Il farfouilla encore dans sa besace et s'excusa :

— Ho. Alors attendez, j'ai peut-être une prophétie pour vous. C'est quoi le nom de votre compagnie ?

— On est les Fiers de Hache ! brailla le Nain.

Le Ranger et la Magicienne en vinrent à s'énerver, expliquant alors à l'oracle blasé que ça n'était qu'un nom d'emprunt, qu'ils cherchaient un nouveau nom et qu'ils n'avaient donc pour le moment rien qui puisse les définir précisément, en tout cas pas d'étiquette précise.

— Bien, vous vous débrouillerez plus tard ! ronchonna Jardik. En attendant j'ai un truc pour la compagnie « Fiers de Hache ».

Le Nain adressa un bras d'honneur au Ranger en jubilant :

— Ha ! La tronche dans la sciure !

— Mais… mais… bredouilla la Magicienne.

— Hé !

Sans écouter les protestations des aventuriers, l'oracle enchaîna :

— Alors écoutez bien :

« Lorsque viendra le Temps des Membres Brisés
Celui des Pierres portera en son sein d'acier
La dernière des Sept, qui donne la malchance
Celle que cherchera le Sombre qui Grouille et qui sera perdue
Dessus la Ruine aux Mille Créatures
Le Porteur en sera redevable aux girafes »

Ainsi parla donc Jardik, face à des aventuriers aussi médusés que consternés. La Magicienne avait beau se creuser la cervelle, elle n'aboutissait à aucune conclusion. Quant au Ranger, il avait cessé d'écouter au mot « malchance », car il trouvait qu'il en avait déjà bien assez.

— Bah, c'est toujours aussi bizarre ! commenta le Nain.

Nuliel secoua la tête :

— Ils auraient pu faire quelques rimes et compter les pieds.

— Mais cette fois, c'est bien pour vous ! se renfrogna le vieil homme. Je vous laisse ! Il faut que je m'occupe de ma vie d'ermite et c'est pas facile tous les jours.

Il s'en retournait déjà vers les ruines quand la Magicienne l'apostropha :

— Heu... Sans vouloir vous commander, vous pouvez pas nous la refaire ? Cette fois je prends des notes !

BULLETIN CÉRÉBRAL DU RANGER

Je ne sais pas trop quoi penser de cette histoire d'oracle. Personnellement, je trouve que c'est quand même assez classe ! Le type tout mystique qui sort de nulle part avec des parchemins tombés du ciel, il connaît le nom de la compagnie et il raconte des tas de machins super héroïques. Enfin, c'est pas le *vrai* nom de la compagnie, mais quand même. La Magicienne dit que ces messages sont envoyés par les dieux pour éclairer notre destin mais... Bon, je ne pense pas que ça éclaire quoi que ce soit. Et puis quel dieu d'abord ? Il y en a toute une chiée en Terre de Fangh, et certains sont connus pour faire des blagues. C'est le côté un peu négatif en fait, cette impression qu'on a d'être manipulés. Enfin, on a cherché pendant vingt minutes avec les notes, et finalement on a repris la route, parce que ça nous avançait à rien. En tout cas, l'Elfe était super contente parce que ça parlait des girafes. Elle dit qu'elle connaît leur langage, mais franchement... Qu'est-ce que ça peut bien nous faire ? Moi j'ai retenu qu'il y avait de la malchance et des membres brisés, et je trouve ça moyen du coup.

La compagnie semi-véhiculée, précédée de ses deux archers, parvint en fin d'après-midi auprès d'un surplomb rocheux placé à dos de colline, qui fournirait un excellent abri pour la nuit. Le vent de l'automne fraîchissait et les nuages étaient toujours bas, ils avaient donc à redouter la pluie nocturne. Ils découvrirent en nettoyant l'espace les restes d'un autre bivouac, que le Ranger s'empressa d'examiner pour faire valoir ses compétences :

— Vous voyez ici ? Des traces de bottes de belle taille. Et là, on a tiré quelque chose. Voici deux restes de sacs de voyage éventrés, et aucune trace de sabots. Et ça, c'est une vieille ceinture. Ici, on a planté une tente, et là on a fait un feu.

Le Nain poussa du pied le bric-à-brac qui avait été rassemblé :

— Y a rien à récupérer dans ce bordel ?

— Je n'ai rien trouvé. Mais j'ai l'impression que nous avons affaire à des bandits ! Deux ou trois... Ils ont volé des sacs et ont pris tout ce qui avait de la valeur, puis ils ont abandonné le reste ici. Des vieux vêtements, une gourde percée, un morceau de corde usée, des...

— Ah. Eh bien, moi je crois qu'on a affaire à des gros nases.

Le Ranger n'était pas très heureux qu'on vienne saboter son raisonnement. Il se renfrogna :

— Ha ? Mais pourquoi ça, monsieur qui-sait-tout ?

Le courtaud se baissa et fouina dans une pochette de sac partiellement déchirée. Il en tira une chaînette qui aboutissait à un petit objet doré.

— Parce qu'ils ont laissé un genre de médaillon en or, ces gros nuls.

La Magicienne, qui était affairée au déballage de son matériel à potions, fut sur eux en deux secondes. Ce n'était pas l'attirance pour l'or qui la motivait, mais il était connu que les bijoux avaient toujours une chance d'être enchantés. En Terre de Fangh, on préférait enfermer des sortilèges dans des objets de petite taille, car c'était bien plus pratique à gérer dans l'équipement, et puis c'était plus classe de brandir « Le médaillon de l'Effroi » que « La cuiller de la Peur » ou « La bottine gauche de la Terreur ». Et si quelque chose était magique, elle était la seule à pouvoir le déterminer.

— Faites voir le machin.

Le Nain fronça les sourcils. Il n'aimait pas donner à quelqu'un des objets en or, même si c'était pour une courte durée.

— C'est pour voir si c'est magique ! insista la Magicienne.

— Pfff... Bon, voilà.

Une fois en possession de l'objet, l'érudite procéda à *l'examen de Priaka*, technique mentale qui permettait de déceler la présence d'une aura magique. Ils furent rejoints par l'Elfe qui s'extasia :

— Ho ! C'est mignon le petit bidule en or !

— Ouais, et c'est à moi ! grogna le Nain. Et puis y a pas que de l'or, y a aussi un morceau de klokolium dans la monture.

— Hum... Minute, s'interposa le Ranger. On n'a pas encore décidé à qui ça revenait !

— Mais c'est moi qui l'ai trouvé, avec mon instinct du trésor !

— Les trésors trouvés pendant l'aventure appartiennent au groupe !

— Oui, mais celui-là, il est à moi.

— On doit les partager en fonction des talents de chacun !

— Sauf si c'est en or !

— C'est quoi cette loi de merde ?

La Magicienne fit taire ses compagnons et leur communiqua l'information suivante :

— Bon, y a pas de doute, il est magique votre bidule.

— Ha ! s'enthousiasma le Nain. Quand c'est magique, c'est plus cher !

— Oui, mais je ne sais pas exactement ce qu'il fait, alors c'est un peu dangereux.

— C'est pas grave ! Je le prends !

Sur ce, le Nain s'empara du bijou d'un geste brusque et l'approcha de son visage pour l'admirer de plus près. Pendant que le Ranger au teint rouge cherchait quelque chose à dire, la Magicienne lui fit un clin d'œil et glissa d'un ton doucereux :

— Tu devrais te méfier, montagnard, parce que ça peut aussi bien être un bijou maudit.

Le barbu s'esclaffa :

— Mais non ! C'est un truc en or, ça peut pas être maudit, c'est de l'or !

— Ah bon ? Tu n'as jamais entendu parler du Trône de Banturne ? Ou des Trois Bagues de la Déchéance ? Ou encore du Médaillon de l'Échec ? Des Pièces Maléfiques de la Bourse Vide ?

Le Nain éloigna le pendentif de son visage.

— Heu... Ben non.

— Tous ces objets en or étaient maudits, et crois-moi c'était pas de la rigolade !

Elle laissa donc le Nain à ses doutes et s'en retourna préparer son chaudron et ses fioles. Elle avait plus important à faire pour le moment qu'étudier des pendentifs poussiéreux.

On fit un feu et le Barbare se proposa pour la découpe du sanglier. Le tout se déroula sur fond d'une discussion animée qui concernait, une fois de plus, le nom de la compagnie, ainsi que cet étrange message qui leur avait été lu par le vieux Jardik.

BULLETIN CÉRÉBRAL DU NAIN

Qu'est-ce que c'est que cette histoire de trucs en or maudits ? Mais qui pourrait avoir l'esprit assez tordu pour faire ça ? C'est pas des nains, ça c'est sûr. Ils savent pas comment c'est dur d'extraire de l'or, toute la journée dans les mines à respirer la poussière et se cogner la tête dans les rochers ? Ils n'ont que ça à foutre, les humains, que de filer des malédictions à des trucs en or ? Et alors, qu'est-ce que je fais moi avec mon pendentif, hein ? Si ça se trouve, c'est un truc de force, ou alors un bidule qui permet de faire crever les ennemis rien qu'en les regardant, ou alors un détecteur de trésors ? Et il faudrait que je passe à côté de ça ? Non, franchement, j'ai l'impression qu'elle se fout de ma gueule, la magotte. Allez hop, j'essaie ! On ne pourra pas dire qu'un Nain aura eu la trouille d'un machin en or, tout de même.

Autour du feu, le ton montait et le Ranger et l'Elfe en étaient déjà aux insultes. Le petit Gluby ainsi que l'Ogre ne prenaient plus part à ce genre de discussion depuis longtemps, surtout que la Magicienne était trop occupée pour leur traduire quoi que ce soit. Quant au Barbare, il s'était éloigné pour terminer le dépeçage de la bête, tâche ardue qui le faisait transpirer à grosses gouttes. La vue d'un animal ouvert de bas en haut, les viscères répandus sur les pieds du bourreau, avait déjà coupé l'appétit des elfes et ceux-ci avaient insisté pour que la brute termine son ouvrage à l'écart.

— Mais je t'assure, insista le Ranger. Les Copains de Selenia, c'est complètement bidon ! Ça nous enlève toute crédibilité.

— Mais… Vous êtes mes copains, et je m'appelle Selenia maintenant ! J'y peux rien moi !

— On pourrait trouver quelque chose de plus sympa comme nom ! Quelque chose de plus… héroïque.

— Les Mercenaires de Selenia, suggéra Naziel. C'est plutôt accrocheur, ne trouvez-vous pas ?

Le Ranger, songeur, considéra la proposition.

Mais le Nain, qui était resté un moment à l'écart, se dandina vers le feu, son nouveau pendentif ornant son pectoral. Il ne lui avait pas échappé qu'on parlait d'une étiquette de compagnie qui contenait un prénom elfique, et il ne l'entendait pas de cette oreille :

— Noitseuq ed sroh tse'c ! lança-t-il à la cantonade.

Le Ranger et les elfes se tournèrent vers le barbu. Il s'exprimait bizarrement, comme si les mots écorchaient sa bouche, et on ne comprenait absolument rien de ce qu'il disait. Ses mots semblaient se distordre, les syllabes n'avaient rien d'humain et rien de nain non plus. Il s'en rendit compte et porta la main à sa bouche :

— Ettoihc, oh !

Le rôdeur se frappa le front de son index, indiquant ainsi que leur camarade avait sans doute pété les plombs.

Selenia se tourna vers le Nain :

— Quoi ? T'es déjà saoul alors qu'on n'a pas commencé le repas ?

— Edrem ettec iouq tse'c, ledrob ! s'énerva le Nain.

Depuis quelques secondes, la Magicienne riait sous cape. Elle reposa la cuiller en bois qui lui servait à touiller sa potion, et ricana :

— Et voilà ! Tu t'es fait blouser avec ton bijou ! C'est un *Talisman de Retournage du Verbe*. Un grand classique !

— Iouq ?

— Ton pendentif, imbécile ! Il est maudit !

Sous les rires de ses camarades, le Nain devint rouge et s'empressa d'ôter le bijou de son cou, arrachant au passage une partie de ses poils de barbe et glapissant des propos incompréhensibles, et probablement injurieux.

— Évelne ia'l ej tnanetniam nob tse'c !

— Tu ne pensais pas que ça allait être aussi facile, hein ?

— Reihc evarg tiaf aç siam !

Ils rangèrent le bijou dans un sac bien fermé, sans prendre garde aux propos hystériques du Nain qui n'avait toujours pas retrouvé son habituelle façon de s'exprimer et qui s'énervait tout seul.

— Je ne sais pas combien de temps ça va durer, ronchonna la Magicienne. Mais bon, tu n'avais qu'à m'écouter.

— Tu n'as rien pour arrêter les malédictions ? s'inquiéta le rôdeur.

C'est qu'il avait peur que ça lui arrive un jour.

L'érudite hocha la tête :

— Oh si, je peux faire un *dispel magic*. Mais pour ça, il faudra attendre que je termine ma potion… J'ai besoin de me concentrer sur la préparation, et je ne vais pas gaspiller cinquante pièces d'or d'ingrédients pour un crétin !

— Ertuof eriaf et av ! glapit le Nain en se détournant.

Il rafla un morceau de pain dans son sac et s'en alla s'asseoir sur une grosse pierre à l'écart. C'était un peu trop pour lui.

Le reste du groupe discuta un moment des effets de ce curieux talisman. L'Ogre trouvait ça drôle, car il se sentait pour une fois moins seul dans son problème de communication. L'Elfe de son côté n'avait toujours pas fini d'en rire, et de grosses larmes de bonheur coulaient sur ses joues, tant elle trouvait la situation cocasse. Elle déchanta rapidement car le Nain renversa le contenu de sa gourde de bière éventée sur les cheveux blonds récemment peignés de Son Altesse, provoquant le début d'un conflit diplomatique. Après quelques explications, Nuliel décida de ne pas donner suite et s'interrogea sur l'utilité d'un tel objet.

— Les objets maudits sont créés la plupart du temps par ennui, expliqua la Magicienne. Les mages de haut niveau trouvent ça très drôle d'en laisser traîner un peu partout. Ces machins n'ont a priori pas de valeur marchande, et il faut dépenser autant d'énergie astrale pour les créer qu'il en faudrait pour enchanter un objet utile. Cela dit, pour quelqu'un de rusé, ça peut toujours servir.

— Mais comment ?

Elle eut un geste de la tête en direction du Nain :

— Il faut trouver quelqu'un d'assez crétin pour qu'il utilise l'objet contre lui-même. On a rapporté des cas très intéressants d'utilisation ! J'ai lu par exemple l'histoire de ce fermier de Boladar qui s'était fait détrousser de son plein gré pour fourguer une *Amulette de Haine* à tout un groupe de bandits.

Voyant qu'elle avait captivé son auditoire, ce qui n'était pas chose commune, elle continua :

— Les brigands ont commencé à se battre entre eux et à s'insulter, pendant que le fermier patientait chez lui tranquillement. Ainsi donc, deux jours plus tard, il est parti récupérer ses biens sur leur campement, et il a vu qu'ils s'étaient tous entretués ! Il a même récupéré leur trésor.

Le Ranger renifla et objecta :

— Ouais, mais bon… Là c'est pas pareil, on a juste une amulette qui fait parler n'importe comment.

La Magicienne se pencha sur son chaudron et réagit, un sourire en coin :

— Ha ! T'as déjà essayé de lancer un sort à l'envers toi ? Je te souhaite bon courage !

Plus tard, ils dînèrent de pièces de sanglier rôties, pour le plus grand bonheur de l'Ogre. En effet, on avait conseillé à celui-ci de « ne pas en laisser trop, car ça risquait de se perdre ». C'était peut-être la première fois qu'on l'incitait à manger.

Les trois brigands, qui revinrent en fin de soirée sur le lieu de leur campement, n'osèrent pas s'approcher, car ils se méfiaient comme de la peste des aventuriers. Ils restèrent à distance respectable. Pas vus, pas pris.

Les bandits de tout poil, au même titre que les orques et les gobelins, sont des cibles faciles pour les baroudeurs. Ils leur permettent de gagner facilement des points d'expérience en début de carrière, et lorsque ces derniers sont aguerris ils ne rechignent jamais à *poutrer du brigand comme au bon vieux temps*. Ces forbans sont souvent mal équipés, ne pratiquent pas la magie ou très peu, ne sont jamais assez nombreux et sont généralement stupides. C'est en quelque sorte assez logique, puisque les brigands intelligents exercent en fait le métier de marchand ou de politicien. C'est moins dangereux et le sale boulot est fait par d'autres, par exemple les brigands bêtes qu'on emploie sous couvert de sociétés de blanchiment douteuses. Enfin, quoi qu'il en soit, les trois vauriens, inférieurs en nombre, rebroussèrent chemin et s'en allèrent planter leur tente ailleurs, sans que les aventuriers n'aient pu les détecter. Ils furent hélas dévorés par un couple d'ours pendant la nuit, mais ce détail n'a finalement que peu d'intérêt. Enfin c'est dommage, quand on y pense, ces points d'expérience perdus.

Nos compagnons fêtèrent également la réussite de la première tournée de potions. La préparation de la Magicienne avait été réalisée correctement, selon ses dires. Bien sûr personne ne pouvait en témoigner, puisqu'il s'agissait de potions de mana de bas niveau qui ne pouvaient être utiles qu'à des jeteurs de sorts. Elle montra les cinq petits flacons rouges à tout le monde, assura que le breuvage avait été préparé dans les règles de l'art, et ils débouchèrent une amphore de vin que ne piquait pas trop pour assurer la célébration de l'événement. Le Nain aurait préféré de la bière fraîche, mais bon…

La question des tours de garde fut vite réglée, car Nuliel et Naziel n'avaient pas sommeil. Ils décidèrent de se partager la surveillance du campement, ce qui arrangeait bien nos mercenaires. D'une part, ils n'avaient jamais vraiment considéré la question, et d'autre part ils n'étaient pas en état. Après un bon repas et quelques gobelets de raisin fermenté, les aventuriers sombrèrent dans un sommeil profond, sauf le Nain qui rêva à l'envers. Et l'Elfe aussi, qui s'imagina des choses bizarres.

BULLETIN CÉRÉBRAL DE L'ELFE

Il paraît qu'on peut savoir des choses sur la vie des gens en essayant d'expliquer ce qui se passe dans les rêves. Alors je ne sais pas si ça peut marcher à tous les coups, parce que cette nuit, j'ai vraiment rien compris. J'ai rêvé que j'étais dans un arbre violet, qui donnait des fruits comme des clowns. C'était pas très confortable parce que de la cabane coulait du jus rose, et l'arbre bougeait parce que des dizaines de nains rouges essayaient de le faire tomber en coupant son pied avec des haches. Ils criaient que les elfes étaient trop bien coiffés et que la salade c'était pas bon, et ça faisait bien rire les clowns qui avaient parfois des mains comme des accordéons. Mais j'ai pu m'enfuir debout sur une flèche qui partait très très vite dans le ciel. J'ai cogné ma tête sur la lune, elle a explosé en fleurs jaunes et liquides avec une musique à base de trompette. Et après le décor a changé pour une espèce de caverne toute moche qui sentait comme un chien sale. J'étais toute seule et toute nue dans cette caverne horrible, avec un chapeau pointu et des pinces à linge sur les oreilles. Il y avait des tas de gros champignons allongés qui tournaient par terre dans ma direction, et ils crachaient souvent du lait par le bout pointu. J'ai trouvé un gros papillon qui parlait, il m'a demandé de venir avec lui et j'ai glissé dans une bouche pleine de tentacules tout gluants pendant que le papillon devenait poilu. Et puis c'était fini, mais je crois que j'ai pleuré aussi.

La nuitée se déroula donc sans incident, et les compagnons déjeunèrent de bonne heure. La Magicienne rendit au Nain l'usage de la parole à l'aide du traditionnel *dispel magic*, et celui-ci ne fit aucun commentaire. Cependant, au lieu d'une volée d'insultes, il gratifia la Magicienne d'un simple « 'rci » qui semblait s'échapper difficilement du coin de sa bouche. Les choses avaient peut-être évolué pendant la nuit, et il avait sans doute réfléchi.

Alors que tous préparaient leur paquetage, le Ranger s'approcha de l'érudite et lui chuchota :

— J'ai pensé à cette histoire d'oracle.

— Et alors ? Tu as trouvé quelque chose ?

— Heu... Ben... Celui des Pierres, ce ne serait pas le Nain par hasard ?

— Ah. C'est possible en effet. Ça tient debout.

— Il faut surtout pas qu'il s'en rende compte. Il en profiterait pour nous faire chier encore plus !

— T'as raison...

Ils restèrent un moment perdus dans leurs pensées, puis la Magicienne ajouta :

— Bon... Eh bien maintenant, il reste plus qu'à comprendre le reste...

— Pffff... C'est vraiment n'importe quoi ces prophéties. Ils ne peuvent pas faire des phrases normales, les dieux ?

— Peut-être qu'ils préfèrent garder leur côté mystique ?

— Bouarf.

Naziel les aborda et leur tendit leurs pièces d'or, correspondant au solde de la journée :

— On y va ? Si vous voulez bien ?

— Mais oui ! s'enthousiasma le Ranger en louchant sur les pièces.

Après tout, l'or c'était concret, et contrairement aux prophéties on savait toujours ce qu'on pouvait en faire.

Ils partirent donc en direction du sud et atteignirent la forêt de Groinsale trois heures plus tard. Il leur restait encore à rejoindre le village suspendu de Folonariel, mais les elfes étaient maintenant sur leur terrain. Il ne risquait plus de leur arriver grand-chose, d'après Naziel.

Ce qui n'était pas le cas d'une autre troupe, dans une autre zone forestière.

En effet, au nord de Schlipak, sur la berge du fleuve Elibed, poussaient de très nombreux framboisiers, arbres fruitiers et buissons divers porteurs de baies juteuses. C'était là que venaient s'approvisionner plusieurs fois par an les elfes récolteurs, natifs de la cité de Talairfin. Ils traversaient régulièrement la forêt pour profiter des bienfaits de cette terre parfaitement irriguée, sans rencontrer le moindre problème la plupart du temps. Il faut dire qu'ils se déplaçaient souvent à plus de cinquante individus, ce qui décourageait aussi bien les castors mutants que les bandits, les mangeurs de chair humaine ou les bestioles carnivores désœuvrées. Je vous aurais bien parlé des diverses recettes et préparations elfiques incluant des fruits, mais nous ne sommes pas ici pour discuter des coutumes des peuples de Fangh. Il y a là de quoi remplir plusieurs livres, de gros volumes dont l'intérêt reste à prouver.

Or donc, en ce neuvième jour de la décade des bonnes résolutions, les sylvains émergèrent du couvert forestier, guillerets et rieurs, chantant et dansant, sur les lieux propices à la récolte des prunes tardives et des mûres de fin de saison. Glandubel, le chef de l'expédition, se trouvait à l'avant. Il s'éclaircit la gorge et déclama pour l'occasion la traditionnelle « Comptine du Ramassage des Derniers Fruits » :

Mes amis, mes compagnons, c'est la fin de la saison
Les oiseaux qui nous sourient sont à l'abri dans leur nid
Il n'y aura bientôt plus de ces fruits que nous aimons
Ainsi se fait en forêt le grand cycle de la vie…

Laquelle comptine possède vingt-huit couplets aussi niais les uns que les autres, et qui fut heureusement coupée à la fin du premier par une voix chaude venue d'un taillis voisin :

— Vous faites fuir le gibier, imbéciles !

— Plaît-il ? s'indigna Glandubel en se recoiffant d'un geste habile du poignet.

— Vos chansons débiles ! Vous faites du bruit !

Les sylvains virent émerger de plusieurs cachettes une petite trentaine d'elfes noirs, les chasseurs du clan Zuruk. À leur tête se trouvait Lar'ak Turrak, chef de l'escouade, le maître arbalétrier. Les veneurs n'avaient pas l'air très heureux de les voir, aussi les sylvains se rassemblèrent et s'interrogèrent sur la conduite à tenir.

Ordinairement, les deux peuples s'ignoraient poliment. Les drows faisaient leur possible pour masquer leurs origines elfiques, certes lointaines, et pour se démarquer du peuple des bois. Ils chassaient les lapins, ne coiffaient jamais les crinières de leurs montures, comprenaient les blagues salaces et montraient leurs seins en toute connaissance de cause, vivaient dans des maisons de pierre ou dans des grottes et ne chantaient que sous la torture. Ils n'utilisaient que rarement l'arc, préférant d'autres armes de jet pour éviter les comparaisons douteuses. Cependant, les deux peuples voisinaient sans problème, en souvenir des vieilles alliances des guerres contre le Chaos et d'un certain nombre de faits historiques favorables à la paix.

C'était avant que ne courent d'étranges ragots dans les villages et les campagnes, des récits concernant l'émergence d'un conflit entre les deux peuples.

— Ha, tiens ! claironna Glandubel. Voici que se dévoilent les assassins de nos cousins du sud !

— Je me marre ! rétorqua Lar'ak. Vous croyez vraiment n'importe quoi, les bouffeurs de framboises !

— C'est qu'on a reçu des rapports très explicites, vil félon ! La lignée Santonsoulaplii, de Folonariel, a disparu dans une agression très lâche de vos compatriotes !

— Information totalement foireuse rapportée par un paysan ivre !

— C'est un peu facile comme justification, vilain chasseur !

Les regards se faisaient mauvais dans les rangs, tandis que les jointures des phalanges blanchissaient. Lar'ak enchaîna :

— Tout comme le fait de croire n'importe quoi, bouffon. On a autre chose à faire que buter des fiottes.

— Ha ! Et c'est ce que vous essayez de prouver en nous tendant une embuscade ?

— Mais non ! On était en train de chasser, gros nase.

— Vêtus de sombre et cachés dans la végétation ? Je n'en crois rien, scélérat !

— Tu veux peut-être qu'on s'habille en rose et qu'on joue du flûtiau ?

— Je vous conseille de déguerpir, sinon…

— Ta mère s'enfile des…

Chtong ! Tchac !

Sans vraiment le faire exprès, un archer de Talairfin décocha sa flèche dans la direction approximative des chasseurs drows. Il n'eut que le temps de rougir et de gémir « Oups, pardon je… » qu'une volée de projectiles divers et d'insultes fusait de part et d'autre des deux camps. La confusion fut totale et la bataille s'engagea séance tenante.

— Pas de quartier ! hurla Rok'hua en empoignant son cimeterre.

— Ne vous laissez pas tirer les cheveux ! claironna Glandubel en dégainant sa dague.

S'ensuivit un désordre sanglant qui laissa sur place deux tiers des combattants. Les elfes noirs étaient plus habiles et plus hargneux, mais malheureusement moins nombreux. L'incident fut narré quelques heures plus tard par les survivants des deux camps, qui s'empressèrent de rendre compte à leurs responsables médusés. On envoya des missives, une fois de plus, à travers tout le territoire, pour informer les centres du pouvoir qu'il se préparait du vilain.

C'est que les oiseaux messagers commençaient à fatiguer.

L'escorte de Selenia III rallia Folonariel en début de soirée. Depuis plusieurs heures, le Nain avait retrouvé sa verve, puisqu'il ne supportait pas l'ambiance de la forêt de Groinsale, qui était encore plus touffue et verte que celle de Schlipak. Dans ce genre de cas, il aimait se venger sur les autres et distribuait blagues et quolibets sans jamais fatiguer.

Toutefois, il ne se passa rien de fâcheux pendant la traversée forestière. L'Ogre utilisa sa nouvelle compétence de *chasse en milieu hostile*, mais sans succès. Cela tenait peut-être au fait que cette forêt n'était pas hostile, après tout. Le Barbare quant à lui s'illustra grâce à sa compétence d'*interprétation des cris d'animaux prédateurs*, ce qui permit au groupe d'éviter le territoire d'une meute de dragons des cimes. Gluby ramassa de nombreux champignons et l'Elfe profita d'une pinède pour utiliser son talent de *récolte des plantes médicinales en forêt de conifères*, qui se révélèrent après analyse être de simples branches de thym. Puis le Ranger récupéra quelques œufs de cannes sauvages. Ils avaient donc de quoi faire une belle omelette forestière au terme de leur périple, mais malheureusement ce n'est pas en cuisinant des omelettes qu'on prend des niveaux, comme l'avait souligné la Magicienne.

Enfin, ils parvinrent au cœur de la cité sylvestre.

Folonariel avait de quoi surprendre, car elle ne semblait pas avoir été construite, mais plantée. Tout n'était ici que végétal et bois, et les parfums de sève, de résines et de fleurs étaient si forts qu'ils se faisaient enivrants. On pouvait dénombrer une cinquantaine de constructions au sol, et dix fois plus dans les fourches des boulornes aux alentours de la clairière. Ces arbres colossaux pouvaient parfois soutenir jusqu'à cinq habitations.

Quelques édifices aux dimensions surprenantes marquaient l'emplacement probable des bâtiments réservés aux dirigeants, et c'est vers l'un de ces monuments que nos amis furent guidés.

— Voyez comme ils sont heureux de vous voir ! lança Naziel à Selenia qui rougissait.

Les sylvains commençaient à se rassembler autour du cortège, applaudissaient et acclamaient la souveraine qui s'en trouvait fort gênée. Elle connaissait beaucoup de monde ici, mais quand elle avait quitté le village, à la limite du catimini, personne n'y avait prêté attention. Elle revenait en triomphe, les cheveux au vent et l'œil brillant.

Pour le reste de la bande, le choc était beaucoup plus grand. Les aventuriers commençaient à comprendre d'où venait le caractère particulier de *leur* archère. Ici, on n'était pas chez les hauts-elfes, les citadins blasés qui avaient fini par calquer plus ou moins leur mode de vie sur celui des humains. On était au cœur même de l'*Elfitude*, avec un grand E.

Les couleurs, pour commencer. Ce qui n'était pas vert ou doucement ocre était parfois un peu bleu, ou un peu rose, souvent pastel. Les hommes et les femmes portaient des vêtements seyants de tissus fins aux reflets irisés, des atours souvent moulants, trop courts et qui laissaient deviner l'essentiel de leur anatomie. Pour le coup, ça devenait aussi troublant pour les femmes que pour les hommes, enfin ceux qui n'étaient pas des elfes, comme la Magicienne qui avait presque cessé de penser à ses sortilèges. Le Ranger se demandait de quoi ces filles étaient vêtues en été, car les tenues étaient fort légères malgré la fraîcheur de la soirée. Un autre membre du groupe se posait des questions beaucoup plus directes.

BULLETIN CÉRÉBRAL DU BARBARE

Toutes ces femmes ! Y en a partout ! Elles rigolent avec leurs yeux, c'est tout bizarre. Cette fois, c'est pas comme au stade avec les filles-pompons, on a personne qui nous poursuit, alors je vais pouvoir discuter avec. Ah mais… Non c'est pas cool, on va dire que je suis pas un guerrier. Les guerriers tripotent que les guerrières, c'est ça qu'il disait le chef du clan. Il disait qu'on pouvait pas choper les elfes. C'est vraiment gâché, comme quand on jette le morceau dur d'un jambon alors qu'on peut encore faire des tranches dedans. Crôm ! Hé ! Tu vas répondre à mes questions ? J'en ai marre. C'est toujours compliqué la vie.

Comme s'il était question d'accentuer le caractère insolite de la cité, on pouvait voir un peu partout des lapins, des écureuils, des biches, des poneys, des oiseaux colorés qui semblaient trouver là quelque sanctuaire. Parfois, un ménestrel assis sur un banc racontait une histoire à des passereaux, sinon c'était une musicienne qui jouait de la harpe à sa belette, ou un jongleur qui amusait ses amis dans de grands éclats de rire.

Il est temps de cesser la description des lieux, car si tout cela semble commun et enchanteur pour le peuple sylvain, il faut bien avouer que le lecteur humain est sans doute en train de bâiller.

Les habitants de Folonariel ne semblaient donc pas trop stressés, mais il en était autrement pour les personnalités de la cour. Selenia III fut accueillie par des visages graves et des expressions crispées autour de ce qui semblait être le palais souverain.

Deux sylvains mâles, sans doute d'un âge avancé même si ça ne se voyait pas trop, faisaient office de régents. Le premier, Célidol, était brun et presque enveloppé, il ne devait donc pas se nourrir que de fougères. Il s'occupait des relations diplomatiques, de l'environnement et des questions économiques. Le second, plus conforme au standard elfique, se présenta comme étant Jélagamël, *responsable de la sécurité intérieure, de la cohabitation animalière et de l'élagage des haies.*

Célidol embrassa la compagnie hétéroclite du regard, s'arrêtant un instant sur le Nain et sur l'Ogre, avec un petit sourire crispé.

— Ha ! Vous voilà enfin, Votre Blondeur ! Avec… heu… vos amis ! Ha, que ce jour est radieux, nous sommes sauvés !

— En fait, nous sommes les mercenaires de l'escorte royale, précisa le rôdeur.

— Oui, bien sûr…

— Mais vous êtes quand même des copains ! gazouilla l'Elfe qui retrouvait peu à peu ses esprits.

— Flibidi ! couina Gluby en agitant sa petite main.

— On est *surtout* des mercenaires ! insista le Nain.

Jélagamël, après avoir échangé quelques mots en aparté avec Naziel, s'approcha du Ranger :

— Nous allons vous conduire à vos quartiers, vous devez être bien fatigués.

— Heu…

— Vous rigolez ? brailla le Nain en sautant du chariot, volant ainsi le rôle de chef du groupe. On n'a rien glandé du voyage, à cause des brigands qui ne sont jamais assez nombreux pour nous attaquer ! C'est vraiment des nuls. Alors du coup, j'ai passé mon temps à pioncer, j'ai la super patate ! J'irais bien buter des orques !

— Hum… hésita Célidol. Voyons. Des orques.

Les régents s'adressèrent une moue circonspecte, et Jélagamël s'excusa :

— Monsieur Nain, je suis désolé mais nous avons d'autres problèmes que les orques actuellement. Par ailleurs, nous n'avons pas vu leurs faces noires dans la région depuis plusieurs années.

— Mais alors, vous devez vous faire chier grave, non ? Vous avez des gobelins ?

— J'ai bien peur que nous n'ayons pas de gobelins non plus !

— C'est la misère ! Pouah.

— Ouais ! renchérit le Barbare. C'est trop nul !

Il s'était approché en entendant parler des orques. Le Ranger choisit d'intervenir avant que la discussion ne s'envenime :

— Allons allons, mes braves compagnons ! Laissons nos amis de la forêt à leurs problèmes, et allons poser nos affaires dans une de ces belles cabanes !

Naziel vit que le courtaud faisait grise mine, mais fort heureusement, il était devenu au cours du voyage un grand spécialiste de la psychologie naine. Il décida dès lors de placer sa botte secrète :

— Et je crois qu'il est temps pour moi de vous verser votre *bonus de salaire* comme il était convenu !

— Hourra ! s'écria le Nain, prouvant ainsi qu'il était diablement prévisible.

Les compagnons suivirent Naziel en direction de leurs appartements, abandonnant l'Elfe à sa réunion administrative.

— Tu crois qu'elle va s'en sortir ? chuchota la Magicienne au rôdeur.

— Ça m'étonnerait, mais en même temps j'y connais pas grand-chose en coutumes elfiques. Je ne sais pas si on a vraiment des trucs importants à faire quand on est reine des elfes. T'as vu l'ambiance ici ?

— Mouais.

L'érudite replaça sur sa tête la toque de persévérance qui s'était fichue de travers, et ajouta :

— Parce que si ça se trouve ils ont l'habitude d'agir n'importe comment, du coup ça ne va pas les choquer !

— C'est ça…

Ils arrivèrent auprès d'un regroupement de petits chalets, que Naziel leur désigna comme tels :

— Voici les maisons que nous réservons aux voyageurs ! Vous devriez vous y sentir comme chez vous.

— Ça m'étonnerait, maugréa le Nain.

— Elles ne sont pas en hauteur, voyez-vous.

— Elles ne sont pas en pierre non plus, et ça ressemble à du camping.

— Mais ça suffit, oh ! grogna la Magicienne.

Elle poussa le Nain du bout de son bâton et celui-ci pesta de plus belle, mais ils n'eurent pas le temps d'en venir aux mains, car ils furent dérangés. En effet, l'Ogre désigna plusieurs elfettes qui s'en venaient vers eux d'une démarche légère :

— Groulof touzidi !

— Tiens, nous avons déjà de la visite ? se réjouit le Ranger.

— Ce sont mes cousines, répondit Naziel en souriant de toutes ses dents. Elles vont s'occuper de vous, car j'ai à faire.

— Farglah, bredouilla l'aventurier déstabilisé.

— Elles sont gentilles, vous verrez.

— Gni.

— Femmes ! murmura le Barbare en ouvrant des yeux de la taille de petits saladiers.

Les Fiers de Hache, ou du moins les membres de la compagnie connue comme telle jusque chez les dieux, se trouvèrent aussitôt pris en charge par Nurabelle, Claudia, Cyli, Pétalou, Foumoua et Pralinë, mignonnes représentantes de la lignée Mélabibinofrë.

Ils perdirent alors la notion du temps, et même celle de l'espace, du moins celle de l'espace carré car ils avaient une assez bonne idée maintenant de ce qu'était l'espace courbe.

Pendant ce temps, Selenia III prenait conscience de ses nouvelles attributions. Elle avait suivi Célidol et Jélagamël jusque dans une grande salle pourvue d'une magnifique table gravée de motifs floraux, où ils avaient retrouvé d'autres elfes responsables de diverses choses au sein de la communauté, dont certains qui portaient des armes. On lui présenta les participants, dont elle oublia immédiatement les noms et les fonctions.

Puis Célidol s'adressa à la reine :

— Nous devons vous entretenir de sujets importants sans plus tarder, mais peut-être avez-vous quelque souhait avant que nous n'entamions la réunion ?

— Ho, oui ! Je dois vraiment aller aux toilettes !

Elle s'absenta et l'assistance attendit donc un moment, dans un silence pesant, qu'elle s'abandonne à ses besoins naturels. Elle fut bientôt de retour.

— Autre chose ? questionna le régent.

— J'ai une question !

— Nous sommes là pour y répondre…

— Je n'ai toujours pas compris pourquoi c'est moi la reine. Vous avez tiré un papier dans un petit chapeau ?

Il y eut quelques toussotements et plusieurs sourires dans l'assemblée. Une elfe brune se leva sur un signe de Jélagamël et commença son exposé, disposant devant elle plusieurs parchemins :

— Permettez-moi d'informer Son Altesse, car je suis en charge des questions familiales liées au rang.

— Ho ! Allez-y alors, hi hi !

— Vos parents, Tinsion et Charwaine, sont les descendants directs de notre regretté Feigaff, de la lignée Lahtépraiddubor, qui guida certaines familles et découvrit notre forêt lors du grand exode. Or, l'assemblée de 848 avait décidé que les deux branches fondatrices de la communauté, la vôtre et celle des Santonsoulaplii, seraient en charge d'assurer le règne en alternance. Les familles doivent également choisir la plus jeune des filles de leur dernière génération pour tenir le titre de dirigeante de notre peuple éclairé.

— Heu…

— Ainsi, comme votre cousine est morte, ainsi que ses frères et sœurs et ses parents, le règne revient en toute logique à la branche Lahtépraiddubor, et consécutivement à vous, puisque vos deux sœurs Sulia et Finila sont plus âgées et qu'elles n'ont pas droit au titre.

L'Elfe fit la moue, et marmonna :

— Holàlà. Elles vont être jalouses alors… Déjà qu'elles me faisaient la gueule.

— Je suis certain qu'elles comprendront, intervint Célidol. On ne peut discuter la loi écrite, comme vous le savez.

— On voit bien que vous ne les connaissez pas ! Et comment vont mes parents ?

— Ils ont été informés de votre arrivée, vous les verrez plus tard.

— Ha, d'accord. Alors de quoi on va parler ?

Jélagamël dressa un bilan des mauvaises nouvelles et des raisons pour lesquelles cette réunion était une cellule de crise. Il relata les détails connus de l'agression des Santonsoulaplii par les elfes noirs, ce qui fit pleurer plusieurs personnes, et celle des sylvains de Schlipak par les barbares qui provoqua des murmures d'indignation. Mentionnant des faits plus inquiétants, il exposa enfin le contenu des derniers messages reçus par l'intendance :

— Le responsable de la sécurité de Glargh indique que le siège de la Guilde des Marchands a été attaqué hier par nos cousins du nord. Ils ont tué des gens à l'aide de flèches, et cambriolé les bureaux.

Plusieurs personnes dans l'assistance hochèrent la tête, indiquant par ce geste qu'ils étaient déjà au courant. Selenia se sentit seule et se fendit d'un commentaire :

— Mais on n'attaque pas les gens nous normalement ?

— C'est bien cela qui nous préoccupe, Votre Blondeur.

— Ils ont peut-être pas fait exprès ?

— On peut difficilement tirer des flèches sur trois gardes et s'introduire dans un bâtiment sans le faire exprès...

— Ha, bon.

— Et nous avons reçu il y a moins d'une heure une missive de nos cousins de Talairfin, portée par un aigle d'urgence... Le message raconte que les récolteurs ont été attaqués ce matin par des elfes noirs en partant cueillir des fruits. Il n'y avait que quelques survivants, qui sont rentrés blessés, sales et très mal peignés.

— Ho ! s'exclamèrent quelques voix.

— La situation nous échappe, commenta Célidol.

Une secrétaire qui se tenait sagement sur le côté poussa sur la table un certain nombre de documents variés, de diverses tailles et de divers formats, roulés, pliés ou froissés.

— Sans compter tous les messages d'insultes que nous avons reçus aujourd'hui, dit-elle. La Guilde des Marchands exige que toutes les communautés d'elfes paient un tribut pour rembourser le préjudice. L'Amicale des Anciens Vigiles de Glargh a déposé plainte, le Syndicat des Charretiers a décrété qu'on était des vilains, et le responsable de la sécurité a, je cite, « vivement condamné cet acte répréhensible ». Le Club des Nains de Glargh pense qu'on est des gros nases et qu'on devrait raser la forêt, mais ce type de discours n'est pas tellement nouveau de leur part. Nous avons aussi reçu des propositions commerciales de plusieurs marchands d'armes, et le Sanctuaire Magnifique de Tzinntch nous a suggéré une alliance en échange d'un certain nombre de trésors et de douze jeunes filles à sacrifier…

— Mais c'est horrible !

— C'est la guerre pour de vrai alors ? s'inquiéta un elfe en armure de cuir.

Un autre type déguisé en guerrier, à sa droite, ouvrit des yeux ronds :

— Mince ! Il faut vite qu'on commence l'entraînement !

Célidol opina et proposa qu'on s'organise au plus vite pour former des troupes. Ils ne disposaient pour le moment que de quelques soldats de parade, assez nombreux pour dissuader les brigands mais n'ayant jamais suivi de cursus militaire puisque personne ne s'intéressait à leur village perdu au cœur de la forêt.

— Mais voyons, intervint Jélagamël, ne faudrait-il pas commencer par comprendre les raisons du conflit ?

— C'est pas faux, dit quelqu'un à l'autre bout de la table.

— Qu'en pensez-vous, Selenia ?

La souveraine se retourna, pour voir si Célidol ne parlait pas à une personne cachée derrière elle. Puis elle se souvint :

— Mais bien sûr, c'est mon nom !

Puis, voyant qu'on la regardait toujours :

— Il faut que je décide des trucs déjà maintenant ?

Les deux régents, bien qu'un peu surpris, se posèrent également la question. Ils perdirent ainsi quelques secondes à chercher leurs mots, mais l'elfe brune en charge des questions de rang leva la main :

— Maître Célidol, le protocole indique qu'un acte officiel est nécessaire avant qu'elle puisse accéder au pouvoir décisionnaire.

— Ha ! s'écria l'intendant. Mais oui, la cérémonie du couronnement ! Je vais préparer ça pour demain !

Les participants à la réunion échangèrent alors plusieurs commentaires concernant les festivités, sujet qui était toujours très important dans toutes les civilisations, et qui du coup se trouvait avoir beaucoup plus de succès que les histoires de guerre. Célidol dut alors donner de la voix pour rétablir le silence et passer à des problèmes plus urgents.

C'est en profitant de ce moment de calme que Selenia déclara fièrement :

— Sinon, moi je peux vous aider pour la bataille !

Jélagamël n'était pas certain d'avoir bien compris.

— Pardonnez-moi... Vous dites ?

— Mais oui ! J'ai fait des aventures dans toute la Terre de Fangh ! J'ai combattu des méchants, j'ai répondu à des questions, j'ai parcouru les donjons, j'ai trouvé des trésors et j'ai tué des tas des monstres !

— Des monstres ? s'exclama l'un des guerriers. Par les étoiles !

Montrant son plus beau sourire, l'archère retraça ainsi le détail de ses exploits en comptant sur ses doigts :

— On a tué des orques, des gobelins, des bandits, un golem de fer, une liche, des singes qui puent, des rats mutants, un vieux monsieur gentil, un vampire moche, des hommes à capuche, des vilains pirates, des paysans, des guerriers rouges, un clipitaine avec un casque à plume, un sorcier pessimiste, une grosse bête noire qui mangeait trop, un réparateur de pièges, un bourreau à truelle, des tas de gardes, des araignées géantes, une taupe-garou...

Au fur et à mesure qu'elle énumérait ses conquêtes, les membres de l'assistance ouvraient la bouche et se figeaient dans la surprise.

Lorsqu'elle eut fini, le silence s'installa, que Célidol brisa dans un souffle :

— Mais… C'est incroyable, Votre Blondeur. Vous êtes une vraie combattante !

— Mais oui ! Je suis niveau quatre, regardez !

Elle écrasa ses deux globes mammaires l'un contre l'autre, pour bien montrer qu'elle connaissait son sujet, et accentua ainsi l'ébahissement des convives. Elle enchaîna :

— C'est pas toujours facile ! La semaine dernière par exemple, j'étais morte à cause de la rivière ! Mais on m'a fait la résurrection chez monsieur Piaros.

— Vous étiez morte ? lâcha l'intendant dans un hoquet.

— Oui ! Mais ils ont payé pour que je redevienne vivante. Et puis avec mes copains, on a fait de la stratélique ! C'est comme un genre de réunion où on raconte des trucs avant la bataille, comme ça ensuite on gagne et on n'est pas trop blessés.

Jélagamël se tourna vers Célidol et ils hochèrent la tête de concert, une expression ravie sur le visage. Ils reprenaient confiance, et l'avenir leur semblait soudain beaucoup moins sombre. Pour tout dire, il y avait bien longtemps qu'ils n'avaient pas été surpris de la sorte.

C'est qu'en général, les souveraines de Folonariel dont ils avaient la charge ne connaissaient rien en dehors de la coiffure.

BULLETIN CÉRÉBRAL DU RANGER

J'ai passé une assez bonne soirée finalement, et nous avons profité d'un lit douillet pour y passer la nuit. L'Elfe a disparu dans sa réunion avec les responsables des trucs et des machins, et nous avons pu nous installer dans les cabanes réservées aux invités. C'est tant mieux car on a sans doute échappé au plus pénible. On se fait une assez mauvaise idée de la vie chez les sylvains, en fait. C'est vrai que c'est plutôt mou et niais, et qu'ils ne comprennent jamais rien aux blagues, mais ils ont le sens de l'hospitalité ! Pour commencer, le trésorier nous a donné un lingot de thritil, à chacun, en guise de bonus de salaire pour notre mission d'escorte. Les cousines de Naziel nous ont aidés à ranger nos affaires, elles nous ont aussi offert des gâteaux végétariens et elles nous ont raconté des histoires sans intérêt mais… Je ne sais pas pourquoi, c'était agréable quand même. Y en a une, je ne sais plus si c'est Foumoua ou Nurabelle, qui a insisté pour masser nos épaules fatiguées par un voyage pénible. Le pied ! Heureusement que moi je sais garder mon sang-froid en toute situation. Le Barbare est devenu tout rouge quand les filles sont arrivées en gloussant pour toucher ses muscles. Il n'a même pas râlé quand elles ont décidé de peigner ses cheveux, même s'il faisait une tête bizarre et qu'il avait de la bave qui tombait du coin de la bouche. Et puis c'est un peu facile d'attirer les filles avec des muscles. Moi j'ai pas besoin de ça, j'utilise plutôt mon intelligence, et au moins je ne fais pas n'importe quoi en présence des dames, ha ha ! Tiens, mais pourquoi j'ai mis mes chaussettes sur mes mains ? Bon, il faut que je dorme, ça doit être la fatigue. Je me demande si les cousines de machin dorment toutes seules ?

III

Les grands changements

Au dixième jour de la décade des bonnes résolutions, on se leva tôt pour procéder au couronnement de Selenia III dans la cité sylvestre de Folonariel, afin de pouvoir lancer sans plus tarder l'institution du nouveau gouvernement. Je ne m'étendrai pas sur l'organisation de la cérémonie qui impliquait des fleurs, des poneys et des oiseaux, ni sur l'affligeant menu du banquet ne contenant aucune charcuterie, ni sur les diverses danses offertes en spectacle par des elfes peu vêtus qui manifestaient sans retenue leur joie de vivre au grand air, ni sur la parade militaire consistant principalement à montrer des costumes légèrement renforcés, encore moins sur le discours prônant les valeurs préférées des sylvains qui fut conclu par un concert de *musique forestière* qui mélangeait de la harpe, des hennissements, des couinements de lapins et des chants d'oiseaux divers.

Selenia III, maintenant coiffée d'un diadème rutilant fait de métaux précieux qui attisait la curiosité du Nain, était reine pour de bon. Elle portait une robe longue de couleur crème à manches vertes, plutôt légère dans la partie supérieure du vêtement et qui malheureusement peinait à retenir ses avantages au niveau du torse. En effet, la garde-robe des souveraines, bien que de bonne qualité et faite des plus beaux tissus, n'avait jamais été prévue pour des elfes de niveau quatre. Mais cela n'était pas bien grave, dans la mesure où cela ne gênait personne. Elle était ravissante sur son trône de bois sculpté, riait aux bons mots de ses conseillers et prodiguait de nombreux gestes de la main et des centaines de sourires.

Le reste de la compagnie se tenait dans un coin de la salle du banquet, et il faut bien dire que les aventuriers n'étaient pas trop à leur aise. Après plusieurs heures de festivités parsemées de fleurs, après avoir écouté des discours en langue elfique dont ils ne comprenaient pas le moindre mot, après avoir goûté vingt-deux plats à base de légumes et de fruits, ils s'ennuyaient ferme et voyaient qu'on ne s'intéressait plus à eux.

Ils avaient pu s'amuser quelques instants, au moment où le Nain était allé soulager sa vessie dans les plantes vertes sous le nez de la noblesse locale. Ils avaient fait des paris stupides concernant la quantité de nourriture que l'Ogre allait avaler, étant donné que le buffet était à volonté. Ils avaient suivi d'un œil distrait le spectacle de gymnastique organisé par Gluby, qui pour l'occasion s'était taillé un petit costume vert à partir d'un morceau de rideau.

— Bon, alors, on fout le camp ? grogna le Nain. J'ai plus faim, et y a pas de bière. Tu parles d'une fête !

— Normalement, une fête ça doit sentir le gras !

Le Ranger hocha la tête, approuvant le Barbare sur ce point :

— Quand je vois la taille de ces lapins, ça me fout en l'air ! On aurait pu s'en faire péter le bide.

La Magicienne termina sa tranche de gâteau et dit :

— Alors, finalement on n'aura plus d'Elfe dans l'équipe ?

— Yep. À moins qu'on recrute sur place ?

Ils virent dans les yeux du Nain que ça n'allait pas être facile.

— En tout cas, on a sans doute gagné de l'expérience avec ce voyage d'escorte…

— De l'expérience ? râla le courtaud. De l'expérience dans quel domaine ? La conduite de chariot, la faculté à

Le couronnement de Selenia III à Folonariel

s'emmerder ou la compétence qui permet de pioncer tout en marchant ?

— T'es un peu négatif tout de même.

— Pffff…

Le Nain ne s'exprimait plus que rarement depuis son arrivée à Folonariel. Il se contentait de quelques commentaires désobligeants à l'égard de l'architecture, des matériaux utilisés pour fabriquer les habitations ou des tenues d'un goût discutable portées par les elfes de sexe masculin. En revanche, il ne lançait jamais de remarque au passage des elfes femelles et se contentait de marmonner quand l'une d'elles venait lui parler, alors qu'il refusait de répondre aux hommes. Il avait attiré la curiosité de nombreux autochtones, car certains d'entre eux n'avaient jamais pu voir de représentant de son peuple de toute leur existence et n'en connaissaient que les légendes. Ils en étaient pour leurs frais la plupart du temps, car dans de nombreux domaines, les légendes disaient vrai.

Les compagnons discutèrent un moment des divers projets d'aventure proposés par la Magicienne. Elle avait parlé des ruines au sud du lac de Zblouf qui méritaient sans aucun doute l'exploration, elle avait aussi proposé de chercher une mission à Chnafon ou bien de faire une visite au temple de Wismal en passant par les collines. Tout cela était tentant, mais ils avaient bien du mal à prendre une décision.

Le Ranger en tout cas comptait bien passer une nuit de plus à Folonariel, sachant qu'il allait pouvoir *discuter* avec les cousines de Naziel tout en se faisant masser.

Alors qu'ils en étaient réduits à tirer leur destination à la courte paille et qu'ils avaient oublié où ils se trouvaient, Selenia III s'approcha d'eux, flanquée de quatre personnalités de la cour. On pouvait voir les incontournables Célidol et Jélagamël, une inconnue au visage étiré et un genre de soldat qui portait son casque à plumeau sous son bras.

— C'est lui, dit-elle au soldat en désignant le Barbare.

— Le spécialiste du combat au corps à corps ?

L'intéressé leva le nez de son assiette presque vide, et bâilla :

— Hein ? Faut taper ?

— Voici le responsable de notre armée, le général Dagoni.

— Hé beh ?

— Le général voudrait t'embaucher pour entraîner mes soldats, c'est super non ?

Le Barbare secoua la tête et regarda l'Elfe, comme s'il avait du mal à faire la mise au point. Cela venait peut-être du vêtement trop serré de cette dernière, ou des reflets nouveaux de sa chevelure, lavée avec un produit spécial pour les chevelures de reines.

— T'as des soldats toi maintenant ? lança la Magicienne sur un ton moqueur.

— Ben oui. Je suis la reine alors j'ai une armée, hi hi !

— C'est la classe ! plaisanta le Ranger.

— Quoi ? grogna le Barbare avec un temps de retard. Faut buter des soldats ?

Célidol s'avança et renouvela l'offre en parlant plus lentement que la souveraine :

— Nous avons entendu les récits de vos exploits guerriers, et nous vous proposons de rejoindre l'armée de Folonariel pour entraîner les nouvelles recrues et les former aux techniques de combat au corps à corps.

— Vous serez payé bien entendu ! précisa Jélagamël. Et vous aurez une assurance sur la santé ainsi qu'un logement de fonction.

Le Barbare se tourna vers la Magicienne, laquelle ouvrait de grands yeux étonnés.

— Mais qu'est-ce qu'ils racontent ceux-là ?

— Ils disent qu'ils peuvent te donner des pièces d'or si tu veux apprendre aux elfes à taper des gens.

— Ho, sans déc' ?

— Mais ça voudrait dire que tu ne repars pas à l'aventure avec nous, bien sûr.

— Ha, ouais. Fait chier.

Le Ranger se sentait un peu vexé, il allait dire quelque chose quand la reine récemment promue se tourna vers lui en gloussant :

— Et toi tu veux bien nous apprendre la stratélique ?

— Nous vous nommerons clipitaine du bataillon d'élite, sur les conseils de notre souveraine. Vous pourrez ainsi nous enseigner toutes les subtilités des mouvements sur le terrain.

Le rôdeur ouvrit la bouche pour répondre à Dagoni, mais il fut coupé par le Nain :

— Et nous, on pue du cul peut-être ?

— Ne vous inquiétez pas, notre reine nous a conté votre habileté à la hache. Votre derrière n'est peut-être pas si malodorant que vous semblez le dire, et vous pourrez rejoindre les soldats d'élite en tant que sargent.

— Hein ? Ah… ha bon ?

Le Nain regarda tour à tour la souveraine, le général et le Ranger, sans trouver ce qu'il pouvait bien répondre à cela. La femme au visage allongé se pencha alors vers la Magicienne, qui commençait à virer au rouge puisque tout le monde l'ignorait :

— Quant à vous, nous aurions besoin de vos conseils en matière de magie de bataille. Je suis la nouvelle directrice du *bureau des questions de sorcellerie*.

— Nous venons de mettre en place ce bureau, ajouta Célidol. Il semble important de parer à toute éventualité.

— Heu… Eh bien, je dois réfléchir à la question, bredouilla l'érudite.

— Mais ho ! brailla le Nain qui venait de se réveiller. Vous pensez tout de même pas que je vais passer ma vie chez des bouffeurs de salades ? C'est que j'ai une carrière moi !

— C'est tout à votre honneur ! répondit Célidol. Nous ne voulons pas vous forcer la main, mais votre concours nous serait vraiment bénéfique en ces temps difficiles. Souvenez-vous des alliances pendant l'ère du Chaos !

— J'étais pas né.

— Quoi qu'il en soit, j'admets qu'un guerrier tel que vous n'a sans doute que faire d'un logement gratuit et d'un maigre salaire de sargent…

— Nous oublions parfois que nos peuples ne sont pas en très bons termes, ajouta Jélagamël.

— Pas moi ! grogna le Nain.

Puis, après un temps d'arrêt :

— Et sinon... C'est combien le salaire, juste pour rire ?

Après un bref signe de tête à Dagoni, celui-ci répondit à la place du conseiller :

— Trente pièces d'or par jour, il me semble.

— Ha, quand même. Et il faudra que je dirige des elfes ?

— À peine une centaine.

— Ho !

Le Nain se plongea dans ses réflexions, majoritairement des calculs liés à ses émoluments, tandis que le reste du groupe discutait de ces étranges propositions avec les membres du gouvernement.

La Magicienne insista pour garder l'Ogre avec elle en tant qu'*assistant personnel*. Il fallait bien que quelqu'un l'aide à porter ses livres et la protège pendant ses incantations. On trouva rapidement une place à Gluby, au côté de la reine qui pouvait l'embaucher comme baladin, fou et amuseur. Le Barbare semblait avoir du mal à se décider, mais il changea d'avis lorsque la jeune Pralinë vint s'asseoir sur ses genoux pour le féliciter de sa promotion, tout en passant la main dans sa tignasse récemment peignée. Le Ranger, de son côté, semblait très satisfait de sa nouvelle condition.

BULLETIN CÉRÉBRAL DU BARBARE

Gagner des pièces d'or, entraîner les guerriers, devenir chef, avoir des femmes. Acheter du matériel et gagner des niveaux pour être plus fort ! Ensuite, on ira bastonner. Crôm pense que tout ça c'est bien. Mais pourquoi des elfes ? Et pourquoi on peut pas manger de la viande ? J'aime pas trop mes cheveux maintenant, ils sont trop bien rangés. On dirait pas un guerrier.

BULLETIN CÉRÉBRAL DE LA MAGICIENNE

Qu'est-ce que c'est encore que cette histoire ? On a le droit de changer de carrière comme ça quand on part à l'aventure ? Hier encore on était sur les routes à traquer les brigands, et voilà qu'on se retrouve à l'état-major de l'armée des elfes... Avec la guerre qui se prépare et tout ça. On m'a toujours dit que les mages de bataille envoyés à la guerre devaient avoir au moins le niveau dix, pour bénéficier des sorts de grande puissance à zone d'effet améliorée. Qu'est-ce que je vais faire là-bas avec mon niveau quatre ? Et puis surtout... Est-ce qu'on continue à gagner des points d'expérience quand on est dans l'armée ? Mince, je n'ai pas de bouquin traitant de ce problème. Je me demande s'ils ont une librairie à Folonariel.

BULLETIN CÉRÉBRAL DU NAIN

J'ai regardé sur la carte, et j'ai vu que cette forêt pleine de débiles est super loin des montagnes. Du coup, ça vaut pas vraiment le coup que je remonte tout seul jusque là-bas, je vais rester encore un peu. Y a du pognon à se faire, en plus c'est de l'argent que je vais piquer aux elfes d'une certaine façon, alors ça mérite quand même d'être pris en compte. Trente pièces d'or par jour, c'est toujours mieux que traîner sur les routes à rien faire, et si ça dure un certain temps j'aurai assez pour m'acheter du matériel, ou commencer une collection d'enclumes. Et puis, personne de chez moi ne sera jamais au courant que je bosse pour ces mauviettes, puisqu'ils viennent jamais par ici. Du coup, j'aurai pas la honte. Ouais, on va faire comme ça. Mais n'empêche, elle m'énerve trop l'autre avec son boulot de reine. C'est même pas juste. Je veux même pas savoir combien elle gagne par jour, celle-là, avec son air de quiche. Et combien ça gagne, un roi des Nains ?

BULLETIN CÉRÉBRAL DU RANGER

Ha, cette fois je crois bien que c'est le début de la gloire ! On reconnaît enfin mes talents de chef, mes compétences de stratège et mon habileté naturelle à faire face à toutes les situations. Je ne vais plus diriger une poignée d'aventuriers, mais une véritable armée ! C'est quand même autre chose. Et là, y aura plus besoin de se creuser la tête pour trouver un nom à la compagnie, parce que cette affaire commençait à me gonfler sérieusement. Tiens, d'ailleurs on fait comment pour diriger une armée ? Est-ce que c'est dangereux ?

Tandis que les choses s'organisaient à Folonariel, entre deux tranches de pâté végétarien, le reste de la Terre de Fangh s'enlisait dans le trouble et l'agitation. Des réunions hystériques à Glargh et à Waldorg furent organisées par les guildes marchandes, des responsables religieux, des érudits et des membres éminents des conseils d'administration des deux cités. Au terme de nombreux débats, ils rendirent la conclusion suivante : on n'en savait pas assez pour entamer des hostilités, mais il y avait largement matière à formuler des accusations diverses. Les représentants de la Caisse des Donjons Est n'arrivaient pas à obtenir d'informations satisfaisantes de leurs collègues de l'Ouest, et la plupart des messages envoyés aux clans sylvains n'avaient eu en guise de réponses que des démentis. Une fois qu'on avait fait le bilan de tous les messages reçus et envoyés, on constatait que les gens s'attaquaient un peu partout, mais que ça n'était la faute de personne, et surtout qu'on ne savait pas dans quel but. Il y avait de quoi s'arracher les cheveux, les poils du nez et même les sourcils, le tout à la pince chauffée au rouge.

Les dirigeants de Waldorg avaient reçu les messages un peu plus tard que ceux de Glargh, en raison de leur éloignement, mais ils compensaient maintenant ce retard par une bonne utilisation de la téléportation des parchemins. Bifftanaën le Calvitié, le président du Concile, se devait de prendre toutes les précautions pour éviter que la situation ne lui échappe et qu'il se retrouve en mauvaise posture. Il était déjà de fort méchante humeur après l'échec d'un plan qu'il avait ourdi la semaine précédente, et il ne devait pas oublier qu'il était lui-même demi-elfe. Ses origines pouvaient bien le placer en porte-à-faux si quelque chose devait mal tourner.

Bien sûr, comme à chaque fois qu'il était question d'affrontement, le peuple se réveillait et manifestait pour des raisons diverses. Les problèmes venaient forcément de la recrudescence, de la magie, des dieux, des étrangers qui venaient manger le pain des travailleurs, des mauvais choix du concile de Waldorg, de l'augmentation du prix des pintes de bière, de la déforestation, du manque d'entretien des charrettes, des syndicalistes et de la mauvaise éducation des enfants. Les citoyens descendaient déjà dans la rue, agitaient des banderoles et martelaient des couvercles de poubelles en scandant des refrains en boucle. Les bruits couraient qu'on était en guerre contre plusieurs peuples, que les barbares allaient déferler sur la ville pour y mettre le feu, que les elfes noirs sortiraient par les égouts pour tuer la progéniture des honnêtes citoyens, que des armées d'elfes sylvains montés sur des poneys de combat se rassemblaient à la lisière de la forêt de Schlipak, et comme toujours on parlait de hordes d'orques tapies dans l'ombre, prêtes à bondir. C'était une faculté spéciale des orques, celle de toujours se trouver là où on ne voulait pas d'eux.

Les groupes religieux profitaient généralement de ces situations pour revenir à la charge avec leurs prophéties, leurs promesses d'un monde meilleur, leurs idées d'ordre nouveau, l'organisation de sacrifices et la distribution de prospectus à but prosélyte, noyant la population dans un flot d'inepties plus grotesques les unes que les autres. Sans compter les discours politiques.

Tous ces désordres sociaux ajoutaient à la mauvaise ambiance un parfum soufré de panique générale.

Mais les autres peuples n'étaient pas en reste, bien que vivant en marge. Les elfes noirs discutaient au fond de leur repaire, enquêtaient parmi leurs semblables pour savoir si un quelconque abruti n'avait pas eu l'idée saugrenue de lancer les hostilités. De par l'aspect cloisonné de leur société, les renseignements mettraient du temps à venir et les réponses risquaient de se perdre en chemin.

D'autres marginaux se posaient des questions, on pouvait même dire que celles-ci venaient directement à eux.

Chez les barbares du clan Raggak par exemple, et Crôm sait qu'on s'en pose rarement, des questions, chez ces gens-là, on ne comprenait pas pourquoi une cohorte de vingt hommes armés avait fait irruption dans le campement qualifié par ses habitants de « cité village », ce qui ne voulait rien dire mais avait le mérite d'être simple. C'était si étrange que personne n'avait attaqué le convoi à son approche, comme ils avaient coutume de faire.

Le bureaucrate qui accompagnait le détachement se fit connaître comme étant le responsable de la *branche contentieux de la milice de la Caisse des Donjons*. On précisera que l'homme en question n'avait probablement croisé aucun barbare dans sa vie, car si tel était le cas il aurait utilisé un vocable moins obscur pour engager les présentations. Mais il est probable que cela lui servit de sauf-conduit, puisque personne n'avait compris de quoi il parlait et qu'on le laissa passer, dans le doute. Le détachement de la CDD était composé d'hommes bien bâtis et correctement équipés, mais ils ne parvenaient pas à se détendre. En effet, à mesure qu'ils avançaient vers le centre du campement, de nombreux barbares curieux leur emboîtèrent le pas, si bien qu'ils étaient suivis par une cinquantaine de guerriers lorsqu'ils parvinrent devant la tente du chef, le bien-nommé Gruh Cyclope. Celui-ci, alerté par un coureur des steppes, était sorti et contemplait l'équipage d'un œil rond.

Le bureaucrate engagea les présentations :

— Nous représentons le conseil d'administration de la Caisse des Donjons et nous avons ordre d'exiger des explications par tous les moyens en notre possession, suite à la réception par notre messager, au huitième jour de la décade, d'un flagrant déni de participation à une activité conflictuelle envers les membres de notre bureau situé au centre administratif de la circonscription ouest, en Forêt de Schlipak, activité conflictuelle par ailleurs revendiquée à de nombreuses reprises en présence de plusieurs témoins par des ressortissants de votre peuple, au cours d'un assaut sanglant qui fit de nombreuses victimes et s'accompagna de nombreux dégâts matériels !

Le silence se fit sur la place.

Gruh renifla, s'approcha du cheval du bureaucrate, et résuma l'essentiel de ce qu'il avait compris :

— Donjon, forêt, du sang. Encore le truc chez les elfes ?

— Viande ! grogna Nounouk le vigile, qui avait de la mémoire et qui était toujours bêtement posté devant la tente.

— Un assaut délibérément mené contre nos collègues, et qui...

Gruh coupa le bureaucrate d'un geste de la main qui aurait arrêté une charge de dantragors musqués.

— J'ai dit c'était pas nous. Partir maintenant.

— Oui mais cette fois, nous...

Le responsable du détachement ne termina pas sa phrase car il vit briller la lueur de la violence dans l'œil du chef barbare. Il hésita un moment, prit le temps d'examiner un peu ce qui se passait derrière et autour de lui, et constata que sa troupe était cernée par une cinquantaine de brutes à l'air mauvais, qui attendaient visiblement de voir s'il allait se passer quelque chose. Un homme derrière lui chuchota :

— Monsieur… On devrait se tirer, vous savez ? Je le sens mal.

— Très très mal, dit un autre milicien dont la bouche tremblait.

Nounouk s'approcha de son chef en se grattant la tête :

— Alors, baston ?

— Ben, je sais pas trop.

— Vous auriez à répondre de vos actes ! risqua le bureaucrate.

Gruh fronça les sourcils, en essayant de savoir si c'était un genre de phrase rituelle de défi, une quelconque provocation ou un truc d'humain pour insulter les ennemis. Voyant la face du colosse ainsi froissée, et pensant qu'il se préparait à frapper quelqu'un, un homme de la troupe fut pris de panique et s'écria :

— Chacun pour soi !

Il lança son cheval dans une brèche afin de s'échapper pendant qu'il était encore temps, mais son canasson écrasa le pied botté d'une guerrière et celle-ci hurla de douleur. Ce fut le signal qui déclencha un beuglement de guerre général et les barbares chargèrent les cavaliers.

Avant de recevoir le poing de Gruh dans la figure, le bureaucrate eut une dernière pensée : « Mais pourquoi suis-je venu ? Tout cela n'a aucun sens ! »

La bataille fut des plus désordonnées, et se termina bien entendu par une victoire des plus nombreux et des plus brutaux. Une fois bien défoulés, les barbares se congratulèrent et comparèrent leurs divers exploits dans de grands éclats de rire, puis ils laissèrent repartir quelques-uns de leurs ennemis blessés, car on n'avait pas forcément besoin de tuer pour être un vrai guerrier. Seule comptait la Baston.

C'est ainsi que quelques soldats chanceux, dépouillés de leur équipement et de leurs chevaux, repartirent dans la plaine dans le plus simple appareil, les mains attachées dans le dos et leur slip sur la tête.

Au soir de cette dixième journée de la décade, dans la tour héritée malhonnêtement du défunt Silgadiz de Sombrelune, Zangdar et son assistant terminaient leur réunion quotidienne d'organisation.

Bien qu'ils fussent isolés dans leur donjon urbain et très occupés à le remettre en état, ils avaient constaté, depuis une fenêtre haut perchée, que les rues étaient animées et pleines de gens mécontents. Reivax était alors sorti pour acheter la gazette locale afin de savoir de quoi il retournait.

— Vous avez vu ça, maître ? Des sylvains attaquent la guilde des marchands !

— Bien fait pour eux, ça leur apprendra à augmenter le prix des croissants !

— Et sur la page 2, je vois qu'il y a des histoires avec les elfes noirs et les barbares.

— Hum. Fais voir ?

Zangdar étudia la gazette un moment, tout en agitant sa cuiller dans son thé au venin de Yamboulou, une préparation vendue exclusivement aux gens méchants.

— Il se prépare un genre de guerre ! conclut-il après avoir vidé sa tasse. Une bonne petite guerre comme à la bonne époque ! Mais tout cela va chambouler mes plans.

— Heu… C'était quand la bonne époque, maître ?

— Je n'en sais rien, imbécile ! Je n'étais pas encore né !

— Mais alors comment pouvez-vous…

— Ça suffit ! trancha le sorcier. Si je dis que c'était la bonne époque, c'est que c'était la bonne époque !

— Bon, bon…

— Il faut qu'on profite du désordre pour organiser un truc. Si la Terre de Fangh se met à l'heure du conflit, les aventuriers vont vouloir tenter leur chance comme mercenaires, et par conséquent ils vont cesser de s'intéresser aux donjons. Et si jamais ça dure, on n'aura personne pour développer notre nouvelle activité.

— Sans compter les frais de maintenance et les salaires des monstres… ajouta Reivax.

— Tout à fait ! Nous ne pouvons pas rester ici les bras croisés.

— Mais alors que proposez-vous ?

— Nous devons préparer un coup d'éclat !

Zangdar se leva et fit quelques pas dans le bureau, ne laissant filtrer entre ses lèvres qu'un grognement de mauvais augure et quelques marmottages. Il tourna ainsi en rond pendant quelques minutes et revint s'asseoir dans son fauteuil, le visage contrarié.

— Alors maître ? Avez-vous imaginé quelque plan retors et machiavélique ? On fait quoi ?

— Rien du tout ! Je n'ai pas la moindre idée ! Je n'ai rien compris à ce foutu journal et nous avons besoin d'informations précises pour préparer quelque chose.

Puis, après quelques secondes d'un silence pesant :

— Ça m'énerve. Continuons la réunion, on verra ça plus tard !

Ils étudièrent donc, ainsi qu'il était prévu, les tarifs des mercenaires hommes-tritons du Culte de Rouyouk, ceux qu'ils avaient prévu d'installer à la cave pour profiter pleinement du taux d'humidité. Restait à trouver un système de chauffage efficace et ne provoquant pas l'asphyxie.

La Terre de Fangh entra le jour suivant dans la décade des Trolls. Plus personne ne savait pourquoi elle s'appelait ainsi, mais elle annonçait en général le temps des pluies, des migrations d'oiseaux et des nuits fraîches.

La tension montait dans les grandes villes. Les adeptes de Braav' organisèrent une grande marche silencieuse pour la paix dans le nord de Glargh, tandis que leurs ennemis jurés, les cultistes de Vaarb', défilaient bruyamment pour appeler à la guerre dans le quartier sud. Les prêtres de Bloutos agitaient leurs tapis et les soigneurs de Youclidh préparaient de grosses marmites d'onguent cicatrisant, en prévision des temps difficiles. Les temples se remplirent à nouveau d'offrandes et de pénitents soucieux de racheter leurs fautes avant une éventuelle fin du monde. Qui a parlé d'hypocrites ?

Les politiciens faisaient leur possible pour apaiser les esprits. Ils tentèrent d'expliquer que le conflit n'était pas encore à l'ordre du jour et qu'on avait seulement besoin d'éclaircir quelques points. Ils parlèrent d'une étrange alliance entre les barbares et les drows, et du fait que les sylvains mis en danger avaient sans doute un peu de mal à s'organiser. Le blocus pourrait leur donner à réfléchir.

Ainsi donc, ils pensaient y voir clair, mais le lendemain, un représentant en brosses annonça qu'il avait vu des barbares combattre des elfes noirs au sud-est de Glargh, à l'entrée de la plaine de Kwzprtt. On envoya immédiatement des espions sur place. Ceux-ci confirmèrent que le clan Ruchka, dont personne n'avait entendu parler jusque-là, avait été attaqué au matin par un commando de chasseurs elfes noirs, des guerriers farouches qui avaient tué plusieurs guerriers et pillé la tente du chef.

Toutes les théories s'effondrèrent. Plusieurs spécialistes du comportement tracèrent des schémas compliqués, qui ne voulaient rien dire la plupart du temps, et on envoya des émissaires chez les drows pour en savoir plus.

D'autre part, les barbares énervés lancèrent un raid de représailles vers les plus proches villages. Ceux-là n'étaient habités que par des humains qui n'avaient rien à voir avec leur affaire, mais comme disait le sage du clan Ruchka : « L'important quand on se venge c'est pas trop de rétablir la justice, c'est surtout de se venger. » Ils laissèrent donc derrière eux des tas de ruines fumantes et de nombreux cadavres. On dépêcha une fois de plus des pigeons pour s'en plaindre à qui de droit.

C'est ainsi qu'après moult circonvolutions dues aux intermédiaires, plusieurs messages arrivèrent sur le bureau de Bifftanaën, demi-elfe au crâne luisant responsable du Concile de Waldorg et que vous connaissez bien maintenant. Sinon, je vous conseille de prendre des notes.

— J'y perds mon elfique ! grogna ce dernier en lisant le dernier document. Tout ça n'a aucun sens !

Kurt Yeleb, le responsable de la sécurité et des questions militaires, dansait d'un pied sur l'autre. Il s'éclaircit la gorge et désigna la carte de sa main gantée :

— J'ai peut-être une théorie. Si ça se trouve, les barbares ont conclu un accord avec les drows pour monter un coup contre les sylvains, et ça s'est finalement mal passé alors ils en sont venus à s'affronter ? Vous savez comment sont les barbares, ils ne comprennent jamais rien...

— Moi aussi j'ai une théorie, Kurt.

— Laquelle ?

— J'ai l'impression que vos théories sont bidons.

— Ah.

— Appelez-moi donc Flubert, il faut qu'on discute.

On alla chercher l'intendant, qui se présenta quinze minutes plus tard, de mauvaise humeur car on l'avait tiré de son dîner.

— Je vous écoute ? grogna-t-il sans réelle conviction.

Bifftanaën lui fit un rapide résumé de la situation et des derniers messages reçus, tandis que Kurt bâillait. Le demi-elfe termina ainsi :

— Mon vieux Flubert, je pense que nous allons dans le mur avec cette histoire.

— Ne me dites pas que vous voulez qu'on organise un nouveau complot ? Parce que la dernière fois...

— Non, nous n'avons plus le temps pour ça. Il faut qu'on organise un conseil avec les dirigeants des peuplades concernées.

— Houla.

— Je ne vous le fais pas dire !

— Mais où comptez-vous faire ça ? intervint Kurt dont les paupières étaient lourdes.

Flubert se pencha sur la carte fanghienne et soupira :

— Sûrement pas chez nous… Y en a qui vont mettre trois semaines à venir. Et s'ils ont le malheur de faire fausse route et qu'ils traversent la plaine, ils risquent de ne jamais arriver jusqu'à nous.

— Nous n'avons pas réglé le problème des ouklafs géants… ajouta Kurt.

— Je sais, je sais. Et puis la visite de la ville avec tous nos dispositifs magiques, ça va mettre les barbares de mauvaise humeur.

— On n'a pas besoin de ça.

— Comme vous dites.

Les trois hommes examinèrent la carte et Kurt posa son gros doigt sur une minuscule tache d'encre au sud de la forêt de Schlipak :

— Que pensez-vous de cet endroit ? C'est la tour de Suak, un territoire neutre.

Flubert haussa un sourcil :

— Mais… Neutre par rapport à quoi ?

— C'est plus ou moins une ruine. Elle n'appartient ni aux barbares, ni aux elfes noirs, ni aux sylvains, ni à personne d'ailleurs. Enfin, pas que je sache. Du coup, ça ne va pas les froisser si on organise quelque chose là-bas.

— Le Grand Conseil de la Tour de Suak, marmonna le Calvitié. Ça sonne bien.

— Et puis, c'est pas trop loin de chez eux, ils ont moins de chances de se perdre en route.

— C'est super loin de chez nous ! protesta Kurt.

— Oui, mais on pourra toujours se faire téléporter, parce que les autres…

Les trois hommes hochèrent la tête d'un air entendu. Il valait mieux éviter que certains pratiquent la sorcellerie de haut niveau.

Bifftanaën fit quelques pas dans son bureau et inspira d'aise, car il était assez fier de son idée. On se souvenait toujours des grands conseils qui avaient marqué l'histoire. Parfois il en ressortait de grandes idées, comme ce rassemblement de chefs barbares en 170 de l'ère du Chaos, duquel découla l'empire Koundar. On mentionnera aussi la réunion interethnique de 746 de la même ère, pendant laquelle on créa la Salutaire et Brève Alliance de Fangh. L'Assemblée des Vaincus Endormis, après la bataille de Zoug-Amag-Zlong, qui statua définitivement sur l'interdiction d'invoquer des monstres géants au cours des affrontements. Le Grand Rassemblement des Comptables en 187 de l'ère sans dieux, qui donna lieu à l'apparition des impôts. N'oublions pas le Grand Séminaire des Charcutiers de l'Ouest, qui décida en 1242 d'interdire enfin la fabrication de saucisses contenant plus de quatre-vingts pour cent de gras. En revanche, on tâchera d'oublier la décision prise au conseil d'Elrond, qui eut lieu hors du territoire dans une contrée méconnue, bien plus loin vers l'est. Des histoires racontent qu'au cours de cette réunion, on décida d'envoyer des mercenaires à pied pour jeter un redoutable anneau dans un volcan qui se situait très loin dans une région inhospitalière, alors qu'on disposait d'une flotte complète d'aigles géants qui auraient pu accomplir la mission en une journée. Une tragédie qui dura des mois et permit à la guerre de s'installer, causant ainsi la mort de milliers d'innocents. On ne pouvait pas faire confiance à des gens qui participaient à des réunions vêtus de robes de chambre.

Bifftanaën dénoua le fil de ses pensées pour consulter un calendrier mural sur lequel il avait porté plusieurs annotations. Il fit quelques calculs mentaux et se tourna vers Fulbert :

— Le conseil aura lieu au dixième jour de la décade des Trolls. Arrangez-vous pour envoyer les missives au plus vite afin d'informer les responsables.

— Ça ne va pas être facile, Biff.

— Comment ça ?

— Pour les barbares... Vous savez, ça ne sert à rien d'envoyer des messages, ils s'en servent pour...

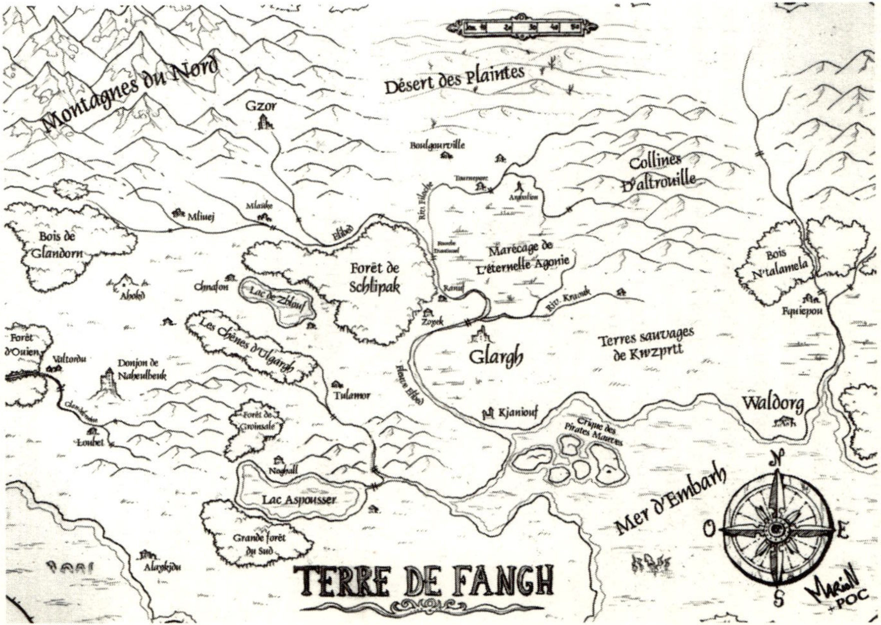
TERRE DE FANGH
Montagnes du Nord
Désert des Plaintes
Gzor
Boulgourville
Collines
D'altrouille
Mliuej
Mlaike
Bois de
Glandorn
Forêt de
Schlipak
Marécage de
L'éternelle Agonie
Bois
N'talamela
Aboko
Chnafon
Lac de Zblouf
Zoyek
Glargh
Terres sauvages
de Kwzprtt
Fquiepou
Forêt
d'Ouien
Valtordu
Donjon de
Naheulbeuk
Les Chênes d'Ulgargh
Tulamor
Kjaniouf
Waldorg
Forêt de
Groinsale
Loubet
Crique des
Pirates Mauves
Naghall
Lac Aspousser
Mer d'Embarh
Grande forêt
du Sud
Alaykjdu
N
O
E
S
Marion
+ POC

— Oui, je sais ! trancha le demi-elfe d'un ton sec. Eh bien, dans ce cas envoyez un porte-parole avec une prime de risque !

— Il faudra trouver quelque chose pour les convaincre...

— Dites qu'on organise un banquet, proposa Kurt. Et mettez du poulet rôti dans le menu, il paraît qu'ils adorent ça. Et des tartes aux myrtilles.

— Des tartes aux myrtilles ?

— Cherchez pas, c'est culturel.

— Que cela soit écrit et accompli ! déclama le Calvitié. Qu'on informe les oracles et les journalistes, et qu'on passe le message à notre bon peuple. Tout le monde devra savoir que notre concile a décidé d'organiser le Grand Conseil de la Tour de Suak ! Un jour à marquer dans l'histoire, le jour où nous avons stoppé une guerre avant même qu'elle ne commence !

L'Elfe s'éveilla et dressa l'oreille. Elle entendit la pluie couler sur le toit, et fit la moue en pensant qu'elle allait encore avoir les cheveux mouillés.

Elle se redressa et contempla son immense chambre. Depuis quelques jours, elle allait de surprise en surprise. Elle avait reçu la *Clé Symbolique de l'Élévation* lors de son couronnement, une clé qui lui donnait accès à l'immense logement réservé à la souveraine et à sa famille. Bon, pour le moment, elle n'avait pas de famille. Mais peut-être que ça viendrait ?

Elle avait ainsi l'usage exclusif d'un boulorne entier, un arbre magnifique dont le pourtour était aménagé de plusieurs somptueuses cabanes réalisées par des maîtres charpentiers de Folonariel, il y a de cela plusieurs décennies. Sur dix mètres et à diverses hauteurs on avait ainsi construit cinq chambres, deux salons, une salle de réception, une bibliothèque, une salle de coiffure et une pièce de bains. La cuisine n'était pas comprise, car en plus d'autres services, la nourriture était livrée à la famille régnante à chaque repas.

Le boulot de reine lui allait bien pour le moment, du moins elle ne pouvait pas trop s'en plaindre. Elle avait délégué à diverses personnes tout ce qui concernait la gestion du royaume et les choses compliquées, de sorte qu'il ne lui restait plus qu'à prodiguer des sourires, hocher la tête et faire coucou aux gens. C'était sympathique, mais elle aurait bien aimé un peu d'action tout de même. Une partie d'elle regrettait le moment où elle cheminait à travers la forêt avec ses compagnons, à l'affût des embuscades.

Selenia III sauta de son lit à baldaquin, une pièce de mobilier de maître dont les montants étaient sculptés de dizaines de belettes et de furets. Elle était aussi nue que possible et fort bien reposée.

Tandis qu'elle se décidait pour une tenue, la bouche tordue par l'indécision face à sa grande penderie, quelqu'un frappa quatre coups discrets. Elle se précipita pour ouvrir, et le courant d'air ainsi créé fit voler sa chevelure.

Son jeune domestique se trouvait là, quelque peu surpris par l'absence de tenue de sa souveraine, mais sans être choqué. C'était un sylvain lui aussi.

— Votre Altesse Magnifique, j'espère que je ne vous réveille pas. Nous avons reçu un message important et Maître Célidol aimerait vous en parler.

— Ha ? Un message important ? Encore des machins sur la guerre ?

— Il s'agit d'une invitation à un conseil.

— Un concert, c'est super j'adore ça ! C'est quel groupe ?

— Pas de musique, majesté, c'est un *conseil*. Comme une grande réunion.

— Holàlà, encore des gens qui parlent. Bon, je vais m'habiller un peu et je descends !

— Comme il vous siéra !

— Non merci, j'ai pas envie de m'asseoir.

Le domestique disparut dans les escaliers.

L'Elfe choisit une tenue sportive, une jupe courte avec des sandales montantes assorties, de longs gants de tissu ocre et une tunique à manches longues. Puis elle constata que ça n'allait pas du tout avec son diadème et changea tout. Elle enfila donc une robe blanche, mais constata que ses fesses semblaient plus grosses que d'habitude. Elle changea pour une robe vert et bleu et des bottes en daim montantes. Elle refit alors sa coiffure qui n'allait pas non plus avec le diadème.

Une heure plus tard, elle descendit l'escalier de bois pour rejoindre le plancher des lapins, où l'attendait un Célidol impatient et crispé.

— Harmonie, Votre Blondeur. Vous avez pris votre temps ce matin !

— Mais oui ! C'est ça qui est super quand on est reine !

Constatant que l'ironie glissait sur Selenia comme un savon sur une flaque d'huile, le conseiller fit le signe universel de la paix des sylvains et brandit un petit parchemin roulé dans un ruban bleu :

— Nous avons reçu cette missive.

— Elle est jolie ! C'est tout mignon.

Célidol émit un soupir discret et s'empressa d'expliquer à Selenia que la lettre était une invitation à une grande réunion organisée par le Concile de Waldorg, et que le but de tout cela était d'empêcher qu'une guerre ne se déclenche.

— Le conseil est prévu à la Tour de Suak dans sept jours. C'est à trois bonnes journées de marche au Nord.

— Alors si on y va, on arrêtera de nous attaquer ?

— En théorie, ma reine. Parce que dans certains cas, ce genre de réunion peut tout à fait déboucher sur une déclaration de guerre…

— Bah ! On n'a rien d'autre à faire de toute façon ! Ça nous fera prendre l'air !

C'est ainsi que le rendez-vous fut pris.

Au même moment en Terre de Fangh, les elfes noirs discutaient d'un sujet similaire, car ils avaient reçu un message identique. D'ordinaire, ils utilisaient les messages des humains pour allumer leur feu, sauf s'il s'agissait de propositions commerciales alléchantes. Mais ils en avaient plein leurs bottes de recevoir des lettres variées concernant des actes de violences dont ils ne connaissaient pas les coupables, et assez de se faire traiter d'assassins dans les bois. Cette affaire devait être tirée au clair, d'autant plus que personne au sein du clan n'avait encore revendiqué les actes en question.

Ils décidèrent d'honorer le conseil de leur présence.

Il en fut de même pour les représentants de la Caisse des Donjons, ravis de participer à ce séminaire pour la paix, une sauterie qui promettait d'être moins ennuyeuse que les réunions administratives habituelles. En plus, on y mangerait autre chose qu'un plateau-repas livré par la cantine.

La Confrérie des Moines de Labin'Houz, représentant actuellement le pouvoir en place à Glargh, fut également invitée ainsi qu'un porte-parole de la Guilde des Marchands.

Quant aux barbares, il n'était pas possible de leur envoyer du courrier. L'intendant Flubert avait choisi de dépêcher sur place, et par le procédé le plus rapide, une estafette ayant pour mission de délivrer verbalement l'invitation.

Flubert fit donc réveiller Nilbonur le Fâché, mage de bataille de haut niveau qui finissait juste de se remettre d'une triste escapade[1] à Glargh. Celui-ci fut sommé, moyennant une compensation financière de taille, d'accompagner l'estafette jusqu'au village du clan Raggak, à l'aide de la *téléportation avancée de Kugio,* et de veiller à sa sécurité jusqu'à ce qu'il délivre le message. Il avait fait soigner son bras cassé par un procédé magique, mais ses cheveux brûlés sur un côté lui donnaient un air encore plus revêche que d'ordinaire.

Le mage et le messager s'acquittèrent de leur mission et lorsqu'ils furent de retour, Bifftanaën et l'intendant vinrent à leur rencontre :

— Alors, comment s'est déroulée votre petite escapade ?

---

1. Si vous ne savez pas de quoi on parle, lisez donc *L'Orbe de Xaraz*, un livre vachement bien. Si si, il a même eu un prix !

Le commissionnaire tremblait encore de peur et des effets nauséeux du voyage astral, il n'était pas en mesure de répondre et il aurait préféré vomir.

— Bah ! C'est vraiment pas un bled pour les vacances ! ronchonna Nilbonur. Mon géolocalisateur nous a envoyés à un kilomètre du village, alors on a dû faire une partie du chemin à pied en traversant des fossés pleins de ronces. On a fini par retrouver le village, et rien qu'à l'odeur on avait envie de partir ! Enfin bon, j'ai emmené le p'tit gars jusqu'à la tente principale, mais j'ai dû balancer quelques sorts pour qu'on nous foute la paix.

Flubert ne disait rien, mais il était bien content d'avoir échappé au voyage.

Bifftanaën réclama la suite.

— On a donné le message, pardi ! Au chef du clan, un genre de grand débile, un gros tas de muscles avec un bandeau sur l'œil. Il a dit qu'il n'avait pas l'intention d'écouter un mec en robe qui faisait de la magie, mais après… Eh bien, le p'tit gars a réussi à le convaincre.

— Ho, vraiment ?

— C'est quand j'ai parlé du poulet rôti et des tartes aux myrtilles, bredouilla l'estafette. Ça lui a fait de l'effet. Il a dit qu'on n'était pas si nuls que ça, et qu'il en avait marre d'être accusé d'avoir organisé une attaque chez les elfes. Alors il a dit qu'il viendrait.

— Excellent ! s'enthousiasma Flubert.

Le Calvitié fronça les sourcils :

— Mais c'est quoi cette histoire de tarte et de poulet ? J'ai raté un truc ?

— Kurt Yeleb a dit qu'on devait en mettre dans le menu, parce que c'est culturel. Faut pas chercher.

— Ah.

— Heureusement qu'on a pas dû inviter les semi-hommes, dit alors Flubert. Chez eux c'est vraiment tout un bordel avec la gastronomie !

Du côté de Folonariel, on s'organisait pour un éventuel conflit.

La compagnie profitait de l'hospitalité des elfes, avec plus ou moins d'engouement selon les dispositions de chacun. Gluby était déjà la coqueluche de la cour, proposait ses pirouettes et ses gesticulations à toute heure.

Le Nain restait la plupart du temps à l'intérieur de son logis, cela lui évitait d'avoir à parler à des elfes et il pouvait compter son or tranquillement. Il avait insisté pour qu'on le laisse en paix, afin qu'il puisse se préparer psychologiquement à la suite des événements et affûter ses armes. Il avait refusé catégoriquement de porter d'autres vêtements que son équipement de guerrier Nain, au moment où Naziel lui avait présenté un justaucorps vert à sa mesure, spécialement taillé par Cily et Nurabelle. Et depuis, il boudait.

Le Ranger et la Magicienne discutaient souvent, et avec une certaine inquiétude, des choses à mettre en œuvre pour organiser un peu l'armée de Folonariel. Pour commencer, les noms des régiments. On ne pouvait pas partir sérieusement à la bataille avec dix *régiments des gais archers*, cinq *escouades de joyeux lanciers sur poneys* et la *garde royale folonarienne aux cheveux fins*. Il fallait trouver quelque chose qui ait une chance d'impressionner les ennemis.

Ils décidèrent donc de présenter désormais les troupes comme les *rôdeurs des bois obscurs*, les *chevaucheurs du vortex* – une idée de la Magicienne – et les *funestes gardiens de Selenia*, pour faire plaisir à l'Elfe. Celle-ci ne connaissait pas le sens de l'adjectif, mais elle aimait bien la sonorité de l'ensemble.

Ce fut aussi le jour de la première leçon de combat donnée par le Barbare. Celui-ci se leva tôt et fit quelques pompes devant sa cabane, ce qui impressionna les voisins. Il rencontra ensuite Dagoni, qui lui présenta quinze volontaires pour la première session. Il s'agissait d'elfes un peu plus robustes que la moyenne, à la poitrine gonflée par la fierté et qui semblaient presque décidés à en découdre. Quatre étaient de sexe féminin, détail qui ne pouvait apparaître, aux yeux des néophytes, qu'en étudiant la gonflitude plus importante de leur zone pectorale.

— Voici mes meilleures recrues ! précisa le général. Quand ils auront appris à se battre, ils donneront à leur tour des conseils aux autres.

— Hein ?

— C'est pour vous donner moins de travail.

— Ha, cool.

Puis le Barbare se tourna vers les recrues :

— Bon, alors les mauviettes, on va commencer par courir. C'est bien pour avoir chaud.

L'un d'eux leva la main :

— Heu... S'il vous plaît ? Comment doit-on vous appeler ?

Le Barbare fronça les sourcils. Il ne voulait pas donner son vrai nom, car sa vie au sein du clan Barbare lui avait appris que le nom du dirigeant est très important pour motiver les troupes. Il se souvint d'une période où le chef du clan s'appelait Clafoutis Sucré, et qu'il n'avait pas voulu changer son patronyme car il le tenait de ses parents, grands amateurs de gâteaux et dénués d'imagination eux aussi. Ce nom lui avait causé pas mal de soucis, et ça n'avait jamais été une période faste pour le clan. Ils étaient souvent la risée de leurs voisins de plaine. Le chef en question, devenu dépressif, avait été destitué rapidement par une autre brute qui se faisait appeler Royogh, et ça faisait vachement mieux de courir à la bataille avec Royogh qu'à la suite de Clafoutis Sucré.

Aussi, le Barbare proclama :

— Chef Taurogh ! C'est mon nom !

— Oui, chef Taurogh ! répondirent plusieurs voix.

— Allez, maintenant on y va !

Dagoni regarda s'éloigner les recrues, poursuivant au pas de course le guerrier des plaines qui courait fièrement devant eux d'une foulée de fauve, les cheveux au vent et l'air viril. Le général passa les mains dans son ceinturon et sourit.

— Ha, qu'ils sont beaux nos petits soldats !

BULLETIN CÉRÉBRAL DU BARBARE

Voilà ! C'est moi chef Taurogh. C'était bien d'avoir trouvé ce nom, c'est un peu comme le taureau sauvage, qui court à travers la plaine en éventrant les gens ! Bon j'ai un peu copié sur Royogh aussi, mais ça c'est pas grave. J'aime quand on court le matin. Et après on va bastonner ! C'est comme ça qu'on apprend les trucs.

Les bleusailles suivirent le coureur pendant près de trente minutes, mais ils commencèrent à perdre du terrain.

— Attendez-nous, chef Taurogh ! cria Brindiel, un elfe brun.

— Quand c'est la guerre, on n'attend pas ! hurla le Barbare à dix mètres devant.

— Mais c'est déjà la guerre ? gémit Celnorë à son voisin.

— Il paraît !

— Mince alors !

Les barbares, entraînés depuis leur plus jeune âge à diverses tâches pénibles, pouvaient courir ainsi des heures durant. Mais le chef d'escouade s'arrêta bientôt, traversant une clairière à l'herbe rase qui lui semblait idéale pour commencer l'entraînement.

— Stop ! beugla-t-il en se campant sur ses jambes.

Les recrues se regroupèrent, la respiration à demi coupée et les jambes flageolantes. Ils eurent à peine le temps de former deux rangs que le Barbare enchaîna :

— Maintenant on a chaud, alors on va taper !

— Mais taper qui ? chuchota le soldat Zeleboë à Brindiel, qui se tenait devant lui.

— Chut ! On va se faire gron…

— Toi, là-bas ! Tu parles alors c'est toi qui commences !

— Ha, zut !

Brindiel s'avança vers l'instructeur, la mâchoire crispée.

— Chef Taurogh ! Me voilà !

— On va commencer par taper avec les mains !

— Oui ch*sprotch !*

Le nez de Brindiel se brisa dans un petit geyser de sang, et il fut soudain projeté en arrière par la force d'un coup de poing. Il tituba sur quelques mètres, en tenant son appendice et en geignant.

Le Barbare se tourna vers les recrues médusées et désigna Brindiel :

— Pour commencer, faut toujours s'attendre à prendre un pain !

Chez les nomades des steppes, on ne désignait jamais les occurrences par des chiffres. C'était un moyen comme un autre de ne pas passer pour un abruti. En commençant par « leçon numéro un », on ne savait jamais où ça allait se terminer et on risquait de se trouver bloqué bêtement à huit, à douze ou à vingt-sept. Comme la plupart ne savaient pas compter, on utilisait d'autres manières.

Le plus élémentaire de ces moyens consistait à ne jamais dépasser le nombre des doigts des mains dans une séquence d'énumération. Sinon, on passait ensuite à « beaucoup » et on n'avait plus de problèmes.

Brindiel finit par s'asseoir par terre en tenant son nez, pensant qu'il allait s'évanouir.

— On se fait jamais taper le premier quand on est toujours prêt !

— Oui, chef Taurogh ! répondirent quelques novices désormais moins convaincus.

Du coup, plus personne n'osait discuter dans les rangs.

— Toi ! gronda le Barbare en désignant un elfe à l'air décidé. Leçon d'après.

— M… moi ?

— Toi. C'est toi qui vas taper en premier !

— Ha, ouf. Bon, j'arrive.

— Tu dois dire « Oui, chef Taurogh » ! souffla un de ses camarades.

L'elfe s'approcha du Barbare qui l'attendait et fit mine de se mettre en position. Il ne savait pas trop comment faire, mais il s'efforça de mimer la pose de son adversaire : jambes fléchies, légèrement écartées pour bien séparer les genoux. Un bras levé et un autre replié sur le côté.

— Alors c'est toi qui tapes en premier ! répéta le Barbare.

— D'accord, alors on va argg*sprotch !*

L'elfe reçut le crochet de plein fouet et s'écroula dans l'herbe, à moitié sonné.

— T'as pas compris leçon du début ! ricana la brute.

— Mais ve favais pas qu'on avait commenfé ! rétorqua la victime en chien de fusil, en essayant de remettre sa mâchoire en place.

— Excuse de mauviette.

Certains parmi les soldats échangèrent des regards inquiets.

— Toi ! Faut faire la leçon taper en premier.

Zeleboë, qui venait d'être désigné, déglutit. Il s'approcha du Barbare et ce dernier l'apostropha :

— Position, important.

L'elfe singea la posture du Barbare, comme l'avait fait son prédécesseur.

— Taper en premier !

— Oui chef ! C'est partArghhh*sbam !*

Zeleboë s'écroula dans l'herbe à son tour, fauché au torse par une bourrade, et sa chute s'accompagna d'un murmure de surprise des autres troufions.

Le silence se fit.

— Ça c'était pas la même leçon ! C'était leçon d'après.

Zeleboë se redressa en massant sa poitrine, persuadé d'avoir perdu plusieurs côtes. Il balbutia entre deux toussotements :

— Mais… Je n'ai rien appris, chef Taurogh ! Je n'ai même pas eu le temps de commencer !

— T'as appris un truc : quand on doit taper, on parle pas. On tape !

— Oui, chef.

— Alors, suivant !

Le Barbare observa l'escouade un moment, comme s'il voulait que chaque recrue puisse lire dans son regard qu'il était temps d'arrêter de jouer à la dînette. Puis il désigna quelqu'un de son bras noueux :

— Toi ! La fille !

— En fait, je m'appelle Tifinule, je suis la sœur de…

— Pas le moment. Leçon d'abord !

Tifinule vint se mettre en position, sans dire un mot. Elle avait bien retenu les trois conseils précédents, aussi elle était prête à tout. Il fallait maintenant qu'elle se décide à lancer une attaque à mains nues contre le chef Taurogh. Il ne fallait pas hésiter.

Mais où frapper ? Il semblait solide comme un tronc de chêne.

Elle essaya de durcir son poing et se fendit d'une attaque frontale. Le Barbare dévia sans peine le coup qui filait vers son visage, se déplaça très légèrement et lui retourna une mandale dans l'oreille, d'un geste précis de sa main gauche. La pauvrette fit un demi-tour si rapide qu'elle en déplaça l'élastique de sa culotte elfique et s'en alla rejoindre ses camarades meurtris dans la végétation.

Le Barbare croisa les bras et désigna Tifinule d'un signe de tête :

— Y a deux trucs à savoir, là !

Il savait qu'il prenait des risques en utilisant les nombres. Mais bon, il pourrait s'en sortir.

— D'abord, quand on tape un ennemi, faut pas oublier que lui il tape aussi.

Les recrues hochèrent la tête. Puis ils attendirent, mais le chef Taurogh semblait avoir terminé.

— Et la deuxième leçon ? risqua timidement Zeleboë.

La brute fronça les sourcils.

— Ouais ! C'est pas parce qu'on est une fille qu'on prend pas des coups.

— Ah oui, j'ai vu ça ! gémit l'elfette en massant sa joue tuméfiée.

L'entraînement continua ainsi pendant plus d'une heure, de sorte que chaque soldat participe en faisant don de sa personne, dans le cadre d'une démonstration liée aux différentes étapes de l'instruction. Quand on parle d'étapes, c'est bien entendu purement théorique dans le sens où le Barbare n'avait pas le moindre plan défini pour donner ses cours de combat, et n'avait jamais entendu parler du concept de la pédagogie.

Une fois qu'ils en eurent terminé avec les exercices de frappe, ils travaillèrent les parades et enchaînèrent avec les prises au corps et les immobilisations. Là les elfes s'en tirèrent un peu mieux, car ils étaient souples et ils furent à même d'éviter les fractures en se contorsionnant.

Quand ils en eurent fini, chacun d'entre eux arborait au moins deux bleus et une plaie qui saignait. Sur un signe autoritaire de l'instructeur, ils reformèrent les rangs pour écouter son discours de débriefing.

Le Barbare se campa sur ses jambes et passa les mains dans son ceinturon :

— Bon, et ben vous êtes meilleurs maintenant !

Personne n'osait plus parler dans les rangs, mais plusieurs recrues pensaient en leur for intérieur qu'il y avait là comme un abus de langage.

— Mais vous êtes pas très forts, concéda-t-il. Faudra des muscles pour mieux taper.

— Nous muscler ? questionna la petite voix de Tifinule. Mais comment on va faire ?

— Vous savez pas comment ?

Les novices se concertèrent brièvement et échangèrent quelques signes de tête négatifs. Ils finirent par avouer : Non, ils ne savaient pas. On travaillait plutôt sa coiffure chez les elfes, et pas forcément ses biceps.

— Bah, c'est facile ! expliqua l'instructeur en mimant quelque chose d'incompréhensible. Vous allez construire une grosse roue en bois, qu'est dure à tourner. Avec plusieurs grands bâtons qui dépassent. Et vous allez pousser les bâtons et tourner la roue.

Un soldat au nez en sang se fendit d'un sourire réjoui :

— Et alors c'est tout ?

— Ouais. Mais faut tourner longtemps.

— Longtemps comment ?

Le Barbare chercha dans quelle unité de mesure il pouvait éventuellement trouver une réponse. Finalement, déçu, il grogna :

— Longtemps comme longtemps !

Le Barbare annonça la fin du cours, ce qui provoqua le soulagement de nombreux novices aux membres douloureux. Ces derniers se congratulèrent et prirent une pause en échangeant quelques commentaires, gonflant la poitrine et se remémorant les moments les plus épiques de cette journée, comparant également leurs cicatrices et leurs hématomes avec une certaine inquiétude. Puis ce fut le moment de rentrer au village, avec la satisfaction du devoir accompli. Et là, ils déchantèrent.

Si on voulait devenir un vrai guerrier, il fallait revenir *aussi* en courant.

La Magicienne, flanquée d'un Ogre rendu bougon par le manque d'action, avait pris toute la mesure du travail qu'elle devrait accomplir en visitant la bibliothèque. Il manquait en effet la plupart des ouvrages de référence. De même, certains niveaux n'étaient pas représentés dans le *Grimoire des Ordres Néfastes*, la moitié des pages avait été arrachée au *Manuel de l'Invocateur Inconscient*, le *Compendium de Magie de l'Air* avait pris l'eau, et d'autres bouquins avaient été partiellement grignotés par les écureuils, comme le *Manuel d'Archerie de Lai-Gollas* ou le *Dictionnaire Médical de G. Moudubras*. On lui expliqua que plusieurs elfes avaient appris la magie, mais c'était une magie « à l'ancienne », ce qu'on appelait dans le jargon des mages « des rituels de bouseux ». Les sylvains connaissaient quelques sortilèges transmis empiriquement par voie orale, dont certains dataient de l'époque de Téclystère et qui n'avaient souvent qu'un intérêt limité dans le cadre d'une bataille. Les sortilèges les plus puissants avaient été perdus depuis, car rendus obsolètes par la fin des conflits d'envergure.

On était loin du monde universitaire, avec ses sorts classifiés, ses manuels complexes et sa fascination pour les disciplines impressionnantes autant que destructives.

Là, on parlait de sortilèges qui permettaient de faire pousser les haies, d'extraire du jus des fruits, de raviver les couleurs du plancher, de faire la vaisselle ou bien d'accélérer la levée de la pâte à lembas. Il faudrait trier dans tout ça, sous peine de se faire latter dans les grandes largeurs quand viendrait le temps de l'affrontement. La Magicienne gageait que l'ennemi, quel qu'il soit et en dehors des barbares, aurait autre chose à proposer que des recettes de cuisine en guise de maléfices.

De leur côté, le Ranger et le Nain, tous deux respectivement clipitaine et sargent de la glorieuse armée folonarienne en cours de recrutement, n'avaient pas grand-chose à faire de leur première journée. Ils profitaient donc – sans aucune honte – de l'hospitalité des elfes et de la gratuité des denrées mises à leur disposition. Le Ranger avait découvert à cette occasion la pâte à tartiner aux noisettes, qu'on pouvait étaler sur du lembas et qui donnait envie d'en reprendre encore et encore. Comme il avait parfois la visite d'une cousine de Naziel, il ne voyait pas trop le temps passer et se perdait dans ses pensées. Le Nain avait travaillé à l'entretien de son armement et de son équipement, car il ne voulait « pas passer pour une truffe » lorsqu'il serait question de pointer sa barbe sur le champ de bataille. Il s'était donc enfermé dans son chalet et on ne l'avait pas revu.

En fin de matinée, il s'était également produit quelque chose d'inédit. Mais la nouvelle allait encore mettre une bonne journée à parvenir aux oreilles des dirigeants de tous bords, car le drame avait eu lieu quelque part au sud des collines d'Altrouille, dans le village rieur et isolé de Fierpâté.

C'était une communauté de semi-hommes, de petites gens qui d'une manière générale restaient chez eux et ne causaient de trouble à personne. Ils entretenaient de rares, mais bonnes relations avec le monde extérieur car ils étaient dépensiers quand il s'agissait d'acheter de la nourriture, et ils fournissaient eux-mêmes de nombreux plats cuisinés d'excellente qualité. Ils n'avaient habituellement à craindre que les géants du nord des collines, ces monstres bêtes qui pour une raison étrange n'avaient jamais poussé leurs déplacements plus loin que leur territoire.

Ainsi, les semi-hommes passaient une agréable journée, quoique grisâtre, jusqu'à ce que fonde sur leur bourgade un véritable commando de nains casqués, armés et furieux. Ils surgirent de la brume, au nord-ouest, et engagèrent les hostilités sans un seul mot d'explication. Impossibles à stopper malgré leur petit nombre, ils réduisirent en cendres plusieurs fermettes, blessèrent de nombreux citoyens, saccagèrent les plantations, égorgèrent les animaux, mirent à mal les gardes, pillèrent les garde-manger ainsi que la maison du maire, urinèrent dans les bacs à fleurs, dessinèrent des organes génitaux velus sur les murs et crachèrent dans les confituriers.

Lorsqu'ils disparurent, leur méfait accompli, les villageois se rassemblèrent en larmoyant et tinrent un conseil extraordinaire sur la place des banquets. On ne trouva aucune explication à cette razzia, car personne n'avait fait le moindre mal à des nains depuis des temps immémoriaux. Et puis ces montagnards bougons n'étaient pas leurs voisins les plus proches, il fallait bien deux jours de voyage pour rejoindre leur communauté. Quand ils venaient à passer par là, les nains étaient toujours heureux de goûter les spécialités locales et la bière maison, et il y en avait toujours un pour plaisanter sur les histoires d'anneaux uniques, dont chaque semi-homme détenait un exemplaire.

Fierpâté était en revanche presque voisin des communautés barbares, mais les brutes ignoraient royalement le village et ne prenaient même pas la peine de le piller. C'était peut-être un peu la honte de s'en prendre à des gens qui avaient naturellement la taille d'un enfant de dix ans.

Ce manque d'intérêt pour les semi-hommes était d'ailleurs partagé par la plupart des habitants de la Terre de Fangh, et ça les arrangeait bien.

À l'issue d'un débat aussi bref qu'inutile, Gilbert Latranche, le maire du village, décida qu'il était temps d'utiliser les pigeons voyageurs pour autre chose que leur viande, à condition que ceux-ci soient même en état de voler car on les nourrissait d'abondance. Les fiers messagers n'avaient pas trop de travail en temps normal, ils ne servaient habituellement qu'à l'envoi des commandes d'épices et de condiments.

Gilbert Latranche rédigea quelques messages et on en chargea les volatiles les moins gras. Des missives d'urgence furent ainsi expédiées vers les villages de Grillejambon, Terrineville, Rillettebourg, Grospanier et Blondemiche-sur-Vinasse. L'une d'elles, contenant des propos plus acerbes, fut également postée vers la mine de Martenbur, au nord du bois N'talamela. Elle était à destination du chef local de la communauté naine.

Le dernier message s'en fut vers Waldorg, et il était adressé au bureau des réclamations.

Le lendemain, lorsque Bifftanaën le Calvitié se rendit à son bureau, arpentant pour cela les longs couloirs glacés du palais de Waldorg, il fut surpris de trouver sur le pas de sa porte l'intendant Flubert qui montrait sa tête des mauvais jours.

— Mais qu'est-ce que vous faites là, Flubert ?

— Biff, je viens d'être réveillé par un fonctionnaire.

— Et vous voulez qu'on le fasse renvoyer je suppose ? Vous savez, ce n'est...

— Il ne s'agit pas de ça, coupa l'intendant. La cellule de tri du courrier des doléances a reçu... quelque chose. Tenez, lisez.

Flubert tendit à l'administrateur un petit morceau de parchemin qui sentait curieusement le jambon, que Bifftanaën examina en fronçant les sourcils.

— Mais, qu'est-ce que c'est que ce foutoir encore ? Les barbus sont en guerre avec les demi-portions ?

— Il semblerait que le mouvement conflictuel s'étende...

— Mais ces peuples n'ont jamais été en guerre !

— Les semi-hommes n'ont jamais été en guerre contre qui que ce soit, Biff... En dehors...

— En dehors de l'ère du Chaos, je sais.

Le responsable du concile déverrouilla la porte de son bureau d'un geste nerveux. Il posa sa veste sur une patère et se précipita vers son écritoire en bougonnant.

— Voilà ce que nous allons faire, dit-il en déroulant un petit carré de parchemin. Nous allons les inviter au conseil également. Avec ces abrutis de nains.

L'intendant fit quelques pas dans le cabinet de travail en attendant les précieux messages. Au bout d'un moment, il soupira :

— Les semi-hommes en guerre... Je n'aime pas ça.

— Moi non plus, Flubert. Moi non plus !

— Si c'est pas un signe annonciateur de la fin du monde, je veux bien qu'on m'arrache une couille à la pince !

Bifftanaën lui jeta un regard furieux :

— La fin du monde ? On a déjà eu ça il y a deux semaines, ça ne va pas devenir une mode, si ?

Au cinquième jour de la décade des trolls, la situation se fit encore plus brumeuse. Un message téléporté de Glargh fut présenté au Calvitié alors qu'il terminait son déjeuner en compagnie des membres du concile. Il en fit la lecture à voix haute :

— Alors, cela nous vient du père Grandjean : Les ogres du village de… Yarougolo ?… ont été attaqués par… des elfes sylvains habiles à l'arc.

Ricanements dans l'assemblée.

— Pillage, destructions de biens, nombreuses victimes, habitations incendiées, blablabla. Demande de directives. Des directives ?

Kurt Yeleb pensait qu'il s'agissait d'un gag, mais à voir le visage des autres, tous n'étaient pas de cet avis.

— Vous dites que les *elfes sylvains* ont attaqué une communauté d'*ogres* à l'ouest de Zoyek ? Mais c'est *forcément* une blague !

— Non Kurt… souffla Biff avec fatalisme. Étant donné ce qui se passe ailleurs, le doute n'est pas permis. Et le père Grandjean n'est pas un rigolo.

— C'est l'escalade logique, ajouta le trésorier Ménorin. On annonce la guerre, les gens prennent peur, ils font n'importe quoi et finalement c'est la guerre. Et tout ça va encore nous coûter des sous…

Flubert hocha la tête en terminant son café, échangea quelques murmures avec son voisin. Voyant qu'il n'avait personne de son côté, Kurt Yeleb abdiqua :

— D'accord, d'accord… Mais alors il faudrait qu'on invite aussi des ogres au conseil ? Vous rigolez j'espère ?

— Pas du tout.

— Il faudra des interprètes, nota Ravinic.

— Et surtout, il faudra plus de jambon, et des saucisses ! Au prix actuel du porc, ça va nous coûter la peau du…

— Fermez-la, Ménorin ! On n'est plus à quelques lingots près. Et n'oubliez pas que la guerre est plus onéreuse que la paix !

Kurt secoua la tête :

— Enfin, ça dépend si on gagne…

— Vous pouvez la boucler, vous aussi ?

IV

Le Conseil de Suak

Folonariel, septième jour de la décade des trolls, troisième heure de la journée.

Les frondaisons laissaient filtrer les rayons d'un soleil peu timide pour la saison, un astre cher aux elfes car il permettait de faire chatoyer leurs cheveux. La communauté s'éveillait, avec son cortège de petits animaux et de pépiements, avec ces jeunes filles au visage souriant qui ouvraient leurs volets et s'échangeaient des banalités sans avoir pris soin d'enfiler des vêtements. La vie chez les sylvains, en bref.

Dans un coin de la clairière centrale cependant, on pouvait entendre une série de sons plutôt inhabituels. Des craquements de bois, des gémissements, des chocs répétés et des grincements.

Une voix grave dominait le tumulte :

— Remuez-vous, les tapettes. Ça doit tourner plus vite, ça ! Allez !

Puis, une voix plus aigre, un peu plus loin :

— Ouais ! Faudrait qu'on arrive à faire mieux qu'hier !

Le Barbare se tenait assis sur un siège rembourré, face à l'installation sobrement nommée *la roue du muscle*. Il s'agissait d'une grande machine circulaire, articulée autour d'un axe vertical, et qui permettait à une quinzaine d'elfes de pousser sans fin une série de rondins garnis de cuir et disposés en étoile, autour d'un chemin creusé dans le sol. Ce type d'engin était utilisé par les barbares depuis la nuit des temps, on le trouvait au même titre que la *tireuse d'enclumes* de Throd. Cela n'avait bien sûr pas grand intérêt, mais l'activité physique engendrée pouvait développer la musculature des guerriers, et Crôm aimait bien ça.

La machine en question présentait toutefois une particularité ne figurant pas sur les modèles traditionnels. C'est que, pour l'occasion, le Barbare avait fait appel à une tierce personne pour construire l'engin, car ses compétences en bricolage étaient proches du néant. Il s'était donc tourné vers un compagnon habile au clouage, un condisciple qui était également apte à tirer profit du malheur des autres.

Ainsi donc, à quelques mètres de la machine, le Nain surveillait l'ensachage de la farine. Quiconque étudiait la machine aurait remarqué, en haut de l'axe central, qu'une grande courroie partait sur un côté, courroie qui se trouvait reliée à un autre axe et qui permettait l'entraînement d'une gigantesque meule garnie de nombreux engrenages. Un elfe en sueur versait dans un entonnoir de belle taille des pelletées de grain, tandis qu'un autre récoltait la poudre grise à l'aide de sacs de toile.

Le courtaud se pencha sur un rouage qui ne fonctionnait pas comme il voulait, ajusta une pièce d'un coup de marteau, puis il cria en direction de ses *stagiaires* :

— On a fait trois cents kilos hier, il faut qu'on arrive à cinq cents !

— Bien, sargent !

Le Nain ricana.

BULLETIN CÉRÉBRAL DU NAIN

C'est trop la classe, cette machine du Barbare. Quand je pense que la semaine dernière, on fabriquait encore la farine avec des pilons à main ! C'est n'importe quoi, place à l'ère industrielle ! Ça m'a pris du temps, mais j'ai finalement trouvé une utilité aux elfes. Ils sont pas si mauvais au tournage de roue, et en plus ils râlent pas. C'est vrai que c'était dommage de faire un bidule qui servait à rien, comme on trouve chez les barbares. Mais les machines d'entraînement génèrent de la puissance, alors il faut pas la gâcher ! Forcément, les mecs dans la plaine ils ont pas besoin de gagner des pièces d'or, ils vont piquer l'or chez les autres. C'est pas que je trouve ça bête, mais y a quand même un côté un peu aléatoire dans cette façon de penser. Alors que là, c'est propre et net, si j'arrive à leur faire produire cinq cents kilos de farine tous les jours, je peux la revendre et je me fais un bénéfice quotidien de quarante pièces d'or ! Et là-dessus y a pas les taxes de la Caisse des Donjons. En plus ils sont contents, ces abrutis. Enfin, peut-être pas tous, mais disons qu'ils ont pas vraiment le choix, ça fait partie de l'entraînement pour faire des soldats d'élite. Tiens, je me demande si je peux pas faire une extension du bazar pour faire de l'huile de noix ? Je vais faire un plan.

— Allez, faut que ça transpire ! cria le Barbare en tapant dans ses mains calleuses pour augmenter la cadence.

Le Ranger s'approcha du centre d'entraînement. Il avait bien compris que tout cela était utile pour l'armée, mais il doutait un peu de la bonne foi du Nain, car il trouvait que ce dernier avait l'air beaucoup trop content. Ce n'était pas très normal, un nain heureux dans un village d'elfes. Pour se changer les idées, il observa la lente progression des sylvains qui grimaçaient sous l'effort.

Il fallait reconnaître une chose : les elfes de la division d'élite n'étaient déjà plus les mêmes, ils avaient changé depuis qu'ils avaient été confiés au Barbare. Ils arboraient maintenant des cicatrices, des bleus, des bosses, et souffraient de multiples courbatures dues à la découverte de nouveaux muscles. Ils avaient le regard plus dur. Ils étaient pour la plupart mal peignés et un peu sales, ce qui était un signe très important de modification comportementale. Dans quelques jours, ils pourraient même ressembler à des barbares, bien que toujours maigres, polis et gentils. On pourrait peut-être même les envoyer au front pour de vrai.

Fort de son rang de clipitaine, le rôdeur fit le tour de l'installation et prodigua quelques encouragements aux jeunes recrues. Il était déjà équipé pour la marche, avec son sac à dos, ses armes et ses bottes bien cirées. Il portait désormais un casque de métal léger, qu'il avait chipé sur une étagère de la réserve militaire et qui lui donnait l'air un peu tarte. Heureusement, il n'avait pas pris soin de se regarder dans un miroir.

Le Ranger se dirigea vers ses camarades et les apostropha sur un ton martial :

— Hé, les gars ! Faudrait vous préparer, on doit partir à la tour de Suak !

— Pas maintenant ! ronchonna le Nain. Tu vois bien que je dois encore graisser un truc, là ! Et puis j'ai pas fini mon plan pour le broyeur à noix !

— On verra ça plus tard ! C'est pour le conseil… On doit escorter la reine, et le convoi va bientôt partir ! Bougez vos miches !

— Holàlà, pfff !

— Mais qui va surveiller les tafioles ? s'inquiéta le Barbare.

— J'ai tout arrangé avec Dagoni, il a dit que ça leur ferait du bien de se reposer.

— Rhaaa ! On vient seulement de commencer !

— Y a un bonus de salaire, et y aura sans doute des monstres.

Une fois ce détail connu, les aventuriers se précipitèrent dans leurs chalets pour récupérer leur matériel et se rassemblèrent en convoi. Ils retrouvèrent pour cela leur chariot rustique et les montures qu'ils avaient utilisées pour leur voyage depuis Glargh. Le véhicule avait été modifié par le Nain pour qu'il ait « moins l'air d'un truc de paysan ». Il avait ajouté des planches sur les côtés pour protéger, des renforts sur les roues et à l'avant, des plaques de métal autour du poste de pilotage, qui était à présent flanqué de deux têtes d'aigles des montagnes en bois sculpté qu'il avait dénichées dans une réserve. L'ensemble ressemblait plus à un char de guerre, à la condition que de tels engins soient fabriqués par des enfants de huit ans.

Ils devaient s'absenter six jours pour les besoins du conseil, période pendant laquelle les sylvains de Folonariel devaient exécuter diverses tâches afin d'avancer les préparatifs en vue d'un possible conflit. La Magicienne avait ainsi défini une classification pour les livres et fourni la liste des ouvrages à commander, elle avait aussi noté quelques sortilèges de base que les novices étaient chargés d'apprendre. Le Nain avait demandé qu'on rassemble des noix et qu'on prépare des planches pour fabriquer les extensions de la machine à muscle. Le Barbare, maintenant craint et connu sous le nom de chef Taurogh, avait nommé des suppléants pour continuer l'entraînement au combat, choisissant pour cela les recrues qui avaient les cicatrices les plus voyantes et le regard un peu dur. Quant au Ranger, il n'avait rien fait du tout, mais il avait affirmé, l'air mystérieux, qu'il donnerait des cours de stratégie dès son retour et qu'on pouvait compter sur lui.

Au départ de leur voyage, deux cents sylvains se tenaient rassemblés sur le chemin qui partait vers le nord. Ils chantèrent une chanson écrite pour l'occasion, qui parlait de paix et d'oiseaux, et lancèrent des dizaines de bouquets de fleurs sur le chariot, provoquant ainsi l'énervement du Nain dont on ne vit bientôt plus que le casque et les bras.

Puis Célidol procéda à la distribution des cadeaux, accompagné des cousines de Naziel.

— Nous vous avons préparé quelques surprises ! claironna-t-il.

Il tira le voile qui avait été disposé sur une table prévue pour l'occasion, provoquant un murmure de stupéfaction.

Pralinë ramassa deux pièces d'équipement qu'elle apporta au Barbare en ondulant du bassin.

— Pour notre grand spécialiste du combat, les Bracelets du Fier Poney.

Le Barbare sourit férocement, constatant que son vœu avait été exaucé et qu'il disposait maintenant de protections pour ses avant-bras. Il s'agissait de deux belles pièces de cuir doublées et ouvragées, probablement commandées à un artisan local. Il déchanta lorsqu'il vit, au lieu des représentations de fauves ou de bestioles à l'air vilain qu'on trouvait habituellement sur les pièces d'armure, qu'on y avait gravé deux poneys cabrés.

Puis Pralinë lui déposa une bise sur la joue, et il oublia. Finalement, pourquoi pas des poneys ?

— Crôm ! répondit-il en guise de politesse.

L'elfette l'aida donc à s'équiper, sans voir le sourire bête qui déformait sa bouche.

Le Nain, qui ronchonnait en débarrassant sa cotte de mailles des agaçants pétales de fleurs qui s'étaient incrustés partout, reçut un objet lourd et rond des mains de Foumoua. Il lui jeta tout d'abord un regard mauvais, car il n'était pas question qu'il porte le moindre accessoire elfique. Puis il consentit à baisser les yeux vers le cadeau et ouvrit la bouche, sans toutefois proférer la moindre insulte car il était complètement subjugué. Célidol présenta ainsi l'article :

— Pour notre sargent, représentant du peuple des Montagnes, le Casque du…

Il baissa les yeux sur sa feuille de notes.

— Le Casque du Massacre de Razukil.

— On dirait un truc de Nain, soupira la Magicienne.

— Hé ! Mais… Mais… c'est un vrai machin ! s'exclama le courtaud en s'emparant de l'objet.

Il le tourna et le retourna. C'était un beau casque de métal brillant garni de cuir doublé, doté de deux cornes latérales, d'une visière de protection en laiton ouvragé, d'un protège-nuque articulé et d'un court cimier de crins rouges ayant sans aucun doute appartenu à une créature fabuleuse. Quelques marques prouvaient qu'il avait déjà été utilisé à la bataille, mais il inspirait toujours le respect. Il avait été restauré mais sentait bon l'artefact qui avait séjourné pendant des années au milieu d'un tas de reliques, attendant qu'un propriétaire se manifeste.

Le Nain constata que ses mains tremblaient. Il remisa son casque Lebohaum au milieu des fleurs, car il était cabossé par deux semaines de vie trépidante, et posa sur ses cheveux hirsutes ce véritable symbole de puissance.

— Hoooo, firent les gens dans l'assistance en applaudissant.

— Haaaa ! fit le Nain en se découvrant une vigueur nouvelle.

La Magicienne se pencha vers le Ranger et chuchota :

— Bonus de charisme, bonus de courage… au moins.

— Tu crois qu'il mérite ça ? répondit le jeune homme quelque peu jaloux.

— Je crois surtout qu'ils sont un peu niais. C'est donner de la confiture aux cochons !

Tandis que le Nain se pavanait, Nurabelle s'était approchée de Gluby et lui tendit un ensemble qui comprenait un petit poignard à la lame bleutée, au manche de corne ouvragé, ainsi qu'un étui et une petite ceinture à sa taille. Le gnome lui babilla d'étranges onomatopées en guise de remerciement et s'équipa immédiatement du présent. Célidol y alla de son commentaire usuel :

— Cette arme exclusive a été fabriquée spécialement pour votre ami par un descendant de Patapon, artisan respecté de notre forêt. Elle brille quand il va pleuvoir.

— Et c'est tout mimi ! ajouta Selenia en applaudissant.

Ils offrirent ensuite à la Magicienne une *Bague de Concentration* issue du vieux trésor de Folonariel, qui permettait d'économiser l'énergie astrale nécessaire au lancement des sorts les plus puissants. L'Ogre, bien qu'il n'eût plus besoin de grand-chose depuis l'escapade marchande à Waldorg, reçut une paire de braies de cuir à sa taille, en prévision des froids de l'hiver. Cela lui permettrait de quitter son vieux pagne en tissu sale, et ça lui donnerait sans doute l'air un peu plus civilisé.

BULLETIN CÉRÉBRAL DU RANGER

Ha ! C'est bientôt mon tour ! J'ai hâte de voir ce qu'ils ont trouvé pour moi... Y a quand même de quoi être surpris, parce que la dernière fois qu'on a eu des cadeaux elfiques, c'était vraiment tout nase. Les moufles à trois doigts, les skis nautiques, les pics à brochettes et tout ça... On n'a pas pu en récupérer grand-chose. Ah mais si, j'oubliais la fiole de baume qui nous a sauvé la vie dans le stade... Et les pierres qu'on a échangées contre la couronne de Pronfyo. Bon... Enfin c'était tout de même pas pareil. Là on a vraiment du matériel utile, le genre de trucs qu'on offre à des vrais héros ! J'en reviens pas du casque du Nain... Moi je vais avoir l'air d'un sous-fifre avec le mien. Voilà Claudia qui s'approche, elle va m'offrir un truc ! Alors ? C'est quoi ? Je me vois bien avec des bottes qui font voler, ou alors un collier qui fait peur aux gens, ou une super épée qui combat toute seule, ou une cape d'invisibilité !

Il baissa la tête, car on lui tendait quelque chose.

Le Ranger reçut un petit peigne doré des mains de la jeunette, ainsi qu'une bise rapide sur la joue qui, de son point de vue, ressemblait à un lot de consolation. Il regarda le peigne, puis Célidol, puis le peigne, puis Célidol, et pensa qu'on lui faisait une blague. Mais finalement ça n'en avait pas l'air. Le conseiller lui sourit et désigna l'objet :

— Et pour vous, le Peigne de Charisme de Cuitômiel !

— Hoooo ! fit-on dans l'assistance.

— Parce qu'un chef doit toujours être bien coiffé, ça participe à son image de marque.

— Surtout quand il est clipitaine de l'armée de Folonariel ! ajouta Selenia.

— Ah ben… Merci… dit le rôdeur en manipulant son présent.

Mais il entendait la Magicienne ricaner dans son dos, et ça l'énervait. Pour ce qui était du Nain, il était plongé dans l'examen de son casque et n'avait rien suivi de la cérémonie.

Jélagamël leur désigna le sentier et prit l'assistance à témoin :

— Allez, maintenant ! Que votre route soit douce, car vous représenterez notre peuple au grand conseil ! Vous serez là le jour où la guerre sera stoppée par le dialogue et la compréhension ! Et tous ceux qui vous verront marcher, avec votre équipage d'elfes, d'humains, de nain et d'autres créatures, sauront que vous êtes le vibrant hommage aux vieilles alliances qui sauvèrent le monde, au temps où les civilisations étaient jeunes et les dieux bourrus !

— Poil au… commença le courtaud avant d'être stoppé par un regard lourd de la Magicienne.

Deux cents sylvains aux yeux humides manifestèrent leur joie par diverses onomatopées, et agitèrent les bras pour saluer les voyageurs et commémorer l'instant.

Le Ranger était debout sur le banc de conduite du chariot, avec son peigne à la main. Il constata qu'il n'était le sujet d'aucune attention, car les habitants de la forêt, lapins et oiseaux compris, étaient à présent tournés vers la reine Selenia. C'était son tour de parler, de jouer son rôle de guide et de donner du courage à son peuple. Elle sourit et ils retinrent leur souffle. Elle tendit sa main gracieuse vers le chemin :

— Bon, ben nous on y va ! Bisous à tous !

Puis le convoi s'ébranla et ils s'éloignèrent sur un tapis de feuilles mortes.

— Tout de même, quelle souveraine ! confia Célidol à son voisin.

— C'est vrai qu'elle a le sens du raccourci.

Ils n'eurent aucun mal à suivre la piste en forêt, d'autant qu'ils avaient déjà fait le même trajet quelques jours plus tôt. Nulle bestiole ne vint leur barrer la route.

La Magicienne consulta la carte et nota qu'ils étaient passés à proximité de la tour de Suak au cours du trajet depuis Glargh, et que c'était un peu dommage d'y retourner, du coup. Surtout qu'on leur avait déjà fait le coup de l'aller-retour avec l'épisode de Tourneporc et de la tour de Gontran Théogal, mais finalement cela ne souleva que quelques commentaires. D'ordinaire, ils auraient vivement protesté contre ces kilomètres inutiles, mais il y avait les cadeaux. Tout le monde, ou presque, se sentait d'humeur légère après cette cérémonie. L'Ogre avait enfilé ses braies, il ressemblait moins à un touriste violent. La Magicienne avait étudié l'optimisation de ses nouveaux sortilèges en utilisant sa bague de concentration. Gluby s'était amusé à tailler des brindilles avec son beau couteau.

C'est ainsi qu'ils n'entendirent aucun propos désobligeant du Nain pendant la première demi-journée, car il n'était pas revenu de cette histoire de casque. Hélas, il avait fini par apprendre que le Ranger avait reçu un peigne en guise de présent. Après avoir ri pendant presque une heure, il saisit l'occasion de faire mille et un commentaires et jeux de mots sur l'objet en question.

— T'arrives à voir le chemin devant la charrette ? Parce que moi, j'y vois *à peigne*.

— Tiens, j'ai une feuille morte dans la barbe. Tu peux me prêter ton *peigne* ?

— Tu me fais de la *peigne* avec ton casque.

— Ce que t'es bien coiffé tout de même ! Ha ha.

Et, avec un accent de l'Est :

— Si tu croisszes un pantit, tu pourras touchours lui coller tes *peignes* !

Le Ranger se contentait de grogner, conduisant la charrette sans mot dire, ne sachant pas si la honte finirait par l'emporter sur la colère, ou s'il pourrait sombrer à jamais dans le puits sans fond de la résignation. Il essayait de penser à autre chose, comme par exemple : qu'allait-il se passer à la Tour de Suak ? Faudrait-il combattre ? Et de quoi allait-on discuter ? Est-ce qu'on lui demanderait son avis ?

Alors qu'ils s'approchaient de l'orée de la forêt, ils entendirent deux cris quelque part au-dessus de leur tête. Des cris à la fois stridents et rauques, accompagnés de claquements de cuir et de sifflements. Ils s'arrêtèrent immédiatement, écoutèrent le silence qui précédait les désastres. Les oiseaux ne chantaient plus, le vent était tombé. Des *choses* qui produisaient des bruits se déplacèrent au-dessus d'eux près de la cime des arbres, mais il y avait encore trop de feuilles pour distinguer quoi que ce soit. Cependant, les bruits prouvaient qu'ils avaient affaire à des animaux lourds et rapides.

— Des grosses bêtes ! chuchota la Magicienne en remontant ses manches. Deux !

— Ah bravo ! grogna le Ranger. Je pensais qu'on avait *quelqu'un* dans le groupe qui pouvait nous éviter ça !

Il regardait le Barbare qui, accaparé par ses pensées, n'avait pas fait son boulot et semblait ne souffrir d'aucun regret à ce propos. Ce dernier pencha la tête sur le côté au moment où retentissait un nouveau cri. Il commenta :

— Merde. Ils sont pas contents.

— Évidemment qu'ils sont pas contents ! On est sur leur territoire !

— Ouais. C'est ça.

Les trois cavaliers avaient empoigné leurs arcs et sélectionnaient déjà leurs projectiles, l'œil vif et les sens en alerte. Ils communiquaient par gestes, en faisant le moins de bruit possible.

— N'ayez crainte les amis ! chuchota Nuliel. Nous avons de quoi les recevoir.

Bientôt, tout le monde fut prêt. Les haches, les épées et les yeux de certains brillaient d'une joie mauvaise, celle du combat. Cela faisait trop longtemps.

Puis, comme tout était trop calme, le Nain tapota l'épaule du Ranger :

— Sympa, ton peigne.

— Va mourir.

— En plus j'ai un nouveau casque qui déchire tout !

— Ta gueule.

— Tu vas les attaquer avec ton peigne ?

— TA GUEULE.

— C'est une arme de jet le peigne ? Ou c'est pour le corps à corps ?

— Mais tu vas la fermer ? gronda la Magicienne en le gratifiant d'un coup de pied. Je dois me concentrer pour mon sort !

— Hé, faut bien discuter non ?

De nouveau, des claquements de cuir dans les branches. Un rameau se brisa et quelques feuilles dégringolèrent. Ils retinrent leur souffle.

Le Ranger sauta du chariot, l'épée à la main. Il préférait le confort du sol forestier pour combattre. Et puis, en cas de problème… Il pourrait se cacher sous le chariot. Oui, ça c'était une bonne idée.

Le Nain grogna :

— Bon alors ? C'est pour aujourd'hui ou…

Ils attaquèrent sur deux fronts, surgissant d'entre les troncs au travers des feuillages, la gueule grande ouverte et les ailes déployées.

— Dragons des Cimes ! hurla la Magicienne.

— Ben, je le savais, grommela le Barbare.

Les dragons des cimes, bien que de petite taille et pas trop intelligents, sont connus pour être de redoutables adversaires quand ils sont sur leur terrain. Ils crachent de petites boules de feu, frappent avec leurs griffes acérées, mordent et peuvent donner des coups de queue. Ils se trouvent juste avant le dragon de banlieue dans l'échelle de dangerosité des draconidés de taille modeste, et après le dragon d'égout.

Ceux-là étaient d'une taille moyenne, bien que l'un d'eux fût plus gros que l'autre, sans doute la femelle. Mais dans le feu de l'action, personne ne songea à faire des comparaisons ou des analyses.

Un reptile fonçait déjà vers le trio d'archers, lesquels avaient sauté à bas de leurs montures affolées. Selenia, qui avait préparé sa flèche, tira la langue et décocha son trait en même temps que ses deux compatriotes.

La flèche de Naziel passa sur la gauche et se brisa contre un arbre. Celle de Nuliel se planta dans le gras de la cuisse, ce qui était déjà une petite victoire sur une cible aussi mobile. Cependant, il savait que ça ne ferait perdre que quelques points de vie au monstre.

Le trait décoché par la reine, contre toute attente, frappa la cible en un point vital.

Le spectacle échappa au reste du groupe. À l'arrière du convoi, le Nain se préparait à lancer sa Durandil de jet. Il eut alors la vision d'une robe floue qui tendait un bâton noir vers sa cible, entendit un couple de syllabes étranges et son visage fut éclairé brièvement par une lueur blanche, ce qui le rendit aveugle pendant plusieurs secondes. Il entendit un hurlement féroce, puis un choc sourd, et trébucha sur un sac. Il se retrouva ainsi sur le dos.

BULLETIN CÉRÉBRAL DU NAIN

Mince alors ! Qu'est-ce qui se passe ? Je vois plus que des étoiles floues. J'entends des bruits, y a de l'agitation. L'Ogre a crié un truc. Hé, commencez pas à combattre sans moi ! J'arrive, j'arrive ! Misère, le casque est tombé sur mon nez. Et où j'ai foutu ma hache ? Ho, ça c'était un cri du Barbare… Ah tiens, je vois des formes. Oui ça commence à revenir ! Ça bouge par là-bas, j'y vais. Tiens, la bestiole a crié. Je commence à voir quelque chose ! Mais… zut alors, c'est quoi cette arnaque ?

Le Nain avait sauté de la charrette et se dandinait vers ses compagnons d'armes en frottant ses yeux. Il ne lui fallut pas longtemps pour comprendre ce qui venait de se passer… L'Ogre avait visiblement tranché la tête du dragon des cimes avec son énorme hache, la bête gisant au pied d'un arbre dans une posture grotesque, tandis que du sang noir inondait l'humus dans un chuintement gluant.

Le Barbare à côté de lui s'énervait :
— Mais merde, j'ai pas eu le temps de taper !
— Huk huk ! Sprotch dragoulou !

— Hé ! grinça le Nain. Comment vous avez fait ça ?

La Magicienne riait de façon presque malsaine :

— Lumière de Wismal ! C'est un petit sortilège de diversion ! Et hop, le monstre aveuglé s'est foutu la gueule dans un arbre ! J'ai trop bien joué !

— Et l'Ogre a coupé sa tête ! protesta le Barbare. C'est nul.

— Pffft, c'est de la triche ! J'ai pas pu essayer mon casque.

— Huh huh huh ! Golooooooo !

Le Ranger déboula de derrière le chariot :

— Hé ! Vous allez pas le croire, l'Elfe a tué un dragon d'une seule flèche !

— C'est une blague ?

— Je vous jure que c'est vrai !

Ils coururent au-devant de l'attelage et trouvèrent là le plus gros des reptiles volants. Il avait creusé une petite tranchée lors de son atterrissage de fortune dans le sol mou et humide, et s'était probablement brisé les deux ailes. Son corps tressautait encore, car il était mort de pénible façon : la flèche avait traversé le cerveau en pénétrant par l'œil gauche. L'empennage vermillon dépassait de sa cavité oculaire, tel un pic à olives sur la table d'un buffet campagnard. La pointe barbelée, ornée d'un morceau de cervelle sanguinolente, avait percé l'arrière de la boîte crânienne.

Les aventuriers en restèrent sans voix, regardant tour à tour l'Elfe et sa victime. C'était une flèche d'exception, et ils n'avaient pas été habitués à ça.

Nuliel et Naziel se tenaient prêts, de chaque côté du monstre, mais toute précaution était inutile. Il était bel et bien mort.

— Hi hi ! gazouilla l'Elfe. Regardez !

Elle brandit son arc et le Ranger fronça les sourcils :

— Mais... C'est l'arc des Lunelbar ?

— Oui ! C'est l'arc long de Yemisold ! Il est super !

— Je croyais que tu ne pouvais pas l'utiliser avant le niveau six ?

— Oui, mais ça c'était avant. Parce que Célidol m'a donné des objets magiques, alors j'ai des bonus et je peux tirer avec l'arc !

La Magicienne hocha la tête :

— En tout cas, c'est pas de la camelote ce machin.

— Et j'ai aussi ça.

L'Elfe désigna son carquois, duquel dépassaient quelques flèches à empennage rouge.

Nuliel écarquilla les yeux :

— Mais… Ne me dites pas que vous possédez les flèches d'Ithinuel ?

— Oh, Célidol m'a dit que c'était des imitations. Mais ça marche bien !

Le Nain s'approcha du dragon décédé et l'observa pendant quelques secondes, le poussant du pied pour voir s'il allait se relever. Puis il cracha par terre et grogna :

— Ça aussi c'est de la triche. Tout le monde triche dans cette compagnie de merde.

BULLETIN CÉRÉBRAL DE LA MAGICIENNE

Et voilà le travail… Quelle puissance de feu nous avons maintenant ! Il est loin le temps où l'on devait courir devant cinq malheureux gobelins pour sauver nos fesses. Dans l'affaire, j'ai sans doute récupéré pas mal de points d'expérience, avec l'Ogre qui a participé à l'achèvement de la bête. C'est ce qu'on appelle de l'XP d'intelligence, car je n'ai pas fait de dégâts au monstre… J'ai contribué à le rendre inoffensif avec ce magnifique sortilège habituellement réservé aux morts-vivants. C'est la preuve qu'on peut facilement faire triompher l'esprit sur la matière. Bon, il est temps de récupérer tous les organes qui peuvent se vendre… C'est aussi l'intérêt de buter des dragons, y a toujours quelque chose à recycler sur leur cadavre.

Une fois le décès des reptiles confirmé, les compagnons se hâtèrent de les disséquer, sur les conseils de la magicienne. Ils arrachèrent les griffes, la queue, les dents, la langue, les yeux, le foie, de la peau du dos et la glande pyroïde de chaque dragon. Ce dernier organe était utilisé par des spécialistes pour fabriquer l'onguent de feu d'Altela, un ingrédient magique indispensable qui servait à la préparation de nombreux rituels.

La découpe, majoritairement réalisée par l'Ogre et le Barbare, n'avait rien de chirurgical, il y avait donc du sang noir et des parties molles sur plusieurs mètres carrés de forêt. Voyant de quoi il retournait, les elfes refusèrent assez rapidement de participer à la manœuvre et décidèrent de s'éloigner pour ne pas tacher leurs vêtements. Selenia en profita même pour rendre son petit déjeuner derrière un arbre, mais c'était une reine, aussi elle parvint à le faire gracieusement.

La Magicienne fit l'inventaire des morceaux et procéda à leur emballage, puis déclara :

— J'ai fait les comptes... Nous allons facilement tirer cent pièces d'or de cette livraison, les amis !

— ... que nous allons bien sûr partager ! précisa vivement le Ranger, avec un léger doute.

— Ouais ! Mais j'espère qu'on ne va pas les partager au prorata des blessures infligées aux dragons par chaque aventurier, parce que là je ne suis pas trop d'accord ! J'ai pas eu le temps de frapper à cause du sort qui m'a aveuglé ! Je refuse de me faire arnaquer !

Le courtaud fut aussitôt rejoint dans son mécontentement par le Barbare, qui s'était également senti spolié lors de l'assaut. Tandis qu'elle fourrait les organes dans un grand sac de toile, la Magicienne se défendit :

— T'inquiète pas, on n'est pas des Nains, nous.

— Et ça veut dire quoi ça ?

— Ça veut dire que si un Nain avait tué à lui tout seul les deux dragons, il aurait sans doute réclamé l'intégralité des bénéfices !

— Hein ? Mais… Heu… Oui, évidemment !

— Alors du coup, si on suit cette logique, ça serait normal que l'Elfe empoche la moitié du butin, non ?

— Hé ! Attends… Non ! Ha, je vois bien que t'es en train de m'embrouiller avec un maléfice, hein ?

L'érudite et le Ranger-Clipitaine échangèrent un regard entendu, tandis que le Barbare se grattait la tête et se livrait à quelque calcul hasardeux en comptant sur ses doigts.

L'Elfe en question, constatant qu'il n'y avait plus de morceaux sanglants éparpillés, rejoignit ses camarades. Elle fit jouer ses cils de fort élégante façon :

— J'ai entendu, vous savez. J'ai pas vraiment besoin de pièces d'or ! Maintenant c'est moi la reine. Si j'ai besoin de quelque chose, j'ai juste à demander.

— Et nous accomplirons votre volonté, ajouta Nuliel avec un grand sourire.

— Ha ! Vous voyez ? La reine a dit qu'elle me donnait sa part !

— Hé, le Nain ?

— Ouais ?

— T'es chiant !

— Mais non, je suis pas chiant… J'ai seulement du caractère ! En plus, vous savez qu'il faut m'appeler sargent maintenant.

La Magicienne le toisa :

— Va mourir, sargent.

— Toi d'abord.

Les aventuriers, lassés, se détournèrent du montagnard et l'abandonnèrent à ses rêves de richesses. Le Ranger rassembla l'équipement et les troupes, et ils furent bientôt sur le départ.

— Mais où est passé Gluby ? s'inquiéta l'Elfe. Il est parti faire pipi ?

Ils entendirent alors un couinement, parfaitement reconnaissable, provenant d'une hauteur, quelque part sur leur gauche.

— C'est Gluby ! On l'attaque ! s'écria le rôdeur en dégainant sa lame.

— Oh non ! sanglota l'Elfe. Il est tout petit !

La Magicienne dressa l'oreille et entendit la voix fluette. Leur ami disait quelque chose comme « Niakita bilidou ! Bilidou zoldi ! ». Elle se pencha vers le Ranger :

— Mais non ! Gluby n'est pas en danger, il dit qu'il a trouvé des trucs.

— Mais il crie !

— C'est parce qu'il n'a pas la voix qui porte.

— Pfff... Tu sais toujours mieux que tout le monde toi !

— Oui, parce que je parle les langues des monstres, c'était dans mon cursus !

— C'est facile, tiens...

— Mais personne ne t'empêche de les apprendre toi aussi !

— Je vais me gêner !

— Commence par tenir un livre à l'endroit, déjà ! ricana l'érudite.

Tandis qu'ils discutaient avec véhémence, le Nain et le Barbare avaient couru dans la direction des cris, taillant de leurs armes les fougères, les arbustes et les branches mortes. Ils ne voulaient pas rater l'occasion de frapper quelque chose ou quelqu'un, si jamais le danger menaçait leur frêle compagnon. Qu'on ne s'y méprenne pas, leur première pensée n'avait pas été l'acte de camaraderie, mais la possibilité d'en découdre et de récupérer leurs points d'expérience perdus.

Ils furent bientôt loin du groupe, le nez en l'air, examinant les frondaisons dans la direction des couinements. Ils ne virent pas grand-chose, puis distinguèrent une vague forme sombre à près de dix mètres de haut dans la fourche d'un arbre.

— Hé, tu vois ça ? grogna le Nain à son voisin chevelu.

— C'est une bête ?

— Bah non, ça bouge pas.

— Ben si, je vois une petite tête et deux bras qui s'agitent !

— Flibidi ! couina la tête en question.

— Ça c'est Gluby.

— On y va !

Ils se déplacèrent sous l'arbre désigné, scrutant toujours la voûte sylvestre.

« Craaac ! » fit un machin peu solide en disparaissant sous le pied puissant du Barbare.

Il baissa les yeux. Des ossements secs. D'autres ossements. Des dizaines d'ossements. Un crâne humain, des côtes, des fémurs. Des squelettes d'animaux, des vêtements moisis, des rameaux tordus, desséchés. Des excréments noirs, couverts de blattes.

— Tibilou ! cria la voix plus haut dans les frondaisons.

Quelque chose dégringola vers les combattants, rebondit contre une branche et termina sa chute dans les débris.

Le Nain se pencha sur l'objet et ses yeux brillèrent :

— Ah putain ! Un collier en argent ! Avec deux azurites et trois topazes !

Le Barbare fronça les sourcils et regarda plus haut. Puis il se pencha vers son camarade, car il se sentait quelque peu honteux d'avoir une question à poser :

— Heu… Les colliers, ça pousse dans les arbres ?

— Bah non. Enfin, normalement non.

— Hum…

Le Nain s'empara de la breloque en ricanant.

— Tibilou ! fit à nouveau la voix de Gluby.

Un bracelet doré tomba, suivi d'une bourse qui tintait, d'un gobelet ciselé et d'une ceinture à la boucle ouvragée.

Nuliel rejoignait à ce moment les guerriers d'une foulée souple et silencieuse. Il les trouva penchés, ramassant les babioles en riant bêtement. Il se fendit d'un commentaire joyeux :

— Ho ! Le trésor des dragons... Quelle fête mes amis ! Vous voilà bien récompensés ! Je m'en vais de ce pas composer quelques vers !

BULLETIN CÉRÉBRAL DU NAIN

On a trouvé un trésor ! Enfin... Bon d'accord, c'est surtout Gluby qui l'a trouvé. Faut avouer qu'il est fort, enfin bien sûr c'est facile quand on sait grimper aux arbres. Mais heureusement y a cette histoire de partage avec le groupe et tous ces principes de camaraderie à la con. Je crois que je commence à comprendre à quoi ça sert. Faut voir que chez nous, ça existe pas vraiment, ces machins qu'ont inventés les elfes et les humains. Du coup j'ai estimé le bazar à presque cinq cents pièces d'or cette fois ! Ça nous fait 71,42 pièces d'or chacun, sauf si on compte les deux archers. Mais je crois pas, ils ne font pas vraiment partie de la compagnie eux ? Le Ranger a bien précisé qu'on devait partager *entre les membres du groupe*. Cinq cents PO, c'est ma première estimation, mais ça dépendra des analyses de la Magicienne... Elle dit qu'il peut y avoir des bidules enchantés dans tout ça, et moi je me méfie un peu des bijoux magiques, c'est vraiment de la merde. Quand on est obligé de parler à l'envers, on a quand même l'air vachement con.

BULLETIN CÉRÉBRAL DU RANGER

Alors, si on récapitule : la Magicienne et l'Ogre tuent un dragon, l'Elfe tue un autre dragon. Ce petit enfoiré de Gluby trouve le trésor et tout le monde le félicite. Et moi dans tout ça ? J'ai quand même eu l'idée de passer par *cette portion* de forêt ? C'est moi le chef, alors c'est grâce à moi si on est là et on devrait me féliciter aussi. Mais non, les gens sont ingrats. Comme l'Elfe d'ailleurs, elle ne me court plus après pour faire des bisous depuis qu'elle est devenue reine. Paraît qu'elle a trop de responsabilités, je me marre. Tiens, qu'est-ce qu'il me veut encore, Nuliel ? Oh non… J'aime pas sa façon de sourire… À tous les coups il a encore composé une de ces poésies de voyage à la graisse de globzoule !

— Et voici ma dernière création, clipitaine :

C'est en marchant, joyeux, sous les feuilles jaunies
Que nous vîmes sur nous fondre les deux dragons
Mais nous étions armés, les monstres vite occis
Avaient un nid bourré de trésors de dindons

Le rôdeur, désabusé, tâcha de l'ignorer et s'empara des rênes afin de réveiller les chevaux. Il nota néanmoins :

— Hum… Des trésors de dindons ? Mais quel rapport avec le trésor ?

— Eh bien, c'est évident : les dindons sont gros.

— Ah.

Nuliel, un peu gêné, soupira et replaça la mèche qui tombait sur son oreille :

— Vous avez peut-être raison. Effectivement, je me disais bien qu'il y avait un problème avec la rime de la fin. Je n'ai pas trouvé autre chose qui rime avec dragon. Mais j'y pense, peut-être pourriez-vous m'aider à…

— Non. Il faut vraiment qu'on parte, on a déjà perdu pas mal de temps.

Le convoi s'ébranla donc, laissant Nuliel en proie à ses questions elfiques.

Ils émergèrent un peu plus tard de la forêt et continuèrent en direction du nord, pour arriver finalement sur le lieu d'un précédent bivouac, à l'abri d'un enrochement sur les contreforts des collines. Le Ranger nota, en examinant quelques déjections, que des coyotes y avaient séjourné depuis leur dernier passage et qu'ils avaient probablement des petits, mais bizarrement ce détail n'intéressait pas ses camarades. Il utilisa donc sa compétence *faire du feu avec du bois humide* afin de montrer qu'il n'était pas en manque de talent.

La Magicienne n'avait décelé nul bibelot magique dans le trésor des reptiles vindicatifs, mais ils n'en firent pas moins la fête pour célébrer leur bonne fortune. Selenia confectionna une petite couronne de feuilles dorées pour Gluby, un peu tordue, et Nuliel composa pour l'acrobate deux couplets d'une affligeante platitude. La pitié, ainsi que la volonté d'éviter le gaspillage de l'encre, m'incite à ne pas retranscrire ici cette poésie.

Après un repas principalement végétarien composé de provisions de route des elfes, heureusement sauvé par la présence de plusieurs saucissons retrouvés dans le sac du Barbare, ils se risquèrent à goûter la boisson fermentée au miel qui semblait être l'unique spécialité alcoolisée produite par le peuple de Folonariel. Et finalement, c'était plutôt bon.

Ainsi, lorsque l'amphore n'eut plus une goutte à verser, ils commencèrent à raconter n'importe quoi, et le Ranger qui s'était bien chargé décida de chanter la chanson des poulets, dont il avait oublié le titre mais qu'il avait apprise pendant son enfance à Loubet. La Magicienne enchaîna par la *Polka des Sortilèges,* une composition musicale très en vogue dans l'université de magie, mais dont il était difficile de comprendre les textes. Il y était question de machins cosmoploubliques, de stipules filandreuses, d'inversion des flux transmagmatiques, de rotation conflictuelle, d'optimisation des tranches saltisiques par absorption des résurgences du mana transversal. Mais au moins, la mélodie était sympathique. Le Nain profita d'un moment de silence pour entonner la publicité pour la bière Guiliness, avec le couplet spécial pour la promotion de fin d'année.

On laissa la reine Selenia chanter jusqu'au bout la très pénible *Complainte de l'écureuil sans noix*, et l'Ogre insista même pour l'accompagner à l'aide de percussions faites de morceaux de bois sec. Puis ce fut le tour de Nuliel et Naziel, qui chantèrent en duo la comptine forestière intitulée *Ah si j'avais une queue*, suivie du *Gland de Porssinait*. Ils n'avaient visiblement pas compris toutes les paroles, mais ça sonnait plutôt bien.

Puis il se passa quelque chose d'inattendu, que personne ne pourrait oublier.

En fin de soirée, le Nain se leva – difficilement – et brandit le collier d'argent qu'il avait ramassé dans la forêt. Il déclara officiellement, après avoir sonné d'un minuscule cor que personne n'avait vu et qui traînait dans son équipement, que Gluby était son ami, ainsi que l'ami de tous les nains qui vivaient dans les montagnes du Nord, et qu'il était le roi des trésors. Puis il s'effondra et s'endormit.

Le voyage du lendemain fut beaucoup moins épique. D'une part il pleuvait, et tout le monde savait que les précipitations décourageaient la plupart des brigands, ainsi que les créatures sauvages qui haïssaient l'eau. D'autre part, on ne pouvait pas tous les jours avoir de la chance. Ils avaient longuement discuté des exploits de la veille, et s'accordaient à dire que l'Ogre, la Magicienne et l'Elfe avaient réussi des attaques critiques en même temps. C'était une curiosité statistique qui ne se produisait que très rarement, dans le même genre que l'alignement des planètes qui favorisait le retour des grands anciens vivant au fond de l'océan dans des cités cyclopéennes, ou comme un groupe de nains qui composerait exceptionnellement une chanson à la fois mélodique et harmonieuse.

Après la pause très humide de midi, où ils dînèrent de sandwichs à la pluie, de ragoût à la pluie et de lembas à la pluie, ils mirent en fuite une horde de coyotes affamés qui erraient dans la plaine à la recherche de victimes. Sans doute paniqués par leur nombre, les canidés ne s'approchèrent pas et détalèrent, la queue entre les jambes. Le Nain proposa au Barbare d'entamer la poursuite, mais la

Magicienne leur expliqua qu'ils avaient affaire à des créatures pour aventuriers de niveau un. La dépense d'énergie ne justifiait pas les maigres points d'expérience qu'ils pourraient rapporter. Un peu plus tard, la nature se vengea et le Ranger se fit mordre à la joue par une coccinelle berserk égarée, curiosité magique qui lui laissa une marque rouge et douloureuse. Il parvint à l'écraser après plusieurs secondes de gesticulations hystériques, mais la plaie détériora fortement son charisme.

Ils firent ensuite escale une fois de plus au village de Tulamor, où ils furent heureux de dormir au chaud et de faire sécher leurs vêtements, après avoir vendu une grande partie du trésor au bazar du village.

Le Barbare, qui n'avait pas voulu se couvrir afin de laisser la pluie couler sur son corps viril, était enrhumé. Il n'avait pas l'habitude et ça le rendait soupe au lait. Il manqua de se battre avec le Nain pour une histoire de tranche de pain, et fracassa le nez d'un client de l'auberge qui avait bousculé sa chaise. Ils évitèrent heureusement les problèmes en soudoyant le malheureux avec quelques pièces d'argent.

BULLETIN CÉRÉBRAL DU BARBARE

C'est nul d'être malade. C'est pas honorable ! Je suis chef Taurogh et je peux pas être enrhumé. Le rhume c'est un truc pour les vieux et les enfants. En plus la Magicienne a dit que j'allais perdre de l'intelligence et du charisme, que j'allais avoir mal à la tête et que j'aurais le nez qui coule. Bon, j'en ai pas trop besoin de tout ça, et puis je sais pas ce que c'est. Mais quand même ! J'ai déjà mal à la tête assez souvent avec ces gens qui parlent trop. Ils font des phrases avec des mots compliqués, comme le vieux qui racontait des prophéties au bord de la route. D'ailleurs, il a raconté plein de trucs et après on a tout oublié. C'est bien ce que je disais : parler, c'est comme les livres, c'est quelque chose qui sert à rien. Bon, maintenant faut dormir.

Au troisième jour de voyage, en fin d'après-midi et comme prévu, l'escorte royale parvint en vue de la tour de Suak. Il était difficile de la rater, car elle émergeait d'un terrain plat et peu arboré, sans véritable relief. La tour était considérée comme un donjon, mais n'avait pas eu de vrai propriétaire depuis des années, aussi peu de gens s'y intéressaient car on pensait qu'elle ne recélait plus aucun trésor. On n'en parlait presque jamais en vérité, car les aventuriers avaient bien d'autres choses à faire que traîner dans des ruines envahies par la végétation.

Car en fait, la tour n'était qu'une partie d'un village en ruine, un village qui avait été autrefois brûlé jusqu'à la dernière poutre par un dragon de lave, à la fin du premier âge. La bête avait choisi de faire son antre à cet endroit, sans doute pour pouvoir profiter du panorama depuis le sommet de la tour. Le monstre, particulièrement gros et malveillant, avait ainsi saccagé le village et tué ses habitants, puis il avait terrorisé la région, allant jusqu'à s'attaquer à Glargh qui n'était pour lui qu'un gros village à quelques coups d'ailes, jusqu'à ce qu'on monte une armée pour lui donner la chasse. On peut encore admirer ses restes au musée de Glargh, secteur des bêtes fabuleuses, dans la rue de Laradasse.

Quant à l'édifice connu comme la « Tour de Suak », nul ne sait vraiment d'où il est sorti, ni à quoi il servait. Ce donjon avait très bien pu être construit par un riche excentrique, un bourgeois désœuvré venu de la ville ou un sorcier mégalomane, mais ça n'était pas très important. Le fait est qu'il avait été fort bien conçu, car il avait survécu à un certain nombre de turpitudes au cours des âges, et s'élevait toujours, bien que partiellement carbonisé et légèrement penché.

Les ruines entouraient l'extrémité ouest d'un petit lac, pièce d'eau de quelques hectares, trop petite pour figurer sur les cartes mais qui avait sans doute justifié l'apparition du village en des temps reculés. On pouvait voir aux alentours les vestiges de quelques fermes, parfois réduites à des tas de gravats informes, à présent presque entièrement cachées sous les bouquets de ronces et les chênes opportunistes.

— C'est pas la joie par ici, commenta le Nain. Regardez-moi toutes ces belles pierres gâchées !

Les elfes quant à eux trouvaient que le lac était joli. Ils s'approchèrent de la berge en se dirigeant vers la tour, firent s'envoler quelques hérons dans la lumière déclinante du soleil rasant. Nulle autre créature ne se manifesta.

Le Ranger se jucha donc sur le chariot pour examiner le voisinage de la tour. Il apostropha Nuliel :

— Hé, machin… C'est sûr que c'est bien là le rendez-vous ? Parce que pour le moment, y a personne…

— Ils sont peut-être à l'intérieur ?

— Allons-y ! dit sèchement la Magicienne. Ça nous évitera de palabrer pour rien pendant des heures !

Les compagnons progressèrent en silence, aux aguets. L'Ogre, la Magicienne et le Nain avaient abandonné le confort du chariot et les cavaliers avaient mis pied à terre, car il pouvait y avoir du vilain. Les ruines pouvaient en effet servir de cachette à des bêtes sauvages, de sombres créatures ou à n'importe quelle coterie de brigands. Il ne s'agissait pas de se faire piéger si près du but.

— Je vois de la fumée en bas de la tour, chuchota le rôdeur.

— Je l'avais vue avant toi, précisa le Nain.

Ils contournèrent quelques masures aux pierres à demi fondues, qui témoignaient de la violence des affrontements des temps passés. À certains endroits, le sol avait été vitrifié, de sorte que nulle végétation ne pourrait plus pousser jusqu'à la fin des temps. Les bêtes capables de produire des feux aussi puissants se faisaient rares, et c'était sans doute aussi bien.

Ils entendirent enfin quelque chose, comme des voix qui s'accompagnaient de fréquences moyennes, de percussions et d'un genre de nappe sonore.

— C'est de la guitare ça, nota Nuliel en fin connaisseur. Ou bien du luth.

— Balaldul ! dit l'Ogre qui avait reconnu les tambours.

— Ils ont commencé la fête sans nous ? s'inquiéta Selenia.

Le visage du Ranger s'éclaira :

— Ça prouve au moins qu'ils sont arrivés ! En avant !

Ils longèrent encore les reliefs d'une rue qui fut sans doute prospère avant d'être carbonisée, et constatèrent à mesure qu'ils s'approchaient de la tour que ce qu'ils avaient pris pour de la musique était un genre de cacophonie fort mal jouée. Nuliel espérait qu'il ne s'agissait pas du groupe invité pour la fête qui se livrait à une ultime répétition. Les émissaires de Folonariel contournèrent un vieux corps de bâtiment, peut-être l'ancienne mairie, et se trouvèrent à portée du donjon. Les responsables de la bouillie sonore n'étaient plus très loin. Choisissant de ne pas se découvrir pour le moment, le Ranger ordonna au reste du groupe de s'embusquer derrière l'édifice. Puis, n'écoutant que son courage, il passa la tête par-dessus le restant d'un muret et scruta les environs. Il écarquilla les yeux et leva la main :

— Stop ! Il y a du danger !

— Hein ? firent ensemble le Nain et le Barbare.

Ils avaient déjà dégainé leurs armes.

— De quoi parlez-vous ? s'inquiéta Nuliel.

— C'est... C'est bizarre... On dirait un orque déguisé !

Le Barbare jeta un bref coup d'œil à son tour et sembla perturbé :

— Crôm. C'est pas normal.

Les archers espionnèrent également la scène. Nuliel cligna des yeux plusieurs fois, comme s'il avait été victime d'un maléfice :

— Si mes sens ne m'abusent pas, je viens de voir un orque à cheveux longs qui étend son linge ?

— C'est ça, chuchota le Ranger. Et il porte une chemise bleue et des tongs.

— Et un collier de fleurs.

— Crôm.

La Magicienne secoua la tête :

— C'est une blague ? Un sortilège d'illusion peut-être ?

— Il n'y a qu'un moyen de le savoir…

— Un orque c'est toujours un orque ! s'énerva le Nain. Il faut le buter.

Le Ranger vit qu'on attendait quelque chose de sa part, et en fut heureux. Ça n'était pas grand-chose, mais peut-être finalement qu'on avait reconnu ses talents de stratège. D'un bref signe de tête, suivi d'un geste de la main, il envoya donc les trois bourrins du groupe s'assurer du caractère réel de la scène. En Terre de Fangh, la plupart des sorts d'illusion pouvaient être dissipés d'un simple contact.

L'Ogre, le Nain et le Barbare, les armes à la main, s'engagèrent en terrain découvert, en marchant silencieusement le long du mur. Naziel leur emboîta le pas, son arc en main, et précisa d'un air grave :

— Je les couvre.

Ils ne furent bientôt plus qu'à dix mètres de l'étrange orque, lequel était concentré sur sa tâche. Il portait un gros panier d'osier rempli de chemises et de shorts en lin, s'affairait à les arrimer à un cordage sous un abri de bois, mais le vent rendait la manœuvre difficile. Il leur tournait le dos, l'occasion était belle pour qui se sentait l'âme d'un assassin. La cacophonie leur parvenait toujours, elle venait probablement de l'autre côté de la tour.

Malgré tout cela, l'étrange manutentionnaire entendit les trois guerriers, et surtout le Nain dont le sac plein de choses diverses produisait un tintamarre perpétuel à chacun de ses mouvements. Il se retourna.

Puis il pencha la tête et sourit. Ce n'était pas évident, vu la forme de sa mâchoire, mais c'était bien le cas. Sa voix rocailleuse et âpre, prévue pour parler la langue la plus détestable qui soit, lâcha une phrase en dialecte humain. Une phrase que les compagnons n'avaient jamais entendue dans la bouche d'un peau-verte auparavant :

— Hééééé ! Les mecs ! Ça boume ?

Les guerriers se figèrent, mais ça n'entama aucunement l'enthousiasme de la créature.

Laissant sur place son panier, l'orque s'approcha d'un pas traînant, souriant toujours en écartant les bras :

— C'est sympa de passer nous voir ! C'est bientôt l'heure de la soupe !

— Huk ? releva l'Ogre.

— C'est quoi ce bordel ? chuchota le Nain. On attaque ?

— Il a pas d'arme, 'chier.

Le Barbare était très perturbé. Il avait *toujours* vu des orques armés ou vindicatifs. De plus, il ne se sentait pas très à l'aise avec son rhume et cela nuisait à son taux d'adrénaline. Il n'était plus trop combatif, du coup. Et puis, comment pouvait-on avoir envie de frapper un orque souriant, affublé d'un collier de fleurs ?

Derrière eux, Naziel avait toujours son arc en main. Il remarqua que l'orque portait une perruque en crin – les elfes en connaissaient un rayon, question chevelure – mais il ne décocha pas sa flèche pour autant. Tout cela lui semblait trop baroque.

L'orque fut bientôt près d'eux, tendit la main au Barbare médusé.

— Hé, les mecs ! Bienvenue dans la communauté du P'tit Luc ! Moi c'est Nanar.

— Moi j'suis un Barbare !

Le guerrier avait reculé d'un pas, et tenait son épée d'une main mal assurée. Son instinct ne savait plus trop ce qu'il devait commander à son corps. L'univers du Barbare se rétrécit à la question suivante : Taper ou pas taper ?

L'orque Nanar fit un pas de plus :

— Hé ! Relax, mec barbare. T'es pas super cool hein ! Et t'as une tête de mec malade, mec.

— J'ai un rhume !

— Bah ! Viens près du feu, mec ! Les amis de P'tit Luc vont te faire un bol de soupe.

— Ulguk ?

L'Ogre connaissait le mot « soupe ».

Plus loin, à l'abri derrière un muret, le Ranger fronça les sourcils :

— Je ne sais pas ce qu'ils disent… Mais en tout cas, personne n'a attaqué.

— Même pas le Barbare ?

— Bah non.

Les orques de Nit'bik

— Ah, il est vraiment malade ! conclut la Magicienne.

— C'est peut-être un orque gentil ? gazouilla l'Elfe.

— Un orque *gentil* ?

— Je suis curieuse de voir ça ! commenta l'érudite en contournant le bâtiment. Je n'ai jamais entendu parler d'un truc pareil ! Des orques civilisés, d'accord… Mais des orques *gentils* ?

Ils laissèrent là le chariot et avancèrent en direction du petit groupe, Gluby sautillant sur leurs talons. Le Nain se tourna vers eux et haussa les épaules, manière de dire qu'il se sentait dépassé. Il faut reconnaître que bon, c'était nouveau tout ça : on discutait avec un orque.

On fit les présentations dans une ambiance un peu étrange. La Magicienne, qui soupçonnait un piège, lança l'interrogatoire :

— Mais qu'est-ce que vous faites ici avec votre linge ?

— C'est pas mon linge, c'est celui de la communauté. P'tit Luc il a dit qu'on devait se laver des fois. Alors on se lave.

— Vous n'êtes pas là pour la réunion ?

— Ben si. Nous on fait des réunions tous les jours ici.

Regard en biais du Ranger à la Magicienne.

— Et c'est qui, ce P'tit Luc ?

— C'est notre guide, notre poto quoi. C'est lui qui nous apprend la belle vie. J'vais vous emmener lui dire bonjour, il va être content.

Ils suivirent docilement Nanar et contournèrent la tour. De l'autre côté, quelqu'un avait retapé plusieurs bâtiments, sans doute les anciennes dépendances de la tour. Il y avait maintenant des toitures qui fuyaient à peine, des volets grossièrement repeints et plusieurs cahutes bancales qui ne pouvaient être que des constructions d'orques. Et il y avait aussi l'entrée de la tour, avec sa porte réparée fraîchement lasurée, sur laquelle quelqu'un avait dessiné des pâquerettes de façon malhabile.

Plusieurs peaux-vertes étaient agglutinés autour d'un feu de camp. L'un d'entre eux jouait de la guitare empiriquement, un autre tapait comme un sourd sur un genre de petit tambour et les autres chantaient plus ou moins en même temps quelque comptine abrutissante ayant pour sujet principal la tonte des moutons.

Ces orques dégageaient une impression bizarre car ils avaient l'air aussi hagards que joyeux. Ils étaient tous affublés d'étranges perruques de cheveux longs, de couleurs et de textures diverses, probablement faites de crins d'animaux. Ils portaient également tous des shorts, des tongs et des chemises de lin à motifs bariolés. Comme un genre d'uniforme qui ne ressemblerait à rien.

— Sont pas armés, chuchota le Barbare au Ranger.

— J'ai vu !

Il n'y avait pas non plus, à portée de vue, le moindre râtelier à lances ou le moindre présentoir à épées. Près d'un cabanon, on pouvait voir deux binettes et un râteau.

Les compagnons s'approchèrent du feu. Rien ne semblait suspect. Le type le plus dangereux du groupe était peut-être celui qui faisait la vaisselle dans un grand baquet de bois, à plusieurs mètres sur la gauche. Un coup d'assiette, c'était vite arrivé. Les orques leur adressèrent des signes amicaux et quelques phrases de bienvenue.

— Installez-vous, les mecs ! proposa Nanar. Je vais chercher P'tit Luc.

Il disparut dans la tour, laissant les aventuriers plantés devant la horde surréaliste. Personne ne semblait se méfier d'eux, et ce malgré leurs armes et leurs allures martiales.

— T'en as touché un, toi ? chuchota la Magicienne au Barbare.

— Ouais, j'ai serré la main à Nanar.

— Donc c'est pas une illusion… Bizarre bizarre.

Le Nain se détourna d'un orque qui venait de lui faire un clin d'œil, et ronchonna :

— Bon qu'est-ce qu'on fait ? Je me sens pas très bien !

— Faut attendre de voir P'tit Luc, soupira le Ranger.

— Et si ça se trouve c'est un démon qui crache du feu ?

La Magicienne secoua la tête :

— Je ne crois pas que ça soit l'ambiance adéquate pour cracher du feu.

En effet, Nanar ne tarda pas à revenir, sortant de la tour accompagné d'un jeune homme fluet à cheveux longs et blonds, vêtu d'une chemise en lin, de tongs et d'un short élimé. Il semblait fatigué et un peu nerveux, mais n'en souriait pas moins, comme s'il essayait de jouer un rôle.

— Voilà, c'est P'tit Luc ! dit l'orque.

— Salut les voyageurs ! lança gaiement le susnommé personnage.

— Nous sommes les Fiers de Hache ! commença le Nain. Et on a…

Il fut poussé sur le côté par le Ranger, et son beau casque lui retomba sur les yeux, coupant court à ses présentations. Fort de cette interruption, Nuliel déclara :

— Nous sommes en voyage d'escorte pour Son Altesse Selenia III et nous représentons l'armée de Folonariel. Nous avons rendez-vous pour le grand Conseil de la Tour de Suak.

— Une armée ? Un Conseil ? s'étonna le jeune homme en se tournant vers le blanchisseur. C'est une idée à toi ça, Nanar ?

— Bah non, P'tit Luc. Je les connais pas moi, ces mecs.

— Hum... D'accord, alors retourne à ton linge, tu veux bien ?

— D'accord, mec. J'vais faire le linge.

Nanar s'éloigna en chantonnant. Un pli soucieux était apparu sur le front de Luc :

— Mais c'est quoi cette histoire de conseil ?

Les aventuriers étaient à présent dubitatifs. Ils expliquèrent à Luc qu'une guerre se préparait et que plusieurs peuples avaient rendez-vous pour en discuter, à cet endroit même, à la date du dixième jour de la décade, soit le lendemain. Le jeune homme parut soudain très agité. Il tira le groupe à l'écart, de manière à s'éloigner du feu de camp où les orques ne chantaient plus et s'échangeaient à présent des bols de soupe servis par l'un des leurs.

Luc vérifia qu'aucune oreille indiscrète ne traînait et confia aux aventuriers :

— Bon ! Je vais pas vous raconter de conneries... Je vis un peu dangereusement ici ! Mais j'ai enfin trouvé ma place dans la société, j'ai trouvé ma famille grâce à un miracle, alors faudrait pas venir saccager mon boulot avec vos histoires de guerre !

Le Ranger examina successivement les orques et le jeune homme, sans parvenir à comprendre de quoi il parlait. Il articula néanmoins, sur le ton de la confidence :

— Les orques là, c'est ta famille ?

— Ouais, mec. C'est un peu compliqué...

Luc délivra ainsi aux compagnons son incroyable récit. Tout avait commencé six mois plus tôt, quand il avait fui sa famille et ses proches originaires de Glargh. Ces derniers, majoritairement disciples d'Oboulos, lui menaient la vie dure et il refusait de vivre dans le culte du labeur. Il comptait bien se rendre à Glandorn où vivaient des elfes légendaires, et c'est pour ça qu'il avait pris la route de l'Ouest, en quête d'un havre de paix et d'harmonie où il pourrait célébrer le culte du dieu Nit'bik.

Capturé par des orques maraudeurs alors qu'il méditait dans son bivouac, il avait cru sa dernière heure arrivée. Des coups, de la violence, des cris rauques... Puis le miracle s'était produit : un orque avait décidé d'utiliser son herbacée chamanique, le Labeuzh, pour allumer le feu de camp. Les maraudeurs avaient alors inhalé les fumées et perdu toute combativité. Luc avait profité de leur apathie et leur avait inculqué les valeurs de Nit'bik, c'est ainsi qu'il s'était fait gourou d'une petite communauté dans les ruines du village occupées par les orques. Incroyablement dociles, ils avaient jeté leurs armes dans le lac, réparé les bicoques et redonné une vie à la bourgade sinistrée. Ils avaient planté des pommes de terre et démarré l'élevage des poulets et des moutons, pour éviter de dépendre du pillage et des rapines. Les orques se prenaient maintenant pour des humains adeptes de Nit'bik, et c'est pourquoi ils portaient ces perruques et ces vêtements calqués sur ceux du jeune homme. Ils avaient de nouveaux noms, une nouvelle vie, et de nouvelles occupations. Désormais ils jouaient de la guitare, fabriquaient des poteries et des objets en macramé et chantaient des chansons. Ils se lavaient et ne disaient plus de gros mots.

Les effets de l'herbe sur les orques étaient tout à fait spectaculaires. Luc avait même réussi à leur apprendre le langage des humains à force de patience. Mais c'était son langage, celui des adeptes de Nit'bik : on avait l'impression qu'il parlait en traînant les pieds et qu'il avait envie d'aller se coucher.

Hélas tout n'était pas rose : les guerriers repentis devaient consommer du Labeuzh une fois par semaine, sans quoi ils retournaient peu à peu à l'état sauvage. Ils ne le savaient pas bien sûr... C'est pourquoi le gourou avait annexé les terres cultivables autour du lac, et certains de ses champs produisaient la précieuse herbacée. Il s'arrangeait pour surveiller leur consommation.

— Voilà, c'est tout ce que je peux vous dire, les mecs... souffla Luc. Tant que j'arriverai à produire du Labeuzh, ça se passera bien et je pourrai vivre avec mes gars dans la paix et l'harmonie, comme le veut Nit'bik. Mais ça m'arrangerait bien si vous pouviez éviter de parler de guerre. On commençait juste à réfléchir à inviter des femmes, pour faire un vrai village. Et ça serait super cool.

— C'est sympa comme dieu ! dit Selenia. Un dieu qui fait que tout le monde est gentil ! J'en avais jamais entendu parler !

— Ouais, mignonne.

— Non, c'est « Votre Altesse », corrigea Nuliel.

— Ouais, si tu veux, mec, son altesse et tout ça. Enfin Nit'bik est un dieu plutôt jeune. Il est cool. Mais y a pas trop de gens qui le connaissent, il est apparu pendant la révolution étudiante de 68.

— Ah oui, on en a parlé à l'université, confirma l'érudite. On nous a même distribué des tracts.

Le Ranger passa les mains dans son ceinturon et prit la parole :

— Ouais... C'est bien tout ça, mais nous on y est pour rien dans cette histoire de conflit. Tout ce que je sais c'est que demain y a des chances pour que votre harmonie souffre un peu de la présence des chefs de guerre.

— Des chefs de guerre ? Waouh, ça c'est pas cool. Trop dur, mec. Vous allez parler de quoi ?

— De la guerre.

— Waouh, ça c'est chaud. C'est pas trop Nit'bik ça.

— Et justement, dit la Magicienne, j'allais vous demander si vous comptez faire quelque chose ? Parce qu'il va bientôt faire nuit, et le conseil c'est demain.

Durant la conversation, Naziel ainsi que le Nain et le Barbare avaient gardé l'œil sur les peaux-vertes, mais aucun ne semblait s'intéresser à eux, et ils ne présentaient pas le moindre caractère menaçant. La Magicienne leur souffla discrètement qu'un orque désarmé et pacifique ne rapporterait sans doute aucun point d'expérience, et qu'il valait mieux s'abstenir de tenter quoi que ce soit. Par ailleurs, ils commençaient à s'habituer à la musique horrible et aux chansons grotesques provenant du feu de camp, ce qui était un signe de leur santé mentale déclinante.

Un orque s'approcha justement du groupe, porteur d'un plateau garni de plusieurs pipes fumantes :
— Hé, les mecs… Quelqu'un veut du Labeuzh ?

Les aventuriers déclinèrent l'offre et s'éloignèrent du feu pour discuter plus loin. Ils n'avaient pas envie de devenir niais en fumant cette étrange décoction, sauf l'Elfe qui fut néanmoins forcée de se ranger à l'avis général à cause du regard accusateur du Ranger. Ils s'installèrent avec Luc dans un vieil enclos à chèvres accolé à la tour, sur des bûches qui attendaient là d'être coupées pour alimenter le foyer communautaire. Les orques, de leur côté, entonnaient une chanson au refrain entêtant, parlant de diverses choses futiles mais qui semblait convenir parfaitement à Nuliel. La nuit était tombée et une brise fraîche tentait maintenant de pénétrer les vêtements.

Reprenant la conversation, Luc hocha négativement la tête :
— Je ne peux pas demander à mes frères de quitter la tour maintenant, ils vont être complètement déboussolés !
— Je vous assure, insista la Magicienne, que vous risquez gros en restant ici…
— Les gens qui vont venir demain sont beaucoup moins civilisés que nous.
Le gourou désigna le feu de camp et prit le Ranger à témoin :
— C'est vous qui le dites, mais regardez-les, bon sang ! Tout ce bonheur, cette paix, cette harmonie ! C'est comme si Nit'bik avait pointé ces malheureuses brutes

du doigt ! C'est comme s'il avait parlé à travers moi et qu'il avait dit…

— *Zakhomo !* cria une voix aigre et distante, de quelque part derrière un muret.

Sans prévenir d'aucune façon, un énorme pilier de lumière bleue venu du ciel frappa la zone occupée par les orques, dans un vacarme apocalyptique de hurlements, de grésillements de chairs et de malédictions ancestrales. Une zone circulaire de dix mètres de circonférence se transforma ainsi en enfer purificateur, dans lequel on pouvait voir danser des silhouettes macabres, se contorsionnant pour échapper aux affres d'une mort inéluctable.

Certains aventuriers se pétrifièrent, leurs yeux reflétant l'horrible spectacle, leurs cheveux hérissés par l'incroyable décharge d'énergie astrale. D'autres, plus prompts à sauver leur vie, sautèrent à l'abri derrière de vieux tonneaux. Le Barbare quant à lui se retrouva sur ses pieds, l'épée brandie, mais il ne savait pas vraiment pourquoi.

Car il n'y avait plus rien à faire quand la lueur s'estompa. Les orques n'étaient plus. Il ne subsistait qu'un cercle noir, les pierres qui avaient entouré le feu de camp, ainsi que quelques restes fumants et une pénible odeur d'os carbonisés. Plus de chanson, plus de tambour et plus d'orques à cheveux longs.

— Waouh, chuchota l'érudite. Ça c'est du sort !

— C'est… C'est toi qui as fait ça ? bredouilla le Ranger.

Elle secoua négativement la tête.

Luc se releva lentement, les jambes et les lèvres tremblantes. Il tendit la main en direction des restes carbonisés.

— Mais… Mais… balbutia-t-il alors que ses yeux clairs se remplissaient de larmes.

— Eh oui, mon brave, vous êtes sauvés ! tonna une voix grave sur sa gauche.

Un homme s'approchait de l'enclos à chèvres, à grandes foulées conquérantes. Il portait une armure de belle facture, de cuir ouvragé rehaussé de motifs or et argent, un casque évasé à nasal chevalin et plumet, et une large cape de couleur indéfinissable qui semblait avoir du mal à le suivre. Avant que Luc n'ait pu dire un mot, le gaillard lui serra vigoureusement la main et lui pressa l'épaule d'un geste paternel :

— Oui ! Souriez à la vie, jeune homme, car ces orques ne vous causeront plus le moindre souci ! Vous êtes libres ! Souriez à la vie et croyez en la force militaire !

— Mais...

— Allez allez, on avance ! ordonna quelqu'un dans la pénombre.

Plusieurs silhouettes progressaient maintenant dans leur direction et envahissaient le périmètre. C'était comme ces techniciens du spectacle qui envahissent la scène une fois la pièce terminée. Des soldats, mais aussi beaucoup de gens qui portaient des caisses et du matériel, ainsi qu'un demi-elfe chauve aux vêtements coûteux et un homme chétif à robe rouge, visiblement survolté, qui semblait avoir perdu une partie de sa chevelure sur un côté. Ce dernier s'approcha en hâte du cercle carbonisé en s'écriant :

— Pilier du Feu Glacé Majeur de Zorax l'Ancien ! Ça faisait bien cinq ans que je l'avais pas lancé celui-là !

— C'était une belle occasion ! lui répondit le militaire à plumet. Mais vous allez finir par me mettre au chômage !

Le demi-elfe applaudissait avec un sourire quelque peu forcé :

— Bravo ! Quelle performance, Nilbonur ! Vous n'avez pas perdu la main, mon vieux.

— Je ne suis pas vieux !

Les aventuriers se sentirent un peu dépassés et l'Elfe pleurnichait dans son coin. Le militaire, délaissant le jeune gourou qui venait de perdre l'usage de la parole, toisa le Ranger et ses acolytes et se présenta dans un salut quelque peu bâclé :

— Kurt Yeleb, responsable de la sécurité ! Bon, c'est pas tout ça mais nous on a du boulot ! Maintenant que vous êtes sauvés, faudrait dégager le terrain, les jeunes. On a un conseil de guerre à préparer ! Faut qu'on nettoie tout ce merdier, qu'on prépare la bouffe et qu'on monte les tentes !

Les compagnons échangèrent des regards consternés, puis Naziel leva la main :

— Monsieur ?

— Hmm… Oui ?

— C'est qu'en fait, nous sommes également invités au conseil. Et la personne ici, c'est la reine Selenia III, souveraine de Folonariel et Gardienne du Peuple Éclairé des Frondaisons.

— Coucou ! fit la reine entre deux hoquets.

Kurt assimila l'information et hocha la tête :

— Ha ! C'est vous. Mais vous êtes en avance… Remarquez, c'est pas plus mal !

Puis, se tournant vers le mage à robe rouge :

— Hé ! Nilbonur, on dirait que t'as sauvé la reine des elfes !

— Ça va faire bien dans mon cursus !

— Mais… Mais vous n'avez sauvé personne… balbutia Luc, à genoux dans la paille.

Kurt l'ignora et s'en retourna vers ses soldats pour organiser les tours de garde.

BULLETIN CÉRÉBRAL DU RANGER

Tout s'arrange finalement, et le conseil aura lieu comme prévu, à condition que les autres invités arrivent bien sûr. Le petit sorcier grincheux est venu nous voir pour nous expliquer qu'ils étaient les représentants du Concile de Waldorg… Ce sont eux qui gouvernent le pays en fait. Ça fait un peu bizarre de croiser des gens comme ça pour de vrai. Moi je pensais qu'ils restaient tout le temps cachés dans leur palais… Mais par tous les dieux, quelle frousse ils nous ont collée avec leur sortilège ! J'ai jamais rien vu d'aussi puissant… Enfin, si on oublie la bombe alchimique de la

Magicienne qui a brûlé les supporters dans le stade. Et tous ces orques qui sont morts pour rien… D'un coup, comme si on les avait balayés ! Je crois que Luc ne va jamais s'en remettre. Le sorcier a raconté que les éclaireurs nous ont vus dans l'enclos à chèvres, et que dans la pénombre ils ont cru qu'on était tous prisonniers d'un groupe d'orques chevelus. C'est bien les militaires ça ! On tue tout le monde, et on fait le tri après… Quand je pense que ces gens disent que les aventuriers sont des bourrins ! Non mais vraiment, c'est n'importe quoi…

BULLETIN CÉRÉBRAL DE L'ELFE

C'est horrible, tous ces orques gentils qui sont morts ! J'ai eu très peur et j'ai pleuré pendant une heure, mais après ça allait mieux. Le monsieur demi-elfe chauve est le président du Concile de Waldorg ! Il est venu me voir pour me présenter ses fromages. Il a parlé pendant longtemps, mais finalement il avait peut-être oublié ses produits laitiers car il ne m'a rien donné. Il paraît que c'est lui qui a eu l'idée du conseil à la tour pour empêcher la guerre. C'est bien d'avoir pensé à ça, mais bon, c'est sans doute pas une raison pour tuer tout le monde avec des rayons bleus.

Les gens de Waldorg avaient les moyens de leurs ambitions, il fallait bien le reconnaître. Ils disposaient d'une équipe de près de cent personnes et de plusieurs chariots de matériel de grande contenance, et comptaient bien transformer les ruines en un centre de conférence offrant tout le confort nécessaire à l'accueil de leurs invités de marque. Ils ne disposaient pour cela que d'une nuit. Tous ces gens couraient, criaient, mesuraient, bougeaient, creusaient, martelaient, piétinaient, démontaient, remontaient à la manière d'une colonie de fourmis industrieuses.

Pour dissiper les ténèbres, ils installèrent en premier lieu d'énormes lampes à feu magique, tout autour de l'ancien campement de Luc. Cet éclairage bleuâtre était si fort qu'on y voyait comme en plein jour. Une équipe se chargea de balayer toute trace de la présence des orques, tandis qu'une autre montait de gigantesques tentes sur des espaces déblayés. Les militaires, de leur côté, constituèrent un « périmètre de sécurité ».

Les aventuriers furent installés promptement dans une de ces tentes et tenus à l'écart, afin de ne pas gêner les manœuvres. Une escouade de quatre soldats veillait sur eux, tout en les empêchant d'aller fouiner dans les préparatifs. C'était bien dommage pour l'Ogre, qui avait remarqué que des hommes en blanc montaient déjà la gigantesque cuisine et que ces braves gens attaquaient la préparation des plats pour le banquet du lendemain.

La « tente protocolaire » comptait quatre chambres dotées de literie, un grand salon équipé de meubles pliables, ainsi qu'une table et des lampes à huile. C'était un confort un peu militaire, mais c'était toujours mieux que la belle étoile. Le Nain aurait préféré dormir dans la tour, qui était faite de bonnes pierres, mais hélas elle servait de quartier général et d'appartements de campagne pour les dirigeants de Waldorg.

Les compagnons parlaient peu, car ils étaient encore sous le choc de la surprise, intimidés par les forces en présence et dépassés. Ils se sentaient à la fois inutiles et dépourvus d'énergie. Ils dînèrent succinctement des provisions tirées du sac, sans parvenir à nourrir le pauvre Luc. Le garçon resta prostré dans une couverture, couché à même le sol en chien de fusil, les yeux dans le vague et prononçant parfois quelques paroles inaudibles. L'Elfe s'en approchait de temps en temps pour lui tapoter le front, mais cela n'avait aucun effet. Il semblait avoir perdu tout contact avec la réalité.

— Ils font pas les choses à moitié, ces brindezingues-là, dit la Magicienne en prenant place à la table. Je vais profiter de cette soirée tranquille pour réviser mes sorts…

Naziel eut un petit sourire amusé :

— Vous n'en aurez nul besoin demain, chère amie. Nous attendrons les invités et nous n'aurons rien d'autre à faire que décider du destin du monde.

— Oui, mais il peut tout de même s'en passer, des choses… soupira l'érudite.

— C'est qui déjà, les invités ? grogna le Nain.

Le Ranger avait une petite liste, qu'il déplia :

— Des semi-hommes, des elfes noirs, des barbares, des gens de Glargh, des mecs de la Caisse des Donjons…

— Pouah ! Je les aime pas, ceux-là ! Des sales brigands déguisés en bureaucrates !

— Tu peux me laisser finir, nabot ? Y a aussi des nains de l'Est et… quoi ? Des ogres ?

— Huk huk !

— Tiens, il reconnaît le mot « ogre » maintenant ?

— Des nains de l'Est ? s'inquiéta le barbu. Mince alors, je crois pas en avoir déjà vu.

Selenia fit semblant de réfléchir et minauda :

— Hum… Je parie qu'ils sont petits et hirsutes, qu'ils ont des haches et qu'ils sentent mauvais !

— Va crever, ton altesse de mes noix.

— Maître Nain, commença Naziel, vous…

— Je vais dans ma chambre ! J'entendrai plus vos conneries !

Puis il se dandina vers l'alcôve malodorante qu'il partageait avec le Barbare.

Les voyageurs ne tardèrent pas à suivre son exemple, et bientôt la tente retentit de nombreux ronflements et respirations nocturnes, dont certains parvenaient à être atténués par l'épaisseur moite d'une forte odeur de pieds. Malgré le brouhaha dû aux agissements des nombreux séides de Bifftanaën, personne ne manqua de sommeil et il ne se passa rien pendant la nuit, car peu d'inconscients choisissent d'attaquer une place forte défendue par un cordon de gardes et un mage de bataille irascible.

BULLETIN CÉRÉBRAL DU NAIN

Moi je dors pas bien dans les tentes, c'est vraiment une invention d'elfe. Quand je pionce dans ces machins, j'ai comme l'impression d'être tout nu au milieu de la forêt. C'est encore pire quand je dors dans la forêt bien sûr, mais dans une cabane en bois c'est tout de même mieux. C'est pas comme de la bonne pierre, mais au moins c'est pas des murs en tissu pourri. Alors du coup j'ai encore fait un rêve bizarre. J'étais d'abord tout seul sur une grande table avec des morceaux de fromage géants, comme si j'étais un insecte. J'avais des vêtements roses en toile moche et un chapeau à clochettes mais je ne pouvais pas les enlever. Puis des fourmis géantes sont arrivées, elles marchaient au ralenti et elles avaient des têtes d'elfes. Elles m'ont couru après en chantant des chansons ! Enfin, c'était toujours le même couplet, c'était un truc que j'avais entendu dans une taverne. Les fourmis disaient tout le temps « Gigot de cerf aux champignons jolis », et ça se répétait tellement que ça me donnait mal à la tête. Mais moi je ne pouvais pas courir, parce que j'avais marché dans du miel et que je restais tout englué sur la table. Et quand j'ai essayé de grimper sur le gros bout de pain pour me cacher dans les trous, c'était pas possible parce que j'avais les mains qui collent, avec du miel et des miettes et je pouvais pas bouger. J'ai rampé sur les genoux mais la table est devenue molle, ensuite les fourmis ont explosé en gouttes de fromage fondu, et puis je me suis réveillé en sueur.

Au matin, le Ranger traîna les pieds jusqu'à l'ouverture de la tente. Il constata que l'ex-gourou P'tit Luc était parti et qu'il avait emporté sa couverture, probablement sa dernière possession terrestre. Le pauvre garçon avait tout perdu, et il avait sans doute repris la route pour se rendre jusqu'au bois de Glandorn. Le rôdeur secoua la tête. Il n'avait pas trop compris l'intérêt de la démarche. Tout en se grattant la tignasse et l'entrejambe, il ouvrit le pan de tissu, bâilla et remarqua deux gardes assoupis contre un arbre. Il fut surpris par le véritable village de tentes qui avait poussé pendant la nuit.

— Tiens, t'es déjà debout ? ricana la Magicienne.

— Ouais, bah de toute façon y a jamais moyen d'être levé avant toi...

— Pourtant, un chef de groupe...

— La ferme. Je vais pisser.

Il s'éloigna pour se soulager quelque part derrière un arbre.

Les équipes d'aménagement avaient bien travaillé. Devant la tour se tenait à présent une grande installation de toile huilée, ornée de tissus luxueux, sur laquelle flottait l'étendard de Waldorg. De larges tables avaient été dressées sous des tonnelles, et quelques domestiques s'activaient encore aux préparatifs. Une odeur de feu et de viande grillée flottait déjà sur tout le périmètre, le genre d'odeur qui donne de l'appétit même quand vous venez de dire « Non, je n'ai pas faim ».

Le soleil n'était pas très haut mais les premiers invités ne tardèrent pas. Ce furent tout d'abord les elfes noirs de Zuruk, en détachement de lanciers aux uniformes noir et violet bien coordonnés, avec boucliers assortis. Ils étaient menés par Nak'hua Thorp, fille de Jwéholo, dite Nak, dite l'Emmerdeuse, descendante de Nahjamay, puissante ensorceleuse qui donnait des cours à l'université donjonnique de sorcellerie, et Tuk'hia Nanouzg, un homme de grande taille au sourire enjôleur et ténébreux. Ils étaient les porte-parole du peuple des chasseurs des grottes. Ceux-ci avaient profité de la nuit pour voyager en paix, aidés en cela par leur formidable nyctalopie.

On vit ensuite arriver les gens de Glargh, qui avaient voyagé matinalement sur de rapides coursiers. Ils étaient encadrés d'un bataillon de gardes de la ville un peu blasés, en uniformes défraîchis, beaucoup moins impressionnants que les elfes noirs. Le groupe comptait trois envoyés de la Caisse des Donjons : Némédic Floutard, son assistant Christion Leguélec, ainsi que Piliron, chef des Archives de la circonscription ouest, qui avait assisté à l'attaque du centre forestier. Il y avait aussi le frère Young, un type en armure de Braav', qui était visiblement venu sans qu'on ne l'invite, et deux sorciers de Tzinntch qui avaient l'air de comploteurs et qui ne figuraient pas non plus sur la liste des invités. Maître Bénilus, diplomate officiel, était le dignitaire de marque envoyé par la ville. Il était accompagné du père Grandjean, responsable de la congrégation des Moines de Labin'Houz et dirigeant de Glargh, et du capirol Juval qui avait été molesté par des sylvains pendant l'exercice de ses fonctions.

Les ogres de la communauté de Yarougolo furent les suivants. Ils n'étaient pas nombreux, seulement quatre, mais ils semblaient menaçants et il faut croire que personne n'était assez inconscient pour les attaquer sur la route. Le détachement comptait bien sûr le chef du clan, Gourgoud Pieds-Plats, qui se présentait sous la forme d'une grande créature à la peau pâle et au faciès amical, partiellement vêtu de larges peaux de bêtes mal tannées, et qui transportait un gros couperet rouillé. Il cachait sans doute une certaine réserve de violence derrière cette façade avenante. On disait de lui qu'il ne fallait pas l'énerver car il pouvait décapiter un homme avec un seul doigt, et qu'il avait déjà coupé un buffle en deux rien qu'en le regardant.

Ces gens furent dirigés vers les tentes protocolaires qui leur étaient destinées, pendant qu'une équipe se chargeait d'accueillir les voyageurs. La garde folonarienne, de son côté, avait reçu l'autorisation de rester au milieu du camp pour profiter de la chaleur du grand feu, mais c'était un peu pénible. Il flottait à cet endroit une odeur de viande grillée si forte qu'ils avaient du mal à se concentrer. On dut servir un second petit déjeuner à l'Ogre afin qu'il se tienne tranquille.

Naziel et Nuliel, qui avaient reçu une bonne éducation, firent leur possible pour expliquer à l'Elfe et au reste de l'équipe les subtilités des relations protocolaires. Et il faut bien dire qu'en dehors du Ranger et de la Magicienne, ça n'intéressait personne. Le Barbare se targuait d'avoir compris le concept de *plomatie* et le Nain affirmait qu'avec son nouveau casque, il était *protocolaire à lui tout seul*.

Les nains blonds de l'Est, fraîchement arrivés de Martenbur sur des chars de guerre tirés par des yacks, refusèrent de rester dans leur tente en constatant que la buvette était déjà fonctionnelle. Ils ressemblaient effectivement à d'autres nains, mais leur pilosité était plus claire, ce qui leur donnait l'apparence de barbares nordiques compressés, au teint violacé. Ceux-là n'étaient pas armés de haches mais de marteaux. Ayant annexé la buvette en faisant fi des protestations des organisateurs, ils commencèrent immédiatement à boire, à raconter des histoires de nains et à chanter des chansons paillardes, et personne ne se risqua à les en empêcher. C'était un jour de discussion et de paix, il fallait faire avec les différences de chacun. Ces nains étaient au nombre de quinze, et répondaient vraisemblablement aux ordres du chef Barbidul Sang-Noir, ainsi qu'au général Runigol. D'autre part, ils ne semblaient pas avoir vraiment compris pourquoi ils étaient invités.

On reçut ensuite le convoi des semi-hommes de Fierpâté, représentant la communauté de villages du sud d'Altrouille. Le maire, Gilbert Latranche, avait enfilé son uniforme d'apparat en velours côtelé beige, avec des bottines violettes, et portait un étrange couvre-chef orné de plumes de poulets. Les semi-hommes chevauchaient de ridicules poneys miniatures aux fontes chargées de victuailles, car ils ne pouvaient prendre le risque d'être séparés du convoi, ce qui les condamnerait à mourir de faim. Ils traînaient également derrière eux un gros chariot bourré de matériel de camping, dont la partie supérieure était chargée de cages contenant quelques poules, qui fournissaient les œufs pendant toute la durée du voyage. Trois porcs et six chèvres sur pieds fermaient la marche. Enfin, ces voyageurs n'étaient pas très nombreux, à peine une douzaine, et assez tristes, voire pleurnichards. Certains d'entre eux souffraient de blessures et leurs vêtements étaient déchirés.

Alerté par l'intendant, Bifftanaën lui-même se présenta auprès de Gilbert et lui demanda des explications.

— Mais nous avons été attaqués six fois, en cinq jours de voyage ! se plaignit le maire. C'est pour ça que nous ne sortons jamais du village ! Au nord des plaines, nous sommes tombés sur un Ouklaf géant qui nous a dévoré trois porcs et six gardes, dont un qui était mon beau-frère. Ensuite, nous avons été pris en chasse par des lionnes qui n'avaient sans doute rien mangé depuis des jours. Elles ont tué mes deux cousins. Puis nous avons croisé la route d'un golem fou contre qui nous avons dû nous battre, et d'une troupe de bandits ! Ces malotrus nous ont pris la moitié de notre stock de lard. Et je ne vous parle pas des orques maraudeurs et des vers géants des sables.

— Mais... Combien étiez-vous au départ ? s'inquiéta le Calvitié.

— Environ soixante. C'est une catastrophe !

— Soixante ? Mais... Pourquoi tant de gens ? C'est un conseil pour la paix !

— Votre message parlait d'un buffet bien garni.

— Oh.

Laissant les voyageurs fourbus s'installer dans leurs quartiers, Bifftanaën s'entretint alors avec Kurt Yeleb, qui ne put s'empêcher de soupirer :

— Ha ! Les semi-hommes... C'est pas pour rien qu'ils ne partent pas souvent à l'aventure, vous savez ! On raconte qu'ils ont une compétence spéciale pour attirer les monstres et les ennuis.

Enfin, les derniers arrivés furent les barbares du clan Raggak et du clan Ruchka, qui avaient eu des problèmes d'orientation et s'étaient égarés au sud de la forêt. Partis chacun de leur côté, ils avaient fini par se rejoindre, puis comprendre qu'ils allaient au même endroit et que ça ne servait à rien de se battre, et ils avaient décidé de piller un village sur la route pour tromper l'ennui et refaire le plein de provisions.

Le chef Raggak, Gruh Cyclope, ne s'embarrassa pas de mondanités et tourna le dos à l'intendant qui s'était avancé pour l'accueillir. Il se dirigea immédiatement vers le buffet en entraînant ses hommes avec lui. Les barbares avaient voyagé en courant, et ça leur avait donné faim et soif. Et, chose curieuse, personne ne les avait attaqués, même s'ils n'étaient que huit.

Deux musiciens blasés sonnèrent de leur trompe à l'*espace lunch,* et les invités se rassemblèrent, orientés par les gardes. Il fallait manger donc, puisque c'était l'heure. Certains protestèrent au moment où on leur demandait de laisser leurs armes dans leurs tentes, mais finalement la faim l'emporta et tout le monde fut prêt.

L'ambiance était un peu étrange car les divers groupes ne voulaient pas se mélanger. C'était un peu comme ces pots d'entreprise où se rencontrent des tas de gens qui passent le reste de l'année à s'envoyer des piques, mais qui décident de faire bonne figure devant le patron. Des gens qui demandent des nouvelles de leurs collègues sans écouter les réponses, et qui ont surtout hâte d'accéder à la table où sont servis les petits fours. Et surtout, qui préfèrent rester avec leurs collègues habituels que de parler avec les gens du deuxième étage, ceux qui sont méchants et ne remettent jamais de parchemin dans la photocopieuse.

Constatant qu'il régnait un climat pourri, l'intendant fit mander les musiciens. Ils jouèrent quelques classiques et divers instrumentaux festifs, puis l'on servit la bière et le vin. Le miracle s'accomplit : en quelques instants, le congrès ressembla presque à une vraie fête.

Les barbares constatèrent qu'on ne leur avait pas menti et qu'il y avait bien du poulet rôti au menu, ce qui leur donna l'humeur gaillarde. Les nains, de leur côté, s'inquiétèrent plusieurs fois du caractère gratuit du buffet, en imaginant qu'on allait leur présenter une addition à la fin. Mais une fois rassurés, ils s'empiffrèrent comme s'ils n'allaient jamais plus manger de leur vie. Gilbert Latranche, en discutant avec ses citoyens, nota que ces nains-là ne ressemblaient pas du tout à ceux qui avaient attaqué son village, qui utilisaient des haches et qui avaient le poil plutôt noir ou brun.

Au sein des divers groupes, on chuchotait beaucoup. Des points restaient obscurs, et on espérait bien tirer tout cela au clair. Piliron, de la Caisse des Donjons, ne reconnut pas non plus, dans le groupe des barbares, les agresseurs bestiaux à qui il avait eu affaire quelques jours plus tôt. Ce n'est pas qu'ils n'étaient pas bestiaux, bien au contraire. Ils avaient juste quelque chose de différent.

Naziel avait suggéré qu'on ne s'approche pas des elfes noirs, car ils avaient une réputation de fourbes. Le Ranger, lui, pensait qu'on ne devait fréquenter personne, et surtout pas des barbares : ils étaient tous plus grands, plus bêtes, plus bruyants et plus sauvages que leur camarade chevelu. C'était sans doute difficile à gérer et il ne savait pas si on pouvait vraiment parler avec des gens comme ça. Les aventuriers profitèrent donc largement du repas en restant dans leur coin, mais ils ne purent échapper au regard perçant de Nak'hua Thorp, qui faisait le tour des convives en cherchant quelqu'un de civilisé à qui parler, et qui les débusqua près du feu. Elle s'en vint directement les saluer, son gobelet-cocktail à la main.

Elle portait une robe décolletée sombre au tissu irisé, et de magnifiques bijoux qui mettaient en valeur son charisme naturel. Le Nain plissa les yeux lorsqu'il constata que les pierres précieuses qu'elle arborait valaient dix fois plus que le contenu de sa bourse. Et comme il avait laissé son casque au campement, il pensait qu'il avait l'air pauvre.

Nak remisa ses longs cheveux en arrière, dans un geste calculé, et elle eut un regard amusé pour la Magicienne, le genre de regard que s'échangent tous les mages en essayant de jauger les pouvoirs de leurs homologues.

— Nous nous sommes déjà rencontrés, non ? Peut-être à Waldorg ?

— Oui, c'est bien possible, acquiesça la jeune rouquine. Vous étiez avec ce sorcier nerveux, celui qui crache du feu ?

Nak'hua ne put retenir un rire :

— Ah oui ! Ce cher vieux Cham ! Il ne vaut mieux pas lui marcher sur les pieds !

— J'ai pas fait exprès, grogna le Nain.

— Notez que vous êtes encore en vie pour en parler, c'est déjà bien !

Puis, constatant que Nuliel ne semblait pas très rassuré, l'elfe noire tira une chaise à elle, de façon très mondaine, et s'installa face au groupe. Dans l'intervalle, elle croisa les jambes sur sa robe fendue et dévoila sa cuisse de façon très savante. Elle savait user de son *arme de distraction massive*.

— Je ne me suis pas présentée : Nak'hua Thorp, professeur en magies parallèles, métamorphoses et thermodynamique.

La Magicienne rougit et s'exclama :

— Thorp ? Mais... Vous voulez dire que c'est vous qui avez inventé la sphère non-sphérique ?

— Effectivement. Je suis moins jeune que j'en ai l'air.

— Ho ! Et la paralysie temporaire, c'est également vous ?

— Tout à fait ! Comme la thritilisation, le monstromobilier, et... Enfin bref, on n'est pas là pour parler technique, n'est-ce pas ?

L'érudite hocha la tête et se présenta à son tour, quelque peu honteuse :

— Je suis la conseillère en magie de Folonariel. Niveau quatre, magie de combat.

— Ho ! Une aventurière alors.

— Heu... Oui. Spécialité : Gifle de Namzar.

Le Nain se tourna vers le Barbare et chuchota :

— J'ai l'impression que ça va être super chiant, cette conversation.

Mais Nak'hua se tourna vers Selenia :

— Alors ainsi, vous représentez donc les sylvains qui nous accusent de meurtres ?

— Oui, c'est moi la reine ! Mais bon, j'ai pas tout compris.

— Eh bien, nous n'avons rien fait, d'après ce que j'en sais.

— Les faits ont été rapportés par nos cousins, expliqua un Nuliel déconfit. Mais je ne vois pas pourquoi nous aurions le moindre doute.

— Et pourquoi nous devrions vous croire plutôt que de croire nos cousins, renchérit Naziel.

— C'est vrai ça !

Le Ranger se tourna vers la Magicienne avec l'air de dire « Houla ! Ça va friter ». Celle-ci lui renvoya une moue dissuasive.

Mais l'elfe noire secoua la tête et ne fut nullement déstabilisée. Il semblait même qu'elle éprouvait une forme de sympathie pour le groupe, et plus de pitié que de colère. Elle se pencha en avant, pour parler moins fort :

— Les choses ne sont pas toujours telles qu'on les voit. J'en sais quelque chose avec la matière que j'enseigne !

Selenia se recoiffa et regarda autour d'elle, pour savoir si les autres avaient compris et si elle était encore la seule à être perdue. Elle vit que le Nain et le Barbare épiaient le passage d'un serveur qui s'approchait en portant un colossal plateau de rôti, et qu'ils ne s'intéressaient aucunement à la conversation, comme à leur habitude. L'Ogre était parti déjà, pour glaner quelques victuailles, et Gluby donnait un petit spectacle un peu plus loin, pour la plus grande joie des semi-hommes. Elle demanda donc, en toute innocence :

— Mais… Qu'est-ce que vous racontez ?

— Je parle de ce qui se passe en ce moment en Terre de Fangh. Tous les gens invités au conseil sont venus parce qu'ils ont été attaqués sans raison par d'autres, mais personne n'a encore revendiqué quoi que ce soit. Vous ne trouvez pas ça… bizarre ?

Le Ranger s'incrusta :

— Ils ont sans doute peur d'une forme de vengeance ?

— Ha ! Vous croyez ? souffla Nak. Vous croyez que les barbares de deux mètres qui squattent le buffet là-bas ont *peur* de la vengeance d'une poignée de sylvains ?

Puis, constatant que Naziel fronçait les sourcils :

— Sans vous offenser…

Les archers hésitèrent. Effectivement, vu sous cet angle…

— Ben moi, continua le rôdeur, si j'avais attaqué des elfes dans la forêt pour brûler leurs cabanes, je ne serais pas fier.

— Moi, si ! ricana le Nain.

— Mais toi tu n'es pas un barbare, dit la Magicienne. Ils n'ont pas les mêmes valeurs.

Leur camarade chevelu se retourna :

— Hein ?

— Non, c'est rien. On n'a pas parlé de toi.

— Bon.

Nak'hua vit qu'un de ses gardes lui faisait signe. Elle se leva donc et salua les aventuriers :

— Bon, je vous laisse, je suppose qu'on ne va pas tarder à s'installer pour le conseil. Mais pensez à ce que je vous ai dit. Je soupçonne quelque illusion dans cette affaire.

— On y pensera, acquiesça l'érudite.

Un semi-homme qui passait par là sembla paniqué :

— Hé, c'est déjà l'heure du conseil ? Mais j'ai pas encore attaqué le fromage !

Il se précipita vers le buffet.

Le rôdeur attendit que l'elfe noire eût disparu et consulta ses camarades :

— Alors ? Qu'est-ce que vous en pensez ?

— Elle est gentille ! dit l'Elfe.

— Pfff…

— Il faut admettre qu'elle n'a pas l'air hostile et que son discours comporte des éléments troublants, convint Naziel.

— Moi je pense qu'elle raconte n'importe quoi, grinça le Nain. Mais par contre elle a un beau cul et des sacrés ni…

— T'as même pas écouté ! coupa la Magicienne en le gratifiant d'un taquet derrière la tête.

— Hé ! J'ai pas mon casque !

— Justement !

BULLETIN CÉRÉBRAL DE LA MAGICIENNE

Waouh ! J'ai rencontré une autre personnalité de la magie ! Après Albert Piaros, cette fois c'est une prof de l'université donjonnique de sorcellerie. Elle a inventé plein de sorts, et sa famille est spécialisée dans les malédictions, c'est un peu la flippe. J'ai entendu dire qu'à un moment, cette école avait loué tout un étage du donjon de Naheulbeuk, mais c'était il y a quelques années. Je suppose que Zangdar avait besoin d'argent. C'est marrant d'ailleurs, comme le monde est petit, ça ne fait pas si longtemps que ça qu'on en est sorti. Et en même temps, ça semble si loin… Enfin bon, madame Thorp – je ne sais pas trop comment je dois l'appeler – nous a dit quelque chose de très intéressant, à propos des événements qui ont lieu en Terre de Fangh. Elle pense que des gens ont utilisé des sortilèges d'illusion. Mais dans quel but ? Pour le moment, ça ne sert à rien d'autre qu'à créer du désordre. Je ne vois pas qui pourrait y trouver un quelconque intérêt.

Le repas fut interminable et dura jusqu'en milieu d'après-midi, ou du moins il prit fin parce que l'intendant avait décidé qu'il était temps d'enlever les plats. Certains invités semblaient avoir la capacité de manger sans s'arrêter, tout en buvant, et cela pouvait facilement nous amener jusqu'au lendemain matin. Or, le conseil, c'était ce jour-là, et pas un autre.

Il aurait été dommage d'écrire dans les livres d'histoire « Le grand conseil de la tour de Suak, pour la paix, fut retardé d'un jour à cause du buffet ».

Afin de réduire au mieux le nombre de participants à la réunion, on n'autorisait l'entrée qu'à deux représentants pour chaque partie impliquée. Les gardes et autres accompagnateurs devaient rester dans leurs quartiers en attendant que des décisions soient prises par les responsables.

Le choix fut difficile pour les sylvains. Selenia devait bien sûr y participer, mais ses proches savaient qu'elle avait souvent des problèmes de concentration et qu'elle devait être assistée, et il restait à savoir par qui. On écarta d'emblée le Nain, le Barbare, l'Ogre et Gluby. Nuliel et Naziel étaient aussi des elfes, il était logique que l'un d'eux participe, mais ils savaient qu'ils pouvaient bénéficier du conseil d'un avis extérieur à la communauté. Quelque part, c'était aussi gênant de laisser n'importe qui décider du destin des elfes. Comme cela risquait de durer une éternité, finalement on tira au sort à l'aide de la vieille technique de la *carotte coudée* et le Ranger fut désigné.

— C'est sans doute pas plus mal, dit-il. Je suis assez polyvalent.

Nuliel le félicita :

— Nous comptons sur vous, fier clipitaine de l'armée folonarienne ! Prenez soin de notre reine.

— M'enfin bon, ronchonna la Magicienne... J'espère que tu ne diras pas de conneries !

— Hé ! C'est pas mon genre !

— Bwaaahahaha ! s'esclaffa le Nain.

On fit entrer les dirigeants dans une tente allongée, au milieu de laquelle avait été dressée une grande table. Il fallut bien quinze minutes pour installer vingt convives, puis encore cinq minutes pour trouver des coussins permettant aux nains et aux semi-hommes d'être à la même hauteur que les autres. Ensuite, il fallut attendre car plusieurs personnes voulaient se rendre aux toilettes, en particulier ceux qui avaient une pilosité fournie et qui avaient consommé plusieurs litres de bière à l'heure du déjeuner.

Des assistants installèrent devant chaque participant une petite fiche calligraphiée portant leurs noms et titres. L'Elfe reçut donc sa pancarte « Selenia III, reine éclairée des Sylvains de Folonariel », et le Ranger fut bien embêté car il ne voulait pas donner son nom. L'assistant inscrivit donc : « Clipitaine du régiment des Funestes Gardiens de Selenia ».

Ainsi, on put finalement commencer.

Bifftanaën siégeait à l'extrémité de la longue tablée. Il allait commencer son discours lorsqu'il vit sur un côté les deux ogres, Gourgoud Pieds-Plats et un autre de son clan, qui étaient installés comme les autres et qui le regardaient avec des yeux ronds. Biff leur adressa un signe de la main :

— Vous comprenez ce que je dis ?

Yeux ronds.

— Vous avez un interprète ?

Yeux ronds.

L'intendant Flubert se pencha et parla dans l'oreille du président :

— Ils sont venus sans interprète on dirait.

— Merci, j'ai vu.

— On devrait leur en trouver un…

— Gof-gof zogbak ? grogna Gourgoud de sa voix pâteuse.

Le Calvitié inspira et lâcha entre ses dents :

— Hou, je sens que ça va m'énerver. Allez me chercher quelqu'un qui comprend l'ogre !

Flubert disparut en hâte, juste au moment où le chef des nains de Martenbur levait la main. Biff lui adressa un signe de tête :

— Oui ? Maître Barbidul ? Vous avez une question avant qu'on démarre la séance ?

— Pourquoi on n'a pas d'interprète nous ? Tout cela ressemble un peu à du racisme !

Stupéfaction de l'assemblée.

— Vous parlez notre langue, il me semble.

— Ha ! Oui, c'est vrai. Mais bon, si c'est gratuit on aimerait bien en avoir un.

— …

Des murmures dans l'assistance. Le Ranger s'approcha de l'Elfe et lui murmura :

— Ben finalement, c'est pas seulement le nabot de chez nous qui est chiant.

— Hi hi !

De l'autre côté de la table, Gruh rota bruyamment et se frappa le poitrail. Il fut immédiatement suivi par le sauvage assis à sa droite. Les pancartes devant eux étaient éloquentes : « Gruh Cyclope, chef », « Nounouk, barbare ». Encore heureux, ils n'avaient pas eu à les écrire eux-mêmes. Les rots créèrent une diversion suffisante pour que la question de l'interprète nain soit éludée.

— Santé ! cria Murghor, qui s'était assis en face et qui représentait le clan Ruchka.

Il avait gardé à la main sa corne à hydromel, malgré l'interdiction qui figurait sur une pancarte à l'entrée de la tente. Mais bon, il ne savait pas lire.

— L'était pas dégueu ce buffet.

Gilbert Latranche, représentant de Fierpâté, leva la main :

— Si je puis me permettre, le lard était trop cuit. Il faut saisir au début, mais baisser le feu ensuite. Et puis c'est mieux avec des herbes.

Nounouk hocha vigoureusement la tête :

— Viande.

— Tout ça ne vaut pas une bonne salade d'endives, ajouta Selenia.

— Avec des noix ?

Bifftanaën suivait la conversation sans vraiment y croire. Il songeait, en cet instant précis, que le pouvoir dont il disposait n'avait pas que des avantages. Il invitait les dirigeants de tous les grands peuples pour un conseil destiné à rétablir la paix en Terre de Fangh, et ces gens discutaient de la cuisson du lard et de la composition des salades.

Le rideau qui fermait la tente s'écarta, révélant une jeune fille rousse en robe de mage, qui tenait un livre sous son bras. Elle était suivie par Flubert.

— J'ai trouvé cette personne qui prétend parler la langue des ogres.

— Bonsoir messieurs-dames… lança la demoiselle, intimidée par tous les regards braqués sur elle.

— Hé ! chuchota le Ranger à l'Elfe. C'est elle !

— Ouiiiii ! Coucou !

La Magicienne se dirigea donc vers le coin des ogres et entama les présentations avec ces derniers, par le biais de quelques paroles brèves et incompréhensibles. Ils semblèrent assez heureux de trouver une personne capable de converser avec eux. Gourgoud Pieds-Plats tenta de la prendre dans ses gros bras flasques, mais elle esquiva adroitement.

— Nous allons pouvoir démarrer la séance, déclara Bifftanaën avec une évidente satisfaction.

— Hé, s'il vous plaît, dit timidement le frère Young. On pourrait faire une prière à Braav' avant de commencer ? C'est quand même le dieu de la justice.

— Objection ! protesta Nak'hua. Ne venez pas mélanger la religion à tout ça. Vous ne pensez pas que la situation est déjà assez compliquée ?

— Heu…

— Et puis qui vous a invité ? s'indigna Flubert. Je ne vous avais pas mis sur la liste !

— Je me suis dit que…

— Veuillez sortir, s'il vous plaît !

Le frère Young s'exécuta, les joues rouges et la lèvre tremblante, sous les regards lourds de certains convives. C'était un jeune homme insignifiant et presque transparent, si bien qu'on lui avait laissé prendre une place à ce grand conseil sans même lui poser de question.

À la sortie de la tente, il fut poussé hors du périmètre par un garde un peu bourru. Il partait pour rejoindre la tente de Glargh, où il comptait pleurer en paix, lorsqu'il tomba sur les deux sorciers de Tzinntch, à la robe noire et au visage long et gris, à qui on avait refusé l'entrée. Ceux-ci ricanèrent :

— Ha ! Tout de même, ils vous ont viré, vous aussi.

— Ça prouve qu'il y a une justice !

— Ha ha ha, elle est bonne, camarade.

— Ne plaisantez pas avec la Justice ! Sinon…
— Sinon quoi ?
— Sinon… Ça prouve que vous êtes méchants.
— Ah ben ! C'est dingue ça !

Le frère Young s'éloigna, la tête basse. Il fut poursuivi un moment par les rires aigres des sorciers.

Mais dans la tente du conseil, la réunion avait commencé, annonçant le début d'une nouvelle ère, ou en tout cas le début de quelque chose de différent d'avant.

BULLETIN CÉRÉBRAL DE LA MAGICIENNE

Je pensais avoir connu ce qu'il y avait de plus long et pénible avec le voyage en diligence pour notre dernière mission, mais il faut croire qu'on n'atteint vraiment jamais le sommet des choses pouvant causer l'ennui. C'est comme si l'ennui, cette chose impalpable, n'avait pas de limites. Maintenant, je découvre ce que c'est que de participer à une réunion de vingt personnes qui ne sont pas d'accord sur le simple principe de dire bonjour, qui parlent dans le vide et sans écouter les autres, qui ne comprennent pas le sens des questions posées et qui s'arrangent de toute façon pour répondre à côté. C'est encore pire que les cours de dernière année en théorie de la magie ! C'est complètement dingue. Y a tout de même de quoi être surpris car les plus pénibles en fait ne sont pas les barbares, ni les nains, mais ces types de Glargh qui font tout pour saccager l'ambiance et emmerder le monde. Ils sont systématiquement de l'avis contraire des gens de Waldorg, et trouvent toujours quelque chose à dire pour relancer la polémique. Quand je pense que l'un d'eux s'est présenté comme étant diplomate, ça fait peur. Ça vient sans doute du fait que ces deux cités sont en lutte perpétuelle pour le concours de « la plus grosse quéquette », ou plus précisément pour garder ou gagner le titre de capitale de la Terre de Fangh. Enfin, bon, c'est pas une raison pour foutre la merde entre les peuples. J'ai du mal à traduire tous ces propos à mes ogres, mais de toute façon l'un d'eux s'est endormi. Faut dire que ça n'a que très rarement de l'intérêt. Je pense que le chef ne va pas tarder à sombrer aussi, et ensuite ce sera moi. En tout cas, les ogres ont bien précisé qu'ils n'ont attaqué personne et que leur village a été pris d'assaut par des elfes sylvains. On n'a pas encore réussi à savoir si ces elfes étaient les mêmes que les cambrioleurs archers de Glargh.

BULLETIN CÉRÉBRAL DE L'ELFE

Holàlà. Personne ne m'a dit que c'était ça, le métier de reine. Qu'est-ce qu'on s'ennuie dans cette réunion ! C'est encore plus désagréable que les histoires de héros des montagnes racontées par le nabot. On ne comprend rien et ça part dans tous les sens. Les petits bonshommes du pays qui sent le pâté nous ont lu la liste de tous les aliments perdus dans l'attaque de leur village. Les barbares n'arrêtent pas de roter, c'est dégoûtant. Les nains ont raconté des trucs sur leurs ancêtres, et ça n'a rien à voir avec le sujet. Le pauvre monsieur de Waldorg est tout rouge et je pense qu'il va finir par vraiment s'énerver, il a même failli virer le vieux type de Glargh qui n'est jamais d'accord avec lui. Moi j'ai parlé un peu, mais bon... Après tout, on n'a rien fait de mal et tous les gens de Folonariel sont gentils. Le problème c'est que tout le monde ici dit la même chose. Personne n'a rien fait, mais des gens sont morts et des villages ont été brûlés. J'en ai marre, je comprends rien, je veux rentrer à la maison et il faut que j'aille aux toilettes. Et puis tout ça ne serait pas arrivé avec des lapins.

BULLETIN CÉRÉBRAL DU RANGER

Bon, quand est-ce que ça se termine, ce machin ? J'ai l'impression qu'on n'a rien à faire là. Déjà, y a le fait que tout le monde ici est roi de quelque chose, maire de truc ou encore chef de bidule. Mais par les crocs du dragon Troumak, je suis un aventurier moi ! Mon destin c'est pas de passer des journées à écouter parler des types que je ne connais pas. Et puis ça fait déjà quatre heures qu'on est là et on n'a toujours pas trouvé de réponses à nos questions. Et ces deux mecs de Glargh, qu'est-ce qu'ils peuvent m'énerver ! Quand j'y pense, ça aurait peut-être été plus efficace si on avait oublié de les inviter. Tiens, mais justement, on dirait qu'ils sont encore en train de foutre le bordel...

— Et moi je vous dis qu'on a découvert quelque chose, insista Némédic Floutard, le responsable de la CDD. Il faudrait nous écouter un peu.

Le père Grandjean, porte-parole de Glargh, ricana :

— Vous ne représentez pas le peuple, que je sache. Je ne vois pas en quoi votre avis pourrait avoir une quelconque valeur !

Protestations dans l'assistance.

— Ce n'est pas une question d'avis, mais...

— Et vous traitez habituellement avec les pires crapules de la Terre de Fangh ! le coupa Maître Bénilus, le diplomate. Comment pouvons-nous vous faire confiance ?

— Tous ces êtres malfaisants qui croupissent dans leurs donjons, et à qui vous acceptez de rendre des comptes !

— S'il vous plaît ! cria Bifftanaën, qui n'en pouvait plus. La Caisse des Donjons est un organisme d'utilité publique !

— Nous maîtrisons et surveillons ces crapules, ajouta Piliron.

— Ça n'a jamais été prouvé !

Murmures dans l'assistance.

Nak'hua Thorp déclara, d'une voix forte et claire qui était peut-être amplifiée par une quelconque magie :

— Pouvons-nous au moins entendre ce qu'ils ont à dire ? Je n'ai pas fait tout ce chemin pour assister à une réunion qui tourne en rond !

Des gens, dont certains qui portaient la barbe, hochèrent la tête.

— C'est peut-être parce qu'elle a accepté d'accueillir des sorcières fourbes dans votre genre !

L'elfe noire plissa les yeux et fixa Maître Bénilus. Quelque chose d'étrange affecta son aura, comme le voile d'un maléfice ancien. Elle semblait remuer les lèvres, mais de façon si imperceptible qu'on ne pouvait en être certain. Maître Bénilus sembla regretter ses paroles, et le silence se fit.

— Moi aussi je pense avoir découvert quelque chose… dit-elle dans un souffle.

— S'il vous plaît… insista Biff d'une voix lasse.

Mais sans même l'entendre, elle tendit la main vers les deux envoyés de Glargh et sa voix se déforma :

— *Yak'tuk ed selo nak'humi !*

L'incantation produisit une onde lumineuse légère et bleue, qui frappa les deux hommes avant qu'ils n'aient pu tenter le moindre mouvement. Croyant à un projectile magique, la plupart des convives tombèrent de leur chaise en essayant de se protéger, mais ceux qui gardèrent les gens de Glargh en vue assistèrent à un étrange spectacle.

Les deux hommes semblèrent un moment pétrifiés, mais la chair de leur visage se changea en une sorte de magma de couleur indéfinie. Ils crièrent de concert en se tenant la tête, et l'on vit alors apparaître un second visage derrière celui qu'ils affichaient habituellement. Un visage gris et contrefait, stigmatisé, aux joues caves et aux yeux malveillants.

— Mais… Qu'est-ce que ceci ? hurla Bifftanaën en essayant de dominer le vacarme produit par les autres invités. Nak'hua !

— Métamorphose, Biff ! On nous a roulés !

— Mais qui ça ?

— Protégez le jambon ! glapit Gilbert Latranche de façon hystérique.

L'intendant Flubert se précipita vers l'entrée de la tente :

— Appelez Nilbonur ! Vite !

L'un des hommes récemment transformés récupéra sa mobilité et sortit de son ample vêtement un objet oblong et tourmenté, qui était sans doute un bâton.

— Attention ! cria la Magicienne.

Mais c'était trop tard, l'homme avait eu le temps de prononcer son mot de pouvoir. Une explosion de lumière plongea les invités dans la plus grande panique. Des rayons de couleurs diverses virevoltèrent, des étoiles blanches d'une insoutenable brillance jaillirent de l'homme et frappèrent les rétines, causant ainsi la cécité de tous ceux qui le fixaient. Dans le même temps, un sifflement désagréable et surpuissant dépossédait les gens de leur sens de l'ouïe. Les ogres paniqués jaillirent de leurs sièges en renversant les tables, ainsi que leurs voisins proches. Des invités tombèrent sur d'autres, ou se marchèrent sur les pieds, se percutèrent, roulèrent sur le sol en brisant du mobilier. Les barbares, rendus fous par les agressions multiples de leurs sens, frappaient autour d'eux en aveugles en criant des insanités. Ils brisaient tantôt une mâchoire, tantôt une chaise, et l'un d'eux bondit de façon si violente qu'il arracha le pied principal de la tente, dont une partie s'effondra. Les gardes postés à l'entrée jaillirent au sein du chaos pour essayer de faire leur devoir, mais ils furent aveuglés à leur tour et se percutèrent gaillardement.

Le Ranger, de son côté, s'était réfugié derrière le siège de l'Elfe. Il avait fermé les yeux dès qu'il avait entendu la mise en garde de la Magicienne. C'était une sorte de réflexe primaire chez lui. Fermer les yeux lui donnait souvent l'impression d'être en sécurité. Il entendit des cris, ainsi que l'horrible sifflement qui vrillait les tympans, un bruit qui lui donna l'impression qu'un type enfonçait des clous dans sa tête, puis une grosse masse de chair nauséabonde s'abattit sur lui en grognant. Il lui sembla qu'il étouffait, et qu'il mourait.

Il pensa qu'il n'avait plus de point de destin.

Puis ce fut l'obscurité.

Autour du camp, il y eut un mouvement de panique. Les gens qui traînaient là en attendant la fin de la réunion se trouvèrent pris au dépourvu lorsqu'ils constatèrent que l'on se battait dans la tente, qu'il en sortait de la lumière et des sons affreux. Certains, comme les semi-hommes, ayant déjà fait les frais de plusieurs attaques, s'enfuirent dans la prairie en essayant d'emporter le plus de nourriture possible. Les barbares et les montagnards se précipitèrent pour en découdre avec les gardes, pensant qu'on essayait de tuer leurs chefs avec de la magie. Ils furent rejoints peu de temps après par le bataillon d'elfes noirs, moins brutaux mais plus efficaces, qui se frayèrent un chemin sanglant jusqu'à la tente afin de délivrer leurs compatriotes. Puis les ogres, les lanciers de Glargh, Nilbonur le Fâché, les sentinelles de Waldorg, les domestiques et les cuisiniers se jetèrent à corps perdu dans la bataille.

Nuliel composait une poésie, sa plume à la main. Il était assis à la table, sous la tente protocolaire, située un peu en retrait. On trouvait également là le Nain et le Barbare, louchant sur deux cruchons d'hypocras adroitement subtilisés, qui terminaient de se mettre minables à l'issue du banquet. L'Ogre dormait sur une paillasse, en phase de digestion massive, ainsi que Gluby qui s'était encore adonné à la boisson et qui était fort pâle.

— Mince alors, vous entendez ça ? dit le poète en renversant sa chaise.

— Bah on dirait que ça gueule, bredouilla le Nain d'une voix pâteuse.

Le Barbare dodelina de la tête un moment, puis le fracas des armes parvint jusqu'à son esprit embrumé. Il grogna :

— Ho. Y a de la marave. P'tin de beurdel !

Nuliel alerta aussi son confrère :
— Naziel ! Naziel ! Il se passe quelque chose !
— Quoi ? cria l'archer depuis sa chambre.
Tiré de la sieste en catastrophe, il jaillit de son alcôve en essayant d'enfiler ses bottes.

Ils entendirent de nouveaux cris, dont un qui provenait sans aucun doute d'une gorge tranchée.
— Par les flèches d'Ithinuel !
Le Nain, désormais sargent de l'armée folonarienne, s'empara le plus dignement possible de son heaume gratuit et de ses haches bien polies, mais ses gestes étaient mal assurés. Le bruit d'une explosion leur fracassa les tympans, et le tissu de la tente se gondola, comme sous l'effet d'un vent violent.
— Ho ho ! ricana le courtaud.
Son camarade chevelu lui claqua le dos :
— Faudrait voir à c'qu'on bastonne pas sans nous ! Ha ha !
— Chef Taurogh, commença Nuliel, il ne faudrait pas...
L'ignorant royalement, le Barbare réveilla l'Ogre d'un coup de pied, s'empara de sa lame d'excellence de Glonzg et de son casque à cornes qui gisaient dans les couvertures, puis il sortit en courant dans la tourmente.
— Grouf ? Ugluk ? fit l'Ogre en se frottant les paupières.
— Mais ! Attendez ! Chef Taurogh !
— Il sait sans doute ce qu'il fait ! cria Naziel.
Il n'en était pas tout à fait convaincu, cela dit.

Le Barbare était bourré d'adrénaline, et cela se trouvait contrebalancé par la somnolence due à l'abus d'alcool. Il se sentait donc un peu bizarre. Dehors, il fut frappé par la lumière, le bruit et les odeurs qui l'agressèrent. Il vit entre les ruines que plusieurs personnes s'affrontaient. Il tituba. Un homme surgit de derrière une tente et s'approcha de lui en courant, un type maigre et barbichu qui portait une lance et un bouclier.
— Ami ou ennemi ? cria l'homme aux yeux fous.
— Rhaaaaa !

D'un geste ample et précis, le Barbare lui fendit le visage d'un coup de taille. Le garde émit un glapissement, chuta dans un feu de camp et se releva immédiatement pour courir au hasard, les cheveux embrasés.

— Heu... Je sais pas ! répondit tardivement la brute.

Il entendit un bruit et se retourna. C'était le Nain qui passait près de lui, propulsé par la magie de ses bottes de Thlieu. Il courait en direction de la bataille tout en ajustant son casque et en hurlant :

— Pour Guuuuuuuuurdiiiiiiiiiil !

Oui, c'était par là qu'il fallait courir.

— Crôooooooooom ! éructa le Barbare en essayant de le rattraper.

Il évita un bras tranché qui volait dans sa direction, et un sourire sauvage découvrit ses dents de carnivore.

Puis ils disparurent dans un vortex de cris, de souffrance et d'hémoglobine.

V

La théorie des métamorphes

Des voix qui parlaient comme à travers du coton. Une odeur de brûlé. Une douleur à la poitrine, un truc qui pique la joue. La sensation d'avoir perdu quelque chose.

Telles furent les premières impressions du Ranger alors qu'il reprenait peu à peu connaissance.

— … est pas mort.

— … crois qu'y s'fout d'not' gueule ?

— Non non.

— Comment va notre reine ?

Des sanglots.

— Ça va ! Mais je suis toute salie !

— Oh, quel malheur ! Naziel ! Cher Naziel ! Jamais nous n'aurons assez de souffle pour chanter correctement vos louanges !

Le rôdeur ouvrit les yeux, car quelqu'un lui respirait une haleine vineuse en plein visage et le menaçait de suffocation. Son champ de vision fut occulté, de façon pénible, par la face rougeaude et hirsute du Nain.

— Hé hé ! Tiens, y a le baltringue qui refait surface !

— Hein… Holà… Ça tourne.

Le Nain ricana :

— Clipitaine de mes fesses ! Je suis sûr que t'as encore tué personne !

— Tu veux pas t'éloigner un peu ? J'ai du mal à respirer.
— Dis tout de suite que je pue de la gueule !
— Bah...

Le barbu s'écarta en maugréant, lui laissant ainsi le champ libre. Il avait un chiffon à la main, très sale et de couleur indéfinie, avec lequel il essayait visiblement de nettoyer sa hache.

Le rôdeur examina son environnement, mais le retour à la réalité fut brutal. Il se souvenait d'un bruit atroce et d'un poids. Puis après, plus rien. Mais à sa grande surprise, il était toujours dans la tente du conseil.

Enfin, dans ce qu'il en restait, c'est-à-dire trois piquets et un morceau de tissu noirci.

Du bel espace d'accueil monté par l'équipe de Waldorg, face à la tour de Suak, il ne restait plus que débris et cendres, morceaux de mobilier, objets brisés, choses tordues, panaches de fumée. Et aussi pas mal de corps étendus dans des positions grotesques, et quelques personnes qui gémissaient.

Sur sa gauche, il vit Son Altesse Selenia et Nuliel, qui n'avaient pas bonne mine. Tous deux se tenaient penchés sur le corps d'un troisième sylvain couché sur le dos, les mains sur le ventre. La dépouille de Naziel.

L'archer avait perdu un bras et quelque horrible brute lui avait ouvert la poitrine en deux. Il semblait particulièrement décédé, du coup. Ses compatriotes pleuraient à grosses larmes et chuchotaient des trucs en elfique.

Face à lui et un peu plus loin, il y avait un type qui se faisait bander la tête par l'elfe noire, la dame qui était là au conseil. Ils étaient entourés de deux autres drows en piteux état et de quelques humains qui n'avaient pas meilleure allure. On discutait avec véhémence.

Plus près, il y avait le Nain, qui l'observait avec goguenardise en astiquant son arme, ainsi que la Magicienne qui semblait chercher quelque chose dans un livre. Sa robe était noircie et ses cheveux fumaient, et son bâton était un peu tordu, comme s'il avait fondu. Elle lui jeta un regard bref, puis continua sa lecture en soupirant.

Et finalement, à la droite du Ranger, le Barbare était assis sur une grosse bûche et s'appuyait sur son épée plantée dans le sol, une épée dont la lame était devenue rouge. Ses cheveux étaient poissés de sueur et de sang, et son visage était noirci et tuméfié. Il avait une entaille au front, deux plaies sur le torse, une grosse marque violette sur l'épaule droite et du sang dégoulinait d'une sale plaie à l'une de ses mains.

— Ça… ça va ? lui dit le rôdeur en croisant son regard vide.

La brute contempla quelques instants le bout de ses bottes, comme si plus rien ne pouvait l'atteindre. Puis secoua la tête :

— Ouais ! OUAIS !

— Hein ?

— Putain, ouais ! Ça c'est de la baston !

Il éclata d'un rire sonore, un rire qui résonnait comme s'il s'adressait à Crôm lui-même.

Le Ranger interrogea la Magicienne. Il ne se sentait pas très fier et il fallait qu'il comprenne ce qui s'était passé. Celle-ci lui raconta qu'il avait été écrasé par Gourgoud Pieds-Plats le chef des ogres, quand le monstre avait trébuché, terrifié par l'incantation des étranges sorciers. Étouffé ou assommé, le rôdeur n'avait pu prendre part à la bataille et l'Elfe avait dû se protéger seule, ce qu'elle avait fait en esquivant les coups qui pleuvaient de tous côtés et en se retrouvant à son tour coincée et cachée dans un grand pan de toile arraché de la tente.

Gluby et l'Ogre s'en étaient tirés sans une égratignure. Pour ce qui concernait le premier, il avait dormi pendant la plus grande partie des événements. Le second avait perdu pas mal de temps à retrouver son équipement, et quand il était arrivé pour en découdre, tout était presque terminé. Le reste des aventuriers s'estimait heureux, et pour sa part l'érudite avait pu lancer quelques sortilèges plutôt réussis, sans qu'elle sache vraiment sur qui, jusqu'à ce qu'un échec critique endommage son bâton. Elle avait pris sa propre boule de feu dans le dos, mais sa robe de Tholsadûm avait absorbé l'essentiel des dégâts. Elle ne parvenait pas à comprendre le phénomène et se promettait de l'étudier au plus vite dans un de ses grimoires.

BULLETIN CÉRÉBRAL DU NAIN

Je me demande si j'ai pas raté un truc à propos de cette histoire d'équipe. Par exemple en ce moment, tout le monde s'inquiète pour l'Elfe, et tout le monde va lui demander si elle va bien, alors qu'elle n'a rien du tout et qu'elle était planquée pendant toute la bataille. Comme le Ranger d'ailleurs, enfin lui c'est un genre de principe. Et moi ? Je me suis entaillé un doigt et ça n'intéresse personne. Alors on est une équipe quand il s'agit de partager le pognon, mais ça marche pas pour les blessures ? Et d'ailleurs, le Barbare est un peu dans mon cas, et lui quand on le regarde on a l'impression qu'il va bientôt crever. Pourtant, personne ne vient lui parler depuis qu'il a envoyé chier la Magicienne avec sa potion. Il continue de dire que c'est des griffures de mauviettes, mais c'est pas trop normal de perdre autant de sang. Enfin sinon j'ai compté, moi j'ai tué deux mecs et lui en a tué cinq. Y a pas de justice pour nous autres, les nains.

Un peu plus tard, les survivants se rassemblèrent pour discuter du désastre. On alluma un feu et on se partagea quelques restes pour reprendre des forces. Il fallait faire un bilan.

Au final, plusieurs dirigeants avaient été blessés et contusionnés, mais aucun n'avait été tué car ils n'étaient pas armés sous la tente. La plupart avaient pu prendre la fuite avec ce qui restait de leur troupe, une attitude jugée déplorable par les quelques responsables restés sur place. En effet, qui pourrait expliquer maintenant ce qui s'était passé ? Même les dirigeants de Waldorg manquaient à l'appel. Il y avait fort à parier que certains chefs de guerre, vexés, viendraient bientôt se livrer à quelques représailles.

Car c'était toujours, pour la plupart des gens, l'incompréhension totale.

Enfin, le mystère plana pendant plus d'une heure, jusqu'à ce qu'on retrouve, ligotés et bâillonnés dans un buisson, en caleçon, les deux personnes à qui on avait attribué l'échec de la réunion : les véritables porte-parole de Glargh. Deux hommes frigorifiés, à la fois fous de rage et honteux.

Ils avaient été drogués et visiblement remplacés au dernier moment par des sorciers malintentionnés. On leur servit du thé chaud, un sandwich à la viande froide, et l'effroyable schéma sembla tout à coup se mettre en place.

Nak'hua Thorp, femme de tête, insista pour tenir un discours avant que l'on ne se sépare, pour que tout le monde soit présent et qu'on évite de tirer des conclusions hâtives. Il n'y avait pas forcément la guerre… Enfin, on pouvait encore l'éviter.

Les convives se rassemblèrent autour d'un feu de camp et l'elfe noire prit la parole :

— Je tiens à remercier tous ceux qui sont restés, dit-elle. Nous savons maintenant qu'il y avait dans la tente deux personnages qui ont pris la place du père Grandjean et du diplomate de Glargh, maître Bénilus.

Les intéressés hochèrent la tête d'un air piteux, enroulés dans leurs couvertures.

— Les deux imposteurs ont réussi à prendre la fuite grâce à un procédé magique. Ces sorciers ont utilisé un sortilège de magie métamorphique que je n'avais encore jamais vu jusqu'alors… Et je suis pourtant spécialiste du sujet !

— Hooo, firent plusieurs personnes.

— Mais qu'est-ce qu'il a de spécial, ce sortilège ? questionna la Magicienne.

— Il est bien meilleur que les autres, et pratiquement indétectable. Et je pense qu'il a bien d'autres qualités… ce qui m'incite à penser que…

L'assistance retint son souffle.

— … que les agressions diverses qui ont eu lieu depuis le début du conflit ont été conduites par ces mêmes métamorphes !

— Hooo, firent à nouveau les convives.

— Mais alors même les barbares sont innocents ? s'exclama un jeune homme au visage bandé.

Quelqu'un ricana. Un barbare innocent ? Les deux mots n'allaient pas bien ensemble.

— Et ce n'est pas tout !

Nak se tourna vers un homme au costume déchiré :

— Monsieur Floutard. Veuillez nous faire part de votre découverte, je vous prie.

Le responsable de la CDD s'avança, s'éclaircit la gorge et déclara :

— Hum. Un de nos employés, travaillant au SORM, le Service des Objets Rares et Maudits, a découvert une anomalie statistique en recoupant les informations concernant les attaques et pillages rapportés ces dernières semaines.

— On comprend rien ! grogna le Nain.

— Laissez-moi parler je vous prie, je vais en venir au fait.

L'Elfe se tourna vers Nuliel :

— C'est quoi, une amanite salistique ? C'est bizarre, pourtant je connais tous les champignons de la forêt !

— Vous devriez écouter la suite, Votre Altesse.

Némédic Floutard déplia un parchemin et le tourna vers le feu, de sorte que tout le monde puisse voir ce qui avait été tracé dessus. C'était visiblement une couronne.

— Regardez attentivement cet objet. C'est une des sept Couronnes de la Guigne.

— Hooo !

— On raconte qu'un guerrier affublé de l'une de ces couronnes porte la malchance à tous ses ennemis, et que ceux-ci enchaînent alors les échecs critiques, et qu'ils sont alors si maladroits qu'ils ne représentent plus le moindre danger.

— Ha, c'est mesquin ça ! chuchota la Magicienne au rôdeur.

— Putain, carrément.

— J'ai pas compris, souffla le Barbare. Et ça m'énerve.

Pendant ce temps, Floutard repliait le parchemin et s'emparait d'un gros livre que lui tendait Piliron. Il chaussa de curieuses lunettes et ouvrit le livre à la page marquée d'un signet :

— Et voilà ce que dit le *Compendium des Objets Maléfiques du Premier Âge*, à propos de ces objets. « Les sept Couronnes de la Guigne ne représentent individuellement qu'une faible menace car elles ne peuvent être utilisées qu'en combat singulier. Mais qu'une armée parvienne à rassembler toutes les couronnes et à en équiper ses généraux, et elle bénéficiera d'un enchantement de masse, qui s'étendra à toute l'armée. Les forces ainsi équipées seront alors invincibles, et nul parti ne pourra les arrêter. »

Le père Grandjean toussa et leva la main :

— C'est bien sympa vos histoires, monsieur Floutard, et je pense que vous avez raison de lire ce genre de livre, ça fait partie de votre boulot. Mais ça vous ennuierait de nous expliquer le rapport avec notre histoire ?

— Cette explication était nécessaire.

— Je n'en doute pas, mais…

— Laissez-le parler ! cria quelqu'un dans l'assistance.

Le silence se fit. Floutard referma le livre et replia ses lunettes, et s'assura ensuite de prendre l'air le plus grave pour continuer :

— Mesdames et messieurs… Tout porte à croire que quelqu'un a réussi à réunir les sept couronnes. Quelqu'un qui ne possède pas de bonnes intentions.

Murmures dans l'assistance. L'Ogre bâilla. Le Nain déboucha discrètement sa gourde et s'enfila une rasade de vin tiède. C'était piquant, pas très bon, mais au moins c'était concret. Et surtout, c'était gratuit car il avait dérobé ce breuvage au cours de la fête.

Piliron intervint à son tour :

— L'un de ces objets, qualifié de dangereux, était détenu par notre service des archives, à l'endroit même où a eu lieu l'attaque des barbares en forêt de Schlipak. Comme vous le savez, beaucoup de nos trésors ont été dérobés, et cette couronne avait disparu du stock quand nous avons fait l'inventaire. Nous pensons qu'ils ont habilement dissimulé le larcin.

— Les autres couronnes, enchaîna Floutard, ont été vues à divers endroits au cours de l'histoire. Nos agents du SORM avaient pour mission de suivre leurs déplacements. Ainsi nous savons que l'une d'entre elles était visible au Petit Musée des Trucs Moches, au village de Fierpâté, chez nos cousins semi-hommes. Ce même village qui a été dévasté récemment ! On pensait aussi qu'il en existait un exemplaire dans le trésor de guerre des ogres de Yarougolo. Et la Guilde des Marchands, cambriolée à Glargh par un commando de faux elfes sylvains, en avait également une. Je pense qu'il est inutile de continuer la liste...

— Car tous ces gens ont été impliqués dans des pillages, messieurs-dames.

La bienveillante Selenia III s'exclama soudain :

— Ha, mais alors les sylvains c'était pas des vrais ! J'avais bien dit qu'on était gentils !

Quelques sourires gênés.

— Ce qu'il faudra retenir, dit Nak'hua en lui jetant un regard méprisant, c'est que nous avons tous été bernés. Des gens dont nous ignorons tout ont décidé de semer la panique en Terre de Fangh, et les mêmes personnes en ont profité pour subtiliser les couronnes au travers de faux pillages et de diversions d'une rare fourberie. Et croyez-moi, je m'y connais en trucs fourbes.

Le diplomate Bénilus sembla se réveiller :

— Par tous les dieux... Il s'agirait d'une personne qui prépare tranquillement l'armée invincible dont rêvent seulement les souverains les plus fous ?

— Hélas ! C'est tout à fait exact !

L'émoi s'empara de l'assistance et tout le monde se mit à parler en même temps. Floutard eut alors toutes les peines à rétablir le silence, à la suite de quoi la Magicienne leva la main en rougissant :

— Pardonnez-moi, mais est-ce que je suis la seule à penser à *qui vous savez* ?

Nak'hua hocha la tête :

— Vous n'êtes pas la seule, jeune fille. Et je vois que vous connaissez bien votre histoire. Je ne connais qu'un être capable de préparer un plan de ce genre. Un être de la pire malfaisance, qui possède une magie ancienne et inhumaine, qui n'a jamais eu d'autre rêve que d'asservir la Terre de Fangh et qui complote en secret dans sa forteresse.

— Hein ? grinça le Nain. C'est Zangdar ?

Le Ranger le gratifia d'un taquet derrière la tête :

— Mais non, crétin !

— J'aime pas Zangdar, dit l'Elfe. Il est vilain.

— Mais chut !

Et Nak'hua Thorp de plisser les yeux :

— Allons, mes amis, vous savez bien de qui je parle…

Le nom détestable, le nom plus vieux que l'histoire du monde, le nom ancien et craint, murmuré pendant des siècles à la veillée, chuchoté dans les séminaires d'historiens, mentionné dans les plus obscurs cours de magie, griffonné dans les toilettes, utilisé par les pères de famille peu scrupuleux pour faire manger la soupe froide aux enfants, inscrit sur les cartables de gamins rebelles, ce nom jaillit alors de plusieurs poitrines congestionnées par l'angoisse :

— GZOR !

La Magicienne hocha la tête :

— Oui, c'est probablement un coup de Gzor.

— Ha, oui. Nous avons déjà parcouru son château ! mentionna le Ranger.

— Comment ? À votre niveau ?

— On n'avait pas fait exprès.

Le garde qui avait parlé fixa le clipitaine de l'escorte folonarienne, de ses yeux de fouine. Il ne comprenait pas, visiblement, qu'on puisse entrer dans le château de Gzor sans le faire exprès. Et surtout, en ressortir vivant. Il choisit donc de l'ignorer et s'en retourna à son activité de garde, qui consistait généralement à ne pas faire grand-chose, mais surtout à rester debout en affichant un air sérieux et concerné.

— Je pense qu'on tient le fin mot de l'affaire, dit Nak'hua à l'assistance qui se tenait coite. Il faudrait maintenant qu'on arrive à faire circuler nos informations, et qu'on mène une véritable enquête. Et surtout, il faudrait sans plus tarder remettre Gzor sous surveillance.

— Et surtout arrêter de vous battre entre vous ! insista le diplomate. Le Tentaculaire ne pourra triompher que si nos forces sont divisées !

Au cours de l'histoire fanghienne, Gzor avait monté de nombreux coups pour prendre le contrôle du territoire. Il s'était allié à des dieux, avait invoqué des créatures, avait monté des armées, avait fomenté des complots, s'était fait l'instigateur de conflits variés, mais il avait à chaque fois été débouté par les peuples qu'il voulait dominer. C'était à cause de lui si les elfes et les nains étaient en froid, depuis l'histoire sordide d'un concours de chant truqué. C'était à cause de lui si on ne pouvait pas circuler dans toute une partie des Montagnes du Nord, investies par des bestioles immondes. On lui devait également la présence de nombreuses créatures bizarres excessivement dangereuses, telles que les Gorgauths et les Dalmorgs. Il était le responsable de l'atroce couleur orange des carottes et du mauvais goût des salsifis. On disait même qu'il avait ouvert la brèche spatio-temporelle qui menait jusqu'au plan des Golbarghs, lesquels avaient pourtant délaissé ce monde depuis plusieurs milliers d'années. Gzor pouvait empoisonner l'air aussi bien que l'esprit des gens, et on disait de lui qu'il était le maître des plans à l'intérieur des plans. Car il avait toujours un plan. Parfois, l'un d'entre eux se déroulait sans accroc, mais c'était rare.

Forcément, quand on passait tout son temps avachi sur un trône contrefait au sein d'une salle obscure, entouré d'esclaves corrompus par le chaos, que pouvait-on bien faire d'autre que concevoir des machinations ? Il fallait que Gzor ait toujours des plans, c'était dans sa nature. Ses attaques frontales contre les forces du bien – notion encore un peu vague pour lui, et d'une manière générale un peu floue pour les habitants de la Terre de Fangh – n'avaient jamais rien donné. Un peu de stratégie ne faisait pas de mal.

Ainsi, on savait que Gzor préparait des choses, mais on s'en accommodait. On n'avait jamais réussi à débouter son imposante forteresse, et celle-ci faisait maintenant partie du paysage. Son influence parvenait même à corrompre la rivière qui passait près de l'édifice, paisible cours d'eau transformé en eau noire à reflets irisés, qui traversait ensuite les montagnes en modifiant la faune et la flore au gré de mutations chaotiques déplaisantes. Les humains, pour contrer la menace, avaient installé en aval de la forteresse le CTDG, le Centre de Traitement des Déchets Gzoriens, pour que le fleuve Elibed soit épargné par ces miasmes.

Et donc le démon tentaculaire sortait parfois de sa retraite et tentait quelque chose contre la Terre de Fangh. On s'agitait un peu, on montait des alliances, les mages s'en mêlaient, et Gzor perdait, puis s'en retournait méditer. Mais depuis sa défaite contre le défunt Téclystère, il ne s'exposait plus personnellement et préférait envoyer des sbires faire tout le boulot. Autant dire qu'il serait très difficile de s'en débarrasser pour de bon.

On finissait par s'y habituer, mais une question subsistait : Et si jamais, un jour, il gagnait ?

— Mais... Suis-je le seul à penser que nous sommes en danger ici ? déclara Nuliel. Nous ne sommes qu'une poignée, il va bientôt faire nuit, certains d'entre nous sont blessés et ces ruines sont isolées en rase campagne.

— Bah non, on a des épées ! grogna le Barbare.

— Et puis, il reste du rosbif et du pinard !

La Magicienne fit taire le Nain, d'un regard qui en disait long sur son espérance de vie. Elle savait parfois être persuasive, aussi ce dernier souffla par le nez et reporta son attention sur sa hache.

— Ce qui est surtout dangereux pour nous, dit Nak'hua Thorp, c'est qu'on possède des informations. Il faut qu'on les donne au reste du monde avant qu'il nous arrive malheur.

— Il faut qu'on rentre à Glargh, c'est le plus sûr.

Ils approuvèrent l'initiative du père Grandjean. La ville de Tulamor était plus proche, mais il n'était pas vraiment possible de s'y sentir en sécurité. Ils décidèrent donc de voyager de nuit en convoi, profitant ainsi de la vision nocturne des elfes. Passer une nuit dans ce secteur pourrait avoir des conséquences désastreuses.

— Mais nous ne pouvons pas partir comme ça ! protesta Nuliel. Le corps de notre ami doit être inhumé selon le Rituel des Deux Lunes !

— Mais oui, c'est vrai ça ! sanglota la reine.

— Dites voir, il est long votre rituel ? s'impatienta le diplomate. C'est pas que je veux saborder les coutumes ethniques, mais nous avons des priorités.

Nuliel sembla soudain embarrassé :

— Hum… Je crois que ça dure un jour et une nuit… Je dois vérifier dans mon petit carnet de voyage…

Nak'hua Thorp s'approcha et se pencha vers le cadavre blafard de l'archer. Elle grimaça :

— C'est vrai qu'il n'a pas bonne mine. Si vous voulez, je peux vous arranger un petit sortilège de métamorphose éternel ? Je le verrais bien changé en une belle pierre tombale. Et comme ça, on peut tailler la route.

La proposition rendit son sourire à Selenia :

— Une pierre tombale avec des motifs de poneys ?

— Oui, si vous voulez. Des poneys et des fleurs, par exemple.

Nak arborait son petit sourire en coin qui lui avait valu sa réputation de fourbe. La proposition était belle, mais Nuliel était plus gêné que jamais.

— Oui mais… C'est que ça n'est pas très conforme à…

— D'accord, on fait comme ça, dit l'Elfe. Il faut qu'on sauve la Terre de Fangh, tout de même !

— Mais…

— Je vais chercher ma trousse à ingrédients, trancha Nak'hua en se dirigeant vers sa tente.

Ils attendirent patiemment qu'elle revienne, la mine grave. Elle déballa quelques poudres et effectua diverses manipulations sur le corps de Naziel, puis prononça plusieurs syllabes. Le corps fut auréolé de lumière bleue pendant une poignée de secondes, de sorte qu'on ne fut plus capable de discerner ses contours.

Et finalement, la lumière baissa. À la place du corps on pouvait voir un magnifique bloc de marbre lisse, gravé de motifs elfiques. Comme il faisait déjà sombre, la Magicienne alluma son bâton pour que chacun puisse le voir. Le résultat était assez impressionnant et plusieurs personnes congratulèrent l'enchanteresse.

— Merci, c'est très beau ! chuchota Nuliel comme s'il avait peur de réveiller les défunts.

Le Nain s'approcha, les sourcils frémissants, et toucha la pierre avec appréhension.

BULLETIN CÉRÉBRAL DU NAIN

Par les dix mille poils de la barbe de Goltor l'Intrépide ! Comment c'est trop de la triche cette histoire ! Un bloc de marbre bleu de deux cents kilos qui sort de nulle part, j'hallucine. Il faudrait une équipe de douze nains pour extraire ça de la montagne, avec trois jours de travail pour toute l'équipe ! Et sans compter les deux artisans-sculpteurs qu'on devrait payer ensuite pour faire tous les motifs. C'est que c'est pas donné les services d'un sculpteur sur marbre ! Ça va bien chercher dans les dix pièces d'or par jour, et à mon avis ils en ont pour deux semaines à graver tout ça. J'arrive pas à croire que cette gonzesse arrive à créer un truc pareil à partir du macchabée d'un elfe ! Y en a pour cinq cents pièces d'or ! Je ne ferai jamais plus confiance aux elfes noirs, moi. Enfin, je dis ça, mais ça change pas en fait, vu que je n'ai jamais fait confiance à personne.

BULLETIN CÉRÉBRAL DE L'ELFE

Alors si j'ai bien compris, notre pauvre Naziel est dans son joli morceau de caillou jusqu'à toujours. Quelle tragédie pour le peuple de la forêt ! Il était gentil et toujours très sage. Enfin au moins il ne sera pas dévoré par les vautours. Mais... Qu'est-ce que je vois ? Le Nain qui vient poser la main sur sa tombe ? Il a l'air troublé... Il fait une tête bizarre. C'est incroyable, on dirait qu'il éprouve enfin des sentiments pour ses amis. Moi je pensais qu'il ne changerait jamais, mais peut-être que je me suis trompée ? En tout cas on a eu bien raison de lui donner un rôle dans l'armée de Folonariel, ça l'a sans doute fait réfléchir. Encore un peu de temps avec nous, et ça deviendra peut-être un vrai copain ?

Le Nain se tourna vers ses compagnons abasourdis :

— Bon ! Ben ça, c'est fait, alors maintenant on y va ?

Le Ranger choisit ce moment pour faire valoir son rôle de chef. Il avait repris confiance en lui grâce à un sandwich viande froide-mayonnaise-cornichons, et il s'approcha donc de ses compagnons :

— Bien, dans ce cas on va se préparer ! Venez, vous autres !

Le Barbare était un peu pâle et il semblait avoir des problèmes pour tenir sur ses jambes, mais il refusa la potion de la Magicienne une fois de plus. Celle-ci profita donc d'un instant d'inattention pour lui jeter dans le dos un sort de soin des blessures graves. Ses plaies se refermèrent, tandis qu'un afflux d'énergie vitale lui donnait une vigueur nouvelle. Il pensa que c'était lâche et fourbe et voulut s'emporter, mais devant le sourire mesquin de la Magicienne il baissa les bras et abandonna ses remontrances. Car il est vrai qu'il se sentait vraiment mieux. Ils purent enfin se diriger vers leur tente et récupérer leur équipement.

— Hé ! Vous avez entendu ça ?

C'était le garde taciturne qui avait parlé, un homme dont on ne savait plus vraiment à quel groupe il appartenait tant son uniforme avait souffert de la bataille. Il demeurait toujours un garde, cela dit, et faisait donc son travail de vigie. Quelqu'un lui répondit :

— Ben non, c'était quoi ?

— Je pense que j'ai entendu quelqu'un grogner dans les décombres. Et puis une branche a craqué.

— C'est toi qui as craqué, mon vieux ! ricana le Nain.

Mais le garde avait raison, car un autre bruit se fit entendre. Ils se statufièrent.

— Y avait peut-être un autre survivant ? chuchota le Ranger, qui aimait faire preuve d'optimisme parfois.

Comme pour lui donner raison, une grande silhouette émergea de la pénombre entre deux blocs de murs effondrés depuis des lustres. Pour la plupart des gens, à la vision nocturne défaillante, il s'agissait d'un homme assez massif qui semblait marcher à la manière d'un ivrogne. Certains dégainèrent leurs armes, des aventuriers dont on taira le nom mais que le lecteur aura reconnus quand même.

Pour d'autres, comme l'Elfe qui était nyctalope, c'était un blessé qui revenait de loin. Elle empêcha qu'on ne commette l'irréparable et prévint ses camarades :

— Ho, mais je le reconnais ! C'est le chef barbare du clan machin !

— C'est Gruh Cyclope ! précisa Nak'hua.

— Argl… grogna la brute en question.

Le Barbare déglutit en constatant la déchéance de son compatriote :

— Crôm…

Il tituba vers eux, et à mesure qu'il s'approchait de la zone éclairée, ils découvraient dans quel état il se trouvait.

Il était couvert de sang noir et son corps était lacéré de toutes parts. Son bras droit, pourtant massif, pendait mollement et montrait une partie de muscles à vif et d'os brisés. Les rescapés le regardaient avancer avec horreur. En effet, ce n'était pas tant son état qui était terrifiant, mais plutôt *la cause* de son état. Gruh était puissant, et c'était un vétéran de nombreuses batailles échevelées. Ceux qui l'avaient blessé à ce point devaient être nombreux ou très forts. Ou même les deux.

Il tomba à genoux et se courba, puis se laissa lentement basculer sur le côté. À cette occasion ils purent voir qu'une demi-douzaine de flèches étaient également fichées dans son dos. Des flèches noires et sales, sans aucun doute à l'image des monstres qui les avaient décochées.

L'Elfe et la Magicienne furent aussitôt sur lui :

— J'ai besoin de ma trousse à chirurgie ! cria la souveraine.

— Pousse-toi, j'ai un super sort…

— Mais non faut lui enlever les flèches avant !

— Il va mourir avant qu'on ait fini !

Mais une main douce et ferme à la fois se posa sur l'épaule de la Magicienne.

— Écartez-vous, les filles.

Intimidées, elles s'exécutèrent pour laisser place à la légendaire Nak'hua Thorp.

Et une fois de plus, celle-ci fit preuve de l'excellence de son art. Elle pointa son court bâton sur le torse du barbare et prononça deux mots de pouvoir. Une lumière blanche pénétra le moribond et il ouvrit les yeux. Il lui fallut quelques secondes pour récupérer son souffle, car visiblement ça n'était pas si facile. C'était probablement dû au fait que des flèches avaient transpercé ses poumons. Puis il tâta sa poitrine et fronça les sourcils en voyant l'elfe noire penchée sur lui. L'assistance fut alors témoin d'un étrange dialogue :

— Ah merde. Pas la magie !

— Eh si. Pas de bol, hein ?

— C'est la honte. Je peux pas être soigné par la magie !

— Taisez-vous, Gruh. On a besoin de savoir ce qui s'est passé.

— Chier !

— Mais non, ça va aller. Toi parler.

— Bah ! On est tombés sur des tas d'orques qui nous ont embuscadé nos mères !

— Ce sont des orques qui vous ont fait *ça* ?

Gruh toussa du sang et ajouta :

— Pas que. Y avait aussi des nogroks.

— Ah oui, je vois.

Quelques membres de l'assistance pâlirent.

— Ouais, je comprends mieux ! commenta la Magicienne.

— Heu… C'est quoi les nogroks ?

Le Nain s'approcha du Ranger, l'air moqueur :

— Ha ha ! Tu connais pas les nogroks, toi ?

— Non ! Et je ne vois pas ce que ça a de marrant !

— C'est normal, toi t'as grandi dans un village de bouseux. Moi j'en ai déjà vu quand j'étais dans la mine. Enfin, pas vraiment mais on m'en a parlé.

— Mais tu vas me dire ce que c'est, nom d'un pied de chaise ?

La Magicienne s'interposa pour gagner du temps. Elle avait déjà ouvert un de ses grimoires et montra une gravure au récemment promu clipitaine.

— Voilà, jeune homme ! Page cent vingt-quatre du bestiaire, le nogrok ! C'est juste le croisement magique d'un ogre et d'un orque.

— Bigre.

— Punaise, c'est moche, fit le Nain.

— C'est aussi vilain que gros et grand, et ça mange les gens.

Le Ranger fixa le dessin et lâcha d'une voix lasse :

— Et je suppose que ceux-là ne font pas la cuisine ou les papiers peints ?

— Non. Et c'est pas la peine de leur parler.

Un peu plus loin, on organisait déjà les soins du blessé. Un cuisinier avait ramené en courant du linge de maison, et Selenia tentait maintenant, à l'aide de ces compresses de fortune, d'éponger le sang qui s'était écoulé des plaies du chef Gruh. Aidée par le petit Gluby, elle était elle-même au bord de l'évanouissement car il y en avait de plusieurs couleurs, et un de ces fluides sentait mauvais. Comble de l'horreur, les vêtements de l'Elfe étaient maintenant irrécupérables.

Le barbare expliqua sa débâcle en quelques mots. Il était parti en compagnie de ses hommes, s'était éloigné de la Tour de Suak en pensant que ce conseil était un piège monté par des sorciers. Il comptait seulement rentrer chez lui et oublier cette histoire, et peut-être piller quelques villages sur la route. Mais comme ils étaient plus préoccupés par d'éventuels poursuivants que par des obstacles, le détachement n'avait pas pris soin d'envoyer un éclaireur. Ils s'étaient trouvés nez à nez avec une petite armée d'orques et de nogroks qui couraient eux-mêmes en direction de la tour.

L'enchanteresse Thorp vint s'accroupir devant le rescapé :

— Gruh, vous savez où ils sont maintenant ?

Le puissant vétéran était assis, quelque peu requinqué mais toujours en piteux état. Il tira sur une flèche qu'il avait réussi à choper dans son dos, et la pointe barbelée lui déchira les chairs, émettant un son écœurant. Il proféra quelque horrible juron de son peuple, puis il fixa Nak et dévoila ses dents sanguinolentes en une parodie de rictus :

— Bah, y a pas si longtemps ils étaient derrière moi…

Tout le monde se figea. L'Elfe lâcha sa serviette dans la boue, et même l'Ogre comprit que quelque chose ne tournait pas rond.

Gruh ajouta :

— Vaudrait mieux vous tirer, en fait.

— Fichons le camp ! s'écria consécutivement le père Grandjean.

Ils se précipitèrent sur leurs paquetages, mais il était trop tard. Déjà des grognements et des cris rauques de mauvais augure parvenaient des ruines autour d'eux. On pouvait entendre les halètements des bêtes en proie à la fièvre de la chasse, les ricanements sadiques de monstres flairant le sang frais et les proies faciles. À en croire l'origine des sons ils étaient déjà presque cernés, et les chances d'en réchapper devenaient chaque seconde de plus en plus minces.

— Les bourrins, avec moi ! cria le Ranger. Et les autres, suivez-nous ! On va se tirer par là !

BULLETIN CÉRÉBRAL DU RANGER

C'est le grand moment, on va devoir prouver qu'on est des braves. Nous avons affaire à des tas de monstres cette fois, et c'est pas une bataille de taverne. Ça va forcément se terminer par la mort de plusieurs personnes. J'espère qu'on va gagner, parce que je n'ai plus de points de destin… Et la Magicienne, elle en a ? Mince alors je ne lui ai jamais demandé. Et comment elle va faire pour nous ramener à la vie si elle est morte ? Bon sang mais combien ils sont ? J'entends des bruits par là… Et par là aussi ! Zut c'était le chemin que j'avais choisi pour qu'on s'échappe ! J'ai sorti ma belle épée, et j'ai mes super gantelets ! Mais… Argh… Mes doigts tremblent… Mes jambes refusent de bouger, je vais tomber ! Les gens s'agitent autour de moi, mais je ne peux plus parler. Je n'arrive plus à parler, c'est affreux ! Qu'est-ce qui m'arrive ? Oh non, c'est vraiment pas le moment…

Une bourrade de la Magicienne ramena le Ranger à la réalité et manqua de le faire chuter. Elle lui cria dans l'oreille :

— Hé ! Tu bouges ton gras, oui ? On fait quoi, maintenant, *chef* ?

— Ghli… Bddd…

L'érudite le regarda avec des yeux ronds, puis elle eut un rictus amer :

— Merde, une attaque de panique ! Comme si c'était le moment !

— Je… je…

Voyant qu'il n'y avait plus grand-chose à faire d'autre, elle secoua vigoureusement le clipitaine et lui asséna deux gifles sonores, qui pour quelques secondes le ramenèrent à la vie.

— Ta potion de courage ! Ça fait des jours que tu la trimbales, c'est le moment de l'utiliser !

— Alors ! brailla le Nain qui était derrière. On va par où ?

Et le Barbare d'ajouter en désignant la pénombre :

— Je crois que ça bastonne par là-bas !

— Y a déjà des monstres ! Ils attaquent le barbare blessé ! cria l'Elfe.

En effet, à quelques mètres on entendait les éructations de Gruh, qui était déjà retourné au front.

Le Ranger avait fébrilement récupéré la petite fiole de *Potion de Courage des Dragons* qu'il rangeait dans son escarcelle de ceinture, un cadeau d'une mission précédente.

— Attention, c'est du costaud !

Il hocha la tête à l'attention de la Magicienne, déboucha le flacon et but d'un trait la mixture qui avait le goût d'un œil de baleine, pour ceux qui ont déjà goûté. Il ferma les yeux trois secondes, parce que ça picotait aussi sur la fin.

Et soudain, une onde de chaleur monta de sa poitrine et il sentit le pouvoir mystique des dragons envahir son corps, car la potion contenait une partie de leur énergie vitale. Il pouvait mordre, il pouvait griffer, cracher des flammes et voler ! Il pouvait courir et brandir son épée, transpercer les ennemis, les piétiner, leur arracher les tripes et s'en couvrir la tête, hurler des insultes aux dieux, manger les cœurs fumants de ses victimes et boire de la bière en quantité illimitée.

Il se tourna vers ses compatriotes et montra les dents :

— Pas de quartier ! Butez-moi tous ces connards !

Sans attendre leur réponse il se rua dans la pénombre, suivi de près par la Magicienne qui l'éclairait de son bâton et qui vitupérait :

— Mais... Non ! On devait se tirer je te rappelle ! Hé !

— Rhaaaaaaaaa ! Moooort aux oooooorques !

Le reste du groupe leur emboîta le pas, mais tout le monde n'était pas forcément rassuré par le brusque changement de personnalité du Ranger. L'Ogre avait retrouvé son matériel de bataille et brandissait sa hache au palmarès déjà bien chargé. Gluby n'était pas à son avantage dans ce genre de conflit, il s'était donc réfugié sur le sac de la grande créature et s'arrangeait pour éviter de se faire broyer. Selenia et Nuliel, le visage toujours inondé de larmes, avaient empoigné leurs arcs et s'apprêtaient à livrer leur dernier combat, car leur instinct elfique leur disait que ce jour était funeste.

Le Barbare riait en levant son arme au-dessus de sa tête, et déjà la fièvre de la bataille reprenait possession de son esprit simple.

Car c'est Conan lui-même qui l'avait dit, une chose comptait pour les barbares : écraser ses ennemis, les voir mourir devant soi, et entendre les lamentations de leurs femmes ! Il était temps de vérifier tout ça.

Le Ranger courait droit devant lui, l'épée au clair, et découvrait l'environnement au fur et à mesure car il ne pouvait voir plus loin que le halo produit par le bâton magique. Il fut rapidement doublé par le Nain, lequel caracolait un peu plus vite qu'il ne l'aurait voulu grâce à ses bottes enchantées.

Le bolide cuirassé fut le premier à tomber sur un ennemi. Là, entre deux murs écroulés, se tenait un orque de taille normale, dont le faciès haineux et vert sombre était grimé de quelques motifs tribaux atroces et blasphématoires. Il était accoutré comme un éclaireur, de pièces de cuir et de fourrure, d'un casque à cornes asymétriques et de bottes informes, et tenait un arc court à la main. Mais n'avait pas de flèche engagée, hélas. Il vit s'approcher la troupe d'aventuriers, des fous lancés à la vitesse d'un Morshleg au galop, parmi lesquels il pouvait voir une magicienne aux cheveux de feu qui produisait cette étrange lumière bleue.

— Zut ! pensa l'orque dans son langage à lui, qui pouvait être quelque chose comme « Grovarz ! ».

Il n'avait pas le temps de tirer une flèche. Il n'avait pas le temps de tirer son hachoir de son fourreau. Il avait peut-être le temps d'appeler au secours ?

Mais le cerveau des orques est plutôt lent, ce qui est une bonne chose. Le temps qu'il se décide, il fut percuté par le Nain chargé de haine et précédé de sa hache. L'orque bascula en arrière, se cogna contre un bloc de pierre et se retrouva sur le dos, puis le Ranger lui bondit sur le torse à pieds joints et lui enfonça son épée dans le visage.

« Sprotch », fit l'orque.

— Haaaaaaaa ! fit le Ranger.

— Huk huk ! ricana l'Ogre.

— Attends ! cria la Magicienne.

Mais le jeune homme n'écoutait plus que son courage décuplé, au détriment de son instinct de survie.

— Là-bas ! hurla-t-il en voyant bouger quelque chose.

BULLETIN CÉRÉBRAL DE LA MAGICIENNE

Mince alors, son coup d'épée sur l'orque, c'était un critique on dirait ? Cette potion serait-elle plus efficace qu'une simple potion de courage ? Mais si jamais c'est pas le cas et que c'était un coup de chance ? Il va se faire démolir, il faut l'empêcher d'attaquer les deux orques qui s'approchent… Bon allez ! C'est l'occasion de faire une belle brochette ! Ah mais oui… Ce sort-là me paraît être tout à fait approprié !

— Poussez-vous !

La Magicienne se déporta sur le côté pour éviter de toucher le Ranger, et pointa son bâton vers les orques qui couraient dans leur direction. Elle visa soigneusement le deuxième, car son sort avait un gros avantage : il pouvait blesser tout ce qui se trouvait entre le mage et sa cible.

Elle prononça le mot de pouvoir du *rayon d'Alkantarade*, sort de niveau trois, deuxième arcane de magie, catégorie *rayons énergétiques*, ordre des *faisceaux longilignes*, sous-ordre des *ondes à transpercement*. Et le sortilège fut réussi cette fois, prenant la forme d'un rayon bleu d'une effroyable clarté. Il cueillit les deux créatures à la poitrine, consumant une partie de leurs organes internes et la moitié de leur énergie vitale.

Mais ils n'eurent pas le temps de profiter de la moitié restante, car déjà le Ranger était sur eux, suivi de près par le Nain et le Barbare. Quelques coups furent portés, et on ne sait comment le Nain se retrouva blessé au bras. Mais peu importait, car les ennemis étaient morts. L'Ogre arriva trop tard pour participer et se contenta de bougonner.

Ils n'eurent pas le temps de savourer cette nouvelle victoire car l'Elfe cria quelque chose derrière eux, et trois flèches furent décochées dans la pénombre. Trois, car l'une d'entre elles avait été tirée par un orque et frappa Nuliel à l'épaule. Mais l'éclaireur peau-verte grogna, car il avait lui-même reçu deux traits, dont un dans la poitrine, et celui-ci s'embrasa à la suite d'une petite explosion.

— Flèche de feu dans ta figure moche ! cria la souveraine.

Rien ne pouvait en effet entamer son caractère foncièrement elfique.

— Putain, mais t'es devenue bonne en fait ! s'étonna la Magicienne.

— C'est de la chance ! grogna le Nain en montant sur un rocher.

L'Elfe ignora le commentaire. Comme l'orque se contorsionnait pour lutter contre son incendie interne et qu'il n'était pas mort, elle décocha une autre flèche, plus classique, au peau-verte. Cette fois, le projectile disparut quelque part sur la droite, mais comme personne n'avait rien vu, l'Elfe se contenta de rougir et laissa tomber l'affaire.

Le Ranger ne tenait plus en place, mais il ne savait manifestement où aller car il n'y avait pas d'ennemis en vue. Cela leur donnait quelque répit. Nuliel s'appuya sur un pan de mur et marmonna quelques paroles dans la langue de la forêt, signe d'une grande inquiétude. La hampe de la flèche qui dépassait de son épaule semblait bien ancrée !

Autour d'eux dans les ruines, ils entendaient toujours beaucoup trop de bruit. La configuration du terrain les sauvait pour le moment, car on ne pouvait pas voir bien loin dans ce dédale de murs démolis et ces vestiges de maisons calcinées. D'autres personnes combattaient un peu plus loin, et des cris leur parvenaient du campement qu'ils avaient laissé derrière eux quelques instants auparavant.

Le Barbare se retourna vivement car il avait entendu gronder derrière un mur :

— Allez, on bouge, y a encore des ennemis !

— Mince alors, on a oublié les autres ! gémit l'Elfe.

En effet le diplomate, le père Grandjean, Nak'hua Thorp et leurs acolytes n'étaient plus en vue.

— C'est trop tard ! grimaça Nuliel. Il faut juste espérer qu'ils vont s'en tirer !

— Laisse-moi t'aider !

L'Elfe se porta au secours de son conseiller. Elle avait sans doute l'intention de mettre en pratique ses talents de chirurgienne pour l'aider dans sa tentative de *flèchectomie*, ce qui provoqua de la part du pauvre Nuliel un petit sursaut d'inquiétude. Il aimait bien sa reine, mais bon… Elle n'était pas un vrai guérisseur tout de même. Il fut cependant forcé d'abdiquer face à son sourire naïf et supporta stoïquement, l'espace de quelques secondes, le charcutage dont il fut victime. La flèche fut extraite assez rapidement.

— Là ! C'est quoi ce truc !

Le Nain montra la grosse forme qui s'avançait dans ce qui restait d'un sentier envahi par une végétation desséchée. Une silhouette noire de deux mètres cinquante, à l'estomac proéminent, portant un genre de gros marteau fabriqué à partir de machins récupérés. Ses petits yeux stupides reflétaient la lueur du bâton de la Magicienne, des yeux minuscules et cruels qui n'avaient sans doute jamais pleuré. La créature avait été vêtue de plaques de cuir agencées n'importe comment et reliées par des sangles et des anneaux de bronze, des protections hideuses mais dont l'épaisseur lui permettait sans doute de survivre à un séjour dans l'estomac du grand Sarlacc de Tatooine. C'était un de ces fameux nogroks.

Ce monstre n'avait sans doute qu'une seule occupation dans la vie : charger des victimes qui bougent.

Ce qu'il fit.

L'Ogre, qui avait vu que cet ennemi était à sa mesure, se précipita au même moment. Les aventuriers surpris tentèrent de se mettre en position, mais il n'y avait pour le moment rien à faire, car les deux colosses se percutèrent avec violence dans un passage étroit qui ne permettait pas aux autres combattants de trouver leur place. Ils virent les armes s'entrechoquer et ils entendirent un bruit écœurant, suivi d'un grognement. Un pugilat de taille s'engagea entre les deux mastodontes. Gluby fut éjecté du sac de son ami et chuta dans les gravats, provoquant un hoquet d'horreur de l'Elfe.

Elle n'eut pas le temps de s'avancer pour le sauver, car le Barbare et le Nain s'écrièrent :

— Derrière !

— Là ! Un autre !

En effet, un deuxième nogrok, sans doute perdu dans les décombres, essayait de passer la petite ouverture d'un vestige de porte pour s'en venir les molester. Il fallait faire quelque chose !

Cette fois la Magicienne fut incapable de retenir le Ranger, et le jeune homme se précipita en hurlant vers ce nouvel ennemi providentiel. Un ennemi qui lui permettrait d'assouvir sa soif de sang et ses idées de vengeance ! Un adversaire qui lui permettrait de prouver au monde qu'il était bel et bien le descendant d'un dragon. Sa vision était brouillée par le sang qui lui était monté à la tête, et il ne voyait plus désormais que ses ennemis, comme si ceux-là étaient entourés d'un halo lumineux qui le guidait vers la gloire.

Le nogrok était en position mais, comme le rôdeur avait l'initiative, il porta le premier coup d'épée, un coup puissant dirigé vers la poitrine. Le nogrok tenta une parade malhabile, et le coup porta.

La pointe de l'épée fit « poc ! » et n'entama nullement l'épaisse cuirasse.

— Ha, merde !

C'était au tour du géant de frapper, mais il avait visiblement peu d'adresse, car il ne parvint pas à empoigner correctement son gourdin et donna une ouverture supplémentaire au Ranger. Celui-ci s'appliqua donc à porter un coup plus puissant, un coup de taille visant à endommager son bras.

Le tranchant de l'épée fit « plout ! » sur la protection du nogrok, épaisse de quatre centimètres.

— Chiotte !

Il réitéra l'essai pendant que la bête empoignait son arme, et frappa la jambe. Cette fois, l'épée fit « plonk ! ». Mais toujours aucun dégât.

Derrière le clipitaine à demi fou, le Barbare et le Nain achevaient de se mettre en position pour prendre part au combat. La Magicienne, prise au dépourvu et ne pouvant courir le risque de frapper le Ranger, lança *l'ensablement oculaire de Munff* sur le monstre, un sortilège bien pratique qui remplaçait la traditionnelle poignée de sable lancée à la face de l'adversaire par les gladiateurs fourbes. Mais le nogrok, créature quelque peu magique, disposait visiblement d'une certaine résistance aux sortilèges, car il n'en fut pas le moins du monde affecté. À moins que le sort n'ait été un échec ? Dans le tumulte, ce n'était pas facile à savoir.

Peu importait à vrai dire, car l'horreur musculeuse asséna enfin un coup de son affreux gourdin clouté au rôdeur, que celui-ci tenta vainement de parer comme il avait appris à le faire en lisant des revues sur les héros.

Malheureusement, comme il est vrai qu'on ne peut parer la charge d'un mammouth à l'aide d'un éventail, à moins d'être un samouraï adepte de certaines techniques secrètes, on ne peut pas non plus parer le gourdin d'un monstre de cette taille avec une épée classique et des bras de poulet.

Le coup balaya donc le jeune homme, en même temps qu'il réduisait à néant ses rêves de gloire, et il fut projeté contre un mur dans un bruit spongieux. Il se retrouva fortement commotionné et perdit toute notion d'espace-temps.

Déjà les deux guerriers s'apprêtaient à prendre la place de leur compagnon tombé au combat. Le Nain, fier et vaillant avec son Casque du Massacre de Razukil, essayait de trouver un moyen de compenser son manque d'allonge par un mouvement audacieux. Le Barbare estimait simplement ses chances de percer l'armure de cuir du nogrok, ainsi que le nombre de blessures qu'il lui faudrait infliger pour le mettre hors de combat. Le monstre frappa trois fois dans le vide et ils se contentèrent d'esquiver les coups. Mais à un moment, il faudrait faire face.

— Reculez ! cria la Magicienne. Je balance un sort !

— Ha, merde ! On y était presque !

— Pffff…

Malgré leur manque d'entrain à exécuter l'instruction, les combattants se replièrent néanmoins de deux mètres. L'érudite se décida donc à revenir aux *bonnes vieilles techniques qui roxent du poney*, à savoir la boule de feu majeure.

Mais quelque chose ne se déroula pas comme prévu.

BULLETIN CÉRÉBRAL DU RANGER

Damned… Ce que j'ai mal… Ma tête… Y a un truc chaud qui coule sur mon œil. Je ne sens plus mon épée dans ma main. Je ne sens plus ma main. Mais… Bon sang, je ne sens plus mon bras ! Ah si. Aïe ! Quelle douleur atroce ! C'est pire que la fois où j'ai été éventré par la taupe-garou, parce que là je suis mort tout de suite. Mais qu'est-ce que je dis moi ? Je ne vais pas mourir maintenant ? C'est possible de faire tout ce chemin pour se faire balayer comme un gros nase par un monstre aussi moche et bête ? Je suis niveau quatre, bordel ! Et j'ai le courage d'un dragon, il faut que je retourne au combat. Mais comment faire sans mon bras ? Peut-être que je peux l'attaquer avec les dents ? Tiens, je vois que le Nain et le Barbare s'attaquent au monstre. Bon courage les gars ! C'est vraiment de la carne. Je l'ai touché trois fois, cet enfoiré ! Il n'a même pas perdu une goutte de sang. Quelque chose bouge sur le côté, c'est… La Magicienne… Ho, ma tête, ça ne va pas bien. Non ! Faut pas que je m'évanouisse ! Pas pendant la bataille ! Elle dit quelque chose, sans doute un sort. C'est quoi ça ? Un gros truc rouge vient d'apparaître.

Holàlà, ça bouge. Elle sait faire ça, la magotte ? Ah… Visiblement c'était pas prévu… Tout le monde se casse. Zut… Je… m'endors… Non… Pas mourir ici… C'est trop… …con.

Aarrgghh.

À Glargh, et plus particulièrement au numéro 4 de la rue Tibidibidi, on s'affairait dans un bureau glacial et encombré de paperasses. Depuis plusieurs jours, Zangdar et Reivax travaillaient à restaurer leur image de marque, à relancer leur activité dans un contexte géopolitique difficile. Les aventuriers de tout poil, à présent survoltés par les annonces de guerre et les ragots concernant divers conflits, ne viendraient pas perdre leur temps dans une tour en travaux, et à plus forte raison une tour dont ils n'avaient jamais entendu parler. Attendre des visiteurs dans ces conditions était une perte de temps, et le sorcier devait trouver d'autres moyens de s'enrichir en nuisant. Et puis ils n'avaient pas encore installé la moitié des pièges, et la plupart des monstres étaient absents.

De plus, ils avaient eu la visite, au cours des jours précédents, de plusieurs fonctionnaires, d'huissiers et de quelques enquêteurs qui recherchaient des informations sur « d'étranges événements ayant eu lieu dans le voisinage », en rapport avec « l'affaire du Katakak ». On cherchait des coupables en haut lieu, et pour le moment on avait surtout des victimes. Les habitants du quartier devaient ainsi remplir de nombreux papiers et les remettre au chef local de la garde. Certains avaient dénoncé la tour noire et ses étranges occupants, qu'on ne voyait que très peu et qui refusaient de dire bonjour quand on les croisait dans la rue.

— Ces formulaires sont vraiment stupides, Maître ! Écoutez ça : « Avez-vous participé ou incité à un acte criminel ou terroriste durant les trois dernières années ? »

— Hum… Quelles sont les réponses possibles ?

— « Oui, non, peut-être ».
— Effectivement…
— Et ils ajoutent : « Si vous répondez oui à l'une des dix questions du volet B, rendez-vous immédiatement au poste de garde muni du présent formulaire, et prenez soin de vous attacher les mains. Les menottes ou cordages détériorés ne seront en aucun cas remboursés par l'administration. »
— Et que se passe-t-il si on répond « peut-être » ?
— Ils conseillent de voir un médecin.
— Hmm… Je pense que nous allons répondre « non ».
— C'est noté.

Ils passèrent rapidement sur les autres questions, dont une qui était « Avez-vous transporté des fromages dangereux au cours des six derniers mois ? » et une autre qui parlait de poulets malades. Puis Reivax rangea le formulaire dans son dossier. Zangdar fit alors quelque pas dans son bureau, les yeux rivés sur son bloc-parchemin. Il essaya de rallumer les bougies noires au suint de bouc qu'il aimait entretenir en permanence, mais il n'y avait plus rien à en tirer. Il faudrait faire une nouvelle commande à la Stipule de Falkor.

— Il est temps de passer à l'action ! déclara-t-il enfin à son conseiller. La Terre de Fangh est en plein marasme. L'administration est désorganisée, les gens courent partout à Glargh et les gardes sont occupés à surveiller les portes. Sans oublier les commerçants qui ont déjà augmenté leurs marges en prévision des temps difficiles.

— Comme vous dites ! ronchonna Reivax. Les croissants de ce matin étaient déjà plus chers que ceux d'hier !

Le sorcier fit craquer ses jointures :

— Ne commence pas à changer de sujet !

— Bien Maîiiiitre.

Zangdar étala un grand plan de Glargh sur son bureau, et ce faisant renversa plusieurs autres documents. Le plan était déjà couvert de notes et de croix, de petits dessins et d'un certain nombre d'icônes tracées de façon malhabile.

— Alors on abandonne le coup de la banque centrale ? gémit Reivax en montrant du doigt l'édifice.

Une petite annotation proche indiquait « sorciers de haut niveau, nombre inconnu ».

— Oui, acquiesça le sorcier. On en a déjà parlé, c'est idéal pour s'enrichir mais c'est un peu risqué. Sans compter que beaucoup de gens peu recommandables ont placé leurs biens dans les coffres, et qu'ils pourraient nous en vouloir.

— Vous voulez parler des gens des sectes ?

— C'est ça. Le temple de Slanoush est juste à côté, ainsi que la Guilde des Marchands et le sanctuaire de Tzinntch.

— Holàlà, oui. Bien bien… Je le note.

Zangdar contempla la carte en hochant la tête et en murmurant. Cela dura quelques secondes, puis il posa son doigt griffu sur deux cercles :

— Ha ! L'incendie des tours jumelles notariales !

— Ho, oui mon Maître ! Les nobles de la ville perdraient tous leurs documents de propriété et de succession ! Ce serait la panique !

— Ha ha ha ha !

Puis Zangdar se renfrogna aussi vite qu'il avait commencé à rire, et secoua négativement la tête :

— Non, ça fait petit joueur. Et puis personne ne va mourir dans cette histoire, ça ne va pas contribuer à me refaire une réputation.

— Ha, bon.

Le frêle acolyte s'éloigna instinctivement, car il venait de voir qu'il était sur le côté droit du maître et qu'il pouvait donc recevoir une gifle. Il fit le tour du bureau pour se trouver en face, hors de portée. Zangdar était toujours plongé dans ses pensées et il enchaîna :

— L'invocation d'un démon qu'on lâcherait dans les rues de la ville, ça manque un peu d'originalité. Et puis ça serait comme si on voulait copier sur mon cousin.

— Et la libération des animaux du zoo ?

— C'est ridicule !

Reivax suggéra d'une voix fluette :

— Et… Et l'empoisonnement des réserves d'eau ?

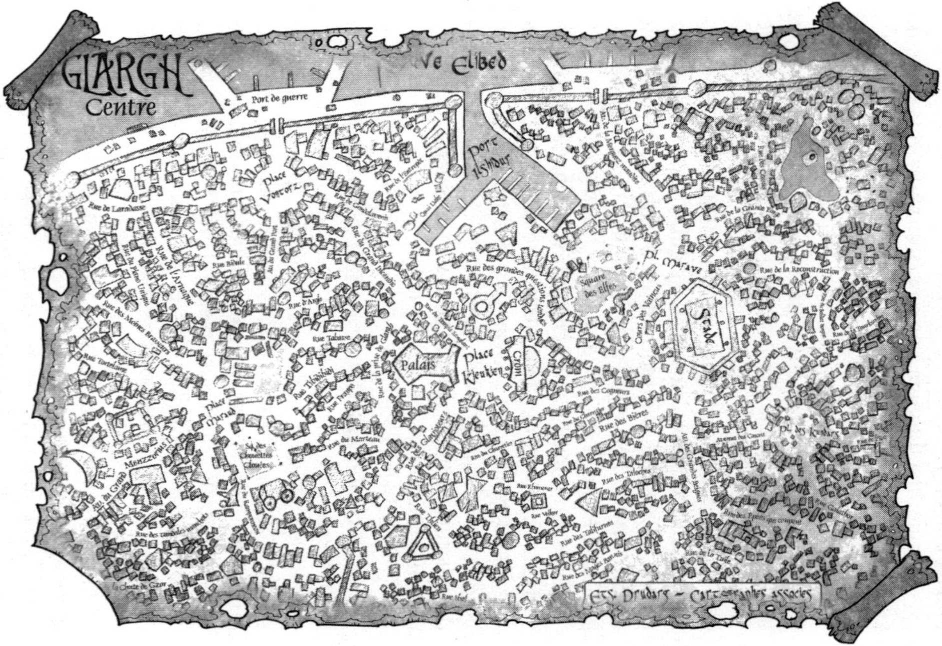
GLARGH
Centre
Port de guerre
Ve Elibed
Port Ishdur
Place Vortorz
Rue de Larrabasse
Rue Bidule
Rue de l'Arnaque
Rue du Piano Unique
Rue des Moines Brasseurs
Rue d'Anju
Rue Tabasse
Rue des grandes questions tordues
Square des Elfes
Pl. Marave
Rue de la Reconstruction
Stade
Cours des Vaineus
Palais
Place Kleuhten
Crôm
Rue des Cogneurs
Rue des Bières
Rue des Taloches
Rue Elvaneur
Rue Velber
Rue des Tabiturons
Rue du Martiau
Rue Frappe
Place Murnid
Menzzorius
Rue Thèbes
Pl. des Koubars
Rue de la Tuile
Rue Bleuf
Ets. Drudars – Cartographes associés

— Nous vivons ici, imbécile ! Nous buvons la même eau que les autres.

— Alors le nuage de brume empoisonnée sur le quartier du fort militaire ?

— Ça ne fonctionnera pas en cette saison, il y a trop de vent.

— Ha, si vous le dites...

Ils restèrent ainsi penchés sur la carte pendant plusieurs minutes. Ils parlèrent également d'une possibilité d'enlever les enfants d'un noble pour exiger une rançon et les sacrifier ensuite à un dieu impie, mais ils manquaient de main-d'œuvre pour cette mission difficile. La tâche comportait une partie infiltration et ça n'était pas la spécialité de la maison. Les sortilèges du maître n'étaient pas des plus discrets.

Monter un complot pour engendrer un conflit entre deux sectes à l'intérieur de la ville était une autre idée, mais elle ne rapporterait rien et pouvait être le fait de n'importe qui, ne demandait nul pouvoir de sorcier. Et puis, cela se produisait sans arrêt, ça ne ferait peut-être même pas la une des quotidiens locaux.

Pour marquer le coup et revenir sur le devant de la scène, il convenait de trouver quelque chose de plus fort, de plus outrancier. Il fallait engendrer une véritable catastrophe, trouver quelque chose qui pose encore plus de problèmes que la guerre entre les peuples ou l'apparition du Katakak dans un stade. Malheureusement, de puissants mages avaient posé sur Glargh des enchantements qui empêchaient d'y lancer des sorts de masse.

Zangdar fit quelques pas vers la bibliothèque et tira sèchement sur la tranche d'un livre gris qui dépassait du rayonnage. Le volume semblait très ancien, et sa couverture râpée n'était pas très lisible mais on pouvait y voir un genre de tour en ruine. Un signet de soie rouge marquait l'une de ses pages, et le sorcier noir ouvrit le bouquin à cet endroit précis, comme s'il savait exactement ce qui l'attendait.

— Dans ce cas, nous n'avons plus le choix, mon petit Reivax. Il faut directement taper dans le grandiose.

Le conseiller, encouragé par l'air satisfait du maître, s'approcha et lut la page du livre qu'on lui tendait. Ce n'était rien d'autre qu'une page d'histoire de la Terre de Fangh, avec un plan. Il se gratta la tête !

— Heu... Pardonnez-moi mais... Vous croyez qu'on peut faire quelque chose avec ça ?

— Bien sûr, imbécile ! Tu n'as pas lu la description des bestioles ?

— Si, si... Mais heu... elles sont un peu loin...

Zangdar fronça les sourcils et brandit le livre sous le nez du petit homme, si rapidement qu'il recula de peur d'en prendre un coup.

— Mais regarde ! expliqua-t-il avec agacement. Il nous faut juste ouvrir un passage de téléportation depuis *là* jusque *là* ! C'est pas ce qu'il y a de plus difficile !

Le visage de Reivax s'éclaira, ce qui compte tenu de sa couleur le fit ressembler plus que jamais à un poivron :

— Heu... Avec le parchemin et les deux reliques de pierre qui moisissent au grenier ?

— Exactement !

Zangdar éclata de son rire préféré, celui qui augurait des bonnes soirées à compter des pièces d'or en regardant pourrir des aventuriers démembrés. De son côté, Reivax joignait les mains et se laissait transporter par l'enthousiasme général :

— Holàlà ! Mais c'est génial ! Quelle idée formidable ! Une vraie calamité !

Mais le ténébreux sorcier était déjà parti vers la porte en ricanant, son livre gris dans une main et son sceptre de pouvoir dans l'autre. Il marchait d'un pas conquérant vers un destin sauvage et claqua des doigts :

— Tu vas préparer nos affaires, crapule ! Et il nous faudra aussi acheter quelques ingrédients !

— Oui, Maîiiitre ! J'arrive !

Le temps était à nouveau à l'action et Reivax souriait. Il était bien agréable de partir ainsi sur les routes, plutôt que de rester planqué dans une tour humide et froide à attendre que se pointent des brochettes d'imbéciles, à essayer d'installer des pièges et à régler des factures en retard. Mais il devait garder ces idées dangereuses pour lui, car c'était là une pensée d'aventurier.

VI

Le camp des pierres

Deux heures plus tard, dans la nuit fraîche de la plaine.

Un chariot cahotait, dans les touffes d'herbes et les cailloux foulés par de nombreux pieds sales, aux ongles noirs et pointus. Le véhicule était au centre d'un convoi, cerné par une importante cohorte de créatures hideuses, parlant une langue malfaisante, qui se déplaçaient en grognant sous le couvert de la nuit à la manière d'une colonie de cafards. Les rayons des deux lunes portaient de sinistres éclats de lumière sur leurs pièces d'armures dépareillées, sur le tranchant de leurs armes rouillées et dans leurs yeux chafouins. Car cette nuit, Hazmats la lune du Chaos était apparue, comme pour célébrer le triomphe des serviteurs du mal. Ils avaient en effet accompli leur mission et s'en retournaient vers leur repaire, après avoir tué, brûlé, volé et capturé des prisonniers.

À l'avant de la troupe marchaient cinq orques éclaireurs, à l'affût des obstacles et des embuscades. Suivaient ensuite une quarantaine de fantassins et de lanciers, braillards et chamailleurs, entourant leur chef de guerre. Il y avait aussi l'énorme chariot, tiré par quatre aurochs. Ensuite, montés sur des chevaux noirs et corrompus, venaient deux étranges sorciers au visage gris. Et enfin, une douzaine de nogroks fermaient la marche.

Le véhicule était aussi imposant que rustique, fait de planches de bois grossières, de bronze mal coulé et de chevrons rabotés au hachoir. On avait accroché sur des clous, plantés n'importe comment sur ses flancs, une grande quantité de crânes et d'ossements qui s'entrechoquaient rythmiquement et accompagnaient le déplacement de l'engin d'une musique macabre. Sur le plateau, on avait entassé toutes sortes de choses, y compris des cadavres et des animaux morts, des objets de valeur ou sans valeur, des vêtements, du mobilier, et une grande cage de fer.

C'est là que se tenait le Nain, assis contre la grille, massant ses côtes douloureuses. Sa tête ballottait au gré des mouvements du chariot, et il était de très mauvaise humeur. D'aussi loin qu'il se souvienne, il n'avait jamais été aussi mal.

BULLETIN CÉRÉBRAL DU NAIN

Eh ben. Voilà ce qu'on gagne à vouloir aider les elfes. On m'a pris mes pièces d'or et toute ma monnaie. De l'argent gagné durement à la sueur de ma hache. On m'a pris mes armes d'ailleurs, même la Durandil de jet d'occasion, et mon couteau à saucisson, et ma cotte de mailles. Un sale orque de merde a même volé mon casque légendaire que j'avais gagné parce que je suis un super guerrier. On m'a piqué mes bottes. Je me suis fait laminer par trois orques, ils m'ont pété deux dents et je sais pas combien de côtes. Mais zut, j'ai rien compris moi ! On était en train de gagner la bataille dans les ruines, quand la Magicienne a lancé son sort pourri et qu'elle a fait apparaître un démon tout rouge. Le machin était tellement débile qu'il a tout de suite attaqué le Barbare au lieu de nous aider à buter le nogrok. Alors on s'est tirés, n'importe comment, n'importe où, et moi je suis tombé sur un régiment. Il paraît que les démons, on peut pas toujours les taper avec des armes normales, et qu'il faut des trucs magiques ou des fois des métaux spéciaux. Comme pour le Golbargh, en fait, sauf que là c'en était pas un. Bref, y a tout plein de gens qui sont morts, et je ne sais pas où est la Magicienne, ni l'Ogre, ni l'Elfe avec son ménestrel, ni tous ces abrutis du conseil qui servait à rien. Et où est-ce qu'on va avec ce chariot pourri ? Ça me donne envie de gerber, y a des bestioles crevées juste à côté de la cage… Merde, j'espère qu'ils vont pas nous bouffer, ces cons. Me voilà coincé avec ce mec, et en plus si ça se trouve il est déjà crevé. Ah non, il bouge la tête.

— Haaaaaaa…
— Ouaip, comme tu dis.
— Putain, j'ai trop mal.
— Moi aussi.

Ils se turent. Il fallut quelques secondes au rôdeur pour faire le point sur son environnement. Il ne faisait pas si noir grâce aux deux lunes, et il pouvait voir qu'il était en Terre de Fangh, et qu'une autre personne au moins était bien vivante.

— Ha, c'est toi ?

— Ouais, mais faut m'appeler Sargent, si ça te fait pas trop mal aux seins. Enfin toutes ces conneries ça sert plus à rien maintenant.

— En tout cas je suis pas mort.

— Je sais pas si c'est vraiment une bonne nouvelle, en fait…

— Ah bon ? Mais on est où ?

— Ben, regarde.

Le Ranger essaya de se redresser, mais une douleur fulgurante l'en empêcha. Il hurla, ce qui provoqua immédiatement quelques rires mauvais chez les créatures qui cernaient le chariot. Il tâta son bras et pâlit en découvrant ses blessures. C'était absolument horrible.

Le Nain renifla et désigna le membre sinistré :

— Je pense qu'il est cassé à trois endroits, si tu veux mon avis.

— Argh !

Puis l'aventurier s'évanouit à nouveau.

Il reprit connaissance un peu plus tard. Il constata que le Nain était toujours là, avec son air fâché et sa croûte de sang sur le visage, et qu'ils étaient toujours prisonniers de cette cage mobile. Vaincu par l'épuisement, il s'endormit après s'être roulé en boule dans sa cape. Il essayait de ne penser à rien, ce qui n'était pas bien compliqué dans la mesure où il ne pouvait rien faire pour se tirer de là.

Il ne sut jamais combien de temps dura son sommeil, mais il fit jour à un moment. Il se réveillait souvent à cause de la douleur, ou quand le chariot passait dans un trou plus profond que la moyenne. Il lui semblait alors que des centaines de lames lacéraient l'intérieur de son bras sinistré. La fièvre qui le gagnait peu à peu le couvrait de sueur, et il était tantôt brûlant, tantôt glacé. Il se sentait plus misérable que jamais.

Quand il émergea finalement de son long cauchemar, le convoi venait de s'arrêter. Ils se trouvaient visiblement dans une forêt, mais il y avait là une enfilade de clairières, formées par l'affleurement de nombreuses collines rocheuses, un espace étouffant où le végétal semblait lutter pour gagner sa place sur le minéral. De vieux troncs noueux se frayaient un chemin entre les rochers, et des lianes pendaient d'un peu partout. Les parois des buttes étaient naturellement percées de grandes bouches noires, servant probablement de refuges, et on avait monté dans tous les espaces libres des cabanes de fortune, ainsi que des ateliers divers.

Mais leur situation ne s'améliorait pas, car l'endroit était peuplé. Le chariot fut accueilli par de nombreux grognements et une grande agitation, causés par la cinquantaine de créatures qui semblaient attendre sur place.

— Et merde, un campement d'orques ! chuchota le Ranger.

— Bah ouais, merci j'ai vu !

— C'est bizarre cet endroit, non ? C'est la montagne ?

Le Nain fit un rapide examen des lieux.

— Non, c'est du classique. En fait nous sommes dans une cuvette qui renfermait sans doute un lac ou une mer, y a super longtemps. Les blocs là, c'est du grès à ciment calcite ! Du coup on a l'impression d'être en hauteur à cause de la taille des rochers, mais on n'est pas du tout à la montagne. C'est juste de la roche sédimentaire érodée par les intempéries qui…

— C'est bon, j'ai pas besoin du détail !

— Bah !

Ils ne bougèrent pas pendant un moment, et personne ne s'occupa d'eux, sinon pour leur crier des insultes incompréhensibles. Les créatures s'interpellaient dans leur curieux langage, se chamaillaient et racontaient sans doute leurs exploits guerriers. Les nogroks de l'arrière-garde furent dirigés par un genre de chamane boiteux vers une grande caverne à une cinquantaine de mètres. Ils semblaient curieusement dociles, une fois sortis du champ de bataille. Quant aux deux sorciers, ils avaient disparu.

Le Ranger parvint à s'asseoir en s'aidant de son bras gauche, mais il ne se sentait pas bien du tout. Son visage était pâle, ses yeux rouges et cernés, et il tremblait par intermittence. Il savait qu'il était en train d'attraper la fièvre fanghienne, la maladie qu'on chopait dans les blessures non soignées.

Autour du chariot, l'agitation était à son comble. C'était le moment de partager le butin ! Certains orques, sans doute les plus forts, montèrent sur le plateau de transport et s'emparèrent de diverses choses. Une fois chargés, ils laissèrent leur place à d'autres, et ainsi de suite jusqu'à ce que le tas ne soit plus qu'un souvenir, et qu'il ne reste rien d'autre qu'un énorme coffre de bois usé, auquel personne ne toucha. Les créatures se dispersèrent alors dans leur village.

— Quelle chienlit ! grommela le Nain. J'ai perdu de vue mes affaires.

— Qu'est-ce que ça change de toute façon ? Tu comptais sortir de la cage pour les récupérer ?

— Bah non, mais on sait jamais…

En examinant plus précisément les alentours, ils ne furent pas surpris de découvrir les cadavres pourrissants de deux humains, crucifiés à des poutres grossièrement clouées au tronc d'un vieux chêne. Cette vision de cauchemar termina de leur saper le moral.

Cinq minutes plus tard, et alors qu'ils se demandaient s'ils n'allaient pas crever dans la cage, un des sorciers s'approcha du chariot, précédé du petit chamane voûté. Cet orque avait bizarrement des cheveux gris, mais c'étaient probablement des faux. Il portait de nombreuses fourrures de couleurs diverses, cousues de petits crânes, des bracelets d'ossements et une multitude de colliers de dents d'origines diverses. Il s'appuyait sur un long bâton orné d'une poupée de tissu percée d'épingles.

Quant au sorcier, il était toujours aussi gris et impassible. C'était comme s'il ne portait pas de peau sur son visage, mais un masque de tissu. Il était vêtu d'une robe noire à curieux reflets rouges, aux plis multiples dissimulant sans aucun doute de nombreux sachets empoisonnés. Il grimpa sur le plateau à l'aide d'un marchepied et observa longuement les aventuriers avant de leur parler. Sa voix était basse, fielleuse et chargée de menaces :

— Vous nous posez un problème. Nous n'arrivons pas trop à savoir qui vous êtes, et ce que vous faisiez au conseil. Vous n'êtes pas des soldats, ni des membres d'un gouvernement. Vous ne ressemblez pas trop à des mercenaires. Et vous disposiez d'objets magiques... dont certains sont intéressants.

— Je suis un Nain, connard !

— Oui, c'est évident. Mais nous devons savoir qui vous êtes *vraiment*.

Avant que le Ranger ne parvienne à dire quelque chose, il se pencha vers la caisse de bois et posa la main sur la serrure. Il y eut un déclic et le couvercle bascula. Le sorcier se baissa pour saisir une botte.

— Nous avons gardé votre équipement pour l'analyser.

— Hé ! C'est à moi ça ! Rendez-moi mes godasses !

L'homme ricana :

— Elles ont l'air intéressantes... Nous allons voir ça ! Il y a aussi un casque et des gantelets chargés d'une certaine magie... Mais j'espère pour vous que vous n'êtes pas de simples aventuriers !

— Heu... Ah bon ? Pourquoi ça ? bredouilla le Ranger.

— Parce que les orques adorent les torturer, vous ne le saviez pas ? Les aventuriers sont la lie de la civilisation. Ils gagnent fortune et gloire en tuant nos créatures ! Les peaux-vertes sont poursuivis depuis leur plus jeune âge par ces individus sans loi qui parcourent le territoire et massacrent à tour de bras pour satisfaire leur ego et leurs petites quêtes minables. Alors quand les orques ont la chance de trouver la vengeance, pourquoi s'en priveraient-ils ?

Le Nain et le Ranger échangèrent un regard bref mais intense, chargé du message suivant : « Oui, bon ben alors on va dire qu'on n'est pas des aventuriers, hein. »

— Nous étions les assistants de la souveraine de Folonariel ! s'empressa de préciser le rôdeur.

— Comme des mercenaires, en fait, ajouta le Nain. Parce qu'on n'est pas vraiment les amis des elfes. Ça serait trop la honte.

Ignorant les propos du barbu, le sorcier dévisagea le jeune homme et fronça les sourcils.

— Hum... Oui, je vous ai vu sous la tente du conseil. Je vous avais oublié car vous aviez l'air tout à fait pathétique et complètement perdu.

Puis il éclata d'un rire sinistre :

— Mais moins que maintenant ! Ha ha ha !

Le rôdeur soupira et baissa la tête, n'osant répliquer de peur que leur situation ne s'aggrave. Il n'avait jamais été aussi humilié, sauf la fois où il avait été pris en chasse par de jeunes paysans vindicatifs au village de Tourneporc. Mais au moins, il n'y avait eu aucun témoin de la scène. Alors que là, il y avait le Nain. Quand on était ridicule à côté du Nain, on savait qu'on en entendrait parler pendant des mois. Rien ne lui échappait quand il était question de bassiner ses camarades.

Le sorcier se détourna, referma le coffre et descendit du chariot. Il adressa quelques instructions au chamane et s'éloigna sans un regard pour les captifs. L'orque boiteux siffla ensuite dans un appeau étrange, qui produisait un son proche du cri du corbeau, et plusieurs guerriers surgirent des cabanes et des grottes pour s'approcher du grossier véhicule.

BULLETIN CÉRÉBRAL DU NAIN

Je crois qu'ils vont pas nous manger ni nous tuer maintenant. Les sales orques nous ont escortés jusqu'à une prison bizarre à l'entrée d'une grotte, un truc super moche en bois et en fer qui a sans doute été fabriqué par des attardés. On n'a pas beaucoup de place mais on n'est plus ensemble. C'est pas plus mal finalement, vaut mieux être seul que mal accompagné ! Et puis on peut toujours se parler si on veut, de toute façon les deux gardes qui restent à nous surveiller ne comprennent pas ce qu'on dit. Mais le Ranger, il est trop dans les choux, il a vraiment l'air pas bien. Moi je reste éveillé ! J'ai vu les pourritures de peaux-vertes traîner le coffre jusqu'à une grosse cahute un peu plus loin, comme ça je sais où il est. Finalement c'est pas trop dur de s'échapper : il suffit que je trouve le moyen de casser les barreaux de cinq centimètres, que je tue les gardes sans qu'ils donnent l'alerte, que j'aille jusqu'à la cahute sans me faire voir en traversant leur village, que j'ouvre le coffre qui est fermé par magie, que je récupère mon équipement, que je tue le reste des gardes et que je parte en courant dans cette forêt que je connais pas. Un vrai truc d'aventurier qu'on racontera plus tard, comme les aventures de Goltor !

Le chamane entra dans la cellule du Ranger pour examiner son bras. Il avait sans doute reçu l'ordre de maintenir les prisonniers en bonne santé, aussi il appliqua sur la chair tuméfiée du membre une pommade à l'odeur infecte, un traitement quelque peu brutal qui causa des douleurs atroces au patient. Il examina les yeux et la langue du jeune homme, et l'obligea ensuite à boire une décoction piquante au goût de poubelle macérée. Il pensa que son estomac était labouré par des socs miniatures. Finalement, l'orque lui accrocha au cou un petit sachet de plantes qui sentait les pieds sales, et se décida à lui parler :

— Toi bouger pas non ! Magie puissante de nous, orques ! Chasser chaleur du corps à toi ! Fini yeux rouges !

À la suite de la consultation, et considérant le fait que l'haleine du chamane suffisait à elle seule à causer la nausée, le prisonnier était au plus mal. Il fut soulagé de voir que le rebouteux s'éloignait et se roula en boule sur le sol de terre battue, tremblant et prostré. Il se concentra sur ses diverses douleurs, fut forcé de vomir dans un angle de sa cellule et sombra de nouveau dans un sommeil fiévreux.

De son côté, le Nain ruminait son plan d'évasion. Voyant qu'il ne pouvait plus communiquer avec son voisin, il passa plusieurs heures à analyser son environnement. Il commença par noter les habitudes des orques, mais il changea rapidement d'avis. Les orques, créatures du chaos, n'avaient pas d'habitudes. Les gardes qui passaient parfois devant sa prison n'avaient pas de chemin de ronde défini, et la relève n'était pas assurée de manière régulière. Il fit ensuite le tour de sa cage pour en chercher les points faibles, mais il ne trouva rien de très probant. Puis il fut pris d'une forte envie d'uriner, constata l'absence totale de sanitaires, et s'organisa pour pisser à travers les barreaux. Il pensa alors avec amertume au moment où il lui faudrait se livrer à une commission plus délicate. Il n'était pas d'un naturel bourgeois, mais il y avait tout de même des limites.

Frustré et toujours aussi énervé, il s'assit face aux gardes et resta ainsi sans bouger pendant une éternité, jusqu'à ce que l'obscurité vienne et qu'on lui apporte un sac de toile dégoûtant, qui lui fut donné à travers les barreaux.

— Groumourz ! dit le factionnaire en ricanant.

L'orque lâcha également un sac de toile dans la cellule voisine.

Un brasero avait été allumé à quelques mètres des cellules, qui ne diffusait que peu de chaleur mais assez de lumière. Les orques venaient parfois s'y réchauffer, jetaient des regards aux prisonniers et se racontaient des blagues. Le Ranger n'avait toujours pas émergé.

Le Nain ouvrit le sac de toile. Il contenait un morceau de gras d'origine indéfinie, qui comportait une infime proportion de viande grise, un étrange tubercule terreux jaunâtre, un quart de miche de pain moisi et une outre de peau renfermant de l'eau croupie. Il soupira.

— Ouais, bah fallait pas non plus s'attendre à du pâté de cerf…

Il se décida à consommer les produits, car la faim le tenaillait. Il tenta d'oublier le goût déplorable de la nourriture en repensant aux meilleurs moments de sa vie.

Le premier souvenir sur lequel il tomba fut l'auberge du Donjon de Naheulbeuk. Là, ils avaient mangé de l'ours à la bière, ils s'étaient bâfrés comme jamais, ils avaient bu comme des chancres, ils avaient pu insulter la serveuse, ils avaient ri, ils avaient raconté des blagues idiotes, ils avaient mis le feu à la taverne et lui-même avait volé la caisse. C'était le bon temps !

À cette époque, peu importait : la vie, la mort, la réputation… On se concentrait seulement sur les vraies choses, à savoir l'aventure et les pièces d'or. Et personne n'était son copain, il faisait juste partie d'une équipe. Au moins, ils n'avaient rien à perdre que des babioles sans intérêt, puisqu'ils démarraient de rien. Ils avaient ensuite couru comme des fous dans le donjon, ivres et insouciants, avant qu'il ne perde le reste de l'équipe et se fasse tuer bêtement par une liche casanière en babouches. Ensuite on l'avait sauvé de la mort, et malgré ce qu'il avait pu en dire, il avait été bien content de retrouver son équipe et de défaire Zangdar.

C'est vrai qu'il y avait tout de même des moments longs et pénibles, dans les aventures. Comme ce voyage à pied, depuis Valtordu jusqu'à Boulgourville, où ils avaient dû camper dans la forêt et endurer les discussions des elfes Lunelbar. Comme cette semaine horrible passée dans le convoi de supporters. Mais toutes ces batailles ! Tous ces trésors ! Ces beuveries à la taverne ! Et les filles-pompons de Waldorg nues dans leur vestiaire ! Et la fuite du géant d'Altrouille, aux pieds enflammés ! Et ce matériel récupéré à bas prix chez des marchands ignorants ! Ha, les cinq minutes de ce bonheur triomphant qu'il avait éprouvé quand il avait marchandé sa hache de jet Durandil d'occasion ! Et le petit tas de lingots brillants tendu par le négociant du bazar de Glargh en échange des statuettes. Il n'oublierait jamais, non plus, la tête de Gontran Théogal au moment où ils avaient débarqué dans son sanctuaire. Pas plus que le coffre à trésors de la dame aux yeux verts de Waldorg, dans lequel il avait pris ses fabuleuses bottes de vitesse.

Ses belles bottes de vitesse, rien qu'à lui. Gratuites.

Ses bottes magiques et son casque du massacre, sa hache achetée à Glargh avec l'argent du travail, sa cotte de mailles… Tous ces objets qui symbolisaient son niveau quatre, enfermés dans un coffre à un jet de pierre, si proches et désormais inaccessibles.

Il recracha un morceau de gras.

— Rhaaa ! J'ai trop les nerfs !

Il termina son repas sans réussir à se concentrer plus que cela sur les bons moments de sa vie. Il se souvenait d'avoir râlé pas mal. Peut-être même tout le temps ? Mais il faut bien dire qu'il y avait toujours quelque chose pour le chagriner. Désormais il n'y avait plus rien que misère, bouffe insipide et ennui profond. C'était vraiment le moment de se plaindre, mais il n'y avait personne pour l'écouter. Pas même le Ranger, qui était plus inutile que jamais, engoncé dans sa cape à même le sol, tremblant et gémissant dans son sommeil fiévreux. Le montagnard s'attendait également à subir une séance de torture menée par les orques… Car quoi qu'il arrive, aventurier ou pas, les nains ont toujours été les ennemis des peaux-vertes. Il s'étonnait d'ailleurs de n'avoir pas été plus molesté que cela.

Finalement, n'ayant rien d'autre à faire que contempler son ennui, il s'endormit.

BULLETIN CÉRÉBRAL DU RANGER

Je n'ai jamais été aussi malade de ma vie ! C'est la plus sale nuit de tous les temps. J'ai froid, j'ai chaud, j'ai mal partout et j'ai envie de vomir. Je me demande si cet orque bizarre n'a pas essayé de me tuer avec ses produits qui puent. Je me suis réveillé au milieu de la nuit et j'ai voulu aller aux toilettes… Ben, y en avait pas donc je me suis débrouillé comme j'ai pu. J'ai rampé dans la paille et je me suis pris un morceau de bois dans le nez, comme si j'avais pas assez de problèmes ! J'ai vu que le feu était toujours allumé, mais il n'y avait pas de gardes devant nos cages. De toute façon qu'est-ce que ça change ? Les barreaux sont énormes et solides, j'ai pas d'outils et j'ai qu'un seul bras, le gauche. D'ailleurs, avec les deux bras, ça ne serait pas beaucoup plus facile. Bon sang mais qu'est-ce qui m'a pris d'attaquer ce nogrok ? C'est à cause de cette fichue potion ! Je me revois encore foncer vers les ennemis comme le Barbare. La bave aux lèvres, aucune stratégie, aucun instinct de survie… Du grand n'importe quoi ! C'est pas tellement la peine d'avoir du courage si c'est pour faire des conneries pareilles. Bon, il faut encore que je dorme… J'en peux plus. Mais tiens, ça c'est presque une bonne nouvelle : mon bras cassé est moins gonflé on dirait. On verra ça demain.

Le lendemain, la situation ne s'améliora que très peu. Le rôdeur dormit jusqu'à une heure avancée, et découvrit qu'on lui avait laissé un sac de nourriture infâme, laquelle avait été en partie volée par des rats pendant la nuit. Son bras était toujours inutilisable mais il avait partiellement changé de couleur. Les zones rouges étaient maintenant violettes et noires, les plaies ne saignaient plus et les pics de douleur devenaient supportables. Ou bien, peut-être qu'il s'y habituait. Sa fièvre était également moins forte, et il en vint presque à souhaiter le retour du chamane.

Il essaya de parler au Nain, mais celui-ci était encore très fâché et ne répondit que de mauvaise grâce. Il n'y avait pas grand-chose à dire dans une telle situation. Aucun d'entre eux ne savait ce qu'il était advenu de leurs camarades. Le Nain se rappelait que l'Ogre avait triomphé d'un nogrok, que le Barbare avait tué plusieurs orques et que la Magicienne avait lancé un cône de froid ou un truc du même genre. Ensuite, plus rien. La baston, la débandade, des chocs et des cris, et cette prison roulante.

En début d'après-midi, ils virent les deux sorciers pénétrer dans la hutte où se trouvait le précieux coffre. Ils y restèrent enfermés pendant une bonne heure et furent rejoints plus tard par d'autres personnes portant des vêtements identiques, trois types qui faisaient visiblement partie de la même famille enjouée, avec leur teint cireux et leur démarche hautaine. Les orques vaquaient à leurs activités sans trop s'occuper des prisonniers, ce qui était sans doute la preuve de la grande influence des sorciers et de la crainte qu'ils suscitaient. D'ordinaire, ils n'hésitaient pas à s'amuser avec les captifs : quelques coups de bâton par là, une bonne série de coups de fouet, un petit passage à tabac à la chaussure coquée, une ablation de la langue, une poignée de clous dans les genoux… Il faut bien s'occuper. Mais là, en dehors de quelques regards mauvais et de divers crachats, ils ne furent pas importunés par leurs geôliers.

Les peaux-vertes firent tout de même griller de la viande à quelques mètres des cellules, opération qui dégagea une odeur appétissante et qui donna au Nain une fringale de tous les diables. Ils refusèrent bien sûr de lui en donner le moindre morceau, malgré les deux cent vingt-huit insultes dont ils furent abreuvés, dont certaines concernaient leurs parents et les parents de leurs parents, la taille de leurs organes génitaux ou encore les comparaisons animalières.

Les sorciers s'en allèrent bientôt comme ils étaient venus, sans même leur dire un mot et sans leur jeter un regard. Le Nain s'énerva :

— Putain, mais qu'est-ce qu'ils ont fait avec nos affaires ? Ils pourraient au moins nous expliquer pourquoi on attend !

— Je ne sais pas… Mais j'ai pas l'impression qu'ils sont partis avec. Ils n'avaient pas de sac.

— Tant mieux, parce que sinon je vais leur péter leurs gueules d'endives !

— Commence déjà par sortir d'ici !

— Ouais, bah j'y travaille, t'inquiète !

Ils se turent, car le Ranger reçut à nouveau la visite du chamane, escorté de deux guerriers. Ce dernier fit sa tournée d'inspection et usa de sa médecine une seconde fois. Le passage du baume sur les lésions était toujours affreusement douloureux, car la créature avait le geste brutal et visiblement peu de considération pour ses patients. Le malade fut amené à boire une nouvelle fois de la potion au goût de poubelle, après quoi le chamane ignora totalement le Nain. Ce dernier avait quelques côtes cassées – mais ça n'était pas visible de l'extérieur –, une plaie au bras, et sa bouche était enflée, car il avait maintenant un abcès lié à la disparition de ses deux dents. Il se sentit rejeté, mais le simple fait de voir la tête de son camarade aux prises avec le médecin de fortune suffisait à lui remonter le moral.

Quelqu'un leur apporta, un peu plus tard, un sac de toile contenant leur repas du jour. C'était encore moins présentable que les déchets de la veille mais ils mangèrent immédiatement, trop heureux de pouvoir s'occuper et reprendre des forces. Et il fallait éviter que les rats ne reviennent voler leurs provisions. Puis finalement, le Nain engagea la discussion :

— Hé, dis-moi… T'as remarqué un truc avec les grottes ?

— Heu… Je ne sais pas, il y fait noir dedans ?

— Merde, tu pourrais faire un effort !

— Les cavernes c'est ton truc, moi je m'en tartine les yeux à la truelle !

— Ouais, je sais, toi t'es meilleur à étudier les fientes au pied des arbres…

— Tu fais chier !

— T'es copain avec les écureuils, comme les elfes !

— Pfffff.

L'échange aurait pu s'arrêter là, mais finalement le Ranger oublia sa rancœur et se laissa porter par la curiosité :

— Bon. Alors les grottes, tu disais ?

— C'est pas juste des grottes. C'est un dédale en dessous. Elles sont reliées entre elles.

— Mais comment tu sais ça ?

Le Nain ricana :

— Ben disons que j'ai rien d'autre à foutre ! Alors j'ai fait gaffe à tous les orques, au moment où ils entrent ou sortent des galeries. C'est vrai que c'est un peu tous les mêmes, mais on peut les reconnaître à cause de leurs fringues ou bien quand on compare leurs peintures de guerre.

— Hmmm… Oui. Et alors ?

— Y en a qui sont entré par là, et ils sont ressortis par là, ou bien carrément là-bas !

Il montra des ouvertures différentes qui se situaient de part et d'autre de la clairière.

— Y a des galeries qui passent carrément sous la forêt, continua-t-il. Et j'ai bien l'impression qu'ils ont une mine de champignons là-dessous, et aussi des stocks de bouffe.

— Ouais, mais à quoi ça va nous servir d'avoir cette information ?

Le Nain resta silencieux un moment, et vérifia que personne ne pouvait les entendre, puis il chuchota :

— Si jamais on arrive à se tirer, il faudra s'enfuir par en dessous !

— Quoi ? Mais t'es malade !

Le Ranger se souvenait du *raccourci* découvert par son camarade en bordure des collines d'Altrouille. Pour gagner du temps, ils avaient été forcés de le suivre dans une enfilade de grottes toutes moins pratiques les unes que les autres, humides et sales, étroites, basses de plafond, glissantes, hérissées de cristaux pointus, et le groupe en était ressorti meurtri et très énervé. Il s'était juré de ne plus jamais suivre le nabot sous terre.

Comme son camarade d'infortune ne pipait mot, le Nain déclara :

— Bah, de toute façon maintenant y a plus d'équipe, alors je fais ce que je veux !

Le jeune homme n'osa pas répondre. Comme ils n'avaient aucune idée du sort de leurs camarades, il n'y avait effectivement pas de groupe, donc plus de chef de groupe et plus rien qui puisse justifier de son autorité.

Ce n'était déjà pas facile avant…

Il laissa son esprit vagabonder et tenta de s'imaginer le sort de ses camarades.

Mais il se faisait du souci pour peu de chose, car l'autre partie du groupe dînait à l'auberge de Tulamor.

Autour d'une table se tenaient ainsi, moroses et fatigués, les rescapés du massacre de la Tour de Suak. Six compagnons se tenaient penchés sur leur assiette, une pitance à laquelle ils n'accordaient que peu d'intérêt. La soupe n'était pas mauvaise, mais ils avaient tant perdu ces deux derniers jours qu'ils n'avaient plus goût à la vie. En dehors de l'Ogre bien sûr, pour qui n'importe quelle chose avait du goût.

Il n'y avait plus avec eux ce cher Naziel, l'homme des bons conseils, l'être doux et calme au sourire rassurant, l'archer redoutable et le pisteur hors pair de Folonariel. Pour ce dernier, aucun espoir de retour, puisqu'ils avaient vu son corps changé en une pierre tombale impérissable. Cette stèle qui permettrait à son souvenir de perdurer, telle une preuve historique du drame qui avait eu lieu dans les ruines.

Depuis la veille, ils gardaient deux chaises vides pour leurs camarades disparus, mais sans aucun espoir. C'était plus une formule de politesse qu'autre chose, ou peut-être un moyen de ne pas sombrer dans la déprime. Qu'étaient-ils devenus ?

Le Nain, par exemple. Bon, c'est vrai, il n'aimait pas les gens. Il avait causé tant de problèmes à l'équipe qu'on en venait à se demander s'il n'était pas lui-même un agent vivant de Mankdebol, le dieu de la malchance, un avatar de la guigne qui aurait été placé dans le groupe par un dieu facétieux pour les empêcher d'accéder à un destin brillant. Cependant, il avait quelque chose qui manquait à la plupart des aventuriers : une certaine forme de présence qui donnait du piquant à l'aventure. On s'en rendait compte, à vrai dire, quand il n'était pas là. C'était comme si son absence marquait sa présence, ou l'inverse. Il était très douloureux pour ses camarades de l'imaginer mort dans un fossé, seul et oublié de tous.

Et le Ranger ? Un type qui finalement n'avait pas grand-chose pour lui, hormis son charisme naturel et une singulière aptitude à déjouer le mauvais sort. Il se disait malchanceux mais il était arrivé jusqu'au niveau quatre… La plupart des aventuriers, finalement, ne dépassaient pas le niveau deux. Certains, même, n'arrivaient pas jusque-là.

Les compagnons savaient bien qu'il ne dirigeait pas vraiment leur groupe, mais ils se sentaient un peu déboussolés quand il n'était pas là. Ce cas de figure s'était déjà présenté lorsqu'il avait accompli la mission d'infiltration à Tourneporc, cette escapade en solo pour laquelle il avait finalement montré ses meilleurs côtés : la finesse et l'ingéniosité. C'était grâce à lui qu'ils avaient trouvé cette mission d'escorte, et par conséquent qu'ils avaient échappé aux sectes vengeresses. Le jeune homme était peut-être un peu prétentieux et un peu couard, mais il était possible, finalement, qu'il ait joué un rôle de dirigeant, après tout, à sa façon.

Oui, le Ranger aussi leur manquait.

Oh bien sûr, les aventuriers se rassemblaient rarement à plus de trois. En théorie, un groupe composé de quatre personnes aux talents divers avait toutes les chances de faire une carrière honorable. L'Ogre, l'Elfe, la Magicienne et le Barbare étaient complémentaires. Ils disposaient en plus de l'adresse de Gluby, une recrue de petite taille mais qui pouvait faire la différence dans de nombreuses situations.

C'était lui qui avait d'ailleurs sauvé l'Ogre lors de son combat contre le nogrok. Après avoir chuté dans un tas de moellons, il avait récupéré sa petite sarbacane et avait profité d'une position avantageuse et de sa discrétion pour expédier plusieurs fléchettes sur le monstre, des projectiles enduits d'un poison qui avait réduit dramatiquement sa force et son adresse. L'Ogre, alors blessé à la jambe, avait pu récupérer l'avantage et achever son adversaire juste à temps pour s'enfuir au bon moment.

Ils avaient perdu leurs camarades au cours de la panique qui avait suivi l'invocation accidentelle du gorgauth. Un *petit problème de magie*, si l'on considérait le point de vue de la Magicienne, un échec critique si l'on en croyait les spécialistes du sujet.

Mais peut-être est-il nécessaire de développer. Car voyez-vous, parfois, quand on jette un sortilège, celui-ci échoue. La réussite d'un sort dépend d'un certain nombre de facteurs, parmi lesquels on compte l'intelligence du mage, sa concentration, l'alignement des planètes, l'influence du terrain, l'âge du capitaine et la position de la lune, et bien sûr, la *chance*.

Lorsque le sort échoue, ce n'est pas bien grave. Au mieux il ne se passe rien, au pire un jet de flammèches ridicules s'échappe du bâton et le jeteur de sort est la proie des quolibets. Dans le cas où le sortilège raté fait partie d'un plan rigoureux et bien construit aboutissant à la destruction d'un ennemi particulièrement redoutable, il est évident qu'il peut y avoir d'autres complications, comme par exemple le décès de tous les membres du groupe. Mais n'en parlons pas, c'est sordide.

Car il existe une autre façon de rater son sort, c'est d'en déclencher aléatoirement un autre, dont la magnitude peut être sans commune mesure avec l'effet voulu. C'est le principe théorique de la magie entropique, une discipline parfois étudiée par des mages spécialisés qui, comme vous pouvez vous en douter, sont des gens à l'espérance de vie plutôt courte.

Le sort entropique peut aboutir à n'importe quoi. On raconte parfois, en guise de cas d'école, le cas d'un mage qui s'était lui-même jeté le sort de Terreur en essayant de brûler une serrure à la boule de feu mineure. Le pauvre pyromane, ne pouvant bien sûr s'échapper de lui-même, avait couru à travers les rues de la ville en hurlant, persuadé que son ombre était son pire cauchemar. L'homme avait été retrouvé à moitié fou, après trente minutes de course, prisonnier d'une corde à linge et occupé à se battre avec des caleçons qui séchaient.

Enfin, tout peut arriver avec la magie entropique. Vous pouvez transformer toutes les armes du monde en saucissons. Vous pouvez changer une auberge en un poulet géant qui crache des bigorneaux de feu. Vous pouvez faire jaillir de vos oreilles des champignons violets. Vous pouvez causer l'explosion d'un fromage de huit cents tonnes. Vous pouvez créer naturellement de la gelée sur une terrine de pâté.

Et donc, vous pouvez invoquer un gorgauth au beau milieu d'une mêlée alors que vous pensez jeter une bête boule de feu, ce qui était arrivé à notre technicienne au cours de la bataille de Suak. Un tel allié pourrait être intéressant si jamais vous maîtrisez la bête, mais cela n'est pas chose facile. En voyant apparaître l'animal, qu'elle ne connaissait que grâce à ses représentations dans des livres, la Magicienne avait été prise de panique. Elle savait que les gorgauths étaient redoutables : de grosses boules de muscles armées de griffes et de dents, provenant d'un de ces plans d'existence où même les brins d'herbe étaient dangereux, insensibles à la flatterie, imperméables aux insultes aussi bien qu'aux flèches. Ils n'étaient qu'en partie matériels, et par conséquent on ne pouvait leur causer le moindre dommage avec des armes classiques. Il convenait d'utiliser des prodiges, des sorts ou des artéfacts enchantés.

Considérant que le Barbare et le Nain ignoraient sans doute ce détail, la Magicienne avait préféré jouer la sécurité et leur conseiller le repli, ce qui aurait comme autre avantage de permettre au gorgauth d'attaquer à vue leurs autres ennemis, les orques. C'était plutôt bien raisonné.

Mais hélas le Ranger n'avait pas suivi le mouvement, et le Nain s'était perdu car il avait couru droit devant lui de toute la vitesse de ses bottes.

Profitant de la panique, le reste du groupe avait alors retrouvé par miracle la tente et le chariot, et ils avaient chargé en hâte toutes leurs affaires avant de filer dans la nuit, le plus loin possible de la Tour de Suak. Quelques potions et sortilèges de soin avaient permis de remettre l'équipe en état de marche, et ils avaient attendu un moment leurs camarades avant de se décider à rallier une ville.

Nuliel avait alors croisé un sentier qu'il connaissait, ce qui les avait menés vers le village de Tulamor. Ils avaient eu recours aux bons soins du guérisseur du village et l'équipe tenait à peu près debout. Les plaies pansées ne donneraient pas naissance à des foyers infectieux.

Le souper touchait à sa fin et il ne restait plus grand-chose sur la table. Nuliel désigna les chaises vides et se lamenta :

— Les amis, nous n'avons toujours pas retrouvé nos camarades.

— C'est normal en restant ici, dit le Barbare. Si on veut chercher des gens, faut sortir.

— Mais non ! rétorqua la Magicienne. C'est plus logique de les attendre à un endroit où ils ont des chances de venir que de courir n'importe où dans la campagne. Cette ville est la plus proche de la Tour de Suak, donc s'ils ont survécu à la bataille ils ont des chances de nous trouver ici. C'est dans cette auberge qu'on s'était arrêtés la semaine dernière.

— Certes, convint Nuliel.

— On pourrait pister !

— C'est pas si simple... C'est le Ranger qui a les compétences de pisteur.

L'Elfe leva la main :

— Mais non ! Moi aussi j'en ai des compétences de pisteur !

Ils regardèrent Son Altesse avec l'air de dire « On parle de vraies compétences ». Elle n'insista pas. Nuliel se garda bien de parler de ses propres capacités, car il avait pris « ménestrel » aux cours du soir. Il se doutait que le jonglage et les rimes ne leur serviraient à rien.

— Le problème, c'est qu'on ne peut pas rester ici plus longtemps ! soupira l'érudite. Il faut vraiment qu'on trouve un moyen de prévenir l'administration de ce qu'on a découvert !

Le Barbare écarquilla les yeux :

— On a découvert quoi ? Un trésor ?

— Mais... Mais non ! Ça fait dix fois qu'on en parle ! Il s'agit de toute cette histoire avec le plan de Gzor !

— Ha, ouais... Pffff...

Pour le nomade, récemment promu chef Taurogh, le fait de concevoir un plan retors pour faire la guerre relevait d'un certain nombre de disciplines déjà classées par son esprit simple dans une catégorie bien précise : celle des trucs de mauviettes. Or, il avait du mal à s'imaginer Gzor comme une mauviette, parce que tout le monde en parlait comme d'un ennemi cruel, dangereux et quasiment immortel. Il n'aimait pas toute cette histoire de plan compliqué car elle chamboulait ses théories personnelles.

Et quand il n'aimait pas quelque chose, le Barbare s'efforçait de l'oublier. C'était plus pratique.

Voyant qu'il était en proie au trouble, l'Elfe posa sa main délicate sur son bras blessé et lui sourit :

— Gzor est un vilain monsieur gros et moche qui vit dans les montagnes, mais c'est pas un nain. Il a imaginé un plan pour avoir une armée invincible, et comme on a tout compris, on doit prévenir les gens. C'est notre nouvelle mission.

Elle fit battre ses cils et le guerrier ne vit plus rien d'autre que ses yeux. Des yeux qui ne donnaient pas envie de combattre. Il balbutia quelque chose d'inaudible.

La Magicienne maugréa :

— Même l'Elfe a compris ça, tu pourrais faire un effort…

— Par Crôm ! Pourquoi c'est toujours à nous de faire des trucs compliqués ?

— Parce que… Parce que c'est comme ça ! Une histoire de destin sans doute.

Ils attendirent encore un peu et réglèrent leurs consommations. Ils avaient loué des chambres dans la même auberge et laissé des instructions au patron. Si un rôdeur désabusé et blessé se présentait, accompagné ou non d'un nabot pénible, le tenancier devait les en informer.

Ce fut donc en traînant les pieds qu'ils se dirigèrent vers leurs couches.

Le programme était simple : reprendre la route dès le lendemain matin pour Folonariel, afin d'utiliser les oiseaux pour envoyer un message officiel à Glargh. La plaine qui les séparait de Glargh n'était pas sûre, et elle était potentiellement surveillée. En partant vers le sud-ouest, ils s'éloignaient de cette zone. Une fois sur place et à l'abri, ils pourraient en profiter pour rassembler les troupes et veiller à la défense de la cité sylvestre, finir l'entraînement des recrues, manger des crêpes et prendre un bon bain. Sans oublier de lancer des recherches pour retrouver leurs camarades.

Le ciel était noir de mauvais présages.

BULLETIN CÉRÉBRAL DE LA MAGICIENNE

J'espère que quelqu'un d'autre a réussi à échapper au traquenard de la Tour de Suak. Personnellement, ça m'étonnerait qu'une personne comme Nak'hua Thorp se soit fait prendre. Elle dispose de pouvoirs dépassant même les sortilèges mentionnés dans les manuels de haut niveau ! Forcément, c'est elle qui les invente... Mais il vaut mieux prendre des précautions. Si jamais il lui est arrivé quelque chose, les autres ont certainement péri avec elle. On n'est jamais à l'abri d'un échec critique ! J'en sais quelque chose... Toujours est-il que je dois maintenant garder la tête froide et assurer ma mission de conseillère en magie pour les sylvains. C'est un gros boulot, y a tout à faire ! Je ne sais même pas où on va commencer... Et j'ai comme l'impression qu'il ne faudra pas traîner dans le secteur quand ils vont essayer leurs premiers sorts offensifs.

BULLETIN CÉRÉBRAL DE L'ELFE

J'ai du mal à dormir... Il y a toutes ces choses qui se bousculent dans ma tête ! C'est vraiment pas facile d'être reine. Je ne comprends pas pourquoi il existe des gens qui passent leur vie à essayer de prendre le pouvoir avec des histoires tordues. Y a pas grand-chose d'intéressant, à part le fait d'être riche, d'avoir des vêtements neufs et d'avoir des gens qui vous préparent à manger. Avant c'était beaucoup plus rigolo, je devais juste m'occuper de moi, attaquer les monstres et faire attention à ne pas tirer des flèches dans les copains. Et parfois, je donnais des idées, mais on ne m'écoutait pas. Maintenant c'est tout le temps des décisions, des réunions, des questions compliquées et des centaines de gens qui dépendent de moi. C'est tellement stressant ! Et finalement, quand je me trompe, les gens meurent, c'est horrible ! C'est peut-être ma faute si Naziel est mort ? Si j'avais décidé qu'on n'allait pas au conseil de machintruc, il serait encore vivant. Et c'est pareil pour le Ranger et le Nain. Ho ! Zut, c'est vraiment terrible ! En plus de perdre un copain qui fait des bisous, on a aussi perdu le clipitaine responsable de la stratélique pour notre armée ! Comment on va faire ? Pfff… J'aimerais bien filer ma place à ma sœur et retourner dans les donjons, mais c'est pas possible. Mince, il est tard, il faut vraiment que je dorme !

Les jours qui suivirent furent longs et pénibles pour les prisonniers. En même temps, c'est généralement pour cela qu'on met les gens en cellule, c'est pour qu'ils y passent des jours longs et pénibles.

Les orques s'occupaient d'eux le moins possible, et ils voyaient de temps en temps les sorciers passer au loin, mais personne ne leur avait parlé pendant deux jours, en dehors du chamane bizarre qui avait sans doute reçu des instructions pour soigner le Ranger. Cette médecine rurale fonctionnait par ailleurs, puisque celui-ci n'avait presque plus de fièvre et que son bras était de moins en moins douloureux. Il parvenait presque à bouger les doigts, au prix d'un effort intense.

Un bienfaiteur, ou peut-être simplement quelqu'un qui souhaitait les garder en vie, leur avait fait porter une vieille couverture puante, car les nuits se faisaient de plus en plus fraîches. En cela leur condition s'améliorait, mais ils devaient vivre dans les relents de leurs propres déjections et la honte qui l'accompagnait. Personne ne semblait s'inquiéter de leur hygiène personnelle, mais il faut bien reconnaître que les orques eux-mêmes ne faisaient pas grand cas de la propreté du camp. La plupart d'entre eux se soulageaient à vue, en essayant tout juste d'épargner le sentier principal. Chaque jour qui passait enfonçait un peu plus les prisonniers dans l'impression qu'ils avaient d'être réduits à l'état d'animaux de compagnie.

Le Nain avait épuisé depuis longtemps son stock d'insultes, et pourtant il en connaissait un rayon. Malheureusement, les insultes ça n'était drôle que quand le destinataire pouvait les comprendre. Ensuite il avait élaboré le projet fou d'user les barreaux de sa cellule avec un morceau de pierre abrasive récupérée dans le sol de terre battue. Il pensait qu'il lui faudrait une bonne semaine, à raison de quatre heures de frottement par jour, pour endommager le premier barreau. Malheureusement son corps était un peu *épais*, et il faudrait donc déloger quatre barreaux avant de tenter une sortie. Mais le Nain avait de la suite dans les idées et une volonté minérale, on disait souvent qu'il était aussi têtu qu'un bloc de granite.

Quand ils ne mangeaient pas de leur affreuse ration quotidienne, les détenus observaient le campement ou bien dormaient à même le sol.

Ils avaient pu voir ainsi des choses étranges. Dans le camp passaient parfois les sorciers ainsi que d'autres personnes, comme si l'endroit servait de plaque tournante à un curieux trafic. On pouvait voir des bandits, des guerriers en armure, des monstres tenus en laisse, des mages et des êtres vêtus de noir et affublés de masques d'ébène qui ne laissaient voir que leur impénétrable regard. Certains discutaient parfois et s'entretenaient de mystérieux sujets concernant les captifs, les regardant mais se tenant à bonne distance. Les prisonniers n'avaient pas été capables d'en tirer le moindre renseignement utile.

Cela ne faisait que les conforter dans l'idée qu'il se préparait quelque chose en Terre de Fangh.

Au cinquième jour de détention, l'un des sorciers s'approcha des cellules, accompagné de plusieurs orques. Ils firent sortir le Nain de la cage, et celui-ci se débattit de son mieux, mais il n'était pas armé et pas en très bonne forme. Trois guerriers de forte constitution le maintenaient en position d'impuissance quand le sorcier ricana :

— Nous ne savons toujours pas quoi faire de vous, mais les guerriers s'ennuient. Je me demande si vous n'avez pas *des choses à nous dire*.

— Bah, je peux toujours vous dire merde ! grogna le Nain. Espèce de gueule d'endive !

— Hum…

L'homme se toucha le menton tout en observant le petit personnage, comme s'il voulait vérifier qu'il ne portait pas quelque barbiche végétale. Le fait est qu'effectivement, avec son visage allongé et son teint gris-vert, il ressemblait beaucoup plus à une endive que la plupart des autres gens. Mais il fut bientôt pris d'un rire mauvais :

— Bien ! Nous allons vous interroger, ça nous fera passer le temps.

— Hein ? Mais hé ! Lâchez-moi ! Pourquoi moi ?

— Parce que vous êtes un nain. C'est pas de chance hein ?

— Mais…

— Allez !

L'ordre claqua sèchement, et ils traînèrent le barbu vitupérant par les bras, ses pieds creusant des sillons dans la boue. Il eut seulement le temps de jeter un regard inquiet à son compagnon d'infortune.

Ils disparurent dans une des galeries, une de ces bouches noires qui s'ouvraient sur l'inconnu. Derrière eux suivait le sorcier, les mains dans les poches et sifflotant une mélodie mortuaire.

Le Ranger était couvert de sueurs froides, car l'air vicieux des orques lui donnait à penser qu'il ne reverrait plus jamais le Nain. Une interminable attente commença. Il dévora consciencieusement les ongles de sa main gauche, et ne put malheureusement pas le faire avec ceux de sa main droite, impossible à bouger aussi bien qu'à toucher.

Chaque fois que quelqu'un sortait de la grotte, sa respiration se bloquait. Il s'attendait à voir quelque chose d'horrible. Mais il n'y avait jamais rien d'autre que des orques qui vaquaient à leurs occupations. Il aurait bien voulu disposer de pouvoirs à ce moment, pour faire fondre les barreaux de la cage et lancer les affreux éclairs en chaîne que produisait la Magicienne, pour faire fondre tous leurs ennemis et voir leurs yeux tomber dans la boue. Déchaîner des vortex enflammés, faire pleuvoir des météores, faire trembler la terre et causer l'effondrement des grottes. Mais au lieu de cela, il pouvait tout juste essayer de leur jeter de petits cailloux, maladroitement, de sa main gauche. Alors il préféra s'abstenir. Son sentiment d'impuissance était à son comble, et il en vint à se demander s'il ne pouvait pas mordre les barreaux d'acier, pour se calmer.

Mais le Nain fut raccompagné une heure plus tard jusqu'aux cellules. Porté plutôt que raccompagné, d'ailleurs, par deux orques hilares. Il avait perdu connaissance, son visage n'était plus qu'un masque tuméfié, et sa barbe était poissée de sang. Ils le déposèrent sur la couverture de sa cage comme s'il n'était qu'un sac de pommes de terre avariées. Ils ne répondirent à aucune question du Ranger. Le sorcier ne se montra pas, mais le chamane fit son apparition et s'arrangea pour réveiller le Nain et lui faire boire le contenu d'une mystérieuse gourde.

Puis l'homme-médecine prononça quelques paroles gutturales et disparut à son tour, laissant les deux prisonniers dans un silence oppressant. L'un trop choqué pour pouvoir s'exprimer, l'autre qui replongeait dans sa torpeur.

BULLETIN CÉRÉBRAL DU RANGER

Mince alors, ça sent le coup fourré ! Qu'est-ce qu'ils ont fait ? Qu'est-ce qu'ils ont bien pu lui demander pour le mettre dans un état pareil ? Et surtout… Qu'est-ce qu'il a répondu ? Si ça se trouve il a dit qu'on était des aventuriers ? Ho… Non… Ils vont nous couper en morceaux et nous filer à manger aux nogroks ! J'aime pas ça ! Mais si seulement je pouvais faire quelque chose, bordel ! Mais quand est-ce qu'il va se réveiller ? Ils vont quand même pas le laisser crever là ?

Le Ranger dut se résoudre à s'endormir lui aussi, car la nuit était déjà là, aussi implacable que glacée. Le stress de l'attente l'avait épuisé.

Son sommeil fut cependant très perturbé, car il était hanté par d'étranges visions et il se réveillait souvent pour écouter la respiration du Nain. Il avait détesté ses ronflements dans le passé, quand il essayait péniblement de récupérer d'une dure journée de voyage et d'aventures et qu'il devait partager le dortoir du nabot, avec ses jérémiades continuelles, son haleine de vin éventé et l'odeur graisseuse de son harnois. Mais pas cette nuit. Tant qu'il entendait cette respiration, il arrivait à se rassurer. S'il était en vie, c'est qu'on n'avait pas pour projet de les tuer. Enfin, c'était théorique.

Curieusement, c'est en plein milieu de la nuit qu'une chose incongrue s'en vint frapper aux portes de sa mémoire. C'était l'étrange prophétie qui leur avait été délivrée par le dément qui campait au bord du chemin :

Lorsque viendra le Temps des Membres Brisés
Celui des Pierres portera en son sein d'acier
La dernière des Sept, qui donne…

Et c'était quoi la suite ? Mince, c'était la Magicienne qui avait pris des notes. Enfin, il y avait un peu de matière à réfléchir.

Le temps des membres brisés, voilà ce qui l'avait choqué. Car maintenant, il avait effectivement un bras cassé ! Cela ne donnait pas beaucoup de sens à la prophétie, mais c'était déjà un début. Le temps des membres brisés, c'était sans aucun doute maintenant. Ils étaient également tombés d'accord sur la probabilité que le personnage désigné comme *celui des pierres* était le Nain. Or, pour ce qui concernait le sein d'acier, c'était raté. Il n'avait plus sur lui que son vieux gambison déchiré, et il ne portait rien en son sein, si ce n'était des côtes fracturées. Et le reste de la prophétie était toujours aussi flou. Et il y avait bien une histoire de girafes ? Il ne savait même pas à quoi ça pouvait ressembler.

Le Ranger se promit d'étudier tout cela plus en profondeur et se rendormit. La curieuse prédiction s'en retourna se faire oublier, quelque part dans un recoin de son esprit embrumé.

Le lendemain, c'était déjà le quatrième jour de la décade de Kazarmon. Une date qui n'avait rien de particulier et qui rivalisait sans peine, au niveau du manque d'intérêt, avec d'autres dates comme le septième jour de la décade de la truite ou le neuvième jour de la décade des géraniums gelés. Personne n'y organisait de fête et nul culte sordide n'avait choisi d'y célébrer le retour d'un dieu-chèvre grotesque aux mille petits. Le soleil en fut peut-être blasé, si bien qu'il resta embusqué derrière un épais voile de nuages gris, lesquels commencèrent de bonne heure à décharger leur pluie glaciale sur la partie centrale de la Terre de Fangh.

C'est dans cette ambiance glauque que le Ranger s'éveilla. Les cages étaient à l'abri d'un surplomb rocheux, mais l'eau ne tarda pas à ruisseler sur le sol et à transpercer sa vieille chemise, semblable à la main glacée d'une petite vieille lubrique. Il sursauta et parvint à se ménager un coin au sec, puis il se tourna vers la cellule du Nain.

Celui-ci se tenait éveillé et le regardait. Son visage était intégralement tuméfié, l'un de ses yeux disparaissait derrière une arcade gonflée et son nez ressemblait plus que jamais à une patate violette, comme s'il avait été piqué pendant la nuit par de grosses guêpes mutantes. Il s'acharnait à retirer les croûtes de sang qui s'étaient solidifiées sur ses poils de barbe. Mais finalement, c'était toujours le Nain, et ce fut donc tout naturellement qu'il commença la journée en râlant :

— Putain, c'est vraiment un temps pour les ours.

Pour la première fois depuis plusieurs jours, le Ranger sourit.

Ils discutèrent un moment. Le camp semblait désert, peut-être que la pluie faisait peur aux orques et qu'ils se terraient dans leurs habitations. L'Elfe disait souvent que la pluie pouvait laver les monstres, et que c'était pour ça qu'ils préféraient rester à l'abri, car ça leur permettait de conserver leur crasse. Personne ne pouvait prendre au sérieux un monstre propre.

L'interrogatoire du Nain avait été une pure formalité. Comme l'avait dit le sorcier, c'était surtout pour passer le temps : les orques l'avaient tapé, et on lui avait posé des questions, et ensuite on l'avait encore tapé. Au final, il n'était pas certain que ses réponses les intéressaient vraiment et il avait donc raconté à peu près n'importe quoi, sauf le fait qu'ils étaient des aventuriers.

Il aurait fallu qu'il soit vraiment stupide pour avouer, sachant qu'il aurait enduré ensuite des souffrances bien plus grandes. Alors il lui raconta qu'il s'était inventé une histoire à la noix pour expliquer comment il avait rencontré les elfes et comment il en était venu à les fréquenter, ainsi qu'un tas de circonstances grotesques qui l'avaient amené jusqu'au conseil. Dans son histoire, il avait été envoyé chez les sylvains pour récupérer un manuel de jardinage qui devait servir au voisin d'un ami de sa famille, qui était humain et qui forgeait des épées, à monter son exploitation agricole et à se lancer dans le commerce de la pomme de terre, et qu'il allait partager les bénéfices avec eux. Et le jardinage, c'était le truc des elfes, tout le monde le savait. C'était une histoire stupide, mais ça correspondait bien à la façon de faire des nains.

Le Ranger fut rassuré. Il pouvait faire confiance à son camarade : il disposait d'un indéniable talent dès qu'il s'agissait de raconter des salades. Il était heureux que leurs geôliers ne connaissent pas mieux les nains… Il aurait été plus dangereux, par exemple, qu'au lieu de la bastonnade on lui propose de l'or en échange de renseignements… Car nul ne pouvait prédire de quoi le barbu était capable pour s'enrichir, et tout aurait pu basculer vers l'horreur.

Ils étaient cependant plongés en plein drame. Le sorcier avait confié au Nain qu'il comptait les garder en vie pour en faire des esclaves, si jamais il n'y avait pas de renseignements utiles à en tirer. C'est pour cela qu'il préférait les garder en bonne santé. Ils pourraient servir à la rénovation ou à l'entretien de la forteresse de leur maître. Ils pourraient également faire office de cobayes pour des expériences magiques ou bien être employés comme géniteurs dans les tentatives de croisements monstrueux.

— Comme géniteurs ? s'inquiéta le Ranger.

— Bah ouais. Moi ça me scie la nouille, cette histoire.

— Tu veux dire qu'il faudrait qu'on…

— Oui, ben je préfère qu'on arrête d'en parler en fait.

Tandis qu'ils conversaient, un passereau vint se poser sur la cage du Nain. Cet événement aurait pu passer pour quelque chose de tout à fait anodin, mais cela n'était encore jamais arrivé. La plupart des animaux fuyaient le voisinage des orques, et ils n'avaient pas vu le moindre volatile depuis qu'ils étaient prisonniers. Ils pensèrent tout d'abord que l'oiseau désirait s'abriter de la pluie sous l'enrochement, mais celui-ci semblait agité et très curieux. Il sautilla d'un barreau à l'autre en tournant fréquemment sa petite tête, comme s'il s'attendait à trouver des graines. Il changea ensuite de cage pour se livrer à un manège identique au-dessus du Ranger.

— Bah ! commenta le Nain. C'est vraiment con, les piafs !

— Attends, il me reste des miettes de pain moisi…

Sans faire de geste brusque, et en ignorant les ricanements du Nain, le Ranger s'arrangea pour disposer quelques miettes sur les barreaux supérieurs de sa cage, et s'en retourna s'asseoir. Après plusieurs secondes d'incertitude, le passereau s'approcha de la nourriture en quelques bonds et picora les restes. Il pépia ensuite, comme s'il manifestait sa joie.

Le Nain secoua la tête :

— T'as vraiment rien d'autre à foutre que donner à manger à ce piaf ?

— Hum… Laisse-moi réfléchir… Non !

Il y eut ensuite plusieurs minutes de silence, comme si le nabot digérait l'information.

— On a aucune idée de ce que l'avenir nous réserve, ajouta le Ranger. Alors même si mon dernier ami doit être un piaf… Eh ben, ce sera déjà ça.

— Pfffff…

Ils entendirent un bruit d'ailes et constatèrent que l'oiseau était parti. Ils le virent s'éloigner à toute vitesse vers la forêt.

— En tout cas, il aura pas été ton ami très longtemps ! ricana le Nain.

— Merci, j'ai vu…

Voyant que son camarade avait repris sa pierre abrasive et recommençait à user les barreaux d'acier, le Ranger s'intéressa à son bras droit. Il avait toujours mal, mais c'était supportable. Et surtout, il commençait à pouvoir bouger les doigts. Il s'efforça, pendant quelques minutes, de faire des mouvements pour rétablir un semblant de vie dans sa main.

Il ne comprenait pas trop comment fonctionnait la médecine des orques, et ça l'inquiétait. D'après ce qu'il en savait, un bras cassé devait être immobilisé pour avoir une chance de se refaire une ossature fonctionnelle. Or, l'étrange chamane ne semblait pas s'en soucier et il se contentait de passer son onguent sur le membre. Mais cela marchait ! Les hématomes autour des fractures n'étaient déjà presque plus visibles, et il pouvait clairement sentir que les dommages causés se réparaient. La peau de son bras semblait cependant plus épaisse qu'avant, et légèrement verdâtre. Il pensait que c'était un genre d'effet secondaire dû à la composition grotesque de la pommade. Un truc qui avait cette odeur ne pouvait contenir autre chose que des ingrédients douteux.

Sa fièvre était partie, et même s'il n'était pas en pleine forme il se sentait presque opérationnel car la potion au goût de poubelle avait également fait son effet. Quoi qu'il en soit, il aurait préféré se trouver quelque part chez un guérisseur humain, et il aurait bien aimé que Codie lui passe un linge tiède sur la tête. Codie, le bateau, la mission d'escorte, le riz au lait et le jus de pomme… Des souvenirs simples et agréables qui semblaient à présent si lointains.

Tout ça ne risquait pas d'arriver, aussi il se tourna vers le Nain et chuchota :

— T'en es où de ton bricolage de barreaux ?

— Ouais, ça vient. J'ai presque fait un centimètre !

— Et donc ?

— Ben il en reste encore quatre pour ce barreau-là…

— Oh…

Il retourna à son ouvrage et le Ranger se perdit dans ses pensées. Comme la pluie tombait sans discontinuer, le camp resta presque désert toute la journée.

Un peu plus tard, le chamane visita le malade, comme toujours accompagné de quelques guerriers qui surveillaient la scène et devaient prévenir toute évasion. Le chamane parut satisfait de l'état de son patient et renouvela ses soins comme il en avait l'habitude. Puis il s'en retourna en ricanant.

Et l'attente recommença.

Trois jours plus tard, la situation n'avait toujours pas évolué.

BULLETIN CÉRÉBRAL DU RANGER

Mais qu'est-ce qu'on va devenir, bordel ? Je ne suis pas certain de pouvoir supporter ça plus longtemps. Quand je pense à ces gens qui sont en prison pour toute la vie…

C'est vraiment horrible. Bon, en même temps, certains l'ont bien mérité. J'ai envie de marcher, j'ai envie de courir ! J'ai envie de parler avec des gens. J'ai envie de bouffer autre chose que les trucs pourris des orques ! Et ces crevards peuvent décider de nous tuer d'un moment à l'autre. Et bon sang, mon bras… Il est de plus en plus bizarre. J'ai moins mal, mais c'est vraiment malsain ! Ma peau est plus épaisse, et encore plus verte… C'est comme si… C'est comme si ça se transformait en bras d'orque ! Chiotte ! C'est sans doute à cause de la magie bizarre du chamane, c'est pas prévu pour fonctionner sur les humains ! Je n'arrive même plus à savoir depuis combien de temps on est là. Ça fait bien une semaine, non ? Il faudrait vraiment qu'il se passe quelque chose. Mais… Tiens, qu'est-ce que c'est, ce machin là-bas ?

Au bout du camp, il y avait maintenant de l'agitation.

— Hé, t'entends ça ? grogna le Nain. On dirait que ça frite !

— D'ici j'arrive pas à voir !

— J'ai vu passer une grande bestiole jaune…

— Une bestiole jaune ?

— Oui, mais vachement grande !

Le Ranger écarquilla les yeux. Oui, il venait de la voir, lui aussi. Et même plusieurs ! Elles venaient de surgir de la forêt, et se trouvaient maintenant au beau milieu du camp, plus loin dans le défilé. D'immenses créatures jaunes et marron, au long cou et aux pattes interminables. Elles couraient au milieu des installations, renversaient les cabanes, bousculaient les guerriers et provoquaient une grande panique.

Quelqu'un sonna d'une espèce de trompe rudimentaire, et les orques commencèrent à sortir des grottes pour prêter main-forte à leurs camarades. Il y avait maintenant près d'une douzaine de grandes créatures dans le campement, et plusieurs orques étaient hors de combat. Les ruades de ces monstres étaient si puissantes qu'elles étaient souvent fatales aux guerriers qui s'approchaient pour en découdre. Leur tête étant située à plus de cinq mètres du sol, il était difficile de les affronter avec efficacité.

Dans leurs cellules, le Nain et le Ranger souriaient bêtement à la vue du spectacle qui leur était offert. Des animaux sortis de nulle part s'en prenaient à leurs tortionnaires !

Ils virent leurs gardes sortir de leur grotte en catastrophe et se ruer vers le théâtre des opérations.

Il fallut plus d'une minute aux orques pour rassembler leurs troupes en hurlant des ordres contradictoires dans leur langage guttural, et encore une bonne minute pour organiser un semblant de défense. Les animaux gigantesques brisaient, piétinaient et renversaient tout ce qui était à leur portée. Du fait de leur grande taille, ils ne pouvaient causer de dégâts dans les grottes, mais toutes les installations extérieures faisaient les frais de leur férocité. Le camp était déjà en très mauvais état lorsque les peaux-vertes se décidèrent à monter des groupes d'assaut et à se ranger en ligne, et déjà près d'une vingtaine des leurs gisait dans la boue.

Ce fut à ce moment que des flèches, tirées depuis les frondaisons, déferlèrent en pluie meurtrière sur les guerriers. Quelques-uns tombèrent à leur tour et ils tentèrent de se réfugier à l'abri des grottes, mais la cohue était telle qu'ils ne firent que se bousculer et se piétiner, tandis que les archers renouvelaient leurs attaques.

Trop éloignés pour pouvoir distinguer les détails de ce qui ressemblait à une opération militaire étrange, les prisonniers ne comprirent pas tout de suite ce qui se passait, mais ils hurlaient et trépignaient dans leurs cages, en riant comme des possédés. Puis quelqu'un, qui s'était approché par-derrière et qu'ils n'avaient pas entendu, les apostropha :

— Salut les mauviettes !

Ils sursautèrent, mais cette voix grave leur était familière. En effet, leur vieux camarade chevelu, le Barbare, se tenait à quelques mètres des cages. Il avait contourné les souches et la muraille, tenait son épée en main et affichait un air très décidé.

Le Ranger et le Nain furent si surpris qu'ils ouvrirent la bouche, sans être capables de trouver quelque chose à dire. Derrière la brute, ils virent s'approcher en catimini la Magicienne, l'Ogre, Son Altesse Des Bois en costume d'aventurière et quatre sylvains au regard durci par l'entraînement. Le pur style commando dans un genre bigarré. Gluby leur faisait des signes, juché sur une petite souche.

Le Ranger s'exclama finalement :

— Mais… Ça alors, vous venez pour nous sauver ?

— C'est pas tellement l'heure des mondanités ! gronda la Magicienne. Tu sais où sont les clés de vos cellules ?

— C'est le chamane qui les a…

— Okay ! Dans ce cas on va faire autrement…

L'érudite toucha la serrure de la prison du Ranger et murmura quelque chose. Il y eut un déclic. Elle tira la porte au mécanisme déverrouillé et le jeune homme jaillit de sa geôle comme un diable d'une boîte.

— Ha ! C'est pratique ça ! commenta l'Elfe.

— Déclencheur de Zorlaki. Un classique.

— Et moi ? S'impatienta le Nain. Je pue de la gueule ?

— Oui oui, j'arrive.

La Magicienne renouvela l'opération sur la porte du Nain, mais cette fois il ne se passa rien. Le sortilège se dissipa dans l'éther.

— Mince, raté !

— Hé ! s'écria le barbu. Comment ça, raté ?

— Ben oui ! C'est un sortilège, alors ça peut rater !

— Et alors ? Tu peux recommencer, non ?

— Pas tout de suite. Il faut que je récupère ma concentration !

— Rhaaaaa ! C'est nul !

— Je n'ai pas envie de perdre encore de l'énergie astrale inutilement.

Le reste du groupe avait l'œil sur la bataille qui se déroulait à l'autre bout du camp. Les animaux semblaient mener la vie dure aux orques, et ces derniers n'avaient pas beaucoup de moyens de lutter contre les archers embusqués en hauteur. Mais on pouvait voir qu'ils avaient rassemblé quelques nogroks, et ils allaient bien finir par trouver un moyen de se défendre.

— Ça bastonne bien ! commenta le Barbare.

— Mais c'est quoi ces trucs ? demanda le Ranger avec un sourire réjoui.

— Hi hi ! gazouilla l'Elfe. C'est mes copines les girafes !

— Tes copines les *girafes* ?

— Oui ! Enfin, c'est aussi mes copains, parce que dans le troupeau y a aussi des messieurs girafes, mais comme girafe c'est féminin...

— J'avais compris !

L'Ogre observait lui aussi la scène, et ça lui plaisait bien de voir tous ces orques se faire taper. Et surtout, il se demandait quel goût pouvait avoir le cuissot de girafe.

— Bon ! Et alors pour ma serrure, ça vient ?

La Magicienne couva le Nain d'un regard noir.

— Il faudrait qu'on parte assez vite ! s'inquiéta un des sylvains. Les nogroks attaquent les girafes avec des lances !

— Nooooon !

L'Elfe se mordait la lèvre en se trémoussant sur place. Elle voulait bien envoyer des animaux faire diversion, mais il ne fallait pas non plus qu'il leur arrive malheur. Ils avaient encore un peu de temps.

— De toute façon, moi je pars pas sans mon matériel ! grinça le Nain.

— Quoi ?

Le Ranger expliqua à la Magicienne que leur équipement était gardé dans un coffre, et lui montra la cahute grossière dans laquelle se trouvait l'objet en question. La hutte n'était pas trop loin, mais s'ils s'en rapprochaient ils risquaient d'être un peu trop proches de la bataille et d'être détectés. Elle hocha la tête et soupira :

— Bon, pour commencer, je vais libérer le nabot…

Elle essaya de nouveau le déclencheur de Zorlaki, et cette fois la porte s'ouvrit. Le Nain bondit hors de sa cellule avec un rire vengeur :

— Ha ha ! Suivez-moi ! On va chercher le matos !

— Je ne pense pas que… commença le Ranger.

Mais c'était trop tard, déjà le courtaud courait en direction de la bicoque. Le Barbare lui emboîta le pas, sans doute mû par un réflexe primaire qui voulait qu'il se dirige toujours vers un potentiel ennemi.

Le reste de la troupe n'eut d'autre choix que de les suivre. Ils rasèrent les installations sur leur gauche, passèrent devant les grottes heureusement vidées de leurs occupants et furent bientôt face à la porte de la cahute.

Le Ranger observa la porte et murmura :

— Je me demande si elle est ouv…

— Crâaaac ! fit la porte, traversée par le pied viril du Barbare.

— Ouais, c'est bon, c'est ouvert !

Deux sylvains se postèrent à l'entrée et les compagnons s'engouffrèrent dans la hutte. L'intérieur était relativement propre et organisé, et il était facile de comprendre que la cahute n'était pas fréquentée par les orques. On n'y trouvait pas de restes avariés, pas de tonnelet éventré et pas d'ossements séchant sur le sol. C'était bien le repaire des sorciers.

Ces derniers avaient monté un petit établi qui devait servir à leurs expériences. On pouvait voir là plusieurs flacons, des sachets de poudres, des livres noirs et des bricoles étranges qui allumèrent aussitôt l'étincelle de la convoitise dans les yeux de la Magicienne. Elle désigna des végétaux desséchés accrochés au mur :

— Ho ! Des orties du Chaos !

Mais elle n'eut pas le temps de terminer ses observations car le Ranger la poussa devant un grand coffre qui était posé sur un banc.

— Tiens ! C'est ça que tu dois ouvrir. La serrure est magique.

La Magicienne ricana :

— Je croyais que t'avais des compétences de voleur ?

— Heu... Ouais mais là j'ai mal au bras. Et puis je te dis que c'est magique !

— Ouais, le mec l'ouvrait juste avec la main ! ajouta le Nain.

L'Elfe se pencha vers le coffre, ce qui eut pour effet de mettre son postérieur, moulé dans un tissu tendu, juste sous les yeux du Barbare. Il perdit quelques points d'intelligence, de façon temporaire, et s'imagina des choses.

— T'as qu'à faire un déclencheur de machin ! proposa le Nain à l'érudite.

— Non c'est pas possible, ça marche seulement sur les serrures normales.

— Pfff... C'est vraiment de la merde !

— Mais taisez-vous ! Je me concentre.

La Magicienne prononça deux mots et dirigea son bâton vers le coffre. Il y eut un petit chuintement.

Il ne se passa rien.

Dehors, la bataille faisait rage, et il semblait qu'elle avait tendance à se rapprocher. On entendait les mugissements des girafes, qui se mêlaient aux cris des orques et aux onomatopées plus graves des nogroks.

— Mais alors ? C'était quoi ce truc ? s'impatienta le Ranger.

La Magicienne haussa les épaules :

— Un *Advanced Dispel Magic*. C'était tout ce que je pouvais faire, du coup je ne sais pas trop si ça a marché...

— Eh ben, il est toujours pas ouvert, constata le Nain.

Se tournant vers l'Ogre, l'érudite ricana et engagea un étrange dialogue :

— Bon alors on va faire autrement... A groulouf sprotch ? Galak ?

— Groulouf ?

— Groulouf !

— Huk huk !

— Écartez-vous... conseilla le Ranger qui venait de comprendre.

L'Ogre leva son énorme hache et l'abattit à plusieurs reprises sur le coffre.

Le Nain observa la scène, les poings sur les hanches :

— Ha ! J'aime bien cette technique !

Finalement le couvercle rendit l'âme, et bien que la hache fût endommagée, le travail était fait. On félicita l'Ogre.

— Dépêchez-vous, les amis ! cria un sylvain depuis l'entrée. Les orques se rapprochent !

L'Elfe se porta aux côtés de ses congénères, son arc de Yemisold en main. Le Ranger et le Nain se hâtèrent de récupérer leurs effets dans le coffre, pendant que la Magicienne raflait quelques ingrédients magiques sur l'établi. Gluby s'installa rapidement sur l'épaule du Ranger, comme pour célébrer leurs retrouvailles.

— Flibidi yakadoul nasti fluk ! gazouilla-t-il dans son oreille.

— Ouais, c'est ça ! répondit le jeune homme. T'avise pas de me piquer mes points d'expérience, hein ?

Puis la Magicienne fourra quelques trucs dans sa sacoche et dans le sac de l'Ogre, et elle se dirigea vers la sortie en braillant :

— Allez ! On file !

Le Nain n'avait pas fini d'ajuster sa cotte de mailles et il lui restait encore plusieurs pièces d'armure à prendre. Il protesta :

— Hé, mais je suis pas prêt et il reste des trucs dans le coffre !

— Magne-toi la rondelle !

— Je peux pas faire mieux !

À l'entrée, les sylvains commentaient la bataille en se cachant derrière le mur. L'un d'entre eux se tourna vers les compagnons :

— Des humains viennent d'arriver ! Ils ont des bâtons !

Le Ranger se précipita vers leur poste d'observation et ses craintes furent confirmées :

— Damned ! Les sorciers aux gueules d'endives ! Faut pas qu'on traîne !

— Merde à la fin ! grogna le Nain depuis le fond de la hutte. J'ai pas douze bras !

BULLETIN CÉRÉBRAL DU NAIN

Ils peuvent pas me foutre la paix deux minutes ? Ça fait des jours que j'ai été séparé de ma hache, nom d'un piolet rouillé ! Et ma belle cotte de mailles ! Avec ça sur le dos j'ai plus l'impression d'être un moineau tombé du nid, ha ha ! Ils vont voir ce qu'ils vont prendre, ces salopards de peaux-vertes aux dents jaunes ! Vite ! Faut que j'enfile encore mes bottes ! Bon faut pas que j'espère récupérer mes pièces d'or par contre, c'est pas le genre de truc que les gens laissent traîner. Tiens mais... C'est quoi ce machin qui brille au fond du coffre ? Ho ! J'ai intérêt à trouver un sac !

Dans le campement sinistré, les girafes avaient déjà reculé car plusieurs avaient été blessées par les redoutables lances des nogroks brutaux. Les animaux refluaient donc vers la forêt, ce qui permettait aux orques de souffler un peu et de s'intéresser aux gens qui leur tiraient des flèches. Ils cherchaient maintenant des voies d'accès aux flancs du défilé, pour pouvoir approcher leurs ennemis et les combattre au corps à corps.

Ces ennemis invisibles n'étaient autres que les Rôdeurs des Bois Obscurs, le détachement d'archers de Folonariel, constitué de sylvains qui tiraient presque correctement à l'arc. Ils étaient menés par Nuliel, un type de bonne volonté qui n'avait aucun talent de stratège, mais qu'importe puisque le plan avait été élaboré par la Magicienne et l'Elfe. Il se contentait de surveiller l'action, et c'était déjà bien.

Les carquois des archers commençaient à se vider, et il leur faudrait bientôt se poser la question du repli. Ils étaient protégés par quelques Funestes Gardiens de Selenia, les recrues récemment entraînées par le tout-puissant chef Taurogh et capables d'assurer le combat rapproché. Ils ressemblaient surtout à des sylvains épuisés, traumatisés et couverts de cicatrices, mais ils étaient assez confiants dans leurs nouvelles compétences.

Le plan était assez clair néanmoins : ils ne devaient pas s'engager en combat contre les orques, mais seulement les occuper pendant que les prisonniers gagnaient leur liberté. Il fallait choisir le bon moment pour le repli et pour cela les archers n'attendaient qu'un signe de la Magicienne, une boule de feu qu'elle devait lancer vers le ciel.

Un signe qui ne venait pas.

La jeune fille en question trépignait à l'entrée de la cahute et ne cessait de harceler leur équipier :

— Bon alors ça y est ? Il faut qu'on se tire !

— Voilà, voilà ! s'énerva le Nain.

Il finit par jaillir de la cabane, en sueur et à moitié débraillé. Il portait un sac de toile sur son épaule, un sac qu'il n'avait jamais eu auparavant, mais personne ne songea à lui poser la moindre question. L'heure était à l'urgence.

— T'as pas l'air frais ! ricana le Barbare.

— T'occupe ! Bon alors on y va ou quoi ?

— Oh non ! gémit l'un des escorteurs sylvains. Les voilà !

Ils étaient maintenant disposés à partir, mais hélas un contingent d'orques et de nogroks courait dans leur direction. Les compagnons n'avaient pas été détectés, mais les yeux de leurs ennemis étaient maintenant braqués vers le défilé qu'ils comptaient emprunter pour fuir. Les peaux-vertes avaient sans doute lancé quelque mouvement de contournement pour monter à l'assaut des archers.

Le Ranger analysa la situation en une demi-seconde et pesta :

— Ha ! Bordel, c'est trop tard !

Il avait un talent spécial pour constater sa propre malchance.

— Ils arrivent ! paniqua un sylvain.

— Crôm !

Le Nain désigna le flanc du bloc rocheux d'un index décidé :

— Là ! Faut passer par la grotte !

Les compagnons échangèrent un bref regard courroucé. Mais il n'y avait plus d'autre option, il leur fallait s'enfoncer dans un noir conduit qui pouvait les effacer à la vue des troupes qui s'en venaient au pas de course. De plus, le barbu courait déjà dans les ténèbres.

Ils n'hésitèrent pas une seconde de plus et se précipitèrent à la suite du Nain. Même l'Ogre trouvait que ça n'était pas une bonne idée, mais il n'avait pas tellement envie d'affronter plusieurs nogroks en combat singulier.

Derrière eux passèrent les orques, le front bas et la bave aux lèvres, suivant aveuglément leur chef de file vers un combat sans merci. Ils longèrent bientôt les cages et n'y prêtèrent aucune attention.

— Damned, on a eu chaud aux miches ! murmura le Ranger.

La grotte sentait la fumée, la crasse et d'autres choses très sales, mais au moins on y était à l'abri. Embusqués derrière un tas de détritus, les aventuriers constatèrent la bêtise engendrée par la pure spécialisation guerrière, alors que les orques progressaient sans les voir. Les nogroks suivaient de près, suant et grognant sous le poids de leur masse graisseuse et de leur équipement lourd.

La Magicienne chuchota :

— Si on attend leur passage on va pouvoir se tirer comme on avait prévu !

— Oui c'est la fin du détachement… approuva le Ranger.

— Qu'ils sont vilains ! fit remarquer l'Elfe.

— Ha, merde.

Comme venait de le faire remarquer le Nain en utilisant *l'allocution habituelle des situations désastreuses*, ils avaient oublié les sorciers.

L'un d'entre eux, monté sur un cheval noir, fermait la marche du belliciste cortège et surveillait les alentours de ses yeux froids. Il n'eut pas la curiosité d'examiner la grotte, sans doute plongé dans ses pensées de mage, mais lorsqu'il fut à hauteur des cages, il remarqua immédiatement l'absence de prisonniers. Il stoppa sa monture et se frappa le front, puis jura quelque chose d'horrible, une malédiction ancienne comportant les noms de dieux atroces qui avaient sans doute migré vers des plans d'existence improbables depuis des millénaires. Le sorcier venait de comprendre qu'ils avaient été joués.

Une fois revenu de sa stupeur, le mage noir examina les traces dans la boue, et son regard se porta vers l'intérieur du camp, où il vit également la porte fracassée de la cahute. Il jura une fois de plus, utilisant une expression nécrophile si ordurière qu'elle eût sans aucun doute donné des cauchemars à Sauron.

Puis il se tourna vers l'entrée de la grotte au fond de laquelle se tenaient, silencieux et inquiets, les aventuriers en fuite et leurs amis aux oreilles effilées. Il empoigna son court bâton et marmonna quelque chose.

Le Ranger déglutit. Il attrapa l'épaule de la Magicienne et chuchota :

— Ho ho… Ça pue du cul ! Qu'est-ce qu'il fout ?

— Il ferme les yeux, commenta la Magicienne. Je pense qu'il essaie de faire une détection des ennemis !

— En bas des escaliers ?

— Mais non, crétin ! Ça marche aussi en terrain plat !

Le Nain recula vers la pénombre et les apostropha :

— Faut avancer dans le souterrain ! On peut pas sortir par là !

Le Ranger se tourna vers lui et lui jeta l'un de ses regards qui pouvaient frire des œufs :

— Quoi ? T'es pas bien ?

— Mais si, on va trouver une sortie ailleurs, ça communique !

— Ho, puis zut ! trancha l'Elfe.

Personne n'avait vu l'archère encocher une imitation de flèche d'Ithinuel dans la soyeuse corde en crinière de centaure de son arc légendaire. Elle décocha son trait en direction du mage, mais hélas le tir manquait un peu de puissance, quand bien même la direction était presque bonne.

La flèche se planta dans l'arrière-train de la monture et celle-ci se cabra, coupant net la concentration du sorcier, le désarçonnant et l'envoyant valser dans la boue.

— Ouiiiiiii ! crièrent ensemble les sylvains.

Ils n'avaient pas bien compris que le cheval était blessé, sans quoi ils auraient sans doute pleuré.

Frappés de stupeur, les autres compagnons n'osaient pas trop saluer l'exploit. Tandis que la monture s'éloignait en hennissant, le sorcier reprenait peu à peu ses esprits et ne tarderait pas à se redresser. Il était temps d'agir.

— On n'a plus qu'à l'achever ! gronda le Barbare.

— Oui mais attends…

Comme à son habitude, le bretteur se fichait bien de l'avis des autres, et il courait déjà vers sa nouvelle cible, brandissant sa lame de Glonzg. Il comptait bien mesurer l'effet produit par la pénétration d'un mètre d'acier dans les poumons du chétif jeteur de sorts, aidé en cela par vingt mètres d'élan et plusieurs jours de rancœur liée à l'inaction.

— Ha, le con ! pesta la Magicienne.

BULLETIN CÉRÉBRAL DE LA MAGICIENNE

J'en ai pourtant discuté avec lui depuis des jours : on ne se précipite pas tout seul sur un ennemi ! La guerre, c'est un truc d'équipe. Il faut profiter des talents de chacun. Il a toujours hoché la tête, mais en fait je crois qu'il ne m'écoutait pas vraiment. Bon quoi qu'il en soit, on ne va pas le laisser crever tout seul, ça serait vraiment pas honnête. Et puis si jamais on arrive à se faire le sorcier, bonjour les points d'expérience ! C'est le moment d'utiliser l'une de mes coupoles de protection contre les sorts !

Elle s'élança pour entraîner les autres à sa suite. Le mage s'était presque rétabli et il replaçait sa capuche. Il ne tarderait pas à voir s'approcher le sauvage aux yeux fous qui fonçait vers lui.

Il restait encore dix mètres à parcourir.

Le Barbare vit quelque chose du coin de l'œil, stoppa sa course, manqua de glisser dans la boue entraîné par son élan, se rattrapa de justesse et s'en retourna vers ses camarades en hurlant :

— Sorrrciiiiiiiieeeeeeeeers !

Un rayon rouge passa derrière lui, frappa un buisson desséché à quelques mètres. Le végétal s'embrasa de façon surnaturelle. Deux autres mages noirs arrivaient à cheval et semblaient furieux. Il fallait d'ailleurs qu'ils aient vraiment mauvaise mine pour faire reculer un barbare.

Les compagnons refluèrent vers l'intérieur de la caverne, et la Magicienne eut tout juste le temps d'allumer son bâton pour éviter qu'ils ne prennent un mur en pleine figure. Deux boyaux de quelques mètres de large permettaient de descendre dans les ténèbres, de part et d'autre du goulet principal.

— À gauche ! cria le Ranger en pensant bien faire.

Personne ne voulait prendre le temps de contester la décision, qui était sans doute la plus sage pour qui ne connaissait pas les souterrains. En effet, cette direction les éloignait théoriquement de l'intérieur du camp. Ils empruntèrent donc le chemin de gauche.

BULLETIN CÉRÉBRAL DU RANGER

C'est dingue ça, j'ai comme une impression d'avoir déjà vécu cette scène ! On a presque réussi une mission, et voilà que des sorciers viennent foutre la merde et nous empêchent d'accéder à la victoire qu'on mérite. Du coup, on doit encore cavaler ! J'ai le niveau quatre, je suis devenu clipitaine de l'armée de Folonariel, j'ai fait des bisous avec la reine des elfes, j'ai survécu à des milliers de trucs et malgré tout c'est encore pareil qu'au niveau un... Faut courir devant des monstres ! J'ai trop la haine ! Bon, l'avantage c'est que je suis redevenu le chef du groupe, et ça c'est quand même bien.

Ils n'essayèrent pas de savoir ce qui se passait derrière eux. Non, il était préférable de ne pas y penser. Des hordes de créatures malfaisantes, guidées par des sorciers vicieux, n'allaient pas tarder à les traquer dans les conduits glauques, sombres et humides qu'ils connaissaient probablement comme leur poche.

À une cinquantaine de mètres de la bifurcation, ils se heurtèrent à une petite barrière de planches clouées à la va-vite, sur lesquelles on avait peint des idéogrammes qui n'avaient aucun sens pour eux. L'érudite, malgré sa connaissance des runes anciennes, n'y comprit rien et pensa qu'ils avaient affaire à des décorations orques. Elle n'avait pas trop le temps de fouiller dans ses grimoires, et le Barbare lui déconseilla fortement d'ouvrir le moindre livre.

L'Ogre et le Nain utilisèrent donc leurs armes pour réduire l'obstacle à l'état d'échardes, et le groupe fila bientôt dans le boyau qui allait en se rétrécissant.

— J'espère que c'était pas marqué « cul-de-sac », gémit le Ranger.

— T'inquiète pas, les orques ne savent pas écrire !

— Ça ne change pas le problème !

Tout en courant, la Magicienne apprécia l'efficacité de son plan. Il n'était pas mal, en fait. Elle se félicita d'avoir gardé ce livre sur la stratégie qu'elle avait trouvé à Glargh en promotion, dans un bac « Trois pour le prix d'un ». Elle avait juste oublié d'annoncer la retraite des archers avec sa boule de feu. Parfois, le succès d'une entreprise ne tenait pas à grand-chose, il suffisait d'un petit truc. Elle espéra que Nuliel avait fini par ordonner la fuite des sylvains dans le refuge confortable de la forêt et que tout le monde s'en était tiré indemne.

Et elle n'avait pas compté non plus dans son minutage la récupération de l'équipement du Nain, mais il y aurait une discussion à ce sujet !

— Ça n'a pas l'air de trop descendre, on a de la chance ! souffla le Ranger.

— Mais j'ai des saletés dans les cheveux ! se plaignit l'Elfe.

Les parois du conduit étaient recouvertes d'une mousse noirâtre, mais quoi qu'il en soit les fuyards avançaient sans trop s'occuper de leur environnement. C'était bien dommage car à cet endroit précis, il y a bien longtemps, un sympathique voleur, bien que peu lettré, avait pris la peine de graver une petite plaque informative à la suite d'une fantastique découverte de son groupe, et il s'était appliqué à la fixer sur le mur pour aider quelque éventuel collègue qui aurait fait le même chemin, comme quoi tous les voleurs ne sont pas que des bons à rien.

Il faut dire qu'il en profitait pour se faire mousser quelque peu. La plaque disait :

Icy en l'an 1289, moi
BULGONOR MAIN-ROUGE
Voleur addroit et perce pis casse
De la fiaire compagnie du CHÊNE SOLIDE
Ai trouvé l'entré secraite des RUINES DE BRELOK
siaige d'une ancienne civilisation impy
(attation aux piège quand vous entré)

Mais cette plaque, nul compagnon ne put la voir car elle était très érodée et partiellement recouverte de fongus malodorant.

Ils s'arrêtèrent tout de même, cinquante mètres plus loin, pour permettre à la Magicienne de poser son plus redoutable piège : le *glyphe de protection Koundar*, qui était très efficace en couloir. C'était un petit rituel qui ne nécessitait comme ingrédient que la poudre de griffe de morshleg, et dont elle avait pris soin de prendre quelques sachets. D'ordinaire la manœuvre prenait quelques minutes, mais elle s'arrangea pour la condenser.

Des éructations grossières, déformées par des centaines de mètres d'échos caverneux, leur parvenaient de la surface. Il était clair que la poursuite s'organisait, mais les orques devaient se montrer prudents. Dans un étroit corridor, ils n'auraient pas forcément l'avantage du nombre et ne pouvaient se précipiter.

— On n'a pas pris de virage et on n'a pas croisé d'autre couloir, fit remarquer le Nain. Ça veut dire que pour le moment, les bâtards de peaux-vertes à la con n'ont pas la possibilité de nous prendre à revers !

La Magicienne dirigea son bâton vers l'obscurité, mais elle ne parvint à dissiper que quelques mètres de ténèbres. Elle interrogea l'autoproclamé spécialiste des grottes :

— Tu crois vraiment que ce couloir mène quelque part ?

Le Nain renifla l'air et posa la main sur la paroi. Il pencha la tête sur le côté :

— Ouais mais c'est bizarre. On dirait qu'il est pas tout à fait naturel.

Le Ranger approcha son visage de la roche, mais il ne voyait rien de spécial, hormis les traces d'humidité et la mousse noire.

— Comment ça ?

— Alors, comme j'ai pas le temps d'entrer dans les détails, je vais dire que les cavités karstiques sont naturelles, mais que le conduit d'origine a été agrandi à la pioche double, y a environ mille ans. Ils ont même pas fini d'enlever les gravats, mais…

— Heureusement t'es pas rentré dans les détails, soupira l'Elfe.

Un cri rauque leur parvint, comme si la grotte était le prolongement naturel de la gorge d'un nogrok. L'une de ces créatures, au moins, progressait dans leur direction. Il n'en fallait pas plus pour décider le Ranger à bouger :

— Ça se rapproche ! Cassos !

— C'est bon ! J'ai fini !

La Magicienne ajouta deux syllabes dans le vide et fit un geste compliqué de sa main libre, tandis que les autres s'éloignaient. Le glyphe de protection était en place.

Ils reprirent leur course et suivirent le boyau qui les conduisait vers l'inconnu. Ils durent bientôt changer de formation car seuls deux d'entre eux pouvaient progresser de front. Le Ranger grimaçait en s'imaginant le pire.

Quelques minutes plus tard, ils arrivaient au bout du tunnel.

— Ah bah… C'est quoi ça ?

VII

Comme au bon vieux temps

Ils avaient trouvé quelque chose.

Le boyau naturel – ou presque, si l'on en croyait les analyses du Nain – se terminait par un mur de pierres noires taillées et ajustées avec soin. C'était si improbable qu'ils en restèrent silencieux. Comment ce mur avait-il pu se trouver là ?

Et surtout, pourquoi y avait-il une grille ?

La Magicienne écarta les deux sylvains qui formaient l'avant-garde. Elle leva son bâton pour éclairer de plus près la mystérieuse muraille.

La pierre était bizarre. Elle était noire et semblait constellée de minuscules cristaux. Cette particularité attira le Nain, qui l'examina quelques secondes avant de toquer trois fois sur son casque. C'était le signe d'une intense réflexion. Il porta ensuite un coup bref sur la paroi à l'aide du manche de sa hache, ce qui eut pour effet de n'en produire aucun, puis se tourna vers ses compagnons et livra le fruit de ses analyses :

— Basalte holomélanocrate, pffff.

Les aventuriers hochèrent la tête poliment. Ils attendirent la suite quelques secondes, mais il était clair que le Nain avait déjà tiré ses conclusions et comme toujours il pensait que c'était également le cas pour les autres. Chez lui, tout le monde était capable de comprendre ce genre d'allusion.

— Et puis… ? risqua le Ranger.

Le barbu fit le bruit d'un bourdon avec ses lèvres et posa son index sur la roche :

— Ouais, j'oubliais que vous êtes des baltringues. Bon, normalement, on ne fabrique pas des murs avec du basalte. C'est chiant à travailler, c'est chiant à récolter, et puis on n'en fait pas des pierres octogonales agencées au mortier volcanique, et tout ça pour boucher le boyau d'une grotte pourrie.

La Magicienne aurait bien aimé avoir son chapeau pour s'éventer. Elle soupira en jetant à l'Elfe le regard qui voulait dire « Et voilà, on en a pour des heures ». La souveraine lui rendit un maigre sourire implorant.

— Grouf ? questionna l'Ogre qui voulait surtout savoir s'il fallait reculer ou avancer.

— Mais surtout, enchaîna le Nain, le truc qui me chiffonne c'est qu'on est sous terre, et que l'épaisseur du mur autour de la grille suggère la fondation d'une construction qui pourrait s'étendre jusqu'à la surface, et donc ça voudrait dire que le mur est vachement haut !

Le Ranger perdit patience :

— Oui, bon d'accord, mais je ne vois pas en quoi ça nous donne une information intéressante !

L'expert en géologie désigna le mur comme s'il voulait le prendre à témoin :

— Mais tu le fais exprès, c'est pourtant simple ! Tu vois pas le souci ?

— On n'est pas des nabots ! s'insurgea l'Elfe qui faisait pourtant des efforts.

— Bon, tu vas la cracher ta pastille ? insista la Magicienne.

Le Nain s'affaissa sur sa hache qu'il tenait plantée dans le sol, et après avoir jeté un regard peiné à ses camarades, il déclara :

— Des mecs qui construisent un truc géant avec des pierres octogonales de basalte ? Par les enclumes du Grand Forgeron, mais c'est sûrement des *super gros malades* !

Silence pesant dans la compagnie. Oui, bon, c'était une considération du Nain, il ne fallait pas s'attendre à une révélation à l'ampleur cosmique.

Derrière eux, loin dans le tunnel, il y eut un bruit étrange qui leur parvint de façon très déformée. Quelque chose qui ressemblait à un grondement mêlé à de nombreux cris.

— Ha ! nota fièrement la Magicienne en levant son index. Un connard a marché sur mon glyphe !

— Ouais ! crièrent ensemble plusieurs compagnons.

Ils savaient que les victimes du sort allaient souffrir de cruelles blessures causées par un torrent de lave, et rirent un moment de leur propre supériorité, tandis que les sylvains hochaient la tête avec embarras. Il fallait être aventurier pour comprendre tout ce qui faisait l'intérêt de la situation. De leur côté, l'Ogre et Gluby participèrent un moment à la démonstration d'allégresse, par solidarité.

Ils se tournèrent alors vers la grille, que le Ranger contempla en croisant les bras :

— Bon, faudrait tout de même franchir cet obstacle, ou bien les sorciers vont finir par nous rattraper. J'attends vos suggestions.

Il indiquait implicitement, par cette formule un peu vague, qu'il n'avait pas la moindre idée et qu'il n'allait pas lui-même essayer d'ouvrir la porte à ses risques et périls.

Cette lourde grille aux barreaux noirs, de plus de deux mètres de large sur trois de haut, avait été forgée par des mains expertes dans un métal qui n'avait jamais rouillé, et elle avait de quoi décourager le tout-venant. Le Nain la contemplait avec une certaine admiration, mais sans entreprendre quoi que ce soit.

Chauffé par l'inaction, le Barbare fit quelques pas. Il bouscula ses camarades et empoigna les barreaux, puis il les secoua vigoureusement. Il y avait toujours une première épreuve, et cette fois c'était celle de la force.

— C'est fermé, conclut-il alors que ses exploits virils n'avaient au plus causé qu'un léger tremblement de la structure.

La Magicienne tendit la main vers la grille et ferma les yeux. Ils s'attendirent à quelque prodige, mais elle se contenta finalement de dire :

— Y a rien de magique ici.

Elle prononça ensuite le mot de pouvoir du déclencheur de Zorlaki, mais sans succès. Le mécanisme était trop perfectionné.

Avec un petit claquement de langue agacé, le Nain s'approcha à son tour. Il utilisa le manche de sa hache pour tapoter les pièces de métal qui s'enfonçaient dans la roche, et après quelques secondes infructueuses il secoua négativement la tête :

— Y a pas moyen de la déloger par les gonds. C'est pas du travail de tafiole !

Le Ranger attendit un moment qu'il se passe quelque chose, puis il se résolut à se rapprocher de la grille. Il en étudia la structure. Sur la droite aurait dû se trouver une serrure, ou quelque pièce de sûreté sur laquelle il aurait pu se ridiculiser par une manœuvre hasardeuse utilisant des compétences de voleur qu'il ne possédait pas, et qu'il aurait eu bien du mal à mettre en œuvre avec un seul bras gauche. Mais il n'y avait rien d'autre qu'une série de blocs d'acier pleins solidement rivetés et soudés. Il tendit son gantelet vers la structure de métal, juste pour essayer de la toucher, au moins, pour se rendre utile et ne pas rester les bras ballants devant ses camarades.

Sa main n'était plus qu'à quelques centimètres et quelque chose se déclencha. Un mécanisme bien huilé fit jouer les multiples pièces d'une série d'engrenages, puis la grille s'ouvrit de quelques centimètres, dans une absence de grincement quelque peu surprenante.

— Hoooo ! lâchèrent les compagnons restés en arrière.

Fier de sa performance, le Ranger leur adressa un sourire enjoué :

— Hé ! Vous avez vu ça ? C'est une porte qui s'ouvre seulement lorsqu'elle est actionnée par le chef de groupe !

Tout le monde n'était pas convaincu, et en particulier la Magicienne :

— Hum... Ça semble un peu tiré par les cheveux, ton histoire. J'ai l'impression que c'est plutôt quelqu'un qui nous a ouvert de l'intérieur !

Ils sursautèrent et le Nain s'exclama :

— Chiotte ! Tu veux dire, comme un genre de Zangdar ?

Cela remettait pas mal de choses en question, et l'hypothèse eut pour effet immédiat de faire disparaître le sourire satisfait du Ranger. Il était assez fier de sa précédente hypothèse, en fait. Ils en étaient toujours à se gratter la tête lorsqu'une petite voix les apostropha, provenant d'entre leurs pieds :

— Nakoulada ! Ipli doubli !

Gluby leur désigna le levier qu'il venait d'actionner, caché dans une anfractuosité près du sol, et acheva de leur saper le moral en agitant sa petite main pour désigner la voie nouvelle qui s'offrait à eux.

La Magicienne soupira :

— Note pour plus tard : examiner les murs avant d'attaquer la porte.

Le Ranger, qui se trouvait au plus près, poussa la grille pour dégager le passage. Ils entraient dans un nouvel environnement, un couloir de basalte qui semblait très ancien mais que la mousse glauque n'avait pu coloniser. Ils avancèrent sans bruit, et le Nain resté en arrière confia au Barbare :

— Je sais que je l'ai déjà dit, mais je suis sûr que ce petit crétin nous pique nos points d'expérience !

— Bouarf.

L'expérience, c'était finalement une notion un peu abstraite pour un habitant des plaines. Il se désintéressa immédiatement du sujet et emboîta le pas de ses camarades, louchant sur le fessier de l'Elfe et laissant sur place le Nain qui ronchonnait.

Après quelques mètres d'une progression lente et précautionneuse, la Magicienne leva la main :

— Pendant que j'y pense, il faudrait qu'on referme derrière nous, qu'est-ce que vous en pensez ? Les peaux-vertes ne vont pas nous lâcher la grappe aussi facilement !

— Pourtant, moi j'abandonnerais si j'étais morte à cause de la lave !

Ils choisirent d'ignorer la réplique de Selenia, mais un de ses suivants précisa néanmoins :

— Noble reine, ils ne sont pas tous morts…

— Et les autres vont forcément trouver le levier, objecta le Ranger.

— Mais oui, c'est vrai hi hi hi !

Un sylvain plus dégourdi que la moyenne proposa qu'on cache le levier en bouchant l'anfractuosité avec des cailloux et de la mousse, tâche qui fut rapidement exécutée. Puis ils refermèrent la grille, alors que de nouveaux échos résonnaient dans le boyau naturel.

Le Barbare et le Nain furent postés à l'avant-garde, ils étaient suivis de la Magicienne qui levait son bâton pour éclairer leur chemin, et du reste de la troupe qui ne voyait rien car l'éclat magique leur blessait les rétines. Chaque niveau gagné par la rouquine avait augmenté la puissance de cette lumière au demeurant bien pratique, de sorte qu'il était maintenant assez pénible de l'avoir devant soi. Mais bon, c'était toujours plus utile que les torches qui fumaient, qui dégageaient des émanations toxiques lorsqu'elles étaient mal préparées, qui pouvaient enflammer les cheveux et les vêtements des compagnons à la suite d'une manipulation hasardeuse, ou s'éteindre à la suite d'un courant d'air violent. L'usage de la torche en souterrain, pourtant souvent décrit dans les manuels d'aventuriers, est finalement peu répandu en Terre de Fangh car on y préfère les solutions magiques peu coûteuses et moins difficiles à mettre en œuvre.

C'est pourquoi les membres de l'équipe, bien que partiellement aveuglés, ne se plaignirent pas.

Le Ranger huma l'air vicié qui provenait du nouveau couloir. Il y avait un faible courant d'air, ce qui indiquait sans aucun doute que celui-ci débouchait sur quelque chose. Il aurait bien aimé savoir quoi, mais c'était impossible. Il n'était pas rassuré.

— Bon, soupira-t-il, ben maintenant on n'a plus qu'à marcher vers l'inconnu !

— Comme au bon vieux temps ! ricana le Nain.

— Crôm !

BULLETIN CÉRÉBRAL DE LA MAGICIENNE

Par les tentacules de Gzor, c'est vrai ! Nous voilà revenus à la bonne époque des donjons ! Les couloirs avec des pièges, des monstres, des énigmes, des portes à crocheter, des salles de garde, des fosses à scorpions, des escaliers savonnés… Ha, y a rien de tel pour mettre à rude épreuve les nouveaux sortilèges ! Je me demande quel genre d'embûche on va trouver là-dedans… C'est tellement vieux que ça pourrait aussi bien être totalement vide et abandonné. Faut dire que l'entrée n'était pas facile à trouver. Je vais noter tout ça sur mon atlas, ça pourra servir pour plus tard.

Ils cheminèrent un moment dans un couloir rectiligne et noir, dénué de toute décoration, augurant un voyage aussi lassant qu'un concert de musique militaire. Comme il ne se passait rien, le Nain engagea la conversation en s'adressant tacitement à leurs libérateurs :

— Hé ! Au fait, comment vous avez fait pour nous trouver ?

— Ha ha ! s'amusa l'érudite. Si tu savais !

Elle rit un moment avec l'Elfe, indiquant ainsi qu'elles étaient sans doute complices de quelque méfait, ce qui agaça le barbu :

— Ben non, justement je sais pas !

— Hé ! murmura le rôdeur. Ça m'intéresse aussi !

Tandis qu'ils avançaient dans les ténèbres, la Magicienne leur narra les pérégrinations des survivants de la « catastrophe de Suak ». Elle était fréquemment coupée par l'Elfe ou par le Barbare, qui ajoutaient çà et là quelques détails qu'elle avait omis.

Après avoir traîné deux jours à Tulamor dans l'hypothétique espoir de retrouver leurs compagnons disparus, ils avaient rallié Folonariel, la mine sombre et l'œil humide. Il était alors presque certain pour eux que le Nain et le Ranger avaient péri dans la bataille. Ils avaient retrouvé les habitants de la cité sylvestre en pleine forme et quelque peu contusionnés, car ceux-ci sortaient de plusieurs jours d'entraînement. La Magicienne avait même remarqué leur tentative d'organisation de la bibliothèque et leurs essais pour apprendre de vrais sortilèges. Deux cabanes avaient brûlé, mais on ne déplorait aucune victime en dehors des nids d'oiseaux et d'un refuge pour écureuils blessés. Personne ne les avait attaqués en leur absence.

Une fois la situation expliquée à Célidol et Jélagamël, ils avaient expédié plusieurs messages ornithoportés en direction de Glargh et de Waldorg. Les informations cruciales récoltées à la Tour de Suak n'avaient donc pas été perdues, et on pouvait parier que cela permettrait de contrer plus efficacement les plans retors du terrible Gzor. Désormais, l'affaire était portée en haut lieu et quelque chose de gros se préparait. Du moins, c'était à espérer.

On organisa une cérémonie funèbre en l'honneur des disparus, au cours de laquelle plusieurs ménestrels entonnèrent des chants qu'ils avaient composés pour l'occasion. L'Ogre avait pleuré aussi, car le menu était strictement végétarien.

Comme il risquait d'y avoir du vilain, le Barbare, maintenant connu comme l'implacable chef Taurogh, avait repris ses troupes en main et leur avait inculqué de nouvelles techniques douloureuses, tandis que Selenia réfléchissait à la suite des opérations. Cela lui avait pris plus d'une journée et lui avait donné une forte migraine.

Il en ressortit néanmoins quelque chose de positif : elle avait décidé d'utiliser sa compétence « parler avec les animaux » et elle avait confié des missions de reconnaissance à plusieurs oiseaux qui devaient parcourir le territoire en recherchant des indices, et éventuellement les corps de leurs compagnons.

Contre toute attente, ou bien par le biais d'un jet de dés particulièrement chanceux, l'un des oiseaux retourna vers elle avec les informations voulues, après avoir localisé les captifs. Elle convoqua plusieurs de ses sujets afin de décrypter les pépiements du passereau, et ceux-ci finirent par tomber d'accord : le Nain et le Ranger avaient survécu, et ils se trouvaient à l'est de la forêt de Schlipak !

On organisa donc une commémoration d'annulation de la cérémonie funèbre, en l'honneur du retour des disparus et de leur potentielle libération, au cours de laquelle plusieurs ménestrels entonnèrent des chants qu'ils avaient composés pour l'occasion, et qui étaient plus joyeux que les précédents.

Vint ensuite le moment de préparer le voyage et de mettre sur pied un plan pour délivrer les prisonniers. Ce fut le travail de la Magicienne, qui s'arrangea pour obtenir à distance les plans sommaires du campement des orques, en utilisant les compétences elfiques de Selenia en matière de communication animalière, et la rapidité d'une buse transformée pour l'occasion en un espion précieux. Monter une attaque de cette ampleur avec des troupes constituées de sylvains n'était pas une mince affaire, mais tout devint possible au moment où un éclaireur, qui patrouillait à l'orée de la forêt de Groinsale, déclara la présence d'un important troupeau de girafes qui se trouvait là dans un potentiel but migratoire. Ils envoyèrent la reine s'entretenir avec les animaux, et disposèrent ainsi d'une redoutable force de frappe.

Le Barbare voulut se joindre à l'érudite pour préparer l'assaut, mais il fut congédié après avoir suggéré à de nombreuses reprises la charge frontale des soldats armés de lances et montés sur les girafes cuirassées. Il était trop têtu et trop conditionné par les coutumes de son peuple pour être convié à un conseil stratégique. Aussi, afin d'éviter qu'il ne s'ennuie et s'en prenne à quelqu'un, on lui trouva une occupation saine en lui commandant l'organisation d'un tournoi à l'épée en bois. Hélas, comme il ne savait pas lire, ni compter, ni écrire, il fallut lui adjoindre un certain nombre d'auxiliaires pour noter les scores, préparer les listes de noms et mettre les règles au propre. Le tournoi eut lieu pendant que les autres travaillaient au calme. La Magicienne profita de la diversion pour fignoler son plan avec l'aide de Nuliel, qui avait la charge de guider les archers.

Il ressortait de tout cela que l'expérience avait parlé ! Les aventuriers avaient eux-mêmes souffert, durant l'affaire de la « Couette de l'Oubli », des techniques fourbes employées par leurs ennemis. Ces derniers utilisaient d'innocents oiseaux pour enquêter sur leurs faits et gestes. Les elfes étaient assez fiers de leur coup, car la nature se retournait maintenant contre les forces du mal.

Il avait fallu plus de deux jours de marche forcée à l'équipe d'assaut pour remonter en toute hâte de la forêt de Groinsale jusqu'à la partie est de la forêt de Schlipak. Il n'était pas facile de progresser discrètement au milieu d'un troupeau de girafes, mais ils avaient pu arriver sans encombre jusqu'au camp des orques, et après une bonne nuit de récupération ils avaient lancé leur attaque.

— Et vous connaissez la suite ! conclut la Magicienne en donnant un coup de coude à son voisin chevelu.

Le Ranger ne savait pas trop ce qu'il devait en penser. Le Nain, lui, était maussade.

BULLETIN CÉRÉBRAL DU NAIN

Mais qu'est-ce que je fous là ? Je pense que j'écoute pas assez mon instinct en fait. Quand je pense que j'avais déjà envie de me tirer quand on est passés au deuxième étage du donjon de Naheulbeuk, mais pourquoi je l'ai pas fait ? Après toutes ces aventures, j'ai été sauvé par des elfes, des oiseaux et des girafes ! Des crétins de piafs ! Des nuls avec des arcs ! Mais c'est le monde à l'envers ! Tout fout le camp ! Normalement, les gens sont sauvés par des guerriers fiers qui hurlent des trucs à propos de la vengeance, et qui voyagent sur des chars en fer. Ils ont des haches et des barbes et sentent mauvais sous les bras. Ils sont pas habillés comme des tapettes, avec des arcs pourris et des cheveux bien peignés, et surtout ils partent pas en mission avec des moineaux ! Pfff... Bon, j'ai l'impression qu'on arrive à un croisement. C'est pas trop tôt !

— Stop ! ordonna le rôdeur. Nous arrivons à une intersection et trois choix s'offrent à nous ! Il faut décider d'une direction à prendre.

Le Barbare fronça les sourcils :

— Mouais. Ça m'rappelle quelque chose...

— T'as pas déjà dit ça ? nota également la Magicienne.

— Qu'importe.

Le Nain poussa tout le monde et se plaça au beau milieu du carrefour, accusant d'un index tremblant la reine Selenia :

— Ah si ! Je me souviens moi ! C'était à l'entrée du donjon de Zangdar ! Et vous aviez choisi la direction indiquée par l'Elfe !

— Pfff...

— Et même que juste après, y avait un piège !

Le Ranger réfléchit quelques secondes et abdiqua :

— Oui, bon je me souviens. On avait pris à droite, mais c'était pas vraiment la faute de l'Elfe. C'était une décision consensuelle.

Le courtaud fulmina :

— Quoi ? Mais... Je rêve ! C'est elle qui avait choisi la droite !

— Mais tu vas pas nous faire chier ! On avait tous choisi au hasard !

— Pas moi ! insista le Nain. Et en plus, j'avais raison, c'est Zangdar qui l'a dit !

— Hé ! intervint la Magicienne. On s'en fout, c'est du passé ! En plus, je vous rappelle qu'on a tout de même récupéré les statuettes !

Il y eut un court silence, durant lequel l'érudite fit le tour des visages légèrement déconfits des membres de la compagnie.

— Oui... Ben c'est vrai que ça aussi, c'était pas forcément une bonne idée... murmura-t-elle.

— Mais de quoi parlez-vous ? s'inquiéta l'un des sylvains.

Le rôdeur le rassura en lui expliquant que c'était technique. Pendant ce temps, le Nain et la Magicienne discutaient avec véhémence et se livraient à l'analyse du croisement.

— Bon, déjà, un truc est clair, décida le Nain. On n'ira pas à droite !

— Mais pourquoi ?
— Parce que c'est la direction que l'Elfe va choisir !
— Mais t'en sais rien ! Et puis ça change quoi ?
— Ça change que c'est une direction à la con.
— L'Elfe n'a *jamais* dit qu'on devait aller à droite !
— T'as qu'à lui demander !
— Rhaaaa ! Tu m'énerves !
La Magicienne soupira et se tourna vers l'archère :
— Bon. Visiblement il va pas nous lâcher, alors dis-moi : quelle direction tu veux prendre ?
Selenia hésita quelques secondes, échangea des hochements de tête avec ses compatriotes, puis elle dit :
— À droite.

Ricanements du Nain.

L'érudite souffla par le nez, couva le barbu d'une œillade malveillante et s'adressa finalement à l'Elfe :
— Mais… Mais pourquoi ? T'aurais pas pu choisir autre chose ?
— Parce que je suis droitière ! Et je tire mieux des flèches vers la droite.
— Mais si on prend le couloir de droite… on s'orientera dans cette direction et ça deviendra la direction « tout droit »… Et du coup, tu devras *quand même* tirer des flèches devant toi ! Et pas vers la droite !

L'archère replaça ses mèches de cheveux rebelles derrière ses oreilles et répondit d'un air suffisant :
— Mais qu'est-ce que tu racontes ? Si on va à droite, c'est qu'on ne va pas tout droit ?
— *Quoi ?*
— En plus, y a sans doute des pièges ! grogna le Nain qui s'était éloigné dans le couloir de gauche.
— Vous allez vous calmer ? cria le Ranger. Je vous rappelle que des nogroks s'apprêtent à nous bouffer le cul ! Alors il faut vraiment qu'on se décide !
Le Barbare s'approcha, il semblait troublé et finit par questionner le rôdeur :

— Heu… Faut que je frappe quelqu'un pour choisir un couloir ?

— Pas encore… répondit le jeune homme au visage congestionné. On est au niveau quatre, bon sang ! On n'a plus besoin de se taper dessus pour tourner dans un couloir !

BULLETIN CÉRÉBRAL DE L'ELFE

Pourquoi on n'a pas le droit d'aller dans la direction la plus logique ? J'ai l'impression que tout le monde est contre moi aujourd'hui ! Si on va à droite ce sera plus facile pour tirer des flèches, c'est pas dur à comprendre ! Et c'est grâce à mes girafes si on a libéré nos amis. Mais je suppose que tout le monde a déjà oublié ça ! Tant pis ! C'est moi la reine, alors c'est moi qui décide ! Voilà !

Avec un claquement de langue agacé, la souveraine indiqua le couloir à ses sujets et se tourna ensuite vers ses compagnons :

— Nous les elfes, on va à droite ! Vous avez qu'à nous suivre, et c'est tout !

Les aventuriers échangèrent des regards blasés, et même l'Ogre avait compris que quelque chose ne tournait pas rond. La Magicienne tendit son Romorfal dans le couloir, mais elle ne vit rien de spécial car il était tout à fait semblable aux deux autres. Il était sombre et fait de pierres octogonales agencées avec soin il y a fort longtemps, et plutôt propre. Mais le doute s'était emparé d'elle.

Et si jamais le Nain avait raison ?

Les sylvains s'engagèrent néanmoins dans cette voie, avec une certaine forme de prudence. Ils avançaient lentement, leurs fines épées brandies. Selenia encocha une flèche à empennage rouge et poussa ses compatriotes vers l'avant :

— Allez-y ! Je vous couvre avec mes flèches !

Le Ranger secoua la tête et murmura :

— Les pauvres...

De ceux qui étaient restés au croisement, seul le Nain ricanait. Il expliqua qu'il aurait bien aimé qu'un scientifique monte une compagnie d'aventuriers composée uniquement d'archers des bois, juste pour voir combien de temps ils allaient survivre dans un donjon. Les autres s'interrogeaient et arboraient un visage grave. Ils ne pouvaient voir qu'à une douzaine de mètres, aussi les livrées forestières des cinq elfes s'enfoncèrent bientôt dans les ténèbres, à mesure qu'ils s'éloignaient. Quelques secondes plus tard, il ne resta plus que la jupe moulant le doux fessier de Selenia, surmonté d'une cataracte de blonds cheveux.

Puis plus rien. Gluby couina quelque chose, mais la Magicienne ne l'écoutait pas. Ils entendaient encore le bruit ténu causé par le déplacement des chaussons de cuir souple des elfes sur le sol froid, et leurs chuchotements qui semblaient sortir d'une tombe éloignée. Ils conversaient en langue elfique, échangeaient sans doute diverses considérations liées à leur progression. Leur vision nocturne était efficace et leur permettait de voir beaucoup plus loin que leurs camarades.

— On devrait les suivre... dit le Ranger. On fait quand même partie de l'armée de Folonariel !

Le Nain sembla surpris :

— Ah bon ? C'est toujours valable ça ?

— Ben oui... Enfin, je pense.

Le regard du barbu s'éclaira :

— Hé ! Ça veut dire que je serai quand même payé pour les journées d'emprisonnement ?

— Pfff...

La Magicienne fit quelques pas et se tourna vers le Ranger :

— Mais c'est vrai ! T'as raison, j'ai failli oublier ! C'est une mission, pas une aventure. On doit les suivre !

— Takala ! brailla soudain l'Ogre en tendant son bras vers le couloir.

Il ne voyait pas mieux que ses compagnons, mais il disposait d'un instinct spécial pour flairer le danger. Quelque chose de vilain allait peut-être arriver.

— Ho ho… commenta la Magicienne. Pas bon ça !

Elle se rua dans le couloir en criant :

— Hé ! Déconnez pas ! Y a du dan…

Ils ne visionnèrent pas distinctement, mais le bâton de la Magicienne éclaira la limite de la scène au moment où quelque chose se déclenchait. Une série de blocs métalliques, énormes et implacables, propulsés par quelque mécanisme issu des recherches d'un ingénieur fantasque, tombèrent du plafond sur la troupe d'éclaireurs. Cela ne dura qu'une seconde, pendant laquelle ils entendirent des vagissements brefs, des craquements et des bruits spongieux tout à fait horribles. Les compagnons eurent à peine le temps d'avoir un hoquet de surprise que déjà les blocs remontaient, aussi vite qu'ils étaient descendus. Ils s'enclenchèrent à nouveau dans leurs logements, comme s'ils attendaient leur prochaine victime.

Et le couloir ne fut plus que silence. Un silence rythmé par le clapotis sinistre du sang qui s'écoulait du plafond. Il ne fallait pas être expert en médecine pour comprendre que les sylvains n'étaient plus de ce monde.

La Magicienne fit quelques pas, le souffle coupé. Là, une ombre aux formes gracieuses se découpait sur les ténèbres. La silhouette titubante se retourna péniblement et s'avança vers la lueur du bâton, semblable à un papillon de nuit volant vers un funeste destin.

Une voix railleuse commenta :

— Tiens, l'Elfe a eu de la choune ! Ça va nous coûter moins cher que la dernière fois !

Ignorant les propos du Nain et ses allusions déplacées à la résurrection de Waldorg, le Ranger se précipita vers la souveraine en même temps que Gluby. Avec l'aide de la

Magicienne, ils tentèrent tous les trois de la réconforter, mais elle semblait avoir craqué.

Resté en arrière, le courtaud s'adressa au Barbare :

— Bah, ils m'écoutent jamais de toute façon...

— Ouais, moi non plus d'ailleurs, je t'écoute pas.

— 'chier.

L'Elfe faisait à présent face à ses compagnons, mais ses yeux fixes regardaient au loin, comme si elle contemplait un monde au-delà des apparences. Sa bouche tremblait, et elle tenait toujours dans sa main crispée son arc et sa flèche à présent inutiles. Sa tenue d'aventurière presque neuve, son visage et ses cheveux étaient couverts de sang. On aurait pu penser qu'un kobold lui avait lancé un seau d'organes frais en pleine figure, ou que des étudiants farceurs avaient organisé un bal en son honneur avant de faire basculer sur sa tête un récipient rempli de sang de porc.

— Dougli ! Dougli ! piaillait le gnome en sautillant sur place.

L'heure n'était pas aux traductions.

— Elle a pas l'air bien, chuchota la Magicienne. Je pense qu'elle a perdu de la santé mentale.

Le Ranger se frappa le front :

— Elle n'a pas l'air bien ? C'est de l'analyse de pro, ça !

BULLETIN CÉRÉBRAL DU RANGER

Mince alors ! Qu'est-ce que je fais dans un cas comme celui-là ? Que doit faire le chef de groupe ? On dirait qu'elle a eu le cerveau vidé ! Enfin, pour ce qu'il contenait... Et pourquoi les sylvains ont cette compétence stupide qui les fait tomber dans les pièges ? Et comment est-il possible qu'elle ait survécu ? Est-ce que c'est parce qu'elle est reine ? Je peux essayer de lui faire un câlin, pour la réconforter, mais avec le sang partout, ça va être un peu dégueu. Ou alors je lui colle une gifle ? Ah mais non, c'est pas pratique avec la main gauche. Ou peut-être que je dois lui faire boire de la gnôle ? Hum, non, de toute façon, j'ai perdu la petite gourde du grand-père. Et puis il faut vraiment qu'on file, j'entends des bruits. Damnation… Quand je pense que j'aurais pu être écrasé moi aussi ! Je suis vraiment content d'avoir ce formidable instinct de baroudeur polyvalent, pour le coup.

Le rôdeur attira l'Elfe loin de la scène, et celle-ci se laissa faire assez docilement. Elle ressemblait plus à une poupée de chiffons géante qu'à une personne vivante, avec sa démarche hésitante et ses yeux écarquillés. Pendant ce temps, la Magicienne levait son bâton pour examiner le théâtre du drame avec une grimace de dégoût. Les morceaux d'elfes broyés occupaient plusieurs mètres carrés, mais certains éléments de l'affaire lui échappaient.

Premièrement, qui était assez retors pour installer quatre chompeurs d'une telle puissance au même endroit ? Ils étaient d'un modèle inusité et ne figuraient pas dans le chapitre des pièges, pages 128 à 145 du fameux *Code des Aventuriers de Graapilik*.

Deuxièmement, depuis quand cette installation fonctionnait-elle ?

Ensuite, pourquoi ne voyait-on pas trace d'anciens cadavres autour du piège ? Est-ce que quelqu'un venait ici pour faire le ménage ? Cela voulait dire que ces couloirs, malgré leur incroyable vétusté, n'étaient pas abandonnés ?

Autant de questions fortement turlupinantes.

— Mais c'est quoi cet endroit ? murmura-t-elle finalement.

— Hé ! Faut pas rester là ! Ça sent le pâté !

Comme ses compagnons l'interpellaient, la Magicienne reflua vers le croisement et ils s'engagèrent dans le passage de gauche, à la suite du Nain et du Ranger. Ces derniers redoublaient de vigilance en scrutant chaque détail du sol et des murs. Les échos de grognements retentissaient à nouveau dans le couloir qu'ils venaient de quitter, preuve que leurs poursuivants n'avaient pas abandonné et qu'ils étaient toujours en danger.

Restait à savoir également si les risques n'étaient pas plus grands devant que derrière. Pour le moment l'Ogre semblait assez calme, ce qui était une bonne chose. Sa réaction prémonitoire, face au drame précédent, avait conforté le reste du groupe dans l'existence d'un sens caché du gourmand, et prouvait ainsi qu'il avait effectivement des talents autres que l'engloutissement des provisions et la faculté de frapper n'importe qui avec n'importe quoi.

Malgré son côté primaire, le Barbare avait été particulièrement secoué par cette histoire de chompeurs, et il ne parlait plus – ce qui ne changeait pas trop de l'habitude. Il avait toujours pensé qu'un piège était là pour corser les expéditions, et qu'en dehors de quelques bleus ou d'une estafilade on pouvait en sortir indemne et qu'on pouvait ensuite en rire avec les copains. À présent, il lui semblait clair que, mauviette ou pas, un aventurier était susceptible de mourir bêtement en marchant sur la mauvaise dalle. Les gens de son clan n'avaient jamais parlé de tels mécanismes. Un peu comme ce maudit tranchoir à jambes, dans le donjon de Silgadiz. Que devenait un barbare sans ses jambes ? Les héros des chansons barbares se nommaient Kyrn le Véloce, Zrag le Berserk ou Throd le Massif, et non pas « Taurogh l'homme-tronc ».

La troupe, à présent quasiment réduite de moitié, progressa sur une trentaine de mètres avant de déboucher dans une salle. Elle était vaste et totalement vide, à l'exception des dix gros piliers qui soutenaient son plafond voûté.

— Il manque une saloperie de porte ! signala le Nain. C'est peut-être pas un donjon ?

— Je suis pas d'accord ! rétorqua le Ranger. Y a pas de porte, mais y a des pièges.

— C'est pas faux, zut.

— La mode des donjons à portes est assez récente, expliqua la Magicienne. Au premier âge, les gens se compliquaient moins la vie, et ils avaient tendance à faire des économies sur les huisseries.

Le Nain secoua la tête :

— Bah ! Des mecs qui fabriquent une forteresse avec des pierres octogonales en basalte, ils en ont rien à cirer de faire des économies !

Tandis qu'ils échangeaient ces considérations historico-mobilières, le Barbare s'était avancé dans la pièce, l'épée au clair. Il plissa les yeux, grogna et montra quelque chose du bout de son arme :

— Hé ! Ça existe une pierre molle qui bouge ?

— Non, répondit machinalement le rôdeur.

— Alors c'est quoi ce truc ?

La Magicienne brandit son Romorfal tordu dans la direction indiquée par leur camarade et ils étouffèrent un hoquet de surprise.

Derrière un pilier, tout au bout de la salle, quelque chose remuait.

Une matière étrange, presque phosphorescente, à la limite du translucide. C'était assez gros, deux mètres de large au moins sur autant de haut, et presque cubique, quasi monolithique. Et pourtant, c'était animé d'une étrange vie. Le bloc avançait.

Les aventuriers, à l'exception de l'Elfe qui ne voyait qu'à l'intérieur d'elle-même, se tournèrent en même temps vers la Magicienne, comme ils le faisaient à chaque fois qu'un phénomène inexpliqué se manifestait. Celle-ci hocha la tête :

— Ha, mais oui ! Je comprends mieux !

— Pas moi… précisa le Ranger.

— Crôm n'aime pas les pierres molles qui bougent !

— Alors c'est quoi ? insista le Nain. Il faut qu'on t'attache sur une chaise pour avoir des informations ?

— Cube gélatineux.

— Toi-même !

La Magicienne se tourna vers le barbu et le fusilla du regard :

— Mais non abruti, je parle du machin là-bas ! C'est un cube gélatineux !

— Ah bon !

— C'est une substance magique vivante qui se nourrit d'à peu près tout en dehors des matières minérales. Et la présence de cette bestiole explique la propreté des couloirs…

Le Ranger n'était pas très rassuré, il voulait en savoir plus :

— Tu veux dire que ça sert de nettoyeur ?

— Ouaip. Et bien sûr, ça mange aussi les gens ! C'est considéré comme un monstre.

— Argh.

— Et ça explique aussi pourquoi y a pas de porte.

— Eto saloudou miam ? demanda l'Ogre avec une certaine forme de discrétion.

— Takala gloubouz !

En version littéraire, la Magicienne disait ainsi « Non, je sais que ce cube massif et bizarre ressemble à un entremets géant à la menthe, mais il n'est pas question d'essayer de le manger ».

Ils examinèrent une deuxième fois les lieux avec un peu plus d'attention. La salle comportait deux issues ouvertes, l'une se trouvant à l'opposé du tunnel par lequel ils étaient arrivés, l'autre sur la gauche dans un renfoncement. En dehors de cela, il n'y avait rien d'intéressant, ou c'était bien caché.

La Magicienne chuchota :

— Le cube ne nous a pas encore sentis, mais ça ne va pas tarder.

— Barrons-nous sur la gauche, proposa le Nain. C'est plus loin du machin, et j'ai pas tellement envie d'être digéré.

Comme il fallait faire vite, ils s'exécutèrent en tirant l'Elfe par la manche.

— Je pense que je vais faire un plan… annonça l'érudite.

Tout en coinçant le bâton sous son bras, elle sortit de sa poche une feuille de parchemin froissée et une mine de plomb.

Ses compagnons ne firent aucun commentaire, mais ils échangèrent néanmoins des signes de tête entendus. Personne ne voulait remettre sur le tapis les problèmes d'orientation de la Magicienne, ni ses talents controversés en matière de cartographie souterraine. Il valait mieux la laisser faire, après tout, du moment que ça ne l'empêchait pas de lancer des sorts. Ses plans ressemblaient tantôt à des plats de spaghettis, tantôt à des gribouillages semi-rectilignes cernés de diverses annotations incompréhensibles. Ils n'avaient toujours pas compris à quoi ça servait.

Tandis qu'ils contournaient les piliers avec autant de prudence que possible, le Barbare couvait d'un regard méprisant le cube de gelée. C'est ainsi qu'il vit celui-ci changer de comportement : le protoplasme, qui jusqu'alors se traînait à une lenteur impressionnante, fut secoué d'un hoquet violent et sembla d'un coup faire un bond de quelques centimètres.

Un bond dans leur direction.

— Ça bouge ! indiqua le chef Taurogh dans un souffle.

— Mince ! Il nous a sentis !

— Mais… Il n'a pas de nez, ce machin !

— Il doit compenser par autre chose !

La Magicienne fit signe à l'Ogre de se retourner. Elle se hissa sur la pointe des pieds pour fouiller quelques secondes dans son sac immense, pendant que le reste du groupe avançait dans le nouveau couloir. Elle tira de l'informe bagage trois saucisses avariées qui éveillèrent aussitôt l'appétit de leur ami dodu.

— Dugluk miamiam ? demanda-t-il en désignant sa bouche ouverte.

— Takala !

Puis, en même temps qu'elle lui répondait, elle balança la charcuterie périmée au beau milieu de la salle, à quelques mètres du cube gélatineux. Ce fut pour l'Ogre un geste bien mystérieux et il se demanda s'il ne devait pas courir pour la récupérer. L'érudite usa de persuasion pour qu'il accepte d'abandonner une partie de ses provisions, et il finit par accepter, la tête basse et la lèvre inférieure tremblante.

Pendant ce temps, les membres du groupe observaient son manège avec inquiétude, et finalement le Nain s'approcha de la rouquine avec un air goguenard :

— Hé... Tu t'entraînes pour le championnat du lancer de saucisses de Mliuej ? Tu crois que c'est le moment ?

— Chut !

— Je peux essayer moi aussi ? Je suis sûr que je te bats !

— Tais-toi donc !

Elle le repoussa tandis qu'elle vérifiait le comportement du cube. Celui-ci sembla se diriger non plus vers eux, mais vers les saucisses. Sa vélocité, liée à un mode de locomotion assez grotesque, n'était pas bien grande, mais il avançait tout de même à la vitesse d'un nouveau-né rampant vers un biberon.

— Tu peux nous dire ce que tu fais ? s'énerva le Ranger.

— Je crée une diversion en espérant que le cube nous oublie ! Et on dirait que ça marche !

— Une diversion à base de saucisses ?

La Magicienne le bouscula et se dirigea dans le nouveau couloir en grognant :

— Ta gueule, c'est magique ! On y va !

— Hé ! C'est moi le chef du groupe, alors j'ai le droit de savoir !

— Et puis les saucisses, ça n'a rien de magique ! ajouta le Nain. C'est une préparation charcutière tout à fait standard !

— Vous êtes chiants, les gars !

Ils décidèrent d'accélérer, même si ça n'était pas facile à cause de l'Elfe qui restait plongée dans un rêve éveillé, et aussi pour se garder des pièges éventuels qu'il fallait prendre la peine de détecter. La Magicienne profita d'une minute de silence pour partager les informations dont elle disposait :

— Cet organisme n'a qu'un but dans la vie : se déplacer et absorber les matières organiques qu'il trouve sur son passage. Si jamais il nous a flairés, il suivra notre piste jusqu'à ce qu'il nous rattrape.

— Mais il bouge vachement lentement ! rétorqua le Nain en riant. Il nous rattrapera jamais !

— C'est ce que beaucoup d'aventuriers ont cru ! Mais ils sont morts quand même !

— Comment ça ?

La Magicienne s'arrêta pour noter que le couloir tournait à droite, puis elle continua :

— Parce que le cube ne se repose jamais ! Il ne s'arrête pas pour pisser, pour manger un sandwich ou pour lire une énigme. Il ne perd jamais son temps à chercher les pièges ou à filer des coups de pied aux rats ! Tout ce qu'il fait, c'est avancer vers sa nourriture, même si ça doit lui prendre des semaines ! Et un jour, il la rattrape.

— Alors il est plus coriace que ma mère ! commenta le Ranger.

Le couloir tourna encore à droite et déboucha dans une petite salle vide. Le Nain, qui était subrepticement passé devant pour faire main basse sur un éventuel trésor, scruta les lieux et se lamenta :

— Ils sont pénibles ! Ils pourraient au moins mettre des coffres à pièces d'or !

— Gloukiti ! s'écria Gluby en désignant un point situé en hauteur.

Le plafond était étrange. La pierre était percée de plusieurs centaines de trous de quelques centimètres de diamètre, et ce tamis menaçant les surplombait à la manière d'une écumoire géante. De l'autre côté de la salle, le couloir continuait comme si de rien n'était.

La Magicienne écarta les bras pour retenir ses camarades, mais cette fois ça n'était pas nécessaire. Personne n'avait envie de marcher là-dessous. Elle apprécia l'installation :

— Ha ! C'est sans doute un PETV !

— Un quoi ?

— Un piège standard de catégorie 3, le *Plafonnier Écraseur à Transpercement Vertical* ! On peut voir les rails de défilement sur les côtés.

— Par la Chopine de Goltor, c'est rudement bien fait ! jaugea le Nain.

La Magicienne lui désigna les différents éléments du décor et entama la conversation :

— C'est un sacré mécanisme ! Un système fait descendre l'intégralité du bloc de pierre pour écraser les gens dans la salle, et quand ils sont à la moitié du parcours tu découvres que des pics de fer sortent par ces orifices, ce qui fait que tu es transpercé avant d'être écrasé. C'est un procédé plutôt lent, qui nécessite que tu sois piégé dans la salle.

— Ha, c'est pour ça qu'on peut voir une paroi coulissante ici ? C'est pour qu'on reste enfermés ?

— Tout à fait !

— Mais... Ça fait pas un peu double emploi ? Y a pas vraiment besoin de transpercer des gens qui vont être écrasés ensuite ?

L'érudite soupira :

— Ouais... Va savoir... Ils sont un peu tordus, les concepteurs de pièges.

— Bah, ils ont surtout du temps à perdre.

Le Ranger, qui se sentait d'un coup très fatigué, passa une main dans sa chevelure sinistrée et déclara :

— Bon. Je suppose que ça veut dire qu'on ne peut pas traverser ?

— Minute ! Il y a sans doute un moyen.

Ils étudièrent un moment la salle. Il ne leur fallut pas longtemps pour découvrir qu'une pierre du couloir était différente sur le mur de gauche, et qu'elle avait la forme d'un visage maussade, avec deux renfoncements pour les yeux, un nez aplati et une bouche aux lèvres charnues. Le Ranger hocha la tête avec fatalisme :

— Et voilà. Je suis sûr qu'il faut parler à la pierre !

Le courtaud s'esclaffa :

— Bah ça c'est la meilleure ! J'ai passé toute ma vie sous terre et j'ai encore jamais demandé une autorisation à un morceau de basalte !

— Il est pas trop tard pour commencer.

Les yeux de la Magicienne, jusqu'alors perdus dans un livre, s'éclairèrent soudain d'une lueur triomphante :

— Ha ! Je peux utiliser la *lévitation de Brenna* pour arriver de l'autre côté de la salle sans toucher le sol !

Elle vit alors l'air déconfit de ses camarades et ajouta :

— Oui, bon. C'est sûr que ça ne règle pas le problème pour vous…

Le Nain leva son poing :

— Sauf que moi je peux traverser vachement vite avec mes super bottes ! Hé hé !

— Ça ne change pas la question des autres ! protesta le Ranger.

Ils discutèrent un moment pour savoir qui allait s'adresser au visage minéral. Il était de coutume, dans une compagnie d'aventuriers, d'engager le dialogue avec les personnages extérieurs au groupe en commençant par les héros qui disposaient d'un bonus de charisme. En l'occurrence, il s'agissait de l'Elfe, mais elle n'était pas dans son état normal et elle avait parfois des problèmes de compréhension. Le Ranger se tourna tout de même vers elle et la secoua doucement.

— Hé ! Ça remue un peu là-dedans ? Combien j'ai de doigts ?

Il leva sa main droite, par réflexe, et ça lui tira sur les articulations. Il écarta les doigts devant le visage de l'Elfe.

Le Barbare plissa les yeux. La Magicienne porta la main à sa bouche et ne put retenir un hoquet :

— Quatre ! Et ils sont verts !

— Crôm !

Le Ranger n'en croyait pas ses propres sens et il ouvrit la bouche pour ne rien dire. En effet, il avait perdu un doigt. Ou plutôt, son majeur et son index avaient fusionné pour ne faire qu'un. Sa main droite était maintenant grossière et musculeuse, des ongles jaunes avaient poussé et la peau était devenue épaisse et grenue, d'un vert écœurant.

Par ailleurs, ce qu'il avait pris pour des hématomes gonflés, le long de son bras sous sa chemise déchirée, se révélait être des muscles noueux et douloureux. Il était en train de muter.

— Hé ! On dirait un bras d'orque ! ricana le Nain.

Mais il vit à l'expression de ses camarades que ça n'était pas très drôle, aussi il s'empressa de retourner à son analyse de la salle piégée.

Toujours sous le choc, le Ranger avait oublié sa question et regardait sa main qui bougeait, ses doigts qui lui obéissaient mais qui lui semblaient étrangers. Il accepta enfin le fait qu'une partie de son corps avait disparu, et qu'elle se trouvait remplacée par un membre contrefait, produit de la magie rustique du chamane peau-verte. Il était si troublé qu'il avait oublié sa question posée à l'Elfe, et par ailleurs celle-ci se trouvait toujours face à lui, les yeux dans le vague, avec son visage angélique éclaboussé de sang.

BULLETIN CÉRÉBRAL DE L'ELFE

Les ténèbres. Je suis dans les ténèbres. Ils sont morts. Ils sont tous morts ! Le plafond est tombé, et *sprotch* ! Plus de copains des bois. Brindiel, Celnorë, Falasol et... comment c'était déjà l'autre ? Ils étaient si beaux, si gentils, fiers et braves ! Avec leurs longs cheveux et leurs voix douces et musicales. Quand j'étais petite, j'allais au square avec Brindiel ! Il m'aidait toujours à retrouver mon peigne quand je le perdais dans les fougères. À l'heure du goûter, c'était souvent lui qui faisait les tartines. Et ils étaient devenus des soldats entraînés ! Comment est-ce qu'on peut mourir comme ça ? C'est la nuit, la nuit perpétuelle qui s'abat sur nous. C'est la fin, il n'y a plus d'espoir. Ça ne sert à rien d'être la reine des elfes des bois si on doit mourir dans une affreuse construction en pierre qui nous fait tomber des blocs sur la tête. Alors je suis morte moi aussi ! Je suis pleine de sang et l'odeur de la tombe me transperce. J'ai le goût du sang dans la bouche. Ha, on dirait que je sors d'un tunnel. Tiens, mais ils sont toujours là les autres ? Et pourquoi le Ranger bouge ses doigts devant ma tête ? Ho ! Mais ça veut dire qu'on est toujours en vie ?

Sans prévenir, l'Elfe sauta au cou du rôdeur et celui-ci sursauta. Elle l'embrassa sur les joues, maculant allègrement la barbe naissante et les vêtements de l'aventurier avec le fluide vital de ses congénères.

— J'ai échappé au piège ! Youpi ! J'ai toujours mes copains !

— Hééé ! gémit le jeune homme en heurtant le mur derrière lui.

Elle était de retour, visiblement. Tandis que ses camarades manifestaient leur enthousiasme, le Nain cracha par terre et se détourna de nouveau, déprimé par cet affligeant spectacle.

Le Barbare fixait l'archère avec incompréhension, aussi la Magicienne lui chuchota :

— Récupération instantanée d'un choc post-traumatique, causée par un effet émotionnel secondaire. Ça arrive souvent.

— Je t'écoute même pas, répondit le chevelu en secouant la tête.

Après un rapide compte-rendu de la situation, ils expliquèrent enfin à l'Elfe qu'elle devait s'adresser à la pierre en forme de visage. Elle devait lui demander l'autorisation de traverser la salle sans se faire écraser. C'était un peu étrange et ils durent insister longuement, mais elle accepta. Elle se posta devant le faciès minéral et inspira, puis elle se tourna vers le Ranger :

— Heu... T'es sûr que je dois lui parler à cause de mon bonus de charisme ?

— Oui !

— Mais du coup ça va pas marcher, tu as vu l'état de mes cheveux ? Et ma tunique est toute salie ! Et je dois aussi me nettoyer parce que je ressemble à une marchande de patates !

Le barbu sauta sur l'occasion :

— Je l'ai toujours dit !

— Et toi, tu ressembles à une brosse à chaussures qui marche !

— C'est même pas vrai !

Mettant fin à la prise de bec d'un geste autoritaire, la Magicienne considéra l'objection. En effet, l'apparence de l'Elfe en avait pris un coup, et son aura s'en trouvait défraîchie. La prochaine personne sur la liste était le Ranger, mais il avait un bras d'orque, et c'était sans doute aussi mauvais pour le charisme. Il fallait revoir l'ensemble des habitudes. Serait-ce encore à la Magicienne de se taper le boulot ? On ne pouvait pas trop compter sur le Barbare pour mener une discussion.

Ils en étaient toujours à débattre lorsqu'une voix grave les apostropha :

— Il est inutile de vous fatiguer, voyageurs. Mon créateur ne m'a pas doté du sens de la vue !

— Qui parle ? s'inquiéta le Ranger.

— C'est moi, le mur.

— Ho.

— Par contre, j'ai des oreilles.

Ils se bousculèrent pour faire face au visage de pierre. Il y avait bien des trous pour les yeux, mais ils ne servaient à rien. Quant aux oreilles, on ne pouvait les voir mais elles étaient fonctionnelles puisque le dialogue était instauré.

La voix reprit :

— Je disais donc : il est inutile de vous fatiguer pour les histoires de charisme. Je ne peux pas vous voir.

— Tant mieux, parce que l'Elfe est moche.

Une tape sur le casque interrompit les diffamations du Nain.

Le Ranger s'éclaircit la gorge et annonça :

— Nous désirons traverser la salle suivante, cher heu... visage du mur. Car nous sommes ici par hasard et nous n'avons aucune envie de périr broyés sous la terrible emprise de son mécanisme diabolique.

Il cligna de l'œil à la Magicienne, manière de dire : « Bon, bah ça c'est une belle entrée en matière ! »

— Ha, vous avez vu les trous du plafond alors... répondit le mur.

— Bah ouais, on a des yeux, *nous* ! rétorqua le Nain.

Il y eut ensuite quelques secondes de silence, pendant lesquelles le Nain subissait les menaces silencieuses de ses compagnons. Puis la voix reprit :

— Soit. Ce n'est pas très sympa de se moquer des handicapés, mais de toute façon, vous devrez quand même répondre à mon énigme !

— Ho, merde... gémit le rôdeur. J'en étais sûr.

— Non, pas merde, rétorqua le Barbare. Ça c'était la question du donjon.

— Oui mais...

Une voix s'écria :

— Chaussette !

— Mais tais-toi donc, nabot ! s'impatienta la Magicienne. Il faut qu'on écoute l'énigme !

— Je vais pas me faire niquer cette fois ! Si jamais la réponse c'était chaussette, c'est moi qui l'ai dit, alors les points d'expérience sont pour moi !

— Non, ce n'est pas *chaussette*, déclara la voix du mur. D'ailleurs je ne vous ai pas encore donné la question.

— Alors c'est Flip ?
— Non plus.
— Tu vas te taire ou il faut qu'on t'arrache la langue à la pince ? râla le pseudo-chef du groupe en poussant le Nain dans le couloir.
— Bah, de toute façon je connais pas d'autres réponses d'énigmes.

Le visage du mur parut se contracter et la bouche se dilata pour dire :
— Voici les modalités de l'énigme, voyageurs ! Écoutez bien car elles vont décider de votre destin !

« Si correcte est la réponse, vous passerez sans coup férir la salle aux trois cents pics.
Si mauvaise est la réponse, vous finirez la journée sous forme de pâté sanglant.
Et si vous refusez d'écouter la question, je fermerai la salle à tout jamais. »

— D'accord, répondit avec empressement la Magicienne. Envoyez la question, et moi je prends des notes.
— Vous acceptez les modalités ?
— Nous les acceptons !
— Mais on n'en a pas discuté… murmura le rôdeur.
— Bien. Voici l'énigme. Vous remarquerez que j'ai eu le temps de la peaufiner, car je n'avais pas eu de visiteurs depuis bientôt deux cents ans !
— Bien, nous vous écoutons, voix du mur.
— Ce n'est pas pour du niveau un, insista la voix. Je vous préviens !
— Vous allez la poser, ou pas ?
— Oui, oui, voilà. Écoutez ça :

« Si neuf chèvres ont chacune trois petits qui ont besoin du lait
Si le lait est réparti dans douze cruchons d'un litre tous les jours
Si le boiteux du village transporte le lait sur une jambe et en renverse le tiers
Si le percepteur a trois fils qui veulent chacun dix pour cent du lait

de la moitié des chèvres
Si le renard vole un cruchon à chaque voyage et qu'on ne remplace le cruchon volé qu'un jour sur deux
Quelle quantité de lait boira chaque petite chèvre au septième jour ? »

— Voilà ! conclut le visage minéral avec une évidente satisfaction. Et je vous conseille de ne pas répondre immédiatement « 42 », comme tous ces gens qui se croient malins.

La Magicienne termina de prendre ses notes, puis elle leva les yeux vers ses compagnons avec un rictus mauvais. Contrairement à elle, les autres ne semblaient pas très rassurés.

L'Elfe était la seule à sourire. Elle gloussa :
— Hi hi ! C'est mignon, les petites chèvres ! On peut leur faire des gouzi !
Ils choisirent de l'ignorer, car elle n'était pas capable de réfléchir posément au choix d'un peigne ou d'une brosse, et donc il était hors de question qu'on lui confie la résolution d'un calcul aussi ardu. Le Barbare n'avait même pas écouté la deuxième phrase, et de toute façon il ne savait pas compter, et bien sûr l'Ogre et Gluby étaient hors course car il aurait fallu vingt minutes de palabres pour leur traduire l'énoncé. De plus, on ne savait pas s'ils étaient capables de compter dans leur propre langage.

Le Ranger se gratta donc la tête un moment et déclara :
— C'est velu du cul ! Je ne sais pas par où commencer !
Puis il se tourna vivement vers le Nain :
— Hé ! Mais toi tu peux nous aider !
— Hein ?
— C'est ton truc, le calcul !
Le barbu secoua la tête énergiquement :
— Ah non ! Moi mon truc c'est le calcul des pièces d'or, nuance ! Je ne sais pas compter les chèvres et j'en ai rien à carrer !
— Mais c'est la même chose ! En plus faut pas compter des chèvres, faut compter du lait.
— C'est encore pire !

— Mais pourquoi ?
— Parce que c'est volumétrique !
— Et tu ne peux pas essayer d'imaginer que c'est de l'or liquide ?
— N'importe quoi !
— Laissez tomber, ce n'est pas grave ! On peut traverser la salle maintenant !
Ils fixèrent la Magicienne sans comprendre. La voix du mur en profita pour intervenir :
— Mais... Vous n'avez pas répondu à l'énigme, voyageurs !
— C'est vrai ! ricana l'érudite. Mais vous ne pouvez pas nous empêcher de passer, car votre énoncé comporte une faille.
— Plaît-il ?
— Vous avez donné trois cas de figure, mais vous n'avez pas dit ce qui se passait si on refusait de répondre à l'énigme !

La déclaration fut suivie de quatre secondes de silence oppressant, puis la voix du mur, à présent véhémente, se rebiffa :
— Mais c'est parce que c'est évident !
— Que non ! rétorqua l'érudite. Notre destin est lié à l'énoncé des modalités, c'est vous qui l'avez dit !
— Mais... Bien ! Dans ce cas je peux faire ce que je veux, et vous allez périr !
— Non, monsieur du mur, car c'est contraire aux lois des énigmes ! Dans le cas où vous oubliez un cas de figure, il ne se passe rien, et vous le savez très bien !
— Mais... Qu'est-ce que vous racontez ?
Encouragée par les mimiques de ses camarades, la Magicienne contre-attaqua :
— C'est indiqué à la page 28 du *Traité sur les lois des énigmes*, ne faites pas le malin, je l'ai sous les yeux !
— C'est un peu facile ! Je suis aveugle et je ne peux pas lire !
— C'est vous que ça regarde !
— C'était pas non plus la peine de faire de l'humour noir...

Le Nain se lissait la barbe, impressionné par tant de roublardise. Le visage du mur resta silencieux pendant quelques instants puis il dit avec un certain fatalisme :

— Bon d'accord, vous m'avez eu. Vous pouvez y aller.

— Ouais ! crièrent en même temps plusieurs membres de la compagnie.

— Mais sachez que j'ai mis deux cents ans à monter cette histoire d'énigme, et vous m'avez tout cassé. Ce n'est vraiment pas honnête ! Maintenant qui sait combien de temps je vais poireauter encore ?

— Ho, mais vous pouvez vous rassurer ! affirma le Ranger, soudain d'excellente humeur. Vous aurez de la visite dans moins d'une heure !

— Vraiment ?

L'Elfe expliqua :

— On est poursuivis par des sorciers et des orques, et ils sont vraiment pas gentils !

— Vous avez tout le temps qu'il vous faut pour travailler cette histoire de modalités !

La Magicienne ponctua sa phrase par un mouvement énergique du bras, indiquant au reste du groupe qu'il était temps de traverser la salle.

— Ha ! Que voilà une bonne nouvelle ! lança la voix du mur. Ils vont la sentir passer !

Et, à une trentaine de mètres en arrière, un cube gélatineux affamé avançait de toute la lenteur de sa grotesque reptation. À travers sa substance, il pouvait goûter le sol et sentir que plusieurs proies étaient passées par là. Il lui faudrait sans doute un peu de temps pour les rattraper.

Mais ça n'était pas grave, il n'avait que ça : du temps.

BULLETIN CÉRÉBRAL DU NAIN

Bon ça y est, on a traversé la salle des pics et du plafond écrasant. Une belle mécanique cette histoire. Il faudra que je pense à faire un truc comme ça dans mon entrée, le jour où j'aurai assez d'argent pour acheter mon appartement dans la mine. Ça doit pouvoir dissuader les gobelins de venir fouiner dans mes affaires. Après ça on a suivi un couloir qui a tourné deux fois, on a traversé une autre salle vraiment vide et sans piège, on a évité une fosse pleine d'acide et on a encore marché un peu. Mais j'ai pas tellement retenu les directions. Après tout, je m'en fous ! On a gagné du temps sur les salauds qui nous poursuivent, c'est bien car on va pouvoir faire une petite pause. J'ai super faim et j'ai pas eu le temps de regarder mes trésors.

Ils s'installèrent pour bivouaquer dans une pièce rectangulaire meublée de plusieurs bancs de pierre. Il y avait peut-être eu des tables, dans le passé, mais il n'en restait plus rien. Qui sait quels horribles banquets, quels rituels innommables avaient pu se dérouler dans ces salles souterraines oubliées du reste du monde ?

Une partie du groupe avait emporté des provisions, mais en dehors de cela et de quelques potions, ils ne disposaient pas du matériel habituel prévu pour les périples aventureux. Les sacs lourds réservés à l'exploration étaient restés à Folonariel, et par ailleurs le Nain et le Ranger furent heureux de savoir que leurs effets personnels avaient été récupérés par leurs camarades. C'est que le Nain planquait pas mal de pièces d'or dans la doublure du sac.

Ils grignotèrent en hâte leur pain de route, leur terrine végétarienne, quelques fruits secs ainsi que des noix. C'était peu et c'était très elfique, mais après plusieurs jours de nourriture infecte et moisie, le Nain et le Ranger eurent l'impression de savourer un véritable festin. Il manquait toutefois de saucisson et de rillettes.

La Magicienne profita de la pause pour fouiller dans le sac de l'Ogre et récupérer son atlas fanghien. Elle essuya le gras de jambon qui s'était déposé sur la couverture et s'attarda sur la représentation détaillée de la forêt de Schlipak, en page 32, celle qui comportait les donjons et les lieux les plus importants réservés à l'aventure. Elle trouva tout de suite ce qu'elle cherchait et tira le Ranger par la manche :

— Ha ! Regarde, nous sommes dans les ruines de Brelok !

— Quoi ?

— Le machin dessiné dans la forêt, ici. C'est au nord de Zoyek, juste là où se trouvait le campement des troupes de Gzor.

Le Barbare s'approcha, mâchant deux pruneaux sans grande conviction.

— Ch'est quoi ?

— Attends... La description est à la page suivante... Hum... J'ai trouvé !

Les ruines de Brelok au premier âge

Autour de l'an 300, les Menzzoriens lancent la construction d'une cité souterraine en forêt de Schlipak. Les travaux, commandés par Menzzorius X le Boiteux, sont exécutés par l'architecte Saramil de Brelok, dit l'Insensé, qui donnera son nom à la construction. Les locaux sont destinés aux mages de la cour, et permettent de leur fournir un terrain propice aux expériences magiques. Suite à divers problèmes de rituels ayant impliqué des civils, l'aile ouest du palais de Glargh leur est désormais interdite.

En 416, un accident théurgique ouvre une porte dimensionnelle et un millier de moutons électriques infernaux sont invoqués depuis le plan d'existence de Yak-Betaluggh. Les mages sont obligés d'abandonner les locaux.

En 417, les Menzzoriens réussissent enfin à éradiquer les moutons maléfiques, après avoir introduit dans les souterrains une espèce nouvelle : le scorpianide à pattes pointues, croisement d'araignée mutante et de scorpion gigantesque, une variété naturellement immunisée à la magie électrique. Les scorpianides dévorent peu à peu les moutons.

En 419, les mages ne peuvent toujours pas accéder aux souterrains. Ceux-ci sont à présent le territoire des scorpianides. Après plusieurs tentatives d'occupation sanglantes, les Menzzoriens parviennent à contenir les créatures dans la partie ouest de la cité souterraine.

En 450, un domestique brise par accident le Cristal Bleu de Quartz qui contient la protection magique du mur de séparation. Les occupants de la cité souterraine sont décimés par les scorpianides. La cité est définitivement abandonnée et tombe dans l'oubli, et la plupart des monstres périssent faute de nourriture.

En 782, à la chute de l'Empire Menzzorien, le jeune mage Voraduk, conseiller à la cour, s'enfuit avec une caisse d'archives et retrouve les plans de la cité de Brelok ainsi que sa localisation. Il décide de s'y installer pour y fonder sa base secrète qui lui permettra de régner sur le monde.

De 783 à 795, les ruines de Brelok sont considérées comme un donjon de niveau cinq. Puis le mage Voraduk est défait par une compagnie d'aventuriers de niveau dix cherchant l'argent facile.

Les ruines de Brelok jusqu'à nos jours

Depuis ce temps et jusqu'en 1482 du second âge, la Caisse des Donjons a recensé pas moins de 156 propriétaires des ruines de Brelok, qui ont chacun procédé à divers aménagements. Depuis la réintroduction des scorpianides par un alchimiste ayant découvert des œufs conservés dans la glace, les souterrains sont considérés comme un donjon de niveau sept.

La Magicienne termina sa lecture en s'étranglant :

— Niveau sept ?

Les aventuriers, à présent rassemblés autour d'elle, commençaient à paniquer. Le Ranger, dont les yeux s'étaient peu à peu écarquillés jusqu'à occuper la moitié de son visage, s'exclama :

— Chiotte ! Mais c'est pas abandonné du tout en fait ?

— Peut-être que c'est vachement grand ? suggéra le Nain. Du coup les mecs peuvent pas coller des monstres partout parce que ça coûte trop cher ?

— Pas facile de savoir... dit la Magicienne. Mais en tout cas, y a pas de bestioles par ici.

— J'ai du mal à les imaginer, mais on dirait que c'est drôlement vilain, les machins.

Comme pour illustrer son propos, Selenia tira la langue et fit la grimace en utilisant ses doigts comme des mandibules.

L'érudite s'écria, comme soudain piquée par une épingle :

— Ho ! Mais attendez !

Elle fouilla fébrilement dans une poche intérieure de sa robe et y trouva un petit morceau de parchemin mal plié. Elle le défroissa et jura :

— Par les sandalettes maudites d'Acacia ! La prophétie !

— Ha ha ! J'avais oublié ce truc ! ricana le Nain. C'était trop pourri !

— Écoutez ! On dirait que ça commence à prendre un sens, avec ce passage à la fin :

Dessus la Ruine aux Mille Créatures
Le Porteur en sera redevable aux girafes

À la lecture de la phrase, certains aventuriers hochèrent la tête poliment, et le Nain rota. Puis le Barbare déchira son morceau de pain de route d'un coup de dents et résuma :

— Bah non, cha veut rien dire che truc.

Le Ranger sursauta :

— Mais si ! On a été sauvés par les girafes, et maintenant on est dans la ruine aux mille créatures !

— Ouais, se renfrogna le Nain, moi ça m'arrangerait qu'on n'en parle plus, des girafes.

L'Elfe s'inquiéta de la santé des animaux, mais ses compagnons préféraient changer de sujet.

Cette prophétie se raccordait enfin à la réalité, et cela prouvait que les dieux s'intéressaient à eux ! C'était un achèvement certain dans leur vie d'aventurier, quand bien même le sens profond du texte leur échappait. Et puis Gluby s'agita pour leur rappeler qu'il était temps de partir, car ils ne pouvaient s'attarder indéfiniment dans cette salle. Sa propreté indiquait qu'elle était fréquemment visitée par le cube gélatineux et qu'il pouvait surgir d'une minute à l'autre. Enfin, surgir à petite vitesse, mais tout de même.

La Magicienne, désormais fixée sur la nature des lieux, décida de lancer la *Détection de Flumitor* avant d'aller plus loin. Il s'agissait de ce sort bien pratique qui permettait parfois de détecter les ennemis en bas des escaliers, aussi bien que derrière une porte, de l'autre côté d'un mur ou alors le groupe lui-même. L'interprétation des résultats dépendait pas mal du taux de concentration du jeteur de sort et de la réussite globale de l'incantation, et se trouvait majorée par certaines considérations telles que le taux d'alcoolémie, l'humidité de l'air ou la trajectoire des comètes les plus proches.

L'érudite était à vrai dire un peu agitée, troublée par ses récentes découvertes, mais elle parvint tout de même à un résultat positif. Néanmoins, tout ce que le sortilège lui indiquait, c'était la présence d'un *grand nombre d'ennemis monstrueux et peu intelligents à l'ouest*, et d'un *grand nombre d'ennemis monstrueux et peu intelligents à l'est, avec des sorciers.*

— Autant dire que ça sert à rien, ton merdier… conclut le Nain en rajustant sa ceinture.

— C'est bien la peine d'avoir pris des niveaux… soupira le Ranger.

— Qu'est-ce que tu dis ? Tu veux voir le niveau de ma boule de feu majeure dans ton cul ?

— Non, rien… Pas la peine de… Hé ! Fais gaffe avec ce bâton !

Ils empruntèrent donc le couloir vers l'ouest, ce qui tombait bien puisque c'était la direction qu'ils suivaient avant. Il ne leur avait pas fallu longtemps pour choisir de s'éloigner des sorciers, car la Magicienne les soupçonnait d'avoir « des pouvoirs monstrueux de bâtards de leur mère ». Si Nak'hua

Thorp était dans le vrai, ils n'étaient autres que les disciples de Gzor, et il valait mieux les éviter.

BULLETIN CÉRÉBRAL DU BARBARE

On a encore marché dans des couloirs. Y a vraiment pas de monstres à taper, on s'emmerde un peu mais les autres disent que c'est la faute à la pierre molle qui bouge. On a évité un piège avec des lames qui coupent, mais après le Ranger a marché sur un machin qui a fait clic, et il a reçu un bidule dans la jambe. C'était pas grave sauf qu'il y avait du poison dessus. Maintenant on rigole bien parce qu'il tremble comme les vieilles femmes qui racontent des histoires au coin du feu. Ha, tiens on arrive à une grille ! Y a des trucs blancs qui pendent après.

— Nous y voilà ! annonça la Magicienne. C'est la fin du territoire du cube gélatineux. Il ne peut pas ouvrir la grille ni la traverser, alors il doit faire demi-tour en arrivant ici.

— Mais c'est tout sale de l'autre côté ! geignit l'Elfe.

— Des t... t... toiles d'arai...gnées, bredouilla le Ranger. J'aijaijaime pas ç... ça.

Il fut ensuite pris d'un spasme violent et fit deux pas en arrière, puis se tourna pour vomir le long du mur.

— Ha, nota la Magicienne, voilà les premiers vomissements ! Alors c'est sûrement du Tyruk du Marais !

Elle avait émis quelques hypothèses quand leur compagnon avait commencé à blêmir et à trembler, mais un rapide coup d'œil à son manuel d'aventurier lui avait permis d'apporter quelques précisions au diagnostic. Il y avait en Terre de Fangh un certain nombre de poisons connus, avec des effets bien définis et des traitements adaptés. Le tout, bien sûr, était de ne pas tomber par hasard sur un produit nouveau, conçu par un désaxé, mais les cas de ce genre étaient plutôt rares.

Elle fouilla dans sa sacoche en bougonnant pendant que le Nain et le Barbare ricanaient en échangeant des blagues d'un goût douteux, des histoires qui concernaient surtout les faux chefs de groupe empoisonnés.

— Ce n'est pas du Purulosia, continua la Magicienne. Il y aurait déjà des marques rouges sur la peau. Ce n'est pas non plus du Kirmu, ni du Mourocco parce que les effets sont trop rapides. Et comme tu n'as pas encore envie d'aller aux toilettes, ce n'est certainement pas du poison courette !

Le Ranger se tourna pour lui jeter un regard à la fois désespéré et agacé, ce qui constituait un exploit dans son état. Il parvint à contenir un tremblement et lâcha :

— Mais… mais tu p… peux faire quququelque chose, ou p… p… pas ?

— Je suis pas prêtresse de Youclidh, hein ! Alors les prodiges de guérison, tu peux oublier.

— Ah.

— Le Tyruk c'est un poison naturel, et par conséquent j'ai besoin d'un antidote adapté. Je vais vérifier ce que j'ai piqué dans l'atelier des sorciers. Hé, le morfal, viens par là, au lieu de glander avec ton sandwich !

— Golo.

Tandis qu'elle triait le matériel dans le sac de l'Ogre, le Nain s'approcha du Ranger en frappant sa bedaine :

— Peut-être que c'est le moment d'utiliser ton peigne ? Ha ha ha !

BULLETIN CÉRÉBRAL DU RANGER

Je vais lui pourrir sa tronche un jour, à ce crétin ! Il va le sentir passer. En plus, si j'ai été empoisonné c'est parce que je faisais mon travail d'éclaireur, et j'ai pris un piège à la place de quelqu'un d'autre. Sans doute à la place de l'Elfe, d'ailleurs... Mais par le grand panier de Caddyro, qu'est-ce que j'ai fait de mal ? C'est quoi cette semaine pourrave ? Est-ce que les dieux m'en veulent ? Est-ce qu'ils ont noté toutes les conneries de ma jeunesse dans un genre de calepin et qu'ils me les font payer maintenant ? J'étais pourtant sage, si on compare au fils des voisins qui était pyromane et au gros Lucien qui voulait toujours faire souffrir les animaux. J'ai même travaillé à la fabrique de chaises pour aider mes parents. Et maintenant j'ai mal, ma vue se brouille, j'ai un bras d'orque, je suis perdu dans des vieux souterrains oubliés, j'ai envie de vomir, j'ai envie d'aller me coucher et j'ai vraiment pas besoin qu'on me fasse chier avec ce peigne à la con !

— Ho, mais j'ai aussi de l'Antidote pifométrique de Gluk ! dit soudain l'érudite après avoir parlé toute seule pendant près d'une minute. C'est pas terrible à cause des effets secondaires, alors je te conseille tout de même de prendre l'antidote naturel.

— C... comme tu veux ! souffla le jeune homme en épongeant son front moite.

— Et tu me dois quinze pièces d'or, parce que c'est le prix du flacon.

— D'ac... d'accord !

— Comment c'est trop l'arnaque ! commenta le Nain tout en examinant le lourd portillon.

La grille était finalement semblable à celle qu'ils avaient croisée quelque temps plus tôt, lorsqu'ils avaient quitté les grottes pour pénétrer dans les souterrains. Pendant que le Ranger grimaçait en digérant son antidote, assis à même le sol et tenant son estomac douloureux, les compagnons utilisèrent leurs connaissances fraîchement acquises. Ils vérifièrent immédiatement la présence d'un levier caché, d'un modèle identique à celui qui avait été actionné par le gnome. Le Nain surveillait l'avorton en grognant :

— Faudrait pas qu'il prenne l'habitude d'ouvrir toutes les lourdes et de récupérer nos XP, ce petit con.

Mais il n'y avait point de levier dans ce secteur, ainsi que le fit remarquer l'Elfe qui avait de bons yeux :

— En fait y a un genre de manette dans le mur, mais elle est de l'autre côté de la grille ! C'est pas de chance !

— Disons plutôt que c'est bien conçu, soupira la Magicienne. C'est prévu pour empêcher les monstres de sortir.

La poignée se trouvait à plus de trois mètres le long du mur de gauche, au milieu des toiles filandreuses. Le Nain l'observa pendant quelques secondes, les poings sur les hanches. Il dit alors fièrement :

— Ha ! J'ai une idée géniale ! On va fabriquer un truc assez long et on va tirer dessus à travers la grille ! Ça devrait être possible en mettant bout à bout plusieurs armes qu'on attacherait avec de la ficelle, parce qu'on n'a pas de forge sous la main pour les souder, et on fabriquerait un genre de lasso à l'extrémité pour accrocher le bidule ! Ensuite on n'aurait plus qu'à tirer vers le bas.

L'Elfe, qui pour une fois était concentrée sur le moment présent, croisa les bras sur ses rondeurs pectorales et toisa le nabot :

— Et moi je pense que c'est nase. Ça serait mieux si on demandait à Gluby d'y aller, comme il avait fait pour récupérer le caillou magique dans la tour.

— Ah non ! grogna le barbu. Je refuse que le minus ouvre encore une porte !

Ils ignorèrent cependant son commentaire, enthousiasmés par cette solution bien pratique, et la Magicienne se pencha vers le gnome pour lui désigner le couloir :

— Tago ploubidi zidul !

Avec un sourire réjoui, leur chétif associé lâcha son baluchon et se glissa entre les barreaux en trois mouvements souples. Il écarta plusieurs toiles racornies, progressa de quelques pas prudents et se hissa sur la pointe des pieds pour actionner le levier. Il ne fallait pas disposer d'une grande force, heureusement, car le mécanisme était de bonne facture.

Le Nain avait décidé de tourner le dos pour ne pas voir la scène, espérant que ça pourrait contrer le mauvais sort de son vol d'expérience. L'Elfe avait encoché une flèche, à l'affût du moindre mouvement dans le corridor. Elle affirmait cependant qu'il n'y avait pas de bestiole géante visible à moins de dix mètres.

« Clic », fit le mécanisme, suivi d'une série de « Blong clank vrrrrr » assez discrets. La grille était ouverte et Gluby leva son petit poing en signe de victoire. Comme il n'était pas trop rassuré, il s'abstint de lâcher le moindre cri.

L'Elfe se tourna vers la Magicienne :

— Je me demande comment font les gens qui n'ont pas un Gluby dans leur équipe. Ils doivent rester prisonniers ?

— Ho, non. Ils utilisent la télékinésie, ou bien ils font appel à un élémentaire, ou ils invoquent un démon mineur pour actionner le levier. Ils peuvent aussi utiliser la dématérialisation pour passer de l'autre côté, ou faire fondre la grille.

— Tu sais faire ça toi ?

— Non, mais c'est possible au niveau sept... Et ça tombe bien, c'est le niveau du donjon.

— Des fois la vie est bien faite, approuva l'archère.

— Oui, c'est dommage que nous n'ayons pas le bon niveau !

— Allez ! soupira le Ranger en se relevant. Maintenant on n'a plus qu'à livrer bataille aux machins géants, à trouver une sortie dans les couloirs inconnus, à pas mourir de faim, à échapper aux pièges à poison, à tuer des sorciers fâchés plus forts que nous et à sortir d'ici vivants !

Le Barbare, qui n'avait pas souvent le sens du sarcasme, posa sa main sur l'épaule du Ranger et gronda :

— Ouais, cool ! Y aura de l'action pour faire plaisir à Crôm !

Ils se rassemblèrent en silence à l'entrée du nouveau couloir.

BULLETIN CÉRÉBRAL DE LA MAGICIENNE

Nous sommes au plus profond des ruines de Brelok. Quand je vais raconter ça à ma cousine, elle va faire une de ces têtes ! J'ai regardé dans le bestiaire du manuel d'aventurier, mais je n'ai trouvé aucune information utile concernant ces fameux scorpianides à pattes pointues. Ces bestioles, il faut tout de même qu'elles soient assez dangereuses pour avoir fait fuir tout un bataillon de sorciers menzzoriens. Et puis ça va encore causer des problèmes avec les morsures et le poison tout ça... Enfin, si on imagine qu'elles sont venimeuses, parce que ce n'est pas le cas de toutes les araignées, surtout les grosses. Mais c'est généralement le cas des scorpions... Je n'ai plus grand-chose comme antidote, c'est la misère. On n'avait pas encore eu affaire aux poisons jusqu'à présent, c'était sans doute un coup de chance d'ailleurs. Il paraît que beaucoup d'aventuriers de niveau un n'atteignent jamais le niveau deux à cause des poisons, des infections et des maladies, parce qu'ils ne se méfient que des monstres énormes et ne prennent pas garde au microscopique. En fin de compte, tout ce qu'on a comme information pour les scorpianides, c'est qu'il ne faut pas utiliser la magie électrique. Bah ! De toute façon y a rien de tel que le feu ou la glace pour buter les arachnides. C'est ce que disait madame Brunard, en première année.

La progression dans la partie sale des ruines, contrairement à la partie propre, était beaucoup plus périlleuse. Les toiles qui pendaient réduisaient souvent la visibilité à quelques mètres et elles pouvaient aussi bien cacher des mécanismes que des fosses à pieux, ainsi que des *dalles de pierre plutôt étranges.*

Ils croisèrent un premier squelette au bout de cinq minutes, dans un élargissement de couloir qui tournait vers le nord. Les restes d'un homme qui avait perdu ses deux bras et qui était appuyé pathétiquement contre la paroi, comme s'il avait tenté, dans ses derniers instants, de garder la posture digne d'un homme assis pour fumer la pipe. Son crâne à nu tombait sur sa poitrine et l'une de ses jambes était bizarrement tordue.

Le Ranger s'accroupit pour le voir de plus près, et souffla :

— Pas de point de destin...

Croiser un cadavre n'est jamais bon signe, et plusieurs aventuriers affichaient leur désarroi. Mais les yeux du Nain brillaient.

— Qui dit squelette, dit trésor ! s'exclama-t-il joyeusement en se penchant à son tour sur le corps.

Il ne restait que peu de vêtements sur les os du malheureux, du tissu racorni et sec qui s'effritait sous les doigts. Le Nain tenta d'y trouver quelque objet, mais il n'y avait nulle poche à fouiller dans ces conditions et il fit chou blanc. L'absence d'armure ou de protection de cuir fit dire à la Magicienne qu'il s'agissait probablement d'un sorcier ou d'un domestique.

L'Elfe manifesta son impatience :

— Tu perds ton temps, nabot. Et puis c'est pas très sympa de fouiller les gens qui sont morts.

— Moi au moins je fais quelque chose, votre altesse des blaireaux. Tiens... Y a un restant de bouquin derrière son dos.

— Sorcier ! confirma la Magicienne avec satisfaction.

Le Nain lui tendit le livre avec un air dégoûté. Les trucs en papier n'avaient pour lui aucune valeur, et comme il avait eu le temps de voir dans quel état il était, il savait qu'il ne pourrait rien en tirer au bazar.

— Qu'est-ce que tu veux que je fasse de ça ? Les pages sont toutes collées et la couverture est bouffée par les champignons !

— J'en sais rien, mais d'habitude t'es toujours à râler que t'as pas assez de livres !

— Pffff…

— Parlez moins fort, murmura le rôdeur. On pourrait nous entendre.

Le Barbare fit un pas sur le côté et se pencha pour ramasser un objet long couvert de toile sèche, un genre de bâton qui était encore accroché aux doigts crispés d'un morceau de bras squelettique.

— Tiens, moi j'ai trouvé ça.

— Salaud ! gronda le Nain. C'était mon idée de fouiller !

— Ho ! lâcha l'érudite, soudain excitée. Je peux l'examiner ?

— Ouais, j'm'en fous, c'est pas une épée.

Elle dégagea les restes de toile avec répugnance et secoua l'objet pour en faire tomber la main racornie. Apparut alors un morceau de bois poli et noirci, rendu gluant par l'humidité.

— Waouh ! Je connais pas cette référence !

À l'expression hébétée de ses camarades, la Magicienne expliqua que c'était un peu court pour un bâton magique et que c'était sans doute un modèle très ancien. Elle ajouta que, dans les temps reculés, les bâtons étaient beaucoup plus simples qu'à présent et qu'ils avaient souvent des formes anodines, mais que les habitudes avaient changé chez les fabricants, principalement pour des raisons commerciales. Les facteurs d'objets magiques avaient du mal à vendre une fortune des morceaux de bois qui ne ressemblaient à rien.

Le Nain se gratta la barbe, méfiant :

— Alors ça veut dire que c'est un genre de vieux truc qui coûte une fortune ?

— Mais oui, c'est tout à fait possible ! Mais j'ai du mal à sentir son aura magique, je suppose qu'il a perdu une partie de son pouvoir. Il faudra sans doute le faire restaurer et le faire examiner par un sage.

— Ouais, fit remarquer le Barbare, mais c'est parce que c'est pas un truc de sorcier. C'est une moitié de balai.

La Magicienne le foudroya du regard et s'indigna :

— Quoi ? Et tu vas me dire comment un sauvage qui ne sait pas lire pourrait donner son avis sur la question ? Tu crois que tu peux remplacer Song-Fu ?

— Non, mais l'autre moitié est là.

Le chevelu désigna quelque chose par terre de son bras puissant, et ils virent le restant du manche avec la brosse, l'objet étant à demi enfoui sous un rideau de toile.

La Magicienne rougit et lâcha son demi-balai antédiluvien sur le corps squelettique, à présent dénué de mystère.

— Eh ben du coup, c'était un domestique ! ricana le Nain. Ça valait le coup, tiens !

— Affaire classée, dit le Ranger avec un sourire en coin. On avance.

Ils reprirent leur progression et prêtèrent une attention nouvelle aux débris qui jonchaient le sol. La Magicienne baissait la tête également, mais plutôt dans l'optique de masquer son embarras.

Ils trouvèrent ainsi plusieurs autres livres endommagés, dans un état de décrépitude si avancé qu'il était impossible d'en connaître ne serait-ce que le sujet. Des morceaux de poteries également, deux bougeoirs en étain, des débris d'assiettes, des objets rouillés dont on ne pouvait même pas imaginer l'usage, une chaise mangée par les vers et un vieux plastron de cuir qui s'effritait. Finalement, le Ranger fut le premier à sortir de la toile quelque chose d'intéressant : un bracelet de métal terni qu'il arracha du bras squelettique d'une autre victime.

— Voilà ! triompha-t-il en brandissant le bijou sous le nez du Nain. Celui-là tu l'auras pas !

— C'est de l'argent, commenta le Nain. C'est pas rouillé, mais ça vaut rien.

Le Ranger, ayant oublié temporairement qu'il tenait l'objet dans sa main d'orque, le fit tournoyer autour de son index à l'épaisseur inhabituelle :

— Ouais, ça ne vaut rien au bazar… Mais je compte bien le vendre au musée !

— Il n'a pas tort, concéda la Magicienne. Y a des trucs ici qui datent du premier âge, et si ça se trouve c'est très recherché.

— Rhaaaa, vous m'énervez ! pesta le courtaud.

Il avança en déblatérant des propos concernant les trésors qui ne ressemblaient à rien. Le Barbare en profita pour pousser ses compagnons dans le couloir en grognant, car il commençait à s'impatienter. On lui avait promis des monstres à taper, et voilà qu'on discutait de la valeur marchande des antiquités.

Ils ne tardèrent pas à déboucher dans une salle de dimensions moyennes, dont le sol était jonché de rayonnages écroulés. Les meubles semblaient n'avoir servi qu'à une chose : ranger les centaines de volumes qui s'en échappaient, la plupart en très mauvais état.

— Ha ! C'est de là que viennent les bouquins, commenta la Magicienne. Une vieille bibliothèque !

Elle avança son bâton plus loin dans la salle pour l'illuminer, l'air gourmand. Il y avait bien là quelque chose à dénicher !

— Gnagof ! fit l'Ogre.

— Scorpianide, lâcha le Ranger entre ses dents.

— Holàlà, quelle horreur ! gémit l'Elfe.

Comme il n'était pas nécessaire d'en rajouter, ils restèrent là immobiles, les yeux rivés sur l'atrocité qui en faisait de même, depuis l'autre côté de la salle.

Le problème, c'est qu'il y avait plusieurs tailles associées à l'adjectif « géant ». On pouvait déjà considérer qu'une araignée de trente centimètres de diamètre était géante. On parlait de géants pour des humains plus grands que la moyenne, ou pour des pommes de terre d'un kilo. On parlait aussi de géants pour les colosses des collines d'Altrouille qui étaient hauts comme trois étages, mais tout cela manquait un peu de précision. Il aurait fallu, pour bien faire, construire une échelle d'adjectifs qui permettrait à l'aventurier de savoir à quoi il devait s'attendre. Commencer par « imposant », et finir par « cyclopéen » en passant par « balèze », « géant », « monstrueux » et « immense », ainsi que d'autres variations qu'il faudrait sans doute inventer. Car nos amis avaient déjà rencontré des araignées dites « géantes », dans la tour de Silgadiz, quelques jours auparavant. Elles ne faisaient guère plus d'une soixantaine de centimètres de diamètre, pattes comprises.

Mais c'était seulement la taille de la *tête* de ce scorpianide. Plus de deux mètres de large avec de grosses pattes aux extrémités pointues, deux pinces sur le devant, un corps chitineux et lourd, quatre yeux noirs et impénétrables. La partie postérieure du corps était dissimulée dans l'ombre, mais il y avait certainement là-bas quelque dard démesuré. On aurait pu croire la bête morte d'ennui, tapie au fond de son tunnel de toile aux proportions démesurées, car elle ne montrait aucun signe d'agitation. L'éclat de ses yeux et l'imperceptible frémissement de ses mandibules suffisaient à prouver le contraire. Et puis, il y avait aussi cette horrible couleur, rose à rayures vertes.

Elle était bien vivante et elle attendait.

— Je pense que j'aurais préféré combattre les moutons électriques, chuchota la Magicienne.

Le Ranger dégaina lentement son épée avec sa main gauche. L'autre bras lui faisait trop mal et il savait qu'il ne pourrait supporter le moindre choc sur ses os fragilisés. Il parla lentement et posément, pour ne pas réveiller l'agressivité de l'araignée :

— L'important est de se préparer à l'assaut de façon *stratégique*.

Puis, à la Magicienne :

— Est-ce que tu as des informations dans ton bestiaire ?

— Aucune.

— Ah oui, c'est vrai…

— Ce scorpianide à pattes pointues n'est pas un vrai monstre de la Terre de Fangh. C'est un genre d'*édition limi-*

tée qui ne vit que dans cette ruine, et on n'a pas pris la peine d'en parler. Une espèce à part si tu préfères.

— Heureusement, ronchonna le Nain, parce qu'avec une couleur pareille…

— Hum. Bon, alors déjà, où est la prochaine sortie ?

— De l'autre côté, chuchota l'Elfe. Sur la droite après le tunnel de toile.

Ils contemplèrent la grande bibliothèque dévastée pendant quelques minutes, chacun évaluant les chances de la traverser sans avoir à combattre le monstre. Ils durent se rendre à l'évidence, les chances étaient nulles. Même avec trois pattes en moins, le scorpianide aurait la possibilité de les atteindre alors qu'ils ne seraient qu'aux deux tiers de la salle.

— Bon, alors faisons un petit bilan des sorts disponibles, déclara l'érudite. J'ai la possibilité de rendre une personne invisible, mais c'est quelqu'un qui ne pourra pas combattre. J'ai aussi un truc pour donner à l'un d'entre vous la même vitesse de déplacement que le Nain.

Le montagnard hocha la tête :

— Hé hé ! Sauf que moi c'est tout le temps !

— Et je peux aussi transformer quelqu'un en guerrier berserk pour améliorer sa force et son attaque, mais ça c'est un peu dangereux.

Le Barbare indiqua qu'il n'avait pas envie d'être magiquement modifié et qu'il était sans doute plus simple d'aller directement taper l'arachnide, mais le reste du groupe n'était pas chaud. La bestiole générait peut-être du poison, mais on n'en savait rien. Elle pouvait potentiellement blesser les gens avec ses pattes, disposait probablement d'un dard. Et qu'en était-il de la morsure de ses mandibules ? Cela lui donnerait l'opportunité d'utiliser plusieurs attaques simultanées. Le Nain, qui était habitué à combattre sur ce type de terrain, insista également sur le fait qu'il était impératif de ne pas se faire coincer dans un couloir, afin de pouvoir faire le tour de la bête pour la frapper sur les flancs et à l'arrière. Il était possible de l'encercler, et pour cela il était nécessaire de la combattre dans la grande salle. Et tout le monde ne pouvait se retrouver au corps à corps, il fallait donc faire des choix.

Le rôdeur grimaça et loucha sur son bras d'un air contrit :

— Du coup, moi comme je suis blessé, je vais rester à l'arrière pour donner des directives !

Ses compagnons haussèrent les épaules, car pour eux rien n'était nouveau dans cette façon de procéder. Il jugea qu'il s'en tirait à bon compte.

— Je sais ce qu'on va faire, dit finalement la Magicienne. On va créer un attaquant surpuissant avec mes sorts, qui la chopera de front, et pendant ce temps les autres s'arrangeront pour faire le tour et lui porter des coups.

— Ouais, j'aime bien l'idée ! approuva le Nain. Et ça sera qui ?

— Celui qui a le plus d'armure !

Il y eut quelques secondes de silence puis le barbu renifla :

— Ha, ouais, zut. Alors c'est moi.

— Je peux t'ajouter une protection supplémentaire et un bonus de dégâts.

— Mais normalement c'est le chef qui prévoit la stratégie ! s'insurgea le Ranger.

L'érudite se tourna vers lui, le visage quelque peu chiffonné :

— Tu as une meilleure idée ?

— Ben non, pas encore ! Mais j'ai pas eu le temps de réfléchir.

— Tant pis, trancha l'Elfe. Moi j'aime bien le plan de la Magicienne !

De son côté, le Barbare avait mis du temps à digérer l'information, mais finalement secoua la tête et désigna le monstre du bout de son épée :

— Et pourquoi c'est pas moi l'attaquant puissant ? Je suis le chef Taurogh !

— Parce que tu n'as pas assez d'armure et que tu ne veux pas bénéficier des améliorations magiques !

— Mais j'ai pas peur !

La Magicienne posa la main sur son bras :

— Je sais. Mais ce n'est pas en ignorant la peur qu'on augmente ses chances de survie.

Comme le scorpianide montrait des signes d'agitation, s'inquiétant probablement du fait que ses proies ne pénétraient pas dans la salle où il attendait de pouvoir les piéger, il fallait se décider au plus vite. Ils laissèrent donc le Barbare à ses interrogations et déployèrent la stratégie précédemment énoncée. La Magicienne donna quelques directives à l'Ogre et à Gluby, qui pour sa part resterait à l'arrière car il n'avait pas sa place dans ce genre de bataille. Elle plaça dans sa besace une fiole de potion de mana qu'elle pourrait éventuellement boire en vitesse si le combat s'éternisait, lança l'armure de Fulgör sur le Nain et lui proposa d'entrer dans la salle tandis que les autres se préparaient à couvrir les flancs.

— Je te rendrai berserk quand il sera sur toi, sinon ça risque de poser des problèmes !

— Heu... Ouais, d'accord... répondit le barbu d'une voix mal assurée.

Il éprouva une dernière fois son équipement et serra les sangles de sa cuirasse, vérifia que sa ceinture était bien attachée et que son sac de toile ne risquait pas de glisser. Il dégaina finalement sa hache de mêlée et fit ses premiers pas en direction du monstre.

Le scorpianide remua ses mandibules de plus belle. Ses pattes frémirent.

Le Ranger, qui avait récupéré un peu de son assurance, fut le premier à parler :

— Maintenant ! L'Elfe commence le combat ! Ça va l'attirer vers nous !

— Et pas de flèche dans le cul hein ? protesta le Nain.

— C'est parti ! dit l'archère en décochant son trait.

Le tir était assez quelconque, mais la taille de la cible aidait, ainsi que sa couleur qui attirait l'œil. La flèche passa heureusement loin du courtaud et se planta quelque part dans le thorax du monstre, qui réagit ainsi qu'il était prévu et qui fit un bond en avant. Il ne cria pas, car les arachnides n'ont pas d'organes pour ça, et surtout parce qu'il n'y a que dans les mauvais films que les araignées ou les scorpions grognent.

Mais il avait bougé, c'était le signal.

D'un mot de pouvoir à la consonance étrange, la Magicienne lança la *Berserkisation de Kugio*, sort de niveau quatre, deuxième arcane de magie, catégorie *améliorations sur alliés*, ordre des *ciblages uniques*, sous-ordre des *perfectionnements d'escarmouche à danger potentiel*. Le Nain fut frappé par une petite lueur venue du plafond et glapit quelque chose d'incompréhensible, peut-être un genre de cri de guerre nain du premier âge. Il fonça droit devant lui de toute la vitesse de ses bottes, à la rencontre d'une créature qui faisait sans doute quatre fois son poids.

Ses camarades, surpris par la rapidité de son déplacement, se hâtèrent de prendre position. Pour certains, comme le Ranger, il n'était question que de faire deux pas en avant afin de sortir du couloir, histoire de voir un peu mieux ce qui se passait. Le Barbare, quant à lui, avait pour mission d'attaquer l'arachnide par-derrière, mais il n'avait pas compté avec les difficultés du terrain. Le sol était parsemé de livres, de morceaux de meubles, de chaises brisées et de toiles oubliées, autant d'obstacles qui rendirent leur progression malaisée.

L'arachnide et le Nain furent très rapidement au contact, mais ils n'eurent pas l'occasion de s'affronter. La bête, peut-être ankylosée par des semaines d'attente, s'était emmêlée dans ses nombreuses pattes et glissa sur le côté alors qu'elle atteignait sa victime, s'effondrant dans les étagères sinistrées. Le Nain lui porta un coup de hache du mieux qu'il put, tranchant quelque chose au hasard, se trouvant consécutivement inondé de sang vert.

La salle retentissait maintenant des cris des combattants :

— Une brèche ! cria le Ranger. Attaquez !

— Baaaaaaastoooooooon !

— Et zou ! Une flèche !

— Takala !

— Le Grand Forgeron t'explose ta race !

Ils parvinrent à blesser le scorpianide à plusieurs reprises jusqu'à ce qu'il réussisse à rétablir son équilibre. Le monstre tourna un instant sur lui-même, cherchant une victime après avoir constaté qu'il était presque cerné. Le Ranger, gagné par la fièvre de la bataille, récupérait au sol des objets pour les lancer n'importe comment. Il s'agissait souvent de livres mous et cela ne servait à rien, mais il se sentait plus actif et ça faisait du bien à son moral.

La Magicienne, qui avait eu le temps de récupérer sa concentration, profita de cet instant de flottement pour tirer une flèche d'acide pénétrante dans la partie arrière de l'abdomen rose.

— Viens là, saloperie de crevure des souterrains pourris !

L'insulte du Nain conforta le scorpianide dans son premier choix, et il virevolta pour se tourner de nouveau vers lui en écartant ses pattes antérieures, dans une parodie d'embrassade mortelle. Il porta un coup de hache en direction de sa tête, mais il manquait d'allonge et son coup se perdit dans le vide. Le monstre dressa sa partie postérieure pour déployer son appendice à glande, car c'était son tour de frapper et il comptait faire mal.

— Attention au dard ! cria la Magicienne.

La suite fut assez confuse. Sous l'emprise du sortilège qui décuplait à la fois ses capacités et son envie d'en découdre, le Nain n'essaya pas franchement d'esquiver l'attaque. Au contraire, il avança encore plus, au risque de prendre un coup fatal. Mais il se passa quelque chose d'étrange, et au lieu d'enfoncer son dard dans la poitrine de sa proie, la bête se contracta sur elle-même en un mouvement d'une incroyable rapidité. Après quoi elle recula vivement, secouée de soubresauts.

L'Ogre, le Barbare et le Nain, persuadés d'avoir chacun porté quelque coup décisif, se précipitèrent pour en finir et tailladèrent frénétiquement l'aberration pendant qu'elle était hors de combat. Personne n'avait rien compris, mais ça n'était pas grave.

Grâce à son excellente vision et à sa position stratégique, Son Altesse Selenia fut la seule à voir ce qui s'était passé.

BULLETIN CÉRÉBRAL DE L'ELFE

C'est quoi cette histoire ? Un scorpion géant qui se pique lui-même ? J'ai jamais entendu parler de ça ! Est-ce qu'il a eu peur de nous et qu'il a préféré se donner la mort ? Ou alors la Magicienne lui a lancé un sort de suicidage ? En tout cas j'ai bien vu ce que j'ai vu... Ça s'est passé super vite, comme quand on voit les oiseaux chasser les petits poissons dans la rivière avec leur long bec ! Il était prêt à frapper le Nain, et... Et il a piqué son dos ! Maintenant c'est malin, ils sont tous dessus et j'ai plus de place pour tirer des flèches ! Je crois que je vais attendre un peu, parce que j'ai vraiment pas envie de leur tirer dans le derrière, sinon après ils vont me faire la tête.

La bestiole n'était plus en état de combattre, mais elle était si imposante et si horrible, elle avait provoqué un tel afflux d'adrénaline et une telle peur que les guerriers s'acharnèrent dessus bien après qu'elle fut passée de vie à trépas. Ils tranchèrent les pattes, arrachèrent les pinces, redoublèrent d'ardeur pour percer l'épaisse chitine qui servait d'armure au monstre et molestèrent ensuite la tête qui fut réduite à l'état de bouillie.

Finalement, le Barbare enfonça son épée dans ce qui devait être un œil et pesa de tout son poids sur l'arme, ce qui la fit pénétrer profondément et produisit un son semblable à celui causé par un melon perdu sous le pied d'un éléphant.

— Crôm ! hurla-t-il en essuyant d'une main négligente la coulée de sang vert qu'il avait sur le front.

La Magicienne leva son bâton vers le plafond en criant, tandis que le Ranger et l'Elfe jubilaient à l'arrière et sautaient bêtement sur place. Ils finirent par s'enlacer et restèrent ainsi quelques secondes jusqu'à ce que le Ranger sue du front et décide de reculer d'un pas.

Mais le combat n'était pas fini, car ils durent ensuite immobiliser le Nain, qui avait encore en lui un peu de l'énergie malfaisante du sortilège et qui donnait des coups de hache n'importe où. Il avait frappé l'Ogre et celui-ci s'était rebiffé, mais grâce à l'intervention de la Magicienne et d'une peau de bananane de Morzak bien placée, ils parvinrent à ceinturer le nabot jusqu'à ce que les effets du sort se dissipent.

Cela dura près d'une minute. Il roulait des yeux et tentait de se relever, mais le poids de l'Ogre sur ses jambes et la fermeté de la prise du Barbare sur ses bras l'en empêchaient.

— C'est bon, vous pouvez me lâcher ! finit-il par grogner. Et puis rendez-moi ma hache, c'est pas vous qui l'avez payée !

Le courtaud récupéra ses affaires en bougonnant, mais il ne pouvait s'empêcher de sourire à chaque fois qu'il admirait le cadavre du scorpianide. C'était sa victoire à lui.

Gluby avait jeté un œil au couloir suivant et n'avait détecté aucune menace immédiate. Ils furent ainsi à même de prendre une petite pause, de soigner quelques plaies et de passer à l'étape obligatoire du *débriefing*.

BULLETIN CÉRÉBRAL DU RANGER

J'ai parfaitement joué mon rôle de chef dans cet affrontement, c'est évident. Le plan était bon et personne n'a vraiment été blessé, à part l'Ogre mais c'était la faute du nabot qui n'a pas réussi à surmonter son énervement. D'ailleurs, il faut bien avouer qu'il a été courageux et plutôt habile, parce qu'il a réussi à repousser le monstre au moment crucial. C'est certainement grâce à tous ces sortilèges qu'on lui a lancés. Après tout, c'est normal ! N'importe qui peut être fort avec de la magie, et j'aurais pu en faire autant. Il paraît qu'on peut même se transformer en monstre géant avec la métamorphose, c'est la Magicienne qui l'a dit. C'est un peu de la triche, mais finalement c'est le résultat qui compte. Et les points d'expérience, bien sûr.

BULLETIN CÉRÉBRAL DU NAIN

Je suis vraiment trop fort ! J'ai pratiquement tué la grosse vermine à moi tout seul et je pense que j'ai gagné en expérience comme un fou. Y a pas à dire, la technique des nains c'est vraiment la meilleure, même si le Barbare pense que j'ai surtout de la chance et que mon armure m'empêche de bouger comme il faudrait. Mais c'est parce qu'il est jaloux, et puis qu'au lieu du super casque il a eu des bracelets avec des poneys, ce qui fait qu'il s'est tapé grave la honte ! Et puis y a cette histoire de sortilèges aussi, je me doute que la Magicienne va encore la ramener pour dire que c'est grâce à elle si on a gagné, mais en vérité elle est restée derrière et n'a rien fait hormis crier des trucs dans une langue qu'on ne comprend pas. C'est pareil pour le Ranger et l'Elfe. Mais je m'en fiche, encore quelques bestioles comme ça et j'aurai mon niveau cinq ! Elles méritent vraiment de crever, surtout avec cette couleur atroce.

Ils durent stationner un moment dans la salle, non pas pour se reposer mais parce que la Magicienne refusait de partir. Il y avait tout d'abord un cadavre géant de scorpianide qui pouvait leur fournir des organes qu'elle considérait comme « intéressants pour les pratiques magiques et les rituels ». Elle chargea donc l'Ogre de récupérer les mandibules, le dard et le poison de la bestiole en espérant les vendre un bon prix à quelque chercheur, ou les utiliser quand elle aurait un niveau supérieur. Pendant que son pesant compère s'affairait sur les restes nauséabonds de la bestiole, elle farfouilla dans les débris, examina les couvertures flétries, espérant y trouver quelque chose de récupérable. Les livres étaient tout de même en bien meilleure condition que ceux qui traînaient dans l'humidité du couloir, certains ayant été conservés à peu près au sec.

Le Ranger et l'Elfe discutaient des différents aspects de la bataille, assis sur un vieux banc qui était plus ou moins intact. Selenia avait fait part de ses observations au reste du groupe, mais le rôdeur ne comprenait toujours pas comment le Nain avait pu convaincre un scorpion géant de s'inoculer son propre poison. Ils finirent par mettre ça sur le compte des bizarreries fanghiennes.

Le Nain, de son côté, était persuadé d'avoir un talent rare. Il suivait la Magicienne en râlant, parce qu'il n'avait rien d'autre à faire et qu'il avait hâte de tuer d'autres araignées pour gagner son niveau cinq :

— Je le crois pas que t'es encore en train de fouiner pour des vieux bouquins alors qu'on est dans un super donjon plein de monstres !

Elle répondit en écartant plusieurs ouvrages qui traitaient d'histoire et qui avaient en partie brûlé :

— Mais c'est pour ça qu'on fait les donjons, nous autres les mages. C'est pour trouver des vieux bouquins !

— Mais ça sert à rien ! T'as bien vu, l'autre baltringue en a lancé plusieurs sur le monstre et ça lui a fait aucun dégât !

— Hé ! protesta le Ranger. J'ai fait ce que j'ai pu avec un bras en moins !

La Magicienne fixa le Nain, alors qu'elle hésitait entre résignation et agacement.

— Les livres contiennent des informations, justifia-t-elle. Et ça fait au moins cinquante fois que je te le dis. Y a parfois des nouveaux sorts, ou des techniques qui permettent d'améliorer des incantations pour gagner en efficacité, ou sinon ça peut juste être des livres rares qui se revendent un bon prix.

Il fronça les sourcils :

— Encore des trucs comme les papiers de la banque ?

— Non, ce n'est pas la même chose que les bons au porteur. Un livre ça peut avoir une grande valeur. D'ailleurs l'autre jour, quand on était dans la librairie tu trouvais qu'ils étaient super chers.

— Mais c'est parce que j'avais pas envie d'en acheter !

— Justement, tu peux aussi les revendre ! cria le Ranger.

La Magicienne le remercia d'un signe de tête. De son côté, le barbu fixa le livre qu'il venait de ramasser, les yeux brillants :

— Ouais ! Alors ça peut se monnayer comme les haches ?

La Magicienne se pencha comme lui pour ramasser un volume à la couverture brune :

— Ho, ça par exemple ! Tu sais combien il coûte, celui-là ?

— Non !

— *Les Créatures d'autres mondes*, commenta l'érudite. Un livre qui coûte environ quatre-vingts pièces d'or en librairie. Mais il a l'air vieux.

— Tout ça pour un livre ?

— T'es bouché ou quoi ?

— C'est pas de ma faute, j'arrive pas à m'y faire ! C'est trop bizarre pour un nain.

Elle ouvrit la première page du bouquin en coinçant son bâton contre son bras, et ses yeux s'agrandirent :

— Ah bah putain ! C'est la première édition qui date de 847 du premier âge, écrite à la main par l'auteur lui-même, elle est numérotée et dédicacée !

Les autres aventuriers échangèrent un signe de tête entendu, un petit hochement discret qui voulait dire « On est encore parti pour vingt minutes d'explications qui donnent mal au crâne ». Et ils avaient bien raison.

— Regardez ! Le livre a été adressé à un certain Jeromak Baueriz. Il faudra qu'on cherche qui c'était. Si ça se trouve c'était un de ces sorciers menzzoriens qui venaient ici pour faire des expériences ? On peut même voir des annotations et des indications concernant ses recherches ! Et visiblement il connaissait l'auteur, je peux vous faire la traduction de la dédicace parce que c'est en menzzorien :

À mon cher ami Jeromak Baueriz,
grand spécialiste des plans par-delà les plans,
sans qui la rédaction du livre aurait été bien moins rapide
et qui a une femme charmante.
Signé : Tarval de Molpertuis

— On s'en fout un peu, grogna le Nain. Faudrait en ramasser d'autres si on peut en tirer quatre-vingts pièces d'or.

— Tu rigoles ? s'exclama-t-elle en lui agitant le livre sous le nez. Celui-là est super rare ! On peut en tirer mille pièces d'or !

— Quoi ? fit le Ranger en s'étranglant.

Complètement survoltée, la Magicienne laissa derrière elle le Nain abasourdi. Elle se mit à fouiller frénétiquement dans les décombres pour en tirer d'autres exemplaires du même genre.

— Dites à l'Ogre de venir avec son grand sac ! Je suis tombée sur une mine d'or ! C'est plein de livres rares ici !

— Hé ! s'indigna le barbu. T'as pas le droit de faire des comparaisons comme ça ! L'or c'est un truc sacré !

Ils perdirent dix minutes à fouiller les rayonnages anciens écroulés, l'appât du gain ayant même décidé le Nain à se pencher pour ramasser les livres qui étaient en bon état. Puis Gluby signala qu'il entendait du bruit dans le couloir, celui qu'ils avaient emprunté pour arriver jusque-là.

— Foutons le camp ! chuchota le Ranger. Et taisez-vous !

— Mais je n'ai pas encore cherché par là ! bouda la Magicienne.

— Les bouquins rares ne vont pas nous rapporter des thunes si on se fait massacrer !

Le Barbare avait eu son compte de violence pour les dix prochaines minutes, c'est pourquoi il n'insista pas pour faire demi-tour et affronter les gens qui produisaient les bruits. Il était de toute façon probable qu'il s'agissait de la troupe d'assaut du camp des orques, ces gens têtus qui les poursuivaient depuis leur entrée dans la grotte.

Ils s'engagèrent dans le nouveau couloir et tombèrent sur une intersection en forme de T. Ils décidèrent d'aller à gauche pour suivre l'adage bien connu que ressassait éternellement la Magicienne : dans un labyrinthe, il faut toujours tourner dans la même direction.

— Je me demande ce qu'ils fabriquent, les méchants sorciers gris ! chuchota l'Elfe en regardant une dernière fois dans le passage qui menait à la bibliothèque oubliée.

Le Ranger répondit d'une voix lasse :

— Si ça se trouve, ils ont décidé de s'arrêter pour faire des crêpes ?

Un rat qui se tenait prudemment tapi sous un amas de toile aurait pu répondre à cette question. Il frémissait du museau et observait deux sorciers gris qui se chamaillaient pas si loin que ça du groupe d'aventuriers, empruntant à leur tour le même chemin.

Les hommes au visage cireux étaient accompagnés de trois nogroks aux pieds brûlés et d'une dizaine d'orques en mauvais état, certains équipés d'arcs et d'armures de cuir, d'aucuns plus fortement cuirassés tenaient des épées lourdes et rudimentaires. L'un des sorciers était maigre et portait la barbiche, l'autre était un peu plus épais et sa robe ornée de motifs impies était tachée de sang. Ils transpiraient tous deux l'aigreur, la malveillance et l'érudition.

Ils venaient de traverser une pièce et cinq orques gisaient sur les pierres noires après avoir succombé à la violence d'un piège cruel. Les infortunés soudards perdaient à présent leur sang noir par les moignons de leurs jambes tranchées au niveau des genoux et il n'y avait plus grand-chose à faire pour eux, à part peut-être leur apporter des oranges et leur raconter une petite histoire avant qu'ils s'endorment à jamais.

Le maigrichon tournait en rond et protestait en montrant à son collègue l'étendue des dégâts :

— Je n'en peux plus, Varlox ! On a déjà perdu les deux tiers de la troupe dans ces souterrains, sans parler de Zaroul qui a été broyé dans la salle des énigmes !

— C'est de sa faute, mon vieux ! Il n'a pas voulu écouter la voix du mur.

— Excuse-moi, mais ça n'avait pas l'air très sérieux son histoire de chèvres !

— Enfin merde ! Quand un mur te dit que tu n'as pas le droit de passer, il faut l'écouter !

— Fallait le dire à Zaroul, ça.

Ils se recueillirent quelques secondes de manière tacite, puis le dénommé Varlox hocha la tête, fataliste :

— Résultat, trente minutes de calcul pour avoir le droit de passer dans une pièce qui ne sert à rien !

— Encore heureux, on n'est pas stupides.

Il y eut encore plusieurs secondes de silence, durant lesquelles les orques échangèrent des mimiques déconcertées. Ils ne comprenaient qu'une moitié de la conversation, mais ça ne leur plaisait pas trop. Agacé, Varlox fit quelques pas et brandit son bâton lumineux vers le prochain couloir :

— On ne va pas se laisser abattre par trois pièges tout de même ? On représente l'élite des sorciers de Gzor ! Si les aventuriers sont passés, on peut le faire aussi.

Le barbichu leva les bras vers le plafond :

— Mais on n'a pas la formation pour ça, je me tue à le dire depuis une heure ! Le métier d'aventurier, ça s'apprend ! Bien sûr, il faut savoir détecter les pièges, mais il existe aussi des techniques pour trouver son chemin dans les labyrinthes. Ils ont des équipes polyvalentes et ils peuvent faire face à toutes sortes de situations, et *en plus* ils connaissent les points forts des monstres !

— Ha, je vois où tu veux en venir, Helrugar. Tu vas encore me parler de ce cube gélatineux ?

— Mais oui ! On n'aurait jamais perdu six orques si on avait su comment s'y prendre avec cette horreur. Normalement c'est nous qui posons les pièges et qui disposons les monstres dans les tunnels, et on n'a pas besoin de les combattre !

Varlox se mit à son tour en colère :

— Mais alors quoi ? Qu'est-ce qu'on fait ? Tu veux rentrer à la base et envoyer un message à Gzor ? Tu veux lui expliquer ce qu'on nous a volé ?

Helrugar baissa la tête et souffla par le nez. Non, ça n'était sans doute pas la bonne solution. Il se sentait dépassé.

Après vingt ans d'études de magie, il se sentait dépassé.

Il vit que son collègue le fixait avec pitié et c'était quelque chose qu'il n'aimait pas du tout. Il murmura d'une voix haineuse :

— Je m'en doutais que le petit barbu était un aventurier ! Il fallait les donner à bouffer aux nogroks !

Varlox hocha la tête :

— Ouais, mais on avait des ordres. Garder en vie les prisonniers pour interrogation.

Puis il montra le bas de sa robe, en partie calcinée :

— En plus, j'arrive pas à croire qu'on nous ait piégés avec un glyphe de l'empire Koundar !

— C'est pas du niveau un ça ?

— Si. Et je n'avais pas pris mon Amulette de Résistance Bipolaire.

Helrugar serra les poings et tourna sa face grise vers un orque éclaireur :

— Bon, il faut qu'on leur fasse payer ! Toi passer devant !

Il montra le couloir de son bâton, et l'orque assura sa prise sur son arc avant de prendre la direction qu'on lui indiquait, mais sans grand enthousiasme. Il devait choisir entre mourir dans un piège inconnu, mourir sous les coups d'un monstre tapi dans l'ombre ou mourir dans un sortilège des troupes d'élite de Gzor.

Sale métier tout de même, le métier d'orque.

— Alors là, dit le Ranger, on a le choix entre le couloir à droite qui va vers la porte, ou celui de gauche qui continue dans le noir jusqu'à perte de vue.

— La porte ! lâchèrent ensemble plusieurs aventuriers.

— En même temps, la perte de vue c'est pas bien loin, précisa le Nain.

L'Elfe émit un rire mutin :

— C'est parce que t'es pas nyctalope !

— Va creuser ta tombe, pouffiasse.

— Je suis la reine ! C'est pas moi qui dois creuser ma tombe, j'ai des gens pour ça !

— Hé ho ! Calmez-vous, les nases ! intervint le Ranger. Il faut se concentrer, il pourrait y avoir des pièges.

— Déjà, une porte, c'est potentiellement un piège, nota la Magicienne.

Ils parcoururent quelques mètres en direction de cette porte, la première qu'ils voyaient depuis un bon moment. Elle était d'un bois noir doublé d'acier bleuté, ne semblait pas avoir subi les outrages du temps. L'ébéniste responsable de sa fabrication avait gravé une série de monstres hideux sur la partie basse, et une petite plaque martelée, sur la partie haute, portait une inscription illisible pour la plupart des aventuriers.

— Salle de… de rituels ! déchiffra l'érudite. Encore du menzzorien, et en plus c'est mal écrit.

— Bon, alors on n'y va pas, je suppose ?

La rouquine fixa le Ranger avec surprise :

— Ben si, pourquoi ?

— Heu... Peut-être parce qu'on n'a pas besoin de se lancer dans un rituel ?

— Ha ha, elle est bien bonne. Allez, ouvre la porte.

Voyant que les autres étaient favorables à cette idée, le jeune homme haussa les épaules et se pencha pour examiner la serrure en faisant son possible pour ne pas toucher la porte. Il n'avait pas très envie d'être carbonisé par ce fameux Klaptor de Mazrok, sortilège qu'il avait déjà pu voir à l'œuvre, ou ces décharges électriques débilitantes dont il avait entendu parler un jour dans une taverne. Au terme de quelques secondes d'observation, il se tourna vers la Magicienne :

— Est-ce que tu détectes de la magie ?

— Mmmmmoui, répondit-elle après avoir fermé les yeux un bref instant. Mais c'est peut-être derrière. C'est un peu loin.

— Super... Je suis vachement plus avancé !

— Faudrait déjà voir si elle est pas ouverte ? suggéra le Nain. Y a une poignée, tu sais ?

Le Ranger proposa un tirage au sort pour savoir qui tenterait d'ouvrir la porte, mais ses compagnons lui rirent au nez. La Magicienne soutenait que c'était un boulot de rôdeur en l'absence de voleur, et elle semblait très à cheval sur ce principe. Selenia lui rappela qu'il était en outre clipitaine de l'armée de Folonariel.

— En plus, insista le Nain, tu nous as assez bassinés avec tes compétences.

— Mais j'ai mal au bras et...

Un regard appuyé de la Magicienne le poussa à oublier ses doléances. Il posa sa main sur la poignée en déglutissant une salive épaisse, au goût bilieux. Ses compagnons reculèrent de deux pas.

« Clikitik », fit la serrure.

Il n'y eut aucun projectile magique, aucun éclair surpuissant et pas même un seau de bouse, et le Ranger lâcha un soupir si long qu'il aurait pu gonfler un dirigeable. Il tira lentement sur la porte en reculant, pour permettre à ses camarades d'examiner la salle.

— Allez, souffla la Magicienne. On entre et on fait gaffe où on met les pieds.

— Je mets mes pieds où je veux, grinça le Nain. Et c'est souvent...

— Chut !

La prétendue « salle des rituels » apparut alors dans toute sa somptuosité, dévoilée par l'éclat bleuté du bâton rayonnant de la Magicienne. Elle faisait bien ses cent mètres carrés et tout y était couvert de poussière. Les murs et la voûte de pierre étaient décorés de plaques de bronze gravées de personnages divers, permettant à l'esthète d'admirer de nombreuses formes de gargouilles, des femmes dénudées se livrant à des actes inconsidérés et des chimères variées, mélanges d'animaux communs et de bêtes fabuleuses.

Il y avait également dans le fond de la salle un plan de travail vermoulu et à demi effondré, permettant sans doute aux sorciers de l'époque de réaliser leurs innommables recherches. De nombreuses fioles brisées, des pages de livres, des bocaux éventés et quelques outils traînaient aux alentours.

Sur le sol, de nombreux cercles et symboles avaient été dessinés puis à demi effacés, et parfois certaines expériences avaient laissé sur place d'étranges reliefs. Une flaque solide et craquelée, brunâtre et fossilisée, prouvait par ailleurs qu'on avait appelé ici jadis un élémentaire de fromage, le fameux *élémmenthal* du plan Lactasia. Mais il n'en restait presque plus rien, en tout cas rien de comestible.

Scrutant le sol et le plafond avec attention, les aventuriers firent quelques pas dans ce temple des conjurations.

— Groudo flomidi ! souffla l'Ogre.

La Magicienne expliqua que leur ami parlait de l'odeur de vieux fromage, mais ça n'intéressa personne.

— Ça n'a plus l'air trop dangereux maintenant... chuchota le Ranger.

— Sauf pour cette statue là-bas... dit l'Elfe en montrant un coin de la pièce encore plongé dans l'ombre. Elle est flippante.

En effet il y avait une forme là-bas dans les ténèbres. Ils s'en approchèrent pour tenter d'en savoir plus.

Au centre d'un large cercle de symboles, peints en jaune sur le sol, se trouvait la représentation d'un être de cauchemar. Un corps maigre et gris, étrangement doté d'énormes pieds qui semblaient avoir été ajoutés après coup, des bras qui touchaient le sol, avec des coudes pointus et de grandes mains griffues, et un visage contrefait aux larges oreilles, avec une trompe qui pendait jusqu'à sa poitrine. Il avait aussi trois yeux d'un noir profond et brillant, mais le pire était sa bouche, grande et malicieuse, qui s'ouvrait légèrement sur plusieurs rangées de dents pointues.

— C'est une statue ça ? s'inquiéta le Ranger.
— Non.
— Qui a parlé ?
— La statue… dit le Barbare.

Baalzephon, capitaine des sentinelles de l'Enfer

Ils reculèrent d'un pas au moment où l'être se dépliait lentement, comme s'il sortait d'une longue période de congélation. Les armes furent sorties des fourreaux en l'espace d'un battement de cils et les combattants furent bientôt en formation, le Ranger se débrouillant pour se placer derrière le Barbare.

La Magicienne tendit son bâton vers la sinistre créature afin de l'éclairer au mieux, mais elle n'était pas très rassurée. Elle déglutit et lâcha entre ses dents :

— Qui es-tu, monstre ! Parles-tu notre langue ou dois-je recourir à mes connaissances des runes ?

La gargouille vivante agita ses longs doigts, ainsi que l'aurait fait un boulanger dans une patte molle. Cependant la vision de ses griffes mobiles était assez déplaisante dans le vide, car les mains hideuses semblaient faites pour fouiller dans les entrailles.

La bouche s'anima et une voix, aussi étrange que calme, répondit :

— Je parle toutes les langues, mortelle.

La Magicienne se tourna vivement vers ses camarades :

— Bon, déjà, c'est un démon. Faites gaffe !

L'aberration se pencha légèrement vers l'avant, comme pour voir de plus près ses visiteurs, et déclama :

— Je suis Baalzephon, capitaine des sentinelles de l'Enfer. Et j'attends ici depuis bien trop longtemps !

Le Nain cligna de l'œil en direction du Ranger et commenta :

— Faut croire que les transports en commun ne passent pas souvent !

— C'est pas le moment pour les blagues naines ! rétorqua l'Elfe.

Comme le démon retrouvait peu à peu sa mobilité, un nuage gris se formait autour de son corps, car la poussière qui s'était accumulée sur lui s'envolait, et les compagnons virent que sa peau n'était pas grise. Elle était d'un brun clair, légèrement teintée de rouge, et l'être ne ressemblait plus du tout à une statue.

— Tu dis que tu attends, risqua finalement la Magicienne. Mais qu'attends-tu donc ?

— Qu'on me libère, impudente aux cheveux de braise !
— Hum... Tu es prisonnier du cercle, c'est ça ?
— Oui, et c'est très agaçant !
Le Ranger se relâcha :
— Ha, ça c'est bien ! Au moins, il ne risque pas de nous sauter dessus !

La créature les observa quelques secondes, de ses yeux comme des boutons d'ébène huileux, et ils eurent l'impression d'être ajoutés à une sorte de menu du jour. C'était tout à fait déplaisant.

Le cercle formé par les runes jaunes était assez large pour lui permettre de faire trois pas, mais guère plus. Baalzephon agita de plus belle ses longs doigts pointus, attendant visiblement qu'on lui parle.

La Magicienne termina de prendre quelques notes sur son calepin de poche, puis elle dit :
— Ton nom m'est inconnu, démon ! Et pourtant je suis une grande spécialiste des créatures d'autres mondes.
— Vous n'êtes pas des esclaves, à tout hasard ? questionna le monstre.
— Non.
— Ha, dommage.
— Et pas des paysans ! gronda le Barbare.

Voyant qu'il n'y avait pas de danger immédiat, le Ranger s'avança pour prendre à son tour la parole :
— Je suis le chef de cette compagnie d'aventuriers, et j'aimerais savoir d'où tu viens et ce que tu fais ici.
— Et peut-être qu'on pourra t'aider, ajouta l'érudite.

Ses compagnons lui renvoyèrent un coup d'œil à la fois interrogatif et méfiant. Mais elle hocha la tête, une manière de leur faire comprendre que tout était sous contrôle. Elle était persuadée du caractère étrange de la présence d'une entité démoniaque à cet endroit, et en général ce genre de personnage avait potentiellement une ou plusieurs quêtes à distribuer contre rémunération. On ne pouvait cracher sur une récompense démoniaque, à moins d'être un disciple de Braav' bien sûr.

Effectivement, le démon fut soudain plus loquace. Il expliqua qu'il venait de l'Enfer, mais d'un enfer d'un autre monde, et qu'il avait été invoqué par erreur des siècles auparavant. Chez lui, son rôle consistait habituellement à diriger les gardiens des prisons infernales et à surveiller les esclaves des damnés. Il raconta qu'il était vénéré, au moment de son départ, par certaines peuplades comme les mystérieux « égyptiens », qui étaient de grands bâtisseurs. Il veillait continuellement sur leur main-d'œuvre, principalement constituée d'esclaves, et il avait le pouvoir de les contrôler. Enfin, c'était avant qu'il ne soit invoqué bien sûr, car il n'avait pas pu faire son travail depuis bien longtemps et il se doutait qu'il avait été remplacé depuis par quelqu'un d'autre. Ce dernier détail semblait le plonger dans une fureur noire.

Il était resté là au fil des siècles parce que les invocateurs menzzoriens n'étaient pas des imbéciles et qu'ils avaient bien fait leur travail. Il était prisonnier des runes de peinture magique, et celles-ci refusaient de s'effacer sous l'action du temps. Il n'avait lui-même pas le pouvoir de les altérer, et il lui était également interdit de mentir tant qu'il se trouvait au centre du cercle. Il dépendait donc de quelque bonne volonté pour le libérer.

— Mais c'est mal fichu cette histoire, maugréa-t-il finalement. Car personne ne veut m'aider à effacer les runes, à cause des lois du pacte ! Et bien sûr, tout cela pourrait s'arranger si des esclaves me rendaient visite car je pourrais les obliger à m'obéir, mais ça n'arrivera jamais ! Personne ne vient jamais ici, hormis des sorciers roublards ou des aventuriers trop malins.

— Des lois du pacte ? s'inquiéta la Magicienne.

— Oui. Le pacte qui me lie aux runes.

— Et il dit quoi, ce pacte ?

Le démon hésita. Mais il savait bien qu'il ne pouvait faire autrement que répondre, et il avait déjà précisé qu'il ne pouvait mentir. Enfin, il était déjà content d'avoir à qui parler, aussi il finit par avouer :

— Le pacte d'invocation indique un prix pour ma libération. Je dois dévorer trois cœurs humains !

— Quoi ?

Les aventuriers reculèrent encore d'un pas.

— Manger les cœurs ? gémit l'Elfe.

— Mais je promets de pas manger les vôtres ! rugit le démon. Allez, quoi, vous ne voulez pas effacer ce caractère, et celui-là ? Le zabourouf et le tronkal primaire sont les clés principales de l'enchantement. Et je promets fortune et gloire aux survivants !

Il montra deux belles runes au sol et désigna quelque chose derrière eux :

— Y a une brosse métallique sur l'établi. Vous n'avez qu'à gratter la pierre un bon coup.

— Pas question ! répondit le Ranger. On ne peut pas faire confiance à un démon, tout le monde sait ça !

— Mais puisque je vous dis qu'on m'a interdit de mentir !

— Ça pourrait être une ruse ! protesta la Magicienne. Tu nous fais croire que tu ne peux pas mentir, mais si ça se trouve tu en as tout à fait le droit. C'est du grand classique de démon ça ! Et puis on n'a aucun moyen de vérifier.

Baalzephon se lamenta :

— Rhaaaa ! Mais c'est toujours la même chose !

L'Elfe sembla s'éveiller et tendit vers lui un index accusateur :

— En plus, c'est pas gentil d'empêcher les esclaves de s'enfuir ! C'est vraiment honteux d'obliger des gens à travailler sans rémunération, et je ne vois pas pourquoi on permettrait à un démon aussi vilain de retourner faire son travail !

— Mais…

— Et puis t'es vraiment moche ! Moche, moche, et moche !

Selenia tourna les talons, son arc à la main, et se dirigea vers la sortie :

— Venez, les copains, c'est vraiment nul comme salle de donjon.

Les aventuriers la suivirent, peu rassurés. Baalzephon s'agita dans son cercle et fit de son mieux pour les convaincre, mais il parlait dans le vide.

Le Nain lui adressa un bras d'honneur en ricanant :

— C'est con hein ! Rester coincé dans un cercle à cause d'une magie pourrie ! Ha ha ha ! Ils auraient au moins pu te laisser un miroir pour que tu puisses voir comment t'es trop laid !

Le démon le fixa avec animosité et le Nain se décida tout de même à partir, des fois que la magie des conjurateurs ne soit pas si efficace que ça.

Lorsqu'ils eurent fini de quitter la salle, la Magicienne se tourna une dernière fois vers l'entité venue d'ailleurs :

— Et puis mon vieux, depuis le temps que t'es parti, je suis sûre qu'ils ont évolué dans ton monde. C'est sans doute fini depuis longtemps, les esclaves !

— Fumiers ! Soyez maudits ! répondit le démon. Que vos ongles de pieds se racornissent jusqu'à ce que…

La Magicienne n'entendit pas la suite car elle referma la porte, et les compagnons se rassemblèrent dans le couloir.

— Bon, bah ça c'était vraiment inutile ! ronchonna le Nain.

Le Ranger opina :

— Pas de trésor, pas de combat et pas de points d'expérience.

— Oui, mais on a toujours nos organes vitaux, soupira l'érudite.

— N'empêche, il a quand même parlé de fortune et de gloire… On aurait pu lui demander combien ça faisait de pièces d'or, tout ça.

Ils expliquèrent au Nain que la parole d'un démon ne valait rien et qu'il y avait toujours une arnaque dissimulée derrière ses promesses.

— Et puis, ça valait pas le coup de sacrifier trois d'entre nous pour le savoir, conclut le Ranger.

— Ben… Ça dépend de la somme.

— Je préfère dire que j'ai rien entendu ! cracha la Magicienne en poussant du pied le montagnard vénal.

Ils s'engagèrent dans l'autre corridor de pierre, luttant plus que jamais pour se frayer un chemin à travers les toiles épaisses tissées par les espèces autochtones. Les sécrétions semblaient de plus en plus fraîches et molles à mesure qu'ils avançaient, un détail que ne manqua pas de remarquer l'Elfe. Ils approchaient de quelque chose.

Ils rirent tout de même un moment quand Gluby, ayant trébuché dans un cocon gluant, se transforma en une petite barbe à papa itinérante qui couinait. Ils perdirent une bonne minute à le débarrasser des fibres collantes et il se résigna à reprendre une place plus sûre, juché sur le sac de l'Ogre.

Enfin, ils débouchèrent dans une salle immense après avoir traversé une porte fendue en deux. Ils n'eurent pas besoin d'analyser bien longtemps la situation pour comprendre que les ennuis allaient bientôt commencer.

Déjà, il y avait l'odeur. C'était lourd et moite, et il y avait là quelque chose qui ressemblait à de la chair en décomposition, de la bile et un parfum presque sucré qu'ils ne connaissaient pas, ce qui pouvait s'avérer inquiétant.

Les compagnons ne pouvaient voir jusqu'au bout de la salle, et seule une petite partie du plafond était accessible à l'observation, le reste demeurant plongé dans les ténèbres.

Les parois étaient intégralement recouvertes de gros amas de toile, de tunnels et de cocons, formant une épaisseur de plusieurs mètres parfois. La salle s'en trouvait d'autant réduite, elle était donc sans doute plus grande encore qu'elle n'y paraissait. Les entrées noires des tunnels fibreux étaient larges de près de deux mètres et le bourdon de la Magicienne ne portait jamais assez loin pour en éclairer l'intérieur.

Pour le reste, ce qui subsistait du mobilier au sol était si détérioré qu'il était impossible de savoir à quoi cette pièce avait pu servir dans les temps anciens, et pourquoi des menzzoriens l'avaient construite si loin sous terre. En dehors de sa colonisation par des araignées géantes, le site plaisait beaucoup au Nain et il la compara à la Salle des Fêtes Goltor dans les mines de Jambfer :

— Ouais, d'ailleurs c'est un endroit sympa pour organiser des banquets, des célébrations diverses comme la cérémonie de remise des prix de la plus grosse enclume, et aussi des concours de boisson, et puis…

— Et puis on s'en fout, trancha le Barbare.

— Tu pourrais parler moins fort… dit le Ranger en serrant les dents.

Quelques pattes roses et pointues sortaient à présent des tunnels, ainsi qu'ils s'y attendaient. Les prédateurs chitineux ne semblaient pas pressés, goûtaient sans doute l'air ambiant pour savoir d'où venaient ces étranges vibrations qu'ils percevaient à travers leurs toiles. Il y avait ici plusieurs dizaines de bestioles, et le Barbare dégaina son épée par réflexe. Il se campa sur ses jambes à l'avant du groupe et moulina lentement de sa lame, pour échauffer son poignet.

— Balouk digla ! couina Gluby en montrant un tunnel qui n'était qu'à cinq mètres d'eux.

Une griffe en sortait, frémissante, et l'ombre d'un corps se profilait derrière cet appendice menaçant. L'horrible crissement de la carapace frottant sur la soie leur donnait des frissons.

— Il faut qu'on agisse très vite, chuchota la Magicienne.

Puis, se tournant vers l'Elfe :

— Est-ce que tu vois une sortie dans toute cette obscurité ?

— Oui. Là-bas sur la gauche. J'en vois une aussi à droite, mais y a un scorpianide super moche dans le passage.

— Ils sont tous super moches, corrigea le Nain.

La Magicienne hocha la tête :

— On va courir, qu'est-ce que vous en pensez ? On n'a pas vraiment de chance de s'en sortir si on doit se battre au milieu de la salle.

— Et quand on sera dans le couloir, continua Selenia, elles ne pourront pas nous attaquer à plusieurs.

— Crôm… répondit simplement le Barbare.

BULLETIN CÉRÉBRAL DU RANGER

Hé ! J'en ai marre de tout ça ! J'ai jamais le temps d'en placer une, parce que les gonzesses prennent toutes les décisions pour le groupe. C'est quoi cette nouvelle mode ?

C'est parce que j'étais prisonnier qu'on a oublié que c'était moi le chef ? Mais elles vont se calmer, moi je vous le dis ! Je ne vais pas me contenter de rester dans l'ombre alors que j'ai des super compétences et que je suis le vrai spécialiste en stratégie. Il faut qu'on prenne les décisions ensemble, après en avoir discuté, et après avoir étudié les idées de… Ha, zut ! Ils sont déjà en train de courir !

— Mais j'ai pas donné mon avis ! protesta le Ranger.

— Diversion ! cria la Magicienne en pointant son bâton.

Elle termina par une incantation brève, ce qui eut pour effet de faire jaillir une boule de feu de grande taille vers le mur du fond.

Le Ranger vit, comme si l'action se déroulait au ralenti, la forte lueur dégagée par le projectile qui éclaira le décor pendant une seconde, jusqu'à ce qu'il explose dans un amas de cocons. Durant cette seconde interminable, le rôdeur avait eu le temps de remarquer l'éclat de nombreux yeux noirs fixés sur eux, fixés sur *lui*. Il accéléra car le Nain avait déjà parcouru la moitié de la distance qui les séparait de la sortie.

Devant lui, l'Ogre repoussa le scorpianide qui tentait de l'intercepter, en le frappant à la tête avec sa terrible hache. Une autre bestiole s'approcha du Nain mais elle s'englua dans sa propre toile et le fier montagnard lui échappa grâce à ses godasses de Thlieu. Le Barbare trancha la pince qui se tendait vers sa jambe, trébucha sur un vieux tabouret vermoulu mais parvint à se rattraper de justesse et continua son chemin en pestant. De son côté, l'Elfe sauta par-dessus le scorp qui l'avait prise pour cible, grâce au tremplin de fortune offert par une vieille table. Elle repoussa le dard et se réceptionna du mieux qu'elle put, sur un sol un peu encombré, pour détaler de plus belle.

C'était beau, c'était héroïque et il n'y manquait qu'un peu de musique trépidante. Le rôdeur vit tout ça se produire en une fraction de seconde. Il voulait dire quelque chose, mais à quoi bon se fatiguer à donner des directives ? Finalement tout ce qu'il fut en mesure de prononcer fut : « Haaaaaaaaa ! » Il accéléra pour louvoyer entre les créatures qui sortaient peu à peu des tunnels, et il se concentra sur une seule chose : bien regarder où il mettait les pieds. Il redoutait l'échec critique, la maladresse qui pouvait ici lui coûter la vie. Combien de gens étaient morts dans les donjons à la suite d'une glissade ? Beaucoup trop. Mais on n'en parlait pas en général, et puis ça faisait mauvais genre d'inscrire sur les registres dédiés aux héros la mention « a trébuché ».

C'est ainsi qu'ils s'engouffrèrent tous dans un nouveau couloir, sans oser regarder derrière eux.

Une nuée grouillante et affamée se pressait sur leurs talons.

VIII

Le projet du Maître

— Il nous reste un peu de bougie verte ? J'en ai besoin pour sceller la rune.

— Oui, bien sûr, j'en ai toujours quelques-unes…

— Alors dépêche-toi, nom d'une salamandre !

Reivax fouilla fébrilement la sacoche de rituel qu'il avait pris soin d'emmener avec lui. On y trouvait pêle-mêle urine de bouc, cendres d'un érudit, poils de barbe de nain bleu, plumes d'aigle des montagnes, oisillons piétinés par un aurochs…

— Bougie verte ! s'exclama-t-il joyeusement.

Il la confia au sorcier qui l'alluma d'un seul regard. C'était une option qu'on pouvait développer à partir du niveau dix, quand on pratiquait la magie généraliste. C'était vraiment ce qu'on faisait de mieux pour impressionner les jeunes, le côté « prince ténébreux qui commande aux éléments ». Mais en dehors de ça, c'était aussi impeccable pour éviter d'avoir à chercher dans ses poches la maudite boîte d'allumettes qu'on avait oubliée sur la cheminée.

Zangdar termina le traçage de sa rune sur le sol. Il mesura une dernière fois l'angle formé par les trois figures et fit tomber quelques gouttes de cire sur chaque symbole, pour en terminer avec le blocage stipulaire. Il consulta le plan froissé qu'il avait étalé sur le sol et soupira d'aise :

— Eh bien voilà ! Tout est prêt, il ne reste plus qu'à ouvrir le TATI !

— Le Tunnel Astral de Transport Instantané ! compléta Reivax afin de bien montrer qu'il savait de quoi il parlait.

— Ce plan est absolument sans faille, assura le maître.

Il fit quelques pas, se dirigea vers une grande feuille de parchemin couverte de schémas et collée sur le mur de la salle. Il désigna un détail du croquis :

— Nous ouvrons l'extrémité du tunnel astral ici, grâce au rituel d'Azamora, ce qui activera en même temps les trois pierres runiques cachées à l'entrée de la place Kjeukien.

— Trois pavés enchantés qui ne ressemblent à rien, scellés avec soin par votre fidèle Reivax en plein milieu de la nuit ! Hé hé hé !

Zangdar fronça les sourcils, comme si ce détail lui rappelait quelque mauvais souvenir. Puis il secoua la tête et enchaîna :

— Soit. Une fois le rituel accompli, nous aurons vingt minutes pour agir. Je mettrai fin au Voile de Disparition qui nous a permis d'échapper depuis ce matin aux yeux des créatures. Nous prendrons ensuite ce couloir sur la droite, nous irons jusqu'à leur nid et je lancerai sur ton corps misérable la *Haine Farouche de Zomblaf*, afin que tu génères assez de menace pour entraîner à ta suite tous les monstres. Ha ! J'oubliais aussi le sort de rapidité.

Reivax leva la main, soudain pâle :

— Heu… C'était prévu ça ?

— Hum… Qu'est-ce qui était prévu ?

— De lancer le sort sur moi ? Pour entraîner les monstres, tout ça.

— Oui, bien sûr.

Comme le petit homme semblait douter et que son teint était plus vert que d'habitude, Zangdar fit volte-face afin de lui montrer les trois figures :

— Si j'attire les monstres, je vais avoir du mal à lancer les autres sortilèges, une fois qu'on sera de retour à Glargh avec toutes les bestioles à nos basques. Je dois dissiper la Haine Farouche de Zomblaf et réactiver le Voile de Disparition.

— Ah oui, c'est ça… gémit Reivax. C'est à cause des sorts.

— Mais à ce moment, nous serons en sécurité dans le tunnel de sortie secret de la tour de mon cousin, et nous aurons déjà lâché sur la ville une cinquantaine de ces horreurs ! Les gens vont mourir par dizaines et vont rapidement succomber à la panique, et comme les gardes sont occupés à installer les camps militaires à l'extérieur de la ville, ils vont mettre un temps fou à s'organiser pour nettoyer l'agglomération… C'est plein de petites ruelles, de trous pour se cacher… Avec un peu de chance, elles auront eu le temps d'établir un nid dans les égouts ou dans les entrepôts abandonnés du port, et Glargh sera infestée pour longtemps !

Reivax ricana en même temps que son maître, mais il se sentait quelque peu inquiet tout de même. Il savait que tout cela était nécessaire pour retrouver leur place dans la société fanghienne, mais était-il bien nécessaire de mettre sa vie à lui en danger ? Et puis, ils habitaient aussi à Glargh et il avait peur que ça finisse par leur poser des problèmes. Et surtout, il ne savait pas trop à quelle vitesse couraient les bestioles.

Mais Zangdar ignora son regard implorant et tripota son sceptre de pouvoir. Il termina son monologue, parce qu'il aimait bien discuter avec lui-même :

— Ensuite on n'aura plus qu'à revendiquer tout ça en envoyant une lettre au palais. Et notre réputation sera faite !

Reivax laissa passer quelques secondes afin de ne pas brusquer son maître, car il était toujours très malvenu de troubler ses rares moments de joie, puis il hocha la tête et dit d'une voix hésitante :

— Oui… Alors tout ça c'est très bien mais… Vous ne pensez pas qu'il y a une petite part de risque ? Par exemple… Avec les sortilèges ?

— Mais non, imbécile ! rétorqua le sorcier. Car j'ai pris soin de…

Il parut soudain embarrassé et termina dans un souffle :

— Enfin… Pour les sorts… Eh bien… J'ai acheté des parchemins !

— Ah ! Merci Maîiiitre, vous me rassurez !

L'assistant se sentit libéré d'un poids. Un sort lancé par Zangdar dans le feu de l'action, c'était la porte ouverte à la catastrophe, il en avait eu la démonstration bien trop souvent. Mais les parchemins, c'était bien. Certes, ils coûtaient cher, très cher, *horriblement* cher, mais ils n'échouaient pas. On pouvait toujours compter sur un bon parchemin préensorcelé, à moins de le lâcher au moment crucial dans un courant d'air, comme c'était arrivé au Mage de la compagnie des Éventreurs de Tombes, de pauvres aventuriers qui avaient tous péri au quatrième étage de la tour d'Arghalion à cause d'une fenêtre mal fermée.

Bien sûr, on pouvait aussi tomber sur des parchemins falsifiés ou mal fichus, qui ne fonctionnaient pas car trop vieux, ou alors ne contenant pas l'enchantement prévu. Ces derniers en général étaient vendus par des commerçants retors aux héros crédules, aux gens de bas niveau, mais personne ne se risquait à en proposer à des sorciers teigneux et âgés. Les vieux mages étaient connus pour avoir un mauvais caractère et des sorts efficaces. C'était d'ailleurs, en général, la raison de leur longévité.

— Comme tu vois, j'ai tout prévu cette fois. Il ne peut rien arriver de fâcheux.

Zangdar s'affairait en énumérant les avantages de son plan, réunissait les divers ingrédients nécessaires à l'ouverture du TATI.

— Et si les bestioles refusent de nous suivre, Maître ? Elles pourraient avoir peur du tunnel ? Ou elles pourraient ne pas comprendre de quoi il s'agit ?

— Tu n'as jamais vu la porte d'un Tunnel Astral, je présume ?

— Heu... Non c'est vrai.

— Alors attends la fin de l'incantation... Et tu comprendras, ha ha ha !

Zangdar était prêt. Il tenait son sceptre de pouvoir d'une main et le livre de Silgadiz de l'autre. Il prononça les mots de la dernière phrase du rituel :

— *Shazouk Me'thug Lukkla Dasoto, Nuk nuk Sloubi Patousza Niettë...*

C'était une langue étrange, probablement venue d'un lointain passé, ou peut-être d'un autre monde. Elle blessait l'oreille et ne ressemblait à rien, ce qui la rendait assez désagréable, aussi Reivax l'écoutait en grinçant des dents, tout en surveillant de temps à autre le couloir d'entrée de la salle. Il savait qu'ils étaient protégés par un charme qui les rendait invisibles aux yeux des monstres, mais il n'avait pas réussi à s'y habituer depuis trois heures qu'ils travaillaient dans ces souterrains hantés par des abominations.

— *Shazouk Me'thug ! SHAZOUK ME'THUG !* cria finalement le sorcier.

Il écarta les bras et le prodige s'accomplit : les trois runes tracées sur le sol brillèrent soudainement, l'air se mit à vibrer et une large surface blanche et translucide se matérialisa, comme flottant dans le vide. Elle faisait bien quatre mètres de large sur trois de haut, et se modifiait lentement pour afficher une image mouvante.

— Ho, ça y est… C'est la place Kjeukien ! murmura Reivax, les yeux brillants.

— Magnifique !

Ils faisaient effectivement face à une vue grandeur nature d'un quartier de Glargh, comme si quelque géant avait ouvert une fenêtre dans le vide. Ils pouvaient voir le sol noir de leur pièce se transformer en pavés usés par le passage des badauds, sur cette place très peuplée qui faisait face au palais. Ils avaient même l'impression de sentir la brise un peu malodorante de Glargh, mais ça n'était qu'une illusion due au réalisme extrême de la scène.

Zangdar s'épongea le front avec un carré de mouchoir et revint à son argumentaire :

— Comme tu vois, ce sortilège est vraiment d'une puissance incomparable. Tu as vu la taille de cette porte ? On l'utilisait dans le temps pour faire pénétrer des armées entières dans les camps ennemis !

— C'est un passage monumental ! Mais tous ces gens-là… Ils ne peuvent pas nous voir ?

— La porte est invisible de leur côté !

— Ah oui, c'est bien fichu tout de même…

Reivax hocha la tête en frottant ses mains moites contre ses vêtements usés. Zangdar éclata de rire et désigna une petite vieille qui passait en traînant un cabas :

— Et regarde ces passants bien juteux ! Ils vont sans aucun doute attirer les monstres, comme des mouches innocentes sur la toile !

— La comparaison est très bonne, Maître !

— Mais dépêchons-nous maintenant ! Nous disposons seulement de vingt minutes avant la fermeture du passage. C'est largement suffisant, mais ce n'est pas la peine de traîner !

Les deux hommes déposèrent leurs affaires au plus près du portail, afin de pouvoir les récupérer sur le chemin du retour. Il était prévu qu'ils reviennent ici en courant avec une soixantaine de monstres derrière eux, et ils ne voulaient rien laisser au hasard. Ils n'avaient plus désormais qu'à sortir de la pièce par le corridor, prendre le long couloir vers la droite, passer l'intersection, ouvrir la grosse porte – qu'ils avaient pris soin de débloquer à l'avance –, traverser le grand hall, prendre un autre couloir et accéder à la grande salle. Ensuite il serait temps de mettre en application la dernière partie du plan.

— C'est presque trop facile ! commenta Zangdar en ajustant soigneusement la sacoche qui contenait ses parchemins. Il agita ensuite son sceptre et celui-ci produisit une lueur jaunâtre, ce qui leur permettrait de trouver leur chemin dans les ténèbres.

Reivax se pétrifia soudain :

— Heu… Maître ?

— Oui ? Qu'est-ce qu'il y a ?

— J'entends des voix.

— Tu devrais aller voir un docteur.

— Mais non ! Des vraies voix !

Ils cessèrent immédiatement de faire du bruit et de parler pour tendre l'oreille.

Il ne faisait aucun doute que plusieurs personnes criaient, et que ces voix provenaient des souterrains.

— Mais qu'est-ce que ça peut être ? gémit Reivax.

— Je n'en sais rien, par les Racines Virulentes du Mal ! Cette construction est abandonnée depuis longtemps !

— Est-ce que j'ai le droit d'en douter, maintenant ?

— Ça vient… Ça se rapproche !

Les deux hommes, dont l'un était inquiet et l'autre très agacé, reculèrent dans le corridor au moment où un fracas retentissait dans le couloir. Ils en conclurent que quelqu'un venait d'ouvrir la porte qui se trouvait un peu plus loin, car les voix se firent beaucoup plus précises, bien que déformées par la réverbération des longs couloirs de pierre. À entendre les interjections et les termes employés, il était clair qu'il y avait dans ce couloir plusieurs personnes en proie à la panique.

Zangdar, furieux, céda finalement à ses pulsions primaires. Il se précipita dans l'ombre en râlant, précédé de son sceptre lumineux qui éclairait les pavés noirs. Il jura en plusieurs langues impies et prononça des mots interdits jusque chez les disciples de Tzinntch. Reivax était persuadé qu'ils s'élançaient vers quelque chose de très moche et d'inéluctable, car c'était souvent le cas quand son maître s'énervait. Il clopina néanmoins à sa suite, mais il fut tenté un moment de sauter dans le tunnel pour rejoindre la quiétude de la place Kjeukien.

Zangdar fila en direction des voix et l'intersection se dessinait. Il y avait en face de lui, au bout du long tunnel plongé dans l'ombre, une autre lueur qui venait d'apparaître et qui bougeait, un genre de halo bleu. Si quelqu'un voulait se mettre en travers de son plan, il allait le sentir passer !

Il entendit les hurlements de façon plus distincte et comprit que ces gens n'étaient pas d'accord entre eux, et que quelque chose les poursuivait. Il eut alors un doute affreux, car il lui semblait reconnaître au moins deux voix parmi ces piaillements ridicules. Mais non, pas possible, pas ici. *Cela ne pouvait être possible*.

Enfin le sorcier hystérique ne fut plus qu'à une quinzaine de mètres des silhouettes qui fonçaient vers lui. Il dut stopper sa course au moment où il visualisait ce qu'il ne voulait surtout pas voir, ce qu'il refusait d'admettre. Ses jambes se dérobèrent sous lui et sa respiration se bloqua.

— Chiotte ! cria une voix aigrelette. Y a quelqu'un en face !

— Quoi ?

— Je vois une lumière jaune !

— Oh merde ! Je croyais que c'était abandonné !

Il vit un nain, coiffé d'un casque à plumet, qui venait de s'arrêter au beau milieu de l'intersection de deux couloirs. Le petit homme cuirassé fut rattrapé bien vite par un bâton lumineux brandi par une femme à cheveux roux, laquelle manqua de lui tomber dessus, entraînée par son élan. À leur suite venaient plusieurs autres individus qui se bousculaient en hurlant.

IX

Cavale dans les couloirs

L'Elfe, en proie à la panique, tendit son doigt tremblant vers les silhouettes :

— Deux personnes dans le couloir en face ! Y a un sorcier !

— On peut tourner ici ! gronda le Barbare.

— Prenez à gauche ! cria la Magicienne. Vite ! On n'a pas le temps de se poser des questions !

— Misère de misère !

Le Nain fila dans la direction indiquée, mais quelque chose le turlupinait.

BULLETIN CÉRÉBRAL DU NAIN

Tiens, c'est marrant, mais j'ai l'impression que le mage qui nous barre la route ressemble à Zangdar. Faut dire qu'il fait noir et j'avais cette lumière jaune en pleine tronche. Et puis les mecs en robe de chambre avec un bâton, c'est un peu tous les mêmes ! N'empêche, quand il m'a vu, il s'est arrêté et il a fait une tête bizarre. Enfin quoi, je vois pas vraiment ce que Zangdar pourrait trafiquer par ici ! Et puis d'ailleurs, je pense qu'il est mort. Bah ! De toute façon, l'important pour le moment c'est d'échapper aux saloperies qui piquent. Et pour ça, faut courir ! Heureusement que j'ai des bottes magiques, parce que sinon ça serait un peu crevant.

BULLETIN CÉRÉBRAL DU RANGER

Des sorciers maintenant ? Comme si on n'avait pas eu assez de problèmes dans cette journée moisie, avec tous ces scorpitrucs géants qui nous poursuivent ? Est-ce que ce donjon a un propriétaire finalement ? En tout cas il n'a pas lancé de sort, c'est déjà ça de gagné. L'Elfe a tiré une flèche dans sa direction mais je pense qu'elle l'a raté. Bon c'est pas trop le moment de réfléchir, il faut juste qu'on arrive à sortir de ce bordel. On court un peu au hasard… Qui sait si on ne se dirige pas vers une impasse ? Le pire, dans tout ça, c'est que si on meurt ici, personne ne retrouvera nos cadavres et personne ne pourra dire qu'on était des héros. On sera juste un court moment gastronomique dans la vie d'un monstre rose et vert.

Les compagnons terminèrent de prendre, aussi rapidement que possible, le virage dans le couloir. Certains heurtèrent le mur mais ça ne leur causa tout au plus qu'un bleu supplémentaire. Gluby faisait ce qu'il pouvait pour s'accrocher au sac de l'Ogre, cependant la démarche pesante et le dandinement frénétique du mastodonte rendaient cette épreuve difficile. Il crut lâcher prise deux ou trois fois et couina, mais dans la tourmente personne ne pouvait l'entendre. Il n'osait imaginer ce qu'il adviendrait de lui s'il se retrouvait seul et abandonné dans ces ténèbres infestées de monstres.

— Hé ! C'était pas Zangdar ? cria la Magicienne en rattrapant sa besace.

— T'es pas bien ? répliqua le Ranger. Qu'est-ce qu'il viendrait foutre ici ?

— J'ai eu cette impression aussi, quand j'ai tiré ma flèche ! dit l'Elfe.

— C'est ridicule !

Le courtaud était un peu trop loin pour faire attention aux échanges verbaux de ses camarades, et les autres s'en fichaient. Même le Barbare n'avait plus qu'une idée en tête : sortir d'ici. Il savait que son entraînement ne lui permettait pas d'être efficace tout seul contre cinquante arachnides géants.

Comme il était à la limite de l'éclairage produit par le bâton, le Nain découvrait son chemin avec un peu de retard, ce qui était assez dangereux compte tenu de sa vitesse. Il ne cessait de heurter les murs et de trébucher sur des objets ou des squelettes, mais son élan suffisait en général à le replacer dans la bonne direction. C'était l'avantage d'avoir un centre de gravité proche du plancher des poules.

Zangdar, de son côté, s'était arrêté en pleine course et se trouvait paralysé par la stupeur. Il se demandait s'il n'était pas en train de faire un mauvais rêve, comme ceux de son enfance où il était poursuivi pendant des heures par des clowns à cheveux verts aux yeux rouges, qui finissaient invariablement par le rouer de coups de pied sur la piste d'un cirque sordide, sous les applaudissements rieurs d'une foule blanche et floue. Non, ça n'était pas possible. Il ne pouvait être en train de voir son magnifique plan détruit par ces aventuriers minables et retors qui avaient ruiné sa vie ! C'était toujours eux, partout ! C'était à croire qu'ils se débrouillaient pour être à chaque fois présents lorsqu'il avait besoin qu'ils soient ailleurs. Ils étaient ses clowns de cauchemar, et il ne parviendrait jamais à s'en débarrasser.

Il resta ainsi statufié pendant un temps qui lui sembla très long, mais qui en vérité ne correspondait qu'à quelques secondes. Cependant, les aventuriers n'étaient déjà plus visibles, et c'était autre chose qui s'en venait, une menace qui progressait à la vitesse de centaines de pattes. Une mer chitineuse rose, dotée de nombreux yeux noirs et froids qui renvoyaient l'éclat de son bâton.

Le sorcier fut finalement sorti de son abattement par Reivax, qui tirait frénétiquement sur sa robe en hurlant :

— Maître ! Mon maître ! Les arachnides ! Le sortilège !

Le sorcier secoua la tête et l'affreuse vérité lui apparut :

— Bon sang ! Mais oui ! Ces enfoirés se tirent avec nos bestioles !

Grâce au Voile de Disparition, les deux hommes étaient actuellement invisibles aux yeux des créatures mutantes et c'est pourquoi celles-ci tournaient également dans le couloir à la suite des aventuriers. Les scorpianides avaient trouvé leurs cibles, peut-être parce que ces envahisseurs chétifs avaient mis le feu à leur nid, ou parce que certains de leurs congénères avaient été brûlés, ou bien simplement parce qu'ils n'avaient mangé aucun aventurier juteux depuis plusieurs mois. Le troupeau était cependant trop compact et les bestioles se gênaient mutuellement, ce qui les empêchait d'avancer à leur vitesse habituelle.

Zangdar, tremblant de rage, fouilla dans sa besace en hâte pour en sortir le parchemin de Haine Farouche, le sort qui permettrait d'attirer sur eux la haine des scorpianides. Il se souvint qu'il devait au préalable dissiper le Voile de Disparition, mais il ne retrouvait pas la formule ! C'était pourtant ce petit carré de parchemin qui avait glissé au fond du sac… Plus le temps passait et plus il s'énervait, tant et si bien qu'il lâcha le sceptre lumineux qu'il tenait coincé sous son bras. Cela brisa le contact magique, mettant un terme au sort d'éclairage et les plongeant instantanément dans les ténèbres.

— Oh non ! gémit Reivax ! C'est la panique !

Le sorcier furieux éructa quelques insultes et se baissa, probablement trop vite, afin de ramasser le précieux artefact. Son front heurta le crâne de son acolyte avec une telle violence qu'il fut repoussé contre le mur et qu'un voile blanc se forma devant ses yeux. Il perdit connaissance, et la première chose qu'il vit en s'endormant fut un visage de clown aux yeux injectés de sang.

BULLETIN CÉRÉBRAL DE LA MAGICIENNE

Nous avons couru quelque temps dans les couloirs en essayant de choisir des directions logiques à chaque fois. Je dois dire que le stress nous a probablement fait faire n'importe quoi, et que je n'ai pas pris le temps de noter le plan. Heureusement les scorpianides à nos basques manquent d'intelligence, et ils ont un peu de mal à avancer en groupe dans les couloirs, sans doute à cause de leurs grandes pattes qui s'emmêlent. L'Elfe nous a refait le coup de marcher sur un piège, mais elle courait trop vite pour être touchée par le dard empoisonné, du coup c'est l'Ogre qui l'a pris dans la cuisse. Il est un peu trop gras et ne semble pour le moment pas ressentir les effets d'un poison. C'est peut-être un avantage de sa formidable constitution, ou alors son sang n'est pas compatible avec les toxines ? Bon, alors bien sûr ça n'a pas toujours été aussi facile, surtout quand nous avons débouché dans une salle vide et fermée. Nous avons rebroussé chemin pour choisir une autre voie, ce qui a permis aux monstres de regagner du terrain ! Le Nain qui courait devant aurait pu être submergé par les horreurs si celles-ci n'avaient pas mystérieusement glissé les unes sur les autres à quelques mètres du croisement. J'ai lancé une autre boule de feu dans la mêlée, et nous avons fui sans essayer de savoir ce qui se passait, mais ça cramait grave sa mère ! Depuis ça j'ai l'impression qu'on tourne en rond, et nous venons encore de choisir une direction au hasard. Les scorpianides ne sont jamais loin derrière, et parfois on entend le bruit de leurs pattes sur les pavés. Mais… Maman ! Y en a un qui se planquait dans une alcôve !

— Attent… ! cria le Ranger alors qu'une masse rose bondissait sur la Magicienne.

Emportés par leur élan, les aventuriers furent très vite au contact du scorpianide qui, d'un bond redoutable, avait saisi la rouquine à l'épaule gauche. Celle-ci hurla lorsque ses os craquèrent dans le formidable étau des mandibules. La face luisante de l'aberration, qui suintait de bave, se trouvait à quelques centimètres de son visage et elle ferma les yeux pour ne pas s'évanouir.

Mais l'Ogre frappa le thorax du monstre à la suite d'un dangereux moulinet de sa hache qui manqua de peu la tête de l'Elfe, le Barbare fut coincé par une pince mais il trancha néanmoins deux pattes qui se trouvaient à sa portée, et le Ranger longea prudemment le mur pour se faufiler sur le côté. Paralysée par la surprise, la Magicienne ne pouvait lancer le moindre sort, mais elle fut rapidement lâchée par la bête qui avait pris conscience de ses blessures avec un peu de retard. La jeteuse de sorts parvint à se mettre hors de portée du pugilat en s'échappant d'un bond malhabile.

Cependant l'Ogre n'en avait pas fini avec le monstre, car celui-ci s'en était pris à sa copine humaine. Il essuya un coup de patte pointue qui lacéra son torse, grogna, grincha, rognonna et constata que sa cuisse était bloquée par la prise d'une pince. Là, son esprit simple lui commanda d'utiliser la force plutôt qu'une quelconque discipline guerrière un peu trop technique. Il chargea de front en utilisant sa hache comme un levier, banda ses muscles et souleva la carcasse aux pattes frétillantes, la poussa de tout son poids, de toute sa colère. Il pulvérisa ainsi le thorax contre une arête du mur, goûta la sensation de la pulpe interne de la bête qui s'écoulait entre ses doigts, et l'effroyable craquement fit naître sur son visage grossier un rictus sauvage.

Le Barbare apprécia la manœuvre en connaisseur.

— Cassos ! gueulait déjà le Ranger qui avait pris quelques mètres d'avance.

La Magicienne indiqua qu'elle pouvait encore courir, mais elle était fort pâle. Ils reprirent leur cavale alors que les ombres des scorpianides se profilaient au fond du couloir.

Le Nain, qui avait conservé une bonne avance, se précipitait dans les ténèbres mais il avait maintenant un but. Il distinguait depuis quelques secondes une ouverture qui partait sur la droite, l'entrée d'un couloir qui laissait filtrer l'éclat ténu d'un restant de lumière du jour ! C'était assez étrange mais tout à fait bienvenu.

— Y a une vraie sortie par là ! brailla-t-il ! Magnez-vous !

Leurs différentes pérégrinations les avaient en effet menés jusqu'à la salle du Tunnel Astral, le formidable portail monté par Zangdar. Mais ce dernier avait retrouvé ses esprits et se dirigeait à grands pas vers le même secteur.

Lorsque son maître avait perdu connaissance, Reivax, pris de panique, l'avait secoué pendant de longues minutes et lui avait administré plusieurs baffes, non sans ressentir une certaine satisfaction. C'est qu'il avait à se venger de quelques privations et de divers coups bas, mais le moment n'était hélas pas bien choisi pour savourer cette mesquine revanche. Le sorcier avait fini par revenir à lui, avait rossé son assistant pour calmer ses nerfs, avait ensuite constaté la disparition des scorpianides convoités, les avait cherchés dans les couloirs proches et avait dû se rendre à l'évidence : les monstres avaient abandonné leur nid en suivant les aventuriers, et son plan avait échoué. Pour le moment.

Reivax lui avait ensuite rappelé, d'un ton qui se voulait calme mais qui dissimulait une certaine panique, qu'ils devaient retourner d'urgence au portail avant de le perdre, et que d'autre part le Voile de Disparition finirait également par prendre fin, ce qui les condamnerait à livrer bataille aux scorpianides affamés.

Les deux hommes parvinrent en vue de la salle en même temps que le Nain, et Zangdar empoigna son sceptre avec la ferme intention de lui lancer son pire sortilège.

— Attention, Maître ! gémit Reivax. Souvenez-vous des cours de votre cousin ! Il faut bien vous concentrer, et pour ça vous devez vous calmer !

Zangdar lui jeta son regard le plus noir, mais il inspira profondément et s'efforça de penser à tous les problèmes causés dans le passé par son mauvais caractère. Ces problèmes, il les devait aussi à ces aventuriers qui ne l'avaient pas encore vu, qui seraient à la merci de son courroux dans quelques instants. Il finit par hocher la tête gravement :

— Soit. Je n'échouerai pas, cette fois !

Il pointa son sceptre sur la silhouette ronde et braillarde qu'il voyait se découper dans le couloir.

Il ignorait cependant que le Nain avait temporairement gagné la capacité d'influencer le destin.

Le sortilège du serpent de mort de Jaruk fut donc fortement dévié par un invraisemblable hasard et frappa une cible derrière Zangdar. En l'occurrence il s'agissait de maître Helrugar, sorcier gzorien au visage gris, qui arrivait en courant avec un scorpianide à ses trousses, et qui espérait trouver de l'aide quelque part dans les souterrains car il n'avait plus le temps de boire une potion de mana. Il avait perdu le reste de son équipe dans des pièges et des embuscades.

La déflagration mauve le cueillit en plein torse et il eut juste le temps d'apprécier l'ironie de la situation avant que les derniers points de vie ne s'échappent de sa carcasse noircie.

Reivax s'était jeté au sol en geignant, et Zangdar fut de nouveau tétanisé par la stupeur, fixant bêtement son sceptre en essayant de comprendre ce qui s'était passé.

Et un peu plus loin encore, un scorpianide se réjouissait de voir que sa proie était maintenant prédigérée.

Le montagnard, sa hache à la main, ne s'était rendu compte de rien car il était subjugué par une étrange vision : il avait tourné dans un souterrain pour constater l'existence d'un portail ouvert sur une place peuplée.

BULLETIN CÉRÉBRAL DU NAIN

Qu'est-ce que c'est que ce truc ? Y a une ville en plein soleil au bout du couloir, c'est n'importe quoi ! Pourtant j'ai rien bu depuis des jours et j'ai pas non plus mangé de champignons bizarres. Y a des gens qui font leur marché, et là-bas, on dirait une taverne ! Et un marchand de saucisses sur le côté. Bon sang, j'ai découvert un truc génial, en plus on va pouvoir s'enfuir ! Faudrait que les autres se magnent un peu le fion parce que les bestioles vont finir par nous rattraper !

Il se tourna pour apostropher ses camarades :

— Alors, les limaces ! Bougez vos miches, on y est presque !

Le Nain profita de son avance et s'engagea le premier vers le portail. Il était déjà bien lancé lorsqu'il s'interrogea sur une possibilité de traquenard ou sur l'éventualité d'une marche à suivre nécessaire à l'utilisation d'une porte bizarre dans ce genre. Il choisit finalement de la franchir d'un bond, en fermant les yeux très fort. Après tout, ça marchait avec la plupart des trucs anormaux, comme la téléportation de groupe ou le fait de se laver les cheveux à l'eau savonneuse.

Il ne profita pas du séjour très court dans une piscine de lumière violette parcourue d'éclairs noirs, puisqu'il n'avait pas les yeux ouverts. Il passa donc directement à l'étape où il se ramassait la figure sur les pavés de la place Kjeukien, dans les pieds de quelques badauds médusés qui le virent sortir de nulle part.

— Tiens, il pleut des nabots ? s'interrogea la vieille Clotilde.

Le Nain voulut replacer correctement son casque avant de se relever, ce qui n'était pas pratique dans sa position. Le Barbare surgit à son tour et s'écrasa sur son camarade bourru, provoquant diverses insultes. Puis ce fut le tour de la belle Selenia, qui les évita d'un bond agile grâce à sa compétence « éviter les copains tombés ». Vint ensuite l'Ogre, qui portait toujours Gluby, et...

Personne.

— Hé ! Tu peux courir plus vite ? criait le Ranger à la Magicienne.

Elle se traînait à trois mètres derrière lui, de plus en plus pâle à mesure que son teint virait au jaune. Elle sautillait maintenant plus qu'elle ne courait.

— Mes jambes ! bredouilla-t-elle. Elles deviennent raides !

— Mais qu'est-ce qui se passe ?

— C'est le poison ! Le scorpianide... m'a touchée avec son dard.

— Ha merde, fallait le dire plus tôt !

— Il faut que tu m'aides ! Je ne vais pas y arriver !

Le Ranger fut un moment déstabilisé. Il se retourna brièvement et vit que tous leurs camarades étaient partis. La silhouette d'un sorcier se profilait dans le couloir d'un côté, et de l'autre il pouvait entendre la progression des scorpianides. Le petit couloir sur la droite, avec son rayon de lumière, était très tentant.

BULLETIN CÉRÉBRAL DU RANGER

J'ai pas envie de mourir ! On n'a pas beaucoup de temps, mais je ne peux pas m'enfuir comme ça... C'est moi le chef du groupe ! Et puis si je pars sans la magotte, on va faire comment pour les sorts après ? Et qui est-ce qui empêchera l'Ogre de nous dévorer ? Non, c'est juste pas possible... En même temps, si on meurt tous les deux, on ne sera pas plus avancés. Bon allez, je la chope. Mais qu'est-ce que je peux être con des fois ! Si je meurs, je me vengerai de moi-même.

La Magicienne se laissa tomber au moment où le Ranger se précipitait sur elle pour la saisir avec son bras d'orque. Il grimaça car le mouvement venait de réveiller d'antiques douleurs, et cependant il appréciait la prise ferme et le côté solide de ce membre d'un genre nouveau. Une petite partie de lui se disait aussi qu'il n'était pas désagréable d'enlacer ce corps. Il était tout de même formé de quelques rondeurs intéressantes, des rondeurs trop souvent dissimulées par des robes épaisses.

Mais le moment était mal choisi pour s'attarder sur ce genre de pensée, et le jeune homme redoubla d'ardeur pour clopiner vers le couloir convoité. Plus loin, les silhouettes des deux individus qui se tenaient dans le couloir lui semblaient plus menaçantes que jamais. Il ne pouvait voir leurs visages à cause de la lumière jaune qu'ils produisaient, mais se posait la question suivante : pourquoi ne bougeaient-ils pas ?

— *Pas un geste, vermine !*

Les aventuriers n'avançaient pas assez vite. Malgré sa faible constitution, la Magicienne était un peu lourde et le rôdeur aurait bien aimé avoir les cuisses du Barbare…

— Lâche tes livres ! ordonna-t-il à l'érudite. Il faut gagner du poids !

— Quoi ? Tu trouves que j'ai un gros cul ?

— Non ! Lâche tes livres, bordel !

— C'est pas possible, c'est ma raison de vivre. Mais j'ai une autre idée !

— Quoi ?

— Prends le petit paquet dans ma poche intérieure ! Talisman maudit !

— Hein ? Tu veux que…

— Prends-le ! On n'a pas le temps de chipoter… Je ne peux plus bouger les bras ! J'arrive tout juste à tenir mon bâton.

— Bon, bon…

Sans vraiment comprendre pourquoi, le Ranger glissa sa main gauche dans la doublure de la robe. C'était chaud et mou, et il aurait bien aimé s'attarder un peu. Tout en avançant péniblement vers le couloir qui n'était plus très loin, il trouva la poche qui contenait un mouchoir plié, et il sentit le poids du petit objet qu'il cherchait.

— Discrètement… Laisse-le tomber… par terre… souffla la Magicienne.

Il s'exécuta d'un geste rapide, et ils se traînèrent enfin dans le dernier couloir.

— Maître ! cria Reivax ! Ils s'enfuient !

— Je suis nul ! s'insurgea Zangdar. Nul ! Foireux ! Pourri ! Mauvais ! Zéro !

— Mais ils vont sauter dans le portail et vous ne pourrez pas vous venger !

Depuis son échec, le maître était resté debout à contempler son sceptre, comme il l'aurait fait avec une antiquité qu'il faudrait mettre à la poubelle. Il devait admettre la terrible vérité : il n'arrivait pas à toucher un nain épais dans un couloir ! C'en était fini de sa carrière.

— Maître ! Vous pouvez encore vous rattraper ! J'en vois plus que deux ! Et puis on ne peut pas rester là ! Les scorpianides !

Quelque chose se déclencha enfin et Zangdar se précipita. Son mauvais fond reprenait le dessus.

Il parcourut rapidement les dix mètres jusqu'à l'intersection des couloirs et tendit son sceptre vers les deux aventuriers pathétiques. Il constata qu'il leur restait encore plusieurs pas à faire pour arriver au portail, et comme la mauviette qui portait la rouquine avait l'air de faiblir, ça pouvait durer un moment. Il avait donc du temps pour les harceler et laisser libre cours à son génie maléfique. Le sorcier cria :

— Alors ? Quelque chose à dire avant de crever comme des rats ?

Les aventuriers se retournèrent, les dents serrées.

— C'est lui ! s'exclamèrent-ils.

— Oui, c'est moi ! se gaussa-t-il avec un sourire carnassier. Et je vous conseille de ne pas remuer un doigt !

Zangdar savourait ce moment. Les aventuriers semblaient aussi désespérés que surpris, et ça lui redonnait confiance en lui. Il lui importait peu de savoir pourquoi ou comment ces vauriens étaient là, mais il fallait qu'ils périssent.

Le rôdeur n'en revenait pas et il se sentit fléchir. C'était trop de malchance.

Ils avaient trompé la vigilance des orques et faussé compagnie aux sorciers de Gzor. Ils avaient presque réussi à semer les scorpianides. À quelques mètres derrière lui, il voyait ses camarades rassemblés sur la place, qui avaient déjà fait le voyage et qui s'interrogeaient en observant le vide avec espoir. Des passants s'approchaient déjà, sans doute pour leur demander de déguerpir. Mais leurs amis ne semblaient pas les voir ! Comment fonctionnait donc ce truc ? Ils étaient presque hors de danger, et maintenant, il fallait qu'ils tombent sur leur plus vieil ennemi.

La Magicienne fut prompte à réagir, car elle avait prévu quelque attrape de son cru. Elle fit un dernier effort pour s'exclamer :

— Oh non ! J'ai perdu mon talisman de pouvoir !

Elle s'affaissa ensuite dans les bras du Ranger en lui adressant un clin d'œil, ce qui déclencha l'un de ses rares traits de génie :

— Bon sang, il est là ! dit-il en désignant le sol devant Zangdar.

Le bijou était aux pieds du malfaisant, mais la révélation n'eut pas l'effet escompté.

— Vous me prenez pour un gros débile ? gronda le sorcier. Vous voulez que je me baisse pour ramasser un truc pendant que vous en profitez pour filer ? Mais non, je vais vous carboniser *maintenant* ! Et ensuite, j'emprunterai MON tunnel de transport pour en finir avec vos amis.

— Mince, dit le Ranger avec fatalisme. C'est dommage, on va mourir.

C'était oublier le fidèle Reivax, qui surgit de derrière son maître et se précipita sur le bijou. Il s'en empara et s'empressa de le remettre au sorcier.

— Tenez, mon bon Maîiiiitre ! Je l'ai ramassé pour vous ! Et vous allez pouvoir l'utiliser pour les anéantir, n'est-ce pas merveilleux ?

— Ce n'est pas la peine, tu sais…

— Ne vous inquiétez pas ! Je le passe autour de votre cou, attendez deux secondes…

— Ça ira, j'ai dit !

Mais Zangdar ne fit aucun geste, car il ne voulait pas prendre le risque de quitter les aventuriers des yeux une seule seconde, et son acolyte l'équipa rapidement du précieux médaillon. Le petit homme s'écarta ensuite avant de glousser :

— Et voilà ! Vous pouvez lancer votre sortilège maintenant ! Qu'ils périssent comme des insectes sur un barbecue !

Le sorcier puisa dans ses réserves d'énergie astrale. Il était temps d'invoquer la tornade incendiaire qui réduirait en cendres les deux avortons ! Ils avaient eu l'impudence de ruiner sa vie.

Reivax recula encore d'un pas, il pouvait presque sentir l'air vibrer. Cependant, il ne comprenait pas pourquoi la Magicienne riait. Était-elle folle ?

Comme le Ranger reculait de nouveau vers le portail, Zangdar prononça le mot de pouvoir du terrible sortilège.

À l'envers.

Ce qui donnait quelque chose comme « Huitzilopochtli », un sort qui aurait pu fonctionner dans une autre langue, sur une autre planète. D'ailleurs, la prononciation de ces quelques syllabes réveilla un dieu, quelque part, qui pensait que son peuple l'avait oublié et qui fut bien surpris qu'on prononce encore son nom. Mais comme il était d'humeur maussade, il refusa de répondre.

Aucune flammèche, pas la moindre étincelle, nul rayon ne s'échappa du sceptre, et le cyclone de feu ne s'abattit point sur les cibles visées.

— Maître ? Que se passe-t-il ?
— Eirennoc ettec euq tse'c euq ec-tse'uq ?
— Maître ?
— Reluor tiaf sius em ej !

Les aventuriers n'étaient plus qu'à deux pas du portail. Le vaillant clipitaine rougissait sous l'effort qu'il devait déployer et pensait que ce serait bien s'il pouvait gagner un niveau avec tout ça. Il était content d'entendre parler Zangdar à l'envers et remercia les dieux qui avaient mis sur sa route ce merveilleux pendentif. La Magicienne, désormais presque totalement paralysée, tourna difficilement son visage vers leur ennemi et parvint à articuler entre ses dents :

— Talisman de... Retournage du Verbe ! Dans ta... face !

Puis le Ranger utilisa ses dernières forces pour les propulser vers la lumière de la place Kjeukien.

Ils furent bientôt de l'autre côté et chutèrent ensemble sur le Nain.

— MAÎTRE ! Répondez-moi !
— Elicébmi, relrap à sulp evirra'n ej saim !

Reivax se mordit la main. Il considéra le portail d'un côté, avec ces aventuriers grotesques, et le son produit par les pattes des scorpianides qui s'approchaient de l'autre.

— Il faut qu'on emprunte le tunnel !
— Sias ej !
— Et on risque de se faire attaquer par les aventuriers !

Mais la grande fenêtre lumineuse se brouilla, les gens de la place Kjeukien semblèrent se tordre et ils entendirent un chuintement inattendu, comme un évier plein de mélasse qui se viderait dans un bac de goudron.

Puis d'un coup, le portail s'évapora.

X

La visite au palais

C'était le début de la cohue sur la place. Les badauds se rassemblaient autour de ces curieux voyageurs qui sortaient d'une porte invisible pour se ramasser la figure sur les pavés. Les compagnons étaient sales, courbaturés, contusionnés, échevelés, couverts de résidus de toiles blanches et de traînées de sang de diverses couleurs. Mais ils étaient bien heureux pour la plupart, et certains se frappaient même la poitrine en riant. D'autres s'attendaient à voir Zangdar surgir du portail pour leur jeter des sorts, mais finalement, après une minute d'anxiété, ils se résignèrent à souffler pour de bon.

Ils avaient échoué à l'entrée de la rue du Temple Sanglant, non loin de la librairie « chez Gnaful », et comme tout ce qui se trouvait sur la place Kjeukien ils étaient écrasés par l'ombre du Palais de Glargh.

La Magicienne ne pouvait plus se relever, elle gisait sur le sol dans une position grotesque et son visage était à la fois jaune et vert. Le Ranger récupérait son souffle, allongé sur le dos à même le sol, et il appréciait la vue des nuages au-dessus de lui. Le Nain avait réussi à le pousser pour se mettre debout et il terminait d'ajuster ses pièces d'armure en ronchonnant. Les autres reculèrent pour leur faire un peu de place.

Ils furent bien vite cernés par les habitants du quartier, des gens simples qui échangeaient des commentaires variés :

— Mais qui sont ces crétins ?

— Par Bloutos, qu'ils sentent mauvais !

— Les aventuriers ont le droit de se téléporter dans les villes maintenant ?

— Mais regardez-moi ça ma bonne dame, on dirait qu'ils ont nettoyé les égouts !

— Je pense qu'il faudrait appeler le guet !

— C'est encore une opération publicitaire de la librairie magique ?

Finalement le Barbare se tourna vers deux personnes âgées qui se tenaient un peu trop près de lui, et ses lèvres se retroussèrent en un rictus à la fois haineux et sanglant. Plusieurs badauds refluèrent hors de portée de mandale.

— Qu'est-ce qui arrive à la Magicienne ? s'inquiéta l'archère.

Le Ranger parvint à se redresser sur un coude et répondit :

— Elle... Elle a dit qu'elle avait été piquée par un scorpitruc !

Selenia s'accroupit pour examiner leur camarade. Il y avait bien la plaie à l'épaule, avec une belle fracture provoquée par la prise des mandibules du scorpianide. De l'autre côté, sous la poitrine, une déchirure de la robe laissait voir une tache sombre. Un détail qu'ils n'avaient pu voir dans les ténèbres des souterrains.

— C'est là qu'elle a été piquée ! Je vais lui faire les premiers soins !

L'Elfe s'empressa de dégager la double couche de la robe épaisse de Tholsadûm pour pouvoir accéder à la plaie. Elle mit à nu plusieurs décimètres carrés de peau laiteuse qui voyaient rarement la lumière du jour, une pièce de lingerie rouge et tendue que personne n'avait jamais contemplée ainsi qu'une blessure sanguinolente et gonflée qui palpitait au rythme de la respiration saccadée de la Magicienne.

— Galagoud ? Yakiti boul !

Selenia adressa au gnome une moue dépitée :

— Je suis désolée, Gluby, mais je ne comprends pas ce que tu dis !

— C'est sans doute pas très important, grogna le Barbare.

L'Elfe sortit de sa petite besace de ceinture un linge blanc. Elle y versa de l'eau pure de sa gourde et s'affaira ensuite au nettoyage de la plaie.

BULLETIN CÉRÉBRAL DU NAIN

Ah ! La magotte sans ses fringues… Je savais bien qu'on finirait par voir ses trucs, à elle aussi ! Bon, c'est vrai que c'est pas vraiment le moment de penser à ça, parce qu'elle n'a pas l'air bien et qu'on a autre chose à faire. Et puis c'est dommage, elle porte un soutif qui cache tout, même s'il est vachement moins laid que ceux que ma tante laissait sécher dans le couloir de la mine. Enfin c'est clair qu'elle en a moins que l'Elfe, mais tout de même… Hé ! Y a des gens qui s'approchent pour regarder, c'est pas cool ça. C'est quoi ces vicelards qui traînent dans les rues pour mater les nichons des aventurières ? Je vais leur apprendre la vie moi !

— Allez ! Barrez-vous, y a rien à voir ! cria le Nain en direction des croquants avides de sensations. Vous avez rien d'autre à glander ?

— Groudouf ! ajouta l'Ogre en roulant des yeux.

Ils effrayèrent encore quelques personnes mais une autre voix, plus forte et plus grave, tonna :

— On a demandé la garde ? Paraît qu'un civil a été blessé ?

Deux factionnaires du palais, probablement attirés par cet attroupement inhabituel, s'en venaient au-devant des aventuriers.

— Non non, ça va ! répondit en hâte le Ranger en se remettant sur pied.

— On n'a pas besoin de vous ! grinça le Nain.

Mais il en fallait plus pour se débarrasser de deux fonctionnaires désœuvrés.

— C'est pas à vous d'en décider ! lança le plus gros, un moustachu au nez proéminent.

— Les civils ont pas leur mot à dire, renchérit l'autre. J'suis en charge d'assurer la sécurité de la place et j'compte bien l'faire sans respecter vos avis d'civils.

Le garde se pencha sur la victime, découvrant ainsi une jeune fille à moitié dénudée qui se faisait masser le ventre par une autre jeune fille partiellement couverte de sang et peu vêtue. Il s'attarda plus que de raison sur son évaluation des dégâts, et décida finalement qu'il devait intervenir.

— Soldat Philibert, dispersez-moi cette foule ! ordonna-t-il au moustachu.

Tandis que le hallebardier s'exécutait, le supérieur interrogea les aventuriers.

Il ne fut pas facile de lui expliquer la situation, et il refusa de croire que la jeune fille blonde aux cheveux longs et sales représentait l'autorité suprême de la communauté des sylvains de Folonariel. Il prétendait que les reines ne portaient pas des vêtements tachés de sang et qu'elles n'étaient pas accompagnées de nains hirsutes et braillards, de types aux bras dépareillés ou d'ogres armés de haches de bourreau. De plus, il trouvait le récit des compagnons bien trop complexe et trop décousu pour y prêter l'oreille.

— Moi j'crois qu'vous êtes juste des aventuriers comme les autres, conclut-il. Des gens qu'ont toujours besoin d'faire leurs intéressants.

Néanmoins, l'état de la Magicienne s'aggravait et le sargent décida qu'il était temps de l'emmener chez un guérisseur. Il réquisitionna pour cela deux autres gardes. Le Nain s'inquiéta du fait que c'était peut-être un service payant, mais il fut rassuré et laissa donc ses compagnons pour traîner sa carcasse fatiguée jusqu'à la plus proche auberge. Il était accompagné du Barbare qui se plaignait de son gosier sec et de Gluby qui avait pour mission de les surveiller.

BULLETIN CÉRÉBRAL DU BARBARE

Je sais pas vraiment si c'est une bonne journée. On a combattu des trucs, mais on a surtout beaucoup parlé et vachement utilisé la ruse. C'est pas comme ça qu'on va gagner de la force ! En plus, y avait pas de filles-pompons comme dans l'autre aventure. Je vais prendre une douzaine de bières et puis après j'essaierai d'en parler à Crôm. Si ça se trouve, il va m'écouter pour une fois ?

Le Ranger, l'Ogre et la souveraine aux cheveux sales furent encadrés pour porter la Magicienne jusqu'au cabinet de soins de la rue des Cogneurs, qu'on appelait aussi « La clinique du secours » tant il avait bonne réputation. Là, un médecin aux sourcils broussailleux accepta de prendre en charge la patiente, non sans avoir suggéré qu'il serait sans doute bienvenu d'ausculter l'Elfe car elle semblait mal en point. En fait, il aurait bien aimé poser son stéthoscope sur cette poitrine rebondie, car ce n'était pas tous les jours qu'il recevait des elfettes en aussi bonne santé.

Ils durent ensuite expliquer à l'Ogre, en utilisant la langue des signes, qu'il ne pouvait pas rester avec son amie et qu'il fallait la laisser tranquille, et que les gens avec les blouses blanches n'étaient pas des cuisiniers qui comptaient la faire bouillir et la manger.

Au terme de cette scène de communication interethnique quelque peu stressante, la Magicienne fut placée sur une civière et disparut vers une salle de soins, et les trois aventuriers furent abandonnés dans le hall d'accueil.

— J'vous accorde une liberté provisoire substantielle ! déclara finalement le sargent au Ranger. Mais à l'avenir, vous prendrez soin d'éviter de troubler l'ord' public, ou bien ça chauffera pour vos miches !

— Mais je suis clipitaine ! s'insurgea le jeune homme. Je suis plus gradé que vous !

Le sargent lui adressa un regard blasé :

— Vous savez, ça fait vingt-huit ans que j'fais ce métier. J'ai l'habitude des salades, mais j'avoue qu'les vôt' sont du genre coriace. Et ça commence à m'taper sur les nerfs optiques !

— Mais c'est vrai ! gémit l'Elfe. Et moi, je suis la reine de Folonariel !

— C'est ça. J'vous conseille d'arrêter d'vous payer ma tête, parce que j'en ai fait coffrer pour moins que ça, des marioles !

Les agents de la force publique s'éloignèrent en secouant la tête, échangeant des propos désabusés qui concernaient en grande partie la santé mentale des jeunes de maintenant. Le rôdeur fut ensuite sommé de quitter les lieux, car il ne pouvait rester dans le centre de soins en compagnie d'une grande créature qui avait une hygiène douteuse, qui sentait la charogne et qui faisait peur aux patients.

— Vous pouvez poireauter dehors ! cria la secrétaire revêche. On viendra vous chercher quand on aura du nouveau !

Ils se retrouvèrent ainsi dans la rue, hagards et quelque peu bousculés par les derniers événements.

C'était le milieu de l'après-midi, le temps était variable mais tendait vers le beau. Les gens du quartier vaquaient à leurs occupations habituelles et nul n'aurait pu croire qu'une guerre se préparait, qu'un être noir et tentaculaire s'apprêtait à surgir des ténèbres pour lancer son armée à l'assaut des paisibles citoyens de la cité. La rue des Cogneurs sentait la frite et la tarte aux pommes. Un peu plus loin, des enfants jouaient à « qui saute le plus loin au-dessus de la flaque d'eau croupie ».

Après la course trépidante et après toutes les émotions qu'ils venaient de vivre, les trois aventuriers eurent l'impression d'avoir été tirés de justesse d'une marmite en ébullition. Ils observèrent un moment les citoyens insouciants, puis l'Ogre se dandina vers un stand de nourriture à emporter. La vie reprenait son cours.

— Peut-être qu'ils peuvent essayer un soin magique pour ton bras ? suggéra l'Elfe en touchant la main du Ranger.

Le jeune homme exécuta quelques mouvements. Cette grosse main le fascinait et le dégoûtait à la fois, et sa vue lui procurait une sensation bizarre. Il soupira :

— Bah... Je leur ai demandé, mais il paraît qu'ils n'ont pas les connaissances nécessaires pour pratiquer l'intervention sans risque. Ils disent que la magie des orques est trop rustique.

— Et c'est quoi le risque ?

— Que je me retrouve avec un seul bras.

— Ouille.

— Alors pour le moment, je me tâte...

BULLETIN CÉRÉBRAL DU RANGER

Mince ! Encore un choix difficile. Mon bras d'orque est beaucoup plus fort que mon ancien bras, mais il m'a aussi transformé en un genre de monstre. Les gens vont peut-être avoir du mal à me prendre au sérieux ? Est-ce qu'on peut faire confiance à un type qui a un bras d'orque ? En plus je vais passer ma vie à raconter toujours la même histoire pour expliquer comment ça m'est arrivé. Et je n'imagine pas la tête de mes parents ! Le guérisseur a dit que je devais consulter des spécialistes à Waldorg, mais l'option se résume à la question suivante : est-ce qu'il vaut mieux que je sois plus fort avec mon épée, ou alors est-ce que c'est plus intéressant si je récupère mon charisme habituel et qu'on m'écoute ? Et surtout, j'ai pas tellement envie qu'on m'appelle « Le Ranger Manchot », parce que c'est déjà pénible avec le Nain qui me traite de bras cassé. Quoi qu'il en soit, je ne peux rien faire pour le moment, c'est la misère.

Le rôdeur se perdit un moment dans ses pensées, mais il prit finalement conscience de la disparition de Selenia. Il paniqua quelques instants, fit le tour du quartier et la trouva occupée à nettoyer ses cheveux près d'une fontaine publique. Ils cherchèrent ensuite l'Ogre pendant plus d'une heure, mais celui-ci n'avait rien fait de mal et s'était endormi dans une venelle. Soulagés, ils rejoignirent ensemble le centre de soins où ils questionnèrent le guérisseur.

— Bah ! répondit ce dernier. Elle va s'en tirer mais je ne sais pas ce que c'était que cette saloperie qui l'a piquée !

— C'était une bête qui n'existe pas en vrai, expliqua l'Elfe.

— Oui, bon, si vous voulez. En tout cas votre amie ne pourra pas courir les boutiques avant demain ! Elle est tellement dans le pâté qu'elle pourrait ouvrir à elle seule un commerce de terrines.

Convaincus par cet argument, les aventuriers payèrent la note et laissèrent la Magicienne aux bons soins des médecins, puis ils s'empressèrent de retrouver leurs camarades à la taverne.

Lorsqu'ils poussèrent la porte de l'établissement, le Nain et le Barbare étaient en pleine discussion avec le patron. Oui, bon, il y avait eu de la baston, mais c'était pas leur faute. Gluby s'était réfugié sur une poutre et refusait visiblement de redescendre. Le patron indiqua au Ranger qu'un client éméché avait traité le Barbare de bouseux. Alors bien sûr, il s'était ensuivi tout un pataquès, avec tables brisées et vaisselle en miettes, et c'était pas vraiment sympa pour les gens comme lui qui s'efforcent de faire vivre un commerce honnête. Ils furent donc forcés de payer quelques dégâts et de changer d'établissement, et après quelques détours s'établirent pour la nuit dans une auberge onéreuse proche du stade, une auberge qui acceptait les ogres.

Ils s'installèrent à une table dans un coin peu éclairé de la salle commune, car ils avaient appris à leurs dépens qu'il valait mieux se faire le plus rare possible à Glargh.

— Eh ben, quelle journée ! soupira l'Elfe. Vous vous rendez compte de tout ce qu'on a fait ? On a réussi à sauver tous nos copains !

Le Nain ronchonna en tripotant son sac de toile :

— Le seul truc qui m'intéresse pour le moment, c'est de savoir combien on a gagné.

Le Ranger leva son index :

— Moins les pièces d'or dépensées à la taverne pour réparer vos conneries…

— C'est à cause de l'autre con ! gronda le Barbare.

Épuisés, ils mangèrent en silence et le Ranger leur confia qu'ils devaient entrer au palais. Trop de questions restaient encore sans réponse, et ils devaient contacter les plus hautes autorités pour savoir où en était l'affaire du conseil de Suak. Le rang social de l'Elfe pourrait leur permettre d'y accéder mais il fallait pour cela qu'ils se lavent et qu'ils retrouvent un semblant de dignité. Mais bien sûr, ils ne pouvaient y aller tous ensemble.

— Ceux qui seront propres et bien peignés pourront venir avec nous ! déclara Son Altesse.

Et cette fois, comme elle faisait usage de sa position sociale, il était impossible de contester.

Ils se livrèrent donc à quelques ablutions, même le Nain qu'on avait menacé de virer de la compagnie s'il persistait à mariner dans sa crasse. Bien sûr, ce n'était pas tant la perspective d'être viré de la compagnie qui chagrinait le barbu, mais le fait qu'il n'avait pas encore reçu sa part des butins du voyage et son salaire de soldat. Il n'avait aucune envie de se faire arnaquer et son instinct du trésor lui permettait de sentir que quelque événement proche n'allait sans doute pas tarder à rapporter de fortes sommes d'argent.

Certes, il ronchonna tout de même plus d'une heure à cause de cette histoire de bain, mais une partie de lui avait envie de faire peau neuve et d'oublier son incarcération. De plus, il avait tenu à se joindre aux activités du lendemain, contrairement au Barbare et à l'Ogre. L'un désirait sortir en ville pour trouver de nouvelles occasions de se battre, et le second n'avait rien compris à la conversation ; on considéra donc qu'il resterait au lit. De plus, il souffrait de problèmes digestifs et d'une forme d'apathie probablement due à son empoisonnement. Gluby suivrait le mouvement comme d'habitude, en attendant de pouvoir se rendre utile.

BULLETIN CÉRÉBRAL DE L'ELFE

J'ai vraiment super bien dormi ! Des fois, on dit que les elfes ne dorment pas vraiment parce qu'on a des super pouvoirs pour éviter de se fatiguer. Mais c'est pas vrai en fait… On raconte ça pour donner un genre un peu plus mystérieux aux héros de la forêt, comme mon cousin Legolas quand il était plus jeune. Quand on passe toute la journée à vivre des trucs pareils, on fait comme tout le monde et on s'affale comme des grosses loques ! Et puis j'étais bien contente, parce que hier le Ranger m'a dit qu'il était vraiment très soulagé qu'on soit venus les chercher dans leur prison chez les orques. C'est la première fois qu'il me remercie d'un truc et qu'il ne crie pas sur moi. On a fait quelques bisous comme avant, quand j'étais pas reine, et puis je suis partie pour dormir dans ma chambre.

Après une grasse matinée bien méritée, le Ranger, accompagné de Gluby, s'en alla récupérer la Magicienne au centre de soins. Il la trouva faible, pâle et anxieuse, appuyée sur son bâton dans la salle d'attente.

— Flibidi ! couina le gnome.

L'érudite le remercia d'un signe de tête et dit :

— Ha ! Tu vas rire, mais j'ai cru que vous m'aviez abandonnée…

— Ben non. En plus aujourd'hui on a encore du boulot, il faut qu'on entre au palais.

— Ouais, et faudra pas traîner. Je vais m'enfiler une ou deux potions et ça ira mieux !

Ils retournèrent en hâte à l'auberge, où ils furent surpris de trouver l'Elfe en tête à tête avec un Nain propre. Elle parlait d'un tas de sujets concernant la guerre, tandis que lui mangeait sa tartine en la regardant d'un œil torve. L'Ogre dormait toujours et le Barbare était parti courir dans l'air frais du matin. Ils espéraient que le nomade, peu habitué aux grandes villes, retrouverait le chemin du retour et qu'ils n'auraient pas à le récupérer dans les geôles.

Mais l'heure était venue d'entrer au palais. On ne jouait plus dans la cour des petits.

Ils n'avaient pas beaucoup de choix pour l'angle d'attaque, et surtout peu de temps pour arriver à leurs fins. C'est pourquoi l'Elfe demanda carrément une audience à la porte principale du palais. Lavée, changée, peignée, son charme fit le nécessaire et le responsable de la sécurité ne mit aucunement sa fonction en doute. Il balbutia quelques phrases types et s'en retourna pour chercher conseil dans les couloirs.

Les autres compagnons, qui patientaient un peu plus loin à l'ombre de gigantesques colonnes, furent impressionnés par la performance.

— C'est un critique de charisme ça ! nota la Magicienne.

Puis un type en complet informe, qui ne ressemblait pas à un garde, s'en vint les accueillir en évoquant divers points du protocole.

Un peu plus tard, quatre compagnons et demi se tenaient à l'intérieur du palais. Ils attendaient en silence qu'on vienne les chercher dans le hall, impressionnés par la taille de la salle et son outrancière décoration. Fort heureusement, ils avaient eux-mêmes récupéré beaucoup de leur prestance après une bonne nuit à l'auberge.

Ils patientaient depuis dix bonnes minutes lorsque deux silhouettes familières apparurent en haut des escaliers.

— Votre Altesse, vous tombez bien !

— Vos messages nous ont été fort utiles !

Le père Grandjean, représentant l'autorité suprême de Glargh, s'en venait en personne les accueillir, et il ne semblait pas en très bonne forme car il s'appuyait sur une canne. Il était accompagné de Bifftanaën, le responsable du Concile de Waldorg. Il se passait sans aucun doute quelque chose de grave pour que ces deux personnalités, qui représentaient des pouvoirs rivaux, se retrouvent ici pour autre chose que des échanges d'insultes. Par ailleurs ils avaient tous deux le visage rougeaud et leur tenue était quelque peu débraillée, comme s'ils avaient disputé un marathon sur une jambe.

— Nous sommes en réunion de crise, expliqua le demi-elfe. La situation nous échappe totalement !

— Mais ça semblait plutôt calme en ville… s'étonna la Magicienne.

Grandjean hocha la tête :

— Certes, nous n'avons pas encore parlé du problème au peuple… Vous savez ce que c'est, nos citoyens pourraient paniquer.

Le Ranger fronça les sourcils :

— Quoi ? On a des raisons de paniquer ?

— Suivez-nous jusqu'à la salle de réunion ! proposa le Calvitié. Il n'y a pas de temps à perdre.

Le Nain fit comprendre au Ranger, d'un regard noir, qu'il n'avait pas trop envie d'aller s'asseoir avec des humains et des elfes qui racontent n'importe quoi. Selenia, cependant, leur fit signe d'avancer.

— Heu… Vos amis ont le droit de vous accompagner ? s'inquiéta un responsable du protocole.

— Nous faisons partie de l'armée de Folonariel ! dit la Magicienne.

— Je suis clipitaine !

— Et moi, je suis un nain.

— Ha, dans ce cas…

Ils furent bientôt tous installés dans une vaste salle, autour d'une table ovale cernée de grands fauteuils de bois sculpté. Il y avait là des gens qu'ils avaient déjà vus, car certains étaient présents au Conseil de Suak. Ils n'étaient pas tous en forme et l'un d'entre eux avait la tête bandée. On présenta les nouveaux arrivants et certains firent une drôle de tête en voyant débarquer cet équipage hétéroclite.

Le responsable du protocole s'inclina devant l'auditoire :

— Saluons l'arrivée inopinée du gouvernement sylvain de Folonariel, avec Selenia III qui a survécu au désastre du conseil et qui représentera aujourd'hui son peuple.

— Oui, coucou ! lança la reine en offrant à l'assistance son plus beau sourire.

La Magicienne s'installa près de Nak'hua Thorp, comme si elle comptait former un club de magie. Elle n'était pas vraiment surprise de trouver là cette spécialiste de la magie métamorphe. Les aventuriers avaient dû l'abandonner à la Tour de Suak, dans la tourmente causée par la charge des orques, mais la rouquine avait toujours pensé qu'une femme de cette trempe ne se laissait pas capturer par quelques guignols sales armés d'épées. Elle posa son sac de livres derrière son fauteuil et chuchota :

— Vous avez réussi à vous en tirer ! J'en étais sûre !

— Oui, mais ça n'a pas été facile, murmura l'elfe noire avec un sourire narquois. J'ai passé deux jours sous la forme d'un buisson épineux.

— Et les autres ? Comment ont-ils fait ?

— J'en ai fait des cactus. Les orques ne s'intéressent pas aux végétaux, surtout quand ils piquent.

— C'était bien joué !

Le Ranger prit place un peu plus loin, en compagnie du Nain et de Gluby. Ils espéraient tous les trois qu'on ne leur poserait pas de questions s'ils ne faisaient pas mine de s'incruster dans la conversation. Un assistant passa ensuite pour agiter devant chaque personne un petit appareil tarabiscoté, qui n'était autre qu'un nouveau modèle de détecteur de magie.

— Excusez le dérangement, mais nous n'avons aucune envie de revivre l'horreur du conseil... expliqua Bifftanaën.

— Aucun souci, puisque nous sommes vraiment nous-mêmes ! plaisanta la Magicienne.

Effectivement, cette fois personne dans l'assistance n'était habilement grimé en quelqu'un d'autre. En revanche, le petit appareil cliqueta lorsqu'il analysa le Ranger, mais le jeune homme expliqua que ça venait sans doute de son bras d'orque, qu'il avait pourtant réussi à dissimuler habilement sous un pli de sa cape. Nak'hua Thorp examina son cas et se porta garante de sa condition.

Lorsque tout le monde fut installé, le père Grandjean ordonna qu'on fasse le silence et se redressa pour prendre la parole. Il avait beaucoup souffert des événements du conseil, et il ressemblait maintenant plus à un vieil homme fatigué qu'au puissant dirigeant d'une cité millénaire. Ses mains tremblaient et ses yeux rouges attestaient de son manque de sommeil. Il se servit une tasse de thé et il parla longuement, ce qui permit aux aventuriers de comprendre ce qui s'était passé au moment où ils parcouraient la campagne et les souterrains.

Le Conseil de Suak n'avait qu'en partie échoué, car les plans de Gzor avaient été dévoilés. On savait maintenant qu'il préparait une nouvelle offensive, qu'il employait des mages métamorphes et qu'il avait fait son possible pour semer la discorde entre les peuples. Les guetteurs des tours de Prokof et de Zok-Radyo avaient signalé des mouvements de troupes dans les montagnes du nord, près de la noire citadelle, et le village de Nuvini avait été pillé. Cependant, l'information n'avait pas été divulguée en dehors des hautes sphères car on craignait la panique. Après la catastrophe du conseil, certains parmi les dirigeants étaient rentrés chez eux, et d'autres avaient disparu. D'autres encore, comme les ogres, n'avaient sans doute rien compris. On pouvait tout de même espérer qu'il n'y aurait pas la guerre entre tous les peuples, et en cela on pouvait trouver un point positif, mais Gzor avait tout de même un atout pour mener à bien son horrible projet.

— Il possède en ce moment les Sept Couronnes de la Guigne, affirma le père Grandjean.

— Et par conséquent, ajouta Bifftanaën, il commande une armée invincible.

Afin d'illustrer le propos, un larbin équipé d'une règle en bois se déplaça pour montrer l'objet qui avait été agrandi et dessiné sur une grande feuille punaisée au mur.

Les membres de l'assistance hochèrent la tête et restèrent silencieux. Ils étaient abattus car, jusqu'à maintenant, Gzor n'avait jamais réussi à s'emparer de l'intégralité du territoire et à réduire ses peuples en esclavage, ce qui avait été son projet depuis la nuit des temps. Malheureusement, cette vérité historique était en train de changer.

Et c'était sur eux que ça tombait.

Le Nain suivait la discussion d'une oreille distraite. Il observa le dessin, fronça les sourcils, puis il se pencha pour ouvrir le sac de toile qu'il avait posé par terre et qu'il n'avait pas quitté depuis la veille. Il en étudia le contenu, ce qui produisit un bruit agaçant car on trouvait dans le sac de nombreux objets métalliques.

— Qu'est-ce que tu fous ? chuchota le Ranger en le poussant du coude. C'est pas le moment !

— Ha ha ! ricana le Nain en l'ignorant. C'est marrant, j'ai un truc comme ça dans mon sac !

Plusieurs personnes lui lancèrent un regard malveillant. Elles n'appréciaient pas trop qu'on prenne cette histoire à la rigolade. En proie à un début de panique, la Magicienne se demanda s'il était possible de lui lancer un sort en douce pour le faire taire, mais elle renonça au projet. Il suffisait d'un échec critique, et... Bref, ça n'était pas une bonne idée.

Finalement Bifftanaën s'adressa au barbu sur un ton agacé :

— Vous avez quelque chose *d'important* à dire, j'ose espérer ?

Pour toute réponse, le Nain posa sur la table un objet doré, lourd et doté de six pans pointus. Il fut surpris de voir que tous les gens le regardaient à présent comme s'il avait pris la forme d'un canard géant à douze pattes.

Et comme il se sentait un peu mal, il insista :

— Bah, voilà... Je disais que c'était marrant parce que j'ai justement récupéré une couronne qui ressemble au dessin, là.

— *Récupéré ?*

BULLETIN CÉRÉBRAL DE L'ELFE

Ha tiens, le nabot a encore volé des objets ! C'était pour ça qu'il voulait toujours garder son sac avec lui ! Et moi je pensais qu'il avait changé depuis qu'il était devenu l'ami des elfes... Mais non c'est toujours le Nain. Menteur, voleur et tricheur... Et maintenant voilà qu'il sort ses trésors volés pour les montrer à tout le monde, en plein milieu d'une réunion super importante où on parle de choses tristes et de gens qui vont mourir. Mais je ne comprends pas pourquoi tout le monde le regarde comme ça ? On n'aurait pas dû l'emmener avec nous, même avec un bain.

Rompant un silence de plomb, Nak'hua fut la première à parler :

— Dites… messire Nain, vous dites que vous avez *récupéré* cet artefact ?

Le montagnard n'était plus trop sûr de ce qu'il voulait faire, à présent, car il n'avait jamais pensé qu'un trésor posé sur une table pouvait faire tirer des tronches pareilles à des gens. Pour s'en sortir, il toussota :

— Heu… Ben ouais, disons que comme ça traînait, je l'ai pris…

La Ranger intervint, survolté :

— Quoi ? Tu l'as chouravé au camp des orques ?

— Mais c'était dans le coffre ! se défendit le barbu. C'était pas vraiment à quelqu'un !

Le père Grandjean bouscula son fauteuil, fit quelques pas vers l'extrémité de la table, comme si l'objet était un aimant qui l'attirait. Il balbutia :

— Se pourrait-il que…

— Il n'y a aucun doute, c'en est une, affirma Nak'hua. Elle provient du trésor de l'armée de Gzor !

Alors la Magicienne s'écria :

— Putain, ça y est ! J'AI TOUT COMPRIS !

BULLETIN CÉRÉBRAL DE LA MAGICIENNE

Bien sûr ! Voilà pourquoi le nabot a traîné pendant cinq minutes dans la cahute pourrie des mages. Il remplissait son sac avec les trésors de guerre ! Et je comprends les trucs bizarres qui arrivaient chaque fois que le Nain rencontrait un monstre dans les souterrains ! Et pourquoi on a réussi à sortir de la mine… Et les sortilèges ratés ! Le nabot a volé l'objet qui provoque la malchance des ennemis : il transportait une des légendaires Couronnes de la Guigne ! Et… Bon sang… La prophétie, elle disait vrai ! Celui des pierres, la dernière des sept, et le sombre qui grouille ! Mais pourquoi je n'y ai pas pensé avant ? Et pourquoi on n'a pas pris plus de temps pour la lire ? Tout s'explique ! Les dieux nous surveillent et on est des gens importants. Et maintenant, j'ai l'impression d'avoir été vraiment stupide !

— L'ennemi n'a pas récupéré toutes les couronnes ! proclama Bifftanaën en levant les bras au ciel. Nous sommes sauvés !

— L'enchantement de masse ne peut pas être déclenché !

— Et les armées de Gzor ne sont pas invincibles !

— Hourra !

Les participants à la réunion étaient à présent debout, se prenaient dans les bras, se serraient les mains et s'embrassaient à grand renfort de cris de joie.

Le Ranger fit de son mieux pour participer à la liesse générale. Cependant, il se sentait miteux et désabusé maintenant que le Nain était devenu le centre d'intérêt de cette noble assistance. Le montagnard, par ailleurs, observait les gens autour de lui et ne semblait pas bien appréhender son propre rôle.

— C'est enfin le retour des vieilles alliances ! jubila le père Grandjean en serrant la main de Selenia. Les elfes et les nains qui sauvent les humains ! Et une nouvelle défaite pour cet abominable Gzor !

— Hein ? Mais j'ai rien fait moi ! se défendit la reine.

Ils se calmèrent enfin et Bifftanaën s'approcha du Nain. Ce dernier n'avait toujours pas bougé de sa chaise.

— Ha, vraiment, quel soulagement ! Nous vous félicitons pour votre acte de bravoure et d'intelligence, sargent ! Il nous faut mettre cette couronne en sûreté au plus vite.

— Ha bon. Vous la voulez, en fait ?

— Eh bien… Oui, évidemment !

Le Calvitié se tourna vers les autres en riant, comme s'il participait à une bonne blague. Le Nain hocha la tête, satisfait :

— Ah, ça c'est bien ! Mais j'peux pas vous la donner…

Le Ranger et la Magicienne grimacèrent. Ils avaient peur de savoir où leur camarade voulait en venir ; hélas, il était trop tard pour intervenir.

— Comment ça ? dit le père Grandjean.

Le Nain porta le regard sur la couronne posée devant lui, s'en empara et la soupesa. C'était un bel objet, et tout le monde semblait s'y intéresser. Il répondit finalement :

— Bah, j'vais vous la vendre, vu qu'elle est à moi !

La déclaration choqua tout le monde. Bifftanaën ouvrit la bouche sans rien dire, le père Grandjean posa une main sur son cœur comme si ce dernier risquait de s'arrêter, et le Ranger distillait des éclairs de haine avec ses yeux. De son côté, l'Elfe venait enfin de comprendre de quoi il retournait.

Profitant de la stupeur générale, le Nain se lissa la barbe et ajouta :

— Je dois réfléchir à un prix.

— Sauf que t'as pas le droit de faire ça ! déclara le Ranger avant que la situation ne tourne au drame.

L'attaque fit immédiatement sortir de ses gonds le barbu :

— Ha bon ? Mais t'es qui toi pour me dire ce que j'ai le droit de faire ?

— Dis-moi… T'es payé pour assurer la fonction de sargent de l'armée de Folonariel ?

— Ben oui !

— Alors la couronne appartient à l'armée de Folonariel !

Le Nain fut déstabilisé par cet argument, mais il répondit néanmoins :

— C'est même pas vrai, pourquoi d'abord ?

— Parce que tu l'as récupérée *dans l'exercice de tes fonctions.*

— Et toc ! ajouta la Magicienne.

— …

— Et comme je suis clipitaine, et toi sargent, c'est moi qui décide de ce qu'on fait avec cet objet !

— M'en fous, je peux démissionner ! Et je vous rends les pièces d'or parce que c'est pas grave, je vais en avoir d'autres à la place.

— Mais la désertion n'est pas autorisée en temps de guerre, môssieur ! C'est marqué dans les contrats !

Le Nain, qui était à présent rouge, donna du poing sur la table :

— Je les ai pas lus !

— Tant pis pour toi.

Un type en armure qui se tenait de l'autre côté approuva :

— Le clipitaine a raison. En plus, on est en guerre.

— Je suis d'accord, renchérit un homme à gros sourcils.

Autour de la table, les dignes représentants des différents pouvoirs de la Terre de Fangh suivaient la discussion avec autant de curiosité que de surprise.

— C'était une blague, hein ? s'inquiéta le père Grandjean.

— Je ne sais pas… chuchota l'assistant qui se tenait près de lui. Vous savez, les nains…

Profitant de l'abattement du courtaud, le Ranger s'était levé pour prendre la couronne, mais Selenia s'en venait déjà vers lui :

— L'armée appartient à la reine, et la reine, c'est moi.

— Hein ?

— Donc, c'est moi qui récupère la couronne.

— Oh l'autre ! s'insurgea le Nain. Comment c'est trop facile !

Le Ranger murmura quelque chose de vague, mais les yeux de Son Altesse semblaient percer son âme et il se sentait sans défense. Il remit la couronne à l'Elfe. Celle-ci se dirigea vers Bifftanaën et lui tendit l'objet, en accompagnant la démarche d'un sourire charmant :

— Le peuple de Folonariel donne cette couronne aux humains, car tous les gens sont les copains des sylvains !

— Heu… Merci, balbutia le Calvitié. Vous êtes bien urbaine.

— En plus, on ne saura pas quoi faire avec.

Les participants à la réunion, dans leur grande majorité, applaudirent la déclaration. Ils firent la queue pour serrer la main de l'Elfe et lui assurer qu'ils étaient honorés de compter son peuple dans les alliés, en oubliant le fait qu'ils étaient aussi bien contents de voir son décolleté de plus près.

— La couronne doit être mise en lieu sûr ! proclama le père Grandjean. Et qu'on rassemble immédiatement les armées pour stopper l'avancée des troupes de Gzor !

— J'informe au plus vite les autres généraux ! lança le type en armure en sortant de la pièce.

L'Elfe se tourna vers Bifftanaën :

— Et moi, je dois envoyer un message à Folonariel.

Tandis que les membres du gouvernement s'affairaient, ils délaissèrent les aventuriers qui se réunirent au bout de la table. Gluby était bien content de voir tout le monde sourire, et il dansait sur sa chaise en exécutant des acrobaties. Le Nain était aigri, mais il ricana néanmoins en s'adressant au Ranger :

— Je me suis peut-être fait niquer mes pièces d'or, mais toi tu t'es fait blouser tes XP !

— Quoi ?

— L'Elfe a donné la couronne aux humains, c'est elle qui va tout récupérer !

— Pfff… C'est n'importe quoi.

— Calmez-vous ! trancha la Magicienne. Y aura des points d'expérience pour tout le monde si on survit à la bataille.

Le Ranger recula d'un pas, comme s'il voulait échapper à un mauvais sort :

— Ha bon ? Pourquoi, il faut qu'on fasse la guerre *en plus* ?

— Mais on a déjà vachement participé ! brailla le courtaud.

— L'Elfe a dit qu'elle voulait rassembler les troupes… Et je vous rappelle que vous êtes chargés de les commander !

Le rôdeur chercha quelque chose d'intelligent à répondre, mais hélas il était dépassé. Il se laissa tomber sur sa chaise, blafard :

— Damned ! Je savais bien que cette histoire finirait par me retomber sur la gueule !

— En plus, t'as perdu des XP, insista le Nain.

XI

Épilogue

Cinq jours plus tard, une grande armée traversa le pont nord de Glargh. De nombreux messages avaient été échangés au cours des journées précédentes et plusieurs affaires avaient pu s'éclaircir.

On comptait dans les rangs des elfes noirs, des nains, des hauts-elfes, des barbares, des ogres, beaucoup d'humains et naturellement plusieurs clans sylvains. Ils avaient fière allure avec leurs bannières, leurs machines de guerre tirées par des bœufs, leurs contingents de mages de bataille en tenues bigarrées, leurs chariots bariolés. De nombreuses compagnies d'aventuriers accompagnaient la marche au titre de « Mercenaires participant à l'effort de guerre pour sauver la Terre de Fangh ».

Ces centaines de braves se dirigeaient vers Juienal, village occupé par les forces de Gzor après la mise à sac d'une partie de la vallée Loaime. La tour de Prokof était tombée, et le Centre de Traitement des Déchets Gzoriens avait été dévasté. Plusieurs petits villages de la région n'étaient plus que cendres à présent. Il fallait donc en finir assez vite avant que l'eau du fleuve Elibed ne soit contaminée par les miasmes chaotiques descendant des montagnes corrompues. L'armée de Gzor stationnait non loin du village de Juienal, sans vraiment se décider à l'attaquer. Les messages d'ultimatum envoyés à ces envahisseurs n'avaient pour le moment reçu aucune réponse. Certaines personnes savaient pourquoi.

Comme il était prévu, l'armée de Folonariel rejoignait tout juste le convoi belliciste, après avoir traversé la plaine du Ninejaddai. Ils furent accueillis par une Selenia III rayonnante, un Ranger quelque peu dépassé, un Nain grincheux et une compagnie fière d'avoir survécu à un voyage parsemé de nombreux dangers.

Nuliel était blessé au bras mais il avait tiré d'affaire la majorité de son escouade d'archers et ceux-ci étaient prêts pour un nouveau combat. Ce fut la première bonne nouvelle de la journée. Il avait également composé une longue poésie en souvenir de la bataille des ruines de Brelok, mais il n'eut jamais le temps d'en faire profiter ses amis car ils partaient en général à la fin du premier quatrain.

— C'était comment le voyage ? demanda la souveraine à son loyal sujet.

— C'était bien, mais un peu long ! Mais les girafes ont dû nous quitter pour achever leur migration vers le sud.

— Oh, c'est triste…

— C'est le grand cycle de la vie, Votre Blondeur.

— Et sinon, qui d'autre est venu ?

Nuliel compta sur ses doigts :

— Jélagamël est resté au village pour assurer la gestion des affaires de l'État. Mais nous avons avec nous les cousines de notre regretté Naziel, qui s'occupent de l'intendance pendant la campagne, et notre bien-aimé régent. Il voulait vous voir pour vous féliciter, et il me charge de vous dire qu'il a pris votre shampooing favori, comme vous lui avez demandé.

— Hi hi ! Je vais le retrouver alors.

Le chef Taurogh fut salué par tout un bataillon de recrues au regard durci par l'entraînement, des elfes qui n'avaient pas encore eu le temps de forger leur musculature mais qui compensaient par une forte volonté d'en découdre. La Magicienne, de son côté, fut présentée à dix novices en « magie de bataille elfique », un titre qui en disait long et qui l'inquiétait un peu.

BULLETIN CÉRÉBRAL DU NAIN

Je ne suis toujours pas riche. Bon d'accord, je reçois des pièces d'or tous les jours et j'ai reçu une médaille pour avoir volé à Gzor la couronne machin, mais elle n'est pas très lourde et en plus j'ai pas le droit de la revendre, même si c'est de l'or. Les types du palais ont pris la couronne et elle a été cachée dans un coffre vachement secret, pour que personne ne puisse la ramener sur le champ de bataille. Enfin bref, ces derniers jours on a beaucoup dormi et on a aussi vendu quelques machins qu'on avait récupérés pendant le voyage. J'étais assez content avec mes objets précieux qui ont rapporté quatre cent trente-huit pièces d'or, jusqu'à ce que la Magicienne me foute la honte avec son stock de livres anciens qu'elle a revendu au musée pour trois mille quatre cent cinquante pièces ! Tout ça pour des livres, c'est l'arnaque absolue. Enfin c'était tout de même sympa car elle a partagé l'or, et moi j'ai dû faire pareil avec mes trésors mais finalement j'étais tout de même gagnant. Voilà maintenant que j'ai cinq cents pièces d'or de plus, j'ai dû les laisser à la banque parce que les autres avaient peur qu'on les perde sur le champ de bataille. Ah tiens, voilà des elfes qui veulent me parler. Mince alors, j'ai pas le droit de m'enfuir.

Une recrue s'avançait effectivement vers lui, suivie de près par trois « funestes gardiens de Selenia », les troupes d'élite assignées deux semaines plus tôt à l'entraînement intensif. Le Nain ne se souvenait pas de leurs noms, et d'ailleurs il trouvait ça plutôt bien.

— Harmonie, sargent ! Content de voir que vous avez survécu à l'incarcération par les vilains orques !
— Heu... Ouais.
— Nous sommes là pour vous remercier, car votre machine nous a bien aidés à développer notre force physique !
— C'est pas dommage, maugréa le barbu. Vous aviez l'air d'une bande de flans.
— Et nous allons donner le meilleur de nous-mêmes au cours de la bataille.
— Si vous le dites...
— Certes ! En plus, nous avons fabriqué plusieurs tonnes de farine et nous avons vendu cette matière première aux villages alentour.
Un autre sylvain au visage réjoui ajouta :
— Imaginez ! La *farine des guerriers de Groinsale* est désormais une marque connue dans toute la région. Il paraît qu'elle permet de faire le meilleur pain !
Le Nain hocha la tête :
— Hum... Ouais, c'est pas étonnant, vu que j'ai construit la machine.
Un elfe lui tendit un paquet :
— Nous vous avons d'ailleurs apporté la moitié d'une miche !
— Ah... Est-ce que vous avez du pâté aussi ?
Le dernier guerrier lui tendit un sac de cuir qui semblait lourd :
— Et comme vous aviez demandé, voici les bénéfices liés à la vente de farine.
— Quoi ?

Le Nain s'empara de la sacoche d'un geste rapide. Il fut immédiatement renseigné sur son contenu : le poids et l'odeur particulière qui s'échappait du sac... Une odeur imperceptible pour la plupart des gens, mais pas pour les nains. Il n'y avait aucun doute... Il était bourré de petits lingots, du Trithil. Il en examina tout de même le contenu, les yeux brillants. Il y avait là plus de mille pièces d'or... Pourquoi diable ces elfes n'avaient-ils pas gardé l'or pour eux ? C'est ce qu'il aurait fait, lui.

Il fixa le sylvain qui se tenait devant lui, ne parvint pas à trouver les mots adéquats pour lui parler. Les recrues lui souriaient, et visiblement ces jeunes gens étaient heureux d'abandonner comme ça un sac qui contenait une fortune. Le Nain hocha simplement la tête et serra dans ses bras la petite sacoche.

C'était un peu la honte, mais malgré tout le mal qu'il s'était donné pour être désagréable, il était probablement devenu l'ami des elfes.

BULLETIN CÉRÉBRAL DU RANGER

Ces derniers jours, on a vraiment progressé. Déjà, on a laissé de côté tout l'aspect camping de l'aventure, vu qu'on a dormi dans le quartier des invités du palais. C'était vachement bien, même si ça manquait un peu d'elfettes qui nous massent le dos. On avait le droit au petit déjeuner au lit et on nous servait la bouffe sous une cloche brillante. Le côté moins cool, c'est qu'on a participé à plein de réunions pour préparer la bataille. On m'a demandé mon avis sur la stratégie de Folonariel, et j'ai dit qu'on devait rester derrière pour tirer des flèches, et puis ça permettrait d'avoir des réserves de troupes si jamais on n'arrivait pas à s'en sortir. Comme ça c'est peinard, on a le temps de voir venir. J'espère seulement qu'ils ne vont pas dégommer les soldats qui sont dans notre camp ! En dehors de ça, on a fini par retrouver le Barbare, qui était en prison après avoir cassé le nez d'un garde. C'était une histoire un peu compliquée, mais grâce à nos nouvelles relations nous avons obtenu sa libération et on n'a pas eu besoin de payer les cinquante pièces d'or de la caution. Quant à l'Ogre, il a pioncé pendant deux jours à l'auberge, et il paraît qu'il a fini par purger le poison de son organisme. Enfin, c'est ce que dit la Magicienne, mais ça vaut ce que ça vaut…

BULLETIN CÉRÉBRAL DE LA MAGICIENNE

Un truc me chiffonne dans cette histoire : on a fait tout comme il fallait, mais on n'a toujours pas eu le niveau cinq. J'en ai discuté avec un mec de la Caisse des Donjons que j'ai rencontré à la librairie, et il m'a dit que c'était sans doute normal parce que c'était la guerre. Il n'était pas sûr mais il pense qu'en temps de guerre les points d'expérience ne sont pas comptés comme d'habitude. J'ai pas encore osé le dire aux autres, mais à mon avis ça va faire un scandale ! Enfin bon, comme on a eu des pièces d'or c'est pas trop grave. J'ai acheté quelques potions et je me suis payé des bracelets de concentration, une pièce d'équipement qui permet de réduire le temps de relance entre chaque sort. Heureusement que les gens ont la mémoire courte, parce que pour le moment personne ne nous a reparlé de cette histoire de stade. Pourvu que ça dure…

BULLETIN CÉRÉBRAL DE L'ELFE

On va sauver la Terre de Fangh avec tous les gens des autres peuples ! C'est vraiment sympa, surtout aujourd'hui parce que le combat n'a pas commencé. Après il faudra tirer des flèches et frapper des monstres, y aura du sang partout et je vais encore vomir. Mais Nuliel a dit que j'étais la reine et que j'avais le droit de rester derrière à rien faire, sauf que moi je ne vois pas trop l'intérêt. Maintenant j'ai un super arc et des compétences géniales, alors il faut que je m'en serve ! Et tant pis si les gens sont pas d'accord. En plus, quand je suis derrière ça veut dire que j'ai pas le droit d'utiliser mon arc à cause de l'histoire du voleur. Je m'en fiche, je fais comme j'ai envie, de toute façon Gluby a dit à la Magicienne qu'il restait avec moi pour me protéger. Je ne sais pas pourquoi, mais tout le monde a rigolé quand il a dit ça.

BULLETIN CÉRÉBRAL DU BARBARE

Ça fait des jours qu'on fait rien. Maintenant j'ai compris comment c'est l'aventure : on glande pendant longtemps, et puis après on court et on tape des monstres ou des gens. Et ça recommence. Il paraît qu'on va vers une grosse bataille, et y a du monde partout avec des armes, et même des barbares ! On va tourner une page de l'histoire, la magotte a dit ça. Moi j'ai jamais entendu dire que l'histoire avait des pages, je croyais que c'était seulement les livres, par Crôm ! Et puis j'ai vu des femmes de mon clan et elles ont dit qu'elles avaient du respect pour moi, parce que j'étais un guerrier important. Du respect ? M'en fous, de toute façon je sais pas ce que c'est ! Ou alors elles parlaient de mon nouveau pantalon de combat. Cuir de buffle, acheté à Glargh. C'est classe. En tout cas, on part à la baston et ça c'est bien.

Le Ranger marchait d'un bon pas à la tête de son détachement. Ce qu'il avait retenu de ces derniers jours, c'est que les Fiers de Hache étaient à présent si importants que les dieux leur adressaient des messages. On n'en comprenait pas le sens, mais c'était déjà un début. Pour ce qui concernait le nom de la compagnie, c'était embêtant mais on pourrait toujours y travailler plus tard. Et il y avait toujours son problème de bras d'orque, mais tant qu'il réussissait à le cacher sous les vêtements et des bandages, ça n'était pas trop gênant. Il faudrait aussi qu'il se trouve un nouveau gantelet.

Il s'assura que personne ne le regardait et utilisa son peigne doré pour récupérer un point de charisme.

Sur sa droite, il pouvait voir le reste de ses compagnons, rassemblés autour de l'Elfe. Ils avaient l'air heureux et même le Nain souriait. Un peu trop d'ailleurs, c'en était inquiétant. Il avait peut-être fait une farce à quelqu'un ? Ou alors il avait récemment compté les pièces de sa bourse ? Avait-il de nouveau insulté la souveraine ?

Pourtant il n'y avait pas de quoi se réjouir : on partait en guerre. Et donc, certains allaient mourir. L'ignoble Gzor n'avait pas réussi à rassembler toutes les couronnes, mais il disposait d'un beau cheptel de vilains, il avait dévasté une région entière et il avait forcément invoqué des créatures étranges, des monstres dont on ignorait tout et qui révéleraient au dernier moment de terrifiants pouvoirs.

Le Ranger se demanda si c'était la fin de son aventure, ou bien si celle-ci ne faisait que commencer.

Son niveau cinq était quelque part, devant lui.

Au même moment dans un tunnel, Reivax gratta une allumette en tremblant. C'était bientôt sa dernière. Il la brandit au-dessus de lui, sachant qu'il allait une fois de plus brûler ses doigts.

— Aieuh, lâcha-t-il par anticipation.

Il observa les deux couloirs. Quelques toiles sèches, mais aucune bestiole en vue. Un squelette un peu plus loin, gisant dans une position grotesque. Aucune dalle de pierre branlante sur les deux prochains mètres. Il se souvint avec une certaine horreur de la fosse piégée qui s'était ouverte à trois centimètres de son pied, deux heures plus tôt.

Pourtant, il connaissait ce modèle, une Halakon 9000, et il en avait lui-même installé plusieurs dans le passé. Mais c'était différent quand on y était confronté. C'était différent quand on installait les pièges *chez soi*.

Un courant d'air souffla sur la flamme et il fut à nouveau plongé dans l'obscurité. Il gémit :

— Suivez-moi, Maître. Je pense qu'on s'approche de la sortie.

— Tôt port sap tse'C !

Annexes

Notes de voyage par Glibzergh Moudubras

J'ai pu voir au cours de mon périple d'étude en Terre de Fangh un certain nombre de faits, d'objets, de créatures ou de lieux qui peuvent sembler mystérieux au voyageur non averti. Voici quelques définitions pour aider les aventuriers les moins habiles, les étudiants au chômage ou les érudits n'ayant rien d'autre à faire.

Bagues de la Déchéance (histoire, objet maudit)
Ces trois objets furent utilisés pendant les premières décennies de la prise de pouvoir de la dynastie de Vontorz, dans les années 800 du premier âge. Ces anneaux d'une grande beauté étaient offerts aux membres influents de l'opposition par le biais de savantes manœuvres d'espionnage. Quand une personne portait l'un des anneaux enchantés, tous ses descendants tombaient malades les uns après les autres et finissaient par périr, ce qui terminait en général son règne au bout de quelques années pour laisser place à des prétendants de la dynastie de Vontorz. Une stratégie fourbe et cruelle, conçue pour durer, qui a porté ses fruits pendant des siècles. C'est un jeune mage qui a dénoncé l'existence de ces anneaux en 1404, ce fut par ailleurs son unique exploit vu qu'il a été retrouvé pendu par les pieds sur le pont de la fourche d'Anthinuel.

Chantouflard (insulte)

On utilise cette expression pour désigner des brigands habilement dissimulés dans la population, mais c'est en général plutôt utilisé comme insulte en milieu urbain, et en particulier à Glargh. Les chantouflards furent, à une certaine époque, des ménestrels en pantoufles au talent discutable. Ils exercèrent leur activité pendant près d'une année, annexant peu à peu tous les lieux publics de Glargh pour extorquer à la population de l'argent sous prétexte qu'ils interprétaient des chansons populaires. Ils jouaient mal et fort de leurs instruments, à toute heure du jour et de la nuit, et harcelaient parfois les badauds pendant de longues minutes jusqu'à obtention de quelques piécettes. Ils furent déboutés par des mercenaires à la solde de la guilde des Taverniers et disparurent peu à peu dans des circonstances étranges. La population d'écrevisses en aval du fleuve Elibed, après le port Ilshidur, connut cette année-là une forte croissance.

Conseil de Vigilance Magique (Glargh)

Il s'agit, comme son nom l'indique, d'une assemblée d'érudits ayant pour mission de surveiller et d'étudier tous les phénomènes magiques à Glargh. Il n'en existe pas du côté de Waldorg, d'une part à cause du trop grand nombre de cas à traiter, d'autre part pour éviter de vexer les citoyens les plus éminents car ce sont tous des mages. Le problème lié à ce conseil à Glargh est connu : il est constitué en partie de mages car on ne peut étudier ce qu'on ne comprend pas. Or, les mages sont mal vus dans la cité, ce qui crée sans arrêt des problèmes avec les autres autorités. Cela oblige les membres du conseil à pratiquer la magie en cachette, et ils sont donc responsables de la plupart des accidents qu'ils doivent eux-mêmes éviter. Mais je vous conseille de ne pas le répéter autour de vous.

Critique (aventure, action)

Se dit d'une action si bien réussie qu'elle génère un résultat supérieur à celui qui était escompté à l'origine. Les aventuriers sont friands de *critiques de combat*, car ils leur permettent de tuer les monstres d'un seul coup et ils peuvent ensuite s'en vanter à la taverne. De nombreux fabricants d'armes utilisent la mention « augmente les chances de critiques » sur les étiquettes de leurs produits, mais il s'agit bien entendu d'un mensonge. Seules quelques armes légendaires en Terre de Fangh ont ce pouvoir, car c'est avant tout le combattant qui fait le critique. On peut aussi faire des *critiques de sorts*, des *critiques de charisme*, des *critiques de détection* ou des *critiques de cuisine de ragoût*, mais c'est un peu moins recherché et en général on n'en parle pas dans les livres. Les nains sont connus pour leurs *critiques de marchandage*, mais c'est essentiellement dû au fait qu'ils marchandent à longueur de journée, ce qui augmente bien évidemment leurs chances de générer un critique.

Flibuk (démon)

Tout comme les tirlipons, les farfoudols et le klameuzorg, bien connus des directeurs d'asiles, les flibuks sont des démons de seconde zone dont l'existence reste à prouver. Les flibuks seraient des êtres farceurs dont l'activité quotidienne consiste à ennuyer les humains, et plus particulièrement les femmes. Une tenancière d'auberge bien connue à Glargh m'a confié le témoignage suivant : « *Les flibuks, j'en ai plein ma cave ! Ils font des trous dans le plancher pour regarder sous les jupons des clientes ! Et puis quand c'est pas ça, ils vont dans mon panier à linge pour renifler mes culottes que je retrouve ensuite n'importe où. Ils mélangent les épices dans la cuisine et font leurs besoins dans le cellier, et après il ne faut pas s'étonner que ma cuisine sente mauvais.* »

Gzor (histoire, personnalité)

Génie du mal, seigneur tentaculaire, icône de la ténébritude, fomenteur de plans diaboliques, général de la Peur, inventeur du tourniquet farceur à énucléer, la liste des attributs de Gzor est absolument sans fin. Par ailleurs, vous arrivez probablement de quelque contrée lointaine si vous avez besoin de lire cet article, car il est plus connu que n'importe qui en Terre de Fangh. C'est une personne qui a fait un jet critique à la naissance pour ce qui est de la compétence *célébrité*. Gzor est apparu pendant l'ère du Chaos, à une époque qui correspondrait avec le début des premières guerres. C'était un général de Khornettoh, le dieu du sang. C'était un démon à l'apparence d'un jeune homme très séduisant, qui fut plus tard maudit sur le champ de bataille par le grand mage elfe Téclystère. Il n'a jamais cessé, depuis ce temps, de harceler les peuples de la Terre de Fangh pour prendre le contrôle du territoire et instaurer son joug. Il se terre en permanence dans une citadelle immense et noire que peu d'aventuriers ont eu le courage de visiter, et dont ils sont rarement revenus. Pour en savoir plus, je vous conseille d'écouter la chanson « Le retour de Gzor ». On raconte qu'il est possible de l'écouter en assistant aux concerts de la *Chorale des Redoutables Chanteurs de Khornettoh*, Temple de Khornettoh, derrière la rue du Charretier, Glargh.

Haine Farouche de Zomblaf (sortilège, magie généraliste)

Voici un sort méconnu qui commence à faire son chemin dans les milieux théurgiques. Il consiste à attirer la haine d'un certain nombre de monstres ou d'ennemis sur une personne choisie par le mage, de sorte que ceux-ci n'ont plus qu'une envie : la tuer. Alors bien sûr, ça peut sembler inutile et risqué, mais le fait est que la démarche offre de nombreux avantages. Tout d'abord il peut sauver de la mort les personnages frêles possédant la compétence « attire les monstres », ensuite il permet également de créer des diversions habiles. Lancer ce sortilège sur un elfe noir agile et rapide pourrait lui permettre d'éloigner tout un cortège d'ours mutants pendant que le reste de la troupe fouille leur caverne. Il n'existe malheureusement que peu de moyens de mettre fin à cet afflux de haine, les plus connus étant l'*advanced dispel magic* ou les sorts d'invisibilité.

Maladresse (aventure, action)

Aussi connue sous le nom de *fumble* (prononcer feumbeule), la maladresse est l'exact inverse du critique (voir l'article à ce sujet plus haut) et concerne une action entreprise par une personne, un monstre ou autre. On dit qu'elle est le fait des dieux qui refusent que les gens se considèrent comme infaillibles, au contraire de ces divinités qui justement le sont. Ainsi, personne en Terre de Fangh ne peut prétendre à la réussite d'un projet à l'avance, ce qui correspond à l'expression populaire « ne pas vendre les yeux du gobelin avant de l'avoir piégé ». Le mage le plus intelligent, possédant le bâton le plus puissant et la barbe la plus blanche et fournie, ne pourra jamais lancer sans aucun risque une boule de feu de niveau un. Les maladresses de combat génèrent souvent des catastrophes, aussi bien que les maladresses d'adresse (le terme est un peu étrange, il faut bien le dire), mais la palme revient sans conteste aux *maladresses de sorts*, qui peuvent dans certains cas anéantir toute vie dans l'univers. Enfin, quoi qu'il en soit les mages en sont bien conscients et c'est pourquoi ils doivent signer une décharge à leur premier jour d'arrivée en université. Pour les autodidactes, c'est autre chose, mais ils sont de toute façon interdits par la loi.

Manuel de l'invocateur inconscient (sorcellerie, livre)

C'est un livre qu'on voit rarement, même si beaucoup de gens le possèdent. Disons qu'en général on préfère le cacher, ou dire qu'on ne l'a pas lu, ou bien qu'on l'a « emprunté à un ami », comme c'est le cas pour les parchemins comportant des scènes coquines. En effet, dans la liste des mages à éviter, outre les nécromants et les adeptes de Tzinntch, on connaît les invocateurs. Ils ont une espérance de vie courte et sont généralement de jeunes gens pleins de projets fous. La plupart des mages peuvent invoquer des créatures, comme des élémentaires ou des démons, mais la spécialisation « invocateur » est celle qui comporte le plus de risques : il faut d'une part réussir à faire sortir la créature de son monde, puis ensuite parvenir à la contrôler. Une fois qu'on a obtenu ce qu'on voulait, il reste encore à la renvoyer d'où elle vient. C'est pourquoi la plupart des mages décèdent lors de la seconde phase, quant à la troisième, elle est la cause de la plupart des problèmes liés à la présence de créatures monstrueuses en Terre de Fangh, quand il ne s'agit pas d'une invention de Gzor.

Martembur (géographie)

C'est la grande cité souterraine des nains de l'Est. Ces derniers vivent au nord du bois N'talamela, en marge du territoire et n'ont que peu de contacts avec les autres populations fanghiennes. Contrairement aux nains du Nord, ils ne commercent que rarement avec les humains et n'entretiennent pas de relations marchandes avec la cité de Mliuej. Ils fabriquent eux-mêmes leur bière, sont pâles de peau et blonds de cheveu, privilégient l'usage du marteau sur celui de la hache. On dit qu'ils échangent le fruit de leur travail avec d'étranges peuples vivant plus loin à l'Est, mais peu de gens peuvent en attester. En dehors de ça, ils restent des nains comme les autres.

Médaillon de l'échec (histoire, objet maudit)

C'est un objet plutôt classique en définitive : un bijou enchanté pour augmenter dramatiquement les chances de maladresse (voir l'article correspondant) de la personne qui le porte. Il en existe de nombreux modèles, même si bien entendu leur intérêt est tout à fait discutable. Celui dont on parle ici a joué un rôle dans l'histoire : il a été fabriqué pour imiter le pendentif de famille d'un mage puissant, au début du deuxième âge. Il a été subtilement échangé contre le vrai pendentif, juste avant un duel de mages, par son concurrent sous le couvert d'un sort d'invisibilité. Le côté ironique de l'histoire, c'est que la maladresse de sort s'est produite sur un Serpent de Mort de Jaruk qui a dégénéré en cataclysme électrique, et qu'il a tué non seulement les deux mages, mais tous les spectateurs du duel parmi lesquels comptaient de nombreuses personnalités du gouvernement. Bref, à utiliser avec précaution, bien mal acquis ne profite jamais, tant va la cruche à l'eau, tout ça.

Nogrok (monstre)

Le nogrok est le résultat du croisement magique d'un orque et d'un ogre. Il est facile d'imaginer le résultat : grand, fort, gros, affamé, combatif et stupide. Il semble être assez docile une fois qu'on a réussi à communiquer avec lui, ce qui lui vient sans doute du naturel placide des ogres. On ne sait toujours pas qui joue le rôle de femelle dans la conception d'un tel enfant chaotique, car les rares personnes capables d'engendrer des nogroks ne le font qu'à des fins maléfiques et n'ont pas pour habitude de partager leurs connaissances. Gzor est l'un d'eux, mais il n'est sans doute pas nécessaire de le préciser.

Pièces maléfiques de la bourse vide (histoire, objet maudit)

Il s'agit d'une collection de pièces d'or tout à fait classiques à l'œil, au goût et au poids, mais possédant un redoutable pouvoir. On ne sait pas vraiment combien il en existe, car elles ont été disséminées au fil des siècles à travers la Terre de Fangh. Actuellement, la Caisse des Donjons et son Département des Objets Maudits a réussi à en récupérer vingt-trois, et le musée de Glargh en possède huit. On n'a jamais connu le nom du mage qui a commis cette atrocité, mais il semble qu'il ait été pris de haine envers les gens plus riches que lui. Ces pièces, lorsqu'elles sont mises en contact avec d'autres, provoquent la disparition de leurs voisines selon un rythme lent mais régulier. Ainsi une pièce placée dans un coffret oublié se retrouvera seule au bout de quelques mois et la bourse d'un croquant diminuera chaque jour de sensible façon. Ces pièces ont causé de nombreux drames, notamment dans les compagnies d'aventuriers qui finissent toujours par en récolter lors de leurs pérégrinations. Le voleur du groupe se trouve en général accusé lorsque l'infortuné possesseur d'une pièce maléfique découvre que sa fortune disparaît, et toute l'histoire finit dans un bain de sang. On les appelle aussi les « fléaux des nains ».

Pilier de feu glacé majeur de Zorax l'Ancien (sortilège, magie généraliste)

On dit que la glace brûle comme le feu lorsqu'elle est très froide. C'est sur ce principe qu'a été élaboré ce sortilège, qui se présente sous la forme d'un pilier de fluide glacé-brûlant couvrant une large zone et consumant la plupart des cibles s'y trouvant. Comme d'autres sorts à effet de masse, il n'a jamais figuré dans les grimoires ni dans les cours universitaires car les autorités en ont gardé l'usage à des fins militaires. Il est donc uniquement inculqué aux mages de bataille d'un niveau supérieur à dix et ces derniers sont tenus au secret professionnel. Les aventuriers sont bien entendu très friands de ce genre de secrets, et c'est pourquoi de nombreuses quêtes ont été menées afin de récupérer les notes précises concernant le mode opératoire du sortilège... Hélas, la plupart d'entre eux sont à présent réunis dans les urnes communes exposées dans le hall du palais de Waldorg.

Pioupidule (nature, oiseau)

C'est un petit oiseau qui vit exclusivement sur les plus hautes branches des arbres feuillus. Comme il est très fier de sa position et qu'il défend âprement son territoire, il ne cesse de chanter des séries de « piou » répétitifs. C'est très sympathique au début, mais il semble qu'après quelques heures, on s'en lasse, et qu'au bout de plusieurs jours on finit par avoir envie de lui jeter des pierres. Malheureusement il est intouchable à cette hauteur et il le sait. Seuls les elfes sylvains sont capables d'endurer à longueur de journée le chant des pioupidules, en dehors des malentendants bien sûr. On raconte que certains nobles ont dressé des oiseaux de proie pour débarrasser leur voisinage de ces pestes à plumes. On fait de très bons empennages de flèches avec les plumes de leurs ailes.

Solcarlus (sortilège, magie généraliste)

Les mages sont toujours à la recherche de choses permettant de leur simplifier la vie et de se hisser au-dessus des autres dans l'échelle sociale, c'est ainsi qu'est né le sortilège Solcarlus. Il peut nettoyer la surface au sol en quelques secondes, avec une efficacité digne des meilleures ménagères, et laisse donc les mains propres et douces. La surface au sol grandit avec le nombre de niveaux, les mages les plus puissants peuvent ainsi faire le ménage dans toute la maison sans débourser une pièce d'argent. Ce sortilège est souvent décrié par les guildes affiliées aux techniciens de surface.

Trône de Banturne (histoire, objet maudit)

Le Trône de Banturne, intégralement recouvert d'or, fut offert au souverain Banturne premier par un gang de barons avides de pouvoir. L'objet, qui passa pour un cadeau de grande valeur, était en fait maudit et il fallut plusieurs années pour le découvrir. Il est souvent cité comme exemple d'enchantement particulièrement inventif mis au point par des mages mercenaires à la solde de n'importe qui, c'est pourquoi il est cité dans *Les Enchantements tordus de l'histoire, volume II.* Le sortilège appliqué au trône était le suivant : il réduisait à zéro la volonté de la personne qui était assise dessus lorsque celle-ci se trouvait en présence de gens portant des chapeaux violets. Les barons n'avaient donc qu'à s'affubler d'un couvre-chef de la couleur indiquée pour s'en venir faire au souverain les demandes les plus inattendues, et celui-ci acceptait sans rechigner. Le subterfuge fut heureusement découvert le jour où un baron ivre demanda au roi de traverser la salle du trône à quatre pattes, nu, en imitant le cri du cochon.

Tunnel Astral de Transport Instantané (sortilège, magie généraliste)

Il s'agit d'un rituel complexe dont le mode opératoire n'est connu que d'une poignée de mages. En effet sa recette a été gardée jalousement par l'armée au cours des siècles, mais quelques fuites ont néanmoins été déclarées. Le TATI fut employé au cours de nombreuses batailles pour faire pénétrer des troupes à l'intérieur de places fortes ou de zones stratégiques. Il suffit à une personne, par exemple un espion ou un serviteur habilement grimé, de placer les trois Pierres Runiques de Réception dans la zone d'arrivée, tandis que d'autres gens exécutent le rituel d'Azamora sur la zone de départ. Un large portail s'ouvre alors, permettant à la fois la visualisation et le transport instantané des troupes sur le secteur visé. Son principal défaut serait qu'il ne fonctionne que dans un sens, ce qui a parfois conduit à la perte d'unités entières lorsqu'il s'avérait qu'elles couraient dans un piège.

Venin de Yamboulou (nature, végétal)

On fabrique en général du thé ou des infusions avec ce venin, qui provient d'une plante des jungles du Sud. Il n'est pas toxique lorsqu'il est absorbé par voie digestive, mais il est connu pour augmenter la méchanceté et la roublardise des gens qui le consomment. C'est pourquoi on ne le trouve pas en vente libre. Il est exclusivement vendu sous le manteau par des receleurs encapuchonnés ne sortant qu'à la nuit tombée, qui possèdent un fichier clientèle constitué de gens malfaisants et qui s'enrichissent du malheur des autres. Les possesseurs de donjons, les trafiquants, les proxénètes et les percepteurs comptent pour beaucoup dans l'aspect florissant de ce commerce.

Voile de disparition (sortilège, magie généraliste)

Ce sort permet à un groupe de disparaître aux yeux des créatures *dénuées d'intelligence*, sous réserve qu'on ne tente aucune attaque à leur égard. En général, on classe dans cette catégorie les monstres les moins évolués, les bestioles géantes et les animaux. À partir de cette information de base, il peut y avoir bien sûr de nombreuses dérives et c'est ce qui a causé la perte de nombreux aventuriers. Par exemple, certains ont pensé que les dragons des cavernes n'étaient pas intelligents. D'autres ont décrété « Les gobelins, c'est forcément pas intelligent ». On raconte le cas d'une compagnie qui aurait traversé la grande salle du trône de Gazak-Lolor, siège d'une des plus puissantes tribus de gobelins de tous les temps, en pensant qu'ils pourraient passer inaperçus et dérober leur trésor de guerre. Les deux cents gobelins présents les auraient laissés avancer jusqu'au centre de la salle avant de les massacrer. Or, les gobelins comme la plupart des humanoïdes cultivent une forme d'intelligence, même si dans leur cas elle sert principalement à trouver une porte de sortie ou à inventer des machines qui leur explosent à la figure.

10105

Composition
NORD COMPO

Achevé d'imprimer en Slovaquie
par NOVOPRINT SLK
le 10 septembre 2012.

Dépôt légal septembre 2012.
EAN 9782290041543
L21EPGN000400N001

ÉDITIONS J'AI LU
87, quai Panhard-et-Levassor, 75013 Paris

Diffusion France et étranger : Flammarion